DONGSUH MYSTERY BOOKS 56

LA FEMME DE PAILLE
지푸라기 여자
까뜨리느 아를레이/이가림 옮김

동서문화사

옮긴이 이가림 (李嘉林)

본명 이계진(李癸陳). 성균관대 불문과 졸업(학사·석사). 루앙대 대학원 졸업(박사). 숭전대 교수를 거쳐 현재 인하대 불문과 교수 및 문과대학장으로 있음. 파리 7대학 객원교수 역임. 1966년 동아일보 신춘문예에 시〈빙하기〉당선 등단. 지은책 시집《빙하기》《유리창에 이마를 대고》《순간의 거울》《내 마음의 협궤열차》, 옮긴책 바슐라르《촛불의 미학》까뮈《시지프의 신화》발레리 외《불사조의 시학》르나르《홍당무》, 학술논문《말라르메와 르동》《플로베르와 쿠르베》등이 있다.

DONGSUH MYSTERY BOOKS 56
지푸라기 여자

까뜨리느 아를레이 지음/이가림 옮김
초판 발행/1977년 12월 1일
중판 발행/2003년 3월 1일
발행인 고정일/발행처 동서문화사
창업 1956. 12. 12. 등록 16-345(윤)
서울강남구신사동540-22 ☎546-0331~6 (FAX) 545-0331
www.epascal.co.kr

*

이 책의 출판권은 동서문화사(동판)가 소유합니다.
의장권 제호권 편집권은 저작권 법에 의해 보호를 받는 출판물이므로
무단전재와 무단복제를 금합니다.

편찬·필름·제작 일체「동판」자본으로 이루어짐에 따라
출판권 소유권자「동판」에서 제조출판판매 세무일체를 전담합니다.
사업자등록번호 211-90-02201
ISBN 89-497-0141-3 04860
ISBN 89-497-0081-6 (세트)

지푸라기 여자
차례

지푸라기 여자 …… 11
눈에는 눈 …… 231

악마적 속성은 여자의 매력인가 …… 423

등장인물

히르데갈데 마에나 함부르크 태생의 미혼 여자.
칼 리치몬드 독일계의 미국 부호.
안톤 콜프 리치몬드의 비서.
스탈링 케인 주임총경.
마틴 로마 경감.

지푸라기 여자

 문을 열면서 오늘이 금요일인 것을 알았다. 뒷날 그녀는 모든 계획이 시작된 이 날을 결코 잊을 수 없게 된다. 그러나 지금은 그것을 알 까닭이 없었다. 그저 일주일 나날의 단순한 하루였을 뿐, 오늘이라고 다른 날보다 슬프지도 기쁘지도 않았다. 그녀는 몸을 굽혀서 우유병 위에 떨어지지 않도록 잘 놓여진 주간신문을 집어들고는 문을 닫고 슬리퍼를 끌면서 식당으로 들어갔다.
 찻장 위에 있는 라디오의 스위치를 틀어 놓고, 바구니 속에서 식빵을 꺼내어 두 조각으로 나누어 토스터에 넣고 스위치를 넣은 뒤 우유를 불 위에 올려놓았다. 그리고 호주머니에서 빗을 꺼내어 거울 앞에서 머리를 빗었다. 이러한 동작은 모두 기계적이었다. 그 다음 마지막으로 신문을 보기 시작했다. 그녀는 제목도 사진도 보지 않았다. 눈길은 곧장 구혼 광고가 있는 제6면으로 쏠리는 것이었다. 그것은 좌우 2단으로 된 난으로서 왼쪽은 독신녀들이 정신적 친구를 찾고 있는 난, 오른쪽은 남자들이 서로의 고독을 나누어 가질 상대를 찾고 있는 난이었다. 히르데갈데의 흥미를 끄는 것은 그 제6면이었다.

벌써 몇 해 동안, 그녀는 매주 빼놓지 않고 이 난을 열심히 들여다보면서 언제 찾아올지 모르는 행운을 줄곧 기다리고 있었다. 그러나 그것은 그녀의 로맨스나 감상과는 전혀 상관이 없었다. 부양 의무가 있으나 돌보아 줄 사람이 없는 홀아비라든가 내성적이어서 상대가 없는 청년은 물론, 작은 부자 축에 드는 장사치 따위는 거들떠보지도 않았다. 그런 부류의 남자들에 대해서는 한 가닥의 흥미조차 없었던 것이다. 평범한 생활이라면 지겨울 정도로 잘 알고 있었다. 현재 그녀의 생활이 바로 그러했기 때문이다. 약간의 번역 일이 그녀의 생활을 지탱하고 있었다. 그러나 산다는 것이 이런 것은 아니다. 보다 더 보람 있고 아름다운 꿈에 차 있어 지금 같은 지겨운 생활과는 전혀 다를 것이다. 이런 생활은 일시적인 것으로 언젠가는 반드시 무언가가 일어나게 된다. 그녀는 그것을 잘 알고 있었다.

사람들은 모험이라는 것을 모르거나 부정한다. 또는 알려고 하지 않거나 바라지도 않는다. 하는 일마다 이기고 싶다는 욕구 그 자체부터 문제가 되지 않는 것이다. 그런 사람들이 소중하게 여기고 있는 것은 생활의 안정이라는 가난뱅이들의 행복이므로, 불타는 정열이나 파산이나 위험은 피하는 것이 바람직하다. 특히 위험 같은 것은 자기의 마음이나 꿈이나 환상의 찌꺼기만을 걸게 되는 불확실한 도박에 지나지 않는다.

그녀에게는 친구가 없었지만 그렇다고 부인회에 들어가는 것도 고양이를 기르는 것도 싫었다. 그러므로 금요일마다 배달되는 신문이 단 하나의 위안이었던 것이다.

한 줄도 빼놓을 수가 없었다. 어쩌다가 행운을 눈앞에서 놓치기라도 할까봐 그녀는 몇 해 전부터 끈질기게 이러한 인내를 계속해 왔다. 이 난은 우울하고 불행하며 세상 물정을 모르고 불만에 차 있는 사람들의 감정적인 또는 사회적인 항의의 표현이라고도 할 수 있는

데, 그런 쓰레기통 같은 데서 좋은 제비를 찾아낸다는 것은 마치 인내력의 실험과도 같았다.

하나의 광고는 3행이나 4행 정도에 약호로 씌어져 있어서 정확한 문장으로 새겨 읽자면 시간이 많이 걸렸지만, 그녀는 아주 숙달되어 있었으므로 결코 막히는 일이 없었다. 행에서 행으로 눈길을 옮기면서 손은 기계적으로 토스트를 입으로 가져가는 것이었다.

갑자기 그 자동 기계가 활동을 멈추었다. 거기에 광고——그것은 얼른 보기에는 다른 광고와 조금도 다를 것이 없었다. 그러나 그것이야말로 그녀가 신문을 보기로 결심한 날부터 줄곧 찾아왔던 모래 속의 금덩이였다. 그녀는 천천히 다시 한번 그것을 읽기 시작했다.

    본인에게 막대한 재산 있음. 좋은 연분 구함. 되도록 함부르크 출신 미혼녀를 바람. 세상을 알고, 가족이나 친척이 없으면서 사치한 생활에 적합하고 여행을 좋아할 것. 감상적인 노처녀, 우둔한 인형은 사절함.

    막대한 재산 있음.

그녀는 라디오를 껐다. 마치 꿈 같은 이야기였다. 하지만 백만장자가 결혼 상대를 신문 광고로 찾다니, 그런 일이 정말 있을까? 담배를 피우면서 그녀는 줄곧 생각했다. '되도록 함부르크 출신 미혼녀, 가족이나 친척이 없고……' 이 사람은 틀림없이 자기와 같은 고향 사람과 결혼하고 싶은 것이다. 가족이나 친척이 없어야 한다는 조건은 굶주린 이리 떼의 침입을 피하기 위한 경계심에 지나지 않을 것이다. 한 여자와 결혼하는 것은 그 가족과도 결혼하는 일이다. 이러한 불편을 피하는 단 한 가지 방법은 천애의 고아를 고르는 일이다. '감상적인 노처녀, 우둔한 인형은 사절함'이라고, 이것은 당연한 일이다. 그리고 '막대한 재산 있음'이라는 요술의 글자가 어리둥절해진 히르데갈데의 눈앞에서 또 춤을 추었다. 거기에는 두 가지 이유밖에 생각나지 않았다. 이 사람은 자기와 같은 환경의 여자들에게 아주 싫증이 났거나 아니면 꽤 늙었거나, 그 둘 가운데 어느 한쪽이다. 그렇지 않으면 형편없이 못 생겼거나, 그렇다! 마치 괴물 같을지도 모른다. 그러나 그것이 무슨 상관이랴. 부자라면 결국 용모 같은 것은 그다지 큰 문제가 아니다. 모든 것이 재산으로 처리되지 않겠는가. 그녀는 당장 결심했다. 합격이 되든 안되든 그것은 나중 문제이고, 우선 이 꿈 같은 이야기의 주인공을 만날 기회를 잡아야 한다. 그리고 그렇게 하기 위해서는 잠시도 머뭇거리고 있을 수가 없다. 그 뒤는 운이다. 그녀는 그 운에 자신을 맡겼다. 그러나 그와 함께 이 익명의 광고에 그녀처럼 응할 많은 경쟁자들을 이기기 위해서는 무슨 일이라도 해치울 각오가 되어 있었다. 이 광고를 보는 순간까지의 그녀의 생활은 고독과 가난 그리고 무익한 전쟁이 낳은 혼란 속을 헤매는 비극의 연속뿐이었다. 몇 백만이라는 이름도 모르는 사람들과 마찬가지로 그녀에게는 아무런 책임이 없는데도 모든 것이 피할 수 없는 부조리로 묶여져 있었다. 그녀는 이런 파국으로 몰려야 될 만한 나쁜 짓은 하나도 하지 않았다. 그러므로 그녀에게도 조그마한 행복을 손에 넣을 권리는 주어져야 한다. 그리고 행복이란 그녀로서는 돈의 힘 이외의 것이라고는 생각하지 않았다. 돈만이 이제까지 이루지 못했던 꿈을 실현시켜 주며 모든 취미를 만족시켜 줄 것이다. 그리고 어쩌면 지금 이 신문 광고 덕분에 겨우 그 소원이 이루어질지도 모른다. 어쩌면 이 불공평한 세상을 등진 채, 지금 걷고 있는 초라한 회색 리본과도 같은 길의 방향을 바꿀 수 있게 되는지도 모른다.

그녀는 정성들여 광고에 응하는 편지의 초안을 몇 장이나 썼다. 무엇보다도 중요한 것은 뽐내지 않는 일이었다. 욕심에 얽힌 그녀의 편지를 읽기 전부터 수취인은 이미 편지를 보낸 사람이 한푼 없는 가련한 아가씨라는 것을 알고 있을 것이다. 몇 번이나 고쳐 쓴 끝에 겨우 결정적인 초안을 완성한 그녀는 되도록 정성 들여 깨끗이 옮겨 쓴 편지를 한 번 더 읽어보았다. 어쩌면 상대는 뜻밖에도 필적 같은 사소한 것을 문제삼을지도 모른다, 필적으로 모든 것을 알 수 있다고도 하니까.

히르데갈데의 편지는 이러했다.

인사말은 줄입니다.

함부르크의 대폭격으로 가족이며 친구며 집도 재산도 지위도 모두 잃어버린 저는 이제 더 내어다 팔 만한 것조차 없을 만큼 아무것도 가지고 있지 않습니다. 오로지 남아 있는 것이라고는 그 비극적인 날들의 추억뿐인데, 단 하나 남은 그 끔찍한 과거에도 깨끗이 작별을 고하고 싶어졌기에 이 글월을 드리는 바입니다. 새로운 생활로 들어가고 싶은 것이 저의 유일한 소원이라는 것을 부디 믿어주십시오.

이제까지 온갖 위험에 부닥쳤기 때문에 어떤 일에 대해서나 마음의 준비는 되어 있습니다. 또한 가지고 있던 것도, 바라고 있던 것도 송두리째 빼앗기고 말았으므로 로맨틱한 꿈 따위는 거의 품지 않고 있습니다. 그런 이유로 선생님의 광고는 우리가 서로 어울리는 사람들이 아닐까 하는 생각을 하게 했습니다.

저는 34살입니다. 키는 크고, 머리카락은 금발이며 아름다운 편입니다. 가족도 남편도 자식도 없습니다. 또한 평범한 서민생활을 원하지도, 새삼스럽게 연애를 꿈꾸지도 않습니다. 다만 좋은 생활을 하고 싶다는 염원이 있을 뿐입니다.

제가 사랑을 한다고 하면, 그것은 당신의 광고에 대해서이며, 그것이 처음입니다. 이제부터 당신의 재산과 당신이 알지 못하는 여자에게 제시하고 계시는 훌륭한 생활을 사랑하려 하고 있는 셈입니다.

  백만장자이면서도 신문 광고로 부인을 찾을 필요를 느끼고 계시는 이상 무언가 핸디캡을 가지고 계시리라고 생각하지 않을 수 없습니다. 하지만 비록 어떤 일이 있더라도——당신이 병으로 허약하시든 새디스트이든 꼽추든——저는 그것을 극복할 만한 강인함을 지니고 있다고 생각합니다. 이 첫 번째 접촉에서 더욱 이야기를 진행시키기 위해서는 지금부터 서로의 내막을 털어놓는 것이 좋으리라고 여겨집니다. 만일 당신의 광고가 진지한 것이라면 약혼할 때 그 쪽에서 요구하는 조건을 모두 받아들일 용의가 있습니다. 제 쪽의 조건은 단 하나, 당신이 제시하신 사치스럽고 한가한 생활을 보장해 주시는 것뿐입니다. 저의 장래에 어울리는 생활은 그것뿐이니까요. 우선 글월 드립니다.

히르데갈데 마에나

그녀는 겉봉에 사서함으로 되어 있는 수취인의 주소를 쓴 다음, 편지를 넣고 봉했다. 그리고 약간 회의적인 미소를 띠면서 부자 왕자님과 자기를 인연 맺게 해줄지도 모를 작은 사각 봉투를 바라보았다.

  그녀는 상대의 반응을 몇 주일이나 기다렸다. 금방 답장이 오리라고는 처음부터 생각지도 않았기 때문에 그다지 걱정스럽지는 않았다. 헤아릴 수 없을 만큼 쏟아져 들어온 편지의 산더미를 계통적으로 추리고 있겠지만, 아무튼 그 대부분이 요령부득이거나 어처구니없는 것들일 것이 뻔했다. 그러므로 그녀는 자기의 솔직한 편지에 자신을 가져도 좋을 것 같았다.

그 동안에도 그녀는 여전히 주간신문을 계속 읽고 있었으나, 그 만큼 구미가 당기는 것은 전혀 눈에 띄지 않았다. 그런 것이 두 번 다시 눈에 띄지 않으리라는 것은 그녀도 잘 알고 있었다. 그것만이 그녀의 일생에서 단 한번의 기회였던 것이다. 안될 때 안된다 하더라도 그녀는 보잘것없는 저축을 거의 털어서 입고 나갈 옷을 맞추었다. 만일 운명이 미소지어 줄 때, 막상 맞선을 보게 되는 영광된 자리에 실직 중인 가정부 같은 모습을 하고 나갈 수는 없지 않은가. 원고료는 아주 헐값이었으나 번역 일감을 내주는 출판사에 가서 그녀는 많은 일감을 손에 넣는데 성공했다. 답장이 왔을 때를 위해 지금부터 모든 것을 생각해 두지 않으면 안된다. 성공이냐 아니냐 하는 것은 상대가 자기한테 대해서 가지는 첫인상에 달려 있다. 그날은 여느 때보다도 아름다워야 한다. 그리고 그렇게 하기 위한 방법이라고는 돈밖에 없다. 식사나 염색집에 돈을 지불하는데 신경을 썼다가는 도저히 성공할 가망은 없다. 그러므로 성가신 번역의 속도도 늘려야 했고, 그러기 위해서는 두 시간 빨리 일어나서 두 시간 늦게 자는 것도 어쩔 수 없었다. 식사할 때 마시던 포도주도 그만두고, 몸매를 날씬하게 하기 위해 빵을 먹는 것도 참아야 했으며, 일주일에 세 번은 자기 전에 미용 팩을 하는 것도 게을리하지 않았다. 그리고 그것은 초조한 기대 속에서 할 수 있는 전부였다. 하루에 두 번 편지가 오는 시간에 그녀는 무엇이 와 있지 않을까 하고 편지함을 열어보러 갔다. 그녀가 조금씩 절망하기 시작하여, 자기의 편지는 사람다운 마음이 전혀 없는 것으로 여겨진 게 아닐까 하는 불안이 싹틀 무렵의 어느 날 아침, 기다리고 기다리던 충격을 받았다. 드디어 온 것이다, 칸느의 소인이 찍힌 프랑스로부터의 편지가. 한참 동안 그녀는 그것을 뜯지 못하고 떨리는 손가락으로 몇 번이나 만지작거렸다. 이윽고 봉투를 뜯자 재빨리 읽어 내려갔다.

삼가 답장 드립니다.

그 광고에 응하는 편지가 쇄도했기 때문에 오늘까지 답장이 늦어졌습니다. 당신의 편지는 한 번 읽은 것만으로 곧 나의 주의를 끌었으나 일단 다른 편지들에게도 눈을 돌리지 않을 수 없었습니다. 또한 그와 같은 솔직함을 다른 편지에서도 볼 수 있는지 없는지 알고 싶기도 했습니다. 당신이 전혀 위선적인 사람이 아니라는 점이 나의 마음을 끌었습니다. 자신의 마음을 그렇게 솔직히 말하고 있는 사람은 오직 당신 뿐으로 내가 오랫 동안 찾고 있던 실질적이고도 적극적인 젊은 현대 여성이라는 희망에 당신은 꼭 들어맞는다고 나는 생각합니다.

만일 당신에게 아직도 다른 혼담이 없다면 우리는 좀 더 서로를 잘 알아서 함께하는 미래를 위한 최초의 기초를 굳히고 싶다고 생각합니다. 그렇게 하기 위해 일방적이긴 하나 칸느까지의 비행기 표를 함께 보냈습니다. 그리고 칸느의 칼튼 호텔에 방을 예약해 두었습니다.

참고로 말씀드려 두겠습니다만 당신이 코트 다쥴에서 머무는 데 드는 비용은, 그 날짜나 최종적으로 내가 취할 결정의 가부에 상관없이 모두 나의 부담으로 합니다. 또한 불행히도 생활을 바꾸려는 서로의 의사에도 불구하고 어떤 이유로 두 사람의 합의가 이루어지지 않는 경우에는, 당신이 살고 계시는 곳까지 돌아가실 비행기 표를 드리는 것도 나의 의무라고 생각하고 있습니다.

이러한 나의 의사는 당신께서도 정당하고 성실한 것으로 생각해 주시리라 믿습니다.

뵙게 될 날을 기다리겠습니다.

솔직한 그대에게

서명된 글자는 읽을 수 없었으나 다음 월요일의 비행기 표가 들어 있었다. 히르데갈데의 꿈꾸는 듯한 눈은 비행기 표에서 다시 편지로 조심스럽게 옮아갔다. 그런데 이 편지가 마치 무슨 대수롭지 않은 회신이기라도 한 것처럼 타이프로 친 것은 이상했다. 비서에게 타이프로 치게 했는지도 모른다. 그렇다면 이 이야기도 우습게 된다. 타이프의 사본은 몇 장이나 될까? 그리고 똑같은 편지가 불안에 싸여 기다리고 있는 몇몇 여자에게 보내진 것은 아닐까? 그러나 그녀는 좋은 쪽으로 생각했다.

'그게 어떻단 말이냐, 비록 일이 잘못된다고 하더라도 어쨌든 멋진 여행을 할 수 있지 않는가. 오래 전부터 꼭 한번은 코트 다쥴에 가보고 싶었는데, 알지 못하는 사람의 돈으로 남부 프랑스에 머물게 되었다고 으스댈 수 있는 여자가 함부르크에 몇 명이나 있을까'

그리고 이 색다른 혼담의 신문 광고 속에서도 이 편지 속에서도 어떤 한 마디 말이 씌어져 있지 않았다는 것을 히르데갈데가 깨달은 것은 훨씬 뒷날이 되어서였다. 그것은 사랑이라는 말이었다.

1

그녀 앞에는 장식장이, 그리고 그 위에는 커다란 은항아리에 새빨간 장미가 가득 꽂혀 있었다. 모두 37송이. 그녀는 그것을 막 세고 난 뒤였다. 루이 15세풍의 이 방 이상으로 은항아리에 꽂혀 있는 그 꽃이 부의 힘을 구체적으로 과시하고 있었다. 그녀의 손은 화려한 잡지의 얼음같이 매끄러운 표지에 끈적이는 흔적을 남겼다. 마치 대기실에서 치과의사를 기다리는 기분으로 그녀는 문이 열리기를 기다리고 있었다.

306호실 아파트는 3층에 있으며 바다가 내다보인다. 문지기는 그렇게 말했는데, 지금 그녀가 있는 곳은 응접실 옆에 붙어 있는 듯한 보통 방일뿐 바다는 보이지 않았다. 그녀가 묵었던 곳은 뜰을 향해 있는 아늑한 방으로 지난밤에는 환영의 말을 곁들인 꽃다발이 보내져 왔었는데, 옆의 응접실은 비교도 안될 만큼 호화로울 것이 틀림없었다. 어제 저녁때 전화가 왔다. 그녀와 만나게 될 사람은 이튿날에나 틈이 난다는 것. 그때까지 쉬거나 외출을 하거나, 춤을 추러 가거나 바닷가를 산책하거나, 미장원에 가는 것은 자유이며 그녀를 위해 약간의 예금을 준비해 두었으니 찾아 쓸 때 통지만 하면 된다는 것, 그리고 이번 체재가 그녀에게 기분 좋은 일이기를 바란다고 전했다. 그녀는 들떠 있는 상대에게 말려들어서 그가 누구인지 알아볼 사이도 없이 수화기를 놓을 수밖에 없었다.

히르데갈데는 호텔 미용실에서 머리를 손질한 다음 하녀에게 옷을 다림질해 오도록 이르고, 양말을 샀다.

그 다음날 역시 전화로 여비서가 공손히 그녀에게 인사하고 나서 오후 4시 306호실에서의 면회를 약속했다.

그녀는 7분을 기다렸다. 그리고 문이 열리자 젊은 여자가 미소지으며 다가와서 말했다.

"히르데갈데 마에나 양이시죠?"

히르데갈데는 얼굴을 붉히면서 끄덕였다.

"4시로 약속했었지요. 자, 이리 오세요."

그리고 우아한 몸짓으로 그녀를 안내했다. 히르데는 일어섰는데 핸드백이 미끄러져 떨어졌다. 그것을 집으려다가 두 사람은 하마터면 부딪칠 뻔했다. 히르데가 응접실로 들어서자, 문은 그녀의 뒤에서 닫혔다. 60살 남짓해 보이는 고상하고 검소한, 거기다 아주 세련된 신사가 손을 내밀면서 앞으로 다가왔다. 히르데는 그를 향해 미소지었다. 그리고 겨우 마음이 놓이면서 아주 기뻤다. 그는 이미 젊다고는 할 수 없다. 그러나 그 모습은 뜻밖에도 아주 기분이 좋았다.
"마에나 양, 프랑스로 모시게 되어 대단히 기쁩니다. 아니, 이거 실례했습니다. 프랑스 말은 못하실지도 모르겠군요."
"아니에요. 할 수 있어요."
"그건 멋지군요. 자, 이리 앉으십시오."
그는 소파를 권하고 나서 서류와 전화기가 가득 들어찬, 겨우살이로 만든 큰 책상 저편으로 돌아가더니 인터폰을 들었다.
"어떤 일이 있더라도 나를 방해하지 말아요. 그리고 오늘밤까지 브레메로 건에 대한 서류를 한 장도 빠뜨리지 말고 모두 갖추어 두도록."
말을 마치자 그는 인터폰을 끊었다. 다시 단둘이 되었다.
"어떻습니까, 프랑스는 이미 알고 계셨나요?"
"아뇨, 저는 한번도 독일을 떠난 적이 없어요. 사실은 함부르크를 떠나 본 일도 없는 걸요."
"훌륭한 거리였지만 지독한 전쟁 때문에……."
히르데는 대답하지 않았다.
"가족은 모두 폭격으로 돌아가셨다고요?"
"네, 부모님도 언니도 조카도……."
"참, 안되었습니다. 하지만 형부께서는 무사히 살아남는 행운을 잡으셨군요."
쓴웃음이 히르데의 입술에 떠올랐다.
"네, 정말 행운이었어요. 하지만 그 행운을 느긋하게 맛볼 틈도 없이 서부 전선에서 죽었어요. 훌륭한 최후였대요. 유족에게는 언제나 그렇게 통지하나봐요."
"너무도 무서운 운명이군요. 당신은 완전한 천애의 고아가 된 셈이 아닙니까?"

"더 이상 혼자는 될 수 없을 만큼이지요."

"누군가 남자 친구라도 있습니까?"

"전혀."

대화는 아주 이상하게 되어갔다. 그녀는 이 회견에 대해 거의 모든 경우를 상상했지만 이렇게 책상 앞에 앉아서 자기의 이력을 지껄이게 될 것만은 예상하지 못했다.

"담배 피우시겠습니까? 마에나 양."

"네, 피우겠어요."

그는 호주머니에서 금으로 된 담뱃갑을 꺼내더니 그녀에게 담배를 권하고 역시 금으로 된 라이터로 우아하게 불을 붙여주었다. 그러나 그 자신은 피우지 않았으므로 히르데는 조금 어색해졌다.

"머무르고 계시는 곳은 마음에 드십니까?"

"아주 좋아요, 감사합니다."

"공교롭게도 바다가 보이는 방에 다른 사람이 들어 버려서……."

"그런 건 조금도 상관없어요, 뜰이 보여서 아주 기분이 좋더군요."

"그렇다면 다행이지만, 여행은 고되지 않았습니까?"

그녀는 고개를 저었다.

"비행기는 처음이 아니었나요?"

그녀는 이런 시시한 이야기를 하기 위해 일부러 머나먼 독일에서 비행기로 불려왔을까 하고 생각했다. 하긴 이 사람은 마음이 정해질 때까지 연막 전술을 쓸지도 모른다. 그러나 최악의 경우를 각오하고 왔으니만큼, 상대가 자기 마음에 꼭 든다고 아까부터 생각하고 있었다. 좋아요, 이야기는 끝났습니다! 하고 당장 일어서서 빨리 칸느의 거리로 나가 멋진 것들을 많이 쇼핑함으로써 이런 시시한 이야기로 헛되이 보낸 시간을 메우고 싶었다.

"마에나 양, 당신이 무엇으로 생활을 하고 계시는지 물어도 괜찮을까요? 너무 지나친 이야기라면 죄송합니다만, 이런 세상에 여자 혼자서 혼란한 세파를 헤쳐 간다는 것은 예삿일이 아니거든요."
"번역 일이에요, 편지에 쓴 것처럼."
"그랬었군요. 하지만 그것으로 생활이 된다니 놀랍군요."
"생활도 정도에 따른 일이 아닐까요?"
"그래요? 아무튼 좋습니다."
"그럴까요?"
"아니, 미안합니다. 그만 말이 실없이……."
두 사람은 마주 쳐다보면서 미소지었다.
"홍차라도 드릴까요? 아니면 와인?"
"아무거나 좋아요."

그는 일어서서 서류장의 문을 열었다. 문은 카운터로 바뀌었다. 불빛이 장 안에 즐비한 술병의 아름다운 단면에 반사되어 춤을 추었다. 그녀의 집에서라면 유리 상자에 넣어서 장식해 두고 싶을 만한 잔을 하나 집어 들더니 그는 히르데갈데에게 살며시 내밀고 미소지으며 그녀를 쳐다보았다. 건배를 할 것 같이 여겨져서 그녀는 잔에 입을 대지 않았다. 그는 분명히 잔을 들어올리기는 했으나 그것이 특별한 뜻을 지니는 것은 피하고 있었다. 그는 '미래를 위해서'라고는 말했으나 '우리를 위해서'라고는 하지 않았다. 그런데도 그녀는 와인을 마셨다.

"셀 수 없을 만큼 많은 편지 속에서 왜 당신을 골랐는지 아시겠습니까?"
"우연일까요?"
"아니, 이번의……그렇지, 이야기라고 해두겠습니다. 이번 이야기에서는 단 한 가지라도 우연에 맡긴다는 식으로는 하지 않았습니다. 모험이라는 말은 우리들의 경우, 약간 성실치 못하게 여겨지거든요."

문득 히르데는 이 사람은 성적 불능자가 아닐까 하고 생각했다.
"당신의 훌륭한 솔직함입니다. 재산이란, 특히 그것이 세계적인 것이 되면 마치 안테나라도 달린 것처럼, 당장 이것을 빼앗으려는 사람을 느끼게 됩니다."
히르데갈데는 의자 위에 앉아서 초조해 하고 있었다.
"내가 받은 편지는 대부분이 아주 평범한 아가씨들한테서 온 것으로 끝까지 읽지는 않았습니다만, 그들은 재산에 대해서는 한 마디도 하지 않는 것이 상책이라고 생각했던 모양입니다. 하지만 그 광고의 가치는 바로 그 재산에 있었기 때문에 거기에 관해서 말하지 않은 것은 아주 서툴고 위선적인 반응이지요. 그것은 당신도 인정하실 겁니다. 하긴 재산에 대해서 쓴 분도 있었습니다. 그러나 그런 편지에는 남편이 젊고 미남이며 사랑해 주어야 된다는 조건이 붙어 있었습니다."
그는 잠깐 말을 멈추고 깊이 생각하는 듯 자기 잔을 손 안에서 돌리더니 계속했다.
"인간에게 평형 감각이 상실되고 있다는 것을 알게 되는 것은 재미있는 일이더군요. 독신자, 그것도 가난하고 가련한 여자들을 대상으로 상당히 특수한 광고를 냅니다. 남편을 찾기 위해 광고에 의지해야만 할 여자들을 향한 광고들 말입니다. 당신 이야기를 하는 건 아닙니다, 마에나 양. 당신은 별도라고 생각합니다. 그러나 이런 종류의 광고에 응하는 여자들은 대부분 뚜렷한 타입에 속해 있어서 물질생활만 보장해주면 정년 퇴직한 공무원이거나, 성질이 고약한 환자라도 참습니다. 시골의 낡은 별장이나 식료품 가게라도 하나 차려 주면 그것으로 흐뭇해하지요. 하지만 절대로 돈이라는 말을 입밖에 내서는 안됩니다. 아무튼 요술쟁이의 주문 같은 것이거든요. 그것을 눈치채게 되면 그런 종류의 여자들은 금방 도원경에 빠지게 되고, 엉뚱한 보장을 요구하기 시작합니다.

그 광고 덕분에 나는 정말 좋은 심리 공부를 했습니다. 당신 편지가 내 마음을 사로잡은 것도 그 때문이었습니다. 당신은 경제적인 문제를 매우 솔직하게 말씀하셨는데 나는 거기에 호감을 가지게 된 거지요. 또한 가족을 모두 잃으신 비극적인 사정을 생각하면 눈물겨운 감상주의에 빠지는 것도 무리가 아닌데 그것을 피해 주신 게 아주 고마웠습니다. 저는 감상적인 사람을 그다지 좋아하지 않거든요. 독일 여자들은 거의 모두가 감상적이긴 하지만 말입니다. 그러나 당신이 다른 사람과 다르다는 것은 만나뵘으로써 더 잘 알게 되었습니다."

그는 머리를 숙여 경의를 표했다.

"또 아무런 댓가 없이 남으로부터 혜택을 받을 수 없다는 것을 잘 알고 계셨습니다. 그 명석함에 또 한번 감탄했지요."

"모르기는 해도 명석했던 사람이 저 혼자만은 아니었을 거라고 생각하는데요."

"물론 당신 말고도 세 사람쯤 같은 이유로 내 마음에 들었습니다. 그 사람들도 당신과 마찬가지로 나의 호의를 받아들여 최근 충분히 이야기를 해보았지요. 분명히 말하자면 선택한 순서대로 나는 당신을 맨 마지막에 남겨 두었습니다."

조금 놀라면서 히르데는 물었다.

"그 사람들도 여기 있나요? 칼튼에요?"

"물론입니다. 하지만 걱정하실 건 없습니다. 무슨 회의와는 달라서 그 사람들이 가슴에 이름표를 달고 있는 것은 아니니까요. 그들과 맞부닥칠 염려는 극히 적습니다."

"알겠어요."

히르데갈데는 페어플레이 정신에 입각해서 '가장 좋은 사람이 이기는 거야'라고 외치고 싶었다. 그러나 외칠 것까지도 없었다. 으레 그렇게 될 것이므로.

"마에나 양, 함부르크에서 여기까지 오시게 하는 수고를 끼쳐 드린 것은 외람된 일이었습니다만, 이런 이야기는 아무래도 편지보다는 직접 만나서 하는 것이 좋겠다고 생각했기 때문입니다."

"후회하고 있지 않아요."

히르데는 말했다.

"그럼 서로에게 가로놓여 있는 울타리를 없애고, 당신이 이 결혼에서 기대하고 계시는 것을 말씀해 주시겠습니까?"

히르데는 숨을 삼켰다. 모든 것이 그녀의 예상과는 너무나도 달랐다. 혼담의 상대는 오히려 부드러운 정신과 의사와도 같았다. 미소 띤 얼굴로 그녀를 쳐다보며 책상 위에서 두 손을 모아 쥐고는 어떠한 어려움이라도 견뎌낼 수 있다는 태도였다.

"저는……"

그녀는 말을 꺼내려 했는데, 상대의 태도는 조금도 달라지지 않았다. 용기를 북돋아주는 아무것도 없었다.

"모든 건 편지로 말씀드린 그대로에요. 혼자 사는 여자의 생활이란 이상할 게 아무것도 없어요. 당신의 흥미를 끌만한 일은 덧붙일 것이 하나도 없다고 생각합니다."

"이런 광고에는 자주 응하십니까?"

"아니에요, 절대로! 이번만은 특별이었어요."

"그렇다면 한번 더 조금 전의 질문을 되풀이하겠습니다. 이 결혼에 무엇을 기대하고 계십니까?"

"그것은 당신이 말씀하신 것에 응하는 것뿐이에요. 호화롭고 마음 편한 생활, 그리고 여행이지요."

"돈을 매우 소중하다고 생각하십니까?"

"돈을 안 가진 사람들은 모두 그렇게 생각하고 있지 않을까요? 저도 마찬가지에요."
"그렇다면 그것을 손에 넣기 위해서는 어떻게 하시겠습니까? 마에나 양."
"어머나, 너무 이상한 질문이군요. 그런 먼 곳에서 일부러 저를 부르신 건 저의 조건을 듣기 위한 게 아니잖아요. 오히려 당신의 조건을 말씀하시기 위해서가 아닙니까?"
"멋진 대답이군요."
"그럼, 이번에는 제 쪽에서 물어봐도 괜찮을까요? 이 혼담에서 당신은 무엇을 기대하고 계시지요? 저로서는 드릴 것이 하나도 없는데……"
"잠깐, 묻는 것은 내 쪽입니다. 부디 그것을 잊지 말아 주십시오. 편지에 의하면 당신은 상대가 비록 꼽추나 새디스트나 환자라도 어떤 타협이든, 그렇지, 이를테면 감정적인 타협이라도 싫어하지 않는다고 하셨지요? 당신의 말 그대로라고 생각합니다만."
"부정하지는 않겠어요, 그 말을."
"그렇게 말해 놓고서, 만일 남편이 자기에게 어울리지 않을 때에는 따로 애인을 만들면 된다고 생각하고 계시지는 않습니까?"
"물론, 그런 것은 생각하지 않습니다. 저 같으면 그런 일도 생각할 수 있겠지요. 하지만 이미 34세인걸요. 지금 제가 찾고 있는 것은 그런 기쁨이 아니에요. 정숙이라는 것, 그것이 당신의 희망이라면 저는 장담하겠어요. 그것이 희생이라고는 절대로 생각하지 않습니다. 저는 오직 좋은 생활이 하고 싶을 뿐이에요. 매달 열흘밖에 없다는 것이 지긋지긋해졌어요."
"열흘?"
"네, 대개 열흘 동안만은 어떻게 해야 집세를 지불할 수 있을까,

어떻게 해서 새 구두를 살까 하는 등의 생각을 안해도 되지요. 배급표 없이 생활하는 것만으로도 저에게는 충분한 쾌락이에요. 저의 야심은 오직 그러한 면에서만 작용하고 있어요. 그리고 이 욕망은 많은 세월이 걸려야만 이루어질 수 있겠죠. 저의 청춘은 모두 망쳤습니다만 원망하지는 않아요. 이것은 사실입니다. 그런데 지금 당신의 광고가 그것을 메워 줄 기회를 주려 하는데, 고작 어처구니없는 사랑의 모험 따위로 그것을 놓치거나 잃어버릴 수 있을까요? 아니에요. 절대로 그런 짓은 안합니다. 이 행운의 기회가 오기를 저는 벌써 몇 해 전부터 기다리고 있었어요. 그러는 동안 막상 그런 기회가 닥쳐왔을 때의 여러 가지 경우를 모두 상상해 보았어요. 그러므로 재산을 손에 넣기 위해서라면 싫다고 여길 일이란 단 한 가지도, 정말 단 한 가지도 없습니다."

두 사람 사이에 잠시 침묵이 이어졌다.

"당신에게 이렇게 분명히 말해 버리는 것은 틀린 일인지도 모르겠어요. 가장 초보적인 외교 수단조차 쓰지 않는 셈이죠. 그리고 당신은 저를 모험을 좋아하는 여자가 틀림없다고 판단해 버리실지도 모르겠어요. 하지만……."

그녀는 본능적으로 목소리를 낮추었다.

"당신이 그런 광고를 내신 것은 저와 같은 여자를 찾기 위해서라고 생각합니다만."

"계속하십시오. 어서."

"저는 재산과 바꿔치기하려는 남편이라면 귀신 같은 사람이거나, 아니면 미치광이 같은 사람임에 틀림없다고 생각했었어요. 그런데 당신을 뵙고 나니까 마음이 놓였습니다. 그리고 이번에는 당신의 그 훌륭한 모습이 오히려 걱정스러워지는군요."

그는 아무 말 없이 어서 이야기를 계속하라고 손짓했을 뿐이었다.

"당신만한 매력을 가지신 분이라면 재산 같은 것을 내세우지 않더라도 얼마든지 마음에 드는 여자를 손에 넣을 수 있으실 텐데, 육체적인 핸디캡 때문도 아니라면 도대체 당신은 어째서 그런 광고를 내셨을까요?"
"당신은 머리가 좋군요. 꽤 날카로운 편입니다. 그래서 방금 당신이 재산에 대해 하신 말을 되풀이하겠는데, '재산을 손에 넣기 위해서라면 싫다고 여길 일은 아무것도 없다'는 것이 퍽 위험한 사고방식이라고는 생각하지 않습니까?"
"이 이야기는 여기서 끝나는 것이겠지요. 그리고 만일 당신이 그 계속을 이제부터라도 해주신다면, 저의 사고방식이 당신의 목적에 적합할 거에요."
"그러나 그토록 현실적인 여자 치고는 모르는 남자의 광고에 응한다는 것이 신중하지 못한 처사라고는 생각하지 않습니까?"
"모험에는 위험이 따르는 법이에요. 게다가 저는 아무것도 가진 것이 없는 걸요. 두려워할 것은 하나도 없는 셈이지요."
"그리고 모든 것을 손에 넣고 싶다고 생각하시는군요."
"어쨌든 될 수만 있다면……."
"그러기 위해서는 수단을 가리지 않겠다는 말씀인가요?"
"어머나, 그럼 제가 사기라도 친다는 말씀인가요?"
"천만에요. 이 이야기를 그토록 속되게 생각하셨다면 내가 말씨가 없기 때문이겠지요. 이런 짧은 시간에 좀 더 깊이 알려고 하는 것이 무리인 것 같군요. 당신이 솔직한 분이어서 그만 이야기가 너무 허물없이 된 모양입니다."
"중요한 것은 다른 부분도 이야기를 계속하는 일이 아닐까요. 육체적으로도 당신은 저의 희망에 아주 적합하니까요."
"당신은 방금 사기라고 말씀하셨지요. 마에나 양, 당신이 사기를 비난할 만한 행위라고 생각하시는지 어떤지 물어보아도 괜찮겠습니까?"

히르데는 잠시 생각했다. 이건 상대가 내미는 함정이 아닐까, 무언가 뼈있는 말 같다. "사기를 유감스럽게 생각하는 것은 그 논리적인 결과가 아무튼 법정으로 끌려들게 된다는 것뿐이에요."

그는 웃음을 터뜨렸다. 히르데는 깜짝 놀라 그를 쳐다보았다.

"분명히 당신은 로맨틱한 여자입니다. 그리고 결혼을 하는 것이 당신에게 가장 어울리는 생활 방식이겠군요."

"저는 그렇게 생각해요. 그리고 솔직히 말해서 당신과 같은 남편을 가지게 되리라고는 조금도 기대하지 않았어요."

"기대하지 않았더라도 괜찮습니다. 당신의 남편이 되는 것은 내가 아니니까요."

"뭐라고요?"

"나는 다만 당신을 시험했을 뿐입니다."

"어머나, 어떻게 이런 연극을?"

"아무튼 앉으십시오. 언짢게 생각하셔도 할 수 없습니다. 당신 역시 흔해빠진 월급쟁이와 결혼하듯이 간단하게 백만장자와 결혼할 수 있으리라고는 생각하지 않았겠지요. 상당한 숙달이 필요합니다. 그리고 상당한 적응성도요. 당신은 그것을 가진 것 같습니다. 하지만 그것만으로는 충분하다고 말할 수 없지요."

"그런데 그 이상한 신랑감은 어디 있나요?"

"그것은 나중에 이야기하지요. 그 전에 해결해 둬야 할 중대한 문제가 있습니다."

어리둥절해진 히르데는 영문을 모른 채 그를 바라보았다.

"마에나 양, 당신은 어쩐지 내가 찾고 있었던 분 같습니다. 현재로서는 실제 결혼 상대자의 이름이나 내 이름을 말할 수 없는 것만

양해하신다면, 그밖에는 당신의 솜씨에 따라 내막을 털어놓고 판가름을 낼 수도 있습니다. 지금 우리 사이에 미묘한 흥정따위는 필요없을 것 같습니다. 잘 들어주십시오. 사실은 내가 비서로 한쪽 팔 노릇을 하며 모시고 있는 그 장본인은 세계적인 재벌입니다. 이것은 반론할 여지가 없는 사실입니다. 그는 늙고 병들고 아주 까다로운 사람입니다. 그러나 그 사람의 돈은 모든 일을 웃으며 참고 견딜 수 있을 만큼 엄청납니다. 나는 그 사람을 아주 오래 전부터 잘 알고 있지요. 언제나 곁에서, 자신의 가장 좋은 시기를 희생하면서까지 매우 무거운 짐을 짊어져 왔습니다. 그 사람의 생활을 위해 자신의 생활도 모두 포기하고, 그 사람의 변덕에도 참고 견뎠습니다. 그것도 보통 변덕이 아닙니다. 학대도 달게 받고 사소한 욕망에도 눈치를 보았으며 병간호도 심심풀이의 상대도 해 왔습니다. 결국 그 사람 아래에서 일하게 되고부터는 단 한번도 이러한 헌신적인 노력을 그만둔 일이 없습니다. 나는 그 사람을 위해 한 만큼의 일을 결코 어느 누구에게도 해주지 못할 겁니다.

나는 애타주의자(愛他主義者)가 아닙니다. 내 노력에는 보수가 따른다고 생각하고 있었습니다. 나의 지위는 남들이 부러워할 만한 것이기는 하나 실은 노예와 마찬가지이지요. 하지만 방금 말한 바와 같이 나 자신을 없어서는 안될 인물로 만들게 된 이상 나는 조용히 그 댓가를 기다리고 있었던 것입니다. 그런데 우연히, 이것은 정말 우연입니다만 나는 그 희망이 아주 없어질 것 같다는 사실을 알았습니다. 나의 주인은 조금 전에도 말했듯이 늙은 데다 환자이며 독신입니다. 최근 유서를 만들었는데, 나는 우연히 그것을 보고 나에게 남겨질 유산의 액수를 알게 되었습니다.

나는 62살입니다, 마에나 양. 그리고 이 20년 동안 내가 모신 그는 배은망덕한 사람이었습니다. 그 사람의 전 재산은 자기 이름을 붙인 자선사업에 쓰이게 됩니다. 그는 세계의 미래 같은 것은 조금도 걱정하지 않는 사람이지만, 자기 이름을 후세에 남기기 위해서는 그밖에 다른 방법이 없었기 때문입니다. 그의 이름이 네온으로 빛나고, 대리석의 흉상이 그가 창설한 자선사업 센터에 장식될 것입니다. 나는 사태의 진전을 바꿀 방법을 여러 모로 생각해 보았습니다. 그러나 그 방법은 단 한 가지밖에 없었습니다. 그 광고를 낸 것은 그 때문이었습니다."

히르데는 꼼짝하지 않고 열심히 귀를 기울이고 있었다.

"나는 그 사람을 잘 알고 있습니다. 조종할 수도 있지요. 만일 당신이 이제부터 나의 말대로 충실하게 해 주기만 한다면, 당신한테도 한 재산을 만들어 드릴 수가 있습니다."

"하지만 무엇 때문에 제게 재산을 주시려고 하나요?"

그는 빙그레 웃었다. 그리고 책상 위에 있는 스탠드를 켰다.

"나의 재산을 만들려면 아무래도 당신의 재산을 만들어야 하기 때문이오."

"설명해 주세요."

"우리들이 지금 만나고 있는 것도 그 때문이 아닙니까? 아까도 말했듯이 만일 그 사람이 홀아비로 죽어 버린다면 그의 재산은 모두 국가와 자선사업으로 돌려지고 맙니다. 그러나 나이가 있으니 조금만 수완이 있는 여자라면 그 생활을 완전히 뒤집어 놓을 수도 있고, 나와 힘을 합치면 모든 것이 손에 들어올지도 모릅니다. 나는 누군가 알지 못하는 여자에게 부탁하는 수밖에 없었습니다. 그런데 나의 주인은 사람을 싫어하고 특히 여자를 싫어합니다. 그가 알고 있는 여자는 모두 그와 같은 계급의 사람이며 그와 비슷한 부자들이기 때문에 아무리 재산을 늘리기 위해서라고 해도 그런 까다로운 늙은이를 참아낼 까닭이 없지요. 그래서 여자라면 가끔 정당한 댓가를 지불해서 2, 3일 데려오는 정도입니다. 그런데 그는 요즘 상당히 늙어 버려서 건강상태가 아주 위태로워졌어요. 그러니 나도 노후를 대비해야 합니다. 되풀이하지만, 나는 그의 취미도 변덕도 도락도 알고 있소. 당신 혼자로는 벅차지만, 당신을 어떻게 하면 그 자리에 앉힐 수 있을지 나는 알고 있소. 그리고 특히 계속해서 그 자리에 앉아 있기 위해서는 어떻게 하면 되는가 하는 것도 말이오."

"그래서 제가 그 자리에 앉게 되면 당신을 위해서 무엇을 해 드려야 하나요?"

"당신은 내 덕분으로 그 자리에 앉게 되었다는 걸 잊지 말아 주시오. 그 감사의 증거를 받고 싶습니다. 나의 주인보다도 더 큰 증거를 말입니다."

"이를테면?"

"숫자로 말하겠소. 지금 그가 죽으면 내가 받을 유산은 2만 달러입니다. 그렇게 놀란 얼굴 하지 마시오. 그것이 꽤 큰돈이라는 것은 나도 알고 있습니다. 그러나 당신한테는 큰돈이지만 그에게는 푼돈입니다. 내가 그 댓가의 액수를 전부터 알고 있었다면 그토록 열심히 일하지는 않았을 것이오. 만일 당신이 그와 결혼한다면, 그가 죽었을 때 내 앞으로의 유산 말고도 나의 당연한 배당금이라고 여겨지는 액수 20만 달러를 더 받게 되겠지요. 그렇게 되면 나로서는 나쁘지 않은 흥정인데 당신에게는 우선 꿈같은 이야기일 것입니다."

"하지만 그분의 병이 곧 죽을 만한 것은 아닌지도 모르잖아요."

"다행스럽게도 곧 죽을 것 같지는 않소. 그렇지 않으면 우리들의 계획은 물거품이지요. 적어도 당신과 결혼하기 위해 최소한도의 시간이 필요하니까요."

"하지만 10년이 지나도 안 죽을지 모르잖아요."
"그는 벌써 일흔 세살입니다. 당신도 설마 이미 다 죽어가는 누군가의 유산 상속인이 될 행운을 바라지는 않았겠지요. 하지만 당신은 얼마 뒤에 동화 속의 주인공처럼 엄청난 부자가 되어 그 없이는 절대로 알 수 없었을 생활을 즐기게 될 겁니다. 그리고 나의 주의를 지키기만 한다면, 그 때까지 기다리는 시기도 매우 기분 좋게 지낼 수 있을 것입니다. 그런데 절대로 잊어서는 안될 것은 내가 동업자이며, 그 동업자를 소홀히 해서는 안된다는 것입니다."
"그건 조심하겠어요. 하지만 왜 저를 위해 전 재산을 손에 넣는 것을 단념하시지요?"
"단념하는 것은 아닙니다. 다만 나에게는 전혀 선택의 자유가 없기 때문입니다. 만일 내가 이대로 그와 단둘이 있게 되면 2만 달러로 만족할 수밖에 없습니다. 그러나 당신이 있으면 20만 달러를 더 손에 넣을 가능성이 있지요. 이건 해 보아서 손해날 일은 아닙니다. 어떻습니까?"
"설마 이런 이야기라고는 생각지도 못했어요."
"그야 그렇겠지요. 지금 이야기한 것을 잘 생각해 보시고 내일 대답을 해주십시오."
"하지만 아직도 묻고 싶은 것이……."
"근본적인 것은 이미 모두 말한 셈입니다. 우리들의 의견이 일치되면 그때 좀 더 여러 가지 정보를 알려드리지요."
그렇게 말하자, 그는 일어서서 회담이 끝난 것을 알렸다.
어리둥절해진 히르데갈데는 그를 따라 일어섰다.
"그럼 내일, 같은 시간, 같은 장소에서, 좋습니까?"
"좋아요."
"그럼 그때 봅시다. 마에나 양, 뵙게 되어서 반가웠습니다."

"저도요."

이튿날도 전날과 비슷하게 지나갔다. 빨간 장미가 흰 장미로 바뀌어서 마치 행운을 예언하고 있는 듯했으며, 약혼이 다가온 것을 축하하는 것처럼 여겨졌다. 그날 아침, 히르데는 제화점에서 실내화를 샀다. 그것만으로도 벌써 새로운 생활이 시작된 것 같은 생각이 들었다. 밤새도록 한잠도 자지 않았기 때문에 이번 일을 여러 면에서 생각해 볼 시간이 있었다. 결국 그녀는 이렇게 된 것에 만족하였다. 꿈같은 옛이야기를 믿지 않는 그녀는 광고에는 쓸 수 없는 어떤 불쾌한 조건을 각오하고 있었기 때문이었다. 그리고 그 조건을 알고 난 지금, 그다지 나쁘지만은 않은 이야기라고 생각되었다. 적지로 뛰어드는 것은 그녀 혼자만이 아니었다. 그는 '어떻게 하면 당신을 그 자리에 앉힐 수 있는지, 그리고 거기에 계속 있게 하는 방법을 알고 있다'고 분명히 말했다. 두 사람이 서로 의견의 일치를 보면, 그는 그 순간부터 믿을 수 있는 한편이 되어 그녀의 실수를 잘 덮어 줄 것이다. 두 사람은 공통된 이해관계로 얽혀 있다. 따로따로라면 어느 편이나 무력하다. 그녀만이 그의 힘에 의지하는 것이 아니라는 점도 아주 흐뭇했다. 더구나 그녀가 세계 으뜸이라고 해도 좋을 만한 재산을 손에 넣는데, 그는 겨우 20만 달러로 참겠다는 것이다.

"사람이란 무슨 일에나 곧 익숙해지는 거야. 나도 이젠 완전히 그럴 생각이 되어 버렸어."

그녀의 생각은 갑자기 방해를 받았다. 어제의 그 젊은 여자가 데리러 온 것이다.

그녀는 일어서서 큰방으로 들어갔다.

"어서 들어오세요, 마에나 양."

잿빛 트위드를 입은 그는 어제보다 더 젊어 보였다. 그리고 어제는 미처 눈치채지 못했었는데, 가볍게 그을린 얼굴빛이 그의 밝은 눈을 한층 돋보이게 해주고 있었다. 그는 웃는 얼굴로 소파에 앉으라고 했다.
"잘 주무셨습니까?"
"실은 뜬눈으로 밤을 새웠어요. 당신 이야기를 몇 번이나 되새겨 보느라고요."
"그래서 결론은 어떻게 되었나요?"
"결정했어요. 결혼하기로요. 아무런 이의 없이."
그리고 잠시 입을 다물고 있다가 덧붙였다.
"그 쪽에서 이의가 없다면."
"나도 매우 기쁩니다. 다른 세 사람의 젊은 여인은 꿈이 깨어져서 돌아가게 됩니다. 정말 가엾다는 생각이 들지 않습니까?"
히르데는 약간 신경질적으로 웃었다.
"마에나 양, 당신이 하시는 일에 관계하는 공증인은 있습니까?"
"어머나, 아뇨. 공증인 같은 것이 무슨 소용이 있나요?"
"하지만 거래를 하는 데는……."
"곤란하게 되었군요. 나 역시도 거래 같은 것은 해 본 적이 없어요. 이번 일 말고는."
"알겠습니다."
그는 손가락 사이에서 흔들거리고 있던 연필을 쓰기 시작했다.
"누군가 지명하고 싶은 공증인이 있습니까?"
"아뇨, 나는 아무도 몰라요."
"그럼 내가 당신을 도울 수 있을 만한 사람을 찾아보겠습니다. 그런데 당신에 관한 공문서로는 무엇을 공증인에게 보일 수 있나요?"
"신분 증명서와 배급통장밖에는 없어요."

"하지만 결혼을 하자면 여러 가지 공문서가 필요합니다. 출생증명서 사본이라든가, 호적 등본이라든가 하는 그런 종류의 서류 말입니다."
"생각해 보지 않았어요."
"급히 갖추어야 합니다."
"조금 어렵다고 생각해요. 아시겠지요? 나는 함부르크 태생이에요. 폭격으로 관공서도 기록보관소도 모두 파괴되었어요. 물론 편지를 써보기는 하겠지만, 등본을 교부받는 데는 많은 시간이 걸릴 것 같아요."
"그렇겠군요. 그렇다면 그 대신 간단한 법률상의 형식으로 곧 처리합시다."
그렇게 말하면서 그는 서랍에서 한 다발의 서류를 꺼냈다.
"마에나 양, 당신은 고아니까 나의 양딸로 합시다."
너무나도 어이가 없어서 히르데는 그를 쳐다보았다.
"뭐라고요?"
"나는 당신을 양딸로 삼겠습니다. 법률상 당신은 내 딸이 되는 겁니다. 어떨까요?"
그는 서류 위에서 두 손을 모아 쥐고 미소지으며 히르데를 바라보았다. 히르데는 마음을 가다듬으려고 애쓰면서 생각나는 대로 말했다.
"그렇게까지 해 주시겠다니 정말……."
"아니, 오해하지 마시오. 나는 박애주의자는 아닙니다. 나는 사업가입니다. 나는 당신한테 모든 것을 거는 거요. 그러므로 나는 그 보증을 잡아 두는 겁니다."
"모르겠어요. 난 신경이 둔하군요."
"당신은 돈 때문이라면 무슨 일이라도 하겠다고 하므로 내 목적과 아주 딱 들어맞아요. 그러나 그것은 양쪽에 날이 있는 칼이거든요. 나는 현재의 당신의 성실성을 의심하지는 않습니다. 또 결혼하기 전에는 당신을 나의 반쪽처럼 믿을 수도 있소. 그러나 결혼한 뒤에는…… 그렇지 않습니까?"
"……."
"젊은 아내로서는 뻔뻔스러운 비서가 자기를 유혹하고 있다고 늙은 남편에게 믿게 하는 것은 너무도 쉬운 일입니다. 그렇게 되면 나는, 충실한 하인인 나는 도대체 어떻게 되겠습니까?"
"나는 절대로 그런 짓은 안해요."
"누구나가 일이 벌어지기 전에는 그렇게 말하는 법이지요."
"그럼 나를 양딸로 삼는다면 어떻게 보증이 되나요?"
"조금만 생각해 보면 곧 알게 될 텐데요. 나는 굳이 그것을 바라고 있는 것은 아닙니다. 다만 당신이 규칙을 잊었을 때 쓰기 위해 조커로서 떼어놓는 것뿐입니다. 그렇게 해두면 비록 당신이 그런 말을 조작하더라도 이치에 안 맞게 되는 겁니다. 이 세상에서 가지고 있는 것이라고는 딸밖에 없는 선량한 아버지가 그 딸을 유혹한다는 일이 있을 수 있습니까. 게다가 당신 남편은 죽고 난 뒤에야 비로소 이상적인 남편이 됩니다. 그때 겨우 해방된 당신이 나의 계획과는 전혀 다른 독립과 망은의 생각을 품지 않는다고 누가 보장해 줍니까?"
"신뢰라는 것이 있잖아요."
"어디에?"
"나는 양딸로 삼겠다는 말에 반대하고 있는 것은 아니에요. 다만 놀랐을 뿐이에요."
"알아주시니 이보다 더 기쁜 일은 없습니다. 아시겠지요. 가족처럼 좋은 것은 없어요. 금전 문제에서는 더욱 그러하지요. 서로가 어울리지 못하더라도, 다투거나 미워하더라도 핏줄만은 굳건히 남아요. 부자인 젊은 여자에 대해서는 아버지가 되는 쪽이 그 끄나풀이 되는 것보다 훨씬 좋습니다."
히르데는 소파에 깊숙이 몸을 파묻고 다리를 포개면서 물었다.
"그런데 그 꿈의 애인과는 언제 만나게 되나요?"
"당신을 미인으로 만들어 낸 다음이지요."
"아니, 어떻게 그런 말씀을······."
"아니, 지금도 아름답습니다. 나는 잘 알고 있소. 그러나 대개의 사람은 그것을 깨닫지 못합니다. 당신은 머리 빗는 법이며, 화장법이며, 차림새, 걸음걸이, 칵테일 만드는 법, 그리고 아무 의미 없는 일에도 대화를 해나갈 수 있는 법을 배워야 합니다. 거래소의 동정이나, 국제정치의 방향, 경마에 관한 것 등, 책에서 배웠다는 냄새가 나지 않도록 자연스럽게 해야 합니다. 굉장한 교육이지요, 마에나 양, 그러나 피그말리온(Pygmalion. 영국의 극작가 버나드 쇼의 5막 희곡으로 '마이 페어 레이디'의 원작)의 역할은 나 같은 연배의 사람에게는 매력이 있어요. 게다가 그 전에 당신과 꼭 해결해야 할 약간의 기술적인 문제도 있습니다."
"말씀대로 따르겠어요."
"그래요? 그럼 좋습니다. 우선 내 책상에 앉아 주시오. 편지를 한 통 받아 써야 하니까요."
"누구에게?"
"내 앞으로 말입니다. 당신의 자필 편지입니다. 당신이 약속한 20만 달러를 남편이 죽은 뒤에도 주지 않을 때 사용할 겁니다."
"하지만 어제 그 점에 대해서는 동의한다고 말씀드리지 않았어요?"
"그랬지요. 분명히. 그러므로 그것을 서류로 만들어서 확인해 달라는 것입니다. 만일 당신이 그 약속을 잊어버리더라도 그것으로 나는 보증을 받겠지요. 이 확인이 지금의 당신을 속박할 염려 따위는 전혀 없습니다. 당신이 결혼했을 때의 이름으로 서명해주는 거니까요. 그리고 재산이 손에 들어왔을 때, 당신은 나에게 돈을 주고, 나는 그 편지를 당신한테 돌려 드립니다. 만일 주지 않을 경우에는 나는 그 편지를 법정에 내놓게 되지요. 그러니 아시겠어요? 모든 것이 당신의 성의에 달려 있습니다. 그것만 잊지 않는다면 모든 일이 순조롭게 됩니다. 자, 내 책상에 앉으시오. 그러는 편이 쓰기에 좋을 것입니다."

히르데는 일어서서 그의 앞을 지나며 지그시 그의 눈을 들여다 보았다. 그는 그녀의 어깨에 두 손을 얹고 한참 동안 정면에서 바라보았다.

"부디 나를 믿어주시오. 나는 어제 당신을 믿고 이 계획을 이야기했소. 우리는 이 일에서는 한편입니다. 그걸 머리 속에 잘 넣어 두십시오. 당신이 그것을 의심하거나 좀 더 잘해 보겠다는 생각을 하거나 하면, 그때 우리들의 관계는 끊어진다고 생각해 주시오. 대신할 여자는 얼마든지 있소. 다른 세 사람은 아직 돌아가지 않았으니까요. 일을 진행하는 것은 나뿐이며, 나 없이는 변두리 아파트로 되돌아가 번역이나 하게 된다는 사실을 잊지 마시오."

"뭐라고 쓰면 되나요?"

그는 큼직한 광택지를 한 장 꺼내더니, 만년필을 건네 주고 나서 책상 앞을 왔다갔다하기 시작했다.

"아버님, 여기에 20만 달러의 횡선수표를 함께 보냅니다. 처음이자 마지막 수표입니다. 이것으로 모든 것이 청산된 것으로 해 주세요. 이것을 드리는 것은 저의 남편이 죽었기 때문입니다. 이것으로 모든 것을 눈감아 주시옵소서."

"모르겠어요. 이 마지막 말은."
히르데는 얼굴을 들었다.
"적어도 최소한도의 논리는 가져 주었으면 좋겠소. 당신 남편이 죽으면, 당신의 아버지인 내가 2만 달러의 유산보다 좀 더 많은 것을 바란다고 해도 이상할 것은 없지 않소. 그리고 이 편지는 당신이 우리들의 협정을 소홀히 했을 때의 보증이오. 그때 나는 당신한테 유리한 새 유서에 이의를 신청하는 거요. 이 편지는 그때를 위한 하나의 재료로 삼는 것뿐입니다. 앞날의 보증을 해두지 않을 수 없단 말이오. 내가 이 결혼을 성립시키는 것은 오직 돈을 손에 넣기 위해서일 뿐이므로 당신의 성의에 대한 보증이 필요한 것입니다. 자, 계속해 주시오."
그는 다시 받아쓰게 했다.
"이 사건도 어느덧 때가 지나면 잊어버리게 되겠지요. 그리고 이 수표로 인해 아버님에게도 좋은 추억이 되길 빌겠습니다. 당신의 사랑하는 딸 히르데갈데 콜프 리치몬드. 그것뿐입니다. 자, 이제 당신은 미래의 두 이름을 알게 되었소. 내 이름을 이제까지 말하지 않은 것은 실례했소만, 그 이유는 당신도 잘 아시겠지요. 나는 안톤 콜프라고 합니다. 수표는 당신의 예금이 되는 대로 서명해주시오. 지금은 그저 봉투에 내 이름을 써 두십시오. 그렇게 하면 아무 착오도 생기지 않을 테니……."
그는 자기의 주소를 받아쓰게 했다.
"고마워요. 마에나 양. 그리고 이번에는 이 서류에 서명해 주시오."
"뭐에요, 그건?"
"양딸 수속입니다."
"모두 준비해 두셨군요."

"물론이지요."

히르데는 몇 장인가의 인쇄된 종이에 서명하면서, 안톤 콜프 쪽을 보지 않고 물었다.

"혹시 당신은 독일 사람이 아니세요?"

"함부르크 출신입니다. 이런 행운을 우리나라 사람에게 잡게 해주고 싶어서……."

"독신이세요?"

"네, 당신한테 드리는 것은 아버지라는 이름뿐이지 가족은 아닙니다."

"그래서 이번에는 무슨 일을 해야 하나요?"

"준비를 해주시오. 드레스와 향수를 사고. 하지만 그런 것에는 나의 충고가 필요치 않을 것입니다. 어떤 여자건 화장에 관해서는 자기 혼자서 잘 하는 법이니까요. 아, 그렇지! 꼭 한 가지, 리치몬드씨는 녹색을 아주 싫어합니다. 잘 기억해 두시오."

히르데갈데는 공주에게도 지지 않을 만큼 결혼준비를 하면서 문득 어떤 것을 깨달았다. 지나가던 사람이 뒤돌아서서 보아주는 것을 즐기려면, 여자는 멋만 부리면 된다는 것을. 그녀의 머리카락은 본디 아름다웠는데 솜씨 좋은 미용사 덕분에 한결 돋보이게 되었다. 미용사는 고상하고 독창적인 헤어스타일을 만들어 주었다. 그녀는 일주일에 두 번 매니큐어를 시켰으며, 향수는 로자를, 드레스는 디올의 것으로 했다. 서서히 호화로운 생활이 시작되었다. 밤마다 306호실 아파트에서 그녀와 저녁식사를 함께 하며 안톤 콜프는 그녀의 교육을 완성해갔다. 히르데는 재주있는 학생이었다. 그녀는 곧 사교계의 남자를, 거래소의 직원을, 하인을 어떻게 다루면 되는지 습득했다. 트럼프놀이도 배웠으며, 증권의 신비에도 눈을 떴다. 오후에는 거의 외출을 하지 않았다.

"단 한 사람이라도 당신을 알면 곤란하오. 리치몬드에게 당신을 발견했다는 느낌을 주게 해야 되오. 물론 처음 만나는 장면은 아주 신중하게 짤 작정이오. 결혼을 목적으로 하는 것이니까, 그 나이의 상대에게는 첫눈에 반하게 하는 것이 가장 좋아요."
안톤 콜프는 말했다.
"첫눈에 반하다니, 그걸 어떻게 보증해요?"
히르데는 걱정했다.
"여자가 할 수 있는 가장 강력한 방법은 남자의 상상력을 잡는 일입니다. 그것을 깨우치도록 하시오. 그렇게 하면 그 다음은 저절로 풀립니다."
"하지만 만일 그 사람의 경우, 그것이 잘 안되면……?"
"함부르크로 돌아가서 번역 일을 할 수밖에 도리가 없겠지요."
"당신 말씀대로 하겠어요. 모든 것을."
"그래요. 그러면 모든 것이 잘 됩니다."
이렇게 하여 그는 날마다 자기가 바라는 모습으로 그녀를 서서히 바꾸어갔다. 문제가 되는 것은 겉모습뿐이었고, 그녀의 지성 쪽은 새로 만들 필요가 없었다. 안톤 콜프가 지니고 있는 지성이 그녀의 몫까지 보충하고도 남음이 있었던 것이다.

한편 칼 리치몬드는 중풍 환자용의 바퀴의자에 앉아서 몹시 화를 내고 있었다. 여송연이 없었기 때문이었다. 바퀴를 돌려서 의자를 테이블로부터 떨어지게 했다. 테이블 위에는 거의 손을 대지 않은 점심 식사가 싸늘하게 식어 있었다. 하얀 제복을 입은 세 명의 자메이카인 웨이터가 허리를 굽히고 무표정한 얼굴로 잔소리를 듣고 있었다. 무슨 일이나 이내 습관이 되듯이 세 사람의 웨이터는 욕을 얻어먹는 일이 이미 습관처럼 되어 있었다. 욕설은 언제나 똑같았다. 원숭이니,

창녀의 자식이니, 지옥의 첩자니 하는 대목을 지나서 지루한 잔소리도 슬슬 끝나고, 이제 남은 것은 남들이 이해할 수 없는 백만장자의 넋두리 뿐이었다. 그것이 막 시작된 참이었다.

"불쾌하기 짝이 없어. 알겠나, 이 바보 녀석들아! 내 뒤에 이런 비천한 놈들을 끌고 다니는 것이 정말 불쾌해. 형편없는 놈들! 너희들은 모두 형편없는 놈들이야. 내가 죽으면 솔개처럼 시체를 뜯어먹을 작정이겠지. 하지만 너희들한테는 아무것도 안 줘. 나는 너희들 같이 쓸개빠진 놈들에겐, 눈곱만한 친절도 베풀 줄 모르는 놈들에겐 한푼도 안 남겨준단 말이야. 나는 환자야, 알고 있으라구. 나한테는 휴식과 안정이 필요해. 나한테 거역하면 안돼. 의사가 말하지 않았나, 거역하면 안된다고."

노여움으로 목소리가 쉬었다.

"빨리 꺼져 버려! 나 혼자 있게 해 다오. 나는 습관이 되었어. 아무도 나를 돌봐 주려 하지 않는군. 늙은이라고 말이야. 그러나 괜찮아. 나는 부자이니까. 너희들이 어떻게 생각하든 나는 너희들을 부려먹겠다."

그리고 과장된 몸짓으로 자기의 금시계를 벽에다 던졌다.

"주워와!"

웨이터 하나가 웃음을 참으면서 뛰어갔다. 시계를 주워 와서 손바닥에 올려놓고는 가엾다는 듯이 고개를 갸웃거리며

"부서진 것 같습니다" 하고 말했다. 노인은 시계를 받아들더니 뒤쪽을 본 뒤에 귓전으로 가지고 갔다. 그의 노여움은 가라앉아 있었다. 미소가 흘렀다.

"기계는 부서졌는지도 모르지. 하지만 이 금딱지는 아름다워. 다이아몬드를 잘라서 만든 용머리 장식은 값어치가 있어. 그렇지, 이 보석만 해도 달러로 환산하면 굉장하단 말이야. 고치러 보내야겠는

데 나는 몸이 자유롭지 못하여 그럴 수도 없으니 이걸 누구에게 주기로 하겠다. 그래 너희들 셋 중에서 한 사람에게 주기로 하지. 너희들의 친절에 보답하는 아주 조그마한 선물이야. 누구냐, 갖고 싶은 사람은, 줄 시계는 하나뿐이니 서로 시기해선 안돼. 옳지! 내기를 해보도록 하자. 이긴 자가 시계를 손에 넣는 거야. 알겠냐?"
세 사람은 미소로써 그에 답했다.
"좋아. 그럼, 그렇지."
노인은 아주 교활하게 생각에 잠기는 얼굴을 했다.
"세 사람 중에서 누가 개 흉내를 가장 잘내나, 어디 너 한번 해봐."
노인은 의자 옆에 있는 한 웨이터를 가리켰다. 그 웨이터는 곧 차렷 자세를 한 채 짖기 시작했다. 나머지 두 사람의 눈길은 동료로부터 노인에게로 옮겨갔다. 늙은이는 흐뭇한 듯이 고개를 끄덕이고 있었다.
"잘한다, 잘해. 하지만 너한테는 상상력이라는 것이 전혀 없구나. 이번에는 너, 해봐라."
두 번째로 지명을 받은 웨이터는 엉금엉금 기더니 사냥개처럼 코를 쿵쿵거렸다. 그러다가 갑자기 그치고 사냥할 대상물을 알리는 시늉으로 고개를 쳐들어 열심히 의자의 바퀴언저리를 냄새맡다가, 가구 주위를 돌아 안락의자의 다리 근처에서 흙을 파는 시늉을 했다.
"좀 더 잘할 수 없냐?"
노인은 세 번째 웨이터에게 말했다. 세 번째 웨이터는 증오의 기색을 숨기면서 고개를 끄덕이고는 역시 엉금엉금 기었다. 그리고 똑바로 노인의 손을 향해 와서 그 손을 핥고, 아직도 일어서지 않은 동료 곁으로 가서 냄새를 맡은 뒤에 정말 개와 똑같이 천연스러운 모습으로 거침없이 소변을 보는 시늉을 했다. 노인은 손뼉을 쳤다.

"잘한다, 잘해. 아주 똑같구나. 이번에는 먹이를 먹어라."

그는 재빨리 의자를 돌려 테이블 쪽으로 움직였다. 자기의 접시 위에서 굳어 버린 기름진 고깃덩이 하나를 집어들고는 웨이터의 코 끝에 갖다댔다. 웨이터는 멋진 몸짓으로 그것을 받았다. 그리고는 웅크리고 앉아 두 손을 흔들면서 고기를 더 달라고 짖기 시작했다. 이 놀이에 아주 기분이 좋아진 노인은 한 덩이, 또 한 덩이 자기의 접시에 남은 것을 집어 흔들었다. 웨이터는 그것을 모두 삼켰다. 그리고 접시가 완전히 비자 또 짖기 시작했다. 잔뜩 즐기고 난 칼 리치몬드는 그제야 겨우 그 웨이터에게 시계를 주었다. 그러자 개는 다시 사람이 되고, 다른 두 동료는 그에게 원망스러운 눈길을 던졌다.

"선장을 불러 다오."

노인은 명령했다. 세 웨이터는 절을 하고 한 줄로 나란히 서서 밖으로 나갔다. 혼자 남은 칼 리치몬드는 욕실까지 의자를 굴려가서 손을 씻고, 물기가 마르는 것을 기다렸다가 향수를 뿌렸다. 유색 인종과 닿았으므로 어떤 괴상한 병이 옮았을지도 모른다고 생각했기 때문이다. 그런 다음 거울 앞에 서서 머리를 빗었는데, 이틀 전부터 왼쪽 눈의 고름이 멎지 않아 조금 걱정스러웠다. 느닷없이 그는 거울을 향해 입을 벌려보았다. 누런 틀니가 나타났다. 흐뭇해진 그는 의자를 돌려 식당으로 돌아왔다. 거기에는 선장이 와서 기다리고 있었다.

"들어오기 전에 노크도 할 줄 모르나."

선장은 모자를 겨드랑이에 낀 채 본능적으로 부동자세를 했다.

"부르셨습니까?"

"칸느에는 언제 도착하지?"

"늦어도 이틀 안으로는 도착할 겁니다."

"아무 연락도 없지?"

"네."

"무엇 때문에 배에 무전기가 있는지 도대체 모르겠군. 나한테는 전혀 관심이 없는 모양이지."
"이만한 톤수의 배라면 무전기는 꼭 필요한 물건이라고 생각됩니다만."
"안톤 콜프한테서도 아무 말이 없나?"
"네, 사흘 동안은."
"의사한테는 분명히 전보를 쳤겠지?"
"의사라뇨?"
"이 눈을 좀 보게. 맹추 같으니! 유럽에서 제일가는 전문의사를 부르란 말이야. 아무 데나 있는 돌팔이 의사한테 보일 수 있다고 생각하나. 유명한 교수를 불러. 그런데 솔직히 말해서 자네는 어떻게 생각해? 어제보다 심해진 건 아닌가? 좀 더 다가와서 보게, 전염되지는 않을 테니."

그렇게 말하고는 신경질적으로 선장의 무릎에 의자를 갖다댔다. 선장은 몸을 굽혀 이 엄살꾸러기 환자를 관찰한 뒤에 무표정한 얼굴로 몸을 일으켰다.

"말씀하신 대로입니다."
"뭐가 말하는 대로야?"
"고름이 많아진 것 같습니다. 심하냐고 물으신 것이 그 뜻이라면."
"어떤가, 심한 증상인가?"
"저로서는 말씀드릴 수 없습니다만."
"빨리 꺼져."
"네, 알겠습니다."

선장은 발뒤축으로 돌아서 모자를 쓰고는 뒤돌아보지도 않고 나가버렸다. 한가한 환자는 이제 할 일이 없었다. 그것이 그의 비극이었다. 심심풀이로 격투를 하고는 오래 살지도 못할 터인데 공연한 짓을 했다고 분개하는 것이었다.

　그는 선장실까지 의자를 굴려갔다. 거기에는 점을 치다 말고 그대로 둔 트럼프가 기다리고 있었다. 이 배 전체가 환자인 그에게 알맞게 만들어져 있었다. 그가 바퀴의자에만 의지하고 있으므로 비품들은 그것을 고려해서 배치되어 있었다. 가구류는 소형으로 벽 쪽에 붙여서 돌아다니기에 편리하도록 놓여 있었으며, 창문 대신 베란다에서 바다를 내다볼 수 있게 되어 있었다. 하지만 그는 바다를 내다본 적이 없었다. 그가 항해를 하고 있는 것은 그 때문이 아니었다. 여행의 즐거움을 맛보기 위해서 항해를 하는 것이 아니었으므로 배에서 내리는 일은 극히 드물었다. 그의 인생에서 단 하나의 즐거움은 배 위에서, 승무원들 속에서 마치 자기의 영토에 군림하고 있는 영주와 같은 기분을 맛보는 것이었다. 아주 비좁고 괴상한 이런 세계에서는 무엇 하나 그가 모르는 사이에 일어나는 일은 없었다. 그는 스파이를 두어서 자기편과 적을 가리고 있었다. 그리고 그의 적이 그에게 가지는 증오만이 그에게 특히 사는 보람을 안겨 주는 것이었다. 그들의 생사의 권리를 자기 손에 쥐고 있는 것이 흐뭇했던 것이다.

　그러나 칼 리치몬드는 소위 괴물은 아니었다. 함부르크 출신의 독일인으로 사업 형편상 미국으로 귀화한 그는, 처음에는 요행으로, 다음에는 책략으로 거대한 재산을 만들어 냈다. 맨 처음 그가 소유한 땅에서 석유 냄새를 맡자, 그것을 교묘하게 개발 이용하는데 성공한 것이다. 운과 약삭빠른 셈이 그를 상당히 쉽게 행운으로 이끌어다 준 것이었다.

　독일인, 그것도 함부르크 출신 부하들에게 즐거이 둘러싸여서 두 번의 대전 중 상당히 수상쩍은 술수를 씀으로써 한때는 미국 정부로부터 요시찰 인물로 낙인 찍히기도 했으나, 수완이 좋은 리치몬드는 이중 승부를 하여 끝내 어느 쪽에서도 결정적인 배척을 받지 않고

용하게 헤쳐 나왔던 것이었다. 게다가 화려한 선거전에는 자진해서 경제적인 도움을 줌으로써, 몇 명의 정치인에겐 은인이 되었다. 그 사람들은 자기들의 지위가 전적으로 그에게 달려 있었으므로 그것을 더욱 굳히기 위해 그의 지위도 보증하고 있었다. 그러나 리치몬드 자신은 프리랜서로 머물러 있었다. 그리고 사우디 아라비아의 혁명에 돈을 대기로 하고, 그리스 공산당에 소총을 팔곤 하는 재미를 버리지 않았다. 한쪽에 성의를 다하면서 다른 한쪽을 배반하는, 마치 혼자서 체스를 하는 것과도 같이, 자기편을 바꾸어 가는 예측할 수 없는 변화 속에서 즐거움을 찾고 재산을 늘려 왔었다.

그러나 결국, 그는 참으로 고독한 사람이었다. 젊었을 때 보잘 것 없는 고향 여자와 결혼하여 주위 사람들을 놀라게 한 적도 있었는데, 병이 잦고 내성적인 그녀는 남편의 생활에 흥미를 가질 수가 없어 그저 멍하니 몸둘 바를 몰라했을 뿐이었다. 그녀가 자기를 괴롭히는 재산보다 가정과 자식을 바란 것은 분명한 사실로서, 죽을 때까지 그 꿈을 충실하게 지켜갔다.

칼 리치몬드는 홀아비가 되었을 때 슬픔을 숨기지 않았다. 그리고 그것이 남들이 본 단 한 번의 진정한 비탄이었다. 그 뒤 40년의 세월이 흘렀으나, 그는 한번도 재혼의 뜻을 보이지 않았다.

그는 자기 자신에 대해서도 잔인했지만, 타인에 대해서는 더욱 심했다. 1943년 독일에 머물게 되었을 때 안톤 콜프를 알게 되어 여행을 하는 동안만의 예정으로 비서로 채용했으나, 그의 뛰어난 재간을 놓치기가 아까워서 그 뒤 줄곧 그를 붙잡아 두게 되었다. 콜프가 달콤한 국물의 배당을 노리는 야심가라는 것을 알면서, 늙은이는 오히려 그 야심을 충동질하여 헌신적인 봉사를 손에 넣고 있었다.

그렇게 서둘러 유서를 보임으로써 콜프로 하여금 환멸을 느끼게 할 필요는 없다. 유서라는 종이조각을 쓰는 것은 정말 재미있다, 그것을 보게 되는 날에는 콜프도 약간 놀라겠지. 그 모습을 그 자리에서 즐길 수 없다는 것이 조금 아쉬운 일이긴 하지만..

이 늙은이를 부패케 한 것은 오직 돈이었다. 그는 그의 긴 생애를 통해서 강력한 돈의 힘을 역력히 보아왔다. 아무리 결백한 것으로 알려져 있는 인물이라도 통례의 두 배, 세 배 되는 뇌물을 보내는 그의 앞에서는 무너지기 마련이었다. 모든 것을 돈으로 살 수 있을 뿐만 아니라, 대개의 경우 정가만큼 주지 않아도 되었다. 수표와의 교환으로 무엇이나 필요한 것이 손에 들어왔다. 정치인은 물론이고 여배우도 말할 것 없고, 장군이나 총독들, 더구나 시장에서 가장 값이 좋은 양심이라는 물건까지도. 그는 이 상품을 일일이 다 생각해 낼 수도 없을 만큼 사들인 것이었다. 그런데 이런 그의 재력에도 불구하고 그에게 거역한 사람이 딱 한 사람, 일생 동안에 오직 한 사람 있었다. 바로 그의 아내였다.

그녀는 가난한 사람과 결혼하는 마음으로 그와 결혼했다. 그녀는 예쁘지도 않았고 이지적이지도 않았지만, 몸과 마음을 모두 그에게 바친 상냥하고 충실한 아내였다. 그리고 절대로 그것을 과시하지 않았다. 이 기나긴 인생살이에서 그런 사람은 꼭 하나밖에 없었다. 다른 인간들이 아니었더라면, 그도 분명히 지금처럼 되지는 않았을 것이다. 다른 인간들이 그토록 비겁하게 어떤 결탁이라도 서슴지 않고 해치우며 어떤 배신 행위나 어떤 비열한 일도 예사로 하는 속에서 자기만이 선량하고 올바르고 관대하게 예술만을 사랑한다는 것은 쉬운 일이 아니다. 다른 인간들은 돈의 신 앞에 나온 듯이 그의 발 밑에 엎드려서 자신들의 훌륭한 정신을 벌거벗겨 보였던 것이다.

아주 오랜 옛날, 그가 아직 사람을 싫어하지 않았던 젊은 시절에 그는 재미삼아서 자기의 능력을 한번 시험해 보려고 생각했다. 그저 어떻게 될까 하고, 꼭 한번만이라는 결심으로 오욕의 경험을 해보려고 했던 것이었다. 그런데 그것이 오늘날까지 이어지고 만 것이다. 늙어서 병이 들고, 모든 것이 싫어지고 믿을 수 없게 된 오늘날까지.

그가 다소 새디스트처럼 되고 사람을 농락하는 것을 재미있어한다 해도, 무조건 그만의 죄는 아니었다. '행운아'라고 이름지어, 그렇지 못한 사람들에게 보라는 듯이 뽐내고 있는 길이 120피트의 요트를 타고 그는 일 년 내내 여기저기 바다를 돌아다니고 있었다. 그러면서도 베란다의 이중 창문 뒤에서 춤추고 있는 대양에 몇 개월 동안 한 번도 눈길을 돌리지 않는 일이 흔했다. 때로는 상갑판의 선교로 몸을 옮기게 해서 따뜻한 외투로 몸을 싸고 쌍안경을 목에 걸고는 뭔가 즐거움을 찾아보려고도 했다. 그러나 너무도 신선한 공기가 그의 숨을 가쁘게 하므로 언제나 총총히 선실로 내려가는 것이었다. 바다가 거칠어지면 그의 바퀴의자는 골방에 넣어지고, 그는 쿠션과 보온통에 둘러싸여 큰 침대에 눕혀진다. 배멀미는 절대로 하지 않는데도 그는 시중드는 사람들을 노예로 삼기 위해 그것을 이용하는 것이었다.

뉴욕을 떠나 배는 칸느로 향하고 있었다. 유럽에서의 일을 처리하는 것과 비서를 태우는 것이 목적이었다. 그런 다음 이탈리아의 해안에 닻을 내렸다가 다르마치아 해안을 따라 그리스까지 항해하고, 겨울이 오기 전에 플로리다로 돌아갈 예정이었다. 그는 항구에 빨리 닿도록 재촉하였다. 가장 훌륭한 의사로부터 진찰을 받기 위해서였다. 언제까지나 이렇게 접은 손수건을 한쪽 눈 위에 얹어놓고 있을 수는 없는 일이었다. 게다가 여송연까지 떨어졌으므로 한시바삐 기항할 필요가 있었다.

입항 통지를 받자 안톤 콜프는 곧 혼자 배에 가서 파샤의 기분을 살핀 뒤 어떤 우연한 기회가 히르데에게 행동을 개시하게 할 수 있겠는지 기초 조사를 하기로 결심했다. 신문기자들이 7월 14일의 대혁

명처럼 쳐들어오지 않도록 계획을 잘 짜야만 했다.

그는 닻을 내리는 것을 보러 온 구경꾼들을 물리칠 수가 없었다. 리무진의 뒷좌석에 앉아 작업이 끝나는 것을 기다리면서 제멋대로 떠들어대는 군중들의 소란을 보고 있었다. 그 가운데서 잘난 척하고 지껄이는 어떤 자의 말에 그는 약간 신경이 쓰여 잠시 생각에 잠기기도 했다. 겨우 트랩이 내려지자 그는 누구보다도 먼저 배 위로 올라갔다.

지나치던 고급 선원 하나가 그에게 인사를 했으나 지체하고 있을 새가 없었으므로 그대로 선원실로 내려가 곧 칼 리치몬드의 전속 하인 한 사람에게 연락을 하게 했다. 노인은 지루했던 모양으로 그를 기다리게 하지 않았다. 리치몬드는 그의 모습을 보자마자 말했다.

"이리 가까이 오게. 그리고 이것을 어떻게 생각하는지 솔직히 말해 주게."

안톤 콜프는 깊은 관심이 있는 체하며 다가가서 예의상 최소한도의 시간만큼만 눈을 살펴보았다.

"곧 의사에게 연락하겠습니다. 이대로 두면 안되겠습니다. 로잔느 병원의 모레이 씨를 곧 오도록 하겠습니다. 오늘 안으로 비행기로 달려오라고 하겠습니다."

"자네가 있어서 살게 됐어. 다른 맹추들은 내가 죽어도 내버려둘 것이 뻔해."

"항해는 어떠했습니까?"

"음, 그럭저럭이야. 아마 태풍이 일었던가 봐, 배멀미를 하는 놈이 많이 있었지."

"그런데 기분이 별로?"

"이쪽 눈이 너무 아파서."

"그러셨겠지요. 그러나 그밖에는 아무 일도?"

"그것만으로도 많잖나. 자네는 남의 일이어서 그렇겠지만."
"아닙니다. 절대로 그런 뜻으로는……."
"아무튼 좋아. 그런데 브레메르 건은 어떻게 되었나?"
"처리되었습니다. 완전히 국적이 떨어져서 조건을 받아들이기로 했습니다."
"여송연을 가지고 왔나?"
"아닙니다. 곧 사러 보내겠습니다."
"안 돼, 저 바보들은 어떤 것을 사올지 모른단 말이야. 자네가 직접 골라 오게."
"알겠습니다. 곧 보내 드리겠습니다. 달리 시키실 일은?"
"의사를 부탁하네. 빨리 진찰을 받아야지, 언제까지나 칸느에 어물쩡대고 있을 수는 없어. 서둘러 연락하고 또 곧 와주게."

안톤 콜프는 서명을 받기 위한 서류를 리치몬드에게 남겨 놓고 리무진을 자기 호텔로 향하게 했다. 1분도 지체하지 않고, 그는 로잔느의 모레이 병원에 장거리 전화를 신청했다. 개인적으로 박사와 이야기할 필요가 있었다. 히르데갈데를 무대에 내놓을 표면상의 방법이 발견된 것이었다. 잠시 뒤에 비서가 로잔느와 연결이 되었음을 알렸다. 그는 전용 전화로 박사에게 부탁할 일을 설명했다.

한 시간 뒤에는 히르데가 그의 사무실로 왔다. 그는 히르데를 발끝에서 머리끝까지 찬찬히 점검했다. 표면적인 변화는 심했다. 그의 앞에 있는 젊은 여자는 표정이 아주 딱딱했고, 별로 아름답다고는 할 수 없었으나 품위가 있었다. 고상한 품위, 그것은 돈으로는 살 수 없는 귀중한 것이었다.

"약혼자를 만날 준비는 되었나요?"
그녀는 웃으면서 끄덕였다.
"상대는 현재 그다지 건강하지 못해요. 하지만 당신한테는 그 편이 좋을 것입니다. 당신이 파고들 이유가 되거든요. 당신은 그의 간호사가 되는 겁니다."

"간호사?"

"그렇소. 눈에 종기 같은 것이 나서 몹시 걱정하고 있어요. 오늘 모레이 교수가 스위스에서 진찰하러 옵니다. 그리고 충분한 치료를 위해서 간호사를 붙이도록 이야기가 되었어요. 그래서 우리가 온 거리를 찾아다니지만 모든 것이 들떠 있는 휴가 중에 간호사가 구해질 까닭이 없지. 우리는 거기서 하루 이틀 그를 화나게 만드는 거요. 당신의 등장을 스타처럼 하기 위해서 말이오. 그렇게 되면 당신은 나타난 것만으로도 구세주가 되는 셈이지."

"말씀 중에 죄송하지만, 전 간호사가 아니에요."

"더욱 좋지요. 사실은 그에게 필요한 것은 간호사가 아니라, 그를 잘 조정할 여자요."

"하지만 그 눈병은 어떻게 하지요?"

"박사는 당신한테 정확한 치료법을 말해 줄 거요. 붕대를 감는 정도는 누구나 할 수 있어요. 그리고 그 이상은 기대해도 헛일입니다. 그는 일개 간호사 따위에겐 절대로 자기 몸을 맡기지 않아요, 의학계의 권위자가 아니면. 그리고 그의 시중을 들기 위해서는 전속 하인들이 있어요. 늘 그들을 부려 왔으니까 별안간 다른 사람에게 시킬 리가 없어요. 당신은 달인 약이나 물약을 마시게 하는 일만 하면 돼요. 그리고 가끔 차가운 손을 이마 위에 얹어 주면 되는 거요. 알겠어요?"

"조금은 모르겠어요. 만일 제가 그분의 고용인이 되어 버리면 어떻게 결혼할 생각이 들까요?"

"그것은 내 판단에 맡겨 주시오. 실은 겉으로는 능청맞은 그 사람도 꼬리를 잡을 아주 간단한 방법은 있어요. 그 방법을 알게 되었을 때 유감스럽게도 나 자신이 그것을 쓰기에는 너무 늦었어요. 하지만 당신을 위해서 이 자그마한 경험을 활용하고 싶습니다."
"말씀해 주세요."
"조종하는 것입니다. 모든 것은 거기에 달려 있어요. 처음 그를 만났을 때 우선 반항을 하는 거요. 잊어서는 안 돼요. 무슨 일이 있더라도 그로 하여금 고자세로 나오게 해서는 안됩니다. 그렇게 하지 않으면 당신도 실패하는 거요."
"하지만 제가 고용되어 있으면서 반항을 하면 해고당할 것 아니에요?"
"반대입니다. 그가 실로 몇 년이나 전부터 찾고 있는 것은 바로 그런 사람이니까. 자기 앞에서 조금이라도 사람다운 긍지를 지니고 있는 사람이 있다면, 그 사람을 위해서는 모든 것을 희생할 용의가 있어요. 다른 사람은 모두 그로부터 이득을 끌어내기 위해 눈을 감고 참고만 있었어요. 그러나 그 패거리에 끼어들면 안 돼요. 그는 당신을 무시하고 끝내는 경멸하기 시작할 거요. 잠자코 그렇게 하게 해서는 안됩니다. 그렇게 되면 승부는 끝난 거나 마찬가지에요."
"그럼 그것만으로 그 분이 저를 사랑하게 된다는 말씀이세요?"
"사랑 따위는 이 이야기와 상관없소. 그는 당신의 연극에 걸려들고 달리 당신을 손에 넣을 수단이 없어 결혼하게 될테니. 물론 당신을 사려고 하겠지요. 그러나 반항하면 할수록 그의 눈에는 당신의 값어치가 올라가오. 그리고 특히 구혼을 받았을 때, 꿈이 이루어졌다고 무작정 뛰어들어서는 안 되오. 이건 대 스타의 역할이오. 진짜 여배우라도 이런 역할은 좀처럼 해내기가 어려울 거요."
"어쩐지, 정말 '상냥한 왕자님' 같군요."
"천만에, 왕자가 아니라 큰 부자요. 그리고 그 편이 훨씬 좋소."

"가운을 살까요?"
"글쎄요. 그러는 편이 더 믿음을 주겠군요. 그러나 간호사 티를 너무 내지 않도록 하시오. 그 이상의 이미지를 갖게 하는 것이 어려워질 테니까."
"알겠어요."
"그를 실망시키지 않도록. 그리고 충분히 조심해야 하오. 상당한 악당이니까. 그러나 한 번 낚아채면 당신은 그의 마음의 중심이 됩니다."
"그 분도 제 마음의 중심이 될 거에요. 너무 걱정 마세요."
"이것으로 대략 중요한 타협은 끝난 것 같소. 그는 빨리 떠나고 싶어하고 있소. 그러므로 우리도 칸느에는 없게 됩니다. 배에서는 자주 만나게 될 테니 그 때마다 당신의 주가가 얼마나 올라가고 있는지 알려 드리겠소. 그럼 행운을 빕니다. 마에나 양."

그녀는 일어섰다. 두 사람은 힘껏 손을 마주잡았다. 두 사람의 협력이 이윽고 시작되려는 것이다.

모레이 교수는 우수한 의사였으며 동시에 비범한 사업가이기도 했다. 그는 일찍부터 백만장자들은 하늘이 내려 준 단꿀이라는 것, 그리고 그들이 남의 관심을 끌기 위해 온갖 신경증을 짊어지는 것을 이해했다. 교수의 단골 환자 중에 이러한 범주에 속하지 않는 사람은 얼마 되지 않았다. 그는 엄청나게 치료비가 비싼 호화로운 병원을 개업하여 경제력이 막강한 사람들 중에서도 유독 거물들이 때를 기다리면서 심심풀이로 오는 것을 맞이하고 있었다. 유럽 곳곳에서 정기적으로 왕진을 다니면서 이례적인 보수와 그에 못지 않게 희한한 이름이 붙은 병을 고쳐 주고 있었다. 풍채가 당당하고 과묵하며 아무도 알 수 없는 의학 용어를 마구 지껄여대고는 환자를 은근히 협박했기 때문에 환자는 그의 말만 믿었고 여기저기 선전까지 해주는 것이었다.

모레이 교수는 안톤 콜프가 기다리고 있는 칸느에 비행기로 도착했다. 이 두 사람은 기묘한 우정으로 맺어져 있었다. 콜프는 의사의 사람됨을 꿰뚫어보고 있었으며 교수 쪽에서도 그것을 알고 있었다. 그리고 교수 쪽에서 보는 안톤 콜프 역시 용하게 진수 성찬에 매달려 있는 뜨내기에 불과했다. 이러한 서로의 처지로 말미암아 두 사람의 관계에서 부질없는 연극은 전혀 필요가 없었다. 그리고 기회 있을 때마다 기꺼이 만나고 있었다.

"이번에는 무슨 일이지?"

차가 요트 하버로 두 사람을 싣고 가는 도중 의사가 물었다.

"눈이 나빠. 결막염인 것 같아."

"흐음, 그런데 당신은 어떤지?"

"여전하지. 곧 바다이니 별로 달갑지 않아."

"그럼 입원시켜 줄까?"

"아니, 그럴 필요는 없어. 심심풀이가 될 만한 것을 데리고 갈 작정이니."

의학의 태두다운 관록있는 얼굴은 그 순간 쾌활하고 음탕한 기운을 띠었다.

"간호산가?"

안톤 콜프는 웃어 버렸다.

"맞았어. 간호사야."

"예쁜가?"

"그건 몰라, 아직 만나보지 않았으니까. 어떻게 생겼건 한 사람 있으면 돼. 그 배에는 남자가 너무 많아서."

"하하하, 그렇다면?"

"아니야, 그런 건 아니야. 해는 긴데 나는 이미 그다지 젊지 않고."

"알겠어. 하지만 그 간호사에게 너무 일을 시키지는 말게."

두 사람은 같이 웃었다. 이런 시시한 농담을 하게 된 것을 서로가 좋아하고 있었다. 진찰은 한 시간 동안 계속되었다. 의사는 배에서 식사를 했는데 그것은 비행기가 오후 편이었기 때문이었다.

안톤 콜프는 간호사를 구해 오라는 명령을 받았다. 환자는 자기 병실로 들어가서 자메이카인들에게 잔심부름을 시키면서 아무에게도 신세를 지지 않고 간호사가 오는 것을 기다리고 있었다. 이틀이 지났다. 콜프는 나타나지 않았다. 노인은 화가 나서 미친 듯이 날뛰었고 주위 사람들은 땅바닥에 엎드리듯이 하고 폭풍이 지나가기만 기다리고 있었다. 이윽고 리치몬드는 니스로 배를 돌려 거기서 아무나 구하기로 결심했다. 그러자 그때 마침 기적처럼 모두가 기다리고 있던 여자가 나타났다.

히르데갈데가 배와 부두를 잇고 있는 트랩을 건너자 사나이들은 일제히 그녀의 얼굴을 바라보았다. 우아하고 자신에 찬 그녀는 2등 항해사를 향해 의사회에서 안톤 콜프의 소개를 받고 왔다고 말했다. 안톤의 이름이 패스포트 대신으로 통해서 그녀는 곧 환자 곁으로 안내되었다. 리치몬드는 하인들을 내보내고 의자의 바퀴를 힘껏 밀어 그녀 쪽으로 다가가더니 다짜고짜 자기가 마치 순교자처럼 고통을 받고 있는데 이틀이나 기다리게 하다니 어떻게 된 것이냐고 덤벼들었다. 히르데는 꼿꼿이 서서 얼굴빛 하나 변치 않고 환자의 얼굴을 한참 동안 바라보고는 장갑을 벗어서 착착 접어 핸드백에 얹어 놓고 천천히 입을 열었다.

"저는 일년에 5개월밖에는 일하지 않아요. 하지만 여름에는 여느 때의 7배의 사람들이 해변에 모입니다. 그러므로 저의 일도 7배가 됩니다. 그렇게 되면 이쪽에서 환자를 고를 수도 있습니다. 만약에 당신이 언제나 지금처럼 천하게 구시는 분이라면 분명히 그렇게 말씀해 주세요. 저에게는 또 다른 일도 있으니까요."

칼 리치몬드는 깜짝 놀라 둘둘 말아서 눈 위에 대고 있던 타올을 떨어뜨리고 말았다.

"왜, 좀 더 빨리 안 왔나?"

"젊은 여자의 해산을 돌봐주고 있었기 때문이에요. 그리고 오늘 아침, 의사회에 들렀더니 간호사를 구하는 사람들의 명단을 보여 주더군요. 당신 이름이 맨 앞에 적혀 있었기 때문에 왔을 뿐이에요."

"하지만 내가 누구인지는 알고 있겠지."

"물론, 칼 리치몬드 씨지요. 명단에 그렇게 씌어 있었으니까."

"그런데 내가 백만장자라는 것은 알고 있는가?"

"그게 어떻다는 거죠?"

"나를 돌보는 편이 연금으로 먹고사는 시시한 노파 따위를 돌보는 것보다 당신에게 득이 된다는 말이지."

"어머나, 그럴까요? 제가 받는 것은 의사회에서 정한 요금이에요. 사회적 지위를 이용하시는 것은 당신이지 나는 아닙니다."

"하지만 당신이 아무리 그렇더라도 내가 다른 사람들의 10배를 지불한다는 것은 잘 알고 있겠지."

"절대로 받지 않습니다."

"호오, 바보 같은 정직함 때문인가?"

"앞날이 뻔하기 때문입니다. 그 정도 돈으로 당신이 으스대며 짓누르고 깔보는 것은 참을 수 없는 일이거든요. 당신한테서도 다른 사람과 똑같은 액수만 받겠어요. 그리고 다른 사람들처럼 점잖게 대해 주시지 않으면 한번 더 명단을 보러 가겠어요. 그래도 좋으세요, 리치몬드 씨?"

노인은 의심쩍다는 듯이 그녀를 바라보았다.

"이상한 여자로군."

입 안에서 중얼거리더니 의자를 돌려 그녀한테서 떨어졌다.

"좋아, 어쨌든 왔으니 나를 돌봐줘."

"저도 그럴 작정이에요. 치료에 대한 의사 선생님의 주의사항은?"

"그건 비서한테서 설명을 들어. 당신 이름은 있겠지. 아니면 부르고 싶을 때 휘파람이라도 불어야 하나?"

"거리를 지나갈 때는 곧잘 휘파람들을 불어대더군요. 하지만 지의 이름은 히르데갈데 마에나에요."

"나와 같은 나라 사람이구만."

"독일인입니다. 함부르크의."

"그것 참 잘 됐어. 그럼 독일 말로 이야기할까?"

"네, 좋으시다면."

"그런데 프랑스까지 뭣하러 왔지?"

"당신이야말로 무엇 때문에 이런 데서 꾸물거리고 계시죠?"

그는 그녀를 한참 바라보았다. 그는 얼굴이 보랏빛이 되어 화를 내고 있었다. 그러나 잠시 후 히르데가 미소짓기 시작하자 어쩔 수 없다는 듯이 자기도 미소지었다.

"아직도 무슨 볼일이 있으세요? 없으시다면 방으로 돌아가서 짐을 풀어도 괜찮겠는지."

"시간은 얼마든지 있어. 좀 더 나하고 함께 있어 줘."

베란다 쪽을 향한 채 그는 그렇게 명령했는데 그 동안에도 유리에 비친 그녀를 줄곧 관찰하고 있었다.

"함부르크의 이야기를 해줘. 1943년 이후 가본 일이 없거든. 하지만 독일 말로 부탁해."

히르데갈데는 약간 놀라면서 생각했다. 이런 감상주의자라면 조종하기 그다지 어려울 게 없지 않을까.

몇 시간 뒤 갑판의 난간에 기대어 서서 그녀는 안톤 콜프에게 자기의 인상을 전했다. 칸느의 항구가 조용히 밤의 포장 속에서 멀어져가고 있었다.

"멋지게 해치웠더군. 당신 이야기를 들었어요."

"뭐라고 하던가요, 당신한테?"

"아니, 별로 특별한 말은 없었어. 안심해서는 안 돼요. 아직도 관찰 대상이니까. 그러나 첫 고비는 썩 잘 했어. 아무튼 당신은 여기에 남게 되었으니. 그런데 배멀미는 어때요?"

"괜찮다고 생각은 하지만, 왜요?"

"당신이 선실에만 틀어박혀 있게 되면 곤란하거든. 우리는 어쩌다가 항구에 들를 뿐, 그것도 아주 짧은 시간이오. 그래서 약을 가지고 왔어요. 예방으로 하루에 몇 차례쯤 먹어 두시오."

히르데갈데는 그를 보면서 방긋 웃었다.

"정말 자상한 분이시군요, 당신은."

"그에게 담배를 끊게 해 주시오. 몹시 힘들겠지만, 모레이 교수는 특히 그것을 강조했어요. 그리고 체스를 하게 되면 져주는 것을 잊지 말 것. 너무 계획적이면 안돼요. 눈치채게 되니까. 그러나 자주 져줘야 해."

"의외로 간단하게 마음을 사로잡을 수 있을 것 같아요. 그분은 보통 어리광이나 부리는 감상적인 늙은이에 지나지 않잖아요?"

"그것은 잘못 본 거요."

"하지만 함부르크에 대한 것을 한 시간이나, 거리의 모양이니 뭐니 사소한 일까지 이야기를 시키던데요."

"아니오, 그게 아니오. 당신 이야기를 기분으로 듣고 있었다고 생각하는 건 큰 오산이오. 그는 당신의 신원을 조사한 거요. 그것뿐이오."

"어떻게 아세요?"

"그가 그렇게 말했어요."

히르데갈데는 한참 동안 바다를 바라보고 나서 말했다.

"그 편이 오히려 좋을지도 몰라요."

그리고 생활은 서서히 궤도에 올랐다. 한 번도 배를 타본 적이 없었던 히르데갈데에게는 새로운 생활의 리듬이 멋있게 여겨졌다. 둥실 떠 있는 이 궁전은 그녀를 완전히 매혹케 했다. 그녀의 선실은 아주 포근했으며 취미도 만점이었다. 아침 일찍 일어나 선교를 거닐다가 선원실에서 아침 식사를 한 뒤 배의 뒷갑판으로 일광욕을 하러 간다. 점심 시간 조금 전에 자기 선실로 돌아가서 옷을 갈아입고는 바로 그 시간쯤에 일어나는 칼 리치몬드를 만나러 간다. 그녀는 붕대를 갈아 주고 손톱을 손질해 주면서 이야기 상대를 하는 것이다. 리치몬드는 그녀가 손톱 손질에 대한 특별한 기술을 가지고 있지 않음에도 일부러 시켰다. 그것은 핑계로, 그는 그렇게 고백하지는 않았으나 그녀를 곁에 두는 것이 즐거웠던 것이다.

어느 날 아침 두 손을 비눗물이 들어 있는 대야 속에 담그면서 리치몬드는 미소를 감춘 의뭉스러운 목소리로 말했다.

"이제부터 당신이 무슨 일을 해줘야 하는가를 알겠어?"

"……."

"당신 주머니에 숨기고 있는 열쇠를 잠깐만 나한테 빌려 줘."

"그것으로 무엇을 할 작정이세요?"

그는 아주 묘한 소리를 냈다. 아마 웃었던 모양이다.

"책꽂이 속에서 뭘 좀 꺼내야겠어."

"여송연, 그렇지요?"

"쓸데없는 일에 신경을 쓰지마. 알겠어? 교환 조건을 달지. 당신이 열쇠를 준다면 빳빳한 1백 달러 지폐를 한 장 줄게."

"의사 선생님이 담배는 안된다고 말씀하신 것을 잘 알고 계시잖아요."
"나는 뭐 여송연을 꺼낸다는 말은 안 했어."
"말씀은 안하셨지만, 그럴 작정이시죠."
"아무튼 잘 생각해 봐. 이건 두 사람만의 비밀로 해두는 거야. 당신한테는 그 열쇠가 별로 소용이 없어. 그 대신 어떻게 쓰든 상관하지 않을 1백 달러를 주겠단 말이야."
"헛일이에요, 리치몬드 씨, 아무리 말씀하셔도."
그러자 노인은 폭발했다.
"이 바보야, 조금은 생각해보는 것이 좋잖아. 당신이 자진해서 그것을 안 주겠다면 나는 하인을 불러서 책꽂이를 부숴 버리게 하겠어. 나는 여송연을 손에 넣게 되고 당신은 1백 달러를 놓치게 돼."
"좋아요, 마음대로 하세요."
"그래도 좋아?"
"저는 열쇠를 드리는 것만은 거절하겠어요. 하인을 불러서 가구를 부수고 여송연을 꺼내서 실컷 피우세요. 당신은 몸이 나빠지겠지만 저는 아무렇지 않아요."
"뭐 그렇게 역정만 내지 말고 그럼 다른 방법을 생각해 보지. 내가 돈 얘기를 한 것은 실수였어. 그건 인정해. 당신 같은 젊고 아름다운 여자한테는 훨씬 더 좋은 물건이 있지."

그는 별안간 바퀴의자를 돌리더니 작은 응접실 쪽으로 가서 캐비닛을 열고 큰 상자를 꺼냈다. 그리고 그것을 무릎 위에 놓고는 꼼짝 하지 않고 그를 바라보고 있는 히르데갈데 쪽으로 되돌아왔다. 음모를 꾸미는 것 같은 몸짓으로 그는 조끼를 벌리고 와이셔츠의 단추를 풀더니 속에서 열쇠를 하나 꺼냈다. 긴 사슬이 달려 있는 그 열쇠를 그는 상자의 열쇠구멍에 넣고는 곁눈으로 히르데갈데를 바라보면서 찰

칵 돌리더니 뚜껑을 열었다. 화려한 우단을 바른 상자 속에는 보석을 박은 황금과 백금으로 된 팔찌와 반지, 펜던트 등이 잔뜩 들어 있었다. 이 늙은이의 무릎 위에 알리바바의 보물이 모두 놓여져 있는 것 같았다. 그리고 이 광경을 좀 더 속되게 하기 위해서인지 늙은이는 류머티스로 모양이 달라진 두 손을 그 속에 집어넣어 그 장신구들을 번쩍거려 보였다.

"자, 어느 것이라도 좋아."

히르데는 매혹된 것처럼 이 멋진 보석의 산더미를 바라보았다.

"어느 것이 좋을까. 반지냐, 팔찌냐, 아니면 브로치냐?"

그리고 그녀가 대답하기도 전에 그는 네모난 큰 루비가 달린 반지를 집어들어 휘둘렀다.

"자, 가져요. 이걸 줄게."

히르데는 그것을 손가락으로 받아 들고 한참 동안 본능적으로 그 번쩍이는 광채를 바라보았다. 그리고 한숨을 쉬면서 말했다.

"너무 너무 멋있는 보석이에요."

"스리랑카에서 가져온 거야. 제일 좋은 돌을 찾으려면 역시 거기라야 하거든."

그녀는 얼굴을 들어 노인과 눈길을 마주쳤다. 그리고는 조용히 반지를 상자 속에 놓고 미소지으며 말했다.

"당신이 그토록 여송연을 좋아하신다는 것은 미처 몰랐어요. 하지만 모처럼의 부탁이지만."

난폭한 손짓으로 그는 뚜껑을 닫고 열쇠 구멍을 찾느라고 한참 동안 덜커덕거리더니 겨우 잠그고는 열쇠를 가슴과 와이셔츠 사이로 다시 집어넣은 다음 조끼의 단추를 끼우면서 시무룩한 말투로 히르데에게 퍼부었다.

"잊어서는 안돼! 당신은 나한테 고용되어 있는 거야."

"잊을 만한 틈도 주시지 않았어요."
"좋아, 그럼 명령하겠어. 알겠나, 여송연을 찾아와."
"시시해요 이 따위 연극은. 당신은 나를 고용했어요. 하지만 저는 모레이 교수님의 지시를 받고 여기로 왔어요. 주의사항을 지키는 것은 당신을 위해서가 아닌가요?"
"당신한테 돈을 지불하고 있는 것은 이치를 따지기 위해서가 아니야, 이런 일을 시키기 위해서야. 열쇠 내놔!"
"유감스럽습니다만."
"거절인가?"
"물론이에요."
"빨리 꺼져! 이젠 당신 따위와는 만나고 싶지도 않아. 당신 말을 듣는 것도 싫어, 해고야!"
이런 처사에 조금 아연해진 히르데는 일어서는 것을 망설였다.
"나가라면 나가, 맹꽁이 같은 것!"
"말씀드리지만, 전 지금 바다 위에 있어요. 걸어서 가라는 말씀이세요?"
"꺼지란 말이야!"
"그렇게 역정을 내시지 않는 것이 좋지 않을까요, 리치몬드 씨? 당신 정도의 나이라면 1년 1년이 다른 사람들의 몇 곱이나 소중하실 텐데."
이 말에 대한 그의 대답은 히르데가 생각하기조차 부끄러운 것이었다.
저기압은 이튿날까지 계속되었다. 자기 방에 틀어박힌 리치몬드는 그녀를 부르지 않았다. 자메이카인들이 잔심부름을 하고 있었지만, 그들에게 상황을 물어볼 수는 없었다. 그녀가 그를 다시 만난 것은 저녁식사 때였다. 거기에는 모두가 초대되어 있었다. 모두라는 것은 안톤 콜프, 선장, 그리고 2등 항해사와 그녀였다. 그날밤 노인은 장난기 있는 미소를 띠고 붕대를 대지 않은 한쪽 눈에 밝은 야유를 담고서 모두의 얼굴을 차례차례 바라보았다. 식사는 훌륭했고 진기한 포도주가 곁들여져 있었으나, 분위기에는 늘 뭔가 거짓 향기가 떠돌고 있었다. 누구나가 빈틈을 보이지 않으면서 이 변덕스러운 늙은이가 어떤 속셈을 숨기고 있는가를 생각하고 있었다. 이야기는 여행과 유행으로 붐비는 해변에 대해서 무르익어 갔다. 어느 정도 안심할 수 있는 무난한 화제였다. 안톤 콜프와 본디 쾌활한 성격이어서 그다지 분위기 같은 데는 신경을 쓰지 않는 2등 항해사가 열심히 이야기거리를 제공하고 있었다. 식사가 끝날 무렵이 되어 히르데는 늙은이의 속셈을 알았다. 식후의 커피와 술이 나왔을 때, 그는 호주머니에서 여송연을 하나 꺼내더니 그 끝을 이빨로 물어뜯어 자기 앞에다 혹하고 내뱉었다. 그리고 그동안 그녀한테서 눈을 떼지 않았다. 천천히 불을 붙이면서 그는 말했다.

"당신이 거절한 것은 잘한 일이야. 당신한테서 손에 넣는 것보다 훨씬 싸게 먹혔거든."

그는 악어 가죽으로 된 담뱃갑을 꺼내더니 일부러 그녀에게 보여주었다. 열 개비쯤의 하바나가 보란 듯이 꽂혀 있었다. 그녀는 아무 대답도 하지 않고 선장이 권하는 담배를 한 대 뽑아들었다.

"어때? 마에나 양. 어제 당신의 그 결백성을 후회하지는 않나?"

그녀는 웃으면서 그를 보았다. 그리고 코로 긴 연기를 내뿜으면서 조용히 말했다.

"아세요, 리치몬드 씨? 왜 모레이 교수님께서 당신이 담배를 못 피우시도록 하라고 저에게 주의하셨는지?"

그녀는 그의 대답을 듣고자 했으나 아무 말이 없었으므로 다시 말을 이었다.

"그분은 '저 나이의 남자에게는 하나의 여송연이 한 달의 수명을 줄인다'라고 말씀하셨어요. 당신이 그토록 적은 자본을 낭비하고 계시는 것이 정말 용감하다고 생각돼요."

침묵이 흐르고 모두들 바짝 긴장했다. 안톤 콜프는 코를 접시 속에 갖다대고는 자기의 눈길 속에 춤추고 있는 장난스런 빛을 아무도 눈치채지 못하게 하려고 무척 애쓰고 있었다. 어색해진 두 뱃사람은 정신없이 커피를 마시는 시늉을 했다. 오직 한 사람 히르데갈데만이 미소 띤 얼굴로 자기를 노려보고 있는 노인을 쳐다 보았다. 그의 여송연에서는 조용히 연기가 피어올라서 연막을 만들고 있었는데, 이제는 더 이상 승리감에 취해 있을 수 없으면서도 허세를 부리느라 그는 또 한모금 크게 연기를 내뿜었다.

"한 달…… 낮이 30번 밤이 30번…… 몇 시간이나 될까?"

히르데갈데가 중얼거렸다. 칼 리치몬드의 주먹이 테이블을 쳐서 크리스탈 술잔이 흔들리더니 수놓은 식탁보에 빨간 포도주가 한 방울 떨어졌다.

"이 더러운 짐승 같으니!"

리치몬드는 소리쳤다.

"하지만 젊은 짐승이에요, 리치몬드 씨. 아직 이렇게 젊은……."

그렇게 말하고 그녀는 웃는 얼굴로 조용히 일어서서 테이블을 떠났다. 다른 사람들은 아무 표정없이 그녀가 나가는 것을 돌아보지 않았다.

문을 닫자, 그녀는 온몸에 소용돌이치고 있는 오한을 느꼈다. 방금 전의 그 무시무시한 광경이 곧 되살아났다. 지나친 짓이 아니었을까? 그녀가 그의 옆에 있게 된 지는 아직 얼마 되지 않았다. 처음부터 이렇게 강압적인 승부를 시도하다가 도리어 기회를 놓치는 것은 아닐까? 갑판의 난간에 기대어 서서 그녀는 마음의 동요가 가라앉기

지푸라기 여자

를 기다렸다. 다가온 선장의 발소리도 알아차리지 못했다. 갑작스런 그의 목소리에 놀랐다.

"당신은 위태로운 다리를 건너고 계시군요."

어떻게 대답해야 좋을지 몰라 그녀는 그저 미소만 지었다.

"조심하세요. 내 충고 같은 건 들으나마나겠지만, 저 늙은이는 남 앞에서 망신당하는 것을 좋아하지 않습니다."

그리고는 대답을 기다리지도 않고 멀어져갔다. 그 그림자는 잠시 후 어둠 속으로 사라져가고 발소리만이 티크 목재의 갑판에 울리고 있었다. 조마조마해진 그녀는 담배를 꺼냈다. 선원실이 떠들썩해지더니 자메이카인들이 식기를 들고 나왔다. 사건은 벌써 주방에서도 화제가 되어 그녀의 태도를 비난하고 있음이 틀림없었다. 늙은이가 그에게 정면으로 반항하는 사람을 발견하게 된 것은 모두를 기분 좋게 만들었겠지만, 그러니만큼 그 사람은 당장 요주의 인물이 될 수밖에 없는 것이다. 벌써 선장의 태도가 그것을 설명하고 있었다. 사람은, 그리고 특히 겁쟁이들은 영웅을 좋아하지 않는다. 히르데갈데는 어떤 태도를 취해야 할지 망설이고 있었다. 그리고 어째서 안톤 콜프가 만나러 오지 않는지 궁금했다.

바다는 조용히 소리를 내었으며, 바람은 가볍고, 밤은 잠잠했다. 그리고 젊은 여자는 별안간 자기가 이 배 위에서 도대체 무엇을 하고 있는 것일까 하는 생각이 들었다. 밀폐된 감옥 같은 세계에서 순식간에 이곳으로 끌려온 것이다. 그렇게 생각하자, 그녀의 기억 속에서 함부르크의 불길한 아파트가 갑자기 떠올라왔다. 그리고 잇달아 그 이전 시대의 환상이 나타났다. 폭격. 여자로서의 그녀의 생활에 결정적인 낙인을 찍고 만 시대, 허물어진 거리의 혼돈 속에서의 쥐 같은 나날, 공포와 굶주림과 추위와 고독의 연속. 그리고 그런 때에도 사라지지 않고 남아 있던 일상적인 하찮은 습관들. 사람들은 낡아빠진 담요 밑에서 자고 구멍 뚫린 깡통으로 식사를 하면서 숨을 곳이나 1 킬로그램의 감자, 한 다발의 마른 장작을 찾아서 돌아다녔다. 그런 상황 아래서도 철근만 앙상하게 남아 있는 어느 건물 안에서, 불로 휘어진 철골의 한복판에서, 무너진 벽의 구멍 뚫린 수도관 속에서, 크게 입을 벌린 지붕 밑에서 그녀는 정열을 불태우며 살았다. 상대는 패망한 군대의 한 병사로, 피로와 굶주림에 시달려 갈기갈기 찢어진 군복에 대한 긍지도 없었고 왜 전우들한테서 떨어지게 되었는지도 몰랐다. 그는 소총과 배낭을 어깨에 메고, 모자도 없는 먼지투성이의 머리카락은 마치 삼실처럼 엉킨 채 건물의 잔해를 헤치면서 그녀가 있는 폐허의 모퉁이에 나타났다. 히르데는 긁어모은 불씨로 음식 비슷한 것을 데워 그와 함께 먹었다. 사나이는 정신없이 그것을 먹었다. 그리고 나서, 언제 죽을지도 모르고 그들을 과거에 매달아 놓을 아무 고리도 없이, 미래가 있으리라고 생각할 수도 없었던 두 사람은 돌더미 위에서 사랑을 나누었던 것이다. 두 사람은 자기들이 가지고 있는 가장 좋은 것——젊음과 관능과 상냥스러움을 서로 나누었다. 살아있는 것, 젊고 강한 것, 그것을 모두 바쳤다. 작으나마 누군가에게 그것을 줄 수 있고 두 사람의 죽음이 전혀 무의미한 것이 아니기를 바라면서. 그러나 하룻밤뿐이었다. 단 하룻밤뿐이었다. 그녀가 자고 있는 동안 아침에 그는 떠나갔다. 그것이 두 사람에게 주어진 전부였다. 인생은 그 이상의 것을 이 두 사람에게 내주지 않았다. 유복하고 젊으며 고생이라고는 한 적 없이 모든 것이 충족된, 그리고 자각이 없는 욕심쟁이들을 위해 그녀는 그 보물을 남겨 두었어야 했는지도 모른다. 그런 사람들은 마치 주인인 것처럼 아무런 망설임도 없이, 행운이 계속되라고 테이블 밑에서 손가락을 서로 얽는 주문도 하지 않고 그녀의 보물을 호주머니 속에 집어넣었으리라. 또한 헤아리지도 않고 그것을 낭비했을 것이며, 그렇게 하는 것을 당연한 일로 여겼으리라. 하지만 그녀와 그런 사람들은 종족이 달랐다.

바다는 조용히 소리내었으며, 바람은 가볍고 밤은 잠잠했다. 그리고 젊은 여자는 갑자기 백 년이나 나이를 먹은 것 같이 느껴졌다. 선원 하나가 다가와서 모자에 손가락 하나를 대고 경례를 하더니 칼 리치몬드가 체스의 상대로 그녀를 찾고 있다고 알렸다. 그녀의 의식은 다시 현실로 되돌아와 이번 체스에서는 노인을 이기게 해주자고 생각했다. 어느 정도 점수를 따놓는 편이 위험이 적을 것이다. 히르데갈데는 선원의 뒤를 따라갔다.

체스의 승부는 놀이에 지나지 않는다. 실생활에서의 승부는 훨씬 더 열을 띠어, 때에 따라서는 두 사람이 역할을 바꾸어서 상대적인 우세를 겨합해 갔다. 포트 휘노가 히르데의 마음에 들었으므로 그들은 이틀 동안 거기에 기항했다. 그녀가 상륙한 동안 늙은이는 침대에 드러누워 선실의 문을 꽉 잠그고 있었다. 안톤 콜프는 그녀의 승리를 인정하지 않을 수 없었다.

"당신은 타고난 재주를 가진 학생이오."
바다를 향한 호텔의 테라스에서 차를 마시면서 그는 말했다.
"당신의 가르침에 따르고 있을 뿐이에요."
"아니, 그 이상이오. 당신에게는 자발적인 능력이 있어요. 그것도 아주 신랄한. 이번 일은 꼭 훌륭히 해낼 수 있을 거요."
"그 분이 천진난만하지 않은 것이 차라리 마음이 편해요. 신뢰를 이용하게 된다면 정말로 괴로울 테니 말이에요."
"하지만 그런데도 당신은 했잖아요. 아닌가요?"
"사실은 모르겠어요. 경쟁심을 불러일으키는 것은 그분의 태도인걸요. 그것이 나에게 이 승부에 흥미를 갖게 한 것이에요."
"그런데 돈이 손에 들어왔을 때는 어떻게 하겠소?"
히르데갈데는 멍하니 앞을 바라본 채 어깨를 으쓱했다.

"모르겠어요. 난 벌써 돈 계산을 잊어버린 것 같아요. 재산이란 그런 것이 아닐까요. 이차적인 문제를 없애 버리는 것. 하지만 당신은, 당신은 어떻게 하실 작정이세요?"
"잊지 마시오. 내 손에 들어오는 재산은 당신의 재산과는 비교도 안 돼요. 게다가 나는 이미 62살이오. 나의 야심은 차분하오. 그러니 만큼 오히려 분명하지."
"어떤 야심이세요. 이야기해 주세요."
"아니, 이야기할 수 없어요. 절대로."
"결국 아무래도 좋아요. 이젠 이대로도 충분히 행복한 걸요. 우리들이 지금 하고 있는 생활도 마음에 들고, 배도 좋고, 약혼자는 재미있고, 승부에도 정신을 빼앗기게 돼요. 이 이상 또 무엇을 바라겠어요?"
"말투까지 완전히 변했군. 당신이 처음 내 사무실에 왔던 날을 기억하고 있나요?"
히르데는 웃어 버렸다.
"난 당신이 결혼 상대인 줄 알고 그 때는 복권에 당첨된 것 같이 생각했어요."
"잘 봐주어서 고맙소."
"제가 철없다는 증거죠. 하지만 당신이라면 부인을 구하는데 신문 광고 따위는 절대로 안 내실테죠?"
"그야 그렇지요. 더구나 나같이 여자를 공짜로 이용하는 사람은 말이오. 여자가 내 생활 속에 들어오는 경우는 위생상의 필요성 외에는 없어요. 칫솔과 같은 것이지. 알겠소? 그러므로 아무래도 자주 바꿀 필요가 있소."
"그런 여자들보다 나은 여자는 한번도 만난 적이 없으세요?"
"있었지요. 화류계의 여자였지만 본디 그런 여자쪽이 정부로는 이상적인데, 그 여자는 특히 멋있었지. 나는 옛날부터 여자한테는 약하단 말이오. 물론 돈으로 산 여자말이오. 여자는 모두 돈에 팔리고 있는 것이 틀림없지만…… 그러나 결혼하면 형편없어지지. 매력적이던 천성은 아예 없어지고 한 집안의 주부나 요리사나 중성으로 변해 버려요. 잠자리의 상대가 되는 것은 아주 드물거든."

"그럼 저는? 당신은 저를 갖고 싶다고 생각한 적은 없나요?"

안톤 콜프는 조금 놀라며 재미있다는 듯이 그녀를 바라보고는 한참 지나서 대답했다.

"당신도 여자요. 그러기에 본능적으로 손에 들어오지 않는 것을 탐내는 거요."

"저는 저 자신의 반응을 말하고 있는 것이 아니에요. 당신의 반응이에요. 보세요, 한 번도 저를 갖고 싶다고 생각한 적이 없으세요?"

"생각도 안해봤는데."

"그래요?"

"그런데……."

한참 동안 잠자코 있다가 그는 말을 이었다.

"그런데 당신은 생각해 보았소?"

두 사람의 눈길은 떨어지지 않았다. 한 순간, 두 사람 사이에 망설임의 구름이 가로질렀다. 그런 다음 나직한 목소리로 그녀가 대답했다.

"싫지는 않았어요, 틀림없이."

그의 눈길은 그녀를 위에서 아래까지 바라보면서 서서히 그녀를 벌거벗겨 가는 것 같았다. 그러나 곧 그 눈의 표정은 변하고 조용한 목소리로 그녀를 보지 않고 말했다.

"서로가 즐거운 몇 시간을 보냈군요. 그건 의심치 않소. 하지만 미래가 우리들에게 준비해 주고 있는 것이 얼마나 더 매력적일까?"
"하지만 당신은 혼자잖아요? 재산 같은 것이 고독에 대해서 무슨 도움이 되나요?"
"혼자가 아니오. 나한테는 당신이 있소. 나의 귀여운 딸이."
"우린 절대로 함께 될 수는 없어요. 그 때문에 저는 당신의 주위를 벗어난 밖에 있게 되는 걸요."
"일은 그렇게 되어야 하는 거요. 나에게 당신은 피를 나눈 딸보다도 훨씬 귀중하오. 물론이지, 나는 당신의 아버지니까."
이야기는 거기서 끝났다.

칼 리치몬드는 포트 휘노에서 자상한 친절을 보여 준 대신 그 뒤로는 마치 며칠이건 치사한 꼴을 하고 있어야겠다고 작정이라도 한 것 같았다. 히르데갈데는 되도록 상관하지 않으려고 애를 썼는데 시실리에 기항했을 때에 드디어 일은 터지고 말았다. 모든 것은 아주 보잘 것없는 닭 요리에서 시작되었다. 히르데는 매우 자연스럽게 오락의 주인공 역할을 하면서 요리의 지시까지 하게 되었고 노인의 식성에 맞추어서 재치있고 조심스럽게 잘해 나갔다. 위장이 약했기 때문에 아주 적은 양밖에 먹지 못하는 그는 요리에 대해서 이만저만 까다롭지 않았으나 히르데갈데의 재치있는 지시를 좋아하고 있었다. 그런데 어느 날, 노인이 싫어하는 것을 뻔히 알고 있으면서 그녀는 자기가 좋아하는 송이버섯을 곁들인 닭 요리를 만들게 했다. 그 대신 그가 무척 좋아하는 생선 요리를 더 만드는 조심성도 잊지 않았다. 점심 식사의 중간까지는 아무 일 없이 지나갔다. 거기에 지배인이 맛있게 된 닭 요리를 가지고 왔다. 노인은 처음에는 깜짝 놀랐다가 그것은 곧 자신도 참을 수 없는 역정으로 변하였다. 원인에 비해서 너무 심한 그 역정은 매우 돌발적이었다. 히르데갈데가 그의 생활에 끼친 영향으로 자신의 자유가 침범되었다고 느꼈고, 그녀가 자신의 식성을 얕보고 자신의 식탁에서 그를 모욕했다고 생각한 것이다. 도저히 용서할 수 없는 일이었다. 같은 테이블의 사람들이 접시에서 닭 요리를 덜고 있는 동안에 그는 하인을 불렀다. 표백된 것 같이 하얀 얼굴로 눈은 히르데를 노려보면서. 애써 그의 눈길을 피하면서 그녀는 있는 힘을 다해 떨리는 두 손을 멎게 하려고 애썼다. 자메이카 인이 들어왔다.

"가지고 가!" 그는 무표정하게 말했다. 두 항해사와 안톤 콜프는 조금 아연해지면서 자기의 접시를 내주었다. 히르데갈데는 장갑 낀 흑인의 손이 그녀의 접시에 다가왔을 때도 고개를 들지 않았다. 다만 그녀의 이상하게 떨리는 낮은 목소리가 소스를 조금 달라고 말했을 뿐이다. 침묵이 흘렀다. 자메이카 인은 어떻게 해야 좋을지 몰라서 주인쪽을 돌아보고 그 명령을 기다렸다.

"나는 닭 요리가 아주 싫다, 마에나 양. 더구나 당신은 그것을 잘 알고 있어. 내가 싫어하는데도 내 식탁에서 남들이 그것을 먹는 것을 참을 수 있다고 생각하는가?"

비로소 히르데는 그를 쳐다보았다.

"당신은 자신이 음식을 잡수실 때의 모양이나 내는 소리가 주위 사람들에게 유쾌한 것인지 어떤지 생각해 본 일이 있으세요? 당신의 유별나게 까다로운 성미를 참고 견디는 것이 아름다운 일이라도 되는 듯이 생각하고 계신가요? 저는 당신이 좋아하시는 생선 요리를 만들게 했어요. 그것을 잡수시고, 우리들에게는 닭 요리를 먹게 해주세요. 그리고 시시한 소란 따위는 피우지 말아 주세요."

그러나 폭풍을 잉태한 고요가 그 이상 그녀의 말을 계속시키지 않았다. 잠자코 서로 노려보면서 히르데는 자신이 지나쳤다는 것을 깨달았다. 자기의 지위가 무너지기 일보 직전에 있는 것을 깨달았다. 한순간 모두들 조각처럼 꼼짝하지 않았다. 칼 리치몬드의 안색은 회

갈색에서 자줏빛이 섞인 분홍으로 변했다. 심한 역정이 그의 목소리를 쉬게 했다.

"흐음, 당신은 나를 아주 싫어하는구먼. 내가 음식 먹는 꼴을 보고 있을 수 없다는 말이지. 내가 소리를 내는 것이 마음에 안 드는구먼. 그렇다면 좋아, 칼 리치몬드의 추억을 남겨 줄테니 잘 보아둬. 도움이 될 거야."

그는 빨간 포도주가 들어 있는 유리 주전자를 잡더니 오른쪽 벽을 향해 힘껏 내던졌다. 크리스탈 유리가 산산조각이 나면서 벽은 빨갛게 물들었다. 아무도 말릴 겨를을 주지 않고 그는 접시를 집어 손에 닿는 대로 마구 벽에 던졌다. 컵이 뒤를 잇고, 다음으로는 나이프와 포크가 날았다. 자메이카 인은 깜짝 놀라 리치몬드의 의자 뒤로 기어들어갔다. 안톤 콜프가 엉거주춤 몸을 굽혔으나 노인은 거들떠보지도 않고 가까이 있는 것을 닥치는 대로 집어 벽에 던졌다.

"재수없는 암컷이 주인행세를 하려들어. 누구 한 사람도, 알겠나, 누구 한 사람도 나를 얕보는 것은 용서 못해. 그리고 내가 그만두라고 하면 당신이건 누구건 명령을 따라야 해. 당신들은 모두 내가 고용한 하인들이야. 당신 역시 조금도 다를 것이 없어. 시키는 대로 잘 들으라고 나는 돈을 주고 있어. 돈을 가지고 있는 것은 나야, 내가 모든 것을 결정하는 거야. 주인은 나다. 당신들은 나의 심부름꾼이야. 당신들 중 누구라도 그걸 잊어버리는 것은 용서 못해. 나는 식사할 때 트림을 하고 싶으면 언제든지 할 거야. 당신들한테는 그것을 감내할 만한 대가를 충분히 지불하고 있으니까. 트림쯤이 뭐야, 훨씬 더 나쁜 짓을 할지도 몰라. 마에나 양, 그렇더라도 당신은 참아야 해. 다른 사람과 마찬가지로 몇 번이건 내가 만족할 때까지 말이야."

히르데갈데의 신경은 그 이상 더 견딜 수 없을 정도로 떨고 있었다. 그녀는 벌떡 일어나, 쉰 목소리로 앉으라고 소리치는 칼 리치몬드의 명령을 무시하고 나가 버렸다. 갑판으로 올라가자 부드러운 바람과 사방의 고요함에 가까스로 숨을 돌릴 수 있었다. 그녀는 냉정을 찾으려고 심호흡을 했다. 그러나 떨림을 가라앉힐 수는 없었다. 악몽 속에 있는 기분으로 선실로 돌아오자 약간의 일용품을 챙겨서 슈트케이스에 넣고는 핸드백을 들고 다시 갑판으로 나왔다. 트랩은 그대로 걸려 있었다. 아무것도 생각하지 않고 오직 본능적으로 그녀는 그 쪽으로 향했다. 선원 하나가 스쳐 지나가면서 호기심에 찬 시선으로 그녀의 얼굴을 들여다보았으나 말은 걸지 않았다. 그녀에게는 그 선원이 야유하는 듯 흐뭇한 모양을 하고 있는 것처럼 여겨졌다. 크롬으로 도금한 손잡이를 잡고 그녀는 하이힐 굽이 트랩의 틈 사이에 끼지 않도록 조심하면서 걸어 내려갔다. 부두에 내려서자 햇빛에 눈이 부셨다. 몇 마리의 개가 낮잠을 자고 있는 광장을 지나 종려나무 밑의 레스토랑을 향해 걸어갔다. 어딘가에서 라디오가 달콤한 노래를 흘리고 있었다. 그녀는 시원한 느낌이 드는 레스토랑으로 들어갔다. 코카콜라 상자에 걸려 약간 비틀거리다가 몸을 일으키니 안쪽 방에서 선원들이 점심식사를 하고 있는 것이 보였다. 그녀는 세일러복을 입은 사나이 곁으로 다가가서 택시는 어디 있느냐고 물었다. 수다스러운 여자 하나가 이탈리아 말로 뭔가 지껄이기 시작했다. 사나이는 히르데 갈데를 뚫어지게 보면서 접시 끝에 있는 치즈를 먹었다. 접시의 한가운데에는 대구 뼈가 남아 있었고 나일론 식탁보 위에는 양상추를 넣은 커다란 샐러드 접시가 놓여 있었다. 히르데는 슈트케이스를 바꿔 들었다. 겨우 여자가 입을 다물었다. 사나이는 일어서서 나이프를 접어 호주머니에 넣고 두 손을 바지에 닦고 나서 악센트가 심한 영어로 자기가 태워다 주겠다고 말했다. 두 사람은 잠든 듯이 조용한 광장으로 나왔다. 마침 낮잠 자는 시간이었다. 두 사람은 동시에 본능적으로 힐끗 요트 쪽으로 눈을 돌렸다. 요트는 곶의 언저리에 꽉 차게 그 크기와 호화로움으로 주위의 어선을 압도하고 있었다. 배 위에 사람의 모습은 없었다. 두 사람은 레스토랑 뒤로 돌아가 작은 골목길로 들어갔다. 사나이는 조용히 이쑤시개질을 하면서 다른 일을 생각하고 있는 듯 운동화를 신고 소리없이 앞만 보고 걷고 있었다. 그는 창고문을 열었다. 허름하고 작은 화물차가 있었다. 자전거가 두 대 놓여져 있어서 히르데는 안으로 들어갈 수가 없었다. 사나이는 히르데에게 밖에서 기다리라고 신호했다. 잠시 후 모터가 부르릉거리더니 차는 뒷걸음치기 시작했다. 빈 상자가 가득 쌓여 있었다. 사나이가 조수석의 문을 열어 주어서 히르데는 그 자리에 탔다. 사나이는 슈트케이스를 뒤에 싣더니 클러치를 밟았다. 길에는 먼지가 뽀얗게 솟아올랐다. 운전을 하면서 사나이는 히르데 쪽을 힐끗거렸다. 그는 말을 건넬 틈을 노리고 있었다. 그러나 히르데는 그것에 응하지 않았다. 개 한 마리가 경적을 듣고 귀찮은 듯이 길을 비켰다. 사나이는 아쉬운 대로 묵을 만한 단 한 군데의 호텔로 안내했다. 히르데는 핸드백을 뒤져 얼마인가의 지폐를 꺼냈다. 사나이는 그것을 호주머니에 받아 넣더니 말 한 마디 없이 그녀의 슈트케이스를 꺼내 주고는 돌아갔다.

  보이들은 한참 낮잠에 빠져 있는지 아무도 나오지 않았다. 하이힐 뒷굽이 푹푹 빠지는 자갈길을 걸어 현관까지 갈 수밖에 없었다. 초인종을 누르자 인기척없는 홀에 요란스럽게 울렸다. 홀의 장식물이라고는 종려나무 화분뿐이었다. 한참 후에야 보이 하나가 잠에 취한 눈으로 제복의 단추를 끼우면서 나타났다. 두세 마디 말을 나눈 뒤에 보이는 히르데를 안내하여 대리석의 큰 계단을 올라갔다. 두 사람은 긴 복도를 지나 큰 방으로 들어갔다. 보이가 곧 덧문을 열었다. 아름다운 테라스에 안벽 쪽으로 불쑥 나와 있는 '행운아' 호가 밧줄에 매여 조용하게 둥실거리고 있는 것이 보였다. 혼자가 되자 히르데갈데는 구두를 벗고 후텁지근한 슈트의 스커트를 벗고 맨발에 슬리퍼를 걸치고 담배에 불을 붙여 물고 침대에 누웠다. 더위가 금방 방 안에 들어찼는데 요란스런 매미 소리가 더욱 더운 기분을 몰아왔다. 부드러운 바람에 종려나무의 칼 같은 잎들이 맞부딪치고 있었다. 그녀는 눈을 감았다. 그리고 비로소 자기는 진흙탕 속에 발을 들여놓고 말았다는 것을 깨달았다.

배에서는 칼 리치몬드가 잔뜩 화를 낸 뒤에 선실로 자리를 옮기게 하고는 거기서 히르데가 꾸민 메뉴의 점심을 먹기 시작했다. 호통을 친 뒤에는 마음이 홀가분해지는 그였으며 배도 고팠고, 무엇보다 그는 먹고 마시고 하는 것을 즐기는 편이었다. 그리고 그런 약간의 소란은 결코 불만스러운 것이 아니었다. 그것은 그에게 최후의 말을 던지게 하는 기회를 주었던 것이다. 그는 식욕이 왕성했다. 그에 비해 주위 사람들은 모두 음식이 목구멍에 걸린 기분으로 사태의 귀추를 걱정하고 있었다. 안톤 콜프는 언짢은 기분을 숨길 수가 없었다. 소란의 장본인이 자기의 학생이었다는 것이 마음에 거슬렸다. 이번에는 분명히 그녀가 지나쳤다. 더구나 콧대가 높아진 그녀는 실종까지 해 버렸다. 그 보상은 짧은 시간으로는 메울 수가 없을 것으로 생각되었다. 산전수전 다 겪은 그로서도 그 일을 바람둥이가 돌아온 것처럼 꾸밀 수는 없었다. 한편 칼 리치몬드가 자기 쪽에서 그녀를 찾아오게 할 것으로도 생각되지 않았으므로 오직 한 가지의 해결책은 노인이 그녀가 없어진 것을 눈치채기 전에 안톤 콜프 자신이 그녀를 찾아내는 수밖에 없었다. 이번에는 그가 힘없이 트랩을 내려갔다. 그리고 광장에 단 하나 있는 그 레스토랑으로 향했다. 그는 동작이 느릿한 늙은이와 이야기한 끝에 얼마 전에 히르데갈데가 안내된 그 호텔로 가게 되었다.

도어 맨이 그를 방까지 데리고 갔다. 히르데는 홑이불을 몸에 두르고 침대에 앉은 채 그를 맞이했다. 안톤 콜프는 빈틈없는 옷차림으로 깃에는 민들레꽃을 꽂고, 무릎 위에 파나마 모자를 얹고서 딱하다는 듯이 그녀를 바라보았다.

"아무래도 당신은 상당히 위험한 실수를 저지른 것 같은데."

그녀는 대답하지 않고, 피우던 담배에서 새 담배로 불을 옮긴 뒤에 꽁초를 사이드 테이블의 서랍 속에서 껐다.

"칼 리치몬드는 아직 당신이 없어진 것을 모르고 있소. 사태가 이 이상 더 악화되기 전에 돌아갑시다. 다른 사람에게 비밀을 지키게 하는 것은 내가 맡겠으니…… 왜 말이 없소?"

"난 배로 돌아갈 생각은 없어요."

"음, 그렇소?"

안톤 콜프는 그 이상 말도 하지 않았다. 두 사람 사이에는 오랜 침묵이 계속되었다. 히르데갈데는 해안의 경치에서 눈을 뗄 수가 없었다. 상대가 수화기를 들어 위스키를 가져오라고 시켜도 뒤돌아보려 하지 않았다. 그는 안락의자로 되돌아오고 두 사람은 그대로 보이가 오는 것을 기다렸다. 위스키를 가져오고 나서 보이가 물러가자 안톤 콜프는 당장 문제의 핵심을 찔렀다.

"참고삼아 말해 두지만, 이 낯선 외국 땅에 돈도 패스포트도 노동수첩도 없이 남아 있는 것은 정말 바보 같은 짓이오. 웬만큼 좋은 해결책을 발견하지 못하는 한."

"옳은 말씀이긴 하지만 그런 일이 있은 뒤에 배로 돌아갈 수는 없어요."

"그것은 자존심에서인가, 아니면 전술로서인가?"

"무슨 뜻이죠?"

"만약에 그것이 하나의 포즈라면 좋소. 나도 돕겠소. 그 방법을 설명해 주시오, 그렇다면 협력하지요. 어디 들어 봅시다. 왜 대답을 안하오? 그럼 역시 전술이 아니군요. 성격 문제, 그것도 나쁜 성격 때문이라는 말이군요. 분명히 그렇군요."

"서로가 헐뜯는 말은 그만둡시다. 그 늙은이는 정말 싫어요. 진절머리가 나요. 난 이 이상 더 참을 수가 없어요. 그것뿐이에요."

"그럼, 당신은 아무 고생 없이 백만장자가 될 수 있다고 생각했나요? 맨 처음부터 말해 두지 않았소? 그 사람을 다루는 것은 다이너마이트를 다루는 것과 같은 정도로 어렵다고. 내가 어쩌다 이런 철부지 여자를 믿게 되었을까."

히르데갈데는 몸을 일으키더니 베개를 등에 대었다.

"이제 그만 하세요. 부탁이에요. 토론할 생각은 조금도 없어요. 분명히 당신이 하시는 말은 당연해요. 정말 철없는 짓을 했어요. 하지만 사람이란 하루 이틀에 그렇게 생각이 바뀔 수는 없어요."

"그게 바로 당신이 하고 싶은 말이지요. 그러지 말고 일어나서 배로 돌아갑시다. 당신의 탈주가 드러나기 전에."

히르데갈데는 침대에서 미끄러져 내려오더니 슈트의 스커트를 집어들어 그녀에게서 눈을 떼지 않는 안톤 콜프 앞에서 망설임도 없이 그것을 뒤집어썼다. 그리고 머리카락을 헝클어뜨리면서 끌어내려서 입더니 느닷없이 말했다.

"아까 전술이라고 말씀하셨는데, 그건 무슨 뜻이었나요?"

"역시 마음속으로는 뭔가 생각이 있었군."

"아까는 어쨌든 간에, 지금은 없는 것도 아녜요."

"어떻게 하겠다는 거죠?"

"아까는 정말 감정적으로 나와 버렸지만, 그것을 그 고집쟁이 영감을 낚는 미끼로 바꿀 수는 없을까요?"

"무서운 도박이오. 그가 당신에게 찰싹 달라붙었다는 증거는 아무데도 없어요. 만약에 벌써 낚시바늘을 삼켰다면 그건 천재적인 연기요. 그러나 그렇지 않다면 돌이킬 수 없는 실패가 되고 말아요."
"당신은 어느 쪽이라고 생각하세요?"
"지금 말한 바와 같이 주사위로 정하기에는 판돈이 너무도 많소."
"하지만 이대로 배로 돌아가면 마치 항복한 것처럼 되잖아요."
"아니죠. 그가 당신의 탈주를 알기 전이라면 걱정없어요."
"배는 항구에 정박하고 있는걸요. 그런 충돌이 있은 뒤에 안 나갈 이유는 없어요. 조금이라도 자존심이 있는 사람이라면, 누구나 이렇게 했을 거에요. 그게 억울해요."
"이런 때 그런 감상이나 말하고 있을 수는 없소."
"저한테 생각이 있어요. 당신이 배로 돌아가셔서 제 이야기를 전혀 하지 말고 상황을 보세요. 만일 그분이 저한테 관심을 안 가지고 있다면 오늘 안으로 돌아가겠어요. 하지만 만일 그렇지 않다면, 재주껏 그분을 저한테로 보내 주세요. 그렇게 하면 뒷일은 제가 맡겠어요."
안톤 콜프는 내키지 않는 듯 일어섰다.
"다른 방법이 없군. 그러나 그가 말없이 닻을 올리지 않는다면 좋겠지만……."
히르데는 방긋 웃었다.
"그 때는 항구의 세관과 문제를 일으키는 수법도 쓸 수 있잖아요. 제가 패스포트 없이 상륙했다는 것만으로도, 어때요?"
"과연 천재로군, 당신은."
그리고 안톤 콜프는 한 마디도 더 하지 않고 나가 버렸다. 승부는 괴로웠다. 그러나 만일 노인이 그녀를 뒤쫓아오게 된다면 승산은 분명했다. 문제는 그 괴팍스러운 노인의 예측할 수 없는 반응에 달려 있었다.

안톤 콜프는 배로 돌아오자 대수롭지 않은 일을 문제삼아 사무실에서 주인과 얼굴을 맞댈 기회를 만들었다. 서류 다발을 안고 선실의 문을 노크한 다음 안으로 들어가서 상대의 태도가 갑작스럽게 변한 것에 놀랐다. 리치몬드는 애교 있는 미소를 띠며 그를 맞이했다.

"오늘밤 스프리트로 떠나겠네, 만사를 부탁해. 도중에 기항은 안할 테니."

비서는 조심스럽게 리치몬드 쪽으로 다가갔다.

"왜 스프리트로 가시는지 여쭈어 봐도 되겠습니까?"

노인은 마치 그곳 생활을 즐기고 있다는 시늉으로 그 거리에는 멋진 추억이 있어서 꼭 한번 가보려고 생각했기 때문이라고 대답했다. 이 설명에는 아무런 뜻도 없었다. 그러나 다른 설명을 요구할 수도 없다. 안톤 콜프는 그것으로 참을 수밖에는 다른 도리가 없었다.

"벌써 선장에게 명령하셨습니까? 안 하셨으면 제가 말할까요?"

"아니, 모두 처리했어. 그럼 체스 상대나 해주게. 5시 전에는 식수가 차지 않는 모양이야."

두 사람은 체스 판을 사이에 두고 경기를 시작했다. 어느 한쪽도 정말 마음에 걸려 있는 화제에는 접근하려 들지 않았다. 노인은 비서를 관찰하고 있었다. 그러나 상대가 입을 열지 않으므로 한참 후에야 말할 결심을 했다.

"마에나 양이 선실에 없어."

안톤 콜프는 체스 판을 바라본 채 은근하게 말했다.

"이런 더위니 없는 것도 무리가 아니지요."

"아니야, 내가 말을 잘못한 모양이지. 선실에도 없다는 뜻이야. 자네 생각으로는 어디 있다고 짐작하나?"

"배가 워낙 커서."

노인은 흐뭇한 듯이 쿡쿡하고 마치 닭 같은 소리를 내며 웃었다.

그는 정말 재미있어 못견디겠는 듯한 모양이었다.

"그 여자는 내 배에 없어. 이미 확인했어. 게다가 식사 뒤에 슈트케이스를 들고 나가는 것을 본 선원도 있어."

"근처를 한 바퀴 돌고 올 생각인지도 모르지요."

"슈트케이스를 들고 말인가? 이봐 콜프, 자네는 좀 더 영리한 줄 알았는데. 그 여자는 나간 거야. 깨끗하게. 우리들 모두를 두고 줄행랑을 친 거야. 젊은 주제에 보통이 아니야."

비서는 노인의 눈길이 자기에게 못박혀 있는 것을 느끼고 있었다. 그는 자기 성의 말을 움직인 뒤에 어깨를 으쓱해 보였다.

"다른 간호사를 구하지요. 그 여자는 바보입니다."

"나는 다른 여자가 필요하다는 말은 안 했어. 그 여자가 필요해. 그 여자는 나의 고용인이야. 내 허락없이 나가선 안돼. 나는 불복종은 아주 질색이란 말이야. 그 여자를 찾아와 줘. 스프리트에 닿으면 배에서 내려 주겠네."

"하지만 다른 간호사를 구하는 편이 현명합니다. 그 여자는 고집을 부려서 훨씬 더 성가신 일을 저지를지도 모르고, 게다가 무엇보다도 찾을 수 있을지 없을지도 모르겠습니다."

"여기는 뉴욕이 아니야. 호텔을 모두 뒤져 보면 돼. 그것도 몇 채 되지 않으니까, 금방 찾을 수 있을 거야……. 그래서 여기로 데려오도록 해."

"하지만 따라오기를 거절할지도 모릅니다."

"뭐라고? 자네는 뭐가 그렇게도 말이 많나, 콜프? 마치 그 여자가 나간 것을 좋아하고 있는 것 같군."

"어쩌면 그렇게 말할 수도 있겠지요."

"그 여자가 무슨 일이라도 저질렀나?"

"저한테는 아무 일도. 하지만 그 여자는 자기의 본분을 모르고 있습니다."

"그러니까 찾아오란 말이야. 가부를 결정하는 것은 나 한 사람이라는 것을 이번에야말로 똑똑히 가르쳐줄 테니."

두 사람은 체스의 승부를 끝냈다. 안톤 콜프는 주인의 모처럼의 좋은 기분을 상하게 하지 않도록 재주껏 승부를 양보했다.

그는 다시 호텔로 가서 히르데갈데에게 약혼자의 정신 상태를 그대로 알렸다. 특히 기뻐할 만한 일은 아니었다. 노인이 바라고 있는 것은, 순전히 폭군이 가지는 관심에 지나지 않았다. 그녀를 찾아내는 데 열심인 것도, 좀 더 분명하게 해고하려는데 불과했다. 그러나 히르데갈데는 벌써 생각을 정해 버렸기 때문에 거기서 버티는 것밖에 다른 수단은 없었다. 안톤 콜프는 배로 돌아와 노인에게 그 간호사는 두 번 다시 근무할 수 없다고 거절하면서 급료도 받지 않겠다고 하더라고 말했다. 노인은 눈을 반쯤 감고 비서를 관찰하면서 고개를 끄덕이더니 조용한 목소리로 물었다.

"우리 둘만의 이야기인데, 콜프, 자네는 그 여자한테 배로 돌아오면 얼마를 주겠다는 말을 했나?"

"네, 분명히는……."

"얼마나?"

"정확한 숫자는 말하지 않았지만, 그럴싸하게 말했습니다."

"탐내지 않던가?"

"네, 명예니 긍지니 하는 말만……."

"허세야, 아무것도 아닌 허세야. 배가 오늘밤에 떠난다는 것도 말했나?"

"물론입니다."

"그럼 걱정할 것 없어. 돌아올 테니까."

"그렇게는 여겨지지 않습니다."

"내기할까?"

"지십니다. 헤어질 때 그 여자는 비행기 시간을 묻고 있었습니다."

"좋아, 마음대로 하라지. 이 이상 그 여자 이야기는 꺼내지마. 식수가 차면 닻을 올려. 됐어, 가봐."

"저는 선실에 있겠습니다. 아직 연락을 받고 정리해야 할 일들이 남아 있으므로, 만일 볼일이 계시면 언제라도……."

"알았어."

노인은 이야기가 끝난 것을 알리듯이 의자를 돌리고 말았다.

안톤 콜프는 걱정스러운 듯이 자기 선실로 돌아왔다. 이제 주사위는 던져졌다. 만일 칼 리치몬드가 가만히 있으면, 모든 계획은 트럼프로 만든 성처럼 와르르 무너지고 만다. 히르데갈데는 지나치게 위험한 재주를 부리고 말았다. 이제 경쟁권 안에는 남지 못할 것이다. 누군가 다른 여자를 구해서 교육을 다시 해야지……. 그러나 그것은 불가능하다. 비서는 그렇게 생각하자 아찔해졌다. 양녀 입적의 서류는 이미 공식으로 제출되어 있다. 그녀는 이미 그의 딸이었다. 같은 일을 다시 하기에는 이미 때가 늦었다. 최초의 계획을 재검토하여 되도록 마이너스가 없도록 해서 어쨌든 그녀를 다시 무대에 올려야 했다. 안톤 콜프는 가까운 곳에 위스키 잔을 놓고 가설 침대에 누웠다. 되도록 빨리 이 성가신 문제를 해결해야만 했다. 그러나 그 대책이 서기 전에 시간은 지나갔다. 이 뜻밖의 사건 때문에 모든 것이 수포로 돌아가려 하고 있다. 더구나 아무리 머리를 짜 보아도 그에게는 멋진 해결책이 생각나지 않았다. 5시가 가까워지자 식수를 채우는 작업은 끝났다. 그는 자신을 억제하면서 선실에서 조용히 귀를 기울였다. 그러나 배 안은 아주 조용했다. 그는 어쩔 수 없이 일어나서 배가 떠나기 전에 앞으로의 명령을 히르데에게 전할 수 있도록 편지를 쓰려고 했다. 바로 그 때, 기적이 일어났다. 칼 리치몬드가 그를 자

지푸라기 여자 85

기 방으로 부른 것이다. 노인을 보자마자 비서는 체증이 한꺼번에 쑥 내려가는 듯한 기분이었다. 노인은 알파카의 나들이옷을 입고 파나마 모자를 무릎 위에 얹어 놓고 정장 차림으로 그를 기다리고 있었던 것이다.

"마에나 양한테 데려다 주게."

콜프는 아무런 이유도 묻지 않았다.

"차를 부르겠습니다."

흥분으로 얼굴이 상기된 채 그는 갑판으로 뛰어올라 갔다. 모든 것이 잘 되어가기 시작했다. 정말 멋지다. 그 여자의 콧대는 훌륭했다. 노인 쪽에서 그녀를 쫓아가기 시작한 것이다. 정말 믿을 수 없는 일이지만, 이렇게 한 번 꺾인 이상 그의 패배다. 뒷일은 둘이서 가까운 장래의 계획을 속삭이기만 하면 된다. 안톤 콜프는 너무 기쁜 나머지 여느 때의 냉정을 잃어가고 있었다.

환자를 차에 태우고 바퀴의자를 차 위에 달아매는 것은 상당히 힘드는 일이었다. 비서는 모시고 가겠다는 것을 말하지 않을 수 없었는데 다행하게도 주인은 그의 시중을 바라지 않았다.

"이 사람과 둘이면 돼."

운전 기사를 가리키면서 리치몬드는 그렇게 말하고 지팡이 끝으로 그의 등을 찔러 시간이 많이 지체된 것을 깨닫게 했다. 차는 호텔로 가는 길을 달렸다. 칼 리치몬드는 두 손을 지팡이에 의지하고 뒷자리에 앉아서 주위의 경치에는 눈도 돌리지 않고, 자기 자신에게 조용히 웃음짓고 있었다. 희미하지만 한 가닥 희망 같은 것이 다시 발견된 것에 스스로 어이없어하면서.

도어 맨과 보이들이 그를 차에서 내려 바퀴의자에 앉혔다. 의자를 나무 그늘까지 옮겨놓게 한 뒤에 노인은 그가 찾아왔다는 연락을 받은 히르데갈데가 내려오기를 기다리고 있었다. 그녀는 뛰어내려오지도, 계획적으로 기다리게 하면서 자기의 승리를 과시하는 악취미적인 짓도 하지 않았다. 신중하게 화장을 고치고 점심식사 때의 일을 생각만 해도 몸이 떨리는 것을 누르면서, 차분한 젊은 여자의 모습으로 이 유력한 명사를 만나러 내려왔다. 그는 다가오는 그녀를 미소로 맞이하여 손으로 앉으라고 신호했다. 히르데갈데는 마음의 동요를 보이지 않으려고 조심하고 있었다. 여자는 자그마한 동작으로도 속마음을 들키기 쉽다. 두 손을 무릎 위에 단정하게 모아쥐고는 정숙하게 스커트를 내리고 무표정한 얼굴로 상대의 말을 듣고 있었다.

"마에나 양, 알겠소? 나로서는 이런 곳까지 당신을 찾아온다는 것은 굉장한 운동이야."

"이렇게 오시게 해서 정말 죄송합니다."

"농담은 그만두지. 나는 기사도를 발휘할 생각은 없어. 나한테는 어울리지 않거든. 다만 나는 모든 일이 분명치 않은 것을 싫어해. 그러므로 이번 일도 분명하게 매듭짓고 싶은 것뿐이야."

"저는 이렇게 나와 버린 것으로 매듭은 지어졌다고 생각하고 있어요."

"당신은 나한테 고용되어 있는 거야. 나는 나가라고 명령한 적이 없어."

"명령없이 끝내는 것으로 할 작정이었어요. 그 대신 당신한테는 아무런 요구도 하지 않겠어요."

"하지만 내 쪽에서는 요구할 수 있어. 당신이 도망쳤기 때문에 뭔가 나에 대한 편견이 생겼다고 봐. 나에게는 당신한테 그 보상을 요구할 권리가 있는 거요, 그렇지 않을까?"

히르데갈데는 미소지었을 뿐 대답하지 않았다.

"게다가 또 나는 당신한테 대해서 어떤…… 뭐라고 말하면 될까…… 그래, 경의를 가지고 있어. 나는 내 주위에 있는 쓸모 없는 자들과는 다른 생각을 가지고 있소. 여기까지 온 것도 그 때문이야."
 그녀는 다시 방긋 웃었다. 그리고 한편, 그녀의 눈은 '생활에 시달리고 있는 순진한 아가씨'같은 눈매가 되었다. 그는 히르데갈데를 한참 동안 바라보았다. 그녀의 침묵이 그의 정신을 혼란시켰다.
 "그래서 한 가지 제안이 있어, 마에나 양."
 "말씀하세요."
 "내가 돌아가는 즉시 배는 닻을 올리오. 슈트케이스를 가지고 나를 따라와요."
 "그렇게 간단하게는 할 수 없어요, 리치몬드 씨."
 "능청 떨지 말아! 이번 사건을 잊기 위해 나는 1만 달러를 내겠어. 항구에 들를 때마다 당신은 전 세계의 닭구이를 먹게 되는 셈이야."
 "못하겠어요, 리치몬드 씨."
 "1만 5천 달러라면?"
 "당신이 그렇게 경매식으로 계속하신다면, 더 이상 이야기하는 것은 거절하겠어요."
 "나는 왜 당신하고 내가 이런 타협을 해야 하는지조차도 모를 지경이오. 당신은 나의 고용인이며, 당신이 잘못했다는 것은 당신 자신도 인정하고 있을 게 아닌가?"
 "저는 칸느로 돌아가는 것이 제일 좋을 것 같아요. 환자는 많이 있으니까요."
 "그런 건 문제가 아니야! 나는 당신을 고용했어. 나는 당신을 놓지 않겠어."
 "감사드려야겠군요. 그토록 저의 기분을 알아주시니."
 "오만불손이로군. 설마 내가 싫증을 내라고 일부러 그러는 것은 아니겠지? 우리는 그리스 반도를 일주할 거야. 아름다운 여행이 될 테지. 후회는 않을걸."
"후회하고 있는 것은 그 사건이에요, 리치몬드 씨. 그리고 그런 일이 또 일어나는 것은 싫거든요."
"그러니까 잊어버리는 댓가로 1만 5천 달러를 내겠다고 하지 않아? 그 이상 또 무슨 일을 어떻게……."
"할 수 있어요! 사과만 하시면."
"흐음, 과연."
노인은 어처구니없어서 뭐라고 대답할 줄을 몰랐다.
"아마 이런 돈은 당신들 세계에서는 통용되지 않겠지요?"
"잠깐만, 잠자코 있어 봐. 모를 일이 하나 있어. 당신은 사람을 놀리고 있어. 아니 분명히 장난이야. 진지하다면 별로 성의도 없는 사과를 듣는 편이 1만 5천 달러라는 미국의 현금보다 좋다고 생각할 까닭이 있겠어? 어째서 그런 말을 하는 거지. 저의가 뭐지?"
"아무래도 우리는 서로를 이해할 수가 없나 봐요. 우린 같은 이야기를 하고 있는 것이 아닌걸요."
"아무튼 거추장스런 이야기는 그만 하고…… 뭐가 필요하지?"
"이미 말씀드렸어요. 사과하는 것이라고."
"그럼 내가 그 설명에 만족해서 하라는 대로 사과를 했다고 치고, 그렇게 하면 어떻게 되지?"
"아무렇게도 안돼요. 전 그 일을 잊고 다시 일하겠어요."
노인은 의자를 한 바퀴 빙 돌렸다. 그 동안에도 히르데갈데에게서 눈을 떼지 않았다.
"그럼 내가 조금…… 그렇지, 신경질을 부렸다고 치지. 그러면 그때마다 그저 사과만 하면 되니까 당신한테는 1달러의 배상금도 안 돌아가. 그렇다면 당신한테는 그야말로 손해가 아닌가?"
"당신의 잘못된 곳은 바로 거기에요. 누구나가 맹목적으로 이해(利

지푸라기 여자

害)만 가리면서 살고 있다고는 할 수 없어요. 그뿐 아니라, 이해득실 같은 것은 전혀 문제삼지 않는 사람들도 있는 거에요. 그리고 아무래도 저는 그런 부류 같아요."
"그건 대답이 안돼. 왜 나 같은 늙은이가 당신 같은 말괄량이 앞에서 사과를 해야 한다는 거지? 자존심 때문인가?"
"물론 아니에요. 그보다는 아마도 사람으로서의 긍지라고 생각되지만."
"바보같이! 긍지란 자유와 평등과 마찬가지로 단순한 말이야. 사전에 실려 있을 뿐이야."
"누구에게나 단순한 말이라고만은 할 수 없어요, 리치몬드 씨. 온 세계가 자신의 생각대로만 되어 있다고 믿으시는 것은 그만두시는 편이 좋지 않을까요?
"그래서? 그 알량한 마음이 무슨 도움이 된다는 말인가."
"긍지란 그 어떤 도움이 되는 것은 아니에요. 목적이 있어서 그것을 쓰는 것도 아니에요. 그렇기 때문에 저는 다만 이대로 있고 싶다고 생각하는 것뿐이에요."
"아무튼 앉아요. 당신과 함께 '회춘의 탕' 속에 들어 있는 것 같구만. 그러나 고백하지만 때로는 그것도 약간은 재미가 있어."
히르데갈데는 있는 힘을 다하여 승리의 기쁨을 숨겼다.
"그럼, 이런 셈이군. 내가 당신의 신세를 지지 않겠다면 의사회의 규정 요금만 지불하면 되고, 그렇게 되면 당신은 자기 집까지 기차로, 그것도 3등차로 돌아간다는 것이겠지?"
"뻔하잖아요."
"알고 있겠지. 당신이 만약 조금만 더 협력적이라면 보통 몇 년은 걸려야 벌 돈이 며칠 동안에 들어오는 거야."
"그렇겠지요. 하지만 그 댓가는 아주 비싼 것일 거에요. 당신은 주위 사람들을 혹사하지 않고는 견디지 못하시니까요. 그런 당신을 참는다면 상당히 큰 물질적인 이익이 따르겠지요. 하지만 저한테는 그런 용기가 없어요."
"나한테서 일을 안하게 되면 어떻게 할 작정이지?"
"여느 생활로 돌아가는 거에요."
"애인이라도 있나?"
"아뇨, 리치몬드 씨."
"그럼 가족은?"
"지금은 아무도."
"친구는?"
"그저 아는 정도면."
"당신은 우리들의 배 위에서의 생활은 좋아하지?"
"네, 아주."
"그럼 나에 대해서는 어떻게 생각하나?"
"어머나, 이상한 질문이시네요. 그건 제가 일하기 시작했을 때부터 줄곧 말씀드렸을 텐데요."
"그럼, 나를 남편으로서는 어떻게 생각하지?"
"왜 그런 걸 물으세요?"
"아니, 지금은 그저 이야기하고 있는 것뿐이야. 심심풀이로 어떤 이야기라도 생각해내지 않으면 안되잖아. 어디 대답해봐."
"한번도 생각해 본적이 없어요."
"그럼 생각해 보도록 해…… 물론 우스갯소리로 말이야."
"하지만 대답할 수가 없어요. 저의 아버지뻘이나 되는 분에게……."
"나는 흔해빠진 호색 늙은이와는 달라. 벌써 몇 해 동안이나 나는 여자를 그런 각도에서 바라본 일은 없었어. 그리고 앞으로도 그런

지푸라기 여자 91

짓은 안해. 하지만 결혼이 뭐, 잠자리 속의 장어들만을 위한 것은 아니잖아."
"그러시다면 저와 결혼해서 무슨 득이 되시나요?"
"당신은 나를 재미있게 해주는 거야. 내 나이에, 나 만큼의 재산을 가지면 재미있는 놀이란 그다지 흔하지 않아. 당신은 바보스럽게 솔직하거나 뛰어나게 약삭빠른 작은 스핑크스야. 그 수수께끼를 풀기 위해서는 당신하고 결혼하는 수밖에 없어. 게다가 그렇게 한다고 내가 잃는 것은 없지. 식객이 한 사람 늘어났다고 해서 나의 계산이 어긋나는 것은 아니니까. 또 나의 꿈 역시 새삼스럽게 깨어질 위험도 없어. 어떻게 생각하지?"
"뭐라고 대답해야 좋을지…… 너무 갑작스러운 이야기인걸요. 생활이 완전히 바뀌기 때문에, 솔직히 말해서 지금은 잘 모르겠어요."
"잘 생각해 봐요, 마에나 양. 하지만 생각하면 생각할수록 나에게는 달갑지 않게 돼. 그걸 잊지 말도록."
"제 쪽에서 질문을 해도 괜찮겠어요?"
그는 끄덕였다.
"당신은 저와 결혼하는데 그럴싸한 이유를 붙이셨어요. 그럼 당신의 생각으로는 제 쪽의 이유는 무엇인가요?"
"나는 그런 솔직한 것이 기뻐. 그런 대답을 하는 여자는 절대로 당신밖에 없어."
"그러니까, 당신의 대답은?"
"나는 부자고 늙은이요, 이 이상 명백한 이유가 또 있을까?"
"그건 저에게 대한 상당한 실례가 되는 대답이시군요. 좀 더 멋진 이유가 있을 만도 한데요."
칼 리치몬드는 재미있다는 듯이, 그리고 기쁜 듯이 웃었다.

"아니, 나한테는 정말 당신한테 줄 것이 달리 생각나질 않아."
"그러시다면, 만일 저에게 당신의 이야기를 성실하게 받아들이게 하시려면 그 이유를 생각해 두세요."
그렇게 말하고 그녀는 일어섰다.
"트렁크를 가져오라고 시키겠어요."
노인의 바삭바삭하게 마른 손이 그녀의 손을 잡았다.
"인간들에게는 아예 인정미가 없어. 나 자신이 그런 것을 없애 버렸더라도 너무 나를 원망하지 말아줘."
히르데갈데는 대답하지 않았다. 보이들이 그를 차에 태우려고 나왔다. 그것은 시간이 걸리고 또 상당히 힘이 들었다. 그 작업을 하는 동안에도 그는 젊은 여자한테서 눈을 떼지 않았다. 그리고 그녀가 자기 옆에 앉았을 때 그녀를 보지 않고 말했다.
"나는 병든 늙은이여서 오히려 가련한 존재야. 그 이유가 나를 위해 도움이 될까?"
"전혀 안돼요. 잘 알고 계실텐데."
그는 안심한 듯이 한숨을 쉬었다. 그리고 돌아가는 길에서는 잡담 밖에는 나누지 않았다.

두 사람의 결혼식은 그로부터 3주일 뒤, 아테네의 바다 위에서 거행되었다. 뱃사람들의 습관에 따라 두 사람을 맺어 주는 주례는 선장이었다. 안톤 콜프는 충실한 비서로서 모든 서류의 작성을 맡아 뉴욕과 치밀한 연락을 취하여 이 만혼의 정식 절차를 밟았다. 이 뉴스는 사교계의 소식란에 일대 붐을 일으켰다. 사진이 전송되어 신문의 제1면을 장식했고, 칼 리치몬드의 공증인들은 쉴 사이 없이 바빴으며, 축하 편지 속에는 새 부인을 알게 될 날을 고대한다는 내용이 두드러지게 많았다. 그녀의 이름은 국제적으로 널리 알려졌다. 그러나 당사자는 그것을 모르고 있었다. 그녀의 생활에는 변함이 없었으며, 항구에 들르는 것은 오직 식수와 연료를 싣기 위해서였기 때문이다. 배의 생활에도 표면상으로는 아무런 변화가 없었다. 다만 히르데갈데는 보석상자를 자유로이 즐길 권리를 얻었다. 그러나 고용인들은 겉으로만 예의를 지킬 뿐 뒤에서는 손가락질을 하고 있었다. 그녀의 재빠르고도 완벽한 성공을 묵과할 수가 없었던 것이다. 오직 한 사람, 안톤 콜프의 안색만이 빛났다. 그의 목적은 이미 달성된 것으로 보였다. 백만장자의 심복이었던 그는, 자기가 유일한 보관자인 공식 문서에 마에나라는 이름 대신 자기 이름을 써넣기만 하면 되는 것이다. 법적으로는 그의 갑작스러운 양녀 입적을 공표할 의무는 전혀 없었다. 전리품은 나중에 천천히 함정에서 꺼내면 되는 것이다. 히르데갈데는 완전히 공식적인 칼 리치몬드의 젊은 새 부인이었으며, 장차 세계 최대 재산을 물려받을 상속인이었다.

'행운아'호는 늙은 신랑을 싣고 항해를 계속하고 있었다. 그는 이 새로운 사태를 좋아하여 힘차게 다시 새출발하는 것 같은 모습이었다. 이름뿐인 그의 아내도 꿈 같은 이 현실을 나쁘게 생각하지 않고, 전혀 아무것도 요구하지 않은 늙은 남편에 대해서 평범한 연애결혼보다 훨씬 건실한 장점을 인식하고 있었다. 그녀도 나름대로 새 생활에 익숙해져 갔다. 리치몬드의 기분이 좋거나 언짢거나 하는 일도 그녀가 원인이 되는 일은 적었다. 그녀에 대해서는 되도록 상냥스러움을 보이고 있었다. 그녀를 즐겁게 해 줄 때도 여러 번 있었고, 또 둘이서 체스를 하거나, 부질없는 잡담을 하는 것도 결코 괴로운 일은 아니었다. 그녀는 남편에 대해 은근히 정이 들기 시작하는 것을 느꼈다. 그리고 남편의 조용함은 호화롭게 안정된 생활 속에서는 불타는 정열보다 귀중한 것임에 틀림없었다. 이렇게 하여 모든 것은 순조로웠다. 너무도 순조로웠다. 아무런 지장도 없이……

히르데갈데는 조심했어야 했다. 이런 이야기는 영화나 소설의 좋은 소재가 된다. 그러나 실제의 인생은 다른 의미에서는 모험으로서, 그것을 뼈저리게 느끼게 하는 칼날이 눈앞에 어른거리고 있는 것이다. 그러나 히르데갈데는 독일 사람이었다. 아무래도 조금은 감상적이었다. 자기의 자리가 공식적으로 인정된 현재, 벌써 그녀의 눈에는 걱정되는 일이라고는 단 한 가지도 비치지 않았다. 인생은 그녀의 이러한 순진성을 동정해서였는지, 유예 기간으로 신혼생활의 특전을 베풀어주었다. 아테네에서 뉴욕까지, 아름다운 추억과 멋진 경치에 둘러싸여 앞날에 대한 티끌 만한 불안의 그림자조차 없이 즐거운 기항은 계속되었다.

가장 즐거운 기항지는 역시 버뮤다 섬의 해밀튼이었다. 노인은 상륙을 싫어했지만, 그녀는 상륙해서 기항을 즐기라고 권했다. 전쟁으로 청춘을 짓밟히고만 그녀에게 그것은 정말 새로운 발견이었다. 그녀는 미모의 부호로서 이 섬의 한가한 부호들의 관심의 초점이 되었다. 사람들은 그녀를 비판하고 질투했으나 끝내는 그녀를 받아들였다. 어쨌든 그녀는 새로운 존재였으며 그들에게는 흥미거리가 그다지 흔하지 않았으므로 그녀를 위한 파티가 열리게 되었고, 뜻밖의 미남자들이 땅에서 솟아난 듯 나타나서 이미 죽은 줄로만 알았던 그녀의 관능을 다시 되살아나게 했다. 파티는 훌륭했다. 모든 것이 힘을 합쳐 그녀를 머리뿐만 아니라 몸으로도 살게 했다. 영양이 풍부한 식사, 에로티즘에 찬 풍토, 자극적인 음악, 그리고 멋진 청년들. 햇빛에 그을은 탄탄한 근육과 탄력성 있는 몸을 가진 그들은 해수욕을 한 뒤에 댄스라는 막연한 핑계로 그녀를 너무도 황홀하게 두 팔로 꽉 껴안아 주었다. 그들과 희롱하면서 서로 약속을 주고받고, 서로 유혹하고, 그러고는 욕망으로 기울어질 것 같은 순간에 상대를 바꾼다. 처음 느껴보는 이상하리만큼 사람을 도취시키는 분위기였다. 그녀는 그 재미에 빠져 물쓰듯이 돈을 쓰며 인생은 살 가치가 있는 것이라고 생각했다. 사람들은 칼 리치몬드가 그 나이에 히르데갈데와 같은 아가씨와 결혼에 뛰어든 그 왕성한 정력에 감탄했다. 그리고 그 아내의 부정한 행실이 널리 알려질 날을 화제삼아 비웃고 있었다. 그것은 언젠가는 일어날 일이었다. 훨씬 더 비판적인 사람들은 보드빌(vaude-ville, 노르망디 지방의 풍자적인 대중가요에서 비롯된 통속적인 희극)을 능가하는 결과를 벌써 기대하고 있었다. 그런데도 불구하고 끝내 아무 일도 일어나지 않자 가십의 집필자들은 무색해지고 말았다. 결국 해밀튼은 기항지의 하나에 불과했다고 할 수 있다.

뉴욕에 도착하는 즉시 두 사람은 비행기를 타고 캘리포니아로 가서 거기서 겨울을 보낸 뒤에 봄과 더불어 플로리다 해안에서 '행운아'호와 합류, 거기서 멕시코를 거쳐 남미를 돌기로 되어 있었다. 히르데갈데는 아주 흡족했다. 남편은 뉴욕의 집을 다시 개방하여 그녀를 위해 파티를 열어주겠다고 약속했다. 하루하루 꿈의 도시는 다가왔고, 벌써부터 그녀는 배에서 내리는 날을 애타게 기다렸다.

약속된 낙원에 도착하기 며칠 전, 안톤 콜프가 사소한 사무적 이야기라면서 그녀의 선실로 만나러 왔다. 두 사람은 미소 띤 얼굴로 서로 쳐다보았다. 그 미소에는 공통적인 성공의 기쁨이 넘치고 있었다. 히르데갈데는 그의 구미에 맞도록 위스키에 적당히 소다를 타서 권한 뒤에 자기는 침대에 걸터앉아 그가 말하기를 기다렸다.

"결혼 후에는 자주 뵐 수가 없었군요. 그러나 섭섭한 것은 감정적인 것일 뿐이고, 일에 대해서는 나도 결코 헛된 시간을 보내지는 않았어요. 당신이 기항할 때마다 밤의 향락을 즐기고 있는 것을 절대로 비난하는 건 아닙니다. 나는 당신의, 말하자면 나의 미래에 대해서 여러 모로 배려하고 있었지요. 프랑스에서 이야기한 것처럼 당신 남편의 유서는 자선사업가들이나 좋아하게 씌어 있었는데 나는 그 유서를 폐기하고 당신을 위해서 유리한 새 유서를 다시 만드시라고 조심스럽게 권했소. 그것이 이번 일의 가장 미묘한 문제이거든. 권한다고 해도 권하는 것을 눈치채게 해서는 안되니까. 그가 자발적으로 그렇게 하게끔 끌고 가야만 했지. 거의 공식적으로 그것을 나한테 알렸을 때는 도리어 반대해 보이기도 하고 말이오. 그러나 오늘은, 별로 생색을 내려는 것은 아니지만, 이 모험에 성공했다는 것을 보고하게 되었소. 증인 앞에서 그가 손수 서명한 서류가 당신들이 도착하는 즉시 뉴욕에 기탁 되도록까지 진행되었어요. 그것으로 당신의 미래를 보장해 드린 셈이오."

히르데갈데는 웃음을 터뜨렸다.

"당신은 정말 악마 같은 분이군요. 하지만 그렇게 서두를 것은 없잖아요. 나의 남편은 여느 때보다도 건강한 걸요."

"결혼은 가장 효과적인 회춘법이오. 그러나 치료보다도 언제나 예방이지요. 아무튼 현재로서는 모든 것이 조금도 빈틈이 없소. 게다가 당신들은 상륙하면 곧 캘리포니아로 떠납니다. 그렇게 되면 이때까지 배 위에서와 같은 비밀 이야기를 그와 나눌 기회가 없어진다고 생각했기 때문에."

"나한테 관계된 유서의 항목이 어떤 것인지 들을 수 있나요?"

"유리해요, 아주 유리해. 그는 당신한테 전 재산을 남겨요. 다만 병원 하나, 양로원 하나, 현대 미술관 하나, 그리고 이때까지 그가 돌보아 온 두세 군데의 보잘 것 없는 사업들을 당신이 떠맡게 돼요. 하지만 당신한테는 오히려 심심풀이가 될거요. 해마다 당신을 모시고 큰 파티를 열게 되어 있거든요. 텔레비전과 뉴스 영화가 오고, 당신은 고인이 된 위대하신 분의 흉상 앞에서 매우 흥미진진한 연설을 한바탕 하게 되지요."

"그런데 당신 처지는?"

"변함이 없소."

"하지만 돌보아야 할 사업이 나의 재산의 일부를 깎아먹게 되는 건 아닐까요?"

"전 재산을 놓고 보면 그건 일부분이기 때문에 문제가 안되오. 그건 그렇고, 부녀 사이로서 나에 관한 사소한 매듭을 짓고 싶소. 오늘은 금요일이오. 우리는 늦어도 월요일에는 뉴욕에 도착합니다. 그곳은 처음 가는 사람한테는 상당히 매력적인 거리지요. 당신은 캘리포니아로 떠나기 전에 사교계의 소용돌이 속으로 뛰어들게 될 것이오. 틀림없이 상당히 오랫동안 우리는 못 만나게 될지도 모르오. 그래서 지금 일을 끝내 두자는 거요."

"좋으실대로."

"당신이 보증해서 나한테 주기로 되어 있는 20만 달러의 수표에 지금 서명해 주시오."

"어머나, 굉장히 서두르시는군요."

"물론이지요. 나는 이번 여행을 사태를 완전히 명백하게 하는 것에 바쳤소. 그야 물론 오로지 당신 한 사람의 이익을 위해서요. 그 보답으로 당신이 나를 위해 얼마쯤의 수고비를 주는 것은 당연한 일이라고 생각되는데."

"별로 항의를 하는 것은 아니에요. 다만 당신이 너무 서두르시는데 놀란 것뿐이에요."

"비행기로 캘리포니아로 떠난다는 것을 잊었나요? 비행기라는 것은 교통수단으로서는 가장 합리적인 것이지만 또 가장 위험한 것이기도 하오. 당신들한테 만일의 일이라도 있다면 내 재산은 그것으로 끝장이오. 그런 위험을 무릅쓸 필요가 나한테는 없소."

"굉장히 염려가 많으신 분이군요."

"아니, 조심성이 많지요. 만약에 두 분이 다 돌아가시면, 나한테는

2만 달러밖에 남지 않소. 이 수표는 당신의 생명보험 같은 거요. 나는 공연한 위험은 싫소."

"좋아요, 해드리겠어요. 수표책을 집어 주세요. 당신 뒤에 있는 책꽂이의 두 번째 서랍에 들어 있어요."

안톤 콜프는 시키는 대로 수표책을 집어 주고 호주머니에서 만년필을 꺼냈다.

히르데갈데는 담배에 불을 붙이고 나서 양아버지의 얼굴을 보고 미소지었다.

"어떻게 할까요, 지참인 지불? 아니면 기명?"

"물론 내앞으로, 횡선을 그어서 말이오. 막상 돈을 찾게 되었을 때 반대라도 하면 곤란하니까."

잠시 동안 들리는 것은 펜 소리뿐이었다.

"날짜도 적을까요?"

"물론이지요. 이왕이면 정식으로 해야지. 자, 그럼 서명해주오. 그런데 틀리지 말아요. 히르데갈데 콜프 리치몬드…… 그렇지, 그래야지. 참으로 고맙소."

그는 조용히 수표를 흔들어 잉크를 말린 뒤 악어 가죽 지갑을 열고 소중하게 넣었다.

"그럼 뒷일은, 뉴욕에서의 승부가 잘 되기를 비는 것뿐이오. 알겠소? 온 미국이 당신을 바라보고 있소. 그러나 걱정말아요, 그런 얼굴은 안해도 되오. 곧 익숙해질 테니까. 다만 신문기자들에게 대답할 말을 하나하나 생각해 두는 것이 좋을 것이오. 그렇지 않으면 줄곧 따라다니게 되니까."

"당신도 같이 와 주시지요?"

"물론이오. 하지만 별로 도움은 안될 거요. 스타는 내가 아니라 당신이니까."

지푸라기 여자

2

일요일은 구세주를 위해서 바치는 날이다. 올바른 생활을 하는 사람들은 모두 교회나 수도원으로 구세주를 뵈러 간다. 그리고 선택된 사람은 직접 뵐 수 있는 행운을 가지게 된다. 물론 일요일에 죽는다는 조건이 따르지만. 칼 리치몬드가 제아무리 폭군인 체해도 헛일이었다. 그는 역시 계급적인 감각을 가지고 있었으므로 그날 아침 일찍부터 벌써 조물주의 영전으로 나아갈 준비가 완전히 되어 있었다. 그의 죽음을 맨 먼저 안 사람은 아침식사를 함께 하기 위해 남편의 선실로 갔던 히르데갈데였다. 손을 만져볼 것까지도 없이 그녀는 남편이 죽어 있다는 것을 알았다. 베개에 기대어 있는 상반신에는 이미 경직이 보였으며, 베갯머리의 스탠드는 불이 켜진 채 손에는 아마 잠을 청하려고 뒤적였던 듯싶은 책이 아직도 쥐어져 있었다. 옴폭한 가슴은 이제 부풀지 않았으며, 완전히 빛을 잃은 얼굴에는 한 곳을 응시한 두 눈의 빛만이 그녀를 찌르는 듯이 여겨졌다. 문앞에 선 채 꼼짝하지 않고 그녀는 눈앞의 광경이 무엇을 뜻하는지도 깨닫지 못하였다. 중얼거리듯이 그녀는 두 번, 사람을 불렀다. 그리고 자기 목소리에 소름이 끼쳤다. 가까스로 그녀는 로봇처럼 문을 닫고 침대로 다가갔다. 노인의 손 쪽으로 자기의 손을 뻗쳐 보았으나 만져볼 용기는 없었다. 그녀는 다시 확인해 보기 위해 몇 번이나 뜬 채로 있는 노인의 눈앞에서 손을 움직였으나 깜박거리지는 않았다. 그녀는 침대 곁의 의자에 쓰러지듯이 앉아, 한참 동안 생각을 가다듬지도 못하고 가만히 있었다. 그는 죽어 있다. 그러나 무엇 때문에? 그리고 언제? 왜 사람을 부르지 않았을까? 이런 의문이 차례차례로 일어나 다른 일을 생각할 여유를 주지 않았다. 쓰이지 않고 만 초인종은 그의 손 가까이에 있었다. 그녀는 기계적으로 언제나 사이드 테이블 위에 얹혀 있는 물건을 보았다. 컵을 들어 돌려 가며 냄새를 맡아보았다. 바닥에 남아 있는 것은 보통 물이었고, 물병에 4분의 3쯤 차 있는 물도 마찬가지였다. 그녀는 어떻게 해야 좋을지 알 수 없었다. 완전히 혼돈되어 있었다. 어제도 둘이서 밤을 보내며 장래의 계획을 짜고, 미국에서 기다리고 있는 생활에 대해 셀 수 없을 만큼 많은 질문을 퍼붓곤 했는데, 이 갑작스러운 죽음을 어떻게 쉽게 받아들일 수 있을까. 어제 저녁 내내 마주앉아 있었고, 10시쯤 자메이카 인이 여느 때처럼 홍차와 비스킷을 가지고 왔다가 간 뒤에도 두 사람은 한참 동안 이야기를 했으며, 피곤해져서 그만 자러 가야겠다고 생각한 것도 그녀 쪽이었다. "안녕히 주무세요"라고 말한 것도 그녀였다. 그런데 이제 그는 죽었다. 마치 가난뱅이처럼 아무도 지켜보는 이 없이.

그녀는 겨우 정신을 차리기 시작했다. 이대로 둘 수는 없다. 어떻게 해야하지? 놀라움이 곤혹에게, 그리고 광란에게 자리를 양보했다. 그녀는 일어서서 문 쪽으로 갔다. 뒤에서는 죽은 사람의 눈이 그녀를 바라보고 있음이 틀림없다. 되도록 빨리 이 방에서 빠져나가야지. 그녀는 문을 열었다. 바로 그때, 자메이카 인이 미는 바퀴 달린 테이블 위에서 커피잔이 부딪치는 소리가 들렸다. 그를 들여보내서는 안된다. 본능적으로 그녀는 문안에 꽂혀 있는 열쇠를 빼어 밖에서 문을 잠갔다. 복도 끝에 테이블을 밀며 자메이카 인이 나타났다. 그녀는 재빨리 문에서 성큼성큼 복도의 한가운데까지 뛰어갔다. 두 사람은 거기서 스쳐갔다. 히르데는 상대의 눈을 피했다. 그러나 상대가 이상한 듯이 그녀의 얼굴을 바라보는 것을 느꼈다. 빨리 대책을 생각해서 행동해야 한다. 배는 아주 좁은 밀폐된 세계다. 사실은 당장 모두에게 알려질 것이 틀림없었다. 그녀는 로봇처럼 안톤 콜프의 선실로 향했다. 몇 번이나 노크를 하여 그가 '좋아요' 하고 대답했을 때는 거의 광란 상태가 되어 있었다. 머리카락이 헝클어지고 수염이 뻗친 채 잠이 덜 깬 눈으로 침대에 한쪽 팔굽을 세우고 있는 콜프는 그녀가 문을 열었을 때 비쳐든 햇살에 눈을 찌푸렸다. 그리고 한 손으로 파자마의 깃을 들어올리고 그 속에서 하품을 죽였다. 히르데갈데는 흥분 속에서도, 마치 노신사의 기침 장면과도 같은 인상을 주는 모양에서 그것이 여느 때의 그라고는 여겨지지 않았다. 콜프는 자기 방으로 히르데가 온 것이 약간 의아한 모양이었으나, 그런 대로 의자를 권하고는 베갯머리의 스탠드를 켰다.
"그분이 죽었어요."
"누가 죽었다고?"
"칼 리치몬드 말이에요."
한순간 침묵이 흘렀다. 그리고 별안간 그는 침대에 고쳐 앉았다.
"무슨 말을 하는거요?"
"여느 때처럼 오늘 아침도 함께 식사를 하려고 그의 방으로 갔었어요. 그랬더니 죽어 있었어요."
"죽었어? 어떻게 그걸 알았소?"
"어떻게라뇨…… 하지만 확실해요. 꼼짝 안하는 걸요. 나를 가만히 바라본 채 손에는 아직도 책을 들고 있었어요. 아, 정말 무서워. 어젯밤, 바로 어젯밤에 둘이서 줄곧 이야기를 했었는데."
"아무튼 진정하시오. 그래서 누구한테 알렸소?"
"아직 아무한테도. 곧 당신을 만나러 왔어요."
안톤 콜프는 나이 치고는 놀랄 만큼 재빠르게 벌떡 일어서 비단 가운을 입었다.
"아무한테도 말하지 않았지요?"
"말하지 않았어요. 당신한테만 말하러 온 거에요."
"배의 사람들한테 알리는 것은 언제라도 돼."
"하지만 우리는 어떻게 해야 하나요? 그 분은 죽어 버렸어요. 이 눈으로 보았어요. 한참 동안 그 방에 있었어요."

"내 눈으로 확인해 보고 싶소. 아무도 모르는 사이에 죽어 버리다니, 믿을 수가 없소. 자, 갑시다. 함께 가요."

그는 문을 열었다. 히르데갈데는 이날 아침 두 번째로 복도를 지나갔다. 흥분과 고뇌와 공포가 한꺼번에 덮쳐와 그녀의 심장은 크게 고동치고 있었다. 열에 들뜬 것 같은 손짓으로 호주머니를 뒤져 열쇠를 꺼냈으나 너무 심하게 떨려서 그것을 콜프에게 건네 주고 열어 달라고 해야 할 정도였다. 콜프는 그녀를 방 안에 들여놓고는 조심스럽게 문을 닫았다. 본능적으로 그녀는 얼굴을 두 손으로 가렸다. 그러나 비서는 침착한 태도로 벌써 노인의 맥을 짚고 있었다. 그리고 고개를 끄덕이더니 잠시 후 손을 떼었다.

"곤란해. 아주 곤란해."

그는 그렇게 중얼거렸다.

"뭐가 곤란해요?"

"이렇게 빨리 죽은 것이 말이오. 우리들의 계획에는 아주 곤란하오. 그런데 왜 죽었을까. 당신은 어떻게 생각하오?"

"내가 알 까닭이 없잖아요."

"아직 체온은 남아 있소. 새벽녘이었겠지. 그만 울어요. 빨리 대책을 생각해야지. 그러지 않으면 모든 것이 수포로 돌아가요."

"어머나, 어째서요?"

"공증인 용의 유서가 아직 등기되지 않았소. 그러니까 뭔가 해결책을 발견하지 않는 한, 재산은 눈앞을 지나가고 말아."

"그럼 어떻게 해야 하나요?"

"모르겠소. 아무튼 생각할 여유를 줘요. 당신이 발견한 것은 몇시였지?"

"방금이에요. 곧장 당신한테 뛰어간 거에요."

그는 방 안을 서성거리기 시작했다. 그녀는 그한테서 눈을 떼지 않앉다.

중얼거리듯 말해 보았다.

"의사를 안 불러도 될까요?"

그에게는 그 말이 들리지 않은 듯하더니 느닷없이 그는 그녀의 눈앞에 딱 멈추어 섰다.

"당신은 정말 이상하구료, 모르겠소? 그 사람은 죽은거요. 어떻게 해줄 도리가 없잖소. 우리들 쪽이 그 사람한테서 무언가 받아야 하오. 다만 잘만 한다면 말이오. 몇 백만 달러가 걸려 있소. 당신이 욕심없는 사람이라는 것을 자랑으로 삼는다면 그것도 좋소. 그러나 나는 남에게 빼앗길 생각은 없단 말이오."

"나 역시 그 때문에 이분과 결혼한걸요. 그것을 잊지 마세요."

"그렇다면 의사라는 안이한 생각은 버리고 조금은 대책을 강구하는 일을 도와줘요."

"하지만 어떻게 하자는 말씀이세요, 이분이 죽었는데. 앞으로 한시간만 지나면 배안의 모두에게 알려질 거에요."

"그렇게 떠들지만 말고 사태를 정면에서 보란 말이오. 잘 되느냐 못되느냐는 지금의 행동 하나에 달려 있소. 잘 생각해 봐요. 당신이 이 선실에서 나와서 나한테 올 때까지 아무한테도 말하지 않았나요? 절대로 아무한테도?"

"네, 아무한테도. 난 곧장 갔으니까요······ 하지만 아침 식사를 나르던 자메이카 인이 스쳐 지나가기는 했어요."

"당신을 보았소?"

"물론이지요. 스쳐 지나간걸요."

"그렇다면 그는 이 방에 들어왔었겠군."

"아뇨, 열쇠로 잠갔어요."

"그것도 과히 잘한 짓은 아니오. 우선 그 점부터 정리해 가야겠군.

나는 내 방으로 돌아가겠소. 초인종을 눌러서 그 자메이카 사람을 부르시오. 다만 안으로는 못들어 오게 할 핑계를 만들어 둘 것, 그리고 아주 자연스럽게 행동해야 하오. 그렇게 하면 조금도 눈치는 채지 못할 것이오. 그것이 잘 되었을 때, 살롱으로 와서 나와 만나요. 밀담하고 있는 것처럼 보이지 않게 말이오. 잊지 말아요."

"나를 이분과 단둘이서만 있게 할 작정이세요?"

"그밖에 무슨 해결책이 있소?"

"도저히 안 되겠어요. 이분이 나를 노려보고 있어요……."

"허둥거리고 있을 때가 아니오. 아무래도 그것만이 잘 할 수 있는 단 하나의 길이오."

"무슨 뜻?"

"아직도 모르오? 당신이 남편과 함께 아침 식사를 하는 것으로 하자는 거요. 여느 때처럼. 별로 이상할 것은 없소. 태연스럽게 하시오. 그리고 두 사람은 뉴욕에 도착하는 거요. 멋지게 연극을 해야 하오. 그렇게 되면 모든 것이 순조롭게 될 거요."

그렇게 말한 안톤 콜프는 살며시 문을 열고 복도에 인기척이 없는 것을 확인하자, 격려 신호를 하고 나서 밖으로 나갔다. 히르데갈데는 문을 닫았으나, 그녀로서는 어떻게 하면 일이 잘 되는지 알 수는 없었지만, 그렇게 말한 이상 그에게는 승산이 있을 것이었다.

그녀는 수화기를 들고 아침식사를 가져오라고 명령했다. 상대는 필요없는 말은 한 마디도 하지 않았다. 틀림없이 아무것도 눈치채지 못했을 것이다. 그러나 낙관은 금물이다. 조금 전의 그 하인은 노인의 방문을 노크했을 게 틀림없다. 그리고 대답이 없으므로 손잡이를 돌려보았을 것이다. 문이 잠겨 있다는 것과 스쳐 지나간 히르데갈데의 이상한 태도가 그에게 어떤 의혹을 일으키게 했을 것이다. 그러나 아직은 이상한 느낌을 가진 것에 불과할지도 모른다. 그것을 지워 버리기 위해서는 빈틈없는 연극을 해야 한다. 선실의 정적이 그녀를 짓누르고 있었다. 시체를 보지 않으려고 그녀는 끊임없이 노력했다. 하인은 곧 온다. 빨리 행동으로 옮겨야지. 문득 눈길이 선박 위의 라디오에 멎었다. 그녀는 스위치를 넣고 담배에 불을 붙였다. 그리고 초조한 듯이 다이얼을 돌리다가 재즈 음악이 나오자 볼륨을 높였다. 베갯머리의 스탠드를 끄고 욕실의 불을 켰다. 하인의 관심을 딴 곳으로 돌려 주인이 세수하고 있는 것처럼 여기게 할 작정이었다. 그녀는 곧 욕조에 물을 틀고 선실의 불을 모두 껐다. 그런 다음, 문에 귀를 대고 바깥 동정을 살폈다. 음악이 방 안 가득히 울려 퍼져 지옥처럼 시끄러웠다. 그녀의 심장은 메트로놈(metronome. 시계추의 원리를 응용한 박자기)처럼 고동치며 가슴을 졸라매었다. 이윽고 식기가 덜컥거리는 소리가 들려왔다. 자메이카 인이 다가왔다. 칼 리치몬드의 시체는 어둠에 익숙해지지 않은 눈에는 보이지 않을 것이다. 하인이 문을 노크했다. 발끝으로 일단 욕실까지 간 그녀는 물소리와 라디오 음악을 누를 만한 큰소리로 외쳤다.

 "아니에요, 칼. 저는 블루 쪽이 좋아요. 저는 전부터 생각하고 있었어요. 블루는 저의 빛깔이에요. 아주 옛날의 일이지만……."

 그리고 그녀는 자기 몸으로 침대를 가리면서 문을 열었다. 예측했던 대로 자메이카 인은 안을 들여다보려고 했다. 그녀는 그에게 웃음지으며 테이블에 손을 내밀어 그것을 방 안으로 끌어들이면서 말했다.

 "아침 식사에요, 칼. 빨리 화장을 끝내세요. 제가 준비하겠어요."

 그리고 손으로 하인에게 가도 좋다는 신호를 했다. 그러나 상대는 돌아가려 하지 않았다. 오늘 아침 따라 그는 별나게 친절했다.

 "커튼을 걸을까요?"

 "괜찮아요. 우리는 준비가 되면 곧 갑판으로 나갈테니까. 뉴욕이 보이나요?"

"겨우 분간될 정도입니다. 주인님을 도와 드릴께요."

"볼 일이 있으면 벨을 울리겠어요. 항구로 들어갈 때는 알려줘요."

하인은 머리를 숙였다. 그러나 그녀는 벌써 문을 밀기 시작하여 상대가 움직이기도 전에 닫고 말았다. 문에 기대선 채 그녀는 흥분을 가라앉히려고 애썼다. 그리고는 전기를 켜고 다시 시체와 둘만 남았다. 욕실의 물을 잠그고 라디오를 끄고 하다가 그것은 그대로 두고 그 방에서 나와 문을 잠그고 열쇠를 쥔 채 자기 방으로 돌아왔다. 안톤 콜프를 만나러 살롱으로 가기 전에 그녀는 옷을 갈아입었다.

콜프는 그녀를 기다리고 있었다. 아침의 흩어진 모습은 벌써 아무 데도 남아 있지 않았다. 나무랄 데 없는 그 몸차림은 그녀가 늘 보아온 그대로의 그였다. 그는 손 가까이에 위스키 잔을 놓고 잡지를 뒤적이고 있었다. 명령적인 눈짓으로 그는 조심하라고 알리고는 훌쩍 일어서더니 유리창 너머로 사방을 살펴 밖에 사람이 없는 것을 확인했다. 그런 다음 테이블의 반대쪽에 앉아서 미소지으면서 물었다.

"잘했어요, 모두?"

히르데갈데는 설명하려 했으나, 그는 손으로 그것을 막아 이런 때에는 사소한 것은 이야기할 필요없다는 것을 깨닫게 했다.

"웃어요. 언제 방해자가 끼어들지 모르오. 잡담을 하고 있는 척 하는 거요. 그런 얼굴을 하고 있으면 누구나 이상하게 생각해."

"이제부턴 어떻게 하지요?"

"아무 짓도 하지 마시오. 생각해 보았는데, 아무 짓도 않는 것이 상책이오. 우리가 칼 리치몬드가 죽지 않은 것처럼 행동하는 것이 단 하나의 해결책이오."

히르데갈데는 꿀꺽 침을 삼켰다. 그의 말을 이해 못한 채 그의 얼굴을 보았다.

"우리는 오늘 안으로 뉴욕에 닿소. 당신 남편은 괴팍한 늙은이요. 사람을 꺼린다는 것은 누구나가 다 알고 있소. 게다가 그는 지쳐 있어요. 그는 상륙을 해도 오늘은 아무와도 만나지 않소. 그것도 이번이 처음 일은 아니야. 내일이면 유서가 공문서로 등록되오. 그 뒤에, 이상한 우연이지만 당신 남편은 발작으로 쓰러지는 거요. 내가 잘 아는 의사가 여러 사람 있으니까 실속있는 선물을 하면 매장히기를 얻는 일은 그다지 고생을 안해도 되오. 그렇게 되면 당신은 이 나라에서 제일가는 부호의 미망인이 되고, 나는 그 아버지로서, 고용인의 신분에서 해방되오. 이 이상의 해결책이 어디 또 있겠소?"

히르데갈데는 입을 벌린 채 아직도 그가 하는 말의 뜻을 몰라 여전히 상대를 바라보고 있었다.

"웃어요, 웃어. 그리고 당신 의견을 들려주시오."

그녀는 겨우 말을 할 수 있게 되었다.

"여러 사람 앞에 나타나야 한다고 당신이 말씀하시지 않았어요? 신문기자니 카메라맨이나, 구경꾼들이 기다리고 있다고 말이에요. 그런데 어떻게 죽은 사람과 함께 이 배에서 떠날 수 있나요?"

"좀 더 침착해져요. 말했잖소, 뉴욕에 닿는 것은 오늘 저녁 때라고. 그 점은 그다지 난처한 일이 아니오. 그 친구들은 내가 맡겠소. 당신 남편은 불구자요. 이것이 우리들의 비방이오. 의자에 앉혀서 안경을 끼우고 모자를 깊숙이 씌우는 거요. 뉴욕에는 그의 의자를 그대로 실을 수 있는 특별한 자동차가 있소. 집에 도착하면 그는 방에 틀어박혀 누구이건 만나고 싶지 않다고 거절하오. 물론 당신을 통해서 말이오."

"하지만 주위 사람들은 말을 건네려고 할 거에요"

"그것을 물리치는 것이 당신의 역할이오. 자메이카 인에게 멋지게 해낸 일을 이제부터 또 못할 리는 없소. 한번 더 같은 수법을 쓰는 거요. 모든 것이 잘 될 것이오. 그리고 집에 도착하면 문을 닫아 버리는 건 어려운 일이 아니오."
"당신도 옆에 있어 줘요. 혼자서는 도저히 할 수 없어요."
"당신의 손을 잡고 격려하기 위해서? 생각 좀 해 보시오. 나는 공증인과 의사를 상대로 할 일이 많단 말이오."
"하지만 오늘 안으로 하인들이 눈치챌지도 몰라요."
"모든 일은 당신의 태도에 달렸소. 그가 방에 틀어박히는 것은 새삼스러운 일이 아니오. 게다가 이번의 기항은 누구에게나 즐거운 일이오. 저마다 다른 생각이 있을 거요. 중요한 것은 이제부터 해야 할 일이오. 나를 도와 줘요. 좋은 기분은 아니겠지만 다른 방법이 없소."
"또 무슨 일을 해야 하나요?"
"그에게 옷을 갈아 입혀서 의자에 앉히는 일."
"나를 너무 의지하지는 마세요."
"의지해야겠소. 어쩔 수 없는 데다가 시간도 없소. 이제 곧 몸이 굳어질 거요. 그렇게 되면 어쩔 수 없게 된단 말이오. 그의 선실로 가요. 곧 뒤따라 가겠소. 가죽 끈을 찾아올 테니."
"뭐 때문에?"
"상륙시킬 때 의자에서 떨어지지 않게 하기 위해서."
히르데갈데는 떨리는 몸을 간신히 억누르며 안톤 콜프의 말에 따랐다.
이 끔찍한 막간연극은 상당히 힘들었다. 히르데는 그것을 악몽처럼 겪었다. 라디오는 마치 비웃기라도 하듯이 프랭키 레인의 성공 뉴스를 전하고 있었다. 어느덧 시체는 차츰 굳어지기 시작했다. 다행하게도 비서는 결코 이성을 잃지 않고 대부분의 일을 혼자서 맡았다. 죽은 사람에게 양복을 입힌 것도, 그것을 가죽 끈으로 졸라맨 것도, 그리고 그 끈을 윗도리로 교묘하게 가린 것도 그였다. 양쪽 발목의 복사뼈를 함께 묶어서 발판에 매었으며, 다리는 여행용 담요로 쌌다. 목에 밧줄을 걸쳐 어깨뼈를 맨 다른 밧줄과 맞묶고 그것을 목도리로 가렸다. 안톤 콜프는 칼이 일광욕을 할 때 썼던 색안경을 끼워 주고 모자를 눈위까지 내렸다. 이렇게 해놓고 보니 겉으로 보기에는 완전해서 아무에게도 노인이 죽은 것으로는 여겨지지 않을 것 같았다. 그는 일을 마치더니 당장 실신할 것만 같은 히르데갈데에게 위스키를 권했다.

"잊지 말아요. 배가 부두에 닿으면 그때부터 일을 진행시키는 것은 당신 혼자만의 책임이오. 아무도 가까이해서는 안되오. 차는 지금 곧 무전으로 부르겠소. 가는 길은 짧지만 그 동안이 가장 위험하오. 아무에게도 티끌만큼의 의심도 갖게 해선 안되오. 당신은 단 1초도 감시의 눈을 떼서는 안되오. 그의 집에 닿으면 그 뒤에는 방에 틀어박히는 거요. 거기까지만 가면 염치없이 들어오려는 사람을 막는 것은 아주 쉬운 일이오. 저녁식사를 시키는 것도 잊어서는 안되오. 그리고 큰소리로 말해서는 안되오. 문밖에는 하인들이 서성거리고 있을 것이 틀림없으니까. 당신 남편은 앓고 있소. 그러나 살아 있는 거요. 그것만 잊지 않으면 모두 잘 될 것이오……뒷일은 내가 맡겠소. 무슨 일이 있어도 사람을 만나면 안 되오. 사람을 불러도 안 되고, 연락은 오직 나만이 하겠소."
"하지만 모든 것이 당신 말대로 되지 않는다면?"
"걱정 말고 내가 시키는 대로만 해요. 단 하루뿐이오. 그러나 만약에 운이 나빠서 뜻밖의 일이 생겨 모든 것이 탄로나더라도 그때는 나를 만날 때까지 아무말도 하지 말아야 되오. 알겠지."
"난 무서워서 곧 죽을 것만 같아요."

"그것이 당연하지. 자, 마음을 가라앉혀요. 갑판 위가 좋겠지. 되도록 남의 눈에 띄는 것이 좋소. 당신은 지금까지 뉴욕에 닿기를 애타게 기다리고 있었소. 그 태도를 갑자기 바꿔서 의혹을 사서는 안 되오. 자, 위스키를 한 모금 더 마시면 기운이 날 거요."

그리고 시트처럼 하얀 얼굴로 불길한 위장에서 눈을 떼지 못하고 있는 히르데의 귓전에서 안톤 콜프는 속삭였다.

"내일이면, 당신은 부자가 되오. 그리고 이런 일도 하나의 악몽으로 끝나오. 이만한 재산을 위해서는 다소 끔찍스런 일도 겪어야 하오."

그 뒤부터는 모든 것이 꿈결처럼 지나갔다. 히르데는 이때까지 몰랐던 또 한 사람의 자기가 하는 행동을 물끄러미 바라보고만 있었다. 그녀의 목소리는 예사로웠으며, 태도는 자신에 차 있었다. 그러나 머리 속에는 깊은 수렁이 입을 벌리고 있어 자칫하면 그녀를 빨아들일 것만 같았다. 팽팽하게 쳐 놓은 줄 위를 건너가고 있으니만큼 한 발만 헛디디면 치명적이라는 것을 알고 있었다.

배의 운행에 바쁜 선원들은 그녀에게 주의를 기울이지 않았다. 고용인들도 기항을 앞두고 상륙 준비에 여념이 없었다.

안톤 콜프의 말대로 뉴욕에 입항은 배 전체를 특별한 분위기에 싸이게 하여 그것이 그녀에게는 무척 다행스러웠다.

창백한 얼굴빛을 감추기 위해 화장을 짙게 하고 목에 쌍안경을 건 그녀는 이젠 하나하나의 곶과 바닷가의 큰 물구비가 보이기 시작한 해변에 정신을 잃은 듯이 가장하고 있었다. 몇 시간 후에는 항만 세관의 직원들이 배에 오를 것이다. 그때까지는 아직 얼마 동안의 여유가 있었다. 하늘은 아름답게 개었고 바다는 조용했다. 들리는 것이라고는 기관실에서의 엔진소리뿐이었다. 누구나가 자기의 담당 부서에 있었다. 바퀴의자에 앉혀진 노인까지도 지금은 오직 무대에 나설 때를 기다리고 있을 뿐이었다.

모든 것이 서서히 시작되었다. 항구에 눈을 못박고 있던 그녀는 드디어 배가 도착한 것을 깨달았다. 검역선이 다가와서 배의 옆구리에 닿았을 때, 그녀는 비로소 유예시간이 끝난 것을 알았다.

본능적으로 그녀는 검역원들의 눈을 피해 베란다에 숨어 서서 그들을 응대하는 안톤 콜프의 태도를 유심히 바라보았다. 그녀가 있는 데서는 말이 진히 들리지 않았다. 생생한 상상력만이 그녀의 상대를 해 주었다. 시간이 정지된 것처럼 여겨졌다. 그녀는 한 대, 또 한 대 줄담배를 피우면서 배에서 천 미터도 안 떨어진 곳에 있는 자유의 여신상을 바라보려고도 하지 않았다.

배는 이스트 리버를 거쳐서 롱아일랜드 사운드 맞은 쪽으로부터 포트 터튼 앞을 지났다. 별안간 모터 소리가 들렸다. 문이 열리고 웃는 얼굴로 안톤 콜프가 들어왔다.

"모든 일이 순조롭게 되어가고 있소."

그는 그녀를 안심시키기 위해 곧 그렇게 말했다.

"앞으로 얼마나 있어야 부두에 닿나요?"

"닿는 작업은 시간이 많이 걸리오. 다행히 요즘은 해가 짧은 계절이라 네온의 뉴욕 거리를 지나게 될 거요. 그 편이 대낮보다도 훨씬 매력적이지."

"용하게도 그런 농담을 하실 수 있군요."

"하지 않을 수 없지. 당신이 그런 절망적인 얼굴을 하고 있으니, 아무리 잘 속아넘어가는 사람도 의심할 거요. 우리는 어쩌면 내일까지 못 만날지도 모르오. 한번 더 말해두지만, 무슨 일이 있어도 나를 만날 때까지는 아무 말도 해선 안되오. 나는 공증인과의 절충 때문에 다소 늦을지도 모르오. 그러나 되도록 빨리 의사와 함께 가겠소."

혼사가 되자, 히르데갈데는 배 위에서의 작업을 구경하면서 시간을 보내려고 했다. 그러나 그것은 너무 느릿느릿했으며 언제 끝날지도 알 수 없었다.

거대한 뉴욕은 마치 적개심을 가지고 있는 것 같이 보였다. 공중에 조용히 안개가 끼기 시작했다. 수많은 등불이 마천루에서 반짝이고, 저녁의 어둠이 항구를 뒤덮기 시작했다. 그녀는 선원들이 트랩을 내리는 것을 보러 갔다. 그들은 자기들의 작업에 몰두해서 그녀에게는 관심이 없었다. 히르데는 외톨이가 된 것 같아서 온몸의 힘이 모두 빠지는 듯한 기분이었다. 갑자기 그녀의 옆에 하인 하나가 와 서 있었다.

"오늘 밤은 항구에서 머무르시겠습니까?"

깜짝 놀란 그녀는 말뜻을 깨닫지 못하고 그를 바라보았다.

"주인님에게 상륙을 전해 드리고 올까요?"

"그런데 여기는 어디지요?"

"안벽(岸壁)입니다."

하인은 조금 이상한 듯이 대답했다. 히르데갈데는 배의 반대쪽을 보고 꿈에서 깨어난 듯이 깨달았다. 기관이 멎고, 트랩이 내려졌는데도 어째서 몰랐을까? 잔교에는 무기력한 군중이 기다리고 있었으나 그녀가 걱정한 것만큼 많은 수는 아니었다. 트랩 바로 앞에는 검고 큰 리무진이 대기하고 있었다. 딱 한 번 본 것만으로 그녀는 모든 것을 알게 되었으며, 그 소리와 내음을 느꼈다. 이때까지 자기는 어떻게 하고 있었던가……? 잠이라도 자고 있었니? 안돼, 행동을 시작해야지. 이 하인을 멀리해야지. 그리고 마음을 가다듬어야지, 하고 그녀는 생각했다. 어쩌면 아까부터 누군가가 그녀를 감시하고 있었는지도 모른다. 태도가 이상하다고 여겼을는지도 모른다.

"내 선실로 가서 외투와 핸드백을 갖다 줘요."

하인은 가기 전에 머리를 숙였다. 별안간 그녀는 한기를 느꼈다. 남편이 없는 이상, 그녀 자신이 주인이므로 고용인들은 그녀의 명령을 기다리고 있다.

"당신의 역할은 상륙할 때부터 시작되오. 빈틈없이 해야 하오, 아무도 당신을 도와 주지 않을 테니."

안톤 콜프도 말했다. 몇 시간 뒤에는 모든 것이 끝난다. 그렇다 하더라도 지금 당장 그녀가 의지할 것은 자기 자신뿐이었다. 싫더라도 남편의 선실로 내려가서 자메이카 인을 부르고 남편을 옮기게 해야 한다. 우선 복도를 거쳐 엘리베이터에 태운 뒤에 트랩을 내려 차까지 옮겨가야 한다. 그렇게 길고 어려운 일을 하는 동안 어떻게 자메이카 인에게 들키지 않을 수 있을까. 평소에는 조금만 흔들려도 조심하라고 호통을 치는 칼 리치몬드가 잠자코 있다면 이상하게 생각하지 않을까? 히르데갈데는 떨기 시작했다. 위가 경련을 일으키기 시작했다. 하인이 돌아와서 외투 입는 것을 도와 주었다. 그는 가야 하는지 어떤지 망설이면서 그녀를 보았다.

"짐을 부탁해요. 내일 낮에 집으로 옮겨 줘요."

그리고 나서 그녀는 아래로 내려갈 결심을 했다.

선실에 들어와서 노인을 힐끗 본 것만으로도 그녀는 소름이 끼쳤다. 그는 졸고 있는 것처럼 보였다. 이런 겉모습을 이용할 수 있을까. 조심스럽게 그녀는 의자의 주위를 돌았다. 의심을 일으킬 만한 것은 아무것도 없는 것을 확인했다. 가려진 가죽 끈은 그 역할을 완벽하게 해 주었다. 장갑을 끼고 담요를 덮은 노인은 한가로이 휴식하고 있는 것처럼 보였다. 그녀는 자메이카 인을 불렀다. 있는 힘을 다하여 담배가 피우고 싶은 것을 참았다. 벌써부터 담배로 신경을 마비시킬 수는 없었다. 보이들이 들어왔다. 그녀는 그들이 노크한 것을 들었는지 못들었는지 나중에도 생각이 나지 않았다. 무서운 침묵이 흘렸다. 그들이 들어왔는데도 꼼짝하지 않는 노인에게 그들의 눈이 쏠리는 것을 보고 히르데는 온몸이 오싹했다. 자기도 모르게 그녀는 의자로 다가가서 노인의 목에 감긴 목도리를 살짝 들어올렸다.

"말씀은 안하시는 것이 좋겠어요. 칼, 바깥 공기가 습해요. 감기에 걸리지 않도록 이 목도리로 입을 가리세요."

그리고는 곧 돌아서서 남편이 아무런 반응을 보이지 않는 것을 숨기기 위해서 말했다.

"차까지 가는 동안 조심해야 돼요. 주인님은 좀 편치 않으세요. 그래서 빨리 집으로 가고 싶어하세요."

그래도 하인들이 움직이지 않는 것을 보자 초조한 듯이 그녀는 재촉했다.

"뭘 꾸물거리고 있어요?"

재빨리 하인들은 의자로 다가왔다. 히르데는 당장 입에서 외마디 소리가 터져 나올 것 같은 것을 간신히 참아내었다.

"당신은 내 선실에 가서 장갑을 갖다 줘요. 그리고 당신은 의자를 밀어요. 나도 같이 가겠어요."

두 명의 하인은 시키는 대로 했다. 한 사람이 방에서 나간 사이에 다른 한 사람은 의자 뒤의 손잡이를 잡았다. 그 위치에서는 노인의 모자밖에는 보이지 않을 것이다.

"조용히 해요."

히르데는 주의를 시켰다.

하인들의 무심한 눈치는 어느 정도 히르데를 안심시켰다. 다른 한 사람을 잠시나마 멀리한 것은 잘한 일이었다. 그녀는 문을 열러 가서 자메이카 인이 의자를 밀고 나가는 동안 문을 붙잡고 있었다. 복도는 좁아서 두 사람이 나란히 지나갈 수는 없었다. 그녀는 의자 앞으로 가지 않은 것을 후회했다. 버릇없는 사람과 스쳐갈 때의 방패가 되었

지푸라기 여자 115

어야 할 것을. 눈을 크게 뜨고 그녀는 복도를 향한 문들을 살폈다. 그녀의 선실은 남편의 방보다 안쪽에 있었으므로 장갑을 가지러 간 자메이카 인은 그녀의 뒤에서 따라올 수밖에 없다. 하인은 느릿느릿 의자를 밀었다. 그것은 그녀 자신의 실수였다. 그녀가 조용히 밀고 가라고 명령했기 때문에 하인은 오직 그것을 충실하게 지키고 있을 뿐이었다. 복도 모퉁이에 오자 하인은 의자를 뒤로 기울여 앞바퀴를 들어서 홱 돌렸다. 하인의 몸으로 절반쯤 가려져 있었으나 그런데도 그녀는 노인의 머리가 의자의 동요에 조금도 반응을 보이지 않고 꼿꼿한 것을 볼 수 있었다. 하인은 그것을 눈치채지 못했을까.

그들이 엘리베이터 앞에 닿았을 때 다른 한 명의 자메이카 인이 뒤쫓아와서 장갑을 건네 주었다. 그녀는 얼굴도 보지 않고 그것을 받고는 엘리베이터의 문을 여는 것을 도와주라고 지시했다. 그녀는 의자의 손잡이를 잡아 조금 뒤로 당겼다. 뭔가 할 말을 찾아내야만 했다. 이러한 숨막히는 침묵을 이 이상 더 견딜 수가 없었다. 칼 리치몬드가 이토록 잠자코 있은 적은 없었다. 하인 하나가 의자를 엘리베이터 안으로 밀어 넣으려고 다가왔다. 다른 한 사람은 부동 자세로 노인에게서 눈을 떼지 않고 작업을 지켜보고 있었다. 뭐라고 해야 할 말을 찾지 못해 진땀을 빼고 있던 히르데는 갑자기 떠오른 말에 매달렸다.

"돌리는 게 어때요. 그 편이 나올 때 간단하잖아요?"

그리고 곧 남편 쪽으로 몸을 굽혀 말을 건넸다.

"걱정 안 해도 돼요. 칼, 밖에는 차가 기다리고 있어요. 곧 집의 침대에 눕게 돼요."

"가방을 들까요, 주인님?"

"가방이라니, 무슨 가방인데."

"아니, 그 …… 잘은 모르겠습니다만 주인님께서 서류 가방을 늘 가지고 계십니다."

히르데는 차갑게 말했다.

"그런 말은 주인님께 하지 말아요. 아까 말했지요, 몸이 편찮으시다고."

"하지만 그 가방은 어떻게 합니까?"

"그런 걸 내가 어떻게 알아요? 콜프에게 물어봐요. 그 사람이 맡아 줄 거에요."

그리고 그녀가 의자 옆에 서자 하인들이 뒤로 물러섰다. 문이 열리고 그들은 갑판으로 나왔다. 선원 하나가 그들 쪽으로 걸어왔다. 목을 졸리는 것 같은 기분으로 히르데는 그가 다가오는 것을 바라보았다. 조금 망설이다가 의자를 멈추었다. 선원은 노인의 앞에 오자 거수 경례를 한 뒤에 선원실 쪽으로 내려갔다. 히르데는 숨을 되돌리며 천천히 걷기 시작했다. 두 하인은 뒤에서 따라왔다. 트랩에서 몇 미터 떨어진 곳까지 왔다. 거기에는 이제 아무도 없었다.

위험은 안벽 저편에 있었다. 거기서는 군중이 애타게 기다리고 있었다. 차가 대기하고 있는 곳까지 몇 걸음은 걸어야 하기 때문에 그 동안은 모두의 눈길 속을 지나가야 한다. 아둔한 운전 기사는 자기 자리에 앉은 채 차를 움직일 기척도 보이지 않았다. 의자가 도착하는 순간까지 일어서지도 않고 그녀를 애태울 것이 뻔했다. 히르데는 참다못해 운전 기사를 가리키면서 하인 한 명에게 명령했다.

"차문을 열어놓으라고 일러줘요. 꾸물거리다가 남편이 감기라도 드시면 곤란하니까."

하인은 기둥에 걸친 밧줄을 삐걱거리면서 트랩을 내려갔다.

"왜 그래요, 안 내려가나요?"

"혼자서 트랩을 건널 수는 없어요. 저 사나이가 도와 주러 올 때까지 기다려야죠."

히르데는 호통을 치고 싶은 것을 꾹 참았다. 군중은 목을 뻗치고 이 상륙 광경을 하나도 놓치지 않으려 했다. 아래에서 자메이카 인이 운전 기사와 말하고 있는 동안 갑판 위의 세 사람은 꼼짝하지 않고 기다리고 있었다. 겨우 제복을 입은 운전 기사가 차의 문을 열었다. 차는 화물차와 구급차를 절충한 것 같았는데 다행히도 창문이 작아서 밖에서는 아무것도 보이지 않을 것 같았다. 히르데갈데는 차의 뒤를 트랩 끝에 빈틈없이 닿게 하고 싶었으나 운전 기사는 그럴 생각은 전혀 하지 않고 한쪽 손으로 문의 손잡이를 잡고 다른 손에는 모자를 들고 만족하고 있었다. 하인이 다시 칼 리치몬드가 있는 곳까지 올라왔다. 그리고 몸을 굽혀 발판을 들어 올리고는 뒷걸음질치기 시작했다. 두 사람이 모두 자기들의 작업에 정신을 빼앗겨 노인한테는 주의하지 않았다. 히르데는 군중을 바라보았다. 그리고 모두의 흥미가 의자의 평형에 쏠려 있는 것을 보고 안도의 한숨을 쉬었다. 군중이 서커스라도 보듯이 은근히 기대하고 있는 것은 백만장자가 평형을 잃고 바다 속에 떨어지는 일이었다. 모두의 관심이 거기에 쏠려 있는 것은 다행한 일이었다. 그 덕분으로 그녀는 잠시나마 아무런 위험도 느끼지 않을 수 있었다. 안벽에 닿자, 그녀는 곧 본디의 위치로 돌아가서 의자의 팔걸이에 찰싹 몸을 붙였다.

"안녕히 돌아오셨습니까?"

운전 기사는 장광설의 인사를 할 것 같았다.

"어서 떠나도록 서두르세요. 남편은 몹시 피곤하세요."

그 순간, 두 사람 사이에 반감이 떠돌았다. 몇 명의 구경꾼이 다가왔다. 초조해진 히르데는 운전 기사를 밀어젖혔다.

"모르겠어요? 주인이 다치잖아요. 빨리 실어 줘요."

그는 히르데에게 증오에 찬 눈길을 던지고 나서 자메이카 인들로부터 의자를 넘겨받았다. 자메이카 인들은 손이 비자 주인을 바라보았다.

"차에 태워요."

"알겠습니다."

세 사람은 명령에 따르기는 하면서도 불만을 나타내기 위해서 꾸물거렸다. 그녀는 짐칸 같은 뒤쪽에 탔다.

"난 주인 옆에 있겠어요. 당신들은 돌아가도 좋아요."

"안쪽이 편하실텐데요."

"여기 있는 것이 좋아요."

역정이 그녀의 신경을 떨게 했다. 두 개의 문이 열려 있어서 누구나가 실컷 그들을 들여다볼 수 있는데도 아직 이 사람은 실랑이를 계속할 작정일까. 운전 기사는 노인을 가만히 바라보았다.

"리치몬드 님이 여느 때 같지 않으시군요."

"말했잖아요. 주인은 편찮으세요. 빨리 쉬게 해드려야 해요."

"그건 지당하신 말씀입니다."

"그러니 이제 말은 그만 하고 빨리 출발해요."

"알겠습니다."

그제야 겨우 그는 뒷칸에서 물러갔다. 그는 차에서 내리자 모자를 고쳐 쓰고는 문을 닫았다. 빗장이 걸리는 소리가 났다. 비로소 그녀는 녹초가 된 권투 선수처럼 몸을 꺾으며 앞쪽의 문이 열렸다가 다시 닫히는 소리를 꿈속에서처럼 들었다. 잠시 후에 모터 소리가 들려왔다. 그리고 덜컥 하고 흔들리는 바람에 차가 달리기 시작한 것을 겨우 알았다.

그녀는 힘없이 핸드백에서 담배를 꺼내어 불을 붙였다. 눈을 감고 크게 연기를 내뿜으면서 조금씩 기운을 되찾아갔다. 리무진은 쿠션이 좋아서 항구의 울퉁불퉁한 길을 미끈하게 달렸다. 담요를 걸친 좌석에 앉은 그녀는 남편과 마주앉았다. 그녀는 남편한테서 눈을 뗄 수가 없었다. 모자와 안경과 목도리에 가려서 노인의 얼굴은 거의 보이지 않았지만, 히르데갈데는 본 것보다도 더 생생하게 그 얼굴을 상상할 수 있었다. 그녀는 남편을 조금 불쌍하게 여겼으나 그보다는 공포가 앞섰다. 이렇게 죽은 사람과 마주앉는 것만으로도 얼음 같은 공포에 사로잡히기에 충분했는데, 시체에게서 그 휴식을 빼앗았다는 생각이 머리에 달라붙어 있었다. 차 안은 답답하리만큼 무더웠다. 그녀는 외투를 벗었다. 반소매의 검정 블라우스 차림이 되자 얼마쯤 기분이 좋아져서 창문으로 힐끗 바깥을 내다 보았다. 차는 모리스 요트클럽 펠홈베이 앞을 지나고 있었다. 이 제방은 어디까지 이어져 있을까. 그 때였다. 운전 기사의 눈이 그녀를 힐끗힐끗 보고 있는 것을 눈치챘다. 거기에는 반감과 무례함과 놀라움이 보였다. 왜 놀라고 있을까. 그녀는 생각하면서 반사적으로 눈길을 아래로 떨어뜨렸다. 몇 초 동안, 그녀의 주의는 담배에 쏠려 있는 것 같이 보였다. 그러나 더 참고 있을 수 없어서 그녀는 다시 뒷거울로 눈을 돌렸다. 두 사람의 시선이 맞부딪치자 이번에는 운전 기사의 눈길이 잠시 앞쪽의 길로 옮겨졌다가 다시 노인 쪽으로 돌아왔다. 그 눈에서 역시 놀라운 빛을 보고 히르데는 미심쩍게 여기면서 또 남편을 보았다. 그리고 곧 깨달았다. 그녀는 팔을 내놓고 깃이 크게 벌어진 차림을 하고 있는데 남편은 목도리로 입을 가리고 모자를 깊숙이 쓰고 삼베 장갑을 끼고 무릎에는 담요를 감고 있었다. 너무나도 더위에 무감각한 모습이었던 것이다. 그녀는 자기의 몸 안에서 엘리베이터가 움직이기 시작한 것을 느꼈다. 당장 어떻게 해야지, 그러나 섣불리 하다가는 탄로가 나지 않을까. 그녀는 힘차게 외투의 소매에 팔을 끼고 나서 소리나지 않게 입술을 꼭 깨물고 자기 손이 남편의 얼굴에 닿았을 때의 차가움을 참았다. 그녀는 도중에 그치지 않고, 운전 기사가 보고 있는 것을 의식하면서 목도리를 턱 밑까지 내려주었다. 고쳐 앉은 그녀는 잠깐 뒷거울을 보았다. 상대는 얼른 눈을 돌리고는 줄곧 앞만 보았다. 차는 세관 앞에서 한번 멈추었다. 운전 기사가 세관 직원과 말하는 소리가 들렸다. 그러나 아무도 그녀를 보려고는 하지 않았다. 차는 다시 움직여서 항구를 뒤로 했다. 저녁 어둠이 내려 덮여 벌써 창문으로는 아무것도 보이지 않았다. 다만 어딘지도 모르는 거리 모퉁이를 차례차례로 전조등이 비칠 뿐이었다. 차는 한참이나 달렸다. 상점가를 몇 군데인가 지나자, 거리가 조금 뜸해지고 네온의 불빛도 상당히 부드러워졌다. 얼마 후 나무들이 어둠 속에서 떠올랐다. 주택가로 접어든 모양이었다. 이제 조금만 더 가면 집에 닿을 것이다. 차 안은 완전히 어두웠다. 히르데가 눈을 크게 떠도 눈앞의 남편의 모습이 겨우 분간될 정도였다. 그녀는 두통을 느끼고 담배에 불을 붙였다.

잠시 후에 차는 멎었다. 창문으로 내다보니 도리스식의 기둥에 둘러싸인 돌층계가 불빛에 환히 드러나 있었다. 하인들이 줄을 지어 정중하게 주인의 도착을 기다리고 있었다. 연미복을 입은 늙은 집사가 다가왔다. 히르데갈데는 다시 공포가 몰아쳐 오는 것을 느꼈다. 운전 기사는 벌써 문을 열어 놓고 있었다. 그녀는 재빨리 고용인들과 남편 사이에 끼어 들었다.

"준비되었나요, 주인님 방은?"

"물론입니다. 난로에 불도 피워 두었습니다."

그녀는 애써 웃는 얼굴을 했다.

"수고했어요."

운전 기사는 무감각한 듯 꼼짝하지 않았다. 하인들도 부동 자세를 취한 채였다. 어떻게 해야지, 빨리. 그녀는 이중 계단 위의 넓은 홀과, 아무리 작은 물건이라도 분간할 수 있을 것 같은 수정으로 만들어진 큰 샹들리에를 보았다. 한 번 더 하인들이 줄지어 서 있는 앞을, 남편을 그녀 자신보다도 더 잘 알고 있는 사람들 앞을 지나가야 한다. 온 몸에서 용기가 빠져나갔다. 운전 기사와 집사는 명령을 기다리고 있었다. 가슴에서 조용히 흘러나와 공포의 그림자도 보이지 않는 애교띤 어조로 말하기 시작한 목소리가 그녀는 자신의 것이라고 여겨지지 않았다.

"남편은 주무시고 계세요. 여행의 피로가 한꺼번에 덮친 거에요. 조용히 방으로 모셔주세요. 그럴 수 있겠지요?"

집사는 경의에 찬 미소를 띠고 절을 했다. 그는 이 계획의 성공을 보증하고 있는 듯이 보였다. 두 명의 하인이 의자를 내리는 것을 도우러 왔다. 히르테는 불덩이 같은 손을 자기 이마에 대었다. 이마도 똑같이 뜨거웠다. 그녀는 운전 기사에게 말했다.

"당신은 이제 가도 좋아요. 내일 아침, 또 다른 볼일을 부탁하겠어요."

예의 바른 노집사가 조금 뒤에서 의자를 따르고 있었다. 가볍게 끄덕이면서, 그녀는 하인들에게 인사했다. 그리고 계단을 다 올라갔을 때, 그 중 한 사람을 돌아보고 말했다.

"저 샹들리에를 끌 수 없을까요. 불빛 때문에 주인님이 잠이 깨시면 안되니까."

급한 걸음으로 그 하인이 큰 홀로 향하는 것이 보였다. 그러나 의자는 빠르게, 너무 빠르게 가고 있었다. 한 순간 후에는 이미 문앞에 이르러 칼 리치몬드는 불빛을 듬뿍 받고 모두의 눈앞에 드러나게 되리라. 그녀는 계단에 발이 걸려 복사뼈가 삔 시늉을 했다. 모두들 걸음을 멈추었다. 그녀는 딱한 듯이 미소를 띠며 발목을 문질렀다.

"괜찮으시다면 제 팔을 잡으십시오."

고개를 저어 그녀는 그럴 필요가 없다는 것을 알렸다.

"곧 괜찮아질 거에요."

홀의 불이 꺼지고 계단 아래의 불빛만이 비쳐들고 있었다.

"자, 이제 괜찮아요."

그것은 히르데살데가 진심으로 한 말이었다.

그들은 다시 걷기 시작했다.

"방은 1층에 준비되어 있습니다. 저어, 식사는 어떻게 할까요."

집사는 다시 물었다.

"필요없어요. 주인님은 계속 주무셔야 하고 나는 너무 피곤해서."

그녀에게는 도저히 2인분의 식사를 할 기운이 없었다.

"취침 준비를 도우러 젊은 사람 둘을 보내겠습니다."

그녀는 저도 모르게 소리치고 싶은 것을 꾹 누르고 재빨리 말했다.

"괜찮아요."

그리고 상대가 놀라서 자기를 바라보고 있으므로 다시 계속했다.

"주인님은 잠귀가 아주 밝아요. 지금은 가만히 둡시다. 눈을 뜨시면 알리겠어요. 그 때는 어쩌면 식사를 하게 될지도 모르니까요."

휴식의 항구는 회랑 바로 건너편이었다. 아무리 칭찬해도 모자랄 만큼 젊은 하인은 신경을 써서 부지런히 그 방의 전등을 끄고 다녔다. 난로불만이 방을 비치고 있었는데 조금도 걱정되는 불빛은 아니었다. 그녀는 승리가 눈앞에 있는 것을 느꼈다.

"고마워요."

그녀는 웃는 얼굴로 말했다.

"저는 밤새도록 일어나 있습니다."

"아니에요. 지금 우리들에게 필요한 것은 휴식뿐, 만일 볼일이 있으면 부르겠어요."

그들은 문앞에 있었다. 하인은 칼 리치몬드를 방 안까지 밀고 와서 명령을 기다렸다.

"편히 쉬세요."

히르데갈데는 말했다.

하인이 나가자 집사가 머리를 숙였다.

"안녕히 주무십시오. 아 참, 실례했습니다. 저는 버네스라고 합니다."

"그러세요. 다른 볼일은 없어요, 버네스."

그리고 그녀는 문을 닫았다. 그것은 너무 빨랐는지도 모른다. 그러나 그것으로 끝났다. 이제 그녀에게는 아무것도 무서운 것은 없어졌다. 이제 아무도 그녀의 방으로 밀고 들어올 이유는 없었던 것이다. 그제서야 비로소 실내장식의 호화로움을 깨달았다. 그녀는 한참동안 눈을 빼앗기고 있었으나, 잠시 후 그것이 모두 자기의 것이라는 것을 별안간 깨닫고는 아연해졌다. 그녀는 문을 안으로 잠그고, 의자를 가장 어두운 곳으로 끌어다 놓은 뒤에 난로 앞에 큰 안락의자에 누웠다. 피로가 곧 그녀를 잠으로 몰아갔다.

눈을 떴을 때는 이미 해가 높이 뜨고, 난로불은 꺼져 있었다. 배가 고파서 위가 아플 정도였다. 그녀는 초인종을 누르는 것을 망설였다. 그러나 아무 말도 없이 가만히 있는 것이 도리어 의심을 불러 일으킬 것이라고 고쳐 생각했다. 그녀는 초인종을 누르고 어쩔 수 없이 시체를 힐끗 보았다. 보기를 잘했다. 설마하니 그에게 자기 방에서 모자를 쓴 채로 있게 할 수는 없었으니 말이다. 끔찍스럽기는 했지만 그녀는 모자를 벗겨 주었다. 그리고 장갑도 벗기려고 했으나 시체는 이미 굳어서 포개져 있는 손을 풀 수가 없었다. 그녀는 의자를 난로 앞으로 밀고 가서 등을 문 쪽으로 향하게 해 놓았다. 바로 그때 노크 소리가 났다. 히르데는 문을 열고 그의 앞을 가로막아 섰다. 그는 어젯밤에 보지 못한 하인이었다.

"아침 식사를 갖다 줘요. 그리고 오늘 아침에 찾아올 사람이 있으니까 오면 곧 안내해 줘요."

그녀는 쟁반에 얹힌 두 사람분의 식사를 모두 먹어치우고 빈 그릇을 문 옆에 놓아 두었다. 그것은 마치 하숙집에 사는 사람 같은 행동이었으므로 이상스러울지 몰랐으나 주방에서의 화제가 되는 것을 피하기 위해서는 어쩔 수 없는 일이었다. 고용인들이 칼 리치몬드에게 접근하는 기회가 적으면 적을수록 위험도 적은 셈이었다. 그녀는 거의 불가능에 가까운 일을 해치운 것이다. 꺼져 버린 난로불을 앞에 두고 의자 위에서 굳어진 시체도 이제는 그녀를 무섭게 하지 않았다. 그녀와 시체 사이에는 이미 동지애와도 같은 것이 싹터 있었다. 히르데갈데는 오랫동안 그것을 바라보았다. 남편다운 데는 전혀 남아 있지 않은 그것은 하나의 허수아비였다. 그러나 그녀도 처음부터 허수아비 이상의 것을 기대하지 않았던 것이 아닌가. 그녀는 살았다는 듯이 일어나 엄청나게 사치스런 욕실로 가서 수도꼭지를 틀었다. 미래는 벌써 상냥스럽게 웃는 얼굴로 자기를 바라보고 있는 것 같았다. 별로 할 일이 없는 그녀는 머리를 감은 다음 클립을 말고 오랜 시간을 들여서 화장을 했다. 콧노래를 참고 있는 것이 오히려 위선이 아닐까 하는 생각이 들기까지 했다.

  11시가 조금 지나서 그녀는 방으로 돌아왔다. 담배에 불을 붙이고 한번 더 인터폰으로 방문객을 기다리고 있다는 것을 말해 두었다. 버네스는 아직 아무도 오지 않았다는 것과 온 것은 으레 그렇게 하는 것을 의무라고 생각한 몇 사람의 신문기자뿐이라고 대답했다. 그리고는 정중하게 주인이 옷을 갈아 입는 것을 도울 하인을 보내겠다고 말했다. 히르데갈데는 재빨리 그런 일은 그녀 혼자만으로도 충분하다고 거절했다. 그러자 이번에는 난로의 불을 지피러 갈까요, 마실 것을 갖다 드릴까요, 라디오를 틀까요, 하고 말하는 것이었다. 그 친절에 조마조마해진 그녀는 인터폰을 사용한 것을 후회했다. 시간은 점점 지나 15분이 지나고, 30분이 지나고, 한 시간이 지났다. 전화는 침묵을 지키고 있었으며 안톤 콜프는 나타나지 않았다. 히르데갈데의 낙관주의는 무너지기 시작했다. 그것은 그저 늦어진 것뿐이었으나, 그녀는 무엇이라도 좋으니 어서 빨리 일이 시작되기를 바랐다. 온 집 안이 잠잠했다. 하인들은 대기실에 모여서 잠잠한 초인종을 바라보면서 멋대로 지껄이고 있을 것이 틀림없다. 점심 시간이 다가왔다. 행동을 해야 할 필요가 있었다. 첫째, 리치몬드의 몸이 좋지 않다는 말을 계속하면서도 의사를 부르지 않으면 반드시 이상하다고 생각할 것이다. 그녀는 문득 외출을 해서 식사 시간을 피할 구실을 찾아냈다. 그러나 그것은 너무 위험하기도 했다. 하인들이 절대로 방 안에 들어가지 않으리라고는 믿을 수 없었으며, 그렇다고 노인을 방 안에 가두어 둘 수도 없었다. 결심이 서지 않은 채 히르데갈데는 창가로 가서 커튼을 젖히고 화끈화끈 달아오르는 이마를 유리창에 대었다. 해묵은 큰 나무들이 뜰을 덮고 있었다. 상당히 먼 곳에 나뭇가지 사이로 높은 쇠창살이 보이는데 그것이 담장인 모양이었다. 잘 자란 잔디, 가느다란 자갈길, 거기에 맵시있게 배치된 화단이 이 뜰에 우아한 별장 같은 느낌을 주고 있었다. 나뭇잎은 노랗게 물들기 시작하여 가을이 찾아온 것을 느끼게 했다. 얼마 안 가서 해는 짧아지고 날씨도 싸늘해진다. 털가죽 외투를 생각하는 것도 즐거운 일이었다.

작은 기침 소리가 뒤에서 들려와 그녀는 자지러지게 놀랐다. 뒤돌아본 그녀의 눈에 집사의 엄숙한 얼굴이 비쳤다. 그는 문 앞에 서 있었다. 힘차게 그녀는 문으로 다가가 그의 앞을 막아섰다. 이 사람은 언제부터 여기에 있었을까. 무언가 눈치를 챘을까? 흥분한 나머지 그녀 쪽에서 먼저 말을 걸 수가 없었다.

"몇 번이나 되풀이 노크를 했습니다만, 아무 대답이 없으시므로 실례인 줄 알면서도 부득이……."

버네스는 그렇게 사과를 했다. 남편과 그의 사이에 가로막아 선 채 그녀는 겨우 말을 할 수 있었다.

"무슨 용건이라도?"
"아주 가벼운 식사를 준비했습니다."
"나는 아직 먹고 싶지 않아요."
"네, 하지만 주인어른께서는……."
"남편은 기분이 좋지 않아요."
"그럼 곧 의사 선생님을, 늘 모시는 선생님에게……."
"아뇨, 그럴 필요는 없어요."
그렇게 대답한 뒤, 그녀는 의사의 이야기를 꺼내게 한 것을 곧 후회했다. 이 사나이를 밖으로 쫓아내야지, 그것도 지금 곧.
"주인은 병은 아니에요. 다만 몹시 피곤하실 뿐이에요. 조용히 쉬시게 하는 것이 제일 좋아요."
"침대로 모시는 것을 도울까요?"
"아니에요. 괜찮아요. 그럴 필요가 있을 때는 부르겠어요."
버네스는 어디까지나 정중했으나, 그토록 폭군이었던 주인이 잠자코 있는 것에 대한 호기심이 커져 좀처럼 물러나지 않았다.
"운전 기사가 와 있는데 무슨 시키실 일이라도."
"지금은 별로."
히르데갈데는 한 걸음 앞으로 나가 문의 손잡이를 잡음으로써 이야기는 이제 끝났다는 것을 알렸다. 그러나 이러한 경솔한 행동으로 이때까지 그녀가 가리고 있던 남편의 모습이 완전히 버네스의 시야에 들어가고 말았다. 버네스는 뒷모습에 머리를 숙이고는 직접 노인에게 말을 건넸다.
"저를 비롯하여 하인들은 모두 충심으로 이번 결혼을 축하드립니다."
히르데는 눈을 감았다. 집사는 천천히 몸을 일으켰다. 칼 리치몬드의 머리는 움직이지 않았으며 대답도 들리지 않았다. 파탄이 왔다.

그러나 그녀의 목소리는 이렇게 대답하고 있었다.

"아직 졸고 계세요. 이대로 조용히 주무시게 놓아 두세요."

그리고 딱한 듯이 덧붙였다.

"요즘 밤에 잘 주무시지를 못해서……."

집사는 깜짝 놀랐으나 그대로 아무 말도 하지 않고 물러갔다. 문을 닫자 히르데는 온 몸에서 힘이 쑥 빠져나가는 것 같았다. 너무 긴장이 심했기 때문이다. 기절하거나 발작이 일어날 것만 같았다. 어쨌든 빨리 안톤 콜프가 와야지, 사태는 그녀 혼자서는 도저히 감당해낼 수가 없었다. 집사가 물러가는 발소리는 들리지 않았다. 틀림없이 문 밖에서 귀를 기울이고 있을 것이다. 아직 아무것도 눈치채지는 못했더라도, 이상한 일도 다 있다고 생각하고 있을 것이다. 주방에서는 이야기꽃이 피고 있겠지. 하녀들의 방자한 상상력이 거기에 살을 붙이고 꼬리를 달아 아주 위험하게 불어나겠지. 젊고 아름다운 히르데 갈데가 하녀들의 동정을 끌 까닭은 없다. 한가로운 고용인들은 모두 버네스가 돌아오는 것을 기다렸다가 여러 가지 의견을 지껄여대리라. 그리고 버네스 자신도 결정적인 뉴스를 전하지 못하기 때문에 억측은 점점 더 심해질 것이다. 그러나 달리 어떻게 할 수가 있을까. 시체를 데리고 다시 한번 여기서 나간다는 것은 천부당 만부당한 일이다. 무언가 현명한 방법이 있을 것이다. 그러나 그것이 무엇일까……? 그녀의 불안은 더해 갔다. 벽시계의 초침 소리만 들리는 이 방의 정적, 무서운 남편의 모습, 가구의 시무룩한 침묵, 난로의 깊은 수렁 같은 어둠, 그 속에서 단 하나 생물로서 발버둥치고 있는 그녀를 그 무서운 정적이 서서히 삼켜가고 있었다. 그녀는 방 안을 빙빙 돌아다니기 시작했다. 생각을 집중할 수가 없었다. 별안간 그녀는 그 자리에 놀라 발을 멈추었다. 그녀의 앞, 노인의 시체 위에 생명이 있었다. 그녀는 두 손으로 외마디 소리를 눌렀다. 싱싱한 파리 한 마리가 코 끝을 떠나 볼로 내려갔다가 다시 코를 거쳐서 뜨여 있는 눈 위를 천연스럽게 기고 있었다. 히르데갈데는 기절할 뻔했다. 이 최후의 모독을 지속시킬 수는 없었다. 난폭한 손짓으로 그녀는 파리를 쫓아 버렸다. 숨을 몰아쉬고 구토증과 싸우면서 한쪽 손을 의자의 손잡이에 놓고 다른 한 손을 휘둘렀다. 그러나 파리는 집요하게 날갯소리를 울리면서 날아다녔다. 이때, 요란스런 전화 벨소리가 그녀의 이성을 되찾게 했다. 그녀는 전화기 쪽으로 뛰어갔다. 그리고 버네스가 어떤 남자분이 뵈러 왔다고 알렸을 때는 안심한 나머지 그 자리에 주저앉을 뻔했다. 힘없이 그녀는 얼굴을 고치고, 그를 맞이하러 홀까지 가고 싶은 것을 참았다.

잠시 후에 노크 소리가 들렸다. 그것은 안톤 콜프가 아니었다. 40 전후의 건장한 사나이로 관자놀이 위에는 흰머리가 섞여 있었고, 얼굴빛이 검고 약간 화려한 넥타이를 매고 있었다. 그는 아주 가볍게 상반신을 기울여서 인사를 했다. 히르데는 상대를 뚫어지게 바라본 채 말이 나오지 않았다. 그는 말했다.

"로마, 마틴 로마라고 합니다."

그때, 단번에 그녀의 신경의 저항은 사라지고 말았다. 그녀는 벌써 무서움도 흥분도 느끼지 않았다. 이때까지 없었던 고요가 그녀를 감쌌다. 이 낯선 사나이의 방문은 그녀의 최초의 계획에는 없는 것이었으나, 그가 온 이상 안톤 콜프이건 운명이건 어쨌든 그 무언가가 그녀에게 이 사나이를 보낸 이상, 그것은 틀림없이 자기 편임이 뻔하다고 생각했다. 기계적인 동작으로 의자를 권했다. 그러나 사나이는 모자를 손에 든 채 서 있기만 했다.

"여행으로 피로하실 텐데 너무 빨리 온 게 아닌지 모르겠습니다."

그리고 그의 눈이 들어왔을 때 바로 노인 쪽으로 다시 돌려져 침착하게 바라보고 있었다. 히르데는 조금 몸을 돌려 그쪽을 바라보았다.

그는 조용한 발걸음으로 꼼짝하지 않는 노인에게로 다가가 정면에서 오랫동안 바라보았다. 그리고는 조용한 목소리로 물었다.

"왜 눈을 감겨드리지 않았습니까?"

히르데는 어깨를 으쓱했다. 그런 것은 문제가 아니었다. 그녀는 입을 떼려고 했으나, 그것도 못할 만큼 너무도 피로했다. 생각하려는 의사와 육체 사이의 연결이 끊어지고 말았다. 그녀는 이때까지 겪어 보지 못한 이상한 기분 속을 헤매고 있었다. 일종의 꿈인지, 수면인지, 어쨌든 수초와도 같이 걷잡을 수 없는 기분이었다. 틀림없이 조금 지나면 또 행동할 수 있게 되겠지. 그러나 지금은 아니었다. 이 무서운 무기력과 허탈감 속에서는 도저히 아무 것도 할 수 없다. 오랜 침묵이 계속되었다. 사나이는 두 손을 뒤로 마주잡고 발끝과 뒤꿈치로 몸을 흔들거리며 서서 눈은 공중을 향한 채 아무것도 보지 않는 것 같았다. 히르데는 그를 방해하려고도 하지 않았다. 시간이 지나갔다. 겨우 사나이는 몸을 흔들거리는 것을 멈추고 다시 한번 자세히 노인을 보았다. 그리고는 눈을 감겨 주고 잠시 노인의 이마에 손을 대고 있었다.

사나이는 히르데 쪽으로 돌아와서 말했다.

"언제부터 뉴욕에 계셨습니까, 리치몬드 부인."

"어제 오후, 상륙한 것은 어제 저녁 이후부터에요."

"그런데 이 일은 언제 일어났습니까."

"배 위에서."

"원인은?"

"발작이라고 생각합니다."

"왜 죽은 것을 숨겼습니까, 말씀하시겠습니까?"

대답해야만 했다. 이 사나이는 나쁜 인간이거나 적개심을 가지고 있는 것으로는 보이지 않는다. 틀림없이 안톤 콜프가 말했던 의사일 것이다. 정식 매장 허가를 내기 위해서는 그런 사소한 점까지도 알 필요가 있겠지. 히르데는 어렴풋이 그런 생각을 했다. 그러나 그녀의 입술은 달싹거리지도 않았다. 상대는 조금 전에 그녀가 했듯이 빙빙 방 안을 돌기 시작했다. 다음에 다시 입을 연 것도 그였다.

"당신을 돕고 싶습니다, 리치몬드 부인. 그러나 내 질문에 대답해 주셔야 합니다. 일은 매우 중대합니다. 그리고 아주 사소한 점까지도 결코 소홀히 할 수 없습니다. 당신 주인이 돌아가신 것을 알고 있는 사람은 누구입니까?"

"아무도 몰라요."

"옮기는 것을 도운 사람은?"

"하인들, 그리고 운전 기사에요."

"그렇다면 그들은 죽은 것을 알고 있는 셈이군요."

"아니에요, 눈치채지 못했어요."

"어떻게 단언할 수 있습니까?"

"그렇지 않으면 어떻게 여기 와서 이렇게 있을 수 있겠어요."

"과연! 이 분을 돌보는 사람 중의 누군가가 가까이 오지는 않았습니까?"

"어젯밤부터 아무도 여기에 들어온 사람은 없어요."

"이 분한테 말하는 것을 용하게도 막으셨군요."

그녀는 다만 어깨를 으쓱했다.

"도저히 믿을 수 없습니다."

"제 남편은 본디 몸이 불편했어요. 바퀴 의자가 아니면 꼼짝도 못했습니다. 게다가 까다로운 성격이었기 때문에 이 일도 불가능한 것은 아니었어요. 결코 쉬운 일도 아니긴 했지만."

"그러나 시체를 옮겨서 어떻게 할 작정이었습니까?"

"그건 당신과는 상관없는 일이에요."

지푸라기 여자 131

마틴 로마는 상대가 진심으로 그러는지 아닌지를 확인하기 위해 그녀를 바라보았다. 히르데갈데는 그의 살피는 듯한 시선에는 눈 하나 깜빡이지 않았다. 그는 의자를 하나 당겨 그녀의 정면에 앉았다.

"묻겠습니다만 리치몬드 부인, 왜 나를 방 안으로 들어오게 하셨습니까?"

"기다리고 있었던 것은 당신이 아니었어요."

"흐음, 그럼 누굽니까?"

"아버지에요."

"아버지가 누구신데요?"

"안톤 콜프."

"누굽니까, 안톤 콜프란?"

"이제 그만하세요, 그런 질문은."

"하지만 대답하셔야 합니다, 리치몬드 부인. 가장 중요한 점이니까요. 당신 아버지는 그럼 저 분이 죽은 것을 알고 계셨군요."

"그렇지 않아요. 그래서 기다리고 있었어요. 앞으로 어떻게 해야 될 것인가를 물어보기 위해서."

"그렇다면 어째서 아버지도 아닌 나를 방에 들였습니까."

"그건 아버지가 오늘 아침 오시기로 되어 있을 뿐, 그 밖에는 아무도 기다리는 사람이 없었기 때문에 틀림없이 아버지인 줄 알고."

"알겠습니다. 무엇 때문에 돌아가신 주인을 여기까지 데리고 왔는지 아직 말할 수 없습니까?"

"못하겠어요."

"그럼 이제부터 어떻게 할 작정입니까?"

"당신한테 달렸어요."

"나한테 달려요? 어째서요?"

"모르겠어요. 난 이제 뭐가 뭔지 모르겠어요. 나가 주세요. 난 피곤해요. 너무도 어려운 일이었어요. 쉬어야겠어요."
사나이는 한결 엄숙해져 보였다.
"미리 말해 두겠습니다만, 잊어 버린 척해도 해결은 되지 않습니다. 잠깐 의사에게 조사케 하면 곧 알게 됩니다. 정신 이상을 흉내 내는 것과 마찬가지로서 그런 태도를 취하면 도리어 의혹이 깊어질 뿐입니다."
"분명히 말해 두지만, 당신이 하는 말을 난 조금도 모르겠어요. 어째서 이 방으로 들어오셨나요? 누가 오라고 했나요? 대관절 당신은 누구세요?"
"유감스럽습니다만, 저는 이 집에서 못나가겠습니다. 이 사건은 벌써 내 직무를 넘어섰습니다. 검찰당국에 연락하겠습니다."
"대관절 당신은 누구세요?"
"마틴 로마, 제8구의 경부입니다."
방 안이 빙빙 돌기 시작했다. 벽이 쓰러져 왔다. 침대 기둥에 매달려서 그녀는 겨우 쓰러지려는 몸을 버티었다. 자기 목소리 같은 것이 묻고 있었다.
"왜 여기 왔나요?"
"정식 직무로서 온 것은 아닙니다만, 사건의 추세로 보아 상부에 보고할 의무가 있습니다."
"왜, 여기 왔나요?"
"어젯밤의 당신의 태도, 그리고 특히 주인의 태도를 운전 기사가 이상하게 생각했습니다. 그리고 오늘 아침에 또 지시를 받으러 와서 집안 분위기가 이상한 것을 깨달았습니다. 전화를 건 것은 그입니다."
히르데갈데는 다리의 힘을 잃고 침대 위에 쓰러졌다.
"부인, 당신은 왜 주인의 사망을 신고하지 않았습니까? 왜 시체와 함께 돌아다녔습니까? 어떻게 해서 이러한 사태에서 빠져나가려고 했습니까?"
"이제 그런 질문은 그만 하세요."
"분명히 나에게는 질문할 권한이 없습니다. 그러나 형사들에게는 나만큼의 참을성도 선의도 없을는지 모릅니다."
"당신하고 토론할 생각은 없어요. 변호사를 부탁해요."
"많이 의뢰하시오. 헛된 일은 아닐 것입니다. 내가 전화를 걸어 드릴까요?"
"괜찮아요."
"모르겠습니다. 그런 이상한 태도를 취하는 것은 큰 잘못입니다. 내가 질문하고 있는 것은 개인으로서가 아닙니다. 나는 재판소의 법률을 대표하고 있습니다. 당신은 그것에 따라 나한테 대답해야 합니다. 만약에 당신의 이야기가 사실이라면 걱정할 것은 하나도 없잖습니까."

오랜 침묵이 흘렀다. 마틴 로마는 두 손을 주머니에 넣고 히르데갈데를 바라보았다. 그녀는 완전히 냉정을 잃고 있는 것 같았다. 입술을 깨문 채 상대의 태도를 살피고 있었다. 그리고는 입을 열었다.

"나한테는 돈이 있어요. 아주 많이 있어요. 경찰에서 아무리 일해도 손에 넣지 못할 만큼 있어요."
"그만 하십시오. 그리고 한마디 충고를 하지요. 곧 좋은 변호사를 찾아서 이 이상 더 되돌릴 수 없는 실수를 거듭하지 않아야 합니다."
"실수? 그건 무슨 뜻인가요?"
"그렇습니다. 특히 매수라는 그런 짓."

그녀는 이빨을 내밀어 손수건을 물어 찢으면서 히스테릭하게 울어 버렸다.

"전화를 걸어도 되겠지요?"
"난 피곤해요. 이렇게 피곤한 것은 난생 처음이에요. 틀림없이 신경쇠약인지도 몰라. 머리 속이 어떻게 될 것 같아요. 무엇을 생각하고 있는지도 모르겠어. 정말 모르겠어요. 이젠 아무것도 모르겠어요."
"병을 앓고 있을 때가 아닙니다, 리치몬드 부인. 범죄계의 사람들은 그다지 느긋하지 못합니다. 정말 쉬고 싶으면 빨리 사실을 모두 말하세요. 그렇지 않으면 침대에서는 잘 수 없게 됩니다. 이것이 나의 충고입니다."
"하지만 뭣 때문에 그런 말을 하세요? 나는 죄인은 아니에요."
"나도 그러기를 바랍니다. 그러나 그것을 증명하셔야지요."
"내가 죽인 게 아니에요."
"누가 살인이라고 했습니까?"
그녀는 칼 리치몬드 앞으로 달려가서 의자 앞에 무릎을 꿇었다.
"칼, 나를 도와줘요. 나는 아무것도 몰라요. 모든 것이 너무나도 순조로웠는데, 저 사나이를 내보내야 해요. 말씀하세요, 나가라고."
마틴 로마는 그녀의 어깨를 잡아 강제로 의자에 앉혔다.
"조용히 하십시오. 시체를 배에서 여기까지 옮겨올 만큼 냉정한 당신이 아니오? 그것을 생각해서라도 지금은 냉정을 되찾아야 해요. 당신한테 중요한 것은 그것이오."
"나한테서 떠나지 마세요."
"그런 걱정은 필요없습니다."
어깨를 으쓱하고 그는 전화기로 향했다. 외선이 이어지자 그는 경찰 지급 통화로 뉴욕 시경의 범죄계 주임인 스틸링 케인 총경을 불러 달라고 부탁했다. 로마가 수화기를 놓은 지 15분도 채 못되어 경관들

지푸라기 여자 135

이 왔다. 몇 초 사이에 백만장자의 호화로운 방은 시장거리같이 되었다. 제복 경관에 섞여서 사복 형사들이 들이닥치고, 감식계 직원들이 젊은 여자와 시체에 플래시의 비를 퍼부었다. 경찰봉을 가진 두 명의 순경이 문 앞을 지키고 있었다. 경찰의가 청진기를 목에 걸고 노인을 진찰하고 있었다. 흰 가운의 간호사 둘이 의자 옆에 대기하고 있었다. 낯선 사람들이 방 안을 휘젓고 히르데의 핸드백을 열어서 여러 가지 물건에 종이 조각을 붙이고 있었다. 누군가가 전화를 한 대 더 증설하고 있었다. 누구나가 바쁘고 신경질적인 것 같았다. 그리고 누구 한 사람 히르데에게 주의를 기울이지 않았다. 이상한 감정이 그녀를 덮쳤다. 두 손이 떨리고 완전히 얼떨떨해져서 생각을 가다듬을 수가 없었다. 모든 일은 내용이 없고 현실성이 없는 것으로 여겨졌다. 신경의 긴장이 너무나도 심해서 그녀는 벌써 사태의 추이에 적응할 수 없었다. 누군가가 그녀의 팔을 잡아 끌어 일으켰다. 그녀는 순순히 응하여 총경 앞에 놓인 의자에 앉았다. 한 경찰관이 말했다.

"서류는 오늘 밤에라도 보내겠습니다. 시체 해부가 끝나는 대로 결과를 알려 드리겠습니다."

히르데갈데는 그 말이 무엇을 뜻하고 있는지 알 수 없었다. 그녀는 간호사들이 방 밖으로 밀고 나가는 남편의 의자를 신기한 듯이 바라보았다. 그들이 남편의 모자를 잊어버리고 가는 것에 주의를 주려고 했으나 시체 반출 과정에서 빚어진 소란 때문에 말도 꺼내지 못했다. 그녀는 플래시가 터지는 바람에 눈을 깜빡거렸으나 카메라로부터 자기의 얼굴을 가린다는 것은 생각하지도 못했다.

갑자기 방은 거의 텅 비었다. 제복의 경관들도, 의사도, 간호사도, 감식계의 사람들도, 사진사들도 벌써 거기에 없었다. 그녀는 혼자서 세 사람의 남자 앞에 앉아 있었다. 총경과 마틴 로마, 그리고 그녀가 모르는 또 한 사람의 인물이었다. 비로소 스탈링 케인은 그녀를 바라보았다. 그는 두 손을 모아 테이블 위에서 팔굽을 짚고 천천히 그녀를 바라보았다. 그는 50살 전후로 젊었을 때 스포츠로 단련된 사람들에게 흔히 있는 약간 우둔하지만 건장한 몸집이 실제보다도 뚱뚱해 보였다. 회색 머리카락을 짧게 깎았으며, 얼굴빛은 좋은 편으로 눈은 작았으나 날카로왔다. 결혼반지가 무명지에 꽉 끼워져 있었다. 그것을 끼기 시작한 뒤로 살이 찐 모양이다. 어쩌면 이젠 빼낼 수 없을는지도 모른다. 대관절 그 반지를 낀 지가 얼마나 될까. 15년? 20년? 별안간 그녀는 상대의 목소리에 제정신으로 돌아왔다. 그 목소리는 조용하고 우호적이었다. 히르데갈데는 주의력을 집중하려 했다. 그러나 마음에 와 닿은 것은 마지막 몇 마디뿐이었다.

"······라고 말하는 것은 분명히 당신한테는 불리합니다."

그리고 또 기억에 구멍이 뚫렸다. 주의력의 상실에도 불구하고, 우연히 귀에 들어온 것은 다음의 한마디뿐이었다.

"······변호사를 선정해서······."

그녀는 억울한 눈물을 삼키면서 지그시 입술을 깨물었다. 사태는 극도로 위험했다. 정신을 모두 동원해야만 했다. 몸이 안 좋다고 말하고 있을 때가 아니었다. 나중에는 그런 여유를 가지게 되는지도 모른다. 그러나 이제부터 몇 시간은 그런 자유가 허락되지 않는다. 약간의 침착과 최소한도의 주의력만 있으면 천천히 쉴 수 있게 될지도 모른다. 그녀는 힘껏 스탈링 케인의 시선에 매달려서 그를 신뢰하기로 결심했다.

"담배와 술을 조금만 주세요."

남자들 세 사람은 모두 꼼짝도 하지 않았다.

"부탁이에요."

그녀는 자기의 어처구니없는 피로 때문에 눈에 눈물이 솟아오르는 것을 억누를 수 없었다. 마틴 로마가 문가로 가서 문 앞에 지키고 서

지푸라기 여자

있는 순경 한 사람에게 소곤거렸다. 스탈링 케인은 자기 호주머니에서 쭈그러진 럭키 스트라이크를 한 갑 꺼내더니 피우라고 눈짓했다. 그녀는 비틀어진 담배 한 대를 뽑아 조용히 그것을 펴고 본디의 모양대로 만들기 위해 손가락 사이에서 굴리다가 손톱으로 가볍게 톡톡 쳤다. 이 자그마한 작업이 그녀의 주의력을 완전히 빼앗았다. 두 사람의 사나이는 그녀를 가만히 바라보고 있었다. 겨우 그녀는 담배를 입술로 가지고 갔다. 총경이 군용 라이터로 불을 붙여 주었다. 마틴 로마가 한 병의 스카치 위스키와 잔을 가지고 왔다. 그는 그것을 잔에 3분의 1쯤 따르다가 이빨 사이로 앗차 하고 말했다. 소다수를 잊었던 것이다. 히르데갈데는 말했다.

"괜찮아요. 늘 스트레이트인걸요."

그렇게 말하고 나서 그녀는 곧 후회했다. 틀림없이 사람들은 자기를 주정뱅이로 여기겠지. 그러면서도 그녀는 잔을 들어 단숨에 들이켰다. 한참 동안 그녀는 아무것도 느끼지 못했다. 그런데 잠시 후에 기적이 일어났다. 기분좋은 따스함이 그녀 속으로 들어와서 그녀를 감싸고 거기에 빠지게 하더니, 손톱 끝까지 내려갔다가 다시 심장으로 거슬러 올라와서 그 고동을 빠르게 했다. 그 사이에 그녀의 사고력은 다시 명확해져, 그녀의 지성은 상실된 시간을 되찾기 위해서 작용하기 시작했다. 가까스로 비상 벨이 울려서 그녀에게 방위태세를 취하게 한 것이었다. 상대는 그것을 몰랐지만 그녀는 그들이 준 이러한 자그마한 휴식을 이용해서 유도 신문을 간파하여 답변을 준비할 수 있었다.

휴식은 오래 계속되지는 않았다.

"기분이 좋아졌습니까, 리치몬드 부인?"

가볍게 끄덕여서, 그녀는 아마 괜찮을 것이라고 알렸다.

"우리들의 질문에 대답할 수 있겠습니까?"

그녀는 다시 끄덕였다.

"결혼하신 것은 언제입니까, 리치몬드 부인?"

"몇 개월 전입니다."

"정확하게 말해서 언제입니까?"

"그것이 정확하게는 모르겠어요. 6월이나 7월이었다고 생각됩니다. 확실하게는 말할 수 없지만,"

"그것 참 이상하군요. 새색시치고는 그렇지 않습니까?"

"바다 위에서의 일이었으니까요. 그리고 오래 전부터 항해하고 있었습니다. 내가 정확히 기억하지 못하는 것은 당연하다고 생각해요."

"그게 여름 휴가의 좋은 점일까요?"

그러나 그녀는 총경이 막연하게 자기를 믿게 하기 위해서 그렇게 말한 것으로 생각했다. 그리고 그 증거를 보려고 느닷없이 그에게 물었다.

"총경님, 당신은 언제 결혼하셨어요?"

"1928년 4월 4일입니다. 하루 종일 비가 왔는데 3시에서 5시까지, 마침 사진을 찍는 동안은 비가 그쳤습니다."

히르데는 얼굴을 숙였다. 이런 대답을 시켜 볼 것도 없이 그는 한 점을 따놓고 있었다.

"리치몬드 씨와는 어떻게 알게 되었습니까?"

"간호사 모집을 하고 있던 어느 의사회에서입니다. 거기서 배로 파견되었습니다."

"리치몬드 씨의 재산에 대해서 알고 계셨습니까?"

"아니오, 하지만 알게 되는데 별로 오랜 시간은 걸리지 않았어요."

"왜 요트에서 이 집까지 주인의 시체를 옮겨 왔습니까?"

히르데는 상대를 보았다. 말투도 변하지 않고 있었다. 총경은 이 질문을 마치 아무 일도 아닌 것처럼 한번 던져보는 식으로 말했다. 그러나 그의 작고 날카로운 눈은 그녀한테서 떨어지지 않았다. 그리고 부드럽게 재촉했다.

"묻고 있는 겁니다."

"대답하고 싶지 않아요."

그녀는 상대가 곧 다그쳐 들 줄 알았다. 그러나 그는 미소지었을 뿐이었다.

"전에도 결혼하신 일이 있습니까?"

"아니오."

"아이는?"

"없어요."

그녀는 이 질문의 뜻을 전혀 알 수 없었다. 그저 그녀를 어리둥절하게 하기 위해서 물었을까, 아니면 사건과는 다른 이런 사소한 점도 그에게는 중요한 것일까.

"주인의 시체를 어떻게 할 작정이었습니까?"

"모르겠어요."

"이상하군요. 그렇게 생각되지 않습니까, 리치몬드 부인? 그만한 위험을 무릅쓰고 시체를 이리로 옮겼으면서도, 사전에 그 처리를 생각하지도 않고 확실한 계획도 없었다는 것이?"

그녀는 이번에는 자기 쪽에서 미소지으려고 애를 썼다.

"그가 죽어 있다는 것을 배 위에서는 아무도 몰랐습니까? 대답 안 하시는군요. 아무튼 좋습니다. 내 질문이 말초적인지도 모르지요. 선원 전부를 매수할 수도 없었을 것이고, 게다가 어느 배에나 경찰과는 사이가 좋지 않은 친구들이 있으니 그들이 조금만 협력해 주어도…… 우리들 쪽에서는 그렇게 말하자면 관대한 처분을 해 줄 수 있소. 그러나 아무도 우리들한테 연락을 안한 것을 보면, 아무도 몰랐던 모양이군요. 그렇다면 당신은 유례없이 냉정한, 멋진 연기자라는 것입니다. 왜냐하면 당신의 주인은 몹시 남의 눈에 띄는 분이거든요. 그러니 죽은 것을 숨긴다는 것은…… 그런데 정확하게는 언제입니까?"
"나는 아직 아무 말도 안했어요."
"하지만 오늘 밤 경찰의가 가르쳐 주겠지요. 아무튼 수많은 구경꾼 모두를 죽은 사람으로 보기좋게 한방 먹인다는 것은 보통 여자로서는 할 수 없는 일입니다. 그건 당신도 인정하시겠지요. 만약에 그 운전 기사가 적극적인 행동을 취하여 우리들에게 급히 신고하지 않았더라면 아무한테서도 의심을 받지 않고 당신의 계획은 성공했을 것입니다. 그런데 아직도 그 계획을 우리들한테 이야기해 줄 수 없습니까?"
그녀는 고개를 저었다. 그리고 짧아진 담배가 손가락을 지지게 된 것을 깨닫고 재떨이에 비벼 껐다.
"당신 자신의 재산을 가지고 계십니까, 리치몬드 부인?"
"전혀."
"당신은 몇 살입니까?"
"34세입니다."
"미국 사람입니까?"
"아뇨, 독일 사람이에요."
"훌륭하십니다, 영어가 그토록 유창하시니. 전에 미국에 온 적이 있습니까?"
"아뇨, 이번이 처음입니다."
"왜 주인을 죽였습니까?"
히르데갈데는 어처구니가 없다는 듯이 상대를 보았다. 잘못 들었다고 여겼다. 그런 뒤에 짧게 단숨에 숨을 몰아쉬고는 외쳤다.

"절대 내가 죽인 건 아니에요, 맹세해요, 내가 죽이지는 않았어요."

총경은 앉으라고 눈짓했다.

"흥분하지 마시오, 리치몬드 부인. 이 질문은 그저 문득 나온 것일 뿐입니다. 의사의 보고가 있기까지는 당신의 주인이 타살인지 아닌지 아무도 말할 수 없으니까요."

그리고 밝게 웃는 얼굴로 덧붙였다.

"이치를 따져봐도 그렇습니다. 틀립니까?"

히르데갈데는 다시 앉아서 겨우 침착을 되찾았다. 그리고 상대의 얼굴을 보지 않고 선언했다.

"변호사 앞이 아니면 이 이상은 말하지 않겠어요."

그러자 스탈링 케인은 연필을 호주머니 속에 넣고, 조금 전에 꺼냈던 담뱃갑에서 담배를 한 대 뽑아 물고 라이터로 불을 붙인 다음 마지막으로 히르데에게 말했다.

"그건 당신의 권리입니다. 그것을 행사하는 것은 좋습니다. 저마다의 직업이니까요, 그렇지요? 그러므로 나는 나의 직업상, 당신이 변호사를 필요로 한다면 그것은 당신이 한 일이 말하기 거북한 일이라고 생각하게 되는 셈입니다."

"나는 그 분을 죽이지 않았어요."

"당신은 안 믿는 모양이지만, 어쩌면 침대 속에서 병으로 죽었는지도 모릅니다. 그러나 그렇다면 침대 위에 그대로 두지 않았던 것이 잘못입니다."

그렇게 말한 그는 선뜻 일어서서 다시는 돌아보지도 않고 방을 나갔다.

이 신문을 하는 동안 처음부터 끝까지 한 마디도 말하지 않고 있던 두 사람이 히르데에게 다가와서 따라오라고 눈짓했다. 본능적으로 그녀는 뒷걸음질을 쳤다. 그녀에게 연민을 느끼고 있는 것 같던 마틴 로마가 말했다.

"저 쪽에서 자는 편이 그래도 편합니다. 적어도 신문기자들 등쌀을 피할 수는 있을테니까요."

어느 편이건 그녀에게 선택의 자유는 없었다. 두 사람은 양쪽에서 그녀의 팔을 잡았다. 그녀는 무례하다고 생각했으나 반항할 기운은 없었다. 그리고 그들이 문을 열었을 때, 왜 팔을 잡혔는가를 알았다. 고용인들은 모두 구경거리가 난 듯이 일을 팽개치고 홀에 모여 있었다. 현관을 향해 그들을 헤치고 지나가는 동안, 히르데의 귀에는 한 번도 들어 보지 못한 하녀들의 거침없는 욕지거리가 들렸다. 운전 기사는 비웃는 듯한 모습으로 지나가는 그녀를 보고 있었다. 이런 때에 버네스가 모습을 보이지 않은 것은 고마웠다. 그러나 고용인들의 수군거림은 바깥에서 대기하고 있는 구경꾼들에 비하면 아무것도 아니었다. 뉴스는 도화선에 불이 붙은 화약처럼 폭발한 모양이다. 칼 리치몬드의 집은 주택가에 있었는데도 불구하고 지금은 거기에 엄청나게 많은 사람들이 몰려들어 어떻게 된 영문인지도 모르면서 뭔가 구경거리를 기다리고 있었다. 젊은 사람들은 쇠창살에 기어올라 정원의 나무 사이로 뭔가를 찾아보려 하고 있었다. 애들은 기다리다 지쳐서 투덜거렸고, 연인들은 군중 속에서 도리어 단둘이 붙어 있게 된 것을 요행으로 그 기회를 마음껏 활용하고 있었다. 한편 여자들은 아무렇게나 마구 지껄여 대며 이야기를 만들어 내고, 자기들 나름의 공상에 따라 욕지거리를 퍼부으며 무기력하고 순진한 군중들의 중심이 되어 있었다.

히르데갈데가 나타났을 때, 그녀에 딸린 두 사람의 호위병은 분명히 헛된 존재는 아니었다. 군중은 당장 이것이야말로 구경거리인 것을 바로 깨닫고, 또 그다지 오래가지 않는다는 것도 알아차렸다. 마치 밀물처럼 몰려들어 맨 앞줄의 사람들이 두 남자와 한 여자를 둘러 쌌다. 세 사람을 둘러싼 얼굴의 물결에는 얼마쯤의 시시한 호기심과 음산한 권태가 보였다. 모든 시선이 히르데갈데에게로 쏠렸다. 한순간 숨막히는 침묵이 흘렀다. 그러자 한 여자가 어린애를 추켜들더니 그 아이한테 말했다. 그러나 그것은 군중을 향해서 하는 말이었다.

"보세요, 돈 때문에 남편을 죽이는 여자가 어떤 꼴을 하고 있는지."

그것이 신호가 되었다. 뒤쪽의 아무것도 보이지 않는 곳에서 고함소리가 터져 나왔다. 주먹이 휘둘러졌다. 서민의 증오, 일상생활 속에서 축적되어 대상을 찾지 못해 멈추어 있던 증오가 미끼를 보고 달려든 것이다. 협박적인 얼굴과 추켜든 주먹은 히르데갈데의 주위에만 있는 것이 아니었다. 모든 사람이, 그녀가 보지도 못했고 앞으로도 절대로 만날 수 없는 모든 사람이 갑자기 그녀에 대한 증오로 하나가 되어서 협동했다. 두 사람의 경찰관은 히르데갈데를 감싸듯이 하여 그녀의 방패가 되었다. 경찰의 검은 리무진에서 억세게 생긴 경관 두 사람이 내려와서 경찰봉을 휘두르면서 히르데갈데와 그녀의 두 호위병의 앞길을 트기 시작했다. 그 경관이 미처 다가오기 전에 히르데는 맨 앞줄에 있던 한 여자에게 핸드백으로 힘껏 한 대 얻어맞았다. 그 여자는 눈을 부릅뜨고 그녀의 얼굴을 똑바로 보면서 소리질렀다.

"이 화냥년아. 이제 알겠니!"

그 사나운 여자는 마치 몇 년이나 전부터 참고 참았던 개인적인 복수를 이제야 하고 말았다는 듯한 기세였다. 깜짝 놀란 히르데갈데는 사건의 새로운 양상을 전혀 이해할 수가 없었다. 방금 자기를 마구 추궁했으며, 그것을 내일도 모레도 그 뒤에도 날마다 그들이 만족할 만한 해결의 실마리가 발견될 때까지 계속할 그 사나이들이 지금은 그녀의 가장 믿음직한 편이 되어 있었다. 그들이 보호를 하고, 그 널찍한 어깨가 자진해서 그녀 대신 주먹 세례를 받아 주지 않았다면, 그녀는 어쩔 수 없이 적의에 찬 군중들을 너무 기다리게 했다는 이유만으로 린치를 당했을 것이 틀림없었다. 두 사람의 거인 같은 경관이 진지를 넓혔다. 그들의 제복과 완강한 체구와 경찰봉, 그리고 동시에 완고하고 난폭한 황소 같은 모습이 군중의 찬양을 받으며 그들을 정복하고 진압하고 매혹했다. 틀림없이 좀 더 시간을 주었더라면, 군중은 그들을 개선장군으로 만들었을 것이다. 두 개의 그룹이 마주쳤다. 네 남자에게 둘러싸인 히르데는 이제 쥐어박히지 않게 되었으며, 오직 욕지거리가 조금 날아들었을 뿐이었다. 군중의 흥미는 이미 그녀에게서 떠나 미국 남성의 훌륭한 대표인 네 사람에게로 옮겨갔던 것이다. 자동차의 문이 열렸다. 몸을 떨면서 차 안으로 들어가자 그녀의 마음은 기사들에 대한 감사로 가득찼다. 그러나 기사들은 이제 그녀를 거들떠보지도 않았다. 지겨운 일이 끝난 것이다. 그들은 차 한 구석에 히르데갈데와 나란히 앉았다. 그리고 차는 달리기 시작했다. 마틴 로마가 말했다.

"록키 마시아노의 선수권에 도전한 것은 누구였지?"

이튿날 신문이 다시 시작되었다. 스탈링 케인은 특수한 분위기를 가진 그의 홈그라운드에서 책상에 앉아 지시를 하고 있었다. 히르데갈데는 끌려갔을 때 곧 그 분위기를 느꼈다. 사태는 진전되고 있었다. 그리고 표면적으로는 그녀에게 불리했다. 조사는 그녀 이외의 곳에서 이미 시작되고 있었다. 지칠대로 지쳐 온 신경을 죄다 써버린 그녀가 잠들어 있는 동안에 다른 사람들은 끈질기게 수수께끼의 조각을 주워 모은 것이 틀림없었다. 그들은 그 수수께끼에 그녀가 해결의 열쇠를 넘겨 주기를 기다리고 있는 것이었다. 처음 보는 얼굴이 몇 사람이나 그녀를 유심히 바라보았다. 별로 적의는 보이지 않았으나 대신 어둡고 냉정한 눈빛이었다. 그녀는 지뢰가 부설된 것을 느꼈지만, 그것에 어떻게 다가가야 할지 몰랐다. 뉴욕에는 전혀 아는 사람이 없는 그녀는 관선 변호인을 승낙했다. 모두들 그가 오는 것을 기다리고 있겠지. 그러나 그녀는 안톤 콜프를 만나서 앞으로의 태도를 결정할 때까지는 변호사에게 아무 말도 안할 작정이었다. 이번 사건에서 두 사람은 공범이었으며, 그는 당장 그녀를 여기서 끌어 낼 만한 수단을 충분히 가지고 있을 것이다. 틀림없이 보석금이 필요할지도 모른다. 그러나 그런 때에도 그는 그녀의 보증인이 되어 줄 것이다. 그가 도착할 때까지 독을 품은 질문의 화살을 교묘하게 피하기만 하면 되는 것이다. 스탈링 케인의 책상에는 사진이 몇 장 든 액자가 놓여 있었다. 그 사진을 보고 싶다는 욕망이 그녀를 사로잡았다. 틀림없이 그의 아내와 자식들일 것이다. 어쩌면 손자도 들어 있을지 모른다. 그의 사생활을 둘러싸고 있는 사람들의 얼굴을 보게 된다면 그에 대해서 알고 싶은 모든 것을 알 수 있을 것만 같았다. 그러나 의자에서 일어나서 책상으로 몸을 내밀 용기는 그녀에게 없었다.

문이 또 열리고 우아한 사나이가 하나 들어왔다. 총경과 악수를 하고 다른 사람들과는 동료와 같은 태도로 인사했다. 그리고는 그녀의 옆에 와서 앉았다.

"걱정 마십시오, 내가 당신의 변호사입니다."

그렇게 말했을 뿐, 그는 그녀로부터 눈을 떼고 자기 가방 쪽에만 주의를 기울이고 있었다. 그는 거기서 산더미 같은 서류를 꺼내더니 마치 자기 사무실에 있는 것처럼 그것을 조사하기 시작했다. 히르데갈데는 그가 오기 전보다 더 고독해졌다. 그녀는 경찰에서의 신문이 이런 너절한 분위기 속에서 행해질 줄은 꿈에도 생각하지 못했었다. 사람이 연신 들락거리는 속에서, 더구나 줄곧 전화 벨소리에 방해를 받는다. 도대체 전화가 무슨 상관이 있는 것일까. 그리고 그녀의 변호사라고 자칭하는 이 사나이는 도대체 무엇 때문에 와 있는 것일까? 소란 속에서 그녀가 모르는 한 경감이 물었다.

"당신의 성명과 연령, 신분은?"

그녀는 상대를 바라보며 이 새로운 얼굴은 또 무엇을 하러 와 있을까, 하고 생각했다. 변호사가 그녀 쪽으로 몸을 기울이고 충고했다.

"대답하십시오, 형식적인 것입니다. 이미 당신의 가족 수첩과 그 내용은 조사가 끝났으니까요."

그러나 경계심으로 가득찬 히르데갈데는 무슨 일이 있어도 마에나라는 성은 입 밖에 내지 않으려고 마음먹고 있었다. 그렇지 않으면 결국은 양녀 입적과 결혼의 이유를 밝혀야만 한다. 함부르크는 먼 곳에 있고 또한 치열한 폭격 뒤이므로 조사는 거의 불가능할 것이다.

"대답하십시오"

변호사가 권했다.

"히르데갈데 리치몬드, 34살. 칼 리치몬드의 미망인입니다."

놀랍게도 상대는 그 이상 아무런 질문도 하지 않았다. 한 사람의 경관이 아주 예의바르게 그녀의 지문을 용지에 채취하고는 이것은 다만 형식적인 것이라면서 그녀를 안심시켰다. 히르데갈데는 자신이 바보가 아니며 또한 용기가 있다는 것도 이미 보여 주었으나 이런 사소한 일의 연속과 사람들의 짐작할 수 없는 행동과 출입, 그리고 차례차례로 바뀌는 새 얼굴들에 완전히 어리둥절해지고 말았다. 이 사건을 담당한 스탈링 케인 자신도 그녀를 외면하는가 하면 별안간 질문을 하고, 또 다른 일을 시작하는가 하면 잠시 후 그녀의 사건으로 되돌아와 다시 질문을 내던지는 식이었다. 그런 일이 모두 히르데를 얼떨떨하게 했으며, 그녀를 요령부득으로 만들어 불안케 했다.

시간이 흘렀다. 사무실 안의 사람들은 정력적으로 일에 몰두하고 있었다. 누구나가 자기가 하고 있는 일을 잘 알고 있는 것 같이 보였다. 그리고 그런 속에서 그녀는 꾸어 온 보릿자루처럼 신문당하기만을 기다리고 있는 것이었다. 하나의 수단인지도 모른다. 그녀로부터 모든 저항력을 빼앗으려는 수단이었는지도 모른다. 이렇게 해서 그녀의 신경이 다시 막바지까지 끌려가 처음의 막연한 불안이 드디어 광란으로까지 변했을 때, 비로소 사무실은 방해자들이 나가 그럭저럭 조용해졌다. 전화도 조용해져 있었다. 스탈링 케인이 다시 중심인물이 되어 그 지배력과 엄숙함을 되찾았다. 그는 고도의 지성 같은 것은 아예 볼 수도 없고, 오직 인습 속에서 살아옴으로써 상상력이 전혀 없어진 성실한 공무원으로 돌아와 있었다. 창문 앞에 놓인 책상에서 한 사나이가 타이프라이터에 새 종이를 끼웠다. 서기 역할을 하기 위해서인 것 같았다. 변호사는 자료를 정리하고 힐끗 시계를 보고 나서 기다리고 있었다. 창 밖의 먼 곳에서 한 여자가 세탁물을 말리고 있었다. 그것을 본 것은 히르데갈데뿐이었다. 총경이 말하기 시작했다.

"리치몬드 부인. 왜 당신은 늙은 부자와 결혼했습니까?"

"이의 있습니다."

변호사가 가로막았다.

"저, 부탁드릴 일이 있습니다."

그렇게 말하다가 히르데갈데는 거북한 듯이 망설였다. 그녀가 질서를 깨뜨렸으므로 누구나가 그녀를 바라보고 있었기 때문이었다. 그녀는 변호사를 돌아보았다.

"죄송합니다만, 그리고 틀림없이 제가 잘못된 일이겠지만, 변호해 주시는 분이 없는 편이 좋겠어요. 적어도 당분간은."

동요의 순간이 지나자 변호사는 기분이 상하여 벌떡 일어섰다.

"나는 그저 당신을 돕기 위해 왔습니다. 틀림없이 나중에는 깨닫게 될 것입니다. 솔직히 말해 후회하지 않게 되기를 바랍니다."
그리고 모두에게 가볍게 인사하고는 나가 버렸다. 약간 술렁거렸다. 히르데는 설명하는 편이 좋겠다고 생각했다.
"그분이 계시니까 어쩐지 거북스러워서⋯⋯."
서기가 몸을 돌리고 신기한 듯이 그녀를 바라보았다.
"리치몬드 부인, 당신은 어제 주인과 알게 된 것은 어느 의사회의 소개에 의해 간호사로서 배에 보내졌다고 분명히 그렇게 말했지요?"
"그래요."
"그 전에는 주인을 몰랐던가요?"
"네"
"배에 닿자 아버지와 만나게 된 기적적인 우연을 어떻게 설명하겠습니까?"
"모르겠어요, 하시는 말씀을."
"하지만 나의 질문은 분명합니다. 당신은 분명히 안톤 콜프의 딸이지요?"
"네."
"그런데 그가 그 배에 타고 있는 것을 몰랐던가요?"
"네."
"이상하군요. 그렇게 생각되지 않습니까? 그리고 칼 리치몬드에게는 직접적인 상속인이 한 사람도 없으므로 만약에 그와 결혼하면 그 재산이 모두 자기 것이 된다는 것은 알고 있었나요?"
"당신의 질문은 잘못되어 있어요. 내가 미리 계획을 세운 것처럼 말씀하시는데 그런 일은 전혀 없었어요."
"미묘한 점은 뒤로 미룹시다, 리치몬드 부인. 지금은 다만 사실을 확인하는 것뿐입니다. 내 질문에 대한 답변으로 사건의 줄거리를 잡고 싶은 것뿐입니다. 배에 처음 탔을 때는 어떤 이름을 사용했습니까?"

"그런 것을 왜 묻지요?"

"어떻게 대답하는지 알기 위해서입니다. 미리 말해 두지만, 변호사가 없기 때문에 당신의 답변은 모두 기록되어서 거기에 서명을 받게 되오. 그리고 우리는 다시 그것을 검토합니다. 따라서 교묘하게 얼버무리려는 것은 아무런 소득이 없어요. 자아, 어떤 이름으로 배에 탔지요?"

"마에나. 히르데갈데 마에나."

"고맙습니다, 리치몬드 부인."

"언제 아버지를 만나게 될까요?"

"아마 곧 만나게 될 것입니다. 그의 집에 가 보았으나 돌아온 흔적이 없어요. 곧바로 플로리다로 날아간 것 같습니다. 그건 알고 있었나요?"

"그렇게 빨리 떠나리라고는 생각지 못했어요."

스탈링 케인은 잠깐 그녀를 찬찬히 바라본 뒤에 다시 계속했다.

"그러나 곧 돌아옵니다. 최초의 기항지에서 비행기를 갈아타고."

"그럼, 곧 만나게 되겠군요?"

"물론이지요. 그런데 그토록 아버지에게 애정을 가지는 것이 이상하군요. 34년 동안 거의 만나지 않았는데."

"전쟁으로 뿔뿔이 헤어졌던 거에요."

"하지만 전쟁이 시작된 것은 39년입니다."

"담배 하나 주세요."

무엇 때문에 있는지 알 수 없는 낯선 사나이 하나가 그녀에게 담배를 꺼내 주고 불을 붙여 주었다.

"남편은 건강하셨습니까?"

"네, 내가 보기에는."
"반신불수 외에 다른 병은 없었나요?"
"없었다고 생각해요. 하긴 내가 처음 만났을 때는 눈에 종기가 나 있었지만."
"아니, 그건 아무것도 아니었습니다, 리치몬드 부인. 다만 엄살이 심한 노인이어서 지나치게 떠들어댄 것뿐입니다."
히르데갈데는 대답하지 않았다.
"남편의 유서 내용에 대해서는 알고 계셨습니까?"
"아니오."
"주인과 거기에 대해서 이야기를 한 적이 있었나요?"
"한 번도."
"당신과 아버지의 관계는?"
"보통이었어요. 그건 무슨 뜻이지요?"
"아니, 그저 자그마한 호기심입니다. 그러나 그토록 오랜 세월이 흐른 뒤에 갑자기 만나게 된다는 것은 매우 이상한 일이군요. 서로 어떤 심정이었는지 한번 물어보고 싶어지기도 합니다."
젊은 여자는 대답하지 않았다.
"그럼 묻겠는데, 리치몬드 부인. 아버지가 배에 있는 것을 몰랐는데 왜 가명을 썼지요?"
히르데갈데는 창백해져서 짜증스럽게 담배를 피웠다.
"전혀 우연이었겠지요. 그러나 틀림없는 사실을 말하는 것이 좋습니다. 그렇지 않으면 나의 상상력이 당신에게는 매우 불리한 결론을 끌어낼지도 모릅니다. 칼 리치몬드와 알게 되었을 때, 곧 결혼할 결심을 굳혔나요?"
"결심을 하는 것은 내 쪽이 아니었어요."
"무슨 말을 하는 거요. 당신같이 아름답고 젊은 여자가 남자 한 사람을 농락하기는 간단하지 않소? 특히 상대는 늙은이인데."
"남편은 형편없는 늙은이는 아니었어요. 그 분은 스스로 결정한 일만 하고, 또한 아무도 그 분의 의견을 바꿀 수는 없었어요."
"그야 그렇겠지요. 상당히 까다로웠지요?"
"그런 불평을 할 생각은 없지만……."
"불평을 하지 않는 사람은 당신뿐일 겁니다. 주위 사람들에게는 참을 수 없는 일이었다고 하더군요."
"나한테는 그런 건 문제가 아니었어요."
"물론 그렇겠지요. 하지만 그것은, 말하자면 그가 질이 나쁜 견디기 힘드는 인간이었다는 증명은 되는군요."
"장점도 있었어요."
"물론 그렇겠지요. 당신 남편은 늙은 부자였습니다. 야심적인 젊은 부인에게는 훌륭한 장점이지요."
"남편은 아직 오래 살 수 있었을지도 몰라요."
"그럼 왜 죽었나요?"
"그건 모르겠어요."
"당신의 신중함은 매우 이상하군요. 여기에 오고나서 지금까지 당신은 경찰의 보고결과를 한 번도 묻지 않았소"
히르데갈데는 담뱃불을 껐다.
"그분이 어떻게 돌아가셨건 그게 나하고는 무슨 상관이 있나요?"
"이건 작은 일이지만 말입니다, 리치몬드 부인. 그러나 그것에 상대되는 가치는 있어요. 주인은 타살입니다."
"왜 그걸 나한테 말하지요?"
"이상하군요, 그런 대답도. 그렇게 생각되지 않습니까?"
히르데갈데는 폭약이 터진 것을 직감했다. 그러나 그것과 자기와 어떤 연관성이 있는지는 전혀 알 수 없었다. 아무도 말을 해 주지 않앉다. 타이프라이터 소리도 멎었다. 창밖에 있던 여자의 모습은 사라지고 세탁물만이 바람에 나부끼고 있었다. 가까스로 조금 마음이 가라앉아 그녀는 자기 쪽에서 물을 수 있게 되었다.

"타살이라니, 어떻게? 그리고 누구에요, 죽인 사람은?"

"그 대답을 위해서는 우리들보다도 당신이 더 여러 가지 일을 잘 알고 있을 텐데요."

"몰라요."

"당신 생각으로는 리치몬드 씨가 죽음으로써 득을 보는 사람은 누굴까요?"

"하지만 그건 이치가 맞지 않아요. 나는 그 분이 죽었다고 해서 조금도 득될 일은 없어요. 살아 있는 동안에 모든 것이 손에 들어와 있었으니까."

"모든 것이? 정말인가요?"

"이제 아시겠지요? 그분을 알기 전까지 나는 가난했어요. 그 분이 결혼해 줌으로써 부자가 된 거에요. 그 이상 무엇을 바라겠어요?"

"당신 말은 모순투성이오. 당신은 그와 결혼한 것이 재산 때문이라고 단호하게 잘라 말하고 있군요. 그것으로 욕심이 많은 계산 빠른 사람이라는 것을 알 수 있어요. 한편 당신은 아직 34살이오. 더구나 아름답고 매력적이오. 돈 많고 자유로운 여자에게는 인생은 셀 수 없을 만큼 많은 매력적인 유혹의 손을 뻗칠 것입니다. 그리고 그것을 늙은 남편은 허락해 주지 않을 것이 뻔합니다."

"하지만 갓 결혼해서 곧 남편을 죽일 만큼 내가 바보라고 생각하시나요?"

"분명히 정상 참작의 여지는 있습니다. 남편의 심한 성격은 소문나 있었으니까."

"무서운 오해에요. 아무튼 나는 관련이 없어요. 믿어 주세요."

지푸라기 여자

"그렇겠지요. 암, 그렇고 말고요. 그러나 그렇다면 왜 배에서 집까지 굉장한 위험을 무릅쓰고 죽은 남편을 옮겼나요? 그걸 말해보시오."

"그 질문에는 대답할 수 없어요."

"하지만 언젠가는 대답하게 될 겁니다."

"남편이 어떻게 살해되었는지 말씀해 주시겠어요?"

"독살입니다. 그것이 부인들이 잘 쓰는 수단이라는 것은 인정하겠지요?"

"거짓말이에요, 그건……."

"유감스럽게도 경찰의의 보고는 확정적입니다. 의사는 시간까지 정확하게 밝히고 있습니다. 그것도 당신의 흥미를 끌 수 있다고 생각되는데. 죽은 것은 금요일 밤 오전 3시와 5시 사이입니다. 그로부터 판단해서, 독약을 먹인 것은 밤 9시와 10시 사이가 됩니다. 그 시간에 당신은 어디에 있었나요, 리치몬드 부인?"

"내가 아니에요, 내가 죽인 게……."

"내 질문에 대답만 해 주시오. 금요일 밤 9시부터 10시 사이에 어디에 있었지요?"

기진맥진하여 그녀는 대답했다.

"그 분과 함께, 그분의 선실에 있었어요."

"당신과 함께 있는 동안 남편은 밖에서 가지고 온 무엇을 먹거나 마시거나 했나요?"

"모르겠어요, 생각이 나지 않아요."

"잘 생각해 보시오. 독약을 넣은 음식이 주방에서 날라져 왔다는 것도 생각할 수 있으니까요."

"그 이야기는 모두 악몽이에요."

"하지만 불행하게도 당신은 그 악몽 속에 휘말려 들었어요. 더구나 상당히 불리한 처지에 놓여 있어요. 나는 당신을 돕고 싶소. 그러나 그 방법을 당신이 내게 주지 않으면 안 되오. 그 금요일에 당신은 무엇을 먹거나 마시거나 했나요?"

"그런 것 같아요. 나는 밤마다 그분의 선실로 갔어요. 트럼프를 했지요. 언제나 자메이카 인 하인이 포도주와 비스킷을 가지고 왔어요. 때로는 홍차일 때도 있었어요."

"그날 밤도 왔었나요?"

"분명히 온 것으로 생각해요."

"그래서 당신은 무엇을 마셨나요?"

"포도주, 포트의 일종이었어요."

"어떤 맛이었나요?"

"별로 마음에 들지는 않았어요."

"그럼 과자는?"

"여느 때와 같았어요. 별다른 것은 없었어요."

"그럼 당신도 먹고 마시고 한 셈이군요. 남편과 마찬가지로?"

"날마다 그렇게 했어요. 지금 말한대로."

"네, 그러나 그날 밤은 그걸 먹고 죽었어요. 그런데 당신에게는 아무 이상이 없는 것을 보면, 독약이 밖에서 들어온 것은 아니라고 결론지을 수밖에 없소. 어떻습니까, 리치몬드 부인. 이제 슬슬 자백할 때가 왔다고 생각하지 않습니까?"

그러나 히르데갈데는 대답하지 않았다. 그녀의 몸은 조용히 의자에서 미끄러져 얼굴을 바닥에 댄 채 정신을 잃고 있었다.

24시간 뒤, 안톤 콜프는 비행기에서 내리는 길로 곧장 당국에 출두했다. 스탈링 케인은 그를 사무실에서 맞아 당장 신문을 시작했다.

"콜프 씨 당신은 1934년부터 리치몬드 씨에게 고용되었습니다. 뭔

지푸라기 여자 155

헨 회의 때 그에게 고용되었소, 그렇지요?"

"그렇습니다."

"따님과의 연락은 어떻게 하고 있었나요?"

"우연입니다. 간호사를 한 사람 구하려고 몇 군데의 소개소에 부탁했는데, 그 애가 배로 왔습니다. 나는 한참 동안은 마에나 양이 내 딸이라는 것을 모르고 있었어요. 신문 소설이라도 아니고서는 그런 이야기는 통하지 않거든요."

"그럼 언제 딸이라는 것을 알았습니까?"

"결혼할 때입니다. 필요한 서류를 꾸민 것은 납니다. 정식 결혼을 위한 서류가 필요했기 때문에, 그때 비로소 마에나 양이 실은 콜프라는 성을 가진 것을 알았습니다. 그리고 그것은 우연의 일치가 아니었습니다."

"그래서 어떻게 했나요?"

"그녀에게는 로맨틱한 데라고는 조금도 없었습니다. 이건 나도 인정하지 않을 수 없어요. 나도 사람이니까, 젊었을 때는 별로 큰소리 칠 수 없는 일을 저지르기도 했었지요. 그 애는 그런 여자 중의 하나에게서 태어났습니다. 나는 알고는 있었으나 거의 돌보아 주지 않았지요. 첫째, 그애의 어머니와 곧 헤어지고 말았거든요. 그 뒤 칼 리치몬드 씨를 만났고, 그 때문에 나의 생활은 완전히 만족할 만큼 되었습니다. 그래서 그 애의 일도 전혀 머리에 남지 않았던 것입니다."

"잘 알겠습니다. 그러나 나한테 흥미가 있는 것은 그 사람을 발견했을 때의 당신의 태도입니다."

"감동했다기보다 오히려 놀라웠습니다. 그리고 저만큼 매력적이며 머리가 좋은 여자의 아버지라는 것이 나쁜 기분은 아니었지요. 그래서 그 애를 소중히 했습니다. 물론 감상적인 생각에서가 아니라,

말하자면 이기적인 연배의 남자로서 말입니다."
"따님은 어떤 이유로 가명을 써서 당신의 주인한테 왔는지 말했습니까?"
"말하지 않을 수 없었지요. 그리고 이건 당신한테 말하더라도 딸을 배반하는 일은 아니라고 생각하지만, 그런 짓을 하게 된 것도 실은 나의 책임입니다. 그녀는 전쟁으로 너무나도 시달린 나라에서 젊은 때를 보냈습니다. 앞날에 희망이 없는 생활에서 도피하려는 수단을 찾아 내려고 했다고 해서 아무도 그것을 비난할 수는 없습니다. 나쁜 것은 납니다."
"계속하십시오, 콜프 씨."
"히르데갈데는 다른 몇천 명의 여자들이 하고 있는 짓을 했을 뿐입니다. 그 애는 금 방석을 노렸어요. 본디 머리가 좋고 야심이 많은 애입니다. 어지간한 재산은 문제삼지도 않았지요. 그런데 칼 리치몬드는 두 가지 점에서 그녀의 눈에 들었습니다. 첫째로 그 재산, 둘째로 내가 그의 비서를 하고 있었기 때문입니다. 그애는 우선 자기의 본 이름과 계획을 밝히기 전에 나를 연구하려고 했습니다. 그러나 사실을 밝힌 이상, 그것에 찬성하고 되도록 도와 주고 싶어졌습니다. 그건 내가 옛날 돌보아 주지 않은 데 대한 보상으로서도 당연했습니다."
"그 음모는 매우 훌륭합니다. 그러나 콜프 씨, 리치몬드 씨에게도 생각이 있었겠지요. 당신 이야기를 듣자하니 마치 당신들 두 사람은 시장의 싸구려 물건이라도 팔고 사듯이 리치몬드 씨를 가지고 놀았군요."
"그것은 바로 그 사람이 주위 사람들을 대하는 태도 때문이었습니다. 따라서 그 앙갚음을 한다는 것이 그다지 나쁜 기분은 아니었지요."

"리치몬드 씨는 느지막이 만난 부녀의 관계를 알고 있었나요?"

"물론 몰랐다고 생각합니다. 이런 종류의 연극 비슷한 이야기는 조심성이 많은 노인에게는 나쁜 효과밖에는 주지 않는 것이므로……."

"그다지 조심성 있는 것도 아니잖습니까? 어디의 누군지도 모르는 여자와 결혼하고 더구나 그 여자의 신원에 대해서 한방 얻어맞고 있었으니!"

"그러나 사실을 모두 말했다가는 아무한테도, 아니, 그 사람을 위해서도 별로 좋은 일이 못 되기 때문이었지요."

"그래서 당신은 따님의 매니저가 되었군요?"

"그건, 이번 일을 스포츠 경기라도 보는 듯한 눈으로 보는 것은 적합하지 않다고 생각합니다. 딸은 영리하고 아름다웠기 때문에 충분히 혼자서도 잘 해 나갔어요. 흑막으로서의 나, 당신은 그렇게 생각하지 않겠지만 그 흑막은 리치몬드 씨에게 영향 같은 것은 전혀 줄 수가 없었습니다. 고작해야 큰 실수를 안 하게끔 주의하는 정도였지요. 마음 속으로는, 고백하지만, 사태의 진전에 만족하고 있었습니다. 잘만 되면 내가 저지른 옛날의 무책임한 태도를 후회할 필요가 없어지기 때문이니까요."

"당신은 리치몬드 씨의 유서 내용에 대해서 알고 있었나요?"

"물론이지요. 나는 그분의 가장 가까운 협력자였습니다."

"정확한 것을 조금 이야기해 주겠습니까?"

"그분이 독신으로 죽었을 경우에는 전 재산이 자선사업에 쓰여지게 되어 있습니다. 이 항목에는 단서가 있었는데, 재혼했을 경우에는 특수한 장애가 없는 한 아내 또는 자식이 상속하게 되어 있었지요."

"그 양쪽의 경우, 당신이 받는 액수는 얼마나 됩니까?"

"변함이 없습니다. 약 2만 달러 정도의 유산을 받기로 되어 있었어요."

"그건 당신과 같은 중요한 협력자에 대해서는 너무 적다고 생각하지 않습니까?"

"나는 한 번도 리치몬드 씨가 죽기를 바란 일은 없습니다. 오히려 살아 있기를 바라고 있었지요. 지금의 내가 상당한 재산을 손에 넣고 있는 것도 그 사람이 권해 준 거래와 양도해 준 증권, 그리고 그 사람의 거래 때 인정해 준 배당 덕분입니다. 나의 기본 급료도 세금 관계로 서로 편리하게 정한 약속에 지나지 않았어요."

"당신 의견으로는 콜프 씨, 리치몬드 씨를 죽인 것은 누구인 것 같습니까?"

"나는 모르겠어요. 그 사람은 폭군이었으므로 그 사람을 참을 수 있는 것은 머리가 좋은 사람뿐입니다. 왜냐하면 곧 이해 관계가 미치기 때문이지요. 그러나 그 사람의 둘레에는 상당히 난폭한 하인들도 있었어요. 그들은 마치 노예 취급을 당했지요. 그들로서는 죽이고 싶을 정도의 증오를 가질 수도 있는 일입니다."

"콜프 씨, 당신이 의혹의 눈을 그런 시시한 고용인들에게로 돌리려는 것은 상당히 훌륭합니다. 그러나 모르시겠습니까? 이 비극의 중심은 단 한 사람밖에 없습니다. 당신의 따님입니다."

"하지만……"

"잠자코 듣기나 하시오. 당신 자신이 말하지 않았소? 딸은 아름답고 젊은 야심가로 별안간 꿈 같은 이야기처럼 벼락 부자가 되었다고. 그렇다면 따님이 이 때까지 불행했던 인생의 즐거움을 맛보고 싶어지는 것은 오히려 당연하지 않을까요?"

"그러나 지극히 단순한 이치에서 말하더라도, 히르데갈데가 남편을 죽였다고는 생각할 수 없습니다. 말씀드린 바와 같이 그애는 결코

지푸라기 여자 159

바보가 아닙니다. 그런 추측은 천만 부당한 오해입니다."

"당신이 따님을 변명하는 것은 당연하지만."

"아버지로서의 애정은 좀전에 말한 바와 같이 그다지 자상한 것은 아닙니다. 그렇지만 그런 판단은 너무 터무니없는 것입니다."

"그럼 왜 그토록 급히 뉴욕에서 플로리다로 가셨습니까?"

"나는 리치몬드 씨와 사업상의 책임자였습니다. 그 분의 결혼관계로 돌아오는 것이 지체되었기 때문에 그분의 명의로 처리해야 할 거래가 연기되고 있었습니다. 한편 뉴욕에는 볼일이 전혀 없었습니다."

"그러나 자기 집에 돌아갈 시간도 없었다는 것은 이상하지 않습니까?"

"그 집은 말하자면 별장 같은 것입니다. 사업에서 은퇴했을 때를 생각해서 마련해 두었을 뿐입니다. 다만 그것이 있다는 것만으로도 즐거웠지만, 일 때문에 거기를 떠나 있게 되는 것은 더욱 즐거웠습니다."

"그렇다면 콜프 씨, 당신 따님이 배에서 집까지 주인의 시체를 옮겨왔다는 것을 어떻게 설명하겠습니까?"

"그런 소문은 들었습니다만……."

"경찰의도 그것을 증명하고 있습니다."

"그건 그 애를 만난 뒤가 아니면 대답할 수 없습니다."

"그러나 의견은 가지고 있겠지요?"

"아마 뭔가 잘못된 거겠지요. 그런 일을 하다니, 지금으로서는 믿어지지 않습니다."

"더 말할 것도 없겠지만, 당신도 경찰의 지시에 따라 주셔야겠습니다."

"물론이지요. 그런데 히르데갈데를 언제 만날 수 있게 됩니까?"

"내일 만나게 해 드리지요."
"변호사를 붙여 줘도 괜찮겠지요?"
"좋습니다, 본인만 승낙한다면."
"뭔가 그녀에게 필요한 것을 넣어 줄 수 있을까요?"
"필요한 것은 행운이겠지요, 콜프 씨. 그것도 아주 큰 행운 말입니다. 어딘가 그것을 찾아낼 만한 곳을 알고 계시다면······."

스탈링 케인은 약속을 지켰다. 히르데갈데는 안톤 콜프의 방문을 받았다. 콜프는 그녀가 몹시 쇠약해진 것을 보고 그 짧은 동안에 일어난 그토록 심한 변화에 놀랐다. 그녀의 시선은 불안을 띠고 의자 위에 몸을 굽히고 앉아서 두 손을 떨고 있었다. 아무렇게나 말아올린 머리에서 흘러내린, 윤기가 없어진 머리카락이 어깨에 흩어져 있었다. 가끔 그녀는 몸을 떨었다. 그는 말했다.

"자기 자신을 되찾아야 해. 아직 아무것도 결정된 것은 없어. 나는 이 나라에서 손꼽히는 변호사를 몇 사람이나 알고 있어. 곧 보석금을 지불하고 석방시키도록 하겠어."

"저 사람들은 내가 죽였다고 믿고 있어요, 누가 죽였을까요? 그리고 무엇 때문에?"

히르데는 두 손을 움켜쥐면서 말했다.

"그건 나도 몰라. 하지만 틀림없이 이건 자메이카 인들의 복수라고 생각돼. 언젠가는 일어나고야 말 일이었어. 너무 심하게 다루었거든. 그것도 곧 증명될 거야. 아무튼 기운을 차려요. 그래서 행동하는 거야. 이건 마치 벌써 상대의 말을 받아들인 것 같군."

"왜 약속대로 와 주지 않았어요? 모든 것이 순조로웠는데."

"당신이 좀 더 냉정하리라고 생각했어. 내가 올 때까지 절대로 아무도 만나지 말라고 그토록 말했잖아? 왜 시킨대로 안했지?"

"언제까지 기다려도 안 오셨잖아요."

"내가 유서의 등록을 하러 간 것을 알고 있었지? 그게 우편환이라도 만들 듯이 그렇게 간단하게 된다고 생각해?"

"버네스가 남자분이 왔다고 말했을 때 틀림없이 당신인 줄 알았어요."

"당신은 그런 중대한 때에 상대의 이름을 확인하려고도 하지 않았군. 무슨 핑계라도 좋으니 핑계를 만들어서 돌려보냈어야만 했어. 그런 일은 배에서 시체를 옮겨온 것에 비하면 너무도 간단한 일이었는데."

"저 사람들은 그것으로 나를 몰아세우려고 해요. 죽은 것을 알면서 왜 옮겼느냐고 끊임없이 물어요. 뭐라고 대답해야 될까요?"

"이성을 잃지 말고, 잠깐 생각하게 해 줘. 이번 일로 위험한 것은 그것뿐이야. 아마도 무슨 좋은 핑계가 생길 거야. 아무튼 나는 당신 편이오. 내 이익은 당신의 이익과 결부되어 있어. 유서에 대해서 조금이라도 의심스러운 점이 있으면 내 손에는 아무것도 안 들어와. 당신으로서는 이것이 나의 선의에 대한 가장 확실한 보증일 것이오. 그리고 변호사는 이 나라에서 가장 유명한 사람을 골라서 사건을 처리하도록 하겠어."

"하지만 나는 뭐라고 대답해야 하나요? 언제나 똑같은 질문을 해요. 정확한 설명을 안하면 언제까지나 저 사람들은 나의 무죄를 믿어 주지 않을 거에요."

안톤 콜프는 생각에 잠겨 지그시 입술을 깨물고 있었다. 갑자기 그는 머리를 들더니 두 손으로 히르데갈데의 머리를 눌렀다.

"해결의 길은 하나밖에 없어. 사실대로 말해요."

"모르겠어요."

"어차피 들키고 만다면 당신 쪽에서 선수를 치는 것이 좋소. 그것만이 당신한테 유리해."

"하지만 사실대로라니, 어떤 일을?"
"저 사람들한테 말해요. 주인이 당신한테 유리한 새 유서를 만들었다는 것을 알고 있었으므로 만약에 그의 죽음이 그 공식적인 유서가 등록되기 전에 발표되면 효력이 없어진다고 생각했기 때문이라고. 그러면 시체를 숨긴 죄는 따지게 될지 모르지만, 죽인 것은 당신이 아니기 때문에 아주 가벼운 벌로 끝나지. 그것을 자백하지 않는 한, 저 사람들은 당신을 살인범이라고 단정지을 거야."
"하지만 그렇게 되면 당신도 체포되고 말아요."
"천만에, 당신이 나를 끌어넣지만 않으면 괜찮아. 내가 자유로워야 당신을 위해서 행동할 수 있어. 이번에 곧 출두하지 않았던 것도 그 때문이오. 소란을 피우는 구경꾼들 속에서 당신이 두 경관에게 끌려가는 것을 보고, 순간적으로 큰일났구나 하고 도망친 거요. 행동하는 데는 두 손이 자유로워야 하거든. 나는 곧 예정했던 대로 플로리다로 날았어. 나의 예정표가 조사될 것은 뻔했기 때문이지. 그러나 자유로이 있는 몇 시간 동안에 현금을 손에 넣었어. 변호사만 해도 비싼 요금이 들고, 게다가 증인이라는 것은 대개 하층계급에서 불려와서 모두 달러에 굽실거린단 말이오. 벌써 몇 사람에게는 이야기를 해 두었어. 아무튼 당신이 침착해야 돼. 죽인 것은 당신이 아니야. 중요한 것은 그것뿐이오. 되풀이하지만 죄는 매우 가벼워요. 사람들은 당신을 욕심쟁이 여자라고 여기겠지만, 돈 많은 노인과 결혼한 것만으로도 이미 그런 소문은 나 있어요. 게다가 그것으로 당신의 지위가 무너지는 것도 아니야. 그런 것을 오래도록 지껄여대기에는 당신의 재산은 너무도 많아."
"하지만 어떻게 해야 되나요?"
"신문은 이 사건으로 떠들썩해요. 공증인은 당연히 경찰에 알리는 것을 의무라고 생각하겠지. 칼 리치몬드는 미국에서도 손꼽히는 재벌이었소. 상대보다 먼저 이쪽에서 선수를 쳐서 콧대를 꺾어야 해."

"아무래도 당신이 말려들게 돼요."

"왜?"

"왜 로마 경감을 방에 들어오게 했느냐고 물었을 때, 당신을 기다리고 있었다고 대답할 수 밖에 없었어요."

"그건 그다지 큰 실수는 아니오. 게다가 사실을 말하고 나면 그런 것은 문제가 안 돼. 당신은 오직 확실하게 상속을 받기 위해 죽음을 숨겼다, 그동안 나는 공중인한테 가 있었다, 그리고 곧 나는 당신을 만나러 가기로 되어 있었다, 그래 기정사실로서 당신은 나한테 털어놓으려고 했다, 아버지로서 이런 경우 딸을 배반할 수는 없다, 이것은 논리적이오. 계획없이 한 일은 죄가 안 돼. 과실이라든가, 마음의 망설임이라든가 그다지 중요하지 않은 이유는 얼마든지 찾아낼 수 있을 테니까. 그것을 변명하는 것은 간단하오."

"하지만 어떻게 해야 되나요?"

"좀 더 기운을 차렸으면 해. 전에는 훨씬 용기가 있었잖소? 몇 백만 달러와 자유, 그리고 전 미국의 미남자가 기다리고 있소. 힘껏 싸우는 거야. 이때까지 당신은 훌륭하게 해냈어. 그걸 계속해요. 그리고 중요한 것은 당신이 시체를 옮긴 것이 아니라 리치몬드가 살해되었다는 사실이오."

"하지만 저 사람들은 그것이 나라고 믿고 있는 걸요."

"당신이 시체 운반의 이유를 제대로 말하지 않는 한 그렇게 생각할 거요. 경찰이라는 기구는 매우 잘 짜여져 있소. 큰 기계 같은 거요. 아무 걱정 말아요. 범인을 찾아서 체포하고 처형하게 되면 그것으로 당신은 도리어 희생자가 됨으로써 일반의 관심도 다른 데로 옮겨질 거요."

"하지만 만일 유서의 일을 자백하면 나는 아무것도 못 받게 되는 게 아닐까요?"

"내가 무엇 때문에 좋은 변호사를 부탁하는지 아오? 만약에 새 유서에 이의가 나오면 전의 유서가 효력을 가져요. 모든 것은 변호사에게 달렸소. 그리고 필요한 사람에게 필요한 때 적당하게 혜택을 주면 해결 못할 문제란 없어요."

"시키는 대로 하겠어요."

"그렇게 하면 되오. 그러나 너무 말을 많이 하지는 말아요. 서로가 친아버지 친딸이라는 것을 꼭 지켜야 돼. 그 점에 대해 무슨 일이 발견되거나 의심을 사는 것은 아주 좋지 못해. 젊은 야심가인 형사 따위가 파고들게 되는 기회를 주어서는 안 돼. 그렇게 되면 또 수렁에서 헤어나지 못하게 된단 말이야. 그들의 상상력은 다른 범인을 찾는 노력을 중지하고 다시 리치몬드의 죽음을 우리들의 등에 짊어지우게 될 거요."

"나는 언제 석방되는 거예요?"

"현재 당신은 살인 용의자로 체포되어 있소. 그러나 지금 내가 시킨 대로 말하면 당신의 체포는 불법이 되오. 그렇게 되면 보석금을 내고 석방을 요구할 수 있소."

"죄송해요, 여러 가지로."

"맨 처음에 말했지? 내 재산은 당신한테 달려 있다고!"

"억지로 상냥한 마음씨를 숨기실 건 없어요."

"아버지의 의무라는 것도 있으니까"

안톤 콜프는 웃으면서 대답했다.

이 면회로 히르데갈데는 어느 정도 마음을 가다듬었다. 처음의 광란은 사라졌다. 그녀는 리치몬드가 살해된 이상 스캔들을 피할 수는 없다고 각오했다. 그녀의 양아버지가 말한 대로였다. 살인에 관한 문제는 그녀에게는 아무런 관계가 없었다. 문제는 범인이므로, 살인에 전혀 관계가 없는 히르데는 조금도 겁낼 것이 없었다. 상속권도 약간의 이의가 제기된다손치더라도 결국은 그녀에게 돌아온다. 그렇게 하기 위해서는, 내용을 터놓고 싸우지 않으면 안 된다. 일간신문의 3단 기사로 뒤끓는 사회 여론은 대중의 악취미에 밀려서 그녀를 전쟁 전의 독일 영화 〈뱀파이어〉로 만들고 말았다. 칼 리치몬드는 이미 그녀의 독살스런 손톱에 긁힌 가련한 늙은이에 불과했다. 시체를 옮긴 것이 그녀를 새디스트로 만들어, 독일인에 대해서 가지고 있는 모든 편견을 그녀에게 고스란히 짊어지울는지도 모른다. 그녀 또한 남편이 그 나이에 흔히 있는 발작으로 죽은 것이 아니라는 것을 미리 알았더라면 사태의 진전에 그대로 맡겨 두었을는지도 몰랐다. 그럼으로써 범인은 발견되고 그녀는 훌륭한, 그리고 존경과 더불어 모두가 부러워하는 미망인으로 장례식에 참석했을 것이 틀림없다. 그러나 안톤 콜프가 한 짓은 두 사람의 이익을 위해서였다. 다만 부주의하게도 잠시 긴장이 풀려서 마틴 로마를 방에까지 들어오게 한 것이 큰 실수였다. 그런 일만 없었다면 아무 일도 일어나지 않았을 것을. 다행하게도 콜프가 끝까지 냉정을 잃지 않고, 가장 합리적인 해결법을 곧 생각해 주었다. 이제 더 이상 잃을 것도 없는 그녀는 모든 것을 말해 버리기로 마음먹었다. 그러나 그날은 스탈링 케인이 그녀를 불러내지 않았으므로 말할 수가 없었다. 독방에 혼자 갇혀 있는 그녀는 저녁 때까지 열심히 신문을 읽었다. 그리고 양아버지의 협력적이며 따뜻한 사랑이 담긴 말에 감사하고 또 감동했다.

　이튿날은 아침 일찍부터 신문이 시작되었다. 자기의 갈길을 분명하게 결정해 버린 그녀는 조용했다. 상대는 사실을 바라고 있으니 그것을 주자. 상대가 어떤 눈으로 자기를 보든 그것은 문제가 아니다. 힘찬 발걸음으로 그녀는 취조실로 갔다. 장치도 사람의 얼굴도 지금의 그녀에게는 친근감이 있었다. 낯선 사람에게 신문을 당한다는 무서움도 이미 없어졌다. 그녀는 겨우 같은 무기를 손에 들고 당당하게 싸운다는 느낌을 가졌다. 스탈링 케인은 그것을 눈치챘을까. 어쨌든 여전히 쭈그러진 담배를 그녀에게 권하면서도 아무런 변화를 보이지 않았다. 이 담배가 그녀를 미소짓게 했다. 자신감이 되살아났다. 결국 그도 한 사람의 남자에 지나지 않는다. 다른 남자들과 마찬가지로 자기대로의 버릇도 있을 것이며, 일 이외의 걱정도 있을 것이다.

"안녕하십니까? 기분은 어떻습니까, 리치몬드 부인."

"덕택에 훨씬 좋아졌어요."

"잠시 한가한 시간을 드림으로써 당신 자신이, 진실만이 당신의 이익이 된다는 것을 이해시키려고 했던 것입니다."

"그건 참 현명한 방법이었어요. 나도 그것을 이용하기로 했어요."

"이만한 사건의 조사에는 상당한 시간과 사람이 필요합니다. 거듭 말하지만 당신의 구류 기간은 당신의 선의 여하에 달려 있습니다. 나도 최선을 다해서 당신이 범인이 아니라고 생각하려고 노력하고 있습니다. 당신과 아버님에게 감시가 없는 면회를 허용한 것도 그 때문이었습니다."

"감사합니다."

"이런 말을 미리 해두는 것도 당신의 책임이라는 것을 한 번 생각해 주셨으면 해서입니다."

"꼭 그것을 설명하겠어요."

케인의 본디 응큼한 모습이 한순간 사라지고 진정한 놀라움이 그것과 바뀌었다.

"만일 괜찮으시다면 사건을 사실대로 말하겠어요."

"우리들이 이렇게 하고 있는 것도 그것을 듣기 위해서입니다."

"그럼, ……하지만 몹시 어려워요."
"얼마든지 기다리겠습니다. 모든 사실을 처음부터 이야기해 주시면 여러 가지 의문이 풀릴 것입니다."
"그래요, 당신의 말대로에요, 분명히."
그리고 히르데갈데는 이야기를 시작하기 전에 안톤 콜프가 말했던 것을 모두 떠올렸다.
"먼저 칼 리치몬드가 간호사를 구하고 있던 '행운아'호로 갔습니다."
"간호사가 당신의 직업이었나요?"
"아니오, 물론 아니에요. 직업은 번역가였어요. 함부르크의 어느 출판사 일을 하고 있었어요."
"이야기 도중에 실례입니다만, 우리들에게 필요한 것은 이야기가 아니라 증거입니다. 모든, 사소한 점까지 확실하지 않으면 곤란합니다. 남프랑스 해안에서는 뭘하고 계셨나요?"
"잠시 전부터 와 있었어요."
"일을 그만두고?"
"아니오, 휴가를 얻어서."
"계속하십시오."
"이야기하는 것이 아주 어려워요. 당장 악역이 돌아올 걸요."
"저기에 앉은 사람들, 내 책상 맞은쪽에 앉는 사람들은 대개 그런 처지에 놓여져 있습니다. 하지만 우리가 이렇게 하고 있는 것은 당신을 재판하기 위해서가 아니라 진실을 알기 위해서입니다."
"어렸을 때 어머니가 아버지 이야기를 해 주었어요. 사업으로 성공하고 있다고요. 어머니도 신문에서 칼 리치몬드의 이름 옆에 아버지의 이름이 있는 것을 보기 전까지는 소식을 몰랐어요. 그러다가 전쟁이 일어났어요. 나는 혼자서 가난뱅이가 되고 말았어요. 일거리는 있었지만 황폐한 나라에는 돈도 미래도 없었지요. 그때 나는 아버지를 찾아서 도움을 얻으려고 마음먹었어요. 나는 용케 요트 하버에 드나드는 상인으로부터 나중에 남편이 될 분이 간호사를 구하고 있다는 것을 알았어요. 그래서 나는 배로 갔어요."

"그 때는 미리 아무 계획도 없었던가요?"

"없었어요. 오직 배에 타고 싶은 생각뿐이었어요. 그런데 막상 타고 보니 거기에 그대로 오래도록 있고 싶었어요. 아시겠어요? 난 솔직히 말씀드리는 거에요. 착한 척하려는 것은 아니에요."

"계속하시오."

"나는 아버지가 어떤 종류의 남자인가를 알기 위해 안톤 콜프를 한동안 관찰해 보기로 했어요. 사실은 아버지한테서 어떤 도움을 얻을까 하는 생각 따윈 하지 않고 있었어요. 하지만 그때, 나의 행운은 아버지가 아니라 실은 아버지의 주인에게 있다고 생각했어요. 그 난폭한 노인도 실은 진실한 우정에 굶주린 불행한 사람이었어요. 나는 그다지 내 마음을 가장하지 않고서도 그 우정을 줄 수가 있었어요. 그것은 별다른 것이 아니고 끝까지 내 고집대로 하는 것이 도리어 그에게는 우정이 된 거에요. 그래서 서로 마음이 통했던 거에요. 나도, 그분도 연애 같은 것은 시시했어요. 그분은 벌써 그런 나이가 아니었으며 나도 그런 취미는 가지고 있지 않았어요. 하지만 그분은 나로서는 나무랄 곳이 없었어요. 다른 하인들에게 퍼붓는 모욕도 나한테는 한 번도 하지 않았어요. 결국 어느 날 그 분은 나한테 청혼을 했어요. 이 혼담은 육체적으로는 아무것도 없지만 경제적으로는 훌륭한 것이었어요. 나는 승낙했어요. 한번도 가져 보지 못한 나에게는 돈이 이 세상에서 가장 소중한 것으로 여겨졌어요. 내가 그 분을 죽이지 않았다는 것도 이것으로 분명해요."

"그건 나중으로 미룹시다. 안톤 콜프에 대한 이야기를 해주시오."

"서로가 정답게 대했어요. 리치몬드가 나와 결혼할 결심을 했을 때, 나의 서류와 함부르크의 호적등본이 필요했어요. 나는 아버지에게 사실을 이야기해야만 했어요. 그것은 아주 간단하게 조금도 허식없이 끝났어요. 나는 아버지에게 그 때까지의 생활을 자세히 이야기하고, 배를 타게 된 목적도 이야기했어요. 아버지는 곧 내 편이 되어 형편없었던 그 때까지의 생활을 보상해 줄 결심을 해 주셨어요. 아버지는 분명히 약속을 지켰어요. 우리들의 결혼식은 배 위에서 거행되었어요. 남편의 몸이 불편하다는 것, 이름이 나 있다는 것, 두 사람의 연령의 차이, 그런 것을 고려해서 간소하게 하기로 의견이 일치된 거에요."

"그건 나도 모두 알고 있습니다. 리치몬드 부인, 내가 듣고 싶은 것은 주인이 돌아가신 것과 관계가 있는 최근의 일입니다."

"거기에 대해서는 난 아무것도 몰라요, 맹세해요. 만일 칼이 독살되었다는 것을 알았다면 그런 짓은 안 했을 거에요."

"어떤 뜻이지요?"

"모든 것이 너무나도 갑작스럽게 들이닥친 일이어서 완전히 이성을 잃고 말았어요."

"설명해 주시오."

"나와 결혼할 때, 칼은 유서를 다시 쓰기로 했어요. 그리고 그 막대한 재산 때문에 나를 상속인으로 하는 데는 아주 많은 수속이 필요했어요. 아버지가 몇 번이나 남편과 이야기해서 최근 뉴욕에 도착하기 조금 전에 남편은 새 유서를 씀으로써 전의 유서는 무효가 되게 했어요. 유서는 정식으로 증인 앞에서 씌어졌지만, 아직 등록은 끝나지 않고 있었어요. 뉴욕에 도착하면 곧 수속할 예정이었어요."

"그래서 어떻게 하셨나요, 리치몬드 부인?"

"그런데 남편이 죽었어요. 그래서 나는 당황하고 말았어요."
"그렇지도 않았지요. 죽은 것을 아무도 눈치채지 못했으니……."
"나는 사실대로 말하고 있는 거에요. 만일 그것을 의심하신다면, 더 이상 계속해도 헛일이에요."
"그것도 뒤로 미룹시다. 계속하시오."
"나는 남편이 발작으로 죽은 줄 알았어요. 그리고 새 유서가 등록되지 않으면 상속은 무효가 될 것이 틀림없다고 생각했어요. 방금도 말했듯이 나는 연애 결혼을 한 것이 아니에요. 게다가 거기에는 몇 백만 달러가 걸려 있어요. 그러므로 죽은 것을 훨씬 나중에 공표하면 재산은 내 손으로 들어올 것이라고 생각했어요."
"그건 상당히 경솔한 생각이었다고 여겨집니다. 남편의 시체를 어떻게 할 작정이었나요?"
"뉴욕에 도착했기 때문에 그다지 어려울 것 같지는 않았어요. 집까지 옮겨서 하루만 그래도 두면 되었으니까요."
"만약에 그대로 아무 일이 없었다면 어떻게 할 작정이었나요?"
"누군가 매장 허가를 해 줄 의사가 있었겠지요."
"그러나 그건 꿈입니다. 적어도 이틀 전에 죽었다는 것을 의사가 모를 줄 아십니까?"
"의사에 따라서지요!"
"과연! 그런데 그 엉터리 의사는 어디서 구할 작정이었나요?"
"아버지가 도와 주셨겠지요."
"아버지도 알고 있었던가요?"
"물론 몰랐어요."
"그렇다면 무슨 근거로 도와 준다고 단언할 수 있나요?"
"그건 모르지만, 아무튼 아버지인 걸요. 그것뿐이에요. 내가 파산하는 것은 아버지에게도 득이 되는 일이 아니에요. 그러므로 나를 도와주었을 거라고 생각해요."

"그래서 마틴 로마가 온 것을 아버지가 온 것으로 알았었군요."

"물론이지요. 뉴욕에서 아는 사람이라고는 아버지뿐인걸요."

타이프라이터가 멎은 뒤로 상당히 오랜 침묵이 계속되었다. 스탈링 케인은 책상을 바라본 채 꼼짝하지 않았다. 어딘가 걸리는 데가 있었다. 그러나 히르데갈데로서는 그것이 무엇인지 알 수 없었다. 한 마디도 말을 하지 않고 있던 한 사나이가 작은 이탈리아 담배를 꺼내서 몇 번 손톱 위에서 톡톡 치고는 불을 붙였다. 그는 조심스럽게 히르데의 시선을 피하고 있었다. 방에는 폭탄이 장치되어 있었다. 누구나가 그것을 알고 있으므로 폭발하는 것을 기다리고 있었다. 이윽고 스탈링 케인은 머리를 들어 약간 지루한 듯이 물었다.

"유서 이야기를 고집할 작정입니까?"

"물론이에요. 그건 무슨 뜻이지요?"

"당신 이야기대로 하면 그 서류가 공증인에 의해서 등록되는 것을 기다리기 위해 독살된 남편의 시체를 당국의 눈으로부터 숨긴 셈이군요."

"왜 그러세요, 어째서 그렇게 말씀하시죠? 아까 말했잖아요, 그 사람이 독살된 줄은 전혀 몰랐어요."

"그랬었지요. 그 점을 잠시 잊었습니다. 그럼 그 유서가 어느 공증인 사무소로 갔는지 말씀해 보시오."

"어떻게 내가 그런 걸 아나요? 남편의 일에는 참견하지 않았어요."

"알겠습니까, 리치몬드 부인? 당신 말은 모순투성입니다. 방금 새 유서를 알고 있다고 말하지 않았나요?"

"그것과 이것은 달라요."

"그럼, 이름도 모르고 어디에 사무소가 있는지도 모르는 어느 공증인에게 당신이 말한 유서인가 뭔가를 수속시키기 위해 시체를 끌고 뉴욕을 돌아다녔다는 말입니까?"

"나는 사실을 말했을 뿐이에요."

"아닙니다. 당신은 우리를 농락하고 있어요. 그것뿐입니다. 조금도 사실을 말하지 않았어요. 사실을 이쪽에서 말해 드리지요. 유서 같은 것은 없습니다."

"뭐라고요?"

"새 유서 같은 것은 전혀 없어요. 따라서 공증인도 사무소도 없소. 당신이 남편의 시체를 옮긴 이유는 없는 거요. 우리는 다시 원점으로 돌아가게 됩니다."

"유서가 없다니, 그게 무슨 말이에요, 도대체."

"너무 우리를 얕보지 마십시오. 당신 남편만큼 이름난 사람이 세상을 떠나면, 물론 미망인의 이야기도 듣기도 하지만 동시에 조사도 합니다. 그리고 당신도 분명히 말씀하셨지만, 연애 결혼이 아닌 당신들의 결혼에는 무어라 말할 수 없는 흥미를 갖습니다. 우리는 저마다 다른 이유로 그것에 열중합니다. 그런데 우리가 최초로 만난 것은 바로 리치몬드 씨의 공증인들이었습니다. 공증인들은 당신의 어처구니없는 그런 이야기 같은 건 한 마디도 하지 않았어요."

히르데갈데는 목에 손을 대고 자기 논리의 복잡한 기구를 전진시키려고 절망적인 노력을 기울였다. 그러나 사실의 거칠음이 그녀를 꺾었다.

"그럴 리가 없어요. 당신은 터무니없는 실수를 저지르고 있어요. 나는 알고 있었어요. 분명히 유서는 있었어요."

"그럼 어느 공증인에게 맡겨졌나요?"

"그런 건 몰라요."

"큰소리 치지 마십시오, 리치몬드 부인."

"틀림없이 다른 공증인이 있을 거에요."

"그야 있지만, 남편의 사업과는 관계가 없겠지요. 어떤 공증인 사무소가 남편의 사업을 도맡아서 일하고 있었습니다. 남편께서는 그것만으로 충분하셨을 거요."

"하지만 내가 그 분의 시체를 옮긴 것은 유서 때문이었어요. 그렇지 않다면 왜 그런 짓을 했겠어요?"

"이쪽에서 알고 싶은 것도 그것입니다. 그리고 사인이지요. 어쩐지 당신은 남편이 독살되었다는 것에도 별로 관심이 없는 것 같군요."

"이토록 내 몸이 위험해지면, 우선 나 자신을 생각하게 돼요. 그렇지 않을까요?"

"아무도 당신 몸이 위험하다는 말은 하지 않았습니다."

"그만, 이제 그만하세요. 당신은 나를 범인이라고 단정하고 있어요. 그리고 그것을 취소하는 것이 싫으신 거에요."

"당신이 그런 어처구니 없는 말을 꺼낸 이상, 당신을 믿기는 어렵습니다."

"유서는 있어요. 아버지도 그것에 대해 말씀하셨어요. 아버지는 남편의 심복 비서였어요. 남편의 사업에 대해서는 철저하게 알고 있었어요. 유서를 등록하러 간 것도 아버지였어요."

"흐음, 그건 언제의 일입니까"

"월요일이에요. 그래서 칼의 죽음을 숨겼어요."

"여보십시오, 리치몬드 부인. 당신은 선원들을 모두 감쪽같이 속이는 천재적인 침착성을 보였습니다. 그런 당신이 인쇄물에 우표라도 붙이듯이 간단하게 등록되는 그런 꿈같은 유서 이야기를 계속 주장하시렵니까. 마치 눈가리고 아웅 하는 식이 아닙니까. 생각해 보십시오. 몇 백만 달러의 거액에 관계된 공문서를 바꾸기 위해서는 서류가 산더미처럼 많아집니다. 거기에 서명이니 편지니 굉장한 시간이 걸리지 않습니까. 그런데도 당신은 한 장의 종이가 사무소에 제출되면 그것으로 유효하다고 생각했나요? 그리고 유효가 되면 시체를 보이겠다는 것이 당신의 생각이었나요?"
"그렇지 않아요. 당신은 고의로 이야기를 조작해서 아무것도 아니게 해 버리려는 거에요. 하지만 내가 말한 것은 사실입니다."
"뭐가 사실입니까. 유서 같은 것은 없었어요. 울어도 어쩔 수 없습니다. 그보다 부디 사실대로 말하시오. 당신은 사소한 점을 너무 중요시하고 있어요. 어쩌면 당신의 선의가 누군가에게 이용된 것인지도 모르오. 당신이 누군가에게 속고 있는 수도 있어요."
"그 유서는 틀림없이 있어요. 그 이상은 더 말할 수 없어요. 아버지한테 물어 봐 주세요. 틀림없이 그렇다고 말할 거에요. 유서가 있다는 것을 알려 준 것은 아버지에요."
"물어보겠습니다. 그러나 그 전에 왜 남편의 시체를 옮겼는지 말해 주시오."
"그만, 이제 그만…… 잠자코 있어 줘요."
"자, 리치몬드 부인, 침착해 주시오. 진실이 알려지는 게 빠르면 빠를수록 당신을 조용하게 해 드릴 수 있습니다."
"아버지를 만나게 해 주세요."
"만나게 해 드리지요, 약속하겠습니다. 그럼 잠시 쉬도록 하십시오. 그리고 이제 말한 것을 생각해 두시오. 내가 의무적으로 물어야 할 일, 그 중에서도 특히 다음 질문의 대답을 준비해 두십시오. 당신이 왜 주인을 죽였는가 하는 질문입니다."
"닥쳐요!"
총경은 그녀의 팔을 눌러 책상 쪽으로 달려드는 것을 막아야 했다. 그녀는 상대의 옷깃에 매달리더니 오열로 몸을 떨면서 소리질렀다.
"오늘은 이만 그칩시다, 리치몬드 부인. 그러나 조사는 계속됩니다. 그리고 법정에서는 말보다는 사실이 더 설득력이 있습니다. 그걸 잊지 마시오."

그녀는 독방으로 끌려가 신경 발작을 가라앉히기 위해 진정제가 투여되었다. 그리고 일종의 방심 상태가 되어 줄곧 악몽 속을 헤매었다.

주사 덕분으로 하룻밤을 푹 잠으로써 약간 침착해진 히르데갈데는 아버지와 면회하기까지는 신문을 모두 거부했다. 안톤 콜프만이 사태를 설명할 수 있었다. 그런 조작된 이야기를 그녀에게 말함으로써 어떤 이익이 있는 것일까? 콜프는 그녀에게 그것을 설명한 다음 앞으로 해야 할 일을 가르쳐줄 의무가 있다. 만일 그가 거짓말을 했다면 그것은 곧 간파할 수 있다. 그러나 무엇 때문에 그런 짓을 했을까. 히르데갈데는 아무리 생각해도 언제나 이런 의문으로 되돌아오고 말았다. 너무나도 심한 악몽의 연속에 그녀는 완전히 얼떨떨해지고 말았다. 그런 동안에도 사건의 진전은 기대와 공포에는 아랑곳없이 엄밀히 때를 쫓아 발전하고 있었다. 그녀의 인생의 다른 시기도 역시 지금처럼 정확하게 지나갔을 터인데도 과거는 모두 희미한 안개 속으로 가라앉고 말았다.

정말 그녀는 살아 있었던 것일까? 모든 것이 꿈이거나 아니면 그녀의 욕망과 미련에서 생긴 한 때의 포근한 상상이 아니었을까. 어쩌다가 과거의 자취를 더듬게 될 때에도 그것은 부분적인 방의 모양이라든가 단편적인 몇 마디 말에 지나지 않았다. 모든 것이 어느 한 군데, 한 시절, 하루의 어느 때라는 단절된 추억에 불과했다. 그리고 그 추억의 전후에 일어난 것은 모두 사라져 버리고 말았다. 그것을 믿는 사람이 아무도 없는 이상, 어쩌면 존재하지 않는 것인지도 모른다. 사람은 두 번 죽는 것은 아닐까? 한 번은 생명에서 버림받았을 때, 그리고 또 한 번은 모든 사람들의 생각에서 외면당했을 때. 그것은 적어도 그녀에게는 진실이었다.

스탈링 케인은 다시 약속을 지켰다. 오후에 그녀를 호출해서 면회실로 데려갔다. 안톤 콜프가 작은 테이블 저편에 앉아서 기다리고 있었다. 그녀는 고소되어 체포된 것이 아니고 다만 재판소가 사건의 판결을 내릴 때까지 구류되어 있는 것이므로 두 사람의 면회에는 감시도 붙지 않고 쇠창살을 사이에 둔 것도 아니었다. 두 사람은 적어도 얼핏 보기에는 똑같이 자유로웠다. 침착하려고 노력하여 자신의 힘을 완전히 되찾은 히르데갈데는 우선 상대가 먼저 말을 꺼내게 했다.

"좋은 뉴스를 전하지. 오늘 오후 당신의 변호사가 출두하오. 그리고 보석을 요구할 거요. 만약에 거절되면 불법구류로 고소를 하지. 그리고 당신한테 불리한 일은 아무것도 기록되지 않게 되오. 어제는 내가 시킨대로 했소?"

"네, 그대로 했어요."

"왜 그러지, 그런 얼굴로? 무슨 일이 생겼어?"

"그건 내가 묻고 싶어요. 새 유서가 없다면서요?"

"무슨 이야기야, 그건?"

"저 사람들이 조사한 바로는 공증인들이 그런 것은 전혀 모른다는 거에요. 내가 다음 신문에 대답하기 전에 당신과의 면회를 요청한 것은 그 때문이었어요."

"그건 썩 잘했어."

"그럼, 당신의 설명을 들려 줘요."

"왜 그런 심각한 얼굴을 하지? 히르데갈데, 너무 걱정을 해서 기운을 잃고 머리가 혼란스러워졌구먼. 어때, 그렇지? 혼란스러워서 줄곧 자문자답하고 있었군."

"네, 그리고 지금은 당신의 대답을 기다리고 있어요."

"내가 여기 이렇게 와 있는 것도 그 대답을 하기 위해서요. 시간은 아직 있어. 그러나 아주 많지는 않아. 아무튼 당신은 상당히 특수한 생활 양식 속에 있으니까."
"설명해 줘요. 그 유서 이야기는 어떻게 된 거에요?"
"좋아. 그런데 어느 유서 말인가? 하도 많아서."
"물론 마지막 것 말이에요. 당신이 등록하기로 된."
"응, 그래서?"
"나를 미치게 할 작정이세요? 나는 설명을 요구하고 있어요. 나는 당신이 하라는 대로 하고 있어요. 모든 것을 당신의 말대로 지켜서. 대답할 수 없는 질문까지……"
"잠깐만, 왜 당신은 내가 시키는 대로 맹목적으로 따르지요?"
"왜냐고요? 그게 당연하잖아요. 당신을 믿고 있기 때문이에요. 그런 말을 지금 꺼내서 무슨 소용이 있지요? 이야기할 시간은 한정되어 있어요. 곧 저 사람들이 다음 신문 때문에 나를 부르러 올 거에요."
"그런가? 그렇겠군. 그러나 저 사람들도 그렇게 비인간적이지는 않을 거야. 아버지가 딸에게, 그것도 딸이 아주 위급한 상황에 몰려 있을 때 이야기를 하는 것은 지극히 당연한 일이니까."
"왜 그런 말을 하세요?"
"내가 말하고 있는 것은 사실이 아니오? 당신 처지가 매우 위험하지 않소?"
"하지만 방금 변호사가 보석을 요청해 준다고 당신 자신이 말하지 않았나요?"
"그건 말했지, 분명히."
"그렇다면 어서 말해봐요. 왜 그런 눈으로 나를 보지요?"
"당신은 왜 그렇게 까다롭지, 히르데갈데? 당신을 보아선 안된다, 그리고 질문에는 대답해야 한다? 그래, 분명히 말해서 뭐가 알고 싶은 거야?"
"알고 싶은 것은 당신이 왜 공증인한테 가지 않았느냐는 것이에요."
"그거요. 드디어 큰 문제가 제출되었소. 부녀간의 허물없는 대화의 장면이지. 인정 많은 작은 딸이 이젠 아버지를 못 믿게 되었다 그거지, 분명히?"
"그런 뜻은 아니지만."
"아닐지도 모르지. 그러나 곧 그렇게 돼. 그 귀여운 머리 속에는 많은 의문이 비비대고 있어. 그리고 불안이, 의혹이, 불신이…… 신뢰를 잃는다는 것을 알게 되면 나는 빨리 단념하는 편이 좋아. 그렇지?"
"그런 말을 해선 안 돼요."
"하지만 그것도 당연할지 몰라. 제3자를 개입시키지 않고, 분명히 말해 버리는 편이 이 사건을 잘 끌고 가는 데 필요한 심리적 쇼크를 만들어 내게 될지도 모르오."
"당신이 하고 있는 말, 정말 뭐가 뭔지 모르겠어요."
"곧 알게 되오. 당신은 머리가 좋으니까. 게다가 당신한테는 비록 사태의 진전이 너무 빠르더라도, 독방에서 죄수용의 작은 침대에 누워 침묵 속에서 조용히 이 사건을 한 번 머리 속으로 되풀이해 보면 되는 거요. 당신의 추리력, 당신의 본능, 당신의 지성이 틀림없이 또 협력해 줄 겁니다."
"안톤 콜프, 당신 미쳤어요?"
"천만에. 왜?"
"마치 미친 사람 같아요. 당신의 말을 듣고 있어도 뭐가 뭔지 모르겠어요. 무슨 말을 할 작정이에요?"
"나 말이오? 아무것도. 나는 성공했소. 승부에 이겼소. 그것뿐이오."

"이겼다니, 무엇에?"

"알겠소? 나는 방금 매우 중대한 질문을 했소. 그러나 당신은 그것을 마음에 두지도 않았어. 그래서 한 번 더 묻겠소. 왜 당신은 나를 믿지? 아니, 그보다도 정확히 말해서 왜 처음부터 나를 믿었을까?"

히르데르갈데의 얼굴은 밀납처럼 하얗게 굳어 버렸다. 그녀는 쓰러지지 않으려고 책상에 매달렸다. 자기 손가락의 관절이 하얗게 변해 버린 것이 보였다.

"다른 점에서는 아주 정상적인 발육을 하고 있는 것같이 보이는 사람들이 뜻밖에 쉽게 속아 넘어간다는 것은 이상한 일이로군. 그러나 이젠 당신도 어린애가 아니오. 만약에 내가 어딘가의 호텔에서 두 시간쯤 같이 쉬자고 청했다고 합시다. 그리고 당신이 그것을 승낙했으면서도 막상 그 때 가서 나만을 쫓아냈다고 해도 그건 괜찮소. 그것은 시시한 애교로서 당신의 평범한 상상력에 들어맞아요. 그러나 나는 낯선 당신한테 세계에서 가장 많은 재산을 만들어 주겠다고 말했소. 그런데 당신은 별로 놀라지도 않고, 또 잘 생각해 보지도 않고, 함빡 웃음을 웃으면서 뛰어들었소. 그 달콤한 과자 밑에는 쥐약이 있었는데도. 이건 어떻게 되는 거지?"

"나는 지금 꿈을 꾸고 있는 거지요? 말해 주세요, 꿈이라고."

"아니오. 꿈을 꾼 것은 그 무렵이었소. 재산이 신문광고나, 동화나, 복권으로 손에 들어온다고 생각하고 있던 그 때 말이오. 재산을 만드는 데는 세월이 필요하오. 노력과 머리, 책략과 이마의 주름, 치욕과 잠못이루는 밤이 몇 년이나 계속되어야 하오. 당신한테 재산을 만들어 준다는 것은 무리요. 인종이 달라요."

"하지만 나를 채용했을 때는."

"쥐에게도 약을 놓을 때는 치즈를 줘야 해. 당신의 신뢰를 얻어서 언제라도 내 마음대로 부려먹기 위해서는 뭔가 달콤한 이야기가 있어야만 했지. 당신은 몇 해 동안이나 걸려서 짜놓은 멋진 계획을 실현하는 데 필요한 자그마한 하나의 도구에 지나지 않았소. 백만장자의 재산 상속은 그 사람과 혈연 관계가 없을 경우에는 굉장히 어렵소. 이의 신청을 피하고, 뜻밖의 사건에 대처하는 데는 상당한 상상력이 필요하지. 모든 톱니바퀴의 이빨이 완전한 조화를 이루지 않으면 안 되오……."
"당신은 악마군요."
"그게 어쨌다는 거요?"
"하지만 왜 나를."
"사람이 저마다의 운명으로부터 빠져 나갈 가능성은 단 하나도 없소."
"이런 무서운 이야기에 나를 끌어넣다니, 그게 잘 될 것 같아요?"
"그러나 실제로 잘 되고 있잖소."
"하지만 나는 당신한테 아무런 나쁜 짓도 하지 않았어요."
"어째서 내가 복수 때문에 이런 짓을 한다고 생각하지? 개인적으로는 당신한테 아무 흥미도 없소. 당신의 위험은 그 광고에 응했을 때부터 시작된 것이오. 그러나 배 위에서 당신은 과거의 가난했던 생활을 생각하면 마치 꿈 같은 좋은 때를 보낸 거요. 불평할 것도 없을 텐데."
"하지만 나는 사형을 선고받아요. 처형되는 거에요."
"그게 어쨌단 말이오? 언제까지나 죽지 않고 살아 있을 작정인가. 자동차 사고나 암으로 죽는 것보다는 훨씬 편해요."
"내가 이대로 당신 뜻대로 될 줄 알아요? 저 사람들한테 모든 것을 말하겠어요. 그렇게 되면 당신이 선고를 받아요. 내가 아니에

요."

"그런 이론은 시시하오. 오늘 내가 내막을 털어놓은 것은 이제 내 계획이 마무리 단계에 접어들었기 때문이오. 더 이상 변동은 없어."

"당신을 죽여 버리겠어요."

"어떻게?"

"누군가 나를 믿어 줄 거에요. 모든 것을 이야기해 버리겠어요."

"당신이 그렇게 하는 것도 내 계획 속에 들어 있어요. 당신은 또 진술을 번복하게 되는 거지. 더구나 그러는 동안에 실언을 거듭하면서 말이오. 사회 여론은 당신을 비난하고 있소. 노인과 결혼했다는 최초의 실수가 잘못이었어."

"저 사람들한테 말하겠어요. 당신을 알게 된 것은 신문광고 때문이며 이런 음모를 꾸민 것도 당신이고 나를 양딸로 삼은 것도 당신이라고."

"양딸? 누가 당신을 양딸로 삼았지?"

"그것마저도 부인할 셈인가요?"

"무슨 소리요. 고민 끝에 정신 상태가 이상해졌구먼. 나는 당신의 아버지요. 서류가 증명하고 있어. 친아버지란 말이야."

"무슨 뜻이지요, 그건?"

"왜 내가 함부르크 여자를 찾았을까? 내가 감상적이어서일까. 불쌍한 마나님! 그건 내가 함부르크 출신이고, 그 거리가 파괴되어 호적 보관소가 없어졌으니까, 잘만 하면 이쪽 뜻대로 서류를 공식적으로 만들 수 있었기 때문이오. 싫든 좋든 당신은 나의 친딸이오. 죄를 저질러 끝내는 처형될 나의 딸이오. 그리고 그 유산은 내가 상속하게 되지, 아버지로 말이오. 나만이 리치몬드에게 남겨진 단 하나의 연고자니깐. 알겠나, 이 바보야."

"알기는 뭘 알아요. 나는 당신의 연극을 더 이상 도울 수는 없어요. 나는 아직 죽을 수는 없어. 당신은 당신의 비밀을 너무 빨리 털어놓았어요. 모든 것을 말해 버리겠어요. 신문광고 다음에는 당신한테서 받은 답장을 보여주겠어요. 나는 그것을……."
"틀렸어요. 벌써 그 편지는 옛날에 내가 되찾아서 없애 버렸소. 광고 쪽을 찾는 것은 쉬운 일이겠지. 그러나 그것은 무기명이거든. 나에게 죄를 씌울 만한 힘은 없단 말이오. 함부르크에서 신청된 광고야. 그런데 나는 벌써 몇 년이나 함부르크에는 돌아가지 않았어."
"하지만 광고에 회답을 낸 다른 여자들이 증인이 되어 줄 거에요."
"그럴까요? 나의 선택은 신중했어. 칸느에 온 것은 당신 한 사람뿐이야. 또 있다고 한 다른 사람은 오직 상상속의 사람이었지. 당신한테 경쟁심을 심어 주기 위해서였어. 분명히 편지는 많이 왔었어. 그것은 찾아보면 어딘가 있겠지. 그러나 내가 한 번도 간 일이 없는 거리의 사서함 앞으로 온 편지가 무슨 도움이 될까? 당신 편지도 그 산더미 같은 편지 중의 한 통에 불과해. 다만 다른 것들보다 내가 찾고 있는 것에 적합했었지. 그래서 당신에 대한 약간의 뒷조사를 한 뒤에 당신을 고른 거야. 그 밖에 또 협박할 재료가 있나?"
"있고말고요. 안톤 콜프. 혈액형을 조사토록 하겠어요. 우리는 피가 다르다는 것이 곧 판명될 거에요."
"그걸 모를 정도로 나를 우둔하게 생각했소? 내 피는 모든 형에 공통이오. 딸의 혈액형이 어떻든 그것으로 혈연을 부정하지는 못해. 어때?"
"그럴 리는 없어요. 반드시 어딘가에 허점이 있을 거에요. 꼭, 꼭."

"그럼 찾아봐요, 그 허점을. 나는 이 멋진 일에 착수하기까지 몇 년이나 걸렸소. 내가 단 한 가지라도 우연에 맡긴 줄 알아? 지금 나는 단순한 부자에 지나지 않아요. 그러나 내일이라도 당장 유력자가 될 수 있어. 내가 이 일을 꾸민 것은 바로 그 때문이야. 무명한 처지에서 빠져나와 권력을 쥐기 위해서야. 그것을 즐길 틈은 이제 별로 없어. 그러나 전혀 없는 것은 아니지. 나에게 남겨진 몇 해 동안, 나는 그것을 듬뿍 즐길 작정이오."

"나는 그 희생자가 될 수 없어요. 분명히 그래요, 이건. 나는 벌을 받을지도 몰라요. 하지만 그 때는 당신도 끌어넣겠어요. 언제까지나 당신의 허수아비 노릇을 할 것 같아요?"

"이미 때는 늦었어. 벌써 다른 곳에도 시한 폭탄이 장치되었어. 그것이 당신을 훨씬 더 궁지로 몰아넣을 거요."

"이 지독한 파렴치!"

"당신과 비슷할 텐데."

"결코 성공 못할 걸요."

"당신 정신은 서푼짜리 소설 감이오. 그래서 언제나 나쁜 사람은 벌을 받게 되는 줄 알고 있어. 그러나 그것은 결정적인 착각이오. 악당은 무언가에 열중하거나 바보짓을 하지 않는 한 언제나 성공하지. 아무튼 그 증거를 보여 주겠소."

"그렇다면 내가 당신을 위해서 죽고 재산이 손에 들어온다면 그것을 천연스럽게 쓸 수 있단 말인가요?"

"그럼, 내가 후회라도 할 줄 아오? 당신의 교양은 그렇게도 유치했던가?"

"당신한테 드리겠어요. 다만 나를 죽이지는 말아요. 리치몬드를 죽인 것은 하인 가운데 누군가에요. 우리들하고는 상관없는 일이에요. 재산은 모두 당신이 갖고 나를 자유롭게만 해줘요. 남편은 자기가 저지른 죄의 복수를 당한 것 뿐이에요."
"어쩌면 당신은 그렇게도 어린애 같소? 그 바보 같은 하인들이 살인을 범할 생각이라도 가질 수 있다고 생각하오? 천만에, 처음부터 다시 공부를 해요. 하인은 어떻게 되었든 하인이오. 그 무의미한 점이 도리어 그들의 득이 되어 있는 셈이오."
"하지만 칼을 죽인 것이 자메이카 인이 아니라면 누굴까요?"
"글쎄 누굴까…… 모르겠소?"
"설마 당신이……."
"나라고 말할 생각은 없단 말이오? 그러나 그밖에 누가 있지? 그의 변사를 바탕으로 이런 연극을 하려고 마음먹은 내가 5년이나 10년이나 또는 15년이나 멍하니 기다리고만 있을 수 없지. 그를 죽이려고 생각했기 때문에 또 한 사람의 희생자가 필요했던 거요."
"그럼 나를 채용한 것은 단지 그것 때문이었나요?"
"그밖에 무슨 이유로 퇴색해 가는 당신 따위에게 흥미를 갖겠소? 당신은 34살이나 되고 지위도 없으며 미래도 없었소. 알겠소? 그 나이까지 아무 일도 못했다면 앞으로도 영원히 건설적인 일은 못할 인간이오. 내가 아니었다면 당신은 오직 가난한 생활만을 계속하면서 늙었을 것이오."
"그럼 달리 무슨 일을 할 수 있나요?"
"그러나 그 실현 방법은 그밖에도 얼마든지 있었소. 물론 당신이 선택한 이 방법을 제외하고는 말이오. 전쟁에서 재기하려고 발버둥치는 나라에 희생된다는 것은 어리석은 일이오. 인생은 짧소."
"그래서 당신 광고에 응하는 편지를 내어 거기서 탈출하려고 한 거에요."
"그건 너무나도 어린애 같은 로맨티시즘이었어. 백만장자가 신문광고로 아내를 구한다는 일이 있을 법이나 한 일인가? 어떤 명문의 아가씨마저도 영화 스타나 스피드 선수, 유명한 살인범에게 정신을 빼앗기는 세상인데."
"도대체 나는 어떻게 되나요?"
"어떻게 되다니? 당신 따위는 어떻게 될 수도 없소! 당신은 과거도 미래도 없소. 당신은 오직 머리 수만 채우는 것뿐이오. 그 이상의 아무것도 아니지."
"난 당신을 증오해요."
"그게 어쨌단 말인가."
"당신은 정신병자에요. 그런 말을 모두 나한테 하러 오다니 이상해요. 멋진 살인범이라면 그런 짓은 안해요."
"당신은 내가 승리의 쾌감이라도 맛보러 온 줄 아오? 천만에, 나는 악당인지도 몰라. 그러나 새디스트는 아니오. 이것도 모두 내 계획 속에 들어 있기 때문이지. 모든 것을 이야기하는 것은, 그것으로 당신이 이미 때가 늦었다는 반응을 보임으로써 더욱 더 의심을 받게 되고, 나는 심한 시련을 받고 있는 아버지라는 나의 역할을 다하기 위해서요. 나는 새삼스럽게 부성애를 당신한테 바치는 그런 미지근한 수법은 쓰지 않소. 그런 부성애를 피력한다고 해도 내가 하는 일에 방해는 안 되지만, 또 아무 도움도 되지 않소. 그 정도의 것은 알고 있어. 나는 다만 의무와 양심에서 당신의 변호를 하는 거지. 그것이 도리어 세상의 칭찬을 받는 길이오. 당신이 죽으면 나는 외국으로 떠나오. 나는 고독하고도 거룩한, 아니 끔찍한 일을 잊으려는 신사가 되오. 그것은 몇 개월 동안 계속되겠지. 그러나 남의 소문이란 그다지 오래 가지는 않거든. 그리고 그 뒤에, 나의 소문이 사라지기 시작할 때, 그렇지, 그때 비로소 서서히 승리의 쾌감을 맛보게 되는 거야."
"그때 이미 나는 죽은 뒤에요. 무고한 죄로 억울하게 처형된 뒤에

요."

"그게 어쨌단 말이오. 당신만이 그렇다고 생각하오? 사회적인 부정과 재판의 과오는 은폐되고 있지만 해마다 일어나고 있다오. 당신의 경우만이 다른 사람의 경우보다 중요할 수는 없어."

"다른 사람 같은 것은 문제가 아니에요. 나는 아직 살아 있어요. 그리고 더 살아갈 작정이에요."

"좋소, 서로 싸웁시다. 그러나 내 쪽이 훨씬 유리한 것 같소."

"나는 꿈을 꾸고 있었어요. 아니 이건 단순한 악몽이에요. 정의라는 것이 있을 거에요. 나는 나쁜 짓이라고는 단 한 번도 하지 않았어요."

"그것을 증명해 보시지."

"닥쳐요. 당신 같은 건 조금도 무섭지 않아요. 이제 당신의 정체를 알았으니까요. 정작 위험한 것은 모르는 상대와 싸우는 일이에요. 어디에 위험이 있는지 그것이 분명해지면 그것을 뛰어넘을 수 있어요."

"그건 그냥 하는 소리라오. 그리고 말이라는 것은 행동 이전에는 오직 약점을 가리려는 수단 밖에는 못 돼. 그걸 잘 생각해 봐요."

"나는 아직 판결을 받은 건 아니에요."

"물론이지, 그리고 아직 죽은 것도 아니오. 그러나 그게 뭐 그렇게 큰 차이가 있을까?"

"당신은 내가 벌써 함정에 걸려들었다고 생각하고 있어요. 하지만 그것은 착각이에요. 나는 목숨을 걸고 싸우겠어요. 알겠어요? 유산 따위는 문제가 아니에요. 내가 필요한 것은 나의 자유와 당신의 처형이에요. 왜 웃지요?"

"당신이 너무나도 평범하고 귀여운 사람이기 때문이오. 그 반응은 너무나도 보편적이오. 당신하고는 승부가 안돼. 정의를 믿고 그것

지푸라기 여자

을 의지해서 도대체 무엇이 손에 들어올까?"

"저 사람들한테 당신 이야기를 하면, 모든 것을 말해 버리면, 당신도 요주의 인물이 될 거에요. 그러면 당신의 동정을 살피고 감시하겠지요. 그리고 신문해요. 그렇게 되면 어떻게 할 셈이지요?"

"나한테는 돈이 있소, 많은 돈이 있어. 고마우신 주인을 가졌던 덕분으로. 그러기에 주인을 잃는 것은 자기 재산의 원천을 잃는 거나 마찬가지요. 유산은 거의 내 손에는 안 들어오게 되어 있소. 따라서 그를 죽일 이유는 거의 없어. 그렇지? 치정도 증오도 복수도 욕심도 이유가 안 된다면 무엇이 남지? 뭐, 욕심은 남았다고 해도 좋아. 그러나 나는 아직 실제의 이익은 아무것도 받지 않았소. 그리고 그것을 증명할 수 있어. 그렇게 되면 그밖에 뭐가 남지?"

"당신이 나한테 열중했다고 말하겠어요."

"자기 딸한테? 그건 그만두는 게 좋아. 당신은 도덕앙양 연맹인가 뭔가 하는 데서 호되게 탄핵을 받게 돼. 정신 분석을 해서 뭔가 어렸을 때 무서운 컴플렉스를 받았다는 진단 결과가 나오는 것이 고작이지. 그리고 나쁜 역할을 맡게 되는 것은 역시 당신이야."

"그럼 어째서 내가 그분을 죽였다는 건가요?"

"욕심! 그렇잖소? 그 나이의 남자는 변덕스럽소. 언제 마음이 변할지 몰라. 나중에 뒤쫓아가는 것보다 잡을 수 있을 때 잡아 두는 것이 상책이지. 언제나 제일 마지막 유서가 유효하니까."

"하지만, 어째서 그렇게 서둘러서 죽일 필요가 있나요? 거기서 당신의 꼬리가 잡히는 거에요. 나에게는 시간을 끌어 유서가 확실해질 때까지 기다리는 편이 훨씬 득이 돼요. 그런데 이렇게 빨리 서두른 그 자체가 이상하다고 여겨질 거에요."

"그럴까? 그러나 그것도 좋소. 당신은 언제나 비밀을 터놓고 승부하는 것을 좋아하는 모양이군. 그러나 나는 달라. 마지막 비결은 언제나 소매 안에 숨겨 두는 편이니까."
"왜 그런 말을 하지요?"
"당신은 이런 모험에 어울리지 않아요, 히르데갈데. 애라도 낳고 사는 편이 좋았을 사람이야. 길을 잘못 들었어."
"그럴지도 모르지요. 하지만 그런 인품이 오히려 나를 구해 줄는지도 몰라요. 당신 말대로 나는 이런 모험에는 어울리지 않아요. 그것이 경찰 사람들에게도 틀림없이 알려질 거에요. 형사에게도, 그리고 경우에 따라서는 정신분석 의사들에게도."
"그러나 불행하게도 당신은 젊고 아름다운 여자요. 그리고 결혼을 수단으로 써서, 스스로 무능하고 치사한 늙은이에게 몸을 팔았지. 상대가 부자라는 이유로 말이오. 이건 심한 편견이지만, 저마다 정도는 다르더라도 배의 승무원들이 모두 증언할 거요."
"그런 짓을 한 것은 나뿐이 아니에요."
"그러나 이런 특수한 사건에 말려든 것은 당신 뿐이오. 당신의 태도는 변호할 여지가 없어."
"어쨌든 상관없어요. 당신의 태도를 밝혀 줘서 고마워요. 덕분에 이제부터 어떻게 해야 하는가를 알았어요."
"나는 처음부터 당신을 믿고 있었소. 처음부터 당신의 값어치를 올바르게 평가하고 있었지. 당신은 나를 실망시키지는 않을 거요, 알고 있소…… 사람은 저마다 자기의 정신적인 궤도를 따라 살고 있지. 아무리 노력해도 거기서 빠져나가지는 못해. 나는 당신의 궤도를 알고 있어. 당신이 어디까지 할 수 있는가 하는 것도 알고 있지. 그러나 결국 나와 비교하면 놀랄 만큼 깨어지기 쉬운, 흙으로 만든 꽃병에 불과해. 나는 사람됨이 달라."
"당신은 자신이 너무 지나쳐요."
"천만에. 당신 형편이 좋아질 것이라고 해서 나한테 특별한 컴플렉스가 있다고는 생각하지 말아요. 내가 강하다는 그것뿐이야. 그리고 나는 그것을 알고 있어. 당신은 아무것도 못해. 아무리 용기가 있더라도 쥐는 고양이를 이기지 못해. 내 손 안에서는, 당신은 단순한 밀집 인형이야."

이때 노크 소리가 들렸다.

히르데갈데는 깜짝 놀라서 일어섰다. 안톤 콜프는 꼼짝하지 않고 가벼운 미소를 띠고 있더니, 기진맥진한 젊은 여자에게 말했다.

"나는 여왕의 말을 모두 잡고 있어. 당신한테는 졸이 하나 있을 뿐이야. 그것으로 어떻게 하자는 말이지?"

문이 열리고, 교도관이 나타났다.

"면회 끝났습니다."

"걱정하지 마라. 수단을 다해서 되도록 빨리 처리하도록 하겠다."

기진맥진한 히르데는 대답하지 않았다. 그리고 교도관은 몸을 비켜 시련을 받는 아버지를 통과시켰다.

그녀는 독방으로 끌려갔다. 아무 일도 일어나지 않았다. 벼락도 번갯불도 기적도, 안톤 콜프는 자유로이 그리고 자신만만하게 인격자의 탈을 쓰고 거리로 나갔다. 그의 사회적 지위는 확고부동했다. 20년 동안 칼 리치몬드의 비서였으며, 개인적으로도 막대한 재산을 가지고 있었다. 그의 단 하나의 비극이라고 한다면, 그것은 저 딸이었다. 악에 대한 지혜가 유독 발달된 딸은 오직 그에게서 돈을 끌어 내기 위해 아버지를 뒤쫓아 가서 이윽고 이번의 스캔들을 일으켜 아버지의 노후 생활에 영원히 검은 그림자를 던지고 말았다. 그러나 그는 훌륭하게 의무를 다하려 하고 있다. 어렸을 때 돌보지 않았던 댓가로 딸을 돕고, 설사 딸이 무슨 말을 하든 딸의 곁에 있어 주려고 한다. 그러한 그를 보고 누가 진실을 믿으려 하겠는가. 그녀가 처음부터 그런 말을 하지 않았기 때문에, 누구나가 그녀를 범인으로 단정하고 이미 생각을 고치려 하지는 않을 것이다. 배심원들 앞으로 나가기도 전에 그녀의 사건은 처리되고 말 것이다. 공포에 질려서 미친 듯이 독방 안을 왔다갔다 하면서 히르데갈데는 그런 것을 모두 생각했다. 스탈링 케인에게 요청해서 전에 했던 진술을 취소하고 이번에는 안톤 콜프를 용서없이 모든 사실을 말해 버리려고 생각했다. 그러나 콜프가 시한폭탄이라고 말한 것이 걱정이었다. 보통의 협박일까. 그러나 그녀에게는 도저히 그렇게는 여겨지지 않았다. 첫째, 만약에 성공할 자신이 없었다면 그녀에게 모든 것을 이야기할 까닭이 없다. 물론 그는 거짓 유서에 대한 설명을 못했었다. 그러나 그녀에게 이야기한 것은 다른 이유가 꼭 있다. 찾아 내야 할 것은 바로 그것이다. 아무튼 그녀의 입장은 이 이상 더 나빠질 수가 없다. 시체를 옮긴 것은 그녀 혼자였고, 변호사가 어떻게 말해 주든 이것이 배심원에게 눈을 감게 할 수는 없다. 아무리 생각해도 헛일이었다. 진실만이 탈출구를 마련해 줄 것 같았다. 적어도 그녀가 말한 것은 조사를 하게 될 것이다. 그것이 안톤 콜프의 이야기에 대한 대답이 되겠지. 그리고 그가 공범이라는 것이 밝혀지면, 경찰은 그를 취조해서 반드시 그의 이야기 속에서 허점을 발견해 줄 것이다. 생각하면 생각할수록 그녀는 비록 어떠한 위험을 무릅쓰고라도 그렇게 해야겠다고 믿지 않을 수 없었다. 현재로는 그녀의 생명이 걸려 있었다. 단지 욕심이 많고 경솔했다는 것만으로 사형이 될 수는 없다. 그녀는 교도관을 통하여 스탈링 케인을 만나게 해 달라고 부탁했다. 당장 조사실로 데려갈 줄 알았는데, 케인은 볼일이 있으면 그쪽에서 부르겠다는 대답을 보내왔다. 바람의 방향은 완전히 달라져 있었다. 그녀는 이미 백만장자의 미망인이 아니라, 남편을 죽인 책임을 짊어져야 할 가여운 음모자가 되어 있었다. 그녀는 심한 피로를 느꼈다. 오직 혼자서 함정의 한복판에 빨려든 채, 거기에서 빠져나갈 적당한 방법이 발견되지 않는 것이었다.

정당한 권리라는 것도 그녀에게는 조금도 힘이 되지 않았다. 안톤 콜프의 말대로 그는 모든 여왕의 말을 독점하고 그녀에게는 단 하나의 졸인 선의 밖에는 남겨 주지 않았다. 그것을 누가 인정해 줄 수 있을까……

그녀의 가슴 속에는 살고 싶다는 욕망이 마치 송진처럼 끈덕지게 스며나오고 있었다. 폭이 좁은 침대에 누워 꼼짝하지 않고 있는데도 피부 밑에서 피가 들끓는 것이 느껴졌다. 그녀의 몸은 아직도 토실토실하게 건강했다. 병도 없었다. 이 풍만한 몸에 노쇠기가 닥치기까지는 아직도 몇 년이 걸릴 것이다. 몇 년이나, 몇 년이나…… 그러나 만약에 안톤 콜프의 음모가 성공하여 사형수의 감옥으로 보내지게 된다면…… 그렇게 되면 날마다, 그리고 밤마다 날짜를 헤아려야 될 것이다. 공포와 고독의 여러 날 밤이 계속되고 끝내는 최후의 날이 온다…… 처형 담당자와 신문기자들에게 둘러싸여 그녀는 처형실로 들어가게 된다. 생각만 해도 그녀의 가슴은 드럼처럼 높게 울렸다. 온몸에 식은 땀이 솟아나고 공포가 퍼져, 끝내는 자기 몸이 무서운 상처를 받도록 되어 있는 고깃덩이로 밖에는 여겨지지 않았다. 그녀는 손으로 살며시 자기 얼굴을 쓰다듬어 보았다. 눈을 떴다 감았다 하면서 거칠거칠한 담요 밑에서 발을 움직여 보았다. 가슴에 손을 대어 손가락으로 고동을 확인했다. 아직 살아 있다는 것을 자기 자신이 확인해 보지 않을 수 없었다.

그 날이 지나갔다. 식사 시간 외에는 아무도 그녀를 거들떠보지 않았다. 잘 생각해서 계획을 세워, 방위 태세를 정비해야만 했다. 그러나 침울한 무기력이 그녀를 좌절케 했다. 모든 것이 너무나도 갑작스러웠다. 칼이 죽은 지 이제 겨우 며칠밖에는 지나지 않았다. 그리고 안톤 콜프가 드디어 그 목적을 밝힘으로써 그녀를 넉아웃시키고 이미 카운트가 시작되고 있다. 의지의 힘으로 자신을 되찾아야 한다. 그러나 비서는 모든 것을 계산한 끝에 이러한 타격을 준 것이다. 지금은 그녀가 소란을 피우는 것보다도 녹초가 되어 있는 편이 그에게 유리하겠지. 와야 할 변호사는 도무지 나타나지 않았다. 정말로 주선해 준 것인지 아닌지도 알 수 없다. 이 위에 또 어떤 함정을 준비해 놓고 있을까. 그러나 언제까지나 상대를 악마 취급만 하고 있는 것으로 구제의 길이 열리는 것은 아니다. 그보다는 반격을 해야 한다. 남편의 재산은 벌써 문제가 아니다. 그녀는 오직 사는 것과 자기 대신 양아버지가 처형되는 것 밖에는 바라지 않았다. 지금 자기가 받고 있는 고통을 그에게도 맛보게 해주고 책임을 지게 하여, 죄의 댓가를 치르게 해야 하는 것이다. 그리고 그 때 그녀는 맨 앞줄에서 그의 패배를 즐기는 것이다. 그러나 그것도 꿈 같은 이야기에 지나지 않았다. 어쨌든 지금 시궁창에서 발버둥치고 있는 것은 그녀이지, 그가 아니었다. 그리고 상대가 열심히 폭탄을 장치할 갱도를 파고 있는데도 그녀는 속수무책, 오직 하늘이든 행운이든 그 무엇이 정의의 깃발을 쳐들어 주기만을 기다리고 있는 것이다.

두 갈래로 갈라진 그녀의 마음은 좀처럼 하나로 뭉쳐지지 않았다. 감정의 흥분이 너무나도 강해서 이성이 그것을 지배하지 못하게 된 것이었다. 그녀는 끊임없이 아무 뜻없는 말을 지껄이고 있었다. 그것은 그녀의 혼란에서의 탈출이었다. 악몽은 벌써 밑바닥에 흐르는 안개가 아니라, 지금 그녀 생활의 본질 그 자체가 되어 있다. 그렇게 믿지도 못하면서 자기는 현재 잠자고 있는 것이라고 생각하려고 가끔 자신을 꼬집어보기도 했다. 끝없는 중압감이 온몸을 눌러 한참 동안은 숨도 쉴 수 없어 마치 질식할 것만 같았다.

"나는 외톨이다. 완전한 외톨박이다."

그것을 인정하는 슬픔이 완전히 자기가 희생자가 되어 버린 그 음모와 거의 같은 힘으로 그녀를 쓰러뜨렸다. 그날밤 그녀는 다시 스탈링 케인을 만나게 해 달라고 부탁했다. 절대로 잊지 않을 테니 걱정 말라는 대답이 전해졌는데, 그 날카로운 야유가 그녀의 몸을 떨게 했다. 그러나 케인은 그녀를 부르지 않았다. 그리고 밤이 낮으로 이어졌다. 고뇌와 공포와 절망에 어울리는 밤이. 그러나 아침이 되자, 얼굴이 창백하고 모습이 형편없이 헝클어지긴 했으나 그녀는 끝까지 싸울 결의에 차 있었다. 그녀는 자기의 이야기를 들어 달라고 몇 번이나 부탁했다. 오전도 다 지나갈 무렵에야 겨우 그녀의 소원이 이루어졌다. 그녀는 다시 조사실로 끌려갔다. 모두 그녀를 바라보았으나 인사는 하지 않았다. 동정의 눈치마저 찾아볼 수 없었다. 그녀는 의자에 쓰러지듯이 앉았다.

"나를 만나고 싶다고 했다면서요?"

스탈링 케인이 말했다. 그녀는 끄덕이고, 애처로운 미소를 띠기 시작했다.

"뭔가 새로운 진술을 하고 싶은가요?"

"사실을······."

"또 그 말입니까?"

"아니에요. 이번에야 말로 모든 것을. 이제 어떻게 되든 상관없어요. 무고한 죄로 사형 판결을 받을 수는 없어요."

상대는 서기에게 준비하라고 눈짓하고는 담배에 불을 붙였다. 그러나 이번에는 그녀에게 담배를 주지 않았다. 이 사소한 일이 그녀에게는 나쁜 징조로 여겨졌다.

"나는 속았어요. 모든 것이 처음부터 계략이었어요."

"누구의?"

"안톤 콜프의."

"아버지 말인가요?"

"그 사람은 아버지가 아니에요."

"호오, 이건 또 신기한 일이군요. 그럼 그 사람은 누굽니까?"
"나를 양딸로 삼았어요. 내가 그 사람을 안 것은 함부르크의 신문에 난 광고 때문이었어요. 그 사람은 나한테 훌륭한 결혼과 호화로운 생활을 약속했어요. 그래서 나도 승낙하고 말았던 거에요."
"설마 이틀 사이에 당신이 미쳤다고는 생각할 수 없는데. 그렇다면 도대체 그 이야기는 어떤 결론을 짓게 되나요?"
"믿어 주셔야 해요. 이번만은 사실이에요. 모든 것을 이야기하겠어요. 유산을 손에 넣기 위해 그 사람이 모든 일을 꾸민 거에요. 그리고 그 때문에 남편을 죽였어요. 나에게 시체를 옮기게 한 것도 그 사람이에요. 그리고는 모든 것을 나한테 덮어씌울 작정이었어요. 이제야 겨우 그걸 알았어요. 하지만 나는 싫어요. 돈은 내 손에 들어오지 않겠지요. 그러나 그 사람한테도 넘겨 줄 수 없어요. 감옥으로 갈 사람은 그 사람이에요. 그 사람이 죽였어요."
"이봐요, 리치몬드 부인. 그렇게 소리소리지를 필요는 없어요. 나는 당신의 눈앞에 있소. 그리고 귀머거리도 아니오. 당신의 말을 듣는 것은 나의 의무요. 비록 그것이 앞뒤가 맞지 않는 말이라도 말이오. 그런데 결국 무슨 말을 하고 싶은가요?"
"안톤 콜프가 범인이에요. 그 사람을 체포해 주세요. 부탁이에요. 그 사람 대신에 나를 벌해서는 안 돼요. 나는 아무 일도 안 했어요. 적어도 나쁜 일은 하지 않았어요. 돈을 목적으로 결혼할 여자라면 얼마든지 많이 있어요."
"한꺼번에 여러 가지 일을 말하지 마시오. 그렇게 하면 좀 더 이야기를 잘 알 수 있을지도 모르오."
"그 사람은 책임을 모두 나한테 덮어씌우기 위해 양딸로 삼았어요. 처음에는 조금도 몰랐어요. 하지만 그 사람 자신이 나한테 그렇게 말했어요. 자백했어요. 그 사람이 모든 것을 꾸몄어요."

"정확하게 그는 뭐라고 말했나요?"

"나를 양딸로 삼아서 남편이 죽은 뒤에, 다음에는 나한테서 유산을 받기 위해서였대요."

"그럼 양딸로 삼은 것은 언젠가요?"

"만나서 바로, 칸느에서입니다."

"그 전에는 한 번도 만난 적이 없었나요?"

"네, 한 번도, 나는 오직 신문의 구혼광고에 응한 것뿐이었어요."

"거기에 멋진 결혼 이야기가 실려 있었단 말이지요?"

"네."

"그럼 왜 그는 결혼하지 않았나요?"

"왜냐하면 그 사람은 자기가 결혼하려는 것이 아니었어요. 칼 리치몬드와 결혼시킬 작정이었어요."

"그럼, 리치몬드 씨는 그걸 알고 있었나요?"

"물론 몰랐지요. 알았다면 결혼할 까닭이 없어요."

"결국 그는 자기 주인에게 여자를 구해 주기 위해서 신문광고를 냈으며, 주인 쪽은 전혀 그것을 눈치채지 못했다는 말이로군요. 그러나 어느 증인이나 한결같이 리치몬드 씨의 성격은 사람을 싫어했을 뿐만 아니라 여자를 몹시 싫어했다고 하던데요."

"하지만 그 사람은 주인을 조종하는 방법을 알고 있었어요. 나한테도 말했어요. 자기없이 너는 아무 짓도 못한다. 그리고 자기의 재산도 너의 재산에 달렸다고."

"그래서 그때 당신은 양딸이 되었나요?"

"네, 그래요."

"양딸로 삼겠다는 말을 꺼냈을 때, 당신은 그와 몇 번쯤 만났던가요?"

"두 번이요."

"부녀가 되기에는 조금 빠르지는 않았을까요?"
"하지만 그 사람의 계획에는 그것이 전제 조건이었어요."
"그럼 처음 만나서 당신을 신용했나요? 신문광고로 찾아 낸 당신한테 음모를 죄다 털어놓았나요? 당신한테 자기 주인과의 결혼을 보증하고 나중에 주인을 죽이고는 죄를 당신한테 뒤집어 씌운다니, 도대체 무슨 이야기입니까, 리치몬드 부인?"
"나도 알고 있어요, 너무도 황당무계하게 생각되리라는 것을. 하지만 그것은 나의 설명이 서툴기 때문이에요. 어쨌든 그것은 사실이에요. 나를 믿어 주세요. 남편은 죽고, 나는 살인자로 몰려 감옥에 들어왔어요. 나도 가만히 있을 수는 없잖아요?"
"네, 네, 겨우 이야기를 알아들었습니다."
"나한테는 남편을 죽일 이유가 전혀 없어요. 그분은 부자이며 나는 그 때문에 결혼했으니까요."
"그건 나중으로 미룹시다. 안톤 콜프의 이야기로 되돌아 갑시다. 당신은 양딸이라는 것을 끝까지 주장하는군요."
"방금 말한 그대로에요."
"그럼 물론 그것을 증명할 수 있겠지요?"
"그건 모르겠어요. 서류를 취급하고 있는 것은 그 사람이니까. 그리고 우리들의 결혼 서류도."
"하지만 친아버지가 누구라는 것은 증명할 수 있지요?"
"나의 부모는 폭격으로 돌아가셨어요."
"그러나 어딘가에 흔적은 있을 것이오. 무덤이라든가."
"그런 건 없어요. 방금 말했듯이 부모님은 폭격으로 돌아가셨어요. 시체는 끝내 발견되지 않았어요. 틀림없이 폐허의 밑바닥에 깔렸을 거에요."
"그러나 돌아가셨을 때의 증인은 있겠지요?"

"네, 그 때 거기 있던 사람들은. 하지만 구급품이 도착했을 때 모두 흩어지고 말았어요."
"그럼 당신 양친의 사망은 구청에도 신고되지 않았나요?"
"예, 그런 일을 할 기운도 없었어요."
"그럼 당신의 출생에 대한 서류가 아주 완전한데다 안톤 콜프의 딸로 정식으로 인정된 것은 어떻게 설명하겠어요?"
"모두 그 사람이 조작한 거에요. 나한테는 그저 양딸이라고만 말했어요."
"그러나 이것은 함부르크의 서류요. 그쪽의 호적 사본이오."
"틀림없이 누군가를 매수해서 손에 넣은 걸 거에요."
"그러나 콜프는 1934년 이후 독일에는 돌아가지 않았소."
"누군가 공범자에게 부탁했는지도 몰라요."
"누구한테?"
"그건 모르겠어요."
"모른다는 건 곤란하오. 당신이 남에게 죄의 책임을 덮어씌우려는 것은 알겠어요. 그러나 그렇더라도 그 이야기의 앞뒤가 맞아야지."
"그래서 지금 설명하고 있는 거에요. 하지만 나는 혼잔데 당신들은 줄곧 나를 몰아세우기만 해요. 잘 설명하는 것은 아주 어려운 일이에요. 그래도 나는 모두 이야기하려는데 당신은 처음부터 믿지를 않아요. 당신은 내가 표면적으로는 잘못을 저질렀기 때문에 범인이라고 단정하고 있어요. 하지만 그럴 수는 없어요. 나한테 불리한 것은 표면뿐이에요."
"왜 남편의 시체를 옮겼나요?"
"벌써 말했어요. 유서가 등록되는 것을 기다리기 위해서라고."
"그러나 그런 유서는 존재하고 있지도 않는데."
"나는 그런 줄 몰랐어요. 그렇게 하라고 권한 것도 안톤 콜프에

요."
"한 번도, 어떤 때에도 그에게 함구료를 지불한 일은 없었지요?"
"물론 없어요. 그 사람이 모든 책임자니까요."
"그게 틀림없지요?"
"내가 성실하다는 것을 몇 번이나 말해야 알아 주시겠어요?"
"그럼 당신 생각으로는 아버지가 남편을 죽였군요."
"그 사람은 아버지가 아니에요."
"내 질문에 대답하시오……."
"물론이지요. 죽인 것은 그 사람이에요. 그리고 나에게 덮어씌운 거에요. 만약에 내가 처형되면 당연히 그 사람이 유산을 상속하게 되니까요."
"만약에 양아버지라면 안 되지."
"하지만 방금 당신이 말했잖아요. 마치 친아버지처럼 행세하고 있다고."
"그럼, 그런 것으로 해 둡시다. 그렇다면 그는 당신한테 죄를 씌워 당신의 유산을 상속할 목적으로 당신을 채용했다는 말이지요?"
"순전히 그래요. 알아 주셨군요. 말하고 싶었던 것은 그거에요. 이제 더 말할 것은 없어요."
"그러나 만약에 당신이 사형 선고를 받지 않으면 어떻게 되나요?"
"뭐라고요?"
"당신은 젊고 아름답소. 좋은 변호사가 잘 변호하면 배심원은 당신을 가엾게 여겨 무기징역으로 용서해 줄지도 모르오. 그리고 공소심에서 다시 감형이 될지도……."
"그러면 어떻게 되죠?"
"그렇게 되면 말이오, 묻고 싶은 것은 바로 그 점이오. 도대체 그가 무엇 때문에 죽였을까 하는 문제요."

"하지만 그 사람은 내가 사형이 되리라고 확신하고 있어요."
"욕심에 얽힌 범죄를 개연성에 의해서 저지르는 사람은 없어요."
"하지만 그 사람은 그렇게 말했어요. 자기의 음모를 매우 사소한 것까지도 모두 들려주었어요."
"그건 대체 언제 일인가요?"
"어제 면회왔을 때에요."
"당신은 혐의도 받지 않은 살인범이 시기도 택하지 않고 그런 자백을 하리라고 생각하나요?"
"나한테 모든 것을 알리려고 했어요. 그 사람은 악마에요…… 나를 비웃으러 왔던 거에요. 내가 아주 싫은 거에요."
"어째서요?"
"모르겠어요. 나로서는 이렇게 된 것을 전혀 알 수가 없어요. 나는 무서워요. 죽기 싫어요. 내가 알고 있는 것은 그것뿐이에요."
"그렇다면 충고로 한 마디 해 두겠는데, 유죄를 인정하는 일이오. 당신은 욕심이 많소. 그러나 욕심이 많은 것은 당신 한 사람만은 아니오. 당신한테는 용서받을 점도 있어요. 당신은 생활이 편하지 못한 나라에서 왔소. 그리고 일시적인 착각에서 그만……."
"하지만 죽인 것은 내가 아니에요. 그 사람이 했어요."
스탈링 케인은 벌떡 일어서더니 두 손으로 책상을 짚고 히르데갈데 쪽으로 몸을 기울였다.
"인생이란 정말 이상하군요. 당신 아버지는 당신이 아직 어렸을 때 당신을 버렸지요. 이건 너무한 일이었소. 당신이 원망하는 것도 무리가 아니오. 그러나 당신을 찾아 낸 뒤부터는 지난날을 되찾았소. 그리고 이번 사건에서도 아버지만한 당신편도 흔하지 않소. 그 증거가 필요한가요?"
아연해진 그녀는 케인을 쳐다보았다.

"테이프 레코더를 가지고 와."

그는 신문에 참가하고 있으면서도 여전히 잠자코만 있던 형사에게 말했다. 뭐가 뭔지 모르게 된 히르데갈데는 자기의 이성을 잃기 시작했다.

정말 콜프는 면회를 왔었을까. 이야기를 들은 것은 실제의 일이었을까. 아니면 악몽이었을까. 형사는 녹음기를 두 대 가지고 곧 들어오더니 그것을 책상 위에 놓았다. 스탈링 케인은 그 하나를 손바닥으로 툭툭 치면서 말했다.

"이건 배 위에 있었소. 어떻게 해서 우리 손에 들어왔는지 알겠나요?"

그녀의 아연한 모습이 대답 대신이었다.

"아버지를 미행한 결과요. 아버지는 당신을 구하기 위해 배로 가야겠다고 생각했던 거요. 그래서 밤에 형사 몰래 자동차를 안벽의 반대쪽에 정차시켜 놓고 말이오. 그러나 우리는 이것을 트랩을 내려오는 데서 손에 넣었소. 아버지는 이 녹음기를 바다에 던지려고 했답니다."

"모르겠어요."

"일에도 순서가 있어요. 우선 이쪽 것부터 시작해 볼까. 그리고 그 다음에 또 하나의 것을 들어 보도록 합시다……. 이걸, 돌려 줘."

그는 녹음기를 가지고 온 형사에게 명령하고, 자기는 안락의자에 앉아서 담배에 불을 붙였다. 형사는 뚜껑을 열고, 콘센트를 찾아서 선을 꼽고는 버튼을 눌렀다. 테이프가 돌아가기 시작하자 중국 사람 둘이 몹시 빠른 속도로 지껄이고 있는 것 같은 목소리가 들렸다.

"이제부터 아버지의 신문을 들어 봐요. 그리고 당신들 두 사람의 감정이 얼마나 다른가를 차분하게 생각해 보란 말이오. 이런 짓을 하는 것도, 내가 개인적인 반감에 지배되지 않고 있다는 것을 알리기 위해서요. 당신들 두 사람에게는 제각기 해명할 기회를 주었어요. 그 양쪽을 다 듣고 나서 과연 어느 쪽의 주장이 이해하기 쉬운 것인지 어디 당신 자신에게 물어보지 않겠소?"

그리고 그는 녹음기를 돌리라고 신호했다.

처음에는 두 남자 목소리가 누군지 또, 지껄이고 있는 말을 무슨 내용인지 히르데는 알아들을 수도 없었다. 다만 책상 위에 놓여진 두 대의 기계가 지옥의 고문 기계같이 여겨졌으며 그것이 자기의 파멸을 더욱 확실하게 할 것이 틀림없다고 느꼈을 뿐이었다. 그녀는 고통스러운 듯이 두 개의 릴에 리본이 감겼다가 다시 풀리는 것을 바라보고 있었다. 스피커의 소리는 굉장히 또렷했다. 눈을 감는다면 틀림없이 이 대화가 지금 이 조사실에서 행해지고 있으며, 그녀는 다만 그 자리에 와 있는 것처럼 여겨질 것 같았다. 안톤 콜프 같은 목소리가 말했다.

"나는 아무것도 모릅니다. 틀림없이 딸에게 악마가 붙은 거에요. 그애가 나를 믿지 않았던 것도 무리는 아닙니다. 어렸을 때의 일을 생각한 것입니다. 나는 알면서도 내버려 두었습니다. 이제 와서 어떻게 아버지에 대한 편견을 고칠 수 있겠습니까. 잘못은 나한테 있는데."

다음에 스탈링 케인이 말했다.

"콜프 씨, 이 질문은 매우 특수한 것입니다. 당신은 오늘 오랜 시간 동안 우리들의 질문에 대답해 주셨습니다. 남은 일은 아주 사소한 점 뿐입니다만, 그것이 따님에게는 중대한 결과를 가져오게 됩니다. 당신은 배가 뉴욕에 닿자 곧 플로리다로 날아가셨고 그 이유도 말씀하셨습니다. 그러나 사태가 몹시 특수했기 때문에 우리는 당신의 집으로 갔습니다. 거기서 우편물 통에 있는, 요트 하버에서 보낸 한 통의 편지를 발견했어요. 우리는 봉투를 뗐지요. 이것이 그 내용입니다. '아버님, 여기에 20만 달러의 횡선수표를 같이 넣어서 함께 보냅니다. 처음이자 마지막 수표입니다. 이것으로 모든 것이 청산된 것으로 해 주세요. 이것을 드리는 것은 저의 남편이 죽었기 때문입니다. 이것으로 모든 것을 눈감아 주시옵소서. 이 사건도 어느덧 때가 지나면 잊어 버리게 되겠지요. 그리고 이 수표로 인해 그것이 아버님에게도 좋은 추억이 될 것을 빌겠습니다. 당신의 사랑하는 딸 히르데갈데 콜프 리치몬드.' 그리고 당신 앞으로 된 금요일 발행의 횡선수표가 함께 들어 있었습니다. 이 점에 대해 뭔가 설명해 주시겠습니까, 콜프 씨?"

오랜 침묵이 계속되었다. 히르데갈데는 너무도 어처구니가 없어서 멍하니, 마치 얼어맞은 것처럼 녹음기에서 눈을 뗄 수가 없었다.

"내 생각으로는……."

콜프의 목소리가 이야기하기 시작했다. 그러나 스탈링 케인은 별안간 녹음기를 멈추었다. 그리고 상반신을 젊은 여자 쪽으로 약간 기울이고 조용한 목소리로 말했다.

"나는 방금 전에도 아버지에게 함구료를 지불하지 않았느냐고 물었지요? 기억하고 있나요? 나는 두 번이나 되풀이했소. 이것으로 세 번째요. 어디 대답 좀 들어봅시다."

히르데갈데는 입을 벌린 채 시선을 녹음기에서 총경에게로 옮겼다. 그녀는 이러한 혹독한 타격이 아직도 잘 이해되지 않는 것 같았다.

"아직도 끝내 부인만 할 작정인가요? 당신은 남편을 죽이고, 20만 달러로 아버지의 침묵을 사려고 했소."

그러자 그녀는 반은 머뭇거리고 반은 우는 목소리로 이야기하기 시작했다.

"그 사람이 나를 채용했을 때, 그 편지를 쓰고 서명케 했어요. 나의 신의에 대한 보증이므로 유산을 받고도 그 사람에게 그 돈을 주지 않았을 때 쓴다고 말하면서."

"그러나 그는 당신한테서 전 재산을 물려받을 작정이었다면서요?"

"물론이에요. 지금은 그렇게 되어 있어요. 하지만 처음에는 그렇게 말하지 않았어요. 다만 나의 남편한테 받는 유산을 2만 달러에서 20만 달러로 하기 위해서라고만 말했던 거에요."

"그렇다면 당신 이야기대로 하면 이 편지는 당신이 그를 만났을 때에 씌어졌다는 말이군요."

"네."

"프랑스에서?"

"네."

"그럼 어떻게 아버지의 뉴욕 주소를 알고 있었나요?"

"그 사람이 불러주며 받아 쓰라고 했어요."

"그렇다면 한두 번밖에는 만나지 않은 거의 남남인데도 당신은 이런 위험한 편지를 쓰고, 게다가 상대의 이름을 자기 이름으로 해서, 더구나 아직 만난 일도 없는 남편의 성으로 서명했단 말이오?"

"하지만 그 편지는 문제가 아니었어요. 단순한 보증이었으니까."

"그럼 어째서 수표가 들어 있나요?"

히르데갈데는 상대를 바라보고 두 손을 마주 잡았다.

"그것도 그 사람이 뉴욕에 도착하기 조금 전에 서명해 달라고 한 거에요. 나를 협박할 작정이었어요."

"남편 살해를 미끼로 말인가요?"

"네, 나를 그 범인으로 조작해서."

"그러나 수표는 금요일 날짜이며 주인이 죽은 것은 토요일 아침이오. 어떻게 당신을 협박할 수 있나요. 아직 범죄는 발생하지도 않았는데."

"모르겠어요. 그 사람은 이제 캘리포니아에서 만나게 될 텐데 만약에 비행기 사고라도 나서 우리들 두 사람이 죽어 버리면 2만 달러밖에는 손에 들어오지 않는다, 그러므로 이 돈은 생명보험과 같은 것이라고 말했어요."

"그러나 당신이 말하듯이 그가 주인을 죽였다면, 그렇게 할 필요는 없었을 텐데요."

"하지만 그 때는 아직 칼이 살아 있었어요. 그렇게 될 줄은 나도 몰랐어요."

"그리고 당신은 이런 거액의 수표를 눈썹 하나 까딱하지 않고 서명했던가요? 주인한테는 어떻게 설명할 작정이었나요? 아무리 당신 몫의 재산이 막대하더라도 20만 달러라면 적지 않은 돈인데."

"칼은 알 까닭이 없었어요."

"왜요? 당신은 벌써 그를 죽일 작정이었군요."

"아니에요. 그건 아니에요, 아니야!"

히르데갈데는 언제까지나 소리질렀다.

"자자, 조용히, 조용히, 리치몬드 부인. 나는 그저 질문을 했을 뿐이오. 그렇게 요란스럽게 대답을 하라고는 말하지 않았소."

테이프가 감긴 뒤에 천천히 풀리기 시작했다. 말소리가 흘렀다.

"……밝혀 줄 수 있겠습니까, 콜프 씨."

그리고 다시 무서운 침묵이 계속된 뒤에 이윽고 비서의 망설이는 듯한 비통한 목소리가 흘러나왔다.

"내가 생각하기로는 이것은 무서운 오해입니다. 우리는 주인이 죽었을 때 손에 들어올 꿈 같은 유산 이야기는 여러 차례 했습니다. 그건 당연하지요. 딸은 젊고 아름다우며 더구나 그 때까지 별로 행복하지 못했습니다. 그래서 그 애는 여러 가지 계획에 열중했습니다. 아무튼 굉장한 재산입니다. 그리고 주인은 늙은이여서 언젠가는 죽습니다. 사건이 일어나기 며칠 전에도 그 이야기를 했습니다. 그때 마침내 마음에도 없는 말을 내가 몇 마디 지나치게 해 버렸습니다. 히르데갈데에게 '네가 더 행복해, 그다지 노력도 하지 않고 내가 한평생 일을 해서 손에 넣은 것의 백 배가 되는 재산을 가지게 되니까'라고. 나는 마음에도 없는 말을 한 거지요. 그건 인정합니다. 그러나 나는 성인이 아닙니다. 그애가 열중하는 것을 보니 짜증도 나고 부럽기도 했습니다. 그 뒤에는 전혀 그런 이야기는 하지 않았습니다. 그러나 저렇게 보여도 그 애는 인색하지는 않습니다. 그 편지와 수표를 보낸 것은 그 때의 일을 생각했던 것이 틀림없습니다. 그밖에는 설명할 도리가 없지 않습니까?"

스탈링 케인은 다시 녹음기를 멈추었다.

"당신을 들끓게 하는 일밖에는 생각하지 않고 있다는 그 악마인가 뭔가의 태도를 어떻게 생각할 것인가는 당신한테 맡기겠소."

그리고 그녀가 대답하기 전에 다시 테이프를 돌렸다. 대화가 계속되었다.

"…… 없습니다. 그밖에는 설명할 도리가 없지 않습니까?"

"그보다도 콜프 씨, 따님이 남편을 죽인 뒤에 당신의 침묵에 사례했다고는 생각되지 않습니까?"

"그런 끔찍한 이야기를 들을 귀는 비록 가정이라 하더라도 가지고 있지 않습니다."

"그러나 누군가가 독약을 먹인 것입니다. 리치몬드 씨가 마지막에 마신 컵에서 본인의 지문과 함께 부인의 것도 검출되었습니다."

"그건 아무런 증거도 되지 않습니다. 자메이카 사람은 장갑을 낀 채 음식을 날라오니까요."

"그야 그렇겠지요. 하지만 지문은 따님과 그 주인의 것입니다. 그것은 그 컵을 마지막으로 쓴 것이 그 두 사람이었기 때문이겠지요."

"그런 터무니없는 이야기가 어디 있습니까. 만약 딸이 범인이라면 맨 먼저 지문을 지웠을 것입니다. 그것은 말도 안 됩니다."

"아니, 말이 되도록 해야 합니다, 콜프 씨. 문제는 살인이니까요. 당신의 기분은 알겠습니다. 하지만 나나 당신한테 가장 중요한 것은 진실입니다. 그럼 도대체 따님의 핸드백 하나에 독약의 흔적이 남아 있는 것은 뭐라고 설명하겠습니까. 그 흔적을 분석한 결과 독화살에 쓰는 강한 성분의 독약이라는 것을 알았습니다. 그리고 해부 결과 리치몬드 씨의 몸에서 검출된 것도 그것과 똑같은 독소뿐이었습니다."

"예상은 증명이 안 됩니다."

"그뿐인가요. 이 독소는 열대지방밖에는 없는 소라나이스 꽃에서 채취되는데, 이 꽃은 버뮤다 섬의 곳곳에 있습니다. 리치몬드 부인 이외에 누가 산 크리스트발에 상륙했습니까?"

"승무원들도 물론 배에서 내렸겠지요."

"자메이카 사람들도 내렸습니까?"

"그들은 절대로 내리지 않습니다. 연봉을 받는 대신, 배 위에서만 일을 하기로 되어 있습니다. 일이 없는 때가 몇 개월이나 있는 대신 휴가는 주지 않습니다."

"그들을 제외하고 선실에 들어갈 수 있는 사람은 누굽니까?"

"아무도 못 들어갑니다. 그것은 원칙적으로 되어 있습니다."

"내가 알고 싶었던 것은 그것뿐입니다, 콜프 씨."

녹음기에서 이상한 소리가 들렸다. 곁에 있던 물건이 움직인 것 같았다. 이어 안톤 콜프가

"아무튼 이건" 하고 중얼거리고는 길게 한숨을 쉬었다. 담배를 주

고받는 모양이었다. 두 사람은 한참 동안 잠자코 담배를 피우고 있는 것 같았다. 그리고 다시 스탈링 케인의 목소리가 물었다.

"콜프 씨, 당신은 몰래 배를 타려다가 우리한테 잡혔을 때의 이상한 행동에 대해서는 지금까지 일체 입을 다물고 있는데, 다행하게도 당신이 찾고 있던 테이프 레코더는 당신이 처분하기 전에 이쪽 손으로 들어왔습니다. 말할 것 없이 우리는 그 테이프를 몇 번이나 들었습니다. 그 덕분으로 우리도 이제 비밀에 한 걸음 다가선 셈입니다. 그러니 이제 그만 여기서 모두 털어놓지 않겠습니까?"

"그건 거절합니다. 법정에서는 녹음된 증언은 무효일 것입니다."

"그러나 여기는 법정이 아닙니다. 나의 사무실입니다. 그리고 서로가 도울 수 있을지도 모릅니다."

거기서 다시 스탈링 케인은 기계를 멈추었다.

"틀림없이 이 뒤의 이야기도 듣고 싶겠지만 우선 주인의 목소리를 한 번 더 듣고 놀라지나 말아요."

그리고는 계속 돌리라고 신호했다.

히르데갈데는 입술이 마르고 가슴이 답답해져서 돌처럼 굳어진 채 자기가 떨어진 구덩이의 구멍이 막히는 것을 느끼고 있었다. 역시 콜프가 말한 대로였다. 그녀에게는 거기서 빠져나갈 수 있는 기회가 조금도 남아 있지 않았다.

계략은 처음부터 끝까지 빈틈없이 짜여져 있었다. 단 한 마디의 실언도 실수도 없었다. 모든 것은 마치 시계처럼 움직이고 있었다. 그가 말한 대로 그녀는 아직 죽지는 않았으나 거기에는 큰 차이가 있는 것도 아니었다.

남편의 목소리가 느닷없이 온 방 안에 울려퍼졌다.

"알겠지, 콜프, 뉴욕에서 곧 그 사람을 만나 되도록 빨리 서류를 작성해야 해."

충실한 비서가 대답했다.

"알겠습니다. 그러나 그렇게 서두르지 않아도 좋다고 생각됩니다만. 어느 때보다도 건강하시고, 결혼으로 매우 젊어지신 것 같은데요."

히르데갈데는 남편의 나직한 웃음 소리를 듣자 소름이 끼쳤다.

"요즘의 젊은 여자는 정말 달라졌어. 아무튼 나한테 여자라는 것은 불가사의야. 젊었을 때 상대한 여자도 그랬었지만 말이야. 하지만 콜프, 특히 저 여자는 수수께끼야. 나이 탓일까 하고 언제나 생각하지만, 성녀인지 요부인지 전혀 알 수가 없어. 내 시체에서 피를 빨아먹으려고 기다리고 있는 악마인지도 몰라."

"누구나 이렇게 똑같이 살고 있는 것처럼 보입니다만, 저마다 목적은 다른 것 같습니다. 그러나 세계의 인간 가운데 절반은 나머지 절반의 사랑을 쫓고 있는 셈입니다. 또한 사장님의 역할 역시 그다지 나쁜 것으로는 생각되지 않습니다."

다시 리치몬드는 소름끼치는 웃음을 웃었다. 살아 있을 때도 그 웃음은 언제나 그녀를 오싹하게 했던 것이다.

"테이프는 걸었나, 나중에 또 세세한 일을 너절하게 묻는 건 딱 질색이란 말이야."

"아까부터 벌써 걸어놓고 있습니다."

"그래? 그렇다면……."

아까 마이크 가까이에 있던 그릇 소리가 히르데를 뜨끔하게 했다.

"전의 형식은 모두 그대로 두면 돼. 다만 항목을 두 개만 바꾸고 싶을 뿐이야. 그 하나는 나의 귀여운 마나님에 관해서지. 그 여자에게 나의 전 재산을 자유로이 하도록 하지는 않겠어. 재산은 너무 많고 또 그녀는 너무 젊어. 게다가 해수욕장인가 뭔가에서 만난 건달들과 함께 물쓰듯이 쓰는 건 참을 수 없는 일이거든. 돈이 너무 많으면 사람도 달라지는 거야. 그러나 또 전혀 없어도 안 되지. 내가 남기는 추억이 이따금씩 포근하게 되살아나야 한단 말이야. 그 여자는 그런 대로 좋은 여자거든. 그렇지, 콜프? 잠깐 생각하게 해줘. 집과 보석 외에 약 2백만 달러 정도로 할까, 그 정도면 되겠지?"

"참으로 너그러우시다고 생각합니다."

또 나직한 웃음 소리가 났다. 그리고 방 안에서 뭔가 움직이는 기척이 있은 뒤에 노인은 계속했다.

"좋아, 그렇게 하지. 백만 달러야."

"방금 2백만 달러라고 말씀하셨는데요."

"그랬던가, 생각이 안 나는데 아무튼 백만으로 가자. 1백만이야. 한 사람의 남편, 한 아이, 하나의 유산이라는 식으로 1백만이야. 이건 행운의 숫자지…… 대체 저 바보들은 내 안경을 어디다 두었을까?"

"부를까요?"

"나중에라도 괜찮아. 이봐, 그걸 등록해 주게. 서명은 캘리포니아로 떠나기 전에 하겠어."

"알겠습니다."

"그럼 이번에는 자네 차례야, 자네는 어떻게 할까?"

비서는 대답하지 않았다.

"자네는 야심이 너무 없어. 그러나 정직해. 언제나 마음놓고 일을 맡길 수가 있었어. 자네는 그다지 영리하지도 못해. 약간 둔한 편이지. 그리고 조금 꼼꼼해. 그러나 자네도 이제는 벌써 늙었어. 앞날도 생각해 두어야지. 그런데 얼마나 필요하지?"

"그런 건 제가 말씀드릴 것이……."

"무슨 소리야, 내가 묻고 있는 걸세."

"전의 유서에서는 2만 달러를 물려받기로 되어 있었습니다."
"그것으로 될까?"
"그렇게 말씀하신다면 역시 부족하다고 말씀드릴 수밖에는 없는데요."
"그럼 얼마면 되나?"
콜프가 조심스럽게 말하는 것이 들렸다.
"10쯤······."
"10이라니? 10달러 말인가?"
노인은 자기의 이 농담에 흥겨워서 킥킥 웃었다.
"자, 대답을 해봐. 10달러야, 아니면 10만 달러야?"
"10만 달러입니다."
"좋아 좋아. 꼭 한번, 자네가 자발적인 의사 표시를 했구먼. 좀 더 용기를 돋구어 주지. 30만 달러 주겠어."
"아아, 정말······."
"고맙다는 말 따위는 안하는 게 좋아. 내 마음이 변하면 안 되니까. 나라면 그 텍사스의 석유 일 때에 자네가 한 것 같은 역할을 하는 건 아예 질색이란 말이야. 이건 뭐, 하느님의 은총이라고도 할 수 없는 거야."
이때 문을 두드리는 소리가 들렸다.
"뭐야."
노인이 말했다.
"차를 가지고 왔겠지, 틀림없어."
"테이프를 멈출까요?"
"응, 그리고 잊지 말고 뉴욕에 도착하는 대로 곧······."
목소리가 사라졌다. 비서가 스위치를 껐으므로 노인의 말은 거기서 끊어졌다. 조용한 침묵이 조사실에 깔렸다. 사태에 완전히 짓눌린 히

지푸라기 여자 211

르데갈데는 이 녹음의 뜻도, 그것을 어떻게 생각해야 할 것인지도 알 수 없었다.

스탈링 케인은 아무 말도 묻지 않고 한 번 더 녹음기의 스위치를 넣었다. 그는 히르데를 보았다. 그러나 그 눈에는 아무런 기색도 보이지 않았다. 다만 눈길을 던지고 있을 뿐이었다. 그러나 그녀의 반응은 어떤 작은 것이라도 사진처럼 찍어서 소화하고 정리하는 눈치였다.

맨 처음의 테이프 소리가 다시 계속되었다.

"……하고 있는 것입니다. 서로가 도울 수 있을지도 모릅니다. 당신은 이 새로운 유서 내용을 따님한테 이야기했습니까?"

"물론입니다."

"그 반응은 어떠했습니까?"

"글쎄요…… 뭐라고 하면 좋을까. 말하자면 실망한 빛이었지요. 처음의 유서처럼 전 재산을 상속하게 된다고 생각하고 있었을 테니까요."

"반대로 당신 자신은 새 유서 쪽이 좋았겠군요."

"그렇습니다."

"그리고 뉴욕에 도착하는 곧바로 그것을 등록키로 되어 있었군요?"

"그렇습니다."

"그럼 왜 공증인한테 가지 않았습니까?"

"틈이 없었습니다."

"아니, 콜프 씨. 그건 이유가 안 됩니다. 그보다도 따님으로부터 잠깐 기다려 달라는 부탁을 받았겠지요? 그리고 그녀를 돕기 위해 새 유서에 대해서는 아무 말도 안 할 작정이었지요? 따님이 전의 유서의 효력이 있는 동안에 남편을 죽였다는 것이 밝혀졌기 때문이지요? 또 저 사람이 시체를 숨긴 것도 본인이 말했듯 새 유서가 유효하게 되는 것을 기다리기 위해서가 아니라, 반대로 그야말로 완전히 파기할 시간이 필요했던 거지요? 20만 달러의 수표는 당신의 그런 도움에 대한 감사를 충분히 증명하고 있습니다."
"절대로 그렇지 않습니다."
"그럼, 왜 이 테이프를 찾으러, 그것도 한밤중에 마치 도둑처럼 몰래 갔습니까? 그리고 우리들이 미행하고 있는 것을 알자 곧 바다에 던지려고 했습니까. 왜 30만 달러를 받으려 하지 않았지요? 죄를 저지른 따님을 감싸서 모든 의혹을 물리치기 위해서가 아니었나요?"
"딸에게는 그를 죽일 까닭이 전혀 없습니다. 백만 달러의 유산이 있었으니까요."
"그야 그렇지요, 하지만 전 재산과 비교하면 그건 아주 매력이 줄어들거든요."
"히르데갈데에게는 그럴 리가 없습니다. 그애는 가난했습니다. 백만 달러라면 그애한테는 꿈 같은 이야깁니다."
"그러나 제2의 유서에 대해 당신이 침묵하는 사례로 수표를 보냈습니다."
"그것과 이것은 아무 관계도 없습니다."
"콜프 씨, 이쯤에서 명백한 사실에 항복하는 것이 어떻습니까? 당신은 따님을 위해 할 수 있는 일은 했습니다. 당신에게 그녀의 교육에 대한 책임은 있어도 도덕에 대한 책임은 없습니다."
"모든 것이 어처구니없는 오해입니다."
"그렇겠지요, 그렇고 말고요. 그러나 모든 사실이 너무나 세세하게 갖추어져 있습니다."
스탈링 케인은 녹음기를 멈추었다.

"이 뒤는 별것 아니오. 고소장 작성에 필요할 만한 것이지요. 어떻소, 리치몬드 부인."

"부인하겠어요, 끝까지 부인하겠어요. 나는 조작된 희생자예요. 범인은 내가 아니에요."

"그러나 뚜렷한 사실을 부인하는 것이 도리어 당신한테는 불리하다는 것을 모르나요?"

"나는 그 유서의 내용은 몰랐어요. 남편도 안톤 콜프도, 나한테는 말하지 않았어요."

"그건 믿을 수 없는데."

"틀림없이 이 녹음은 가짜예요. 남편의 목소리가 아니에요."

"그렇다면 누구지요?"

"그건 모르겠어요. 남편이 아닌 것만은 확실해요."

"당신은 다음 주 법정에 출두하게 될 거요. 그러나 법정과 비교하면 여기서의 신문은 아무것도 아니오. 법정에서는 지금까지 해온 것처럼 터무니없는 꿈 같은 이야기를 하거나 질문에 대답 않거나 하는 일은 있을 수 없소. 해명할 태세를 완전히 갖추어야 해요. 이런 말을 하는 것도 모두 당신을 위해서요."

"왜 내 말을 안 믿지요? 왜 모든 것을 기계적으로 반대만 하시나요?"

"내 직업은 진실을 찾는 것이오. 진실은 말보다 진실에서 찾아지는 일이 많기 때문입니다."

"하지만 만일 당신이 믿어 주지 않는다면 배심원 역시 아무도 믿어 주지 않아요."

"그러기에 유죄를 인정하라고 말하지 않소? 그렇게 하면 혹시 처형되지 않을 기회를 잡게 될지도 몰라요."

히르데갈데는 반응을 보이지 않았다. 눈은 허공을 향하고 도끼로 얻어맞은 것 같은 모습을 하고 있었다. 귀가 울리고 있었다. 책상 위에 놓여져 있는 두 대의 녹음기는 불이 붙었는데도 아직 폭발하지 않는 폭탄처럼 오만해 보였다.

그녀 내부의 작은 용수철이 풀어지고 말았다. 그것은 작지만 매우 중요했던 것이다. 그것이 풀어졌기 때문에 그녀 몸의 복잡한 기구가 모두 멎고 말았다. 그녀는 이미 공포도 추위도 굶주림도 욕망도 불안도 느끼지 않았다.

그러나 자기가 존재하고 있는 것만은 알고 있었다. 귀에는 주위 사람들의 말소리가 들렸다. 눈은 주위의 사람들을 보고 있었다. 그러나 그것은 큰 상아탑의 창문에서였다. 그녀는 그 탑 속에 갇혀서, 그들을 보면서도 그들의 이야기를 들을 수 없고 자기가 말을 할 수도 없었다. 그들은 탑의 바깥에 있었다. 그들도, 그리고 다른 누구든지, 그녀가 한 번도 가보지 못한 나라에 살고 있는 사람들까지도 모두 탑의 바깥에 있었다. 관 속에 들어간 이름 없는 시체처럼 고독하고 가난하여 아무것도 갖지 않고 그리고 감각도 없이 조용하게, 그러나 아직 완전히 죽지는 않고 있는 것이 지금의 그녀였다. 그리고 이 작은, 보잘것없는 일을 해결해 주는 것은 오직 시간 뿐일 것이다. 그녀는 독방으로 끌려가서 눕자마자 잠에 떨어졌다. 교도관이 윗사람에게 이 여자는 범인임이 틀림없다, 여기서 잠잘 수 있는 것은 어린아이와 진범뿐이라고 말하고 있었다.

하루가 또 지나갔다. 그것은 전날보다 답답하지도 지루하지도 않았다. 시간은 마치 불타고 있는 장작이 하나하나 차례로 스러지듯이 정확하게 지나가고 있었다. 히르데갈데는 이제 완전히 기진맥진해 있었다. 그녀를 구제할 수 있는 것은 이제 기적밖에는 없었다. 재판이라는 희극이 그녀를 위해서 축제의 행렬을 벌이려 하고 있었다. 출연자는 모두 등장을 기다리고 있었다. 판사, 변호사, 증인, 신문기자, 그리고 원작자 안톤 콜프. 사람들은 그녀에게 질문을 퍼부을 것이다. 그리고 그녀는 사실대로 말하겠지.

그러나 아무도 그것을 믿으려고 하지는 않을 것이다. 그것을 각오하지 않으면 안 된다. 아름다운 히르데갈데도 이제 그다지 오래가지는 않는다.

그녀의 머리 속은 고장난 기계 인형과 비슷했다. 그녀로서는 그 작은 나사를 고칠 수가 없었다. 그날 이후 명치에 구토증이 자리잡더니, 사소한 말만 들어도 그것은 폭풍처럼 치받쳐올라 그녀를 데굴데굴 구르게 했다. 그녀는 외로이, 아무것도 주어진 것 없이 하루 종일 방치되어 있었다. 그녀는 얌전하고 다소곳이, 증오도 후회도 반항도 없이 기다리고 있었다. 침대에 앉아서 잘 교육된 사형수처럼 기다리고 있었다.

고민을 하더라도 그로 인한 해를 조금이라도 적게 하려고 노력해야만 했다. 그녀는 티끌만큼 남은 힘을 그 때문에 소비했다. 틀림없이 이런 경우 기도는 효력이 있었을 것이다. 그러나 불행하게도 그녀에게는 신앙이 없었다. 그녀에게는 이미 아무것도 없었다. 남아 있는 것은 얼마 안 되는 시간뿐이었다.

저녁때 호출되어 면회실로 갔다. 거기에는 안톤 콜프가 기다리고 있었다. 그러나 이젠 그를 만나도 아무것도 느껴지지 않았다. 증오나 공포나 노여움은 이미 그녀의 것이 아니었다. 그녀는 콜프의 바로 앞에 앉아 두 손을 테이블에 짚고서 상대가 이야기하기를 기다렸다. 그가 온 것은 자기가 쌓은 성에 뭔가 새로운 돌을 덧붙이러 온 것에 불과할 것이기 때문이다. 그는 말했다.

"방금 스탈링 케인을 만나보고 왔소. 당신이 아주 바보 같은 짓을 해 주어서 대단히 고맙게 생각하고 있어. 역시 우리들의 이익은 일치되어 있어요. 그 이상 잘해 달라고 하는 건 무리일 뿐이야."

히르데갈데는 대답하지 않았다. 말이 귀까지는 들어왔으나 머리에는 미치지 못했다.

"오늘은 마지막 작별을 하러 왔어. 내일은 법정으로 끌려나가서 범인으로 단정되는 것을 피할 수 없을 테니 다음부터는 감시 없이 만날 수 없게 돼. 그리고 그렇게 되면 우리들의 대화는 아주 시시해지고 말겠지."

"뭐에요, 그 테이프에 녹음된 유서 이야기는."

안톤 콜프는 웃어 버렸다.

"틀림없이 놀랄 줄 알았어. 살인의 동기를 만들기 위해서 조금 생각해 낸 것인데, 벌써 오래 전에 해 둔 거요. 내 흉내내기 재주는 어떻소?"

"칼의 목소리가 아니라는 것은 알고 있었어요."

"그야 그렇겠지. 애정이란 안테나를 가지고 있으니까."

"그분이 아니라는 것은 알았어요."

"하지만 멋지게 흉내냈지? 아니, 그보다도 내가 음모가처럼 그 기계를 되찾으러 갔을 때는 정말 걸작이었어. 미행당하고 있는 것을 알고 있었기 때문에 연극은 간단했지. 그래도 하마터면 모든 것이 물거품이 될 뻔했어. 직무에 충실한 형사들이 나에게 달려들 때 너무도 직업적 양심에 차 있었기 때문에, 하마터면 기계를 정말로 바다에 떨어뜨릴 뻔했었지. 내가 조심을 했기에 다행이었지. 나는 정신없이 기계를 껴안고 있었거든."

"그렇게까지 하는 데는 얼마나 돈이 좋으면 되나요?"

"인생은 짧아. 그리고 뒤에는 허무밖에 안 남아. 분해와 부패밖엔 없어. 생명이 있는 한 돈을 즐겨야지."

"하지만 그 때문에 다른 사람을 짓밟아도 되나요?"

"당신은 전쟁이 얼마나 믿기 어려운 스캔들인지 생각해 본 일이 있소? 몇 백만이라는 인간이 살해되고 불구자가 되고 고문을 당하고 끝내는 감옥에 갇히게 되지. 그런데 그건 도대체가 무엇때문이겠소?"

"그것과 이건 달라요."

"물론 다르겠지, 당신이 볼 때는. 30년 동안 당신이 지녀온 명예와 자유와 성실과 의무라는 흔해빠진 명목을 하루아침에 버리라고 한다면 그건 무리한 일이겠지. 그러니까 세상의 약속은 올바르다고 생각해도 좋아. 그리고 당신이 범인은 아니니까 마음 편히 죽으면 돼요."

"난 아직 젊어요. 죽긴 싫어요."

"내가 당신을 죽이고 싶어한다고 생각하오? 하지만 유감스럽게도 누구든 그렇게 된다고 확신하게 되고 말았어"

"부탁이에요, 안톤 콜프, 무슨 일이건 당신이 하라는 대로 하겠어요. 나를 살려 주세요."

"자자, 그런 감상적인 우는 소리는 우리 서로 하지 말기로 하자구."

"그럼 왜 왔지요? 새디즘 때문에?"

"천만에, 다만 습관에 따른 것뿐이야. 그리고 이것은 앞으로도 계속해야지. 그렇게 하지 않으면 이쪽이 의심을 받게 돼. 그러나 앞으로는 감시가 붙는단 말이야. 오늘 안으로 당신의 흥미를 끌 자세한 점을 알려두지 않으면 이제 그 기회는 없어질 거야."

"그런 건 이제 흥미없어요."

"아니, 그런 무기력은 오래 가질 못해. 그리고 당신이 좀 기운을 차리게 되었을 때, 진실만이 참된 구제의 길이라고 생각해 준다면 이쪽 형편도 좋아져. 왜냐하면 진실을 이야기하면 할수록 앞뒤가 맞지 않게 돼 있거든. 그런데 당신은 그것에 한 번 의지해 버렸어.

그러므로 앞으로도 그것을 주장할 수밖에 없어."
"정말 스탈링 케인에게는 바보스러운 이야기를 했는지도 몰라요. 하지만 변호사는 당신을 규명할 거에요."
"나한테는 움직일 수 없는 증언이 몇 가지나 있어. 아주 비싸게 치른 만큼 틀림없단 말이야. 그 증인 가운데 한 사람은 당신이 1946년 이후 줄곧 칸느의 루드 부인이라는 여자의 집에서 하숙하고 있었다고 증언하기로 되어 있어. 한평생 돌보아 주기로 약속을 했으니까, 그 증인이 나를 배반하지는 못해. 그렇게 되면 함부르크의 신문광고로 나를 알았다는 이야기의 성립은 어렵게 된단 말이야. 그 훨씬 전부터 함부르크에는 살지 않았다는 것이 되니까."
"나와 함께 일했던 사람들은 그렇게 생각하지는 않을 텐데요."
"그 사람들이 알고 있는 것은 마에나 양이지 콜프 양은 아니야."
"하지만 얼굴은 바뀌지 않았어요."
"물론이지. 그러나 당신의 말을 확인하기 위해서는 적어도 누군가가 내가 한 이야기를 의심하지 않으면 안돼. 그러나 그 이야기에는 충분히 조심을 했어. 그 점은 믿어도 돼. 그렇다면 그것을 의심할 사람을 어디서 찾아낼 작정이지? 그러니 아예 잊어버리는 것이 좋아. 시체의 운반도, 핸드백의 독약 흔적도 당신은 결코 설명하지 못해. 한편 나의 역할은 그저 비쳤을 뿐 아무것도 확언하지는 않았어. 그리고 세상의 여론도 당신의 적이야. 대중의 눈에서 보면 당신은 욕심쟁이이고 책사이고 배은망덕한 살인범이야. 아무리 희생자라고 떠들어대도 누구 한 사람 그것을 믿어 주지 않을 뿐만 아니라, 그 방법에 가장 큰 과오를 범하게 될 뿐이지."
"그렇다면 왜 나한테 그런 이야기를 하지요? 당신은 이제 무서운 것이 없을 텐데."
"당신의 짧은 장래 이외에 할 이야기가 또 뭐가 있겠어?"

"당신은 내가 처형된다고 믿고 있나요?"

"그렇게 생각하지 않는 것은 너무 낙관적이라고 생각되는데."

"하지만 만일 내가 사형이 되지 않으면 당신은 어떻게 되지요? 어쨌든 내가 무기징역으로 끝날 가능성도 있어요. 판결이 있은 뒤에는 항소를 하겠어요. 그렇게 되면 어떻게 할 작정인가요, 안톤 콜프, 묻고 싶어요."

"그렇다면 우선 살아서 어떻게 되는지 자신의 눈으로 보면 돼. 그러나 말해 두지만, 그런 뜻밖의 일도 벌써 예상해 두었어."

그리고 조용하게 비꼬는 웃음이 그의 얼굴에 떠올랐다. 히르데갈데는 그것을 보자 몸이 떨려 아무런 대답도 할 수 없었다. 구역질이 그녀를 덮쳤다.

침묵이 두 사람을 에워쌌다. 안톤 콜프는 그 침묵을 천천히 맛본 다음, 벌떡 일어서서 작별을 고했다.

"우리는 내일 또 판사들 앞에서 만나게 될 거요. 그러나 아마 단둘이서는 못 만나게 되겠지. 그러니 승자로서 패자에게 이해득실을 떠난 충고를 하지. 당신한테 이제부터 일어나는 일을 너무 중대하게 생각하지 말아요. 중요한 것은 당신이 잠시라도 좋은 때를 보냈다는 일이오. 그것을 생각하는 것이 가장 좋을 거야. 그것만을 생각하도록 해."

"당신만큼 파렴치한 사람은 본 적이 없어요."

"그렇겠지. 세상에는 바보가 많으니까."

"당신이 나를 괴롭힌 만큼 당신도 고통을 받아야 해요."

"그렇게 생각하는 것이 당연하겠지. 그러나 그런 인사에는 신년 인사 정도로 밖에는 느낄 수가 없구먼."

"당신을 사모했던 것이 부끄러워요."

"부끄러워할 건 없어, 그런 건 흔히 있는 일이니까 말야."

"나가요!"

"그럼 또, 히르데갈데······."

마지막 눈길을 던지고는 교도관의 안내를 받기 위해 그는 문을 두드렸다. 히르데갈데는 독방으로 되돌려 보내졌다.

그녀는 이제 신문을 읽지 않았다. 대중의 구미에 맞게끔 빈틈없이 조작된 자기의 이야기는 그녀를 혼란케 하고 자신의 이성을 의심케 할 뿐이었다. 침대에 앉아 자기 심장의 고동을 들으면서, 내일 만나게 될 적의에 찬 여러 얼굴들을 상상하려고 애썼다.

짓궂은 질문이 그녀의 발밑에 함정을 뚫어, 변호사도 그녀를 거기서 끌어내지 못할지 모른다. 변호사와는 초면이며, 그 역시 안톤 콜프의 맹렬한 공격을 받을 것이 뻔하다. 게다가 여론의 힘, 이때까지는 그것도 다른 일들로 해서 직접적으로 그녀에게 심하게 부딪치지는 않았다. 그러나 내일 군중들 앞으로 끌려나갔을 때, 그녀가 인정해야 할 것은 그와는 반대일 것이다.

그녀는 혼자서 모든 사람을 상대로 싸워야 한다. 그러나 무엇 때문에 싸워야 할까, 무엇 때문에 수렁을 휘저어야만 할까. 그녀는 모든 것이 싫어졌다. 어차피 탈출구는 없다. 만약 다행히 사형을 면한다고 하더라도 무기징역이다. 10년이나 15년을 모범수로 지낸댔자 감옥을 나올 때는 말라 비틀어진, 아무런 생활 수단도 갖지 못한 노파가 되어 있을 것이다. 더구나 그것도 가장 낙관적으로 생각한 경우의 앞날인 것이다.

침대에 앉아 허공을 바라보면서 그녀는 복받쳐 오르는 오열을 애써 삼켰다. 이대로 울어 버린다면 마지막 용기마저 잃게 된다. 그렇게 생각하면서 그녀는 저도 모르게 그 어떤 결심이 굳어졌음을 깨달았다. 자기가 바보스러운 실수의 제물이 되어 여기까지 몰리게 된 것은, 정말 울래야 울 수도 없는 일이었다. 수많은 여자가 신문광고로 남편을 찾고 있을 것이다. 그런데 어쩌면 이런 예외가 있을 수 있을까. 어쩌다 이런 큰 실수를 저지르고 말았을까. 왜, 왜…… 언제까지나 '왜'는 계속되었다. 그러나 그에 대한 논리적인 대답을 찾아내려는 것은 잘못이었다. 경험은 그것을 겪고 살아온 개인에게만 진실이었기 때문이다.

히르데갈데는 일어서서 불덩이 같은 이마를 쇠창살에 갖다 대었다. 그녀의 눈에 들어오는 것은 정면의 회색 벽뿐이었다. 얼굴을 조금 오른쪽으로 돌리니 역시 회색의 문이 보이고, 그 앞에 감시인이 서성거리고 있었다. 그녀의 독방 양 옆에는 아무도 없었다. 필요하다고 하면 라디오도, 책도, 담배도, 그밖에 고독을 물리칠 만한 것은 무엇이나 주기로 되어 있었다. 그녀는 아직 사형수 취급을 받고 있는 것은 아니고, 판결이 내릴 때까지 거기서 대기하고 있는 것뿐이었다.

스탈링 케인도 말했듯이 아직 증거는 없다. 다만 강력한 추리가 내려지고 있을 뿐이다. 아직 그녀도 그날 밤에는, 자기의 요구나 희망을 상대편에서도 응해 줄 수 있는 정상적인 인간이었다. 게다가 그녀에게는 재산이 있었다. 유죄로 단정되지 않는 한, 그것은 그녀의 것이었다. 그리고 그녀가 그것을 빼앗기기 전에는 언제 바람의 방향이 바뀔지 모르므로, 누구나 부자에게는 아첨을 할 것이라고 생각하고 있었다.

그러나 내일 안톤 콜프가 수수께끼의 하나하나를 모을 때, 얼굴도 모르고 한 번도 이야기를 해본 적이 없는 변호사가 그녀의 변호에 나섰을 때, 그리고 판사가 형식적인 질문을 하고 그녀의 대답이 누구의 흥미도 끌지 못할 그때, 가련한 히르데갈데는 어떻게 될까? 그렇다. 그 때는 미결수로서 감옥의 규칙에 따라 여자죄수들의 무서운 감방에 집어넣어질 것이 분명하다. 사귈 만한 친구들이 많이 있겠지. 영아 살해, 매춘부, 절도범, 낙태한 여자, 존속 살인, 매독 환자. 서로가 고백담을 나누는 것도 요리법을 가르쳐 주는 일도 무척 재미있을 것이다.

그렇게 되면 다시는 외톨이가 되지 않고, 이 쓰레기통 속에 갇혀서 그런 여자들과 공동생활을 하고, 규칙을 위반했을 때마다 지하감방에 갇히면서 살아가는 것이다. 그녀도 죄수옷을 입고 감시원을 증오하며 귓속말로 처형될 날의 한탄을 같이 나누면서 자기 차례를 기다리게 될 것이다.

그리고 이윽고 판결이 내리면, 사형수의 감방으로 옮겨지고 아침부터 밤까지 문 앞에서 교대하는 교도관의 감시 속에서 저승을 생각하고, 잠이 들거나 몸을 씻거나 볼일 보는 일까지 교도관 눈앞에서 해야 한다. 더구나 자기의 정당한 직책을 내세우는 교도관은 개 돼지만도 못한 살인범에게는 영원한 생명은 주어지지 않는다는 것을 그녀에게 뼈저리게 느끼게 할 것이 틀림없다.

그렇게 되면 합법적인 살인의 날이 오는 것을 도리어 애타게 기다리게 될 것이다. 빈대와 침대머리에 놓여 있는 변기의 구린 냄새와 그밖에 일반 여자들로서는 상상도 못할 고통을 당할 것이 뻔하다. 그녀는 구역질이 나서 눈을 감고 쓰러지지 않으려고 쇠창살에 몸을 기대었다.

구역질이 사라지자 그녀는 눈을 뜨고 앞의 회색 벽을 보았다. 기운을 차리자. 아직은 모든 것이 모조리 틀어져 버린 것은 아니다. 잠시 상대에게 선수를 빼앗긴 것뿐이다. 생각해 보면 빗장이 걸려 있고 작은 창문밖에 없는 이 독방도 그다지 궁색한 곳은 아니다. 첫째 귀찮은 방문객이 없어서 좋고 조립식 침대도 짚더미보다는 좋다. 그렇다, 걱정할 것은 없다.

히르데갈데는 왔다갔다하기 시작했다. 길이로 열두 걸음, 폭이 일곱 걸음이었다. 눈물이 눈을 흐리게 하여 젖은 손을 몇 번이나 스쳐

트로 닦아야 했다. 수다스럽고 떠들썩한 그 무언가가, 그녀 속에서 소리치며 행동할 것을 요구했다. 그것은 틀림없이 그녀의 본능이었을 것이다. 어떤 생활이건 죽는 것보다는 낫다는 소리도 들렸다.

그러나 이러한 비겁한 말을 들어서는 안 된다. 생각해도 안 된다. 곧바로 위대한 신비주의자가 되어 하느님의 손에 모든 것을 맡기고 믿으며, 자신의 고통을 고백한 뒤에는 하느님에게 적당하게 해달라고 기도할 수밖에 없었다. 너무 긴장한 나머지 히르데갈데는 자주 호흡하는 것을 잊었다. 그래서 한 손을 벽에 짚고 숨을 들이쉬고 내쉬는 일을 되풀이했다. 그녀의 손은 벽에 시커먼 자국을 남겼으나 곧 사라졌다.

그녀는 또 걸었다. 세로 12, 가로 7. 어렸을 때의 일을 생각하니 마음이 편했다. 그러나 그것은 아득한 옛날의 일이며 게다가 좋은 추억은 적었다. 전쟁을 생각하면 심심풀이가 될지도 모른다. 그러나 그것은 너무도 길고, 게다가 폭격과 화재와 가족이며 친구의 죽음, 그녀에게는 무엇 하나도 비극이 아닌 것은 없었다. 아니, 오직 하나, 폐허 속에서 만난 군인과의 추억만이 그녀의 기억을 새롭게 해 주었다.

그녀는 자기의 두 손과 아랫배에 그 군인의 몸과 동물적인 체온을 느낄 수가 있었다. 그러나 흘러간 세월은 아무리 생각해 내려 해도 그 얼굴을 기억해 내게 하지는 못하였다. 눈빛은 어떤 것이었을까? 어떤 눈을 하고 있었던가. 그를 한 번 더 보고 싶다. 꿈속에서조차 그 모습을 볼 수 없다는 것이 그녀의 마음을 흔들어 놓았다. 스쳐간 한때의 인연이 남겨 준 것이라고는 오직 희미한 군복의 냄새와 모든 것을 잊기 위해 남자의 어깨에 얼굴을 묻고서 사랑의 기쁨을 알았을 때 느꼈던 수염투성이의 피부를 비빈 가벼운 아픔뿐이었다. 그렇다.

과거도 미래도 없는 그녀에게 무엇이 남아 있으랴! 기진맥진하여 그녀는 침대에 쓰러졌다. 그리고 발끝으로 구두를 벗어던지고 홑이불 속에 길게 누워서 눈을 감았다. 자게 될지도 모른다.

기계적으로 그녀는 양말을 벗었다. 그것은 그녀의 긴 다리를 따라 부드럽게 줄줄 미끄러졌다. 그녀의 발끝은 뾰족하게 모아져 있었다. 발톱은 깨끗하게 페디큐어되어 있었다. 20년의 감옥생활 뒤에는 이 발이 어떻게 될까. 그녀는 양말을 두 손 사이로 흘려 비단의 감촉을 애무했다. 그것만이 사치스러운 생활과 그녀를 연결하고 있었다.

인생과 그녀와의 연결, 인생과…… 갑자기 짜증스럽게 머리끝에서 발끝까지 그녀는 양말이 늘어지는 대로 당겨 보았다. 나일론은 전선은 나갈지라도 찢어지지는 않는다. 그녀는 실험을 되풀이했다. 신축성 있는 가는 끈처럼 양말은 어떤 쇼크에도 견디었다. 줄이 없을 때는 줄 대신 쓸 수 있다. 줄과 목매달기, 그것은 이미 근대사회에는 어울리지 않는 정경이지만…… 이러한 작업을 잘 해내기 위해서는 그것을 머리로 생각해서는 안 된다.

탐욕스런 본능에 져서도 안 된다. 다만 두 손이 효과적인 운동에 의해 두 짝의 양말 끝을 꽉 잡아매지 않으면 안 된다. 그 동작 자체에는 아무런 공포도 결정적인 것도 없다. 다만 그것이 그 역할을 다할 때까지 풀리지 않도록 단단하게 매는 것뿐이다. 돛줄처럼 자유롭게 늘어났다 줄었다 하는 고리 매듭을 만들 것. 이것도 간단하다.

호화로운 생활을 했던 짧은 시기에 그녀는 범선을 가지고 있지 않았던가. 그녀의 명령대로 움직였던 선장이 줄 잇는 방법과 태양의 높이를 측정하는 방법을 가르쳐 준 일도 있었지. 그러나 그런 거창한 일은 지금 필요 없다. 대수롭지 않은 고리매듭 하나만 있으면 되는 것이다. 매는 방법을 애써 생각해 낼 것까지도 없다…….

이윽고 일에 착수하게 되었다는 것을 알 수 있으면서도 이렇다 할 의식이 없는 것은 이상했다. 그러나 결국 그것은 구경거리도 서커스의 프로그램도 아니며, 죄수들 사이에서는 흔히 행해지는 동작이다. 이것으로 모든 것이 잘 되겠지. 이제 이 수렁도, 스캔들도, 치욕도 모두가 없어진다. 오직 허무가 있을 뿐이다. 안톤 콜프는 틀림없이 흐뭇해할 것이다.

그녀를 위해 눈물을 흘려 줄 사람은 한 사람도 없을 것이다. 아무 것도 모르고 잠자코 죽어가는 그녀를 강아지 한 마리도 가엾게 여겨 주지는 않을 것이다…… 물론 이런 것은 감상적인 눈물감에 지나지 않는다. 그러나 히르데갈데는 독일 사람이었다. 그리고 그녀의 나라 사람들은 판에 박은 듯한 노래에도, 군대의 행진에도, 한 떨기 꽃에도 눈물을 흘린다.

그리고 이것은 최후의 약한 마음이었다. 자신의 운명을 울어 줄 사람은 자기 밖에 없는 그녀를 감상적이라고 비난하는 것은 잔인한 일이다. 그녀는 자기 마음 속에 있는 또 하나의 자기, 혐오하고 발버둥치고 소리지르고 공포에 떨고, 그리고 언제까지나 살겠다는 욕망을 잃지 않는 자기에게도 이겨야만 했다.

두 손바닥 아래의 그녀 몸은 따뜻하고 탄탄하게 기름져 있어, 피곤한 기색을 보이기까지에는 아직도 몇 십 년의 세월이 걸릴 것 같이 여겨졌다. 그리고 그녀의 눈도 아직 보였다. 그것이 가장 괴로웠다. 이제는 절대로 나무도 바다도 긴 해안선의 황금빛 모래도 보지 못한다…….

이런 때에 우는 자신을 그녀는 비난했다. 마음이 약해질 것만 같았다. 자기 자신의 흐름에 거역하여 저항하며, 공포에 사로잡힌 채 살고 있는 육체와 싸워 이겨야만 했다. 벌써 여유는 허용되지 않는다. 내일이면 또 신문의 지옥이 그녀를 괴롭히고, 짓누르고, 물어뜯을 것이다. 그 전에 혼자서, 증인들의 무정한 눈에 자신을 드러내지 말고 사라져 가는 편이 좋다.

그녀는 일어섰다. 창살을 통해 문 쪽을 힐끗 보고 아무도 없는 것을 확인했다. 모든 것이 조용하기만 했다. 저녁 식사 시간은 이미 지나갔다. 규칙에 따라 죄수는 밤에는 잠을 자야 한다. 그녀는 독방 한가운데로 되돌아왔다. 손바닥으로 눈을 흐리게 하는 눈물을 닦고, 두 짝의 양말을 이어 만든 끈을 집어들고서 한쪽 무릎을 세면대에 짚고 올라가면서 창문의 맨 아래 창살을 붙잡았다.

두 팔을 힘껏 뻗쳐서 그녀는 타일로 된 작은 세면대 위에 일어서는 데 성공했다. 떨어지면 안 된다. 그 소리에 당장 감시원이 달려와서 사태를 깨닫게 되면 그녀는 단 하나의 무기마저 빼앗기고 말 것이다. 이제는 다른 한쪽 발을 미끄러뜨리기만 하면 되는 것이다. 잠시 동안은 흔들리겠지. 그때 무언가를 잡으려고 해서는 안 된다. 기다려야지. 그것도 오래는 가지 않는다. 본능이 약간 발버둥치겠지. 그러나 어떻게 할 수도 없을 것이다. 그리고 그녀의 외침 소리도 심한 피의 역류에 짓눌리고, 그것이 숨통을 막아 줄 것이다.

그녀는 잠시 망설였다. 그녀의 생애에 마지막 남은 최후의 한순간이었다. 그 동안만 죽음이 멀어져 그녀의 가련한 일생의 총결산을 시켜 주었다. 괴로운 것은 오직 자기 혼자 뿐이라는 사실이었다. 최후의 순간에 생각할 사람도 작별을 고할 사람도 없다는 사실이었다…… 천천히 그녀는 한쪽 발을 미끄러뜨렸다. 또 한 발은 아직 세면대 위에 있었다. 그 발을 세면대가 괴고 있었다.

그녀의 몸의 평형은 이미 조그만 우연에 지탱되어 있는 것에 불과했다. 오래는 계속되지 않는다. 그녀는 몸이 흔들거리는 것을 느꼈다. 동시에 억세게 줄이 당겨졌다. 다이빙을 하듯이 그녀는 눈을 감았다. 그리고 되는 대로 맡기면서

"오오, 하느님!"

하고 중얼거렸다. 사람은 절망적인 때에 하느님을 부른다. 그러나 이

때도 하느님은 대답하지 않았다. 이젠 아무래도 좋았다. 그녀는 곧 히르데갈데가 아닌 것으로 되었다. 아직 완전한 시체가 된 것은 아니고, 마지막 싸움으로 발버둥치고 있었다. 그리고 그 동안에 무서운 소리를 내며 귀에서 피가 넘쳐 나오고, 입에서 혀를 튀어나오게 하고, 그녀를 어둠 속에서 헤매게 했다. 그리고 잠시 후 그녀는 죽었다.

재판은 열리지 않았다. 자살로서 히르데갈데는 살인을 인정한 것이 되었다. 신문은 그것을 제1면에 4단으로 보도하고 많은 사진이 실렸다. 그 가운데에는 이 살인범이 요트용 의상을 입고 햇볕을 가득 받으며 웃음지은 얼굴로 키를 돌리고 있는 것도 있었다. 아이들의 엉덩이를 때리며 산더미 같은 세탁물을 처리하는 일만으로 살아가고 있는 수많은 주부들은 이 결말에 만족하여 역시 정의는 지켜지는 것이라고 끄덕거렸다.

스탈링 케인은 곧 국제 갱단을 적발할 수 있는 마약사건에 손을 대게 되었다. 선거가 다가왔으므로 다음 지사에게 그가 경찰의 터줏대감이라는 것을 알려 두는 것도 나쁘지는 않은 일이었다.

칼 리치몬드의 큰 저택은 폐쇄되고 하인들은 해고되었다. 배도 팔리기 위해서 내놓여졌다.

막대한 유산은 불행한 여자의 아버지에게 굴러들어갔다. 그러나 아무도 그것을 부러워하지는 않았다. 오히려 그 반대였다. 그는 사람들의 동정을 받을 수 있었다. 그토록 기진맥진 지쳐 보였다. 그는 엄숙한 장례식을 치르고 훌륭한 무덤을 만들었다. 거기에는 매일 아름다운 꽃다발이 바쳐졌다. 딸의 몸을 향으로 감싸고, 아주 가까운 사람들에게 그녀를 어렸을 때 버린 것은 자기 자신도 결코 용서 못할 일이라고 말했다고 한다.

불쌍한 아버지는 이번 비극의 책임이 모두 자기에게 있는 것처럼 느끼는 듯싶었다. 그리고 마음의 타격이 심한 것으로 여겨졌다. 심정을 잘 아는 사람들은 어쩌면 그가 딸의 뒤를 곧 쫓아가지나 않을까 하는 예상을 하기도 했다.

그러나 그것은 인간이 가진 훌륭한 힘을 잊은 예상이었다. 그는 한 달이 지나고 두 달이 지나는 동안에 조금씩 의지의 힘으로 기운을 되찾았다. 그러나 그 재산도 그를 행복하게 해 주고 있는 것 같이 보이지는 않았다. 경마에서도 경기장에서나 그는 언제나 고독했다……

그는 용감하게도 인생에서의 기호를 되찾으려고는 하고 있었다. 신문기자들이 그의 집으로 몰려가서 그의 계획을 알려고 했다. 그는 다만 전쟁 고아들을 위해 고아원을 열 작정이지만, 그것도 앞으로의 일이지 지금은 때가 아니라고 말했다. 딸의 추억이 아직도 생생하다고 말함으로써 그는 요령있게 기자들을 물리쳤다.

겨울이 지났다. 그리고 봄이 왔다. 그 무렵, 안톤 콜프는 복상(服喪)을 끝낸 것 같이 보였다. 유명한 연극의 시사회나 대만찬회에 모습을 나타내기 시작했다. 윤곽이 뚜렷한 잘생긴 얼굴은 다시 미소를 되찾은 것 같았다. 그는 기나긴 태평양 일주 여행을 떠나기로 작정했다. 조용한 섬들, 아름다운 풍경, 그것은 틀림없이 마음을 달래 줄 것이다. 그 뒤에 그는 유럽으로 갈 것이다. 그 때는 혼자가 아닐지도 모른다.

이만큼의 재산을 남자 혼자서 짊어지기에는 너무나 무겁다. 젊고, 귀엽고, 아름다운 동반자가 있으면 그의 늙음에 회춘의 양기를 뿌려 줄 것이다. 그리고 그를 행복하게 해 주고 싶어하는 귀여운 여자들은 산더미만큼 있으리라. 그는 관자놀이 언저리의 은빛 머리와 조용한 우수와 그리고 엄청난 액수의 은행예금으로 멋진 매력에 차 있다. 그러나 그것은 아직 빠르다. 우선 태평양의 섬을 찾아 요술사 같은 기후가 기적을 낳게 했다고 생각하게 해야 한다. 유럽도 즐거움도 그 뒤의 일이다.

그러나 때가 오면 프랑스에서, 이탈리아에서, 스페인에서 눈부신 미인을 팔에 안을 것이며 나아가 온 세계의 여자들이 그의 욕망을 충동질할 기회를 노려 그에게 달콤한 말과 웃음으로 교태를 부리면서 풍만한 젊음으로 그의 침대를 포근하게 해 주러 올 것이다.

그러나 그것은 뒷날의 이야기다. 아직은 빠르다. 그렇다, 아직은 그런 어리석은 짓을 절대로 해서는 안 된다.

LE TALION
눈에는 눈

눈에는 눈

1

쟝

토요일 오후는 나의 가죽공장도 일을 하지 않지만, 나는 회계직원과 함께 4시 무렵까지 사무실에 남았다가 집으로 돌아가 옷을 갈아입고는 주말 손님이 오기를 기다린다. 칵테일을 준비하거나 지하실에서 포도주를 내오거나, 샴페인을 차게 하는 것은 나의 일이고 아내인 아가트도 그렇게 알고 있다.

아가트가 나의 아내가 된 지도 어언 7년이 지났다. 그녀도 스물 여섯 살이 되었다. 아내는 매우 아름답다. 걱정거리가 될 정도는 아니지만, 아름다운 여자를 아내로 가졌다는 자부심을 만족시켜주기에는 충분하다. 여하튼 주부로서는 매우 훌륭하게 두 명의 가정부와 한 명의 요리사를 지휘해 일을 척척 해낸다.

하지만 사업적인 감각은 전혀 없다. 수표라든가 명세서 같은 것을 아무리 설명해도 소용이 없다. 그래서 그것은 나도 오래전에 포기한 상태다. 아내의 가장 큰 관심거리는 손님을 초대해 만찬 테이블을 장식하거나 은제 꽃병에 로맨틱한 꽃꽂이를 시도하는 일이다.

어쨌든 아가트는 나에게 더할 나위 없는 아내다. 그녀는 눈을 충분히 즐겁게 해 주거니와 시끄럽지도 않다. 취미는 같지 않지만 나의 기호는 존중해준다.

나는 스포츠맨이다. 특히 사격과 테니스에는 자신이 있다. 말도 얼마쯤은 탄다. 골프도 그럭저럭 한다. 그리고 올해는 꼭 수영을 배울 참이다. 사업도 지금까지는 매우 괜찮았다. 현재의 어려운 상황도 일반적인 불황, 특히 가죽제품의 폭락이 그 원인일 뿐이다.

그리고 무엇보다도 경비 지출이 너무 많다. 가계지출의 팽창이 이번 파국의 직접적 원인이라 해도 된다. 우리 집의 광열비는 보통 가정 몇 채쯤은 먹여 살릴 정도다.

고용인은 세 명이며, 별도로 들오리 오두막을 지키는 쥬스턴이 일주일에 세 번씩 정원 손질을 하러 온다. 정식 만찬 때에는 그에게 흰턱시도를 입힌다. 쥬스턴은 그 역할을 꽤나 그럴듯하게 해낸다.

자동차는 오스틴 스포츠카인 힐레이와 푸조 403형 두 대이다. 아내는 얼마 전에도 담비 모피를 사들였으나 아직 지불하지 못했다. 만약 이번 달 말 결산 때까지 천 2백 만 프랑을 마련하지 못하면 나는 파산하고 말 것이다.

내일은 마르셀 브랑카르와 그의 누나가 점심 식사를 하러 온다. 브랑카르는 동업자인데 아둔하고 품위없는 사내다. 그는 식민지 출신 상인으로 나보다 열 살 가량은 많을 것이다.

그는 마흔 대여섯이 되었어도 재산을 모으지 못했으나, 그 대신 동업자 가운데서는 돈으로 계산할 수 없는 신용을 갖고 있다. 내일 집으로 부른 것도 사실은 바로 그 때문이다.

그를 신뢰하는 큰손 가운데 누군가를 소개받기만 하면 나의 빚은 연기처럼 사라져버리리라. 그 어떠한 역경에 처하더라도 결코 변하지 않는 나의 사치스런 생활이 그에게는 좋은 영향을 미칠 것이 틀림없다. 나는 언제나 "돈을 빌릴 수 있는 것은 부자뿐"이라는 속담을 실천에 옮겨왔다. 그것은 분명히 비싼 대가를 치러야 한다. 그러나 그 이상의 이익을 가져다주는 경우도 많다. 인간은 제아무리 영리하다고 해도, 역시 겉모습에 속아 넘어가기 마련이다.

브랑카르에 대해서도 나는, 무엇 하나 소홀히 하지 않는다. 아가트에게는 보석을 달도록 하고, 식사에도 세심한 신경을 써서 오래된 좋은 포도주를 내놓아야 하겠지.

자동차 가게에도 내일 아침 벤트리를 한 대 가져오도록 전화로 주문해 두었다. 브랑카르가 돌아간 뒤에, 갑작스레 손님이 찾아와서 시승을 할 수 없었으니 다음 기회로 미루겠다고 하면서 구매를 거절하면 되겠지.

브랑카르가 그의 구형 시트로엥을 몰고 왔을 때, 주르르 늘어선 세대의 자동차 앞에서 그를 맞이하는 것도 그리 나쁘지 않은 일이다.

아가트에게는, 특별히 그녀를 성가시게 할 것이므로 그 대가로 빨간 장미를 24단쯤 보냈다. 아내는 매우 기뻐하겠지만, 그보다도 브랑카르의 누나라는 여자가 꽃의 홍수에 놀랄 것이 분명하다. 아직 만난 적은 없으나 그녀가 양친을 잃은 뒤 부모를 대신해 동생을 길렀으며, 지금도 함께 산다는 것만은 알고 있다. 분명 의사거나 아니면 변호사 일 터였다. 어쨌든, 동생에게 적잖게 영향력을 가지고 있음에 틀림없다. 나는 모든 매력을 총동원해서 그녀를 공격하리라. 그러나 되도록이면 포문을 열지않고도 그녀가 항복해주길 바라지만……

다음주 중에는 파리로 나가서 내일 점심 값을 톡톡히 치르게 하리라. 월말이면 지금의 역경도 벗어날 테고, 적어도 5년 안에는 경마용 마굿간도 가져야만 한다. 나는 말에는 흥미 없지만, 비즈니스를 위해 사람을 점심 식사에 초대하거나 할 때 좋은 구실이 될 것이므로.

 아마도 아가트에게 브랑카르 남매에게 친근감 있게 대하라고 주의를 해두는 편이 좋을 것 같다. 여자들이란 별일이 아닌 것에도 설명하지 않으면 반감을 사기 십상이다. 특히 아내는 그게 심하다. 기분이 상한 왕비 같은 표정으로 모든 일을 엉망진창으로 만드는 건 절대 참을 수 없다.

"아가트!…… 아가트!…… 아아, 거기 있었나. 할 말이 있는데. 거기 좀 앉아."
"장미꽃, 정말 고마워요. 지금 막 가져왔어요."
"뭘 그런 걸 가지고. 그런데 내일 준비는 모두 되었나?"
"물론이에요. 그런데, 어째서 퐁텐느 씨네를 함께 초대하면 안 된다는 거예요?"
"이번엔 꼭, 그 두 사람만을 초대하고 싶었어. 비즈니스를 위한 오찬이라서 말야. 이 점은 당신도, 그리고 나 자신도 결코 잊지 말아야 해. 지금은 아주 중요한 상황이니까. 어떻게 해서든지 그 사람의 도움을 받아야 해."
"돈을 빌려주나요?"
"아니, 그 이상이야. 그와 거래함으로써 신용 대출의 편리를 보려는 거야. 그러니까 우리 회사의 수표 발행 한도를 올리려는 것이지. 아니, 이런 일은 설명해봤자 소용없지. 당신은 도저히 이해하지 못할 테니까. 다만 알아두었으면 하는 것은, 어쨌든 그 사람과 그의 누이에게 친근감 있게 대해 달라는 거야."
"어떤 사람인데?"
"비즈니스에 있어선 구세주지. 교제 상대로는 밑바닥의 밑바닥이지만."

"아유, 됐어요."
"당신은 그저 점심 식사 때 한 번만 견디면 되잖아."
"당신 사업이 그렇게나 힘들어요?"
"어, 지금으로선 그래. 만일 월말까지 메우지 못하면 끝장이야."
"끝장이라니, 그럼 어떻게 되는거죠?"
"먼저 파산선고를 받겠지. 경영이 어렵다는 게 알려지면 지금까지의 신용대출이 단번에 무너지게 돼. 이런 시골에는 도와 줄 사람이 아무도 없어. 이곳 사람들은 모두 내가 엄청난 부자인 줄 알거든. 그렇게 평판이 나 있기 때문에 지금처럼 사업도 계속할 수 있는 거야. 만일 내일이라도 실상이 알려지면 우린 야반도주할 짐을 꾸려야만 할걸."
"그렇게 심각해요?"
"절망적이었어, 브랑카르와 관계를 트기 전에는."
"어째서 나한테 말하지 않았죠?"
"여자들은 사업을 몰라. 이렇게 얘기하는 것도 내일의 결과가 얼마만큼 중요한지를 알고서 나를 도와주기 바라서야."
"당신 사업은 절대적이라고만 여기고 있었는데."
"절대적이지, 겉보기엔 말야. 엄연히 집이 있지. 당신의 보석도, 고용인들도, 자동차도…… 아아, 그래, 내일 규이요가 벤트리를 가져올 거야. 실수하면 안돼. 그 자동차는 우리 것이라는 자연스러운 표정을 지으라고, 밤에는 다시 갖다 줄 거니까 말야."
"아니, 왜죠? 우린 외출하는 게 아니잖아요."
"아니야. 브랑카르는 이곳에 도착하면 자기 차를 차고에 넣겠지. 지금 있는 두 대 말고 그 새 차를 보게 되면, 다음 얘기를 30분 이상이나 단축할 수 있단 말야."
"쟝……."

"왜 그래……."
"그렇다면 만약 그 사람이 당신을 도와주지 않는다면 여길 떠나야 하고, 내 보석도 팔아야 하고, 마을 사람들의 웃음거리가 되는 거로군요?"
"아니, 아직 거기까지는 가지 않았어. 하지만 이제, 공장과 집에 드는 경비를 나 혼자서 책임지지 못한다는 건 확실해."
"가난한 건 싫어, 쟝. 난 이렇게 교외에서 편안하게 살고 싶어요, 가난뱅이라니, 절대로 싫어!"
"바보 같은 소리 하지 말아. 나라고 가난뱅이가 특별나게 좋은 건 아니니까. 단지, 만일 브랑카르에게 버림을 받게 되면, ……만일 버림받게 되면 어떻게 해서든지 다른 해결책을, 그것도 급히 찾아내야만 해. 그렇지만 뭐, 당황할 것은 없어. 우린 젊고, 아이도 없잖아. 비록 지금은 약간 힘들지만 어떻게든 벗어날 수 있을 거야."

그렇게 말하고 나는 아내를 두 팔로 안고 키스했다. 아내는 반응을 보이지 않았다. 아가트는 아직 어린애다. 내가 일부러 갑작스럽게 꺼낸 이 얘기는 그녀를 깜짝 놀라게 한 게 틀림없다. 그렇지만 이것으로 적어도 내일 아내의 협력을 기대할 수 있게 됐다. 아내는 뒤돌아보지도 않고 방을 나갔다. 나는 침실 옆의 서재로 들어가 저녁식사 때까지 여기저기에 전화를 걸었다.

마르트
우리는 마지막 길모퉁이에 가까이 다가와 있었다.
마르셀이 말했다.
"갑시다. 식사는 분명 훌륭할 거야. 어쨌거나 요리사가 있으니까 말야."

 동생은 그 말뿐 입을 다물었다. 그의 이런 말투에는 조금도 새로울 것이 없었다. 동생의 성격은 아주 오래 전부터 그렇게 형성되어, 옆길로 새는 일도 남을 놀라게 하는 법도 없었다. 누나인 나는 동생의 말을 들으면서도 귀담아 듣지는 않았다. 자동차의 단조로운 진동에 흔들리면서 막연한 안락함을 느끼고는, 이것저것 깊은 생각에 빠져 있었다.

 능직으로 짠 이 슈트는 나쁘지 않았다. 가스 콕을 분명히 잠그고 온 것일까? 이 무슨 계절답지 않은 날씨란 말인가. 시트로엥은 정말로 추운 차야. 하다못해 마르셀이 푸조라도 살 마음을 가진다면……. 하지만 동생의 사업이라니, 그는 이익을 모조리 뜯겨버린다. 20년 동안 우리는 재산을 모으기 위해 애를 썼다. 동생이 안락한 생활을 하고 특히 결혼을 해 주었으면 싶다. 남자가 언제까지나 혼자서 사는 건 좋지 않다. 신부와 그리고 얼마 안 가서 아이들도 하나 둘 생겨나면 좋겠다. 동생도 인생에 목적이 있어야지. 난 그저 누나일 뿐이니까. 게다가 동생 곁에 있어주는 것도 그리 오래지 않을 테고…… 동생은 그걸 모르지만, 아무도 그걸 모르지만…… 알린대서 무슨 소용이 있겠는가!

 5, 6개월, 길어야 1년 안에 암이 나를 침대에 붙박아 버리겠지. 그렇게 되기 전에 빨리 정리를 해야 해. 함께 우리의 미래를 생각할 수 있는 시기는 바로 지금인데. 내 병원이 필요 없게 되면, 지금의 집은 동생이 혼자 쓰기에는 너무 크다. 때문에 내가 죽기 전에 동생이 결혼을 했으면 한다.

 동생은 연애라든가 결혼에 대해선 완전히 어린애처럼 순진하고 무방비 상태이기 때문에 가능하다면 동생이 선택한 사람을 나도 알아두고 싶다.

"아, 여기야, 이 집이야."

동생이 내 팔뚝을 팔꿈치로 찌르면서 말했다.

팔꿈치 총 응석을 받은 나는 차창 밖을 보고 벌어진 입을 다물 수가 없었다. 돌로 만든 포치 뒤로 드넓은 잔디가 펼쳐져 있고, 그 안으로 담쟁이덩굴이 얽힌 어마어마한 저택이 보였다. 삼단 가량의 돌계단은 조각된 나무문으로 이어져 있고, 초인종 대신에 구리로 된 망치가 가지런히 준비되어 있다. 잔디밭 가운데 연못 하나가 버드나무 아래서 잠자고 있다.

우리는 천천히 저택으로 들어가는 길로 차를 몰았다. 화살표가 우리를 차고로 안내했다. 연못에는 화단으로 꾸민 배 한 척이, 무성한 꽃 아래에 모습을 감추고 떠 있다.

이 정도이리라고는 생각하지 못했다. 뭐든 툭 터놓고 말하는 마르셀이 말했다.

"훌륭한 집이로군. 아미안에서 돌아오는 길에 들르기에는 안성맞춤이야."

동생은 시트로엥을 차고 앞에 세웠는데, 우리는 그 순간 눈을 동그랗게 뜬 채 서로 얼굴을 마주보았다. 언제나처럼 나의 옆구리를 찌르면서 동생은 말했다.

"봤어? 자동차를 세 대나 갖고 있잖아. 저 회색 대형차는 벤트리야. 설마 이 정도의 부자일 거라고는 생각지 않았는데."

물론 나도 생각지 못한 일이었다. 차에서 내리면서 나는 내 옷차림을 보며 걱정되기 시작했다. 이 슈트는 디자인이 너무나 단순해서 샤넬에서 만든 것으로는 보이지 않을지도 모른다.

도난당할 이유가 없는데도 마르셀은 자동차를 잠갔다. 동생은 스스로는 깨닫지 못하지만 이런 유머러스한 면을 가지고 있다. 하기야 그건 매우 익숙한 행동에 지나지 않지만.

구리 망치를 울려 집사가 문을 열고 맞아들였을 때 마르셀이 흘리는 미소로, 나는 앞으로 동생이 하게 될 실수의 연속을 미리 짐작할 수 있었다.

주의를 주고 싶었으나 때는 이미 늦었다. 동생은 매우 서민적인 선물용 과자상자를 들고 위풍당당하게 홀로 들어가 버린 것이다. 이렇게 호화로운 저택의 주인에게 내놓을 선물치고는 정말이지 그건 코미디였다.

그러고 있는 사이, 이 집의 주인이 영접을 하러 나왔다. 쟝 드 페를라크라는 사람은 적어도 마르셀보다 열 살, 그러니까 나보다 열 여덟 가량은 젊어보였다. 한창 때가 지난 여자의 꿈을 단번에 어둡게 만들어버리기에 충분했다.

키는 그리 크지 않으나 비로드 장막 같은 차가운 눈이 호감을 주었고, 언뜻 별것 아닌 듯한 차림새는 그가 매우 세심한 멋쟁이임을 느끼게 했다.

그는 우리를 살롱으로 안내했다. 인물상을 조각한 네 개의 기둥으로 떠받친 석조 난로 안에서 굵은 장작이 타고 있었다. 안락의자 몇 개와 흰 가죽으로 된 긴 의자가 그 불을 둘러싸고 놓여 있다.

주인은 우리를 앉게 했다.

사이드 테이블 위에는 다이아몬드 커팅을 한 크리스털 병이 있고 그 주위에는 은잔이 나란히 놓여 있다.

마르셀은 기분이 무척 좋았다. 평소보다 훨씬 거리낌없이 우레 같은 목소리로 십팔번인, 그 바보 같은 인사를 하고 있다. 그러는 동안에 나는 방안을 구석구석까지 살폈다. 한쪽 벽에는 붙박이 서가가 있으며, 광택을 낸 작은 나무 사다리가 걸쳐 있다. 서가와 마주보는 벽면은 반원형으로 튀어나온 들창이 나 있어서, 식당으로 향하는 구석을 밝게 비추고 있다. 네덜란드 풍의 루이 14세 양식 가구가, 널따란 방안에 즐비하다. 호화로운 천이 늘어뜨려진 창턱의 돌로 된 수반에는 예쁜 꽃다발이 넘치고 장식장에는 희고 푸른 중국 도자기가 아스레하게 빛나고 있다.

그때 이 집의 안주인이 들어왔다. 일어나면서 나는, 다시 방안이 이전의 상태로 되돌아왔음을 느꼈다. 마르셀이 마침내 입을 다물었기 때문이었다.

부인은 젊었다. 스물 다섯쯤이나 될까. 금발머리의 날씬한, 더할 나위 없는 여성이었다. 블루마린 색의 사랑스러운 저지 드레스가 몸의 선을 분명히 드러내어, 누구라도 그녀가 여자임을 느끼게 했다. 그러면서도 디자인의 높은 품격이 그녀가 귀부인임을 잊지 않게 했다. 그 순간부터 나의 슈트는 기껏해야 볼품 없는 평상복 정도가 되고 말았다.

부인은 미소를 지으면서 내게 손을 내밀었다. 우리는 다시 자리에 앉았고, 마르셀의 우렁찬 목소리는 계속됐다. 그의 말소리로 나는 동생이, 그녀를 만나 흥분했음을 감지했다.

나는 새삼스레 그녀의 얼굴을 바라보았다. 고급 양장점 하퍼즈의 모델들처럼 계산된 수수함을 지녔고, 훌륭한 광택의 다이아몬드도 품위 있는 취향을 드러내기에 부족함이 없이 1캐럿을 넘지 않았으며, 향수도 극히 점잖았다. 의례적인 미소는 아름다운 가면 뒤에 있는 진짜 감정을 완전히 감추고 있었다.

여하튼 이 완벽한 여성은 결코 두통이나 부스럼, 또는 허리 류머티즘 따위로 애를 먹은 적이 없을 게 분명하다.

그녀에게 어울리는 환경을 만들려면 은이나 수정, 다이아몬드가 원료가 되어야만 하리라.

딱히 얘깃거리를 찾지 못한 채로 그녀와 시선이 마주쳐서 나의 미소는 엉겁결에 딱딱한 것이 되고 말았다. 그런 어색한 얼굴을 나는 동생 쪽으로 향했다.

동생은 한 손에 잔을 들고 다리를 꼬고는 한창 이야기를 하고 있었다. 내가 떠준 털실 양말과 안드레 상점에서 산 바닥이 두꺼운 구두가 훤히 보였다.

동생은 잔을 들어올리며 말했다.

"이 댁의 시설을 위해!"

완벽한 집들이 인사였다. 동생으로서는 매우 세련된 말을 하려던 참이었으리라.

그러나 부부는 관대하게 미소를 지었을 뿐이다. 이윽고 다들 테이블로 옮겨갔다.

식탁은 고급 식당 크리스토프처럼 꾸며져 있었다. 마치 전시회처럼 냅킨엔 자수가 놓였고, 무게가 있는 크리스털 잔과 한 군데도 나무랄 데가 없는 은그릇, 게다가 비싼 생화마저 놓여 있다.

메뉴도 만점이고, 깔끔한 요리에 맛이 훌륭한 포도주. 하나에서 열까지 무엇 하나 흠잡을 데가 없었다. 다만 한 가지, 디저트로 우리가 가져간 과자 생 트노레가 나왔을 때는 얼굴에서 불이 나는 것 같았으나, 드 페를라크 부인은 이렇게 맛있는 것은 먹어본 적이 없다고 했다.

커피와 리큐어를 난로 앞에서 마시는 동안, 젊은 부인이 레코드 플레이어에 얹은 보로딘의 폴로부시언 댄스가 조용히 흘렀다.

나는 울고 싶은 심정이었다……

쟝 드 페를라크는 사업 이야기를 하고 싶지만, 부인들을 재미없게 하는 것도 뭐하다면서 집안을 한바퀴 돌지 않겠느냐고 마르셀에게 권했다. 그리고 괜찮다면 말을 타고 산책해도 좋다고 덧붙였다.

다혈질인 마르셀은 곧장 그 제안을 받아들였다. 두 남자는 옷을 갈아입기 위해 이층 침실로 올라갔다. 나는 동생이 어떤 몸차림을 하고 나올까 걱정이 되었다. 마침내 동생이 나타났다. 15년이나 전에 디에프에서 산 니커보커스에 짧은 양말이라니. 마을 어귀에 서서 신문이라도 판다면 딱 어울릴 차림새였다.

그것을 눈치채지 못한 듯한 표정을 짓고 있는 쟝 드 페를라크는 사슴가죽이 달린 플란넬을 입고 있었다.

둘이서 어깨를 나란히 하고 집을 나간 뒤, 남겨진 여자들은 오후의 한 때를 보내기 위해 애깃거리를 찾느라 여념이 없었다. 그러나 무슨 애기든지 두세 마디만 하고 나면 할 애기가 없었다. 나는 하다못해 알아들은 척 맞장구라도 치려 했으나 결국은 무슨 애기든 "네" 아니면 "정말 이상하군요" 또는 "물론 그렇지요" 밖에는 할 게 없었다.

마침내 우리는 서로가 따분한 나머지 레코드를 듣고 차를 마시면서, 간신히 따분함을 달래야 했는데, 오늘의 만남이 백 리는 떨어져 있는 듯한 우리 두 사람의 운명에 도대체 무슨 의미가 있을지 저마다 의아해했다. 사실은 비극은 이미 우리의 옆에 있었지만, 너무나도 얌전했으므로 둘 다 조금도 그걸 눈치채지 못했던 것이다.

남자들이 돌아오자 단번에 분위기가 변했고 차는 위스키로 바뀌었다. 젊은 부부는 저녁식사도 자기 집에서 들자며 맹렬히 붙잡았으나, 나는 내일 아침 일찍부터 진찰을 해야만 했다. 그래서 한가한 때에 다시 만나기로 하고, 서로 만나게 되어 반가웠다는 등의 인사를 나누었다. 그때 무슨 이유에선지 마르셀이 모로코에 있는 자기 땅 애기를 꺼냈다.

나에게 재산이란 것은 결코 커다란 의미를 지닌 게 아니었다. 그러나 내가 아무리 머리가 둔하다 해도, 그런 생각은 순전히 개인적인 견해에 지나지 않는다는 것쯤은 알고 있었다.

그러므로 나와는 달리 마르셀이 모로코 애기에 색다른 흥미를 느낀다한들 이상할 게 없었다. 게다가 5년간 근무했던 외인부대가 동생의 일생에서 유일한 모험시기였다고 한다면, 남들에게는 별 상관없는 먼 곳의 얘기라해도 본인에게는 추억으로 가득차 있을 게 분명하니까.

술과, 진지하지 못한 전투와, 멋진 포커게임 정도가 내내 되풀이되던 얘깃거리였는데, 그런 포커 내기에서 오를로프 왕자라는 이름을 가진 털도 빠지고 깡마른 개와 함께 광대한 황무지마저 손에 넣었던 것이다.

그 등기서는 15년 동안 서랍 깊숙한 곳에서 잠자고 있었는데, 다행스럽게도 그 땅을 사기 위해 프랑스 전체를 뒤지며 동생을 찾아다니던 미국인 석유조사단과 만남으로 일약 햇빛을 보게 되었다. 상담은 엄청났다. 공상과도 같은 얘기였다. 상대방이 내놓은 가격은 5억 프랑을 오르내리는 것이었기 때문이다.

프랑스은행 말고 이 정도의 어마어마한 돈을 가진 사람이 있으리라고는 생각조차도 하지 못했기에 마르셀은 곧장 흥정을 시작했다.

그런데도 땅은 대단한 가치가 있었던 듯 미국인들은 좀처럼 얘기를 중단하지 않았다. 기분이 좋아진 동생은 이번에는 일시불로 받는 것보다도, 사용권을 주장하는 편이 유리하다고 생각했다. 동생의 의견에 따르면 그것으로 그는 세계적인 거부가 되리라는 것이었다.

내가 볼 때는 이 얘기는 모두 상식을 벗어난 것이며 아무래도 실현될 것 같지가 않았다. 그러나 땅을 사려는 미국인은 분명히 존재했고, 동생에게 승낙을 재촉하고 있었다. 앞으로 살아갈 날이 겨우 대여섯 달밖에 남지 않아 이 세상의 부귀에 무관심한 나는, 오히려 마르셀에게 이처럼 썩 내키지않는 이유로 재산이 갑작스레 굴러 들어와 벌어질 일들이 걱정되었다. 동생처럼 지금까지 자잘한 돈 계산과 소규모의 장사로 살아온 사람이, 이 정도로 거대한 사업에 휘말리면 대체 어찌 될 것인가.

동생은 이러한 터무니 없는 사건에는 어울리지도 않을뿐더러 닥쳐

올 엄청난 소용돌이를 어떻게 벗어날 것인가도, 내가 곁에 있으면서 정신을 차리게 해주지도 못하는 만큼 불안했다.

그러나 어쨌든 그건 우리에게 다가온 운명의 일부이며, 동생이든 나든 둘 다 어떻게 할 수도 없는 일인지도 모른다.

여하튼 지금 동생은 크리스마스 이브에 새 장난감을 받은 어린 아이처럼 그 얘기에 열중하고 있었다. 그리고 나는 이곳 페를라크가에 와서도 또다시 그 바보 같은 하나의 기억과도 같은 얘기에 휘말린 것이다. 무엇보다 젊은 부부가 그 얘기를 무척 열심히 들었던 것은 사실이다.

아가트라는 세련된 이름이, 마치 그녀를 위해서만 존재하는 듯한 젊은 부인도, 얘기가 차츰 가관으로 치닫다가 마침내 마르셀이 석유와 억이라는 절대적인 단어를 내놓았을 때는 여러 번 눈을 빛냈다.

쟝 드 페를라크는 풍류가답게 유명한 해에 나온 샴페인을 내놓았고, 마르셀은 궐련을 입에 문 채 이미 완벽한 억만장자 행세를 하고 있었다.

나도 극히 별것 아닌 상대방의 변화로 어떤 사회계층에 편입되었으며, 만약 내 쪽에서 약속만 지킨다면 매우 빠르게 그 패에 끼어 들 수 있음을 감지했다.

이 젊은 부부는 다음 주에 우리를 오리 사냥에 초대함으로써 그 일에 대한 자기들의 신뢰를 보였다. 한창 들뜬 마르셀은 뭐라고 인사를 해야 할지도 모르겠다는 표정이었고, 타고난 커다란 목소리를 고양이를 쓰다듬을 때 내는 목소리로 바꾸는가 싶더니 어느새 땅을 쩌렁쩌렁 울리도록 웃어댔고, 너무 기분이 좋아져서 튀어나온 배를 감추는 것도 잊고는 웃옷 단추를 벌렁 열어놓은 채였다.

쟝 드 페를라크는 내가 따분하지 않도록 자기 아내의 친구들도 몇 부르겠다고 약속했다. 나는 나 자신이 명문가의 미망인이 되어서 아이들의 간식을 챙겨주는 모습을 상상하고 있었다.

그래서 기대하고 있겠다고 대답은 했지만, 다음주에도 우리를 상대해야만 할 아가트에게는 동정이 갔다.

그러나 그녀는 조금도 기분 나쁜 모습을 보이지 않았다. 언제나 변함 없는 표정으로 다소 틀에 박힌 인사를 했다. 그녀는 마지막까지 완벽했다.

그런 이유로 해서 다음 주 토요일 오후에 우리는 다시 한 번 이곳을 찾아와, 남자들은 이 집에서 채비를 갖춘 다음 호수에서 하룻밤을 새우기로 했다. 한 사람은 호숫가의 오두막에서 엎드려 기다리고, 다른 한 사람은 배로 갈대 숲을 저어 가기로 한 모양이다.

들오리 사냥에 대해선 전혀 모르는 나지만 자세하게 묻는 것은 삼갔다. 어차피 동생은 사냥 따위 하지 않을 테니까.

이렇게 해서 우리는 매우 부드럽게 젊은 부부에게 이별을 고했다. 페를라크와 마르셀은 이번 주중에 파리에서 만나, 주말 이벤트의 자세한 논의를 하기로 했다.

조금 전에 준비해 두었던 인사말을 나는 의식적으로 반복했고, 마르셀은 영화에서 본 대로 젊은 부인의 손에 키스를 했다. 그 소리가 조금은 지나치게 큰 게 흠이었으나, 적어도 내 동생의 붙임성이 있는 성격이며 권모술수가 그의 체질에 맞지 않음을 잘 증명하는 것이었다.

드 페를라크 부인은 담비 모피를 어깨에 걸치고 자동차까지 배웅을 나왔다. 훌륭한 음식에 대한 예를 차릴 셈이었는지 마르셀은 차에 타기 전에도 몇 번이나 "오늘은 대단히"를 몇 번이나 거듭 되뇌었다. 그것은 마치 카페의 테라스에서 받침접시를 손에 들고 관대한 손님들의 몇 푼 안 되는 희사에 감사를 표하는 떠돌이 가수처럼 보였다.

마침내 그 장면도 끝나고 자동차의 기어를 세컨드에서 톱으로 넣으면서 오늘의 꿈같은 하루의 결론으로 동생은 이렇게 말했다.

"저런 사람들하고도 말야. 그렇지, 좀 더 자주 만나는 게 좋겠어……."

다행스럽게도 모퉁이를 돌아섰을 때, 도로가 동생의 정신을 빼앗는 바람에 나는 다시 나의 마음 속에 비치는 영화를 보기 시작할 수가 있었다.

마르셀

마흔 다섯이나 되어서 이런 일이 생기리라고는 생각해본 적도 없었다.

처음엔 나 스스로도 깨닫지 못했으나 화요일이 되어서야 겨우 깨닫기 시작했다. 끊임없이 책상 위의 전화를 주시하고 있는 자신을 감지한 것이다. 쟝 드 페를라크가 내일 만날 약속 때문에 전화를 걸어왔을 때, 흥분하여 혀가 돌아가지 않아서 내 쪽에서는 말이 한 마디도 나오지 않았던 것이다. 덕분에 화요일 하루 내내, 수요일 오전까지 그 일만 생각하며 기다리느라 아무 일도 못했다.

그리고 우려했던 대로 되었다. 식당에는 쟝만 나왔다. 인사말이 오가고 나서 슬쩍 사랑스러운 드 페를라크 부인은 컨디션이 좋지 않냐고 물어보았다. 쟝은 아내는 기분은 괜찮지만 파리에 나오는 걸 별로 좋아하지 않는다고 대답했다.

그러자 갑자기 왜 그런지는 모르겠으나, 식당 한복판에 있는 이 사내가 미워서 견딜 수가 없어졌다. 훌륭한 부인을 아내로 두었으면서, 시골 구석의 커다란 저택에 목각 불상처럼 팽개쳐 놓고도 아무렇지도 않은 표정이다. 그녀는 기다리느라 지치겠지, 그리고 밤이 되면 혼자서 무서워할 거야.

나는 주말을 기다리느라 목이 빠질 뻔했다. 그녀의 목소리를 듣고,

모습을 보지 않고는 견딜 수가 없었다. 미소지을 때 고개를 살짝 갸웃하는 모습이 뭐라고 표현도 못할 정도로 사랑스러웠다. 커다란 눈은 정말이지 천진난만한 아이 같고, 조심성 많은 얌전한 태도에서는 연약함이 묻어났다.

그 여자를, 인생의 이러저러한 위험으로부터 구해주려면 강한 남자가 필요하다. 분명히 쟝 드 페를라크는 부자고, 또 사업에 능숙할지도 모른다. 하지만 이 남자는 자기 자신이 아직 젊고 살아가는 데 열중해 있느라, 아가트 같이 귀중하고 또 가냘픈 사람을 위해 몸을 바칠 생각은 없어 보였다.

내가 처음으로 질투의 불꽃을 태우기 시작했던 것은 지난 수요일 점심 식사에 피혁업 조합의 서기장 라자니와 함께 한창 사업 얘기를 하던 때였다.

그녀의 남편은 미남이고 그녀보다 연상이기는 하지만 나보다 훨씬 젊었다. 대체 어떻게 해서 그를 알았으며, 결혼한 지는 얼마나 됐고 그녀는 진정으로 행복할까…… 알고 싶기는 했지만…….

그 자리는 사업 얘기를 위한 자리였고, 남자끼리였으므로 안건이 모두 처리된 뒤에는 정치나 스포츠 얘기도 나왔고, 또 매우 분위기 좋게 사격 얘기까지는 진행되었지만, 젊은 부인 얘기를 꺼낼 기회는 없었다.

그것이 또 나를 초조하게 했다. 왜냐하면 나는 직선적인 성격의 사람으로 뭔가를 감추거나 하지는 못한다. 마르트는 그 점을 잘 알기 때문에 나의 아픈 데를 감싸준다. 누나는 신중하고 사려가 깊다. 그건 나도 인정한다. 그러나 무엇이든지 미리 예측하고 내가 일을 저지르기 전에 알아채 버린다. 그러기에 언제나 나를 애송이 취급한다.

누나는 성실한 여자다. 결혼하지 않은 것이 유감이다. 여자가 언제까지나 혼자서 있는 것은 좋지 않다. 남편과 아이가 두셋은 있어야만 한다. 가까운 시일에 부인과 사별한 간티에를 소개할까. 아들이 하나 있지만 군복무중이다. 그리고 녀석은 내게 4만 프랑의 빚이 있다. 누이를 소개하는 것을 구실로 그걸 재촉할 수 있으리라.

그런데 이번 주말은 정말 길었다. 진행중인 일에 몰두하려 했으나 소용이 없었다. 마르트는 내가 그날 저녁에 돌아왔을 때의 모습을 보고 곧장 감을 잡아버린 것 같다. 나는 초조해했으며 갑자기 제정신이 아니었다가, 또 어느새 기가 푹 꺾이거나 했으므로 누나가 알아챈 것도 무리는 아니다. 게다가 외투를 산 것도 그랬다.

나는 옷차림에 신경 쓰지 않는 편이다. 옷을 바꾸는 건 오로지 계절에 맞추기 위해서이며, 넥타이를 고르는 것도, 와이셔츠를 사는 것도, 옷을 맞추는 것도 누이가 다 해준다. 그런데 이번에 난생 처음으로 혼자서 양복점에 들어가 세련되고 유행하는 외투를 주문했던 것이다.

'세련된'이라는 단어를 사용함으로써 나 스스로도 사랑을 하고 있음을 깨달았다. 전 같으면 "따뜻하고 때가 타지 않는 것을 달라"고 했을 것이다. 그러나 이번엔 스코틀랜드에서 직수입한 트위드를 골랐다. 점원은 그것이 나의 머리색과 잘 어울리는 회색이라고 했다. 배 부근이 웃옷에 눌려 약간 불편하긴 했지만, 점원의 말로는 마흔 전후의 손님들은 모두 그런 데다가, 배가 나온 것은 스포츠맨이었다는 증거라는 것이다.

점원의 말은 맞았다. 그녀는 상당히 머리가 영특했다. 틀림없이 외투는 잘 어울린다. 모로코의 땅 문제로 미국인을 상대하려면 풍채도 좋아야 하지 않겠느냐고 마르트에게 말했더니, 무슨 이유인지는 모르겠지만 빙글빙글 웃었다.

금요일에는 드 페를라크 부인에게 줄 초콜릿을 사러 '세비니에'에 갔다. 쇼윈도에 마차 바퀴만한 커다란 캔이 장식되어 있었다. 뚜껑에는 달빛을 받으면서 난간에 걸터앉아 사냥개와 장난치고 있는 옛날식의 옷을 입은 여자가 그려져 있다. 주위에는 폭이 넓은 리본이 걸려 있다.

나는 망설임 없이 말했다.

"이걸 주시오."

물론 가격 따윈 묻지 않았다. 매장의 점원은 깜짝 놀란 표정으로 여주인을 불렀다. 가게 안에 있던 모든 사람들이 나를 쳐다봤다. 미국인이라고 생각했음이 틀림없다.

나는 다시 "이걸 주시오"라고 말한 다음, 담배에 불을 붙였다. 아니 붙이려고 했으나 내 라이터는 언제나 불이 잘 붙어주질 않는다. 창고 입구에 있던 점원이 성냥을 찾으러 뛰어갔다.

점원은 자신을 세비니에 후작부인쯤으로 생각하기라도 하는지 아니면 장사할 마음이 전혀 없는지, 이 캔은 쇼윈도 장식용이지 파는 것이 아니라고 했다.

묻고 대답할 필요도 없이 나는 주머니에서 집히는 대로 지폐 다발을 한 움큼 꺼내면서 안에 초콜릿은 들어 있느냐고 물었다.

"네, 6킬로그램이나 들어 있습니다."

"됐어. 그걸 사지."

가게의 점원들은 나의 결심이 확고하다는 것을 깨달은 눈치였다. 그 뒤로는 별로 시간도 걸리지 않고 캔을 포장해서 내놓았다. 그 대신 가격은 거의 외투와 비슷하게 지불했다.

그 캔은 자동차 뒷좌석에 놓여 있다. 누이는 사교란 것을 전혀 모르기 때문에 무슨 이유로 동그란 그뤼이엘 치즈를 페를라크 댁에 가져가느냐는 둥 하면서 물었다. 그러나 난 알고 있다. 여자들이란 정말로 먹보다. 분명 이것은 그녀의 마음에 들 게 틀림없다.

오리 사냥을 하러 가게 된 것은 즐겁다. 우선은 지금까지 단 한 번도 해본 적이 없기 때문이다. 게다가 슬슬 스포츠를 즐기는 것도 나쁘지 않다. 그러나 무엇보다 즐거운 것은 그녀를 만날 수 있다는 것이다.

유감스럽게도 우리는 그리 친밀한 사이는 아니다. 그녀의 곁에 있을 수 있는 시간도 그리 긴 것은 아니다. 오히려 그럴 기회를 듬뿍 누리고 있는 것은 마르트다. 하지만 누이는 그걸 행운이라고는 여기지 않겠지. 마르트는 젊은 여인에겐 그리 재미있는 사람이 아니다. 그러나 뭐, 둘이서 초콜릿을 먹으면서 내 얘기 정도는 해주지 않을까.

점심 식사 시간을 고려하더라도 우리는 그 집에 너무 빨리 도착하고 말았다. 나는 도로 표지판을 볼 필요도 없었다. 차츰 격렬해지는 심장의 고동 소리로 그 집이 가까웠음을 알 수 있었으니까.

만약 내가 조금 더 젊고 페를라크가 조금만 더 가난했더라면!

하나의 인간이 모든 것을 손에 넣고 있는 건 불공평하다. 물론 나도 유전사업으로 엄청나게 많은 돈을 벌 것이 틀림없다. 하지만 사랑을 받아 줄 상대가 없다면 그런 돈이 무슨 도움이 되겠는가. 지금 상황에선 그녀는 그리 불행하지도 않으며, 그는 그녀를 무엇 하나 불편하게 하지도 않겠지. 그건 인정해야만 한다. 그러나 여자란 언제나 아무런 도움이 되지 않는 데도 무지하게 비싼 허섭쓰레기들을 갖고 싶어한다. 나라면 그걸 재미있어하면서 그녀와 함께 쓸데없는 것들을 고르고 돌아다니겠지만.

"조심해, 마르셀. 왼쪽을 달리고 있지 않니."

그랬다. 전혀 그걸 깨닫지 못했지만. 조금은 나 자신을 감시해야만 하겠다. 이렇게 멍하니 있는 건 이건 완전히 로미오다.

아가트

여자들한테 돈 얘기 따위라니 정말 싫다. 쟝이 사업에 실패하다니 그런 일은 꿈에도 생각지 않았다. 먼저 어째서 그렇게 되었는지, 그게 이상해. 내가 아는 사람들은 모두가 부자인데, 그 사람들한텐 결코 걱정거리 따위는 일어나지 않던걸. 가난뱅이가 싫은 이유는 걱정만 하기 때문이야. 쟝마저도 그런 사람들 속으로 들어가기 시작하다니…….

지난 여드레 동안 편안히 잠을 잘 수가 없었다. 쟝이 어려운 지경임을 털어놓은 것은, 이제는 어떻게 해볼 도리가 없기 때문이 아닌가. 그러니까 내가, 아내인 내가, 어떻게든 해결책을 강구해내야만 한다.

금액에 따라서는 나도 어떻게든 해 볼 수가 있다. 나처럼 정직한 여자에게라면, 누군가 신사라면 틀림없이 돈을 빌려줄 테니까.

나중에 남편한테 독촉을 하거나 하는 실례도 저지르지 않겠지. 하지만 이번 경우는 그의 전 재산이 날아가는 것이므로…… 우린 꽤나 조용하게 살아갈 생각이었는데. 벤트리조차도 사지 않았다. 엊그제 지불 기한이 되었음을 말했을 때 쟝은 그럼 어떻게 하면 좋겠느냐고 되레 나한테 물었다. 남자란 조직력이라곤 전혀 없다. 힐레이를 팔면 어떻겠느냐고 말해주었다. 전부터 난 그 자동차가 싫었다. 꼭 버스를 탄 것처럼 흔들리니까. 그리고는 공장 직원을 조금 줄이라고 넌지시 비쳤다. 그런 사람들이란 정말이지 뻔뻔스러워서 일단 직장을 잡게 되면 급히 서둘러서 아이들을 몇이나 낳아놓는다. 덕분에 고용주 쪽에서는 가족수당이다 국민보험이다 해서 이러저러한 것까지 지불해야만 하잖아.

쟝은 그런 조치는 언 발에 오줌누기일 뿐이라고 하면서 상당히 기분 나빠하는 눈치다. 하지만 그 브랑카르인가 뭔가 하는 사람이 지금 이 순간에 뭔가를 해주지 않는게 어째서 내 탓이냔 말이다.

인생이란 남을 믿어서는 안 되는 법이다. 오직 믿어야 할 것은 나 자신 뿐, 진정으로 나 자신뿐인걸.

일주일 전부터 얘기하는 거라곤 그저 돈, 돈 얘기뿐이니 정말 싫다. 언제나 뭔가 즐거운 것만 생각하던 쟝이었는데 이번엔 전혀 아니다. 나는 그 브랑카르 씨와 손을 잡으면 어떻겠느냐고 했다. 물론 사귄대서 재미있을 사람은 아니지만 5억 프랑이나 손에 들어올 거라던데. 그런데도 쟝은 손 따위를 잡을 필요는 없다고 한다. 마치 일부러 어깃장을 놓고 심술을 부리는 것 같다.

괜히 결혼을 하는 바람에 손해만 났다. 동화처럼 어마어마한 부자가 될 사람이 바로 눈앞에 있는데.

브랑카르 씨가 나를 좋아하게 되었다는 건 금세 알아챘다. 난 정말이지 재미있게도 남자들이 마음에 들어한다. 내 쪽에선 전연 흥미조차 없는 가난뱅이 사내들까지도.

그는 분명 여자를 모른다. 아는 거라곤 오직 누이뿐. 그 소시민 노처녀뿐이다. 그 여자가 입은 옷은 기성복이었지 아마.

브랑카르 씨를 푹 빠져들게 하는 건 일도 아니다. 남자가 내 얼굴을 본 것만으로 멍해져 아무것도 못하게 되어버리다니 정말이지 재미있어 죽을 지경이다.

아니, 아니지. 이런 생각을 하면 안되지. 진지하지가 않잖아.

이번 사태를 헤쳐 나오려면 계획성이 있어야만 해. 그러면 모든 일이 잘 될 거야. 단지 그 계획이란 게 전혀 생각나지가 않아서 고민이긴 하지만 말야. 우리 집 요리사 말대로 "죽은 닭에게서 알은 나오지 않는다. 그러니 구워서 먹을 수밖에" 없는 거야. 그렇게 밑바닥인 사람들이 어디서 그런 훌륭한 말을 생각해 낸 것일까. 생각해 보면 분명 일리가 있는 말이고말고.

쟝이 빈털터리가 되어 아무데서도 돈을 얻어낼 상대가 없다고 해서 화를 내봤댔자 아무런 소용이 없다. 사실은 사실로서 인정해야만 해.

눈에는 눈 253

난 뭐 달리 남편을 닭에 비유할 생각은 없어. 고작 단순한 연상일 뿐이야…… 그냥…… 쟝은 생명보험에 들어 있지. 천 오백만 프랑의……

그의 재산이라고는 지금으로선 그것뿐이야.

그러니까 그에게 만약의 일이라도 생기면 지금의 고민도 없어지게 되는 거지. 결혼할 때 재산은 공유하기로 했으니까 모든 것은 내 것이 되는 거야. 공장을 판 돈과 보험금이 손에 들어오겠지.

아유, 어째서 내가 이런 생각을 하고 있는 거지. 안됐지만 쟝은 절대로 병에는 걸리지 않을 테고 사고를 일으킬 염려도 전혀 없다. 과속 운전을 하긴 하지만 차를 가진 남자라면 누구라도 그렇게 할 수 있는 것이고 게다가 그는 운전이 너무나도 능숙하다.

이번 주말에 그 마르트 브랑카르를 어떻게 하면 좋을까. 하고 싶은 얘기란 단 한 가지도 없어. 운 좋게 파리에 사는 것 같지만 연극도, 유행에 관한 것도 전혀 모르다니 대체 이게 뭐야. 쟝이 의사라고는 했지만 도대체 그 여잔 뭘하며 하루를 보내는 거지? 대체로 여자들이란 어째서 이렇게 바보들인 걸까. 기어코 여성해방이다 뭐다 해서 남자들이랑 똑같은 취급을 받고 싶어한단 말야. 그래서 손에 넣는 것이라곤 일을 할 권리와 남편이 사업을 망해먹었을 때 뒤치다꺼리를 하는 정도? 난 내가 직접 일을 하게 된다면 차라리 죽어버리겠어. 제 스스로 그런 처지가 되고 싶어하다니 그들에게 상상력이란 게 대체 있기나 한 걸까.

예를 들면, 만약 내가 지금 결혼하지 않은 상태거나 아니면 미망인이라면(이건 결국은 같은 상황이다) 만약, 그렇다고 한다면 그녀의 동생인 그 멍청이를 어떻게 꾀어보는 건데.

그 멍청이가 나하고는 인종이 다르다는 걸 금세 깨달은 눈치다. 그러니까 난 적당한 거리를 두면서 손가락 끝으로 조종만 하면 되는 거야.

아니, 경우에 따라서는 결혼해 주는 것도 괜찮아. 그렇게 하면 그건 절대적이지. 그 사람은 모로코의 유전 감독 같은 걸 시켜놓고 난 그저 온 세상을 여행하지 뭐. 이런 단조로운 곳에서 한 발짝도 나가지 못하는 내 생활과도 마침내 이별하는 거지.

쟝은 내가 파리에 가는 걸 싫어한다고 생각하지만 내가 가지 않는 건 자존심 때문이야. 파리 여자들이 모두 공통된 화제를 갖고 있는데 난 그 얘기에 전혀 끼어 들 수가 없거든. 한창 뜨는 레스토랑도, 막 문을 연 재미있는 곳도, 유명한 인물도, 아무것도 모르잖아. 연극 같은 건 단 한 번도 본 적이 없는걸 뭐.

아휴, 안 돼, 안 돼. 이런 생각을 하면, 벌써 기분이 나빠져서 머리가 아파 오는 걸.

그렇긴 해도 우연이란 참 재밌어. 그 브랑카르 씨가 아미안에 볼일이 없었다면, 우리 집엔 절대로 오지 않았겠지. 그랬다면 유전 얘기를 들었을 리도 없고, 그랬다면 나도 지금 이렇게 옷을 갈아입는 대신 이런저런 궁리만 하고 있었을 거야.

물론 그 사람은 그리 훌륭하진 않아. 목소리가 너무 큰데다 품위도 없어. 하지만 그런 건 어느 정도 이상의 재산을 가진다면 문제도 되지 않아. 요즘은 인간의 가치는 풍채에 있는 게 아니라 성공의 척도에 따라 매겨지니까.

런던의 훌륭한 양복장이의 손을 거치면 그 사람도 어느 정도 봐줄 만하게 될 거야. 회색의 머리칼은 고상한 데다가 쟝보다 키도 크지, 배는 일주일에 세 번 가량 마사지를 받으면 분명히 들어갈 거야. 식사는 구운 고기와 푸른 야채를 위주로 하고…….

원 세상에, 나란 여자가 이렇게 적극적인 여자였나? 혼자서 소설을 다 쓰는군.

약간만 솜씨가 있는 여자에게라면, 그 사람은 아주 이상적인 봉이야. 그건 확실해. 그러나 봉인 것도 지금 뿐이지, 오래 지속되지는 않아. 그가 돈을 손에 넣자마자 돈에 굶주린 이 도시 여자들 모두가 뒤를 따라다닐 테니까.

요즘 여자들이란 정말 욕심이 너무 지나쳐. 가련하게도 그 도련님에겐 아무런 방어력이 없어서 가장 처음으로 겨냥한 여자에게 붙잡힐 게 뻔해.

경쟁상대가 하나도 없는 이런 상태로 그를 계속 만나다보면 자연히 결혼까지 갈 게 뻔한데도 이렇게 두 손 놓고 지켜만 보다니 정말 유감이야.

쟝만 없었다면 그야말로 눈 깜짝할 사이에 얘기를 끝내버리는 건데. 물론 그 사람의 정부가 되어 잘만 해나가면 그걸로 곤경은 어떻게 헤어나겠지만, 그에게서 존경심을 잃고 말지. 그 사람은 처음부터 나를 신전에 올려놓고 떠받들었어. 순진한 총각한테서 최대한으로 돈을 긁어내려면 지금의 위치를 잃으면 절대로 안 돼.

쟝은 정말로 능력이 부족해. 그에게 능력이 없기 때문에 내 생활마저 엉망진창이 된 거야. 믿고 결혼했는데 7년이 지난 지금 옴짝달싹도 할 수 없는 곳으로 날 밀어 넣다니. 팔자를 고치려면 때는 지금이야. 서른 소리를 듣게 되면 이미 끝장이야. 지금은 아직 젊어. 하지만 그게 그리 오래가지 않는다는 건 나도 잘 알고 있지. 병에 걸릴지도 모르고, 또 어떤 사고라도 나서 얼굴 생김새에 변화가 올지도 모르잖아. 그때 가서 쟝이 파산이라도 해서 다시 일어설 수도 없게 된다면 난 대체 어찌 된단 말인가. 그저 울기나 해야겠지. 기술도 없을 뿐더러 학교 졸업장도 없으니 아무도 상대해 주지 않을 테지.

나한테 딱 어울리는 인생을 보내려면 그런 것들을 전부 생각해둬야만 해. 이혼하는 방법도 있긴 하지만 쟝이 어려울 때 그런 얘기를 꺼내는 건 불쌍하기도 하고 너무 야박스럽게 보일 테니까. 게다가 이혼 소송은 시간이 걸리는 데다가 돈도 들어. 내가 가져온 것까지도 쟝에게 남겨놓고 가야만 할 테고, 또 헤어진 뒤의 생활비도 쟝에게 돈이 없는 이상은 받을 수도 없지. 그렇다면 난 어떻게 되는 걸까. 쟝은 내가 어찌 되든 조금도 걱정해주지 않을 테니까 나 스스로 궁리를 해야만 해.

게다가 이혼 수속 같은 걸 하는 사이에 마르셀 브랑카르를 어느 수완 좋은 여자한테 빼앗기고 말 거야.

요즘 세상은 여자들에겐 정말로 살기 힘든 세상이야. 내가 이렇게나 열심히 해 볼 생각인데 어려운 문제가 너무 많단 말이야.

가장 좋은 방법은 쟝이 사고를 일으키는 거야. 그 사람이 고통스러워하거나 불구가 되거나 하는 건 싫지만, 만약 돌연사라면 스스로도 그걸 깨닫지 못하겠지. 괴로운 건, 자신이 죽어간다는 사실을 알고 있을 때뿐이라고 생각하거든. 모른다면 슬퍼하는 건 뒤에 남겨진 사람들뿐이니까, 결국 이 경우엔 나만 남는 거야.

그 사람은 늘 말하곤 하지. 침대 위에서 병으로 죽는 게 가장 무섭다고 말야. 그 심정 알 것 같아. 행동파인 데다가 운동을 좋아하는 사람에게 육체적인 고통은 무서운 거야. 게다가 나도 훌륭한 간호사가 될 것 같지도 않고, 환자라면 딱 질색이야. 퀴퀴한 냄새가 나고, 열이 나고, 제멋대로 지껄이는 데다가 남의 시간을 모조리 빼앗아버리고 마는걸?

남자에게 가장 이상적인 건 전쟁에서 죽는 거야. 졸지에 영웅이 되고 죽은 뒤에도 훈장을 받아서 미망인과 자식들에게는 연금을 남기지, 또 모두에게 존경을 받잖아.

하지만 유감스럽게도 지금은 평화로워. 그게 오래 계속될지 어떨지는 모르지만 어쨌든 지금은 아니야.

만일 쟝이 힐레이를 타고 있을 때 죽는다면, 틀림없이 고통을 느낄 짬은 없을 거야. 늘 160에서 180킬로 사이로 달리니까. 게다가 상해보험에도 들어 있고.

혹 사고가 브랑카르가 있는 동안에 일어나 준다면 나의 당황한 모습을 보고 그가 도와줄 게 틀림없어. 그렇다면 모조리 맡겨도 괜찮아. 그 방면에서는 브랑카르도 그리 재주가 없을 것 같지도 않고, 게다가 우정을 쌓는 좋은 계기가 되기도 할 텐데.

앞으로도 브랑카르를 계속 만나려면 그 수밖에 없어. 그런데 오히려 나를 피하는 게 안전하다고 생각할지도 모르겠네. 그렇다면 최악이잖아?

그래, 사고가 일어나기 전에 미리 확실한 조치를 취해 두어야만 해.

하나는 쟝의 생명보험으로 경제적으로 일단 독립한 다음 천천히 때를 기다리는 거고, 다른 한편으로는 브랑카르를 내 곁에 붙잡아 두고 미래 준비를 하는 거야.

그래, 조금만 논리적으로 생각하면 이렇게 분명해지는 건데. 필요한 건 사태를 냉정하게 바라보아야 한다는 점이지. 우선은 충분히 생각하고 그 다음에 행동하는 거야.

실패를 딛고 다시 일어서는 건 그리 어려운 일이 아니야. 조금만 열심히 하면 되는 거지. 지금 당장의 상황은 그리 나쁘지 않아. 브랑카르와 그의 누나는 오늘 오후에 여기에 온다. 그러니까 지금이야말로 행동을 개시하기에 아주 좋은 기회야. 시간이 좀 부족하긴 하지만, 그래도 이런 기회가 언제 다시 올지 모르는걸. 적어도 그리 빨리 오지는 않을 거야.

이번 주말이 지나면 브랑카르가 집에 올 이유 따위는 전혀 없어. 쟝은 그 사람에게 도움을 받지 못해서 다른 사람을 찾기 시작할 거야, 틀림없어. 브랑카르는 곧장 내 앞에서 완전히 모습이 사라져버릴 테고.

그러니까 이 기회를 잡아야만 해. 이건 생각지도 못했던 찬스야.

하지만 힐레이 사고는 생각처럼 되지 않을지도 몰라. 지금까지 쟝은 무사고였는데, 그게 때마침 오늘 일어난다는 건 지나치게 기대하기 어려운 일이야. 기껏해야 고장 정도로 끝나버릴 거야. 먼저, 그래, 오리 사냥 오두막에 갈 땐 푸조를 쓰는 거야. 길도 나쁘니까 분명 평소보다 신중하게 달리겠지. 게다가 브랑카르가 함께 있지 않은가. 5억 프랑을 날려버리면 의미가 없어. 그걸 손에 넣는 것이 문제인걸.

아휴, 뭐가 이리 어렵담. 난 그냥 여자야. 지금까지 한 번도 이런 중대한 문제를 혼자서 생각한 적이 없어. 하지만 힘을 내야만 해. 나의 미래가 걸린 문제니까.

이토록 짧은 시간에 준비할 수 있는 사고란 어떤 것이 있을까?

남편의 죽음을 봐야하는 건 너무 싫어.

양심에도 찔릴뿐더러 남자 둘만 있는 편이 브랑카르의 책임감도 자극할 수 있을 거야. 그러면 뒷일도 순조롭게 풀리겠지.

결론은 쟝이 사냥을 하는 동안에 사고를 일으켜 줬으면 하는 건데. 하지만 어떻게 하면 좋을까. 나는 그 두 사람과 함께 가지는 않을 거야. 그렇다고 브랑카르에게 사냥총으로 쏘아 없애달라고도 할 수 없고. 아직 안 지도 얼마 안 된데다가 어디까지 믿어야 할지 모르잖아.

그리고 또 어디까지나 사고라야만 돼. 남편과 헤어지기 위해선 무슨 짓이라도 해치우는 여자처럼 보이면 브랑카르의 환상이 깨지겠지. 무슨 일이 있어도 그 사람 앞에서 여신이어야만 해. 장차 그게 내 으뜸패가 될 테니까.

어, 그러니까 당황하지 말아야 해. 둘은 저녁때 집을 나가서 오두막으로 밤을 새러 간다⋯⋯. 그곳엔 먹을 것과 따뜻하게 마실 것, 그리고 샴페인에 브랜디가 마련되어 있지⋯⋯. 그래, 음식물에 독을 타면 어떨까⋯⋯. 하지만 저렇게 건장한 사람인데, 기껏해야 배탈이 좀 나는 게 고작일 거야. 그러면 모든 건 끝장나 버려.

 신이시여, 저를 도우소서!

 뭔가 구실을 찾아내 뒤를 따라가면⋯⋯ 총은 힐레이 안에 숨겨둔다. 쟝을 엎드려 기다리게 해놓고, 과녁을 조준해서⋯⋯ 어떤 서툰 사냥꾼 탓으로 만들어 사냥 사고가 한 건 늘었다는 것만으로 끝낼 수는 없을까.

 하긴 그 오두막 주변은 한적해서 오늘 밤 사냥을 하는 건 쟝과 브랑카르 뿐일지도 모른다⋯⋯. 만약에 누군가 서툰 사냥꾼이 발견되지 않는다면 나도 심문을 당하겠지⋯⋯. 분명 누군가 자동차로 나갔다가 다시 돌아오는 나를 볼 게 틀림없어. 그렇게 되면 누구라도 이 두 가지 사건을 결부시켜 생각할 게 뻔해.

 이것도 역시 안 돼. 그런데도 시간은 점점 가고 있어. 어째서 좀더 일찍 생각해두지 않았던 걸까. 일주일은 넉넉히 있었는데. 천천히 침착하게 준비할 수가 있었는데. 지금은 너무 촉박해. 난 뭔가에 쫓기는 건 딱 질색이야.

 가장 좋은 알리바이는 브랑카르의 누나와 여기에 있는 거야. 옆방에 있을 일하는 사람들도 내가 밤새 여기서 나가지 않았음을 증명해 주겠지.

 하지만 여기서 나가지 않으면 사고는 일어나지 않아. 우연을 믿을 수는 없어. 뭔가 준비를 하지 않으면⋯⋯.

 아니, 무엇을 할 것인가는 마지막 순간에 결정해도 상관없어. 그래, 이걸로 한 걸음 전진이야. 그 전에, 앞으로 아직 대여섯 시간은 있어. 그동안 어떻게 할지를 생각해야지. 오두막에 가서 그 방법을 생각해도 돼. 그런데 그곳에 가면 오늘밤을 위해 준비하고 있는 쥬스턴을 만나게 될 거야. 나중에 내가 갔었다는 걸 증언하고 말거야. 아니, 괜찮을지도 몰라. 쥬스턴은 부족한 것을 가지러 이리로 올 테니까, 그때 엇갈리게 내가 가면 돼. 어디로 가는지는 알 리가 없지, 그래, 쥬스턴은 반대 방향으로 심부름을 보내면 되겠구나. 위스키라도 사오라고 말야. '퀸 앤'이 있는 데라곤 그랑베르 상점뿐이니까. 쥬스턴의 모터 자전거라면 적어도 20분은 족히 걸릴 거야. 내가 갔다가 돌아오기에는 충분한 시간이지.

하지만 누군가 다른 사람한테 발견되면 곤란해.

그럼 어쩐다? 쟝의 낡은 점퍼를 입고 베레모를 쓰고 작업복 바지를 입고 가면 되겠다. 비록 누군가가 멀리서 힐레이에서 내리는 내 모습을 본다 해도 걱정 없어. 틀림없이 쟝이라고 생각할 테니까. 그 쟝은 나중에 조사를 받을 때쯤이면 말을 하지 못할 테니까 아무 염려할 것이 없겠지.

오두막으로 가는 좁은 길은 2미터나 되는 갈대로 뒤덮여 있으므로 내 모습이 발각될 염려는 없어.

하지만 역시 아무런 계획도 없이 가는 건 바보 같은 짓이야. 그때 가서 뭔가 필요해도 가지러 돌아오지도 못할 테니까. 밀로 하면 좋을까. 가스 콕을 열어놓으면…… 내일이 되면 둘 다 죽어버릴 거야. 게다가 쥬스턴은 자기가 점검했을 때는 아무 일 없었다고 할 게 분명해.

쥬스턴은 뭘 하고 있는 걸까. 벌써 와 있어야만 할 텐데. 사냥총은 날마다 손질을 할 테고, 술은 마시지 않으니까 그 근처 어디 카페에 갔을 리도 없고…….

아 참, 그렇지. 난 정말 바보야. 쥬스턴은 배를 점검하고 있을 거야. 그래, 이건 정말 멋진 발상이야. 그 사랑스럽고 작은 배가 둘 중에 누군가를 호수 한가운데로 데려가겠지. 옷을 몇 겹이나 껴입고, 기다란 장화를 신고, 총과 탄약통 때문에 제 한 몸도 움직이기 힘들 정도의 사냥꾼이, 그 상태로 얼음처럼 차가운 물에 떨어지고 발이 수초에 휘감기면…… 사냥꾼은 스포츠맨이긴 하지만 가련하게도 수영은 할 줄 모르지. 물론 살려달라고 소리는 치겠지만.

다른 한 사람은 오두막에 있으면서 다른 오리들을 꾀기 위해 매어놓은 미끼, 오리에게 눈을 고정시킨 채 엎드려 있을 거야. 그리고 친구의 외침소리를 들었다 하더라도 지리에 어둡고, 그런 어둠 속에서는 아무리 애를 써서 달려가려 해도 어디쯤에 있는지 알 수가 없지.

더욱 멋진 건 이번만큼은 사냥을 하는 게 단 둘뿐이라는 거야. 한 명은 오두막에, 또 한 명은 배에 있으니까 서로 도와줄 수가 없거든.

그럼 이젠 두 가지 문제를 해결하면 되겠네. 하나는 브랑카르를 오두막에 남아 있게 하는 거고, 또 하나는 배를 가라앉게 하는 건데.

그것도 안 될 것도 없어. 계획은 상당히 진척되었는걸. 목표에 이만큼이나 근접했는데 이제 와서 포기할 이유는 없지. 틀림없이 좋은 방법이 생각날 거야. 자, 마음을 가라앉히고, 가라앉힌 다음…… 먼저 브랑카르…… 쟝은 분명 예의상으로라도 브랑카르에게 사냥 장소를 먼저 택하라고 할 거야. 다행스럽게도 쟝은 원래부터 배 쪽을 좋아해. 그건 내게도 아주 유리한 상황을 만들어 주지. 그래 맞아, 뭔가 구실을 찾아내야겠는걸. 밤중에 브랑카르에게 전화를 걸게 하면…… 그래, 그 사람이 오면 곧바로 언뜻 희망을 내비치는 거야. 그렇게 되면 그는 아주 별것 아닌 사소한 기회라도 잡고 싶어할 거야. 그래서 오두막에 남도록 해야지. 맞아, 전화를 걸어달라고 하면 되겠구나. 구실은 나중에 생각하기로 하고, 그걸로 그 사람은 오리를 겨냥하기보단 전화를 연신 쳐다볼 게 틀림없어.

다음은 배야. 어떻게 하면 침몰시킬까.

쥬스턴은 물이 새는 곳을 완전히 막아놓고 오늘밤까지 육지에 올려놓고 말리고 있어.

배의 바닥 판자를 한 장 떼어놓는다면…… 아니, 그건 안 돼, 쟝이 물에 띄우자마자 순식간에 가라앉기 시작해서 발이나 젖고 말 거야. 그리고 이상하다고 눈치챌 게 뻔해. 가라앉는 건 단번에가 아니라, 빨아들이는 것처럼 해야 할 텐데. 그것도 오로지 혼자서 한가운데로 나아간 뒤 한참 지난 다음이어야만 해. 가능하다면 두세 발 쏘고 난 뒤가 좋겠지. 그렇게 되면 나중에 브랑카르가 총소리를 증언해 줄 거란 말야.

배에 구멍을 내면 어떨까. 역시 너무 빨리 가라앉아. 벼랑 옆이면 절대로 살아나지 못할 테지만, 아무리 헤엄을 못 친다 해도 생존본능으로 살아나려고 애를 쓸 거니까…… 그래, 그거야. 물을 빼는 꼭지를 빼두면 어떨까. 그건 아주 작은 구멍이야.

뚜껑은 막대사탕 정도의 작은 나무 쐐기니까…… 막대사탕…… 우리 집 요리사는 그걸 넣으면 맛이 좋아진다면서 과자에다가 반드시 넣던데, 좀처럼 녹지 않는 게 흠이라고 했었지. ……뚜껑을 빼고 그 구멍에 막대사탕을 끼워놓으면…… 물이 차가우니까 녹는 데 시간이 꽤 걸릴 거야. 물은 틀림없이 아주 조금씩 배 바닥에 스며들겠지. 어둠 속에서 쟝은 그걸 눈치채지 못할 거야. 장화를 신고 있잖아. 그걸 깨달았을 때는 이미 돌아올 수 없지.

호수는 수초와 갈대로 뒤덮인 데다가 넓이도 사방 100미터는 충분히 되고도 남아. 어두워지면 어디가 진짜 육지인지 좀처럼 구별할 수가 없지. 게다가 인간은 당황하면 반드시 바보 같은 짓을 하는 법이거든.

뚜껑은 배 안에 남겨둬야지. 그런 일은 없을 테지만, 만일에 나중에 배를 끌어올렸을 때를 대비해서 그러는 게 좋겠어. 아니, 내가 제일 먼저 배를 조사할 것을 요구하겠어. 남편이 어째서 사망했는지를 알고 싶어하는 건 당연한 거잖아. 그때 뚜껑이 있으면 그것이 저절로 빠진 게 되지. 정말로 불운했다는 걸로 끝날 테고 그 이상은 아무도 의심하지 않아.

아유, 아가트 씨, 당신 참 의외로 계획을 잘도 세우시는군요. 이렇게 천진난만한 표정을 짓고 있지만, 어떤 어려운 일이라도 헤쳐나갈 수 있겠어. 내가 생각해도 난 정말 굉장해.

그렇지만 자만은 이 정도로 해두고 어서 서둘러야만 해. 먼저 목욕을 하고 나서 옷을 갈아입은 다음 막대사탕을 가지고 오두막까지 가려면 시간이 빠듯해.

날씨도 좋고 산보하기엔 안성맞춤이네. 요즘은 한 번도 밖에 나간 적이 없단 말야. 이참에 바깥 공기나 실컷 쐬고 와야지. 내일부턴 싫어도 어쩔 수 없이 하루종일 집안에 틀어박혀 난로 앞에서 별 흥미도 없는 사람들을 상대해야 할 테니까.

쟝

오리 사냥은 조금은 망설여졌다. 다른 친구들도 초대하는 편이 나을지, 아니면 단 둘이서만 가는 게 좋을지. 그러나 결국 둘이서만 가는 편이 좋겠다고 결정했다. 우리는 저녁 무렵 오두막에 가겠지만 사냥에 나서는 것은 한밤중이다.

오두막은 매우 편안한 곳이다. 따뜻하고 밝으며 라디오, 전화 등도 구비되어 있는데다 홈 바도 매우 쓸 만하다. 결혼 전에는 괜찮은 여자가 생기면 곧바로 그곳으로 데려가곤 했다. 오리 사냥을 한다는 핑계로, 여자들은 마음놓고 따라왔다. 솔직히 말하면 결혼 뒤에도 그런 일이 있었으나 그것은 매우 힘든 일이었다. 왜냐하면 이런 시골에서 그런 일은 순식간에 소문이 나고 만다. 아가트는 소문에 대해 매우 민감한 여자다.

그런 정도이므로 오두막은 나쁘지 않다. 이번 오리 사냥에 나설 브랑카르는 엄청난 향락주의자다. 샴페인과 훌륭한 요리에는 정신 없이 달려든다. 그런 약점을 파고들면 되는 것이다.

파리에서의 점심 식사 이래로 나는 방법을 바꿨다. 충분한 조사를 한 결과 그자의 모로코 얘기가 거짓이 아님을 확인했다. 사인 하나로 5억 프랑이 나오는 사내와 사귀는 것은 사업가인 나에게는 엄청난 행운이리라. 그래서 나는 그와 손을 잡기로 했다. 단지 그는 아직 나의 이런 생각을 모르거니와, 나도 어떤 형태로 손잡을 것인지 모르겠다. 내가 아는 것은 어떻게 해서든지 목표에 도달해야만 한다는 것이다.

예를 들면 나는 지방에, 그는 파리에 살고 있으므로 파리 지점을 열기로 한 다음 그에게 그 일을 맡기면 된다. 가장 효과적인 것은 그의 입장을 이용해 나의 가죽제품을 수출하는 것이다. 우리 공장의 생산량 전체를 그에게 맡기고, 하지만 그것이 전체 생산량의 극히 일부에 지나지 않는 것으로 여기게 할 수도 있다. 나의 실제 수입이 그것 때문에 커다란 희생을 입는다 해도 어쩔 수 없다.

그 대신, 일단 공동 경영이 시작되고 서로의 사업을 구분할 수 없을 지경으로까지 뒤섞어 놓으면, 자기 재산이 들어갔는데 내가 파산하는 것을 그냥 놔두진 않을 것이다. 새로운 자산가가 된 입장에서 볼 때 그것은 당연한 일이리라. 그때 이익을 나누는 것만으로 만족할 것인가, 아니면 그 이상으로 긁어낼 것인가는 완전히 나의 수완에 달린 문제다.

어쨌든 간에 지금 그는 내가 어려운 지경에 처했다고는 꿈에도 생각하지 않고 있다. 때문에 이번 제안을 수상쩍게 여기기는커녕, 그의 경제적 지위를 상승시킨다고 생각하겠지. 거래를 할 때마다 순이익이 오르는 것이다. 나는 그의 이익이 확실하게 시세를 밑돌게 해야 하겠지만.

하지만 그것도 몇 개월의 일, 아니 보다 짧게 끝날지도 모른다. 미국인과의 교섭은 순조로이 진행되는 모양이니까.

어쨌든 그와 손을 잡는 일에 관해서는 이번 사냥이 끝난 뒤에 반드시 언질을 받아두어야만 한다.

이렇게 몇 번이나 초대를 한 이상 내가 그를 필요로 한다는 것을 눈치챘을 테니까.

그러나 다음 주중에 아가트를 데리고 파리에 가는 건 괜찮겠지. 초대에 대한 인사차 그가 부르는 것은 당연한 순서이다.

오늘밤의 준비는 완벽하게 되어 있다. 오두막 준비는 쥬스턴이 해 놓았을 터이고 총은 진열대에 세워져 있다. 밤에도 날씨는 좋을 것 같다. 둔감한 그자가 미끼로 놓아 둔 오리를 쏘지 말아야 할 텐데. 그러나 녀석이 실패하더라도 모두가 다 내 탓이라고 해야만 한다.

놈은 지금 이대로 행복하고 부자이며, 악의가 없는 채로 놔두는 편이 좋으리라. 내게는 그 호인이 바로 유전(油田)이니까.

마르트

이 집에 초대된 것은 이번이 두 번째인데 점점 영화 세트 같다는 느낌이 든다.

뭐라고 설명할 수는 없지만 어쩐지 부자연스럽고 석연치 않은 느낌이 든다. 방에서 방으로 지나면서도 마치 실내장식 팸플릿을 넘기는 듯한 기분이다. 조명도 너무나 휘황해서 연극 무대를 연상케 한다. 어느 것 한 가지 흐트러짐이 없으며, 일하는 가정부마저도 각기 하나도 나무랄 데가 없이 자리잡혀 있으며, 모든 것이, 극히 세심한 부분까지 너무 계산적이라는 느낌이 든다. 난로의 불도 연기가 안 나고, 턴테이블 위에선 능숙한 솜씨로 골라낸 레코드가 방의 넓이에 딱 맞는 음량을 쉴새없이 흘러 분위기를 유지시키고 있다. 내게 주어진 침실도 화장대 위에는 꽃과 향수병이 즐비하며, 은제 케이스에 시가도 들어 있다. 레이스와 자수로 장식된 커버 아래의 침대에도 매우 고급인 시트가 깔려 있고, 벽에 걸린 액자의 그림도 빠짐없이 서명이 들어간 것들뿐이다.

그런데도 왠지는 모르지만 나는 바닥에 한 장의 종이가, 구겨진 휴지 조각이라도 좋으니 떨어져 있기를 바랐다. 살아 있는 사람이 사는 집이라는 느낌이 들지가 않아서, 엄격하기로 이름이 자자한 궁전에라도 와 있는 듯한 기분이다.

생각하지 않으려고 해도 '지나친 것은 미치지 않는 것보다 못하다'는 격언이 떠오른다.

페를라크 부부의 경우가 그렇다는 건 아니지만, 그 완벽함에는 어딘가 사람을 놀라게 하려는 것이 있고 뭔가 꾸민 듯해서 사람을 끌어당기기보다는 초조하게 만든다.

하지만 마르셀은 그 안에서 매우 기분 좋아한다. 그 나이가 되어서 처음으로 사치를 맛보는 것이므로 칭찬의 말이 그칠 새가 없다. 커튼을 잡아보기도 하고, 수정의 무게를 가늠해보기도 하며, 포도주를 마실 때마다 쩝쩝 소리를 낸다. 시가도 마치 시골을 달리는 기관차처럼 피워댄다. 조금 전만 해도 마르케의 그림 앞에서 멍하니 취해서는 "아아, 정말이지 고갱은 굉장한 솜씨란 말야." 어쩌고 했으니 굉장히 기분이 좋은 모양이다.

마르셀은 부대 자루처럼 커다란 초콜릿 캔을 기어코 가져오고 말았다. 콧대 높은 아가트도 벌어진 입을 다물지 못했다.

그러나 변함 없는 낙관주의자 마르셀은 아가트가 너무 기뻐서 말을 못한다고 멋대로 해석했다.

이 사람들은 대체 우리에게 무엇을 바라는 것일까. 저 부부는 아주 부자 같고 자못 인텔리인 척하고 있다. 그런데도 얘기에 나왔던 친구들을 한 번도 함께 부르려고 하지는 않는다. 우리의 보기싫지 않은 얌전함이 엄청난 웃음거리가 되는 것을 두려워하는 걸까.

나는 의사이므로 나의 직업상 가장 중요한 것은 진단이다.

하지만 이곳 두 사람은 무척이나 어렵다. 병의 원인이 발견되지 않는다. 그게 어딘가 틀림없이 있을 텐데. 여하튼 이렇게 사치스런 환경에 전혀 어울리지 않는 우리를 초대한 것 자체가 아무래도 이상하다.

점심 식사 동안 조금도 특별한 얘기는 없었다. 마르셀은 늘 그랬던 것처럼 정부를 공격하는 것에서부터 외교문제, 독재제도 예찬 등을 질리지도 않는지 반복하고 있다.

쟝 드 페를라크는 그저 형식적으로만 맞장구를 치면서 마르셀의 이야기가 따분한 독백이 되는 것을 막아주고 있다.

아가트 드 페를라크는 죠콘다처럼 진주 목걸이를 만지작거리면서 동생 얘기의 가장 따분한 곳에서도 눈을 깜박이거나, '세헤라자드'의 바이올리니스트처럼 한숨과 감탄, 그리고 미소로 대답하고 있다. 어느 때인가는 손바닥을 마주치기도 했다. 그녀는 대체 동생에게 무엇을 기대하고 있는 것일까.

안주인의 역할을 다하기 위해서 이처럼 의식적으로 분위기를 맞출 기분이 드는걸까. 그게 아니면, 부부가 공모한 놀이의 일부인 것일까.

그러나 마르셀은 저 두 사람에게 아무것도 해 줄 수 없는 형편임이 분명하다. 사업상으로도 동생이 이 사람보다 상황이 좋을 리도 없거니와, 재산으로 보더라도 적어도 지금의 시점에서는 아직 페를라크가 위다.

설마 저절로 생겨난 공감이 모든 사회적 장애물을 제거해 버렸을 리도 없다.

　마르셀은 내가 나이를 먹어서 무슨 일에든 트집을 잡는다고 한다. 그건 나도 조심해야 한다고 생각하고 있다. 병의 진행으로 성격이 거칠어지고, 다른 사람에게 싫은 느낌이 들게 하는 건 피해야만 한다. 앞으로 겨우 몇 개월 후의 일이므로 더욱 그렇다.

　달리 남길 만한 것이 아무것도 없으니까 적어도 좋은 추억만이라도 남겼으면 좋겠다.

　하지만 그때는 별것 아닌 일이라고 생각했는데 왠지 마음에 걸리는 것이 한 가지 있다. 쟝 드 페를라크는 점심 식사 뒤에 파리에 전화를 걸 일이 있으니 잠깐 실례하겠노라고 하더니 나갔다. 그래서 우리는 난로 앞에서 셋이서만 있게 되었다. 마르셀이 물끄러미 나를 쳐다보는 것으로 보아 잠깐 이 방에서 나가주기를 바라는 것을 눈치챌 수 있었다. 그렇지만 아무리 남매지간이라고는 해도 그런 공모가 내게는 악취미로 여겨졌다. 동생이 아무리 용기 백배한다 하더라도 설마 이 정도로 아름다운 귀부인의 스커트 밑으로 손을 미끄러뜨리는 그런 흉내는 낼 리도 없겠지만, 단 둘이서만 있게 하는 건 그곳이 아무리 안전한 장소라 하더라도, 우연의 결과라면 모를까 그것 때문에 누이가 알아서 자리를 비켜줄 수는 없는 노릇이었다.

　나는 그 자리에 남았다. 내가 있는 게 방해가 된다 하더라도 어쩔 수 없다.

　마르셀이 갑자기 난로의 장작을 들쑤시기 시작하는 바람에 조금 있으면 불이 꺼져버릴 것만 같았다.

　우리 여자들은 마치 바보처럼 마주보며 미소를 짓고는 동생이 '신사의 불때는 일'을 마치기를 기다렸다. 그것도 오래가지는 않으나 그의 그런 속이 훤히 들여다보이는 행동 때문에 동생은 마침내 자리를 바꾸는 데 성공했다. 우선은 그것만이 지금까지 보였던 어릿광대

짓의 목적이었다. 자못 활달한 모습으로 마르셀은 100킬로그램이나 되는 몸무게를 긴 의자 위에 털썩 떨어트렸다.

애교스럽게 곤혹감을 드러내 보이면서, 그러나 조금의 서두도 없이 드 페를라크 부인은 문제의 핵심을 건드렸다.

"브랑카르씨, 부탁이 있습니다만."

순간, 나는 동생이 손을 지갑으로 가져가는 게 아닐까 걱정했다.

"남편이 없으니까 말씀드리는 거예요. 그가 듣는다면 분명 혼이 날 테니까요."

이야기가 이상해져 갔다.

"이런 걸 부탁하는 것도, 브랑카르 씨가 진정으로 친절하신 것 같아서예요. 하지만 만약 폐가 된다면 그렇다고 말씀해주세요. 그러면 없었던 이야기로 해두겠어요."

마르셀은 하느님처럼 한 손을 올리고는 매우 위엄을 드러내 보였으나 그것도 다음의 이 한 마디로 엉망진창이 되었다.

"아무 염려 마십시오, 무슨 일이든지."

그러나 이 대사에 그리 난처한 기색도 없이 젊은 부인은 말을 이었다.

"오늘 밤, 두 남자분은 사냥을 하러 가시겠지요. 그러면 우리들 여자들만 집에 남을 거예요. 사실, 저는 무척 겁쟁이거든요."

나는 깜짝 놀라서 아가트 부인을 쳐다봤다. 그렇다면 남편이 파리에 갈 때는 어떻게 한단 말인가. 그런 나의 마음을 읽기라도 한 것처럼 그녀는 말을 계속했다.

"쟝이 파리에 갈 때는 쥬스턴이 같은 층에서 자준답니다. 하지만 오늘은, 조금 전의 점심 식사 뒤에 남편이 쥬스턴에게 휴가를 줘버렸어요. 그래서 오늘밤은 여자들뿐이에요."

나는 물었다.

"뭐가 무서운가요?"
"특별히 그런 건 없어요. 아마도 생리적인 것인 모양이에요."
마르셀이 결연히 말했다.
"그럼 제가 여기에 남겠습니다."
"아유, 당치도 않아요. 그렇게 할 수는 없어요. 그런 게 아니에요, 단지 제가 부탁하고 싶은 건, 남편은 내가 무서워하는 걸 무척 기분 나빠하니까 뭔가 제가 오두막으로 전화를 걸 수 있을 만한 구실이 있었으면 하는 거에요. 만약 전화를 받는 분이 브랑카르 씨라면 문제는 없어요. 그래도 브랑카르 씨는 화를 내거나 혼내거나 하지는 않겠지요. 하지만 만약 남편이 받으면 틀림없이 화를 낼 거예요. 사냥을 하는 동안에도 몇 번이나 전화를 걸고 싶어질 거예요. 괜찮으시겠어요? 그럴 때는 브랑카르 씨에게 전화를 걸 면 안 될까요?"
"괜찮고말고요, 부인. 다만 저는 남는 게 좋겠어요. 부인께서 여기서 죽을 만큼 무서워하고 계시는 건 내가 도저히 참을 수가 없습니다."
"아뇨, 죽을 정도라니 그런 건 아니에요. 단지 이런저런 일들을 상상하게 되기 때문이에요. 그래서 누군가가 반드시 전화를 받아줄 거라는 걸 알고 있으면, 그걸로 두려움이 훨씬 줄어들거든요. 그럼 그렇게 해주시겠어요? 만약 브랑카르 씨가 전화를 받으면 '안녕하세요'라고 인사하겠어요. 남편이라면……."
"하지만 분명히 우리 둘 다 오두막에 있을 리는 없습니다. 부인의 남편이 한 사람은 배를 탈 거라고 말씀하셨습니다만……."
"아 참, 그랬었군요. 난 그걸 잊고 있었지 뭐예요……."
꽤 오랜 틈이 생겼다. 그 동안에 나는 질린 채로, 대체 이 전화 애기는 무슨 의미인가를 생각하고 있었다.

아무리 애써도 마르셀의 피 흐름은 로켓처럼 빨리 돌아 주지 않는다. 움직이기 시작하는 데는 꽤나 시간이 걸린다. 그러나 얼굴 가득히 퍼진 미소로, 평소보다 반응이 빠르다는 걸 대번에 알 수 있었다.

"그럼 제가 오두막에서 사냥을 한다면 안심이 되시겠습니까."

아가트는 동생을 바라보곤 미소를 짓다가 한 번 눈을 피하더니 다시 바라보며 말했다.

"브랑카르 씨, 정말 친절하게 말씀해 주시는군요. 하지만, 그렇게까지 뭐. 그냥 구실이 생겼으니까, 그것만으로 충분해요. 무서워서 견딜 수가 없으면 금세 전화를 걸면 되니까요."

"예에, 그래도 그 구실로는 단 한 번뿐이겠지요. 만약 문득 다시 또 걸고 싶어지면 남편에겐 뭐라고 말씀하실 생각입니까."

"그건 생각하지 못했습니다만, 하지만 되도록 전화를 걸지 않도록 애쓸 참이에요."

"아니오, 부인. 방법을 바꿉시다. 오두막에는 내가 남고 또 전화도 제 쪽에서 걸겠습니다. 혹 쉬시는데 방해가 되지 않는다면 한 시간마다, 아니, 30분마다라도 걸겠습니다."

"아유, 됐어요, 그렇게까지 해주시지 않아도. 게다가 저 때문에 사냥을 그르치시는 건……."

마르셀은 무척이나 기분이 좋았다.

"아니, 아닙니다. 오히려 기쁘기 그지없습니다. 저는 당신의 남편만큼 젊지 않은 데다가, 배에서 밤을 새느라 발끝까지 꽁꽁 얼게 하는 건 그리 바람직하지도 않고. 들오리라면 오두막에서라도 잘 보일 겁니다. 게다가 당신의 남편은 오두막의 바는 빈틈없이 준비되어 있다고 하셨습니다."

"그건 훌륭하답니다. 오리는 언제든지 오는 것도 아닐뿐더러 망만 보고 있으려면 밤이 길기 때문에 오두막에는 바가 준비가 되어있답니다. 사냥이 아니더라도 친구분들이 무료해하지 않도록 준비한 것이지요. 저, 그런데 누님께선 사냥은 하시지 않으나요?"
"하지 않습니다. 복도에 코끼리가 나타나도 못 맞출 정도여서."
아가트는 밝게 미소지었다.
"남편은 몇 번이나 저에게 가르치려고 했어요. 하지만 아무리 애를 써봐도 그런 잔혹한 놀이에는 익숙해지지가 않더군요. 그래서 남편은 사냥한 것을 직접 부엌으로 가져간답니다. 저는 피를 흘리며 죽어가는 동물들을 보기만 해도 기분이 나빠지는걸요."
그러면 은접시에 올려진, 조림국물을 끼얹은 오리의 사체를 보면 어떤 느낌이 드느냐고 묻고 싶었지만, 동생이 분명히 예의가 없다면서 화를 낼 것 같아서 참았다.
조금 지나서 쟝 드 페를라크가 돌아왔으므로 이야기는 다른 화제로 바뀌었다. 그리고 나는 훨씬 나중이 되어서야 그때의 일을 떠올리게 되었다.
오후는 점심 식사의 뒷맛을 천천히 즐기면서 조용히 보냈다. 나는 저렇게나 젊은 여자가 일년 내내 뭘 하면서 지내는 걸까 의아했다. 자질구레한 집안 일에서조차도 해방되어 있지 않은가. 집안 일이란 재미있는 일은 아니지만, 그래도 심심풀이는 될 텐데. 독서라는 건강한 오락도 생각할 수 있지만, 평생 책만 읽고 살아가는 것은 어쩐지 혹독하다는 생각이 든다. 어쨌거나 지금은 잠시 이 의문을 제쳐두었다가 오늘밤에 그녀와 단둘이 남게 됐을 때 제대로 물어 보리라 결심했다.
남자들의 이야기를 듣고 있으려니 그들은 마치 아프리카에 맹수 사냥이라도 나가는 듯한 기세였다. 인생에선 행위에 앞서거나 나중에 뭔가를 기술하거나, 그것을 대체하거나 하는 이야기 쪽이 행위 그 자체보다 훨씬 커다란 분량을 차지한다는 것을 절실히 느꼈다.

젊은 부인과의 사이에 갑자기 성립한 공범 관계 탓으로 동생은 평소보다 훨씬 말이 많았다. 몇 번이나 그윽한 눈길을 부인에게로 보냈는데, 볼이 통통한 큐피트의 화살이 과녁을 떨게했음은 부인도 곧 깨달았으리라.

나는 그것이 어떻게 될지를 지켜보고 있었다.

나는 시종 마르셀을 놀려댔다. 동생은 아주 으스대면서 당치도 않은 행동을 하고 있다. 그렇지만 마르셀은 역시 나의 동생이다. 그를 기른 것도 나이고, 그의 인간적인 가치도 나는 알고 있다.

동생은 수재는 아니다. 그 대신에 정이 도탑고 게다가 정직한 사람이다. 지금 세상이 이런 정직하고 순진한 아름다움을 바보로 취급하고, 동생 같은 사람을 마치 어린아이처럼 무력하게 만들어버리는 것은 정말이지 슬프다.

때문에 가능하다면 그런 아름다운 점을 알아주는 여자와 평생을 지내게 해 주고 싶다. 복잡하고 기괴한 모험 따위에 얽혀서 결국은 희생자가 되는 그런 일은 겪게 하고 싶지 않다.

그러나 그렇다고 해서 동생이 그녀, 드 페를라크 부인에게 푹 빠진 것도 나를 그리 걱정하게 하지는 않았다. 둘 사이에는 공통점이 한 가지도 없을뿐더러 부인이 얼마간 바람기가 있긴 했지만 남편이, 무척 눈치가 빨라서 아내의 정조를 지키는 방법쯤은 알고 있으리라. 그리고 무엇보다도 마르셀에게는 부인의 정조에 상처를 입힐 만한 생각이 전혀 없다.

게다가 다음 주에는 다시 이곳에 올 것도 아니므로 우리들의 관계도 차츰 멀어지게 될 것이 틀림없다.

다행스럽게도 마르셀은 로맨틱한 사자라기보다는 세인트버나드 종의 사냥개 정도이며, 게다가 자포자기를 하기에는 너무 나이를 먹었다. 때문에 습관이 꿈을 극복해 내는 것을 기다리는 편이 낫다.

저녁때가 가까워 두 남자는 침실로 옷을 갈아입으러 올라갔다.

쟝 드 페를라크는 우리에게도 오두막까지 함께 가지 않겠느냐고 권했으나 부인은 이미 어두웠고 진흙탕 길에서 발이 걸려 넘어질 게 뻔하다면서 거절했다. 나도 그 의견에는 찬성이었으므로, 우리는 다음 날 아침에 남자들을 마중 가서 점심 식사 시간이 될 때까지 호수를 한 바퀴 돌기로 약속을 하였다.

마르셀이 타르타란 같은 차림새로 객실로 내려왔다. 그 기묘한 사냥꾼을 처음 본 들오리는 틀림없이 쇼크만으로도 떨어져버리리라. 그런데도 드 페를라크 부인은 훌륭한 자제력을 지니고 있다. 그녀의 부드러운 미소는 조금도 굳어지지 않는다. 웃음이 튀어나오려는 것을 간신히 참고, 몸을 흔들면서 몇 번의 기침으로 어물쩍 넘긴 것은 사실 나 한 사람뿐이었다.

동생은 제대로 움직이지도 못할 정도로 껴입어서 벌써부터 땀을 흘리면서, 우리 둘에게 모든 게 잘 될 테니까 걱정하지 말라며, 가끔 전화를 걸겠다고 속삭였다.

나도 그 점에 관해서는 절대로 걱정할 필요가 없다고 생각했다.

뒤이어 나타난 쟝 드 페를라크는 남성 패션잡지 〈아담〉에서 튀어나온 듯한 모습이었다. 그리고는 여러분들이 함께 해 주지 않아서 재미가 반감되었다며 능숙한 솜씨로 인사를 했다.

그리고 자기 아내는 겁쟁이이니 부디 잘 부탁한다고 내게 말했다. 나는 어떻게 이 상황을 넘어가야 좋을지 몰라 허둥댔으나 결국 내가 지킬 테니 걱정 말라고 약속했다.

즐거운 소동 속에 모든 것이 지나갔다. 두 남자는 양옆구리 사이로 꾸러미를 끼고 내일 아침 늦지 말라고 부탁을 하고 웃으면서 방을 나갔다.

내가 동생에게 키스를 하고, 동생은 부인의 손에 키스를, 부인은 페를라크에게 키스를, 페를라크는 나의 손에 키스를 했다.
 모든 것은 순조롭게 지나갔다. 오늘밤은 성공한 듯 싶었다. 생 섬의 무녀(巫女)처럼 우리는 현관에 서서 나가는 남자들을 배웅했다.

마르셀

 털옷을 너무 많이 입은 것 같다. 푸조의 난방으로 인해 터키탕에 들어간 것처럼 되고 말았다. 쟝 드 페를라크는 파이프에 불을 붙였다. 영국 담배 냄새가 내 위장을 뒤흔들었다. 바깥 경치를 본다는 구실로 나는 창을 열었다.
 이야기는 하지 않았다. 나는 젊은 부인을 생각하고 있었다. 그녀의 한마디로 인해 나는 완전히 혼란에 빠지고 말았다.
 그렇게나 우아하고 그렇게나 도도해 보여도, 사실은 아직 어린애에 불과하며 혼자서도 있지 못하는 것이다.
 사냥 따위는 내팽개치고 그녀와 집에 남는 게 좋았을 걸 그랬다. 만약 남편도, 나의 누이도 없었더라면 오늘 밤 어찌 되었을까.
 틀림없이 우리는 소파에 어깨를 나란히 하고 앉아서 난롯불을 바라보며 오랜 친구인 것처럼 이야기를 나누었으리라. 그녀의 어린 시절 이야기와 지금의 취미나 일상 생활에 관한 것들을 들었을 테고 나도 내 얘기를 했을 것이다. 마침내 그녀의 머리가 내 어깨로 살며시 기대온다. 금발의 머리칼이 나의 볼을 쓰다듬고 그녀는 마음놓고 편안히 잠든다.
 나는 그녀의 어깨를 팔로 꼭 안는다. 그리고 과감하게 머리칼에 키스를 한다.
 밤은 조용하게……
 "브랑카르 씨, 당신은 한 번도 결혼하고 싶었던 적이 없습니까."
 나는 갑자기 꿈에서 끌려나왔다. 어째서 기다란 소파 대신에 이런 차 안에 있는 것인지 알 수가 없다.

"없습니다만" 하고 얼버무려 대답을 해두었다. 창으로 들어오는 안개가 솟아오르는 증기와 뒤섞이고 있다.

"누님께서도, 한 번도 결혼하시지 않았습니까."

"예에."

"그 집안의 가풍인가요, 그게?"

"아니, 뭐 여러 가지 사정이……."

"누님께선 말수가 적으시더군요."

"예, 세상 물정에 밝지가 않아서요. 하지만 속마음은 좋은 여자입니다."

"두 남매분은 사이가 매우 좋아 보이더군요."

"나를 길러준 게 누나이기 때문입니다. 그러니까 어머니 대신이지요. 나 자신처럼 신뢰하고 있습니다."

"그렇겠지요."

또다시 침묵이 우리 둘을 지배했다.

나는 다시 기다란 소파로 돌아가서 아가트를 깨우지 않도록, 곁에 조용히 앉으려고 했다. 어라, 난 벌써 그녀를 생각하면서 아가트라고 부르고 있지 않은가. 상상 속에서는 놀랄 만큼 대담해질 수 있는 것이다. 그러나 그것도 그리 오래 계속되지는 않았다. 우리는 목적지에 다다르고 말았던 것이다.

차에서 내리자 단번에 추위가 나를 휩쌌다. 시간은 그리 늦지 않았으나 주위는 완전히 어두웠다.

나는 쟝 드 페를라크 뒤를 따라 길을 더듬어갔다. 몇 걸음쯤 나아가는 동안 눈이 어둠에 익숙해져 어느 정도 사물의 진하고 흐린 것을 분간하게 되었으며, 차츰 앞길을 가늠할 수 있었다.

얼음에 반사되는 어렴풋한 빛이 호숫가에 다다랐음을 알려준다. 길도 진흙탕이어서 아차 하면 물웅덩이에 빠져든다. 갑자기 작은 가지가 튀어 올라와서 내 얼굴을 때렸다. 그러자 바로 뒤이어 쟝 드 페를라크가 가지를 조심하라고 외쳤다. 가시에 손을 긁혔다. 나 자신의 얼빠진 행동에 화가 나서 "제기랄" 하고 낮은 소리로 중얼거렸다.

페를라크는 가볍고도 능숙하게 걸어가고 있다. 나는 아무것도 보이지 않아서 한 발짝을 내디딜 때마다 앞으로 고꾸라질 것만 같다. 그러나 온 세상의 돈을 다 준대도 우는 소리는 내지 않겠다고 다짐했다.

부인에게 오두막에 남겠다고 약속하길 정말이지 잘했다.

이렇게 캄캄한 어둠 속에서 배를 젓다니 감히 그런 흉내는 상상이 가질 않는다. 그것도 엄청난 코끼리 떼를 겨냥하는 거라면 몰라도, 이런 어둠 속에서 고작 두세 마리의 오리는 눈에 보일 것 같지도 않다. 대여섯 걸음 앞을 걷고 있는 저 커다란 덩치의 사내 그림자조차도 눈에서 없어지기가 일쑤다.

"부디 조심하십시오. 다리가 있습니다."

나는 그 자리에 우뚝 멈춰 섰다. 발 끝으로 더듬어 보았다. 그리고는 엄청난 불안감을 느끼면서도 분명하게 말했다.

"걱정 없습니다. 잘 가고 있어요."

쟝의 발소리가 통나무를 흔들었다. 아무래도 완전히 멈추지 않은 것만 같다. 작은 여울 소리를 듣고서야 간신히 마음이 가다듬어졌다. 장님이 되긴 했지만 귀는 아직 들린다.

"조심해 주십시오. 난간이 없으니까요."

그러나 내게는 난간이 절대적으로 필요하다. 나는 급히 서둘러 하느님께 기도를 하고 나서 되도록 똑바로 걸었다. 설마 통나무 다리에 커브를 만들 정도로 나쁜 사람이 있겠는가.

발 밑에서 통나무가 위험스럽게 우릉우릉 흔들거렸다. 침을 꿀꺽 삼키고 모험을 계속했다.

앞쪽의, 훨씬 먼 곳에서 페를라크의 목소리가 들려왔다.

"이쪽입니다, 어디 계십니까?"

"갑니다. ……지금 가요……. 신발 끈을 고쳐 매고 있는 중이라서
……."

그렇게 말하면서 내가 장화를 신고 있음을 페를라크가 잊어주기를 바랐다.

간신히 온전한 바닥에 다다르자 나는 가슴을 쓸어 내리고 완전히 기운을 되찾아 휘파람을 불기 시작했다.

"조용! 이제 가까웠어요."

들오리를 깨우지 않기 위해 이렇게나 마음을 쓰다니 그는 꽤나 친절하다.

괴어 있는 물웅덩이의 냄새가 사냥터가 가까웠음을 알렸다. 앞서간 그는 벌써 열쇠 구멍을 철컥거리고 있다. 자물쇠가 달린 쇠사슬이 마주치는 소리. 이윽고 문이 삐걱거렸다. 쟝은 나를 앞으로 보내고 문을 닫더니 빗장을 내렸다.

이번에야말로 나는 완전한 장님이 되고 말았다.

"잘 보이지 않을지도 모르겠습니다만, 오두막의 복도입니다."

겨우 안심하고 나는 기다렸다. 그 순간, 뒤에서 오는 쟝과 부딪쳐서 사과했다.

"복도는 갈대를 엮어 이중으로 감싸져 있습니다."

어째서인지 묻고 싶었으나 그만두었다. 바닥이 딱딱해서 내 장화가 낮게 울렸다. 5, 6미터 앞에서 쟝이 멈춰 서더니 다시 문을 열었다.

"움직이지 마십시오, 지금 불을 켤 테니까."

방으로 들어가는 발소리가 나고 조금 지나자 불빛이 주위 사물들의 모습을 보여주었다. 나는 두세 계단을 내려가 오두막 안으로 들어갔

다.

 이제야 나의 호기심이 채워졌다. 사실은 처음부터 오두막이란 곳이 어떤 건지 확실하게는 알지 못했기 때문이다.
 들어서자마자 그곳은 작은 부엌으로, 마치 배의 취사장처럼 매우 재치 있게 만들어져 있다는 걸 알게 되었다. 그곳에서 다시 계단을 두세 개 내려간 곳이 첫 번째 방인데, 일종의 거실인 듯 스코틀랜드 원단의 커버를 씌운 싱글 침대 두 개와 작은 홈 바가 있다. 벽에는 커다란 거울, 말을 그린 영국 판화가 몇 장, 스포츠 우승컵이 두세 개. 태피터 갓을 씌운 스탠드가 라디오 위에 자리잡고 있다.
 쟝이 여기서 총으로 잡은 것은 들오리만이 아닌 것 같았다.
 "여깁니다."
 그는 나를 다음 방으로 안내했다. 그곳은 완전한 스포츠맨의 방으로 벽의 총걸이에는 사냥총 몇 정이 걸려 있고, 들창에는 좁은 총안(銃眼)이 몇 개나, 10센티미터마다 나 있어서 호수의 어느 곳이든지 쏠 수 있게끔 되어 있다.
 한쪽 눈을 이 작은 벌어진 틈 하나에 대어본 나는, 오두막의 바닥이 수면과 닿을락말락 하다는 것을 알았다. 그것과 거의 동시에 오리 떼가 눈에 들어왔다.
 "있어요, 총을 빨리. 적어도 스무 마리는 있어요"라고 나는 명랑하게 외쳤다.
 그러나 쟝 드 페를라크는, 저것은 미끼로 놓아둔 오리이며 저 울음소리에 이끌려 오리 떼가 지나간다고 공손하게 가르쳐주었다.
 그리고는 야생 오리만을 쏘라고 덧붙였으나, 오리가 이름표를 달고 있을 리도 없거니와 도무지 나는 구별할 방도가 없었다.
 "무리를 지어 날아오기 때문에 금세 알 수 있습니다"라고 쟝은 설명했다.

"그러나 미끼 오리가 부르면 물로 내려오지 않겠습니까?"

"날아올 때부터 겨냥하고 있으면, 그렇더라도 구별은 할 수 있을 겁니다."

그러나 나는 자신이 없었다.

"게다가 미끼 오리는 묶여 있으므로 늘 같은 장소에 있습니다. 엎드려 기다리기 시작하면 곧바로, 그것을 알아두면 좋을 겁니다."

틀림없이 저질러버리고 말 것 같은, 미끼 오리의 대량학살을 염두에 두고 있는 것이므로 나는 무시당한 느낌이 들었으나 그래도 일단은 물어보았다.

"그럼 당신의 경험상 하룻밤에 오리 떼는 몇 번 가량 지나갑니까?"

"때로는 한두 번, 때로는 전혀 오지 않을 때도 있습니다. 밤에 따라 다릅니다. 그러나 당연히 오늘밤은 올 것입니다. 추위가 혹독한 데다가 쥬스턴도 사흘 전부터 단 한 번도 지나가지 않았다고 했으니까요."

"많은가요?"

"글쎄요, 100마리쯤 될 때도 있습니다."

다시 희망이 보이기 시작했다. 그 정도의 숫자라면 겨냥하지 않고 쏘아도 한 마리쯤은 잡을 수 있을지도 모른다.

쟝은 계속했다.

"배에선 올가미를 조심하십시오."

"뭐라구요, 올가미라니?"

"둥지 위에 놓여 있는 박제 오리입니다. 밤에 호수 위를 지날 때 오리는 무리로 나뉘어 미끼 오리 주위에 모여들거나 둥지 주위에 숨을 것입니다. 특히 배를 저을 때 오리들을 놀라게 하지 않도록 조심해야만 합니다. 아주 작은 것이라도 이상한 소리가 나면 무리는 내려오지 않을뿐더러 금세 날아가 버리니까요."

이건 내겐 아주 좋은 상황이다.

"혹시 괜찮다면, 나는 여기서 사냥을 하고 싶습니다만"이라고 조금은 활달하게 말했다.

"물론 좋으실 대로 하십시오."

"이곳 지리에 익숙지 않을뿐더러 배에는 자신이 없어서요."

"그럼 제가 타겠습니다. 익숙하니까요."

이렇게 얘기는 끝났다. 다음은 전화만 찾아놓으면 된다. 나는 단번에 기분이 좋아져서 쾌활하게 말했다.

"재미있겠군요. 오늘밤은 분명 멋질 겁니다."

"네, 오리 떼가 지나가 준다면 말입니다. 하지만 지나가지 않으면 조금은 따분하지요. 당신은 오두막에 남을 테니 혼자 있게 되면 곧바로 불을 끄도록 하십시오. 온통 어둠뿐이기 때문에 익숙해지려면 조금 시간이 걸리겠지만, 그러다 보면 방안을 왔다갔다해도 가구에 부딪치지 않게 될 것입니다."

"저 시끄러운 소리는 밤새도록 계속됩니까?"

나는 밖에서 유세장의 소음보다도 시끄럽게 울어대고 있는 오리를 가리켰다. 쟝은 웃으면서 말했다.

"예, 울지 않는 미끼는 도움이 되지 않겠지요."

우리는 각기 앉아서 쉬었다. 시간은 충분했다. 그 쥬스턴이라는 남자가 가스 스토브를 켜놓았으므로 오두막 안은 매우 따뜻했다.

쟝 드 페를라크는 샴페인 뚜껑을 열었다.

이 오두막은 분위기가 매우 좋다. 커다란 요트의 선실인 것 같다. 바닥 아래로 규칙적인 물결 소리가 들려온다. 나뭇가지가 바람에 흔들려 지붕에 닿고, 말하자면 고용인이나 다름없는 미끼 오리가 열심히 울어대고 있다.

"오리 사냥 오두막이란 모두가 이렇게 설비가 훌륭합니까?"

"아니, 그런 건 아니고, 여긴 사냥 모임용이라서요."

그렇게 말하고는 쟝은 조금 꺼림칙한 미소를 띠었다. 나는 그의 등을 툭 치면서 말했다. "나쁜 사람이군요, 당신도"라고 말했을 때 그의 얼굴이 금세 새빨개지는 걸 느꼈다. 불쌍한 아가트, 나는 이제 이런 천박한 농담을 지껄이며 그녀의 존재를 무시하고 있다.

위엄을 갖추기 위해 나는 헛기침을 했다.

"그럼 건배를, 우리의 우정을 위해."

쟝 드 페를라크는 그렇게 말하면서 잔을 올렸다.

"건배!"

그러나 나는 쟝의 옆 바 가장자리에서 분명히 보습을 보이고 있는 전화기에 눈을 주고 있었다.

전화선의 저쪽에서 그녀는 어떤 목소리를 낼까. 전화로 둘이서만 있게 됐을 때, 마음먹고 그녀를 이름으로 부를까.

다시 한 번 만나려면 어떤 구실을 만들면 좋을까. 이번엔 남편과 함께 파리로 나오라고 하면 너무 대담한가? 아마도 쟝을 통해 얘기하는 편이 아직은 예의에 맞겠다. 그때 만약 두 사람이 받아들인다면 어디로 초대하면 좋을까.

그녀는 집으로 오고 싶어할까, 그도 아니면 어디 식당이 좋을까. 마르트 누이는 요리 솜씨가 훌륭하니까 멋진 만찬을 만들어주겠지. 틀림없이 집은 그녀에게도 마음에 들리라. 루이 13세 양식을 본뜬 훌륭한 가구가 둘이나 있고, 벽걸이는 아직 없지만 그곳 전체에 꽃을 장식하면 된다. 그게 그녀를 위한 것임은 알아주겠지.

마르트와 둘이서만 있는 그녀는 지금쯤 무슨 얘기를 하고 있는 걸까. 누이는 내 얘기를 할 만큼 마음을 써줄 텐데. 다만 어린 시절의 바보 같은 장난 얘기는 하지 않았으면 좋겠는데.

"······손을 잡으면 말입니다, 당신과 내가."

쟝의 목소리가 갑자기 나를 이곳으로 돌아오게 했다. 나는 지금까지 듣고 있지 않았는데 쟝은 그걸 눈치챈 걸까.

"어떻게 생각하십니까."

"네에? 이거 실례했습니다. 잠깐 다른 생각을 하느라고······."

"아니 뭐, 나쁜 생각은 아니라고 생각합니다만, 한 가지 어떻겠습니까. 둘이서 공동 사업을 시작해보면······."

"공동 사업이라면?"

"예, 전 진작부터 사업을 확장시키려 했습니다. 그래서 수출에 손을 뻗치면, 둘이서 충분히 해내리라고 생각합니다."

"하지만, 공동이라고 해도 어떤 방식으로?"

"지금은 상당한 가죽 제품을 갖고 있습니다. 이 지역만의 수요에는 과잉입니다. 처리할 방도가 없습니다. 조업을 단축한 상태입니다. 그래서 만약 당신이 수출을 담당해주신다면 프랑스 전체의 그 어느 곳보다도 저렴한 가격으로 공급할 수 있습니다."

"그거야 뭐 못할 것도 없습니다만."

"한 달에 500톤은 보증할 수 있습니다만, 어떠시겠습니까."

"그렇다면 괜찮은 생각인지도 모르겠군요."

이 때 쟝은 사업의 골자가 되는 얘기가 성사된 것을 축하하기 위해 두 번째 샴페인을 꺼냈다. 그 뒤로도 우리는 오랫동안 그 얘기를 계속했고 세부적인 부분까지 정리했다. 그것은 별로 긴급을 요하는 것도 아니었으나 우리의 경영자 기질을 만족시켰다.

쟝은 사업에 관해 무척이나 착실하면서도 커다란 꿈을 가지고 있다. 사실 지금까지 그래서 성공한 것 같다. 나도 그와 손을 잡으면 손해볼 것은 없다. 이익이 예상되는 제안이고, 게다가 자백하고 싶지 않지만 그게 우리의 교제를 긴밀하게 할 절호의 구실이 된다. 아무래도 자주 만나야만 할 것인데, 그때마다 언제나 파리까지 나오게 하는 것은 미안한 일이므로 내가 직접 상품을 둘러보러 오기도 하고, 또 서로의 관계를 비즈니스에만 한정시키지 않아도 된다.

모든 것이 다 잘 되어 갈 모양이다. 이들의 집에 우리가 초대된 것은 친구로서이므로, 내 쪽에서도 이들 부부를 친구로서 파리에서 맞이할 수 있지 않겠는가.

나는 잔을 높이 들고 샴페인의 힘을 빌려 크게 한 걸음 내디딜 결심을 했다.

"그럼 앞으로 마르셀이라고 이름을 불러도 좋습니다."

그는 담배에 불을 붙이더니 내가 기다렸던 대로 대답을 했다.

"알겠습니다, 마르셀. 하지만 내가 쟝이라는 것도 잊지 마시기를."

하지만 내가 특별히 잊지 않는 것은 쟝의 부인이 아가트라는 것이다. 그를 위해 잔을 들어올리면서 내가 생각하는 것도 그녀. 모든 것이 나를 유쾌한 희망으로 이끌고 있다.

쟝이 냉장고에서 먹을 것을 꺼냈다. 남자끼리, 군대 내무반에 있기라도 한 듯한 기분으로 우리는 방안을 돌아다니며 계속 마셨고, 농담을 주고받으면서 소시지와 야채를 끼워 넣은 샌드위치를 만들기도 했다.

그것은 매우 유쾌했다. 페를라크는 기분 좋은 상대인 데다가 얘기를 잘 알아들어서 단순한 농담에도 웃는다.

그래서 헤어져야만 할 시간이 되었을 때는 아쉽고 섭섭할 정도였다.

그러나 마음속 깊은 곳에서는 따뜻한 곳에 혼자 남아 있게 되는 것이 고마웠다. 단 한 마리의 오리조차 발견할 수 있을지 어떨지도 모르는데, 머리 꼭대기에서 발끝까지 다시 한 번 차림새를 점검하고 작은 배에 흔들리며 감기에 걸리러 나가는 건 매우 수고스러운 일이라고 생각했다.

쟝에게 이 밤은 분명 길겠지. 하지만 내게는 전화가 있다. 냉장고도, 술병도 있다. 그리고 만약 오리란 녀석이 온다면 총도 있다.

나는 조금이라도 공평하게 하기 위해 그의 가련한 작은 배까지 배웅을 하기로 했다. 그래서 누더기를 잔뜩 껴입고 그의 뒤를 따랐다.

쟝은 보온병에 뜨거운 커피를 가져간다. 밤의 추위가 우리를 움츠리게 한다. 둘 다 어둠에 익숙해지기 위해 출입구에 멈춰 섰다. 입에서 손으로 움직이는 담배의 빨간 불만이, 캄캄한 어둠 속에서 타고 있다. 바람이 불어와 때때로 그것이 불 가루가 되어 날아간다.

물결 소리가 조금 높아졌다. 미끼 오리의 울음 소리도 아까보다 커졌다. 조금 지나자 솜 부스러기처럼 펼쳐져 있는 하늘의 구름이 눈에 들어왔다.

"개를 풀어놓읍시다"라고 쟝이 말했다.

"개라니 어떤?"

"플랑드르 사냥개입니다. 쥬스턴이 지하실에 가둬놓았을 겁니다. 함께 가십시다. 바로 옆이니까."

"어째서 짖지 않나요?"

"훈련을 잘 받았고 저를 알거든요. 제가 나가더라도 가둬놓지 말아주십시오. 마음껏 사냥을 하게 놔두세요. 아니, 걱정하실 필요 없습니다. 미끼와 들오리의 구별은 잘 하니까요."

개 쪽이 나보다 한 수 위라고 생각했다.

출입구인 듯한 쪽으로 허리를 굽히고 들어가는 쟝이 보였고, 자물쇠를 여는 소리가 났다. 그 순간, 나의 두 발에 검은 덩어리가 비비적댔다. 개의 떨림이 전해졌고 젖은 코끝이 나의 손에 닿았다.

부드럽고 짧은 말로 쟝이 개를 가라앉혔다. 잘 보이지 않지만 개는 인사를 하기에 가장 마땅한 장소를 찾는 모양이다. 그리고는 마침내 우리의 발치로 다가와 꼬리로 내 장화를 가볍게 두드렸다.

"앉아, 플릭." 쟝이 말했다.

개는 움직이지 않았다.

"눈이 보이십니까?"

달빛이 구름 사이로 흘러나오고 있다. 분명하게 갈대 복도가 분간이 되었고, 쟝의 그림자도 아까보다는 확실했다.

우리는 오솔길을 더듬어가기 시작했다. 20미터 가량 가자 쟝은 멈춰 서서 갈대 속에 뚫어놓은 문을 열었다. 금세 물에 반사된 빛이 눈에 들어왔다.

"배는 저기 있습니다" 쟝은 낮은 목소리로 말했다. 몸을 수그리고 밧줄을 잡아당기는 것이 보인다. 비단을 서로 문질러대는 듯한 소리를 내면서, 풀을 쓰다듬으며 배가 가까워오고 있다. 개는 오랫동안 기다렸다는 듯 춤을 추고 있다.

"목줄을 잡고 있어 주십시오. 뛰어 올라타면 안되니까."

나는 개의 목줄을 잡았다.

"돌아가는 길은 아시겠습니까."

"물론입니다. 똑바로 가면 되겠지요."

"이제 불은 켜지 않는 게 좋습니다."

"당신은 언제 돌아옵니까?"

"오리가 지나가면요. 만약 오지 않으면 아침까지입니다. 너무 일찍 총을 많이 쏘면 안 됩니다. 달아나 버리고 마니까요. 먼저 멈추게 한 다음 그 다음에 쏘는 것이 좋습니다. 오두막에서 소리를 내는 것도 금물입니다."

"알겠습니다."

"자, 그럼."

갑자기 쟝은 내 곁에서 사라졌다.

그림자가 두세 번 배 위에서 흔들렸다. 개가 목줄로 내 손을 잡아당겼다. 그리고 삐걱거리는 노젓는 소리가 들렸다. 눈 깜짝할 사이에 쟝은 멀어져 갔다. 처음엔 사람과 배의 그림자를 구별할 수 있었으나, 곧장 그것은 하나로 녹아들었고, 마침내는 동그랗게 펼쳐지는 잔잔한 물결만이 남았다.

나는 문을 닫고 개를 놓았다. 개는 코를 바닥에 대고 킁킁거리면서 어디론가 사라졌다.

매우 조심스러운 발걸음으로 나는 오두막으로 돌아가, 플릭이 밖에 있는 것을 확인하고 나서 문을 닫았다.

나의 야광시계 바늘이 11시 반을 가리키고 있다. 저녁 식사와 사업 얘기를 하는 동안에 시간은 놀랄 만큼 빠르게 지나가 버린 것이다.

사랑스러운 아가트를 안심시켜주어야만 한다. 전화로 뛰어가는 생각만 하다가 나는 계단이 있다는 것을 깜박했다. 차마 여기에 쓰지 못할 정도의 욕을 중얼거리면서 굴러 넘어진 나는 꼴사나운 모습으로 간신히 벽에 기댔다.

라이터의 도움을 빌려 나는 전화까지 가서 번호를 돌린 다음 불을 껐다.

이런 캄캄한 어둠 속에서 상대방을 불러내는 전화벨의 울림을 듣는 건 이상한 느낌이었다. 따르릉 따르릉 소리가 계속되어서 집안 전체를 깨우는 건 아닐까 걱정하고 있을 때, 마침내 "여보세요" 하는 소리가 들려왔다.

감동한 나머지 나는 곧장 대답하지도 못했다. 그녀는 다시 한 번 "여보세요"를 반복했다. 끊어버리면 큰일이다 싶어서 대뜸 나는 대답했다.

"여보세요, 오두막에서 전화하고 있습니다. 그곳은 별일 없습니까?"

"네, 누님과 트럼프를 두 번쯤 했는데 이제 쉴까 하던 참이에요."
"그럼, 방해가 되었겠군요."
"아뇨, 목소리를 들을 수 있어서 기뻐요."
나는 잠시 악사가 나의 신경 섬유에 대고 바이올린 활을 켜는 듯한 느낌이 들었다.
"전, 제 침실에 전화선을 연결해 놓았어요. 그렇게 하면 어렵지 않게 당신을 부를 수 있어서요."
어둠 속에서 내가 취한 듯 미소짓는 사이에 그녀는 부드러운 목소리로 계속했다.
"화나셨어요?"
"옛? 무슨 말씀. 당치도 않습니다."
"제 변덕의 상대가 되어주시느라."
"전혀 그렇지 않습니다. 당신처럼 젊은 부인께서 그처럼 커다란 저택에서 무서워하는 것은 당연한 일입니다."
"그래, 오리는 보셨나요?"
"아니, 지금 막 남편과 헤어진 참입니다. 배까지 배웅하고 왔습니다."
"오두막에 혼자 남으셨는데 후회하고 계시진 않나요?"
"아닙니다, 조금도. 덕택에 당신과 얘기할 수 있게 되었으니……."
그러나 나는 자신의 대담함을 이내 후회했다. 전화선 저쪽에서 나의 뻔뻔스러움을 힐난하는 침묵이 계속됐다. 나는 말을 꺼낼 용기가 없었다. 얘기를 계속한 것은 그녀 쪽이었다.
"그럼 브랑카르 씨, 부디 많이 잡으시기를 빌게요."
"매우 친절하시군요. 나중에 다시 전화해도 괜찮겠습니까?"
"네, 폐가 되지 않는다면. 전 마루에서 책을 읽고 있으니까요."
"방해가 되지 않을까요?"

"그렇기는커녕 덕분에 정말로 마음이 편해졌어요."

그러고는 그녀는 전화를 끊었다.

꿈에서 깨어나는 데는 시간이 꽤 걸렸다. 천사들의 성스러운 가락이 조용히 멀어지고 있었다.

본능적으로 나는 아직 많이 남아 있는 샴페인 병이 눈에 띄자, 마음놓고 단숨에 나팔을 불었다. 가슴 한가득 숨을 들이마시고 조금만 더 있으면 노래가 나오려는 참이었는데, 그때 미끼 오리의 울음 소리에 현실로 돌아오고 말았다.

한 손에 병을 들고 다른 한 손으로 주위를 더듬어가면서 장애물을 피해, 이번엔 거뜬히 계단을 넘어 옆방의 총가(銃架)에서 가장 가까운 데 있는 사냥총을 하나 집어들었다.

한쪽 눈을 총안에 대어보니, 바람에 일렁여 반짝이는 수면 위로 작은 물새들의 그림자가 여기저기 어른거렸고, 바로 옆에선 갈대가 너울댔다.

나는 시계를 보고 30분이 지나면 아가트에게 전화를 걸어야겠다고 생각했다.

그때는 파리에 오지 않겠느냐고 이야기를 해봐야겠다.

야광 시계 바늘이 규칙적으로 돌아 1분, 1분 지나간다. 그 째각째각하는 소리와 그보다 얼마쯤 느린 심장의 고동, 그 두 개가 합쳐져 극적인 침묵 속에서 엄청난 울림처럼 여겨졌다. 어떻게 폭발할지 알 수 없는 희열이, 내 속에서 부풀어오르고 있다. 웃고 싶고, 노래하고 싶어진다. 시인이, 탐험가가, 비행사가, 어쨌든 특별한 사람이 되고 싶다. 온 세상이 내게는 너무 작고 십자군이 있던 옛날이 그립다.

갑자기 흥분된 전쟁 분위기가 필요해졌다. 그런 자극과 공포 그리고 미친 짓이……

총을 어깨에 대고 한 마리의 미끼 오리를 겨냥해보았다. 정확히 조준선에 들어왔다. 방아쇠에 손가락을 대면서, 그것이 내게 어울리는 적이라고 상상해보았다. 그러나 곧장 웃음이 터져 나와 나는 무기를 내려놓고 술병을 집어들었다. 샴페인은 혀 위에서 유쾌한 폭죽이 되어 폭발했다.

나는 내가 거인처럼 위대해진 듯한 기분이 들었다. 그리고는 새삼 시계도 확인하지 않고 전화로 향했다. 아름다운 여신을 불러내고는, 그녀의 목소리가 들리자마자 흥겨운 나머지 위험스럽게 오버를 하고 말았다.

"당신인가요, 아가트?"라고 저질러보았다. 그러나 그녀는 화를 내지 않았다. "주무시지 않으셨던 모양입니다."

"아뇨, 어떠세요, 그 쪽은?"

"아, 이곳은 아주 멋집니다. 한 가지 고백을 할까요?"

"네."

"행복합니다. 아니, 분명히, 전 행복합니다."

"어머, 그건 잘된 일 아니에요?"

그녀의 기분이 나의 흥분에 닿아 있지 않다는 건 나도 잘 알았다.

"떼는 지나갔나요?"

"떼라니 무슨?"

"아유, 오리 말이에요."

맑은 물같은 그녀의 웃음소리가 샤워처럼 흩어졌다.

"아아, 아니 아직입니다. 솔직히 말하면 그런 건 아무래도 상관없습니다. 그보단 전 여기서 오로지 혼자서, 마치 도를 닦는 도령 같습니다. 모든 것이 지금까지와는 달리, 이렇게…… 뭐라고 하면 좋을까, 이렇게……."

나는 할 말이 떠오르지 않았다. 기쁨에 차서 입을 다물고는 갑자기 비밀을 감추고 즐기고 있는 장난꾸러기 어린애라도 된 듯한 기분이었다.

그러나 그녀는 아무래도 나와는 기분이 다른지, 전혀 사교적인 말투로 계속했다.

"즐거운 시간을 가지시기를. 정말 이제 괜찮아요? 사냥도 잘 되었으면 좋겠군요. 그럼 이만 실례하겠습니다, 브랑카르 씨."

"벌써 끊으시는 겁니까?"

"밤도 깊었고, 제가 조금 피곤해서요."

"무섭지 않으십니까?"

"아뇨, 조금도. 이제 괜찮아요. 내일은 누님과 함께 아침 일찍 마중 나가겠어요."

"네, 즐거운 마음으로 기다리겠습니다."

"죄송합니다, 그럼."

"편히 주무십시오, 부인."

더 이상 매달릴 기운도 없어서 나는 전화를 끊었다. 흥분이 식어버리고 말았다. 드 페를라크 부인이라면, 바느질하는 처녀와는 달리 아이리스 꽃다발 하나로는 유혹할 수 없는 모양이다.

나의 갑옷과 투구는 어느새 사라지고 지금은 가련한 넝마 누더기만 남았다.

창으로 돌아와 기계적으로 새를 쫓기 시작했다. 조금씩 눈이 어둠에 익숙해져서 지금은 꽤 괜찮은 경치를 분간할 수가 있다. 구름이 대상(隊商)처럼 달 주위에 멈춰 섰다가는 다시 조용히 사라졌다. 그때마다 오래된 은둔전이 얼굴을 내밀고, 잠든 호수는 한동안 빛났다가는 또다시 어슴푸레한 어둠 속으로 가라앉는다.

내 머릿속도 마치 저 구름처럼 천천히 앞으로 나아간다. 울적한 마비상태가 나를 휩싼다. 의식적으로 두 눈을 크게 뜨려 하지만, 정신을 차리고 보면 눈을 감고 있다. 그러는 동안에 스스로도 인식하면서 차츰 깊은 잠으로 빠져 들어갔다.

총소리가 내 눈을 뜨게 했다. 의자에서 벌떡 일어나다가 총안에 아야 소리가 나올 정도로 세게 부딪쳤다. 밖에는 아무것도 보이지 않았다. 그저 물결 사이로 미끼 오리가 흔들리고 있다. 이어서 또다시 몇 발인가 총소리가 들렸다. 그러나 그때는 이상하다는 생각은 들지 않았다.

눈길이 닿는 한, 이곳저곳의 총안으로 나는 호수를 건너다보았다. 하늘에도 새 떼의 그림자는 없었다.

어쩌면 이미 어딘가에 내려왔으므로 쟝 드 페를라크가 쏘기 시작한 것인지도 모른다.

그런데 저렇게 마구 쏘아대는 이유는 뭘까. 마치 조금이라도 빨리 탄창을 비우려는 것 같다. 오리 사냥을 하는데 기관총을 쓴다는 말은 들은 적도 없다.

다시 침묵이 찾아왔고 몇 초 동안 아무런 소리도 나지 않았다. 그러자 갑자기 개가 짖기 시작했다.

그것도 이상했다. 아까 페를라크는 개가 스스로 사냥도 하며, 사냥감을 놀라게 하지 않기 위해 결코 짖는 법이 없다고 하지 않았는가.

그런데 어째서 지금은 저렇게 짖어대는 걸까.

나는 어떻게 해야 좋을지 알 수 없었다. 이대로 엎드려 기다려야 하는 건지, 아니면 밖으로 나가서 쟝과 연락을 취하고 무사한가를 확인해야만 하는 걸까.

그러나 그렇게 한다 하더라도 내가 어떻게 쟝을 찾아낼 수 있을 것인가. 나는 육지에, 그는 배에 있다. 혹 소리쳐 부르기라도 했다가 그 소리에 사냥을 모조리 망쳐버리면 어쩌나.

나는 그냥 총을 한 발 쏘아보았다. 만약 쟝에게 무슨 일이 일어난 것이라면 그도 쏘겠지.

그러나 응답이 없었다.

꽤 오랜 시간이 흘렀다. 나는 엄청난 불안에 휩싸여 말할 수도 없이 초조했다.

개는 짖기를 멈추지 않았다. 기슭을 따라서 여기저기를 뛰어다니는 모양이다. 그 소리가 멀어졌다가 갑자기 가까워졌다 했다.

나는 그 뒤로도 한동안 기다렸다. 페를라크의 기분을 나쁘게 하고 싶지 않았다. 그러나 마침내 결단을 내려 상황을 살피러 나가기로 했다.

그에게 무슨 일이 일어나도 나 몰라라 하는 것보다는 사냥을 망치는 편이 훨씬 마음이 편할테니까.

나는 총을 놓고 오두막을 나섰다.

쟝

배가 조용히 기슭에서 멀어지고 있다. 개를 잡아두기 위해 몸을 수그린 브랑카르의 모습도 사라져간다.

물은 차고, 노를 쥔 내 손은 젖어서 대여섯 번 노를 젓자 벌써부터 마비되어 왔다.

수면 위로 나올락말락 자라있는 갈대를 스치며 배는 나아간다. 나는 호수의 북쪽으로 나아갔다. 보통 오리 떼는 그곳으로 온다. 가능하다면 내가 맨 처음 발견하고 먼저 쏘고 싶다. 브랑카르가 어느 정도 잘 쏘는지 모르지만 얼간이 짓을 하거나 당황하거나 해서 모든 것을 망쳐버리는 건 참을 수 없다. 호수 북쪽으로 가면 무리가 오는 방향으로, 약 400미터는 가까이 갈 수 있고, 그 주위는 늪지여서 갈대 사이에 매복하는데도 안성맞춤이다.

추위는 매서웠으나, 나는 이런 밤을 좋아한다. 잠에 푹 빠진 경치 속에서 오직 혼자서 깨어 있다는 건 즐거운 일이다. 모든 것이 밤에만 맛볼 수 있는 묘미와 중량감을 지닌다. 오랜 매복의 추억은 온통 아름다운 것들뿐이다. 그곳에는 내 생각이 비잔틴 양식처럼 짜여져 있고, 인간이나 인생에 관해 놀라울 정도로 명석한 판단을 할 수 있다.

내가 사업에 성공한 것도 사냥을 한 다음날인 경우가 많았다.

이 배는 밑 부분이 물에 잠기는 깊이가 매우 얕아서 어둠 속에서는 마치 판자 한 장에 타고 있는 것 같다.

노만이 무겁게 쇠고리 속에서 삐걱댄다. 한 번 저을 때마다 물방울이 둔한 소리를 내면서 수정 구슬이 되어 부서진다.

나무들은 투우사처럼 망토를 끌고 있고, 기슭 여기저기로 들쥐들이 물을 마시러 내려왔다.

밤의 들짐승들이 자기들만의 은밀한 일들을 계속하고 있다. 이름도 모를 새가 나를 지나쳐 날개를 퍼덕이면서 둥지로 춤추며 내려가고 있다. 뱃머리처럼 호수에 튀어나와 있는 오두막이 경치 속으로 녹아 들어 보이지 않는다.

숨을 내쉴 때마다 하얀 입김이 난다. 나는 거의 뒤를 돌아보지도 않았다. 호수는 허공에 약도를 그릴 수 있을 정도로 잘 안다. 물은 어디나 깊다. 그러나 몇몇 늪지대는 피해야만 한다. 그곳에 들어갔다간 끝장이다. 수초에 노가 휘감겨 그걸 빼내려면 거인의 힘이 필요하다.

아주 조금씩 노를 저어서 나는 오리를 겨눌 곳까지 왔다. 삼으로 꼰 밧줄로 매어놓은 닻 대용인 커다란 돌을 던져 넣었다. 몇 미터에 걸쳐 갈대 숲이 있어서 내 모습을 감춰준다. 말하자면 작은 오아시스의 한가운데에 있는 것 같다.

총의 탄창을 다시 확인하고 안전핀을 제거하고 총신을 밑에 살그머니 내려놓았다.

나는 파이프에 불을 붙인 다음 옷깃을 세우고 기다리기 시작했다.

멀리 오두막 쪽에서 바람에 실려 미끼 오리의 울음 소리가 들린다.

내 주위에서 생명체가 속삭이고 있다. 그곳에 몸을 푹 담그고 있는 한없는 희열.

배는 닻 주위를 돌고 그에 따라 눈앞의 경치도 돈다. 차가운 바람에 얼굴이 마비될 것만 같다. 두 손을 윗도리 포켓에 찔러 넣으면서 나는 동물이 맛보는 듯한 쾌감에 빠진다. 아주 조금씩 파이프를 빨자 '프린스 앨버트'의 향기가 늪지대의 냄새와 아주 훌륭하게 뒤섞인다.

얼마쯤 지났을까. 나는 두 다리가 차츰 추위에 마비되는 것을 느꼈다. 그러나 장화 속에다가는 털실 양말을 두 켤레나 덧신었다.

이미 꺼져 있던 파이프의 재를 버리고 위치를 바꾸려고 매어놓은 밧줄을 잡아당겼다. 그런데 웬일인가, 배가 엄청나게 무거웠다.

눈은 이제 완전히 어둠에 익숙해졌는데, 그런데도 수면 위밖엔 보이지가 않는다. 배 안은 캄캄하고 그 안에서 간신히 총신이 빛나고있을 뿐이다.

앉아 있는 쪽으로 다리를 끌어당기려 했을 때 나는 소리를 듣고 나는 깜짝 놀랐다. 다리를 움직일 때마다 물소리가 난다. 한 손으로 배 바닥을 더듬자 그곳은 물로 가득 차 있다. 다리를 똑바로 들어올려 장화의 어느 부위까지 물이 들어 와 있는지를 손으로 재어 보았다. 복사뼈보다 훨씬 높이, 거의 장딴지에 가깝다.

나는 당황하지 않으려 했다. 그러나 수영을 못한다는 사실이 내 머리의 피를 거꾸로 솟게 했다.

어째서 배에 물이 들어찬 것일까. 내가 사용하기 전에 틀림없이 쥬스턴이 점검을 했을 터였다. 물을 퍼내려 해도 아무것도 없다. 하다 못해 물통이라도 있으면 잠깐 기다렸다가 물이 새는 곳을 막을 수 있을 텐데.

할 수 있는 것이라곤 어서 빨리 오두막으로 돌아가는 것이다. 기껏해야 400미터다. 닻을 올리는 손이 뒤엉켰다.

배는 위험스레 흔들렸다. 배 안에 찬물이 내는 소리에 나는 오싹했다. 노를 쇠고리에 끼워 넣으려 했지만 좀처럼 되지 않는다. 그만큼 나는 흥분한 것이다. 간신히 노를 한 번 저었다. 그러나 배는 움직이지 않는다. 다시 한 번 해보았다. 배는 겨우 몇 센티미터를 움직였을 뿐이다. 고개를 숙인 채 있는 힘을 다해 팔을 당겼다. 그러나 곧바로 숨을 멈추고 쉬어야만 했다.

다시 배 바닥에 다리를 세우고 손으로 수위를 재어보니 아까보다 훨씬 늘었다. 한쪽 뱃전을 만져보니 앞으로 10센티미터면 물은 뱃전에 닿을 것 같다.

도저히 오두막까지 갈 시간이 없다.

브랑카르를 부를 수도 없다. 미끼 오리의 소리에 섞여 내 목소리는 들리지 않을 것이다. 아아, 어떻게 해야 할까. 한밤중에, 호수의 한가운데서?

순간, 장화를 한 짝 벗어서 물을 퍼내는 데 쓰면 어떨까 하는 생각이 들었다. 그러나 곧 이 기다란 고무장화를 벗기려면 언제나 쥬스턴이 내 다리에 승마 자세로 올라타 잡아당겼고, 나는 나대로 그의 허리를 잔뜩 눌러야 간신히 성공했던 것이 생각났다.

그런 위험스런 일을 나 혼자 작은 배 위에서 해봤댔자 아무런 소용이 없을 것은 뻔하다.

절망적인 기분으로 나는 어쨌든 노를 저었다. 그러나 급한 나머지 노를 너무 깊이 집어넣거나, 좌우가 맞지 않는 등 실수투성이였다.

이대로 혼자서 죽다니, 그런 바보 같은 일이 어디 있는가. 몇 백 미터 앞에는 도와줄 친구도 있다.

그의 주의를 들오리에게서 내게로 옮기면 될 것이다.

나는 총을 집어들어 허공을 향해 쏘았다. 양쪽 탄창에서 울려나오는 총소리가 주위의 적막을 깼다.

브랑카르는 오두막의 총안으로 호수를 바라보고 오리 떼가 없는 것을 알게 되리라. 그런데도 내가 총을 계속 쏜다면 위험에 처했음을 깨닫겠지. 총알의 이음매로부터 화약이 들어 있는 금속 통을 제거한 뒤 탄창에 넣고 두 발을 연이어 쏜 다음 그렇게 세 번을 반복했다.

배는 앞뒤로 흔들렸다. 그 바람에 한쪽 노가 쇠고리에서 떨어져 물에 떠올랐다. 나는 그것을 주워 올리려고 남은 한쪽 노를 떼어내 갈고리 대신 쓰려고 했다. 위험하게 배의 균형이 허물어졌다.

모든 것은 한 순간에 일어났다. 플릭이 짖기 시작한다. 나는 발을 헛디뎌 하나 남은 노마저 놓치고 말았다. 중심이 흔들렸다. 80킬로그램인 내 몸이 흔들리는 바람에 배는 물에 처박혔다.

목에서 외침 소리가 새어나왔으나 한 덩어리의 물이 순식간에 그것을 삼킨다.

단 한 순간에 몸은 납옷을 입은 것 같았고, 물을 가득 빨아들인 장화가 나를 물밑으로 끌어당기고 있다.

나는 무섭지는 않다. 살고 싶다. 마구 물을 헤치고 수면으로 나가 그곳 어딘가에 떠 있을 노를 잡으려고 했다.

얼음처럼 차가운 물이 코로, 귀로, 입으로 들어온다. 내 눈을 태운다.

하지만, 어떻게 해서든 힘을 내지 않으면 안 된다!

털옷이, 사슴 가죽 조끼가, 게다가 방수 코트가 물을 잔뜩 먹어 휘감겨 달라붙는다. 정신을 차려보니 수초가 두 다리를 붙들어매고 있다.

딸꾹질이 난다, 차츰 숨을 쉴 수가 없다. 침이 나온다, 기침이 난다, 숨이 막힌다…… 엄청나게 차다…… 플릭이…… 이런 혼돈 속에서…… 내가 있는 곳까지 헤엄쳐온다면…… 목줄을 붙들고…… 머리가 가라앉는다…… 고통스럽지는 않다…… 정신이 아득해진다…… 가라앉는다, 가라앉는다…… 머릿속을 호리병처럼 물이 맴돈다…… 춥다…… 플릭…… 여기야, 플릭…… 아가트는 어디에…… 그녀에게 말해야…… 놓아줘, 놓아줘…… 물…… 물…… 살려줘…… 브랑카르…… 살려줘…… 아가…….

아가트

자동차 소리에 잔뜩 귀를 곤두세우고 벌써 몇 시간 동안이나 기다리고 있다. 수화기를 들어 고장이 나지 않았나를 확인한 것도 벌써 몇 번째인지 모른다.

그래도 안정을 잃어서는 안 돼. 앞으로의 나의 태도에 이번 일의 성패가 달려 있잖아.

이 연극은 매우 간단하고도 평범하기 이를 데 없지. 남편을 막 잃은 우아하고 침착한 젊은 아내가 되어야 할 테니까. 슬퍼해 보일 뿐만 아니라 당황하기도 해야겠지. 어떻게 해야 좋을지 몰라하면서 주위 사람들에게 완전히 맡겨야 해. 친구의 누님에게 안겨서 최초의 눈물을 흘리기로 하자. 그렇지만 그 누님은 어지간히 조심하지 않으면 안 돼. 어디까지 믿어 줄지 알 수가 없거든.

오늘밤만 해도 결국은 세상 얘기를 하지 못했다. 이제 이만하면 상대방이 바보인지, 무관심한 건지, 그도 아니면 위험스러운지를 파악할 시기가 됐다.

둘 중에 아무도 나를 의심하는 기색은 없지만 그것만으론 부족해. 그 사람들의 신용을, 그리고 애정을 손에 넣고 계획의 제2단계로 나아가야만 하니까.

브랑카르를 키운 저 여자는 내게는 시누이가 될 터. 내가 공격 태세로 옮겨갔을 때, 이런 올케는 곤란하다고 여길 가능성도 충분히 있어.

다행히 브랑카르가 그것을 거역할 가능성도 있다. 그렇더라도 적어도 나의 결백함에 관해서는 저 여자에게 손톱만큼의 의심이라도 갖게 해선 안 돼.

이러고 있는 지금, 이미 미망인이 되었는지도 모른다고 생각하니까 묘한 기분이 드네. 이제 쟝을 볼 수 없는 건 안 될 일이야. 남편으로선 꽤 괜찮은 사람이었는데. 하지만 남편은 결국 남편일 뿐. 아내의 권리인 풍요로운 생활을 보장하지 못한다면 바꿔치는 게 훨씬 낫지.

휴, 난 너무 냉정한 걸까. 엄마가 자주 말하곤 했지. "넌 정말 냉정한 애야. 네겐 좋은 점이 많이 있지만, 그 냉정함은 주위 사람을 괴롭히지. 그리고 결국은 너도 행복해지지 않아. 진정한 기쁨이란 기쁨을 주는 데 있는데, 넌 마치 딱딱하게 마른 과일 같구나."

모성애에 휘둘리지 않는 매우 훌륭한 말이었다.

하지만 엄마의 한평생도 행복하지 않았다. 청춘도, 애정도, 돈도, 아버지에게 모두 바치고 죽을 때 남긴 거라곤 가련한 추억뿐이지 않았는가.

아버진 평생 동안 도박으로 지새웠다. 카지노와 경마장에서 가끔 한 건을 올리기도 했지만 대개는 손해보기 일쑤였으니까.

그 덕분에 우리는 꽤 괜찮은 생활에서 밑바닥까지 떨어져 남은 건 자존심뿐이었어.

엄마는 그 자존심만을 소중하게 여겼으니까.

"비록 입은 옷은 싸구려지만 깨끗하게 손질하면 된다"고 했지. 정말이지 더할 나위 없는 생활태도였어.

다행히도 쟝이 나타나서 나를 진흙탕에서 구출해 주었지. 엄마는 "넌 그를 사랑하지 않아. 남편이란 국민연금과는 다르단다. 안 된다,

넌"이라고, 결혼식 전날 밤까지 그런 말을 했었는데.

엄마는 나이를 쉰이나 먹어서도 사랑을 믿었고, 바늘 하나라도 허투루 하지 않는다면 언젠가는 부자가 될 수 있다고 믿고 있었는걸. 바늘만 잔뜩 모아놓으면 바느질을 하는 덴 도움이 되겠지만, 뱃속을 채울 수는 없지.

엄마는 결국 "부정하게 얻은 재물은 오래가지 못한다"는 구두쇠 격언에서 한 발짝도 떠나지 않았지.

하지만 이런 건 모두 옛날 얘기야. 난 내가 만든 격언을 실천에 옮기는 거야. "차가운 가슴에 차가운 머리" 그걸로 꽤 괜찮게 나아가고 있어.

난 특별히 누군가를 사랑하지는 않을지 모르지만, 관용 정신은 풍부하게 가질 생각이야. 이렇게 말할 수 있는 사람은 별로 없을 거라고 생각해.

사회의 약속이란 재미있는 거로군. 만약 꼬리를 잡힌다면 날 악마라고 떠들겠지. 하지만 잘만 되면 나의 후광은 사그라지지 않아. 세상에 떠도는 소문 따윈 표면밖엔 보지 않지. 그러니까 모양만 잘 가다듬어두면 무슨 짓을 하든 알게 뭐람.

그런데 마르셀 브랑카르는 대체 뭘 꾸물대고 있는 걸까.

벌써 뭔가 일이 일어났을 텐데 어째서 내게 급보를 알려오지 않는지 모르겠네.

그 사람이 장을 살려내진 못해. 배는 한 척밖에 없어. 헤엄쳐서 구조하러 가는 따위의 바보 같은 짓은 하지 않을 것 같은데.

아아, 신이시여. 그 사람이 그런 일을 생각하지 않기를. 그 나이에 차가운 물에 들어갔다간 그 사람마저 동사를 하고 말 텐데.

아니, 난 차분히 정신을 가다듬어야 해. 장이 위험에 처한 곳에 그 사람이 함께 있을 리가 없어. 브랑카르는 훨씬 떨어진 곳에 혼자서 오두막에 있고, 틀림없이 미끼 오리가 오늘밤에도 엄청난 소동을 피우고 있을걸 뭐.

다시 한 번 전화를 걸어서 그 사람의 주의를 이쪽으로 향하게 할까. 하지만 그건 위험해. 이번 계획 가운데 전화를 사용한 게 가장 커다란 약점이니까. 가능하다면 오두막이나 배의 선택마저도 브랑카르의 자유에 맡기고 싶었는데. 하지만 우연을 바랄 수는 없었어. 쟝이 배를 선호하리란 것은 알지만, 오늘밤은 예외상으로라도 양보할지도 모르니까. 그렇다고 해서 내 쪽에서 쟝에게 배를 권하기라도 했다간 이상하다고 여겨 오히려 오두막에 남았을지도 몰라.

그러다가 아무도 배를 타지 않았다가 쟝이 돌아와 버리면, 그 뒤에 내가 무슨 수로 막대사탕을 빼고 뚜껑을 원래대로 해 놓겠는가. 쥬스턴이 내일 배를 보고 모든 것을 발견해버릴 게 틀림없는데.

그래 맞아, 나는 내가 할 수 있는 한 가장 영리하게 행동했어. 앞으로의 역할 연기만 잘 해낸다면 브랑카르가 전화 얘기 따윈 생각해 낼 턱이 없어. 아니, 오히려 그걸 이용할 수 있지 않을까……. 맞아, 그거야. 만약 그 사람이 감을 잡은 듯한 행동을 보이면 곧장 역습에 들어가는 거야. 전화로 행복하다고 고백했던 걸 빌미로 죄를 뒤집어 씌우면 되겠지.

어찌됐든 쟝과 함께 있었던 건 그 사람 혼자였고, 내가 누님과 트럼프를 하고 있었다는 건 일하는 사람들이 증언할 테니까.

브랑카르가 하는 말은 아무도 증언하지 못해. 누군가가 그 얘기는 수상하다고 여기게 되면, 혐의는 나를 떠나 그 사람에게로 달라붙게 되는 거야.

그렇지만 그렇게 하는 건 그만두자……. 적어도 일이 잘 되어 가는 한은.

그 사람에게 죄를 씌우는 건 내가 의심받고 추적을 당할 때의 일이야. 그렇게 되지 않는 이상, 우리 둘을 위해선 훨씬 기분 좋은 계획이 마련되어 있으니까. 다만 이런 식으로 내가 든 카드 가운데 멋진 조커가 있다는 건 전혀 나쁘지 않지.

만약 기적적으로 둘 다 아무 일 없이 돌아온다면?

아니, 그럴 리는 없어. 브랑카르도 전화로 쟝은 배를 타고 나갔다고 하지 않는가 말야.

그래도 날씨가 너무 추워서 사탕이 녹는데 시간이 너무 오래 걸리는 건 아닐까. 아니면 반대로 쟝이 물이 새는 걸 알아채고 곧바로 돌아와 버린 건 아닐까. 아냐, 아냐. 나쁜 생각만 하는 건 그만두자. 쟝이 물새는 걸 발견했을 때는 이미 늦었을걸.

걱정할 필요 없어. 모든 것이 물 흐르듯이 흘러갈 거야. 완전범죄를 성공시키는 단 하나의 요령은 뭔가 간단한 것을 선택하는 거야. 위험한 건 의외의 일이거나 복잡한 것뿐이지. 나는 공범도, 정밀한 시간 계산도, 이리저리 긁어모은 알리바이도 쓰지 않았어.

쟝에게도 일은 몹시 간단해.

그러니까 쓸데없는 걱정을 하기보단 조금 자 두는 게 좋겠는데.

아아, 들린다. 정원의 가로수 길을 한 대의 자동차가 다가온다. 익숙해진 내 귀는 엔진 소리로 자동차 종류를 분간할 수 있다. 기어가 2단에 들어가 있어. 저건 분명 푸조야.

고동 소리가 멈춘 것 같다. 지금이야말로 모든 게 결정 난 거야.

나는 기분을 억누르고 침대에서 뛰어나와 창으로 다가가고 싶은 걸 참았다.

집 앞 모퉁이에서 자갈길에 타이어가 삐걱거리고 갑자기 격렬하게 브레이크가 소리를 냈다. 그걸로 운전하는 사람이 당황했음을 알 수 있다.

곧바로 초인종이 집안 사람들을 깨웠다. 하지만 내가 제일 먼저 내려가는 건 좋지 않다.

 가정부들이 있는 3층에서 문소리가 난다. 뛰어 내려오는 발소리에 계단이 흔들린다. 귀가 엄청나게 커진 것 같은 느낌이다. 가슴이 울린다. 하지만 상관없어. 조금 뒤면 이 흥분을 이용할 수 있는걸.

 현관문이 열렸다. 사태를 느끼게 하는 술렁거림이 곧 일어났다. 말소리는 들리지만 무슨 말을 하는지는 모르겠다. 숨을 죽인 목소리와 울려대는 소리가 번갈아 가며 여기까지 들린다.

 복도의 막다른 곳에서 두 번째로 문이 열렸다. 마르트 방의 문이야. 무슨 소리에 잠이 깨어 분명 상황을 살피러 갈 작정인 거로군. 나도 그러는 편이 나을까.

 누군가가 계단을 한달음에 달려 올라온다.

 나는 본능적으로 이불을 얼굴까지 덮고는 지금부터 연기해야만 할 역할의 중요성에 몸을 떨었다.

 성급한 노크 소리가 침실 문을 뒤흔든다. 더 이상 달아날 수는 없다. 나의 미래가 지금부터 내가 어떻게 연극을 하느냐에 달려 있으니까. 졸린 듯한 목소리로 나는 들어오라고 대답했다.

 가정부 마리아가 거기 있다. 마리아는 불을 켰다. 그녀가 잠옷 차림으로 있는 모습을 본 건 이번이 처음이었다. 나의 낡은 네글리제를 입고 양쪽 어깨에 머리칼을 폭포처럼 흘러 내려뜨리고 있다. 마리아의 비장한 표정과 그에 잘 어울리는 창백한 얼굴이 평소 같지 않게 예쁘게 보였다.

 "무슨 일이야, 마리아?"
 "아래층에 내려가시지 않겠어요. 불행한 일이······."
 곧장 나는 그 말의 리듬을 되받았다.
 "불행? 무슨 소릴 하는 거야!"
 "얼른 내려오시라고 하는데요."

방안이 빙글 돌기 시작했다. 나는 정신을 잃고 베개 위로 쓰러졌다. 마리아한테 얼굴을 몇 번 얻어맞은 다음 겨우 정신을 차렸다.
"내려오시라고" 마리아는 말했다.
그럼 브랑카르가 죽고, 밑에서는 쟝이 나의 해명을 기다리고 있는 걸까. 끊어질 듯한 목소리로 나는 물었다.
"내려오라니, 누가?"
"브랑카르 씨예요, 그분 말씀으로는……."
이 무슨 바보 같은…… 이런 쇼크를 두세 번 더 받았다간 난 심장 마비로 지레 쓰러지고 말겠다.
나는 일어나서 가운을 걸쳤다.
"지금 몇 시지?"
"4시 반입니다."
"알았어, 마리아. 내 곧 내려갈게."
가정부는 나갔다. 그 뒤를 따르기 전에 나는 잠깐 머리칼을 정돈하면서 가슴의 고동을 진정시켰다.
밑에서는 모두가 객실에 모여 있었다. 나의 입장은 극적이었다. 브랑카르는 유령 같은 얼굴을 하고 있다. 그 사람의 눈이 저처럼 크고 파랗다는 것을 그때까지는 몰랐었다.
브랑카르는 나에게 달려와 두 손을 잡았다.
"앉으십시오, 대단히 불행한 일이 일어났습니다."
가정부들은 방의 한쪽 구석에 모여 머뭇거리면서도 걱정스러운 눈길을 내게로 향하고 있다. 그건 남의 비극을 대단한 구경거리라고 생각하는 아랫것들의 독특한 태도였다.
마르트는 물이 든 컵과 흰 알약 두 개를 내게 건넸다. 나는 약을 머금고 물을 마신 다음 브랑카르를 쳐다봤다.
"말해 주세요, 쟝에게 무슨 일이 일어났나요? 무슨 일이죠?"

브랑카르는 고개를 끄덕였다.

"당신이 죽였군요!"

"어떻게 그런 말씀을!"

공포와 의외로 브랑카르의 얼굴은 뒤죽박죽이 되었다.

"마음 쓰지 말아라. 부인이 그렇게 생각하는 것도 당연해. 단 둘이서 사냥을 하고 있었으니까."

그렇게 말한 건 마르트였다. 지금 상황의 주도권을 완전히 장악한 그녀는 내 쪽으로 몸을 굽혔다.

방에 있는 건 우리 둘뿐인 것 같았다. 다른 사람들은 모두 단역이어서 완전히 중량감을 잃고 있다.

내 앞에 있는 사람 가운데 오직 하나 냉정한 인간이 마르트 브랑카르였다. 결코 마음을 놓아서는 안 된다. 충분히 주의하면서 나는 마르트를 부여잡고 말했다.

"대체 무슨 일이에요?"

"용기를 내야만 해요, 아가트. 남편에게 사고가 일어난 모양이에요."

"하지만, 어째서, 어떻게 된 거예요?"

나는 브랑카르 쪽을 돌아보며 시간 여유를 두지 않고 다그쳤다. 저 사람한테 무의식중에 책임감을 심어놓아야만 한다.

마르트는 내 두 손을 잡더니 곁에 앉아서 조용하고, 이상하게도 마음을 가라앉게 하는 힘을 지닌 목소리로 내 계획의 결과를 말해주었다.

"마르셀은 오두막에서, 남편은 배에서 사냥을 하고 있었어요. 아직 무슨 일이 일어났는지 정확히는 알 수 없지만, 남편은 그 동안에 계속해서 총을 쏘았다고 해요. 마르셀은 이상한 생각이 들었고, 이건 분명 도움을 요청하는 신호라고 생각하고 오두막을 나와, 기슭을 달려 남편이 어떻게 된 건지 살펴보려고 했답니다. 미친 듯이 짖어대는 개가 비극의 장소로 데려가 주었던 것이지요. 배가 가라앉고 남편은 갈대에 얽혀 있었대요. 마르셀은 기운을 내라고 외쳐놓고 젖어서 달라붙은 옷을 벗기기 시작했답니다. 그때, 남편께서 '오두막에서 밧줄을'이라고 간신히 외쳤대요."

메스꺼움이 가슴 가득 퍼져나갔다. 나는 브랑카르를 쳐다봤다. 마르트는 계속한다.

"마르셀은 달려서 오두막으로 돌아가 침대에서 커버를 벗겨내고는 랜턴과 한 타래의 밧줄을 찾아냈대요. 개 짖는 소리에 의지해 계속 뛰어서 원래의 장소로 돌아왔지만 남편은 이미 없고, 노가 한 개 수초에 얽혀 있고, 또 하나는 훨씬 떨어진 곳에 떠 있을 뿐이었다는군요."

브랑카르가 약간 안정감을 되찾았는지 그 뒤를 이었다.

"처음엔 자리를 잘못 찾았는가 생각했습니다. 노가 있는 곳이라고는 기억하고 있었으나 아무래도 캄캄한데다가, 그곳 호수에 간 것도 처음이고 아무런 표지도 없었습니다. 상당히 당황하고는 있었지만, 남편이 보이지 않게 되어버렸다는 생각은 하지 않고, 그저 장소를 잘못 찾은 것으로만 여겼습니다. 한참 나중이 되어서야 개가 절대로 움직이지 않고 같은 장소에서 계속 짖고 있다는 것을 깨달았습니다. 너무나 그 주변을 왔다갔다했기 때문에 그때는 처음에 어디서 남편을 보았는지도 알 수 없게 되고 말았습니다. 호수는 어디나 똑같은 것 같았어요."

마르트가 위로했다.

"마르셀, 네 탓이 아니야. 그 이상 더 어떻게 할 수 있었겠니. 쟝은 자기 힘을 지나치게 믿고 오두막까지 갔다오는 동안 계속 버틸 수 있을 것으로 생각했던 거야. 그 사이에 수초 속으로 빨려들어가

버린 거지."

나는 울부짖기 시작했다.

내 주위에서 웅성거림이 일어났다. 누군가가 팔로 내 머리를 안았고 입술 사이로 독한 술을 흘려 넣었다.

메스꺼웠다.

그래, 쟝은 죽었고 이제 난 두 번 다시 그 사람을 볼 수가 없어. 얼어붙은 호수에서 오직 혼자서 죽어간 불쌍한 쟝. 죽어가는 자신을 바라보며 틀림없이 굉장히 고통스러웠는지도 몰라. 아직 그렇게나 젊고 살아가는 즐거움이 넘쳤었는데. 너무 안됐어. 그 사람을 잃고 이렇게 괴로우리라고는 생각해보지도 않았는데.

이런 파국의 바닥에서 나는 다른 사람들을 쳐다봤다. 맨 앞에는 무겁게 주름이 깊이 패인 마르트의 얼굴이 보였다. 그러나 눈에는 진정으로 인간미가 있는 선의와 깊은 동정이 넘치고 있었으므로, 그것을 본 내 얼굴에는 눈물이 폭포처럼 흘러내렸다.

마르셀은 세련되지 못하게, 완전히 혼란에 빠져 떨면서 내 손을 꼭 쥐고 있다. 그 모습이 너무나도 비장하고 또 평이했으므로 우리들 가운데서 가장 젊게 보였다.

멀리에는 가정부들이 어슴푸레한 그림자처럼 흔들거리고 있다.

"두 분 가운데 한 분은 불을 피워주세요. 그리고 다른 한 사람은 커피를 끓이세요."

마르트의 명령에 가정부들은 곧장 따랐다. 그들이 문까지 갔을 때 마르트는 다시 불러세웠다.

"베개와 담요를 가져다주시겠어요. 부인은 여기서 쉬게 하고 우리가 곁에 있겠습니다."

"경찰을 불러야 하는 거 아닌가"라고 브랑카르가 말했다.

오싹 무언가가 내 등줄기를 훑고 지나간다. 물론 각오는 했었지만,

그래도 역시 쇼크였다. 난 아직 사실인 듯한 느낌이 들지 않는다.

"정말로 쟝은 죽은 건가요?"

브랑카르는 대답하지 않고 고개를 돌렸다. 그의 누나는 차가운 손을 내 볼에 갖다댔다.

"네, 아가트, 차라리 사실대로 말하는 편이 좋겠어요. 당신에게 거짓 희망을 갖게 하는 건 오히려 죄가 될 테니까."

"그런데 어째서 그런 끔찍한 죽음을……?"

일이 이렇게 진행되다니 상상도 안 했었다. 마치 배신을 당한 듯한 느낌이다. 이런 엄청난 실수를 쟝이 메꿔야하다니 정말 부당하다.

"자, 마음을 가라앉히세요. 병이라도 나면 안되니까."

"우리가 같이 있겠습니다."

동생이 그렇게 말했다.

"나를 두고 가지 마세요."

"도움이 되는 동안은 언제까지라도 있어드리겠어요." 마르트도 말했다.

"이젠 전, 완전히 혼자예요."

나는 자연스러운 반응에 지배당하고 있었다. 차츰 정신을 되찾을 수는 있었지만, 쇼크는 생각지도 못했을 정도로 격렬했다.

매우 긴 침묵이 이어졌다.

마침내 작은 목소리로 나는 나 자신에게 하는 것처럼 말했다.

"나는 미망인, 그렇죠?"

"가만히 계십시오!"

브랑카르는 그렇게 말하더니 갑자기 일어나서 방안을 왔다갔다하기 시작했다.

누나는 조용한 목소리로 말했다.

"언젠가는 우리들도 없어지게 돼요. 당신도, 나도. 우리들이 알았던 사람들, 지금 알고 있는 사람들, 앞으로 알게될 사람들도 모두 마찬가지예요. 결국 인생이란 지나는 길과 같아요, 아가트, 중요한 건 길이가 아니라 그 동안에 무엇을 했는가 하는 거겠지요. 어떤 사람은 평생에 걸쳐 마침내 뭔가를 이루기도 하고, 어떤 사람은 겨우 몇 년 만에 자신의 영원한 장소로 찾아가기도 하지요."

그러더니 마르트는 침묵했다. 나는 그녀를 쳐다봤다. 이 알 수 없는 여자는 나를 상대로 시시한 트럼프 따위를 하고 있었는데, 별 볼일 없는 소시민이 아닌 것 같다.

난 이제 알 수가 없게 되어버렸다. 지금까지는 이만큼 중요한 문제가 내게 일어난 적이 단 한 번도 없었다. 나는 지금까지 남들에게도 저마다의 생활이 있다는 걸 알지 못했다. 오로지 나와의 관계에 의해서만 존재했다. 그런데 쟝이 죽음으로써 그런 모든 것들이 이제는 문제가 되어 내게 다가왔다.

이젠 남편이 아닌 쟝도, 생각해보면 그렇게 괴로운 죽음을 당할 필요까진 없었던 것 같다.

그런데도 내가 내 맘대로 그 사람 일생을 결정해버렸다. 나는 갑자기 미칠 것만 같았다. 어쩌면 언젠가 이 책임이 내게 돌아올지도 모른다.

하지만 그렇게 어려운 문제는 내게 맡겨지지 않아. 내 성격에 맞지 않지. 평소의 생활 분위기를 되찾자. 그 안에서라면 자유롭게 움직이고 돌아다닐 수 있으니까. 그걸 만들어주는 건 브랑카르뿐이었다. 마르트는 위험한 문제를 곧잘 꺼낼 것 같다. 이 사람의 파장에 맞추면 안 된다.

나는 브랑카르에게 물었다.

"난, 어떻게 되는 걸까요?"

그러자 아주 자연스럽게 평소의 어조를 되찾았다.

"제가 함께 있겠습니다."

그 한 마디에 나는 브랑카르의 품위 없음도, 풍채가 좋지 않은 것도 잊어버렸다. 그는 남자로, 나는 여자로 있을 수 있는 것이다.

그러면 만사가 순탄하리라.

마르트

그 고통스러운 시간이 드디어 지나갔다. 마침내 우리는 파리로 돌아가서 가엾은 페를라크의 죽음으로 인해 중단되었던 우리의 생활로 다시 돌아갔다.

병으로 인해 죽음을 선고받은 나는, 나 자신을 비극적이라고 여겨왔는데, 이번 일로 나의 운명이 다른 사람에 비해 특별히 부당할 것도 없다는 것을 뼈가 저리게 느꼈다.

생각해 보면 그 사람은 아직 서른 다섯이었으므로, 현재 나는 18년이나 집행유예를 받고있는 셈이다. 거기다가 내가 죽는다해도 누구의 생활이 망가지거나 하지도 않을 노처녀인데 불평을 말할 이유는 없다.

마르셀은 물론 슬픈 게 분명하지만, 그러나 동생도 완전히 변해버렸다.

페를라크의 사고로 받은 충격에서 좀처럼 벗어나기가 힘든 모양이다.

우선 그는 자신의 타고난 마음 약함으로 인해 자기에게 책임이 있다는 생각에서 벗어나지 못한다. 다행히도 젊은 미망인이 훌륭한 기분전환이 되었다. 동생은 후견인을 자처하고 나서서 성가신 일은 모조리 대신해주었다.

쟝의 시신은 사고가 난 이틀 뒤에 끌어올려졌으나, 시신을 확인하는데 아가트가 끌려나가지 않고도 일을 끝낸 것은 잘된 일이었다. 그 정도로 젊고, 마음 약한 사람에게 그런 시련은 너무나도 가혹한 것임이 틀림없다.

경찰서에 사망신고를 하거나, 장의사와 이런저런 의논을 하거나, 부고장을 보내는 것을 돕는 등 애를 썼다. 장례가 끝난 뒤에도 아가트를 가족들의 손에 인계하고 돌아오려 했지만, 그녀가 너무나도 우리를 신뢰하고, 매달렸으므로 동생과는 별달리 의논한 것도 없이, 좀더 나중까지 남기로 결정해버렸다.

동생도 나도, 파리에 전화를 해서 각자의 형편을 알렸다.

우리는 겨우 며칠 동안에 놀랄 만큼 깊이 가까워졌다. 집안 일은 모조리 내가 도맡음으로써 아가트의 부담을 덜어주었고, 아가트는 동생을 그림자처럼 따르면서 무슨 일이든지 의논을 했다.

장례식 날, 아가트는 비극적이었다. 검은 베일이 그녀를 여왕처럼 보이게 했고, 틀어 올린 금발머리와 단정한 느낌의 상복이 오히려 그녀의 젊음을 두드러지게 했다. 묘지에서도 상당히 괴로운 일이 있었다. 장례식 전에 주사를 맞혀두었지만 신경이 너무 날카로워져 있었다.

며칠 밤인가, 기나긴 밤을 함께 하면서 우리는 아가트의 장래에 관해 서로 이야기했다. 그녀는 이곳에 있고싶지 않다고 한다. 그도 그럴 것이었다. 더 이상 이곳에 머물 이유가 전혀 없는 데다가, 즐거웠던 추억도 지난 며칠 동안의 비극적인 사건으로 완전히 무너져버린 것인지도 모른다.

아가트는 저택을 팔고 파리에 살고싶다고 한다. 우리 아파트는 매우 간소하지만, 있고싶을 때까지 있어도 상관없다고 말해줬다. 이 일에 관해서도 마르셀과는 의논하지 않았지만, 동생도 찬성할 것이 분명했다.

마르셀은 가죽공장을 인수할 사람을 찾는 일을 맡았다. 아가트는 남편의 사업에 관해 전혀 아는 것이 없었던지 우리 두 사람이 서류 정리를 돕기도 했다. 그녀는 남편이 생명보험에 들었는지 어땠는지도 몰랐다. 그것도 마르셀이 알아봐 주어야만 했다.

사고가 난 이후로 아가트는 전혀 외출을 하지 않는다. 사냥터의 오두막이 저택과 별도로 등기가 되어있는지 여부도 알고싶었으나, 아가트에게 물어볼 수도 없다. 하지만 그걸 파는 것도 생각해두어야만 한다. 아가트의 공증인에게 물어보면 알 수 있을지도 모른다. 어쨌든 간에 모든 것의 매도가 끝나기도 전에 우리는 아가트를 파리로 데리고 가기로 했다.

적당한 때에 마르셀이 다시 한 번 여기에 와서 정리하면 될 것이다. 지낼 곳을 바꾸는 일이 무엇보다 중요하다.

장례식에는 그다지 가까운 친척은 오지 않았다. 아가트의 어머니는 남고싶어 했으나, 아가트는 시간이 조금 지나면 한동안 고향에서 함께 지내겠다고 말했다. 그녀의 어머니는 심성이 훌륭해 보이는 부인으로 상당히 당황해했다. 나머지는 꽤 먼 사촌들인데, 죽은 쟝과의 교류도 그다지 없었던 모양이었다.

그 사람들은 예의상 한동안 머물렀을 뿐인데, 우리가 있는 것에 놀라 호기심이 가득 찬 눈으로 힐끔힐끔 쳐다보았다.

그러나 그런 놀라움도 이내 가라앉고 우리는 또다시 세 사람만 남게 됐다.

나는 쟝의 양복장을 완전히 비우고, 속에 있던 것을 트렁크에 넣어 가정부를 시켜 다락방에 갖다두도록 했다.

마르셀

나는 분명 나쁜 사람이다. 내 스스로 침묵과 징벌을 당한 것처럼 여기고 있다.

페를라크의 죽음에 입회했던 건 나 혼자다. 도움이 될까 하여 할 수 있는 일은 모두 했다. 나의 오직 한 가지 실수는 밧줄을 가져오라는 그의 말에 따랐던 것이었다. 그때 내 기분대로 물에 뛰어들었더라면 좋았을 것이다. 그렇게 하지 않았던 것은 맹세코 겁이 났기 때문이 아니다. 그때는 쟝의 생각이 나보다 나으리라고 생각했기 때문이며, 심장마비를 걱정했다 하더라도, 그건 내 몸이 소중했기 때문이 아니라, 그렇게 되면 구조를 할 수 없었기 때문이다. 나는 내가 할 수 있는 한 가장 빨리 하려했다. 오두막까지 갔다오는데 몇 분밖엔 걸리지 않았다. 쟝이 보이지 않게 되었을 때, 큰일났다고 생각했던 것도 진심이었으며, 그 뒤에도 이미 틀렸다는 것을 알면서도 바보처럼 오랫동안 이리저리 찾아다녔다. 체념했던 것도 그가 죽었다는 확신이 절대적이었기 때문이다.

　때문에 나는, 내가 말려든 이 사고에 관한 한, 양심의 가책이 될 만한 일은 조금도 없다.

　내가 나쁜 사람이라고 생각하는 것은, 그 뒤의 이야기다. 쟝이 죽은 뒤, 내가 행복하기 때문이다.

　지금은 그런 시기도 아니고, 장소를 가려야만 한다는 것도 충분히 안다. 하지만 나는 행복하다. 게다가 이 새로운 행복감은 더없이 부도덕하고 뻔뻔스러워서, 어떻게 이 수치를 가릴 수 있을지 막막할 정도였다.

　페를라크가 죽은 뒤 3주일 동안, 나는 미망인에게서 한시도 떨어지지 않았다. 아니, 좀더 유감스러운 일은, 나는 그녀를 손에 넣고싶어 한다는 것이다. 소문 따위는 아무렇지도 않다. 아가트가 곁에 있어주는 한, 온 세상의 배신을 당한대도 그렇게 하겠다.

　아가트는 지금까지 내가 만난 사람들 가운데 가장 멋진 사람이다. 그 사람은 오로지 화려하고 아름다우며, 세련되고, 예의가 바르며,

교양이 있을 뿐만 아니라 품성이 곱고 머리가 좋으며, 정이 깊고, 섬세한 부분까지도 구석구석 마음을 쓴다.

남편을 잃었을 때의 슬픈 모습에는 나도 어떻게 해야할지 몰랐다. 그 정도로 그녀는 상처를 받았고 혼란스러워했다. 그녀는 자신의 젊음이 그와 함께 사라져버렸다고 강하게 말한다. 그러나 그렇지 않다. 그건 극히 어린애 같은 반응에 지나지 않는다.

본능적으로 그녀는 내게 도움을 청했다. 나를 신뢰하고 거의 맹목적으로 내 의견에 따른다. 그녀는 기쁨과 편안함을 위해 태어난 작은 새다. 이번의 너무나 고통스런 시련에 완전히 무너진 상태다. 나는 힘을 다해 갑작스런 남편의 죽음으로 인해 그녀의 앞날에 놓인 올가미를 제거해주리라. 그녀의 미소를 다시 되찾게 해야만 한다. 물질적인 걱정도 끼쳐서는 안 된다. 그런 일에 어울리는 사람이 아니니까.

아침부터 밤까지 나는 그녀에게서 떠날 수 없다. 처리해야 할 일은 모조리 내가 맡았다. 며칠 사이에 나는 완전히 탐욕스러워졌다. 몇 시간이나 공증인들이나 죽은 남자의 사업에 관련된 사람들과 의논을 해, 비록 단 한 푼이라도 그녀에게 손해가 되지 않도록 신경 쓰고있다.

그 사람이 천 오백만 프랑의 생명보험료를 받을 수 있다는 사실을 알았다. 당사자는 알지도 못했다. 곧장 지불 받을 수 있도록 수속을 한 것도 나였다. 그 사람은 나의 노력에 감사하긴 했으나, 그 금액의 막대함에는 개의치 않았다. 도무지 욕심이 없는 사람이다.

어젯밤, 우리는 둘이서만 객실의 소파에 어깨를 나란히 하고 앉아 있었다. 나는 하루의 일을 보고했고, 가죽공장의 매각에 관한 나의 계획을 얘기했다. 그녀는 전혀 듣지 않고, 난롯불만 바라보고 있었다. 그 아름다운 눈은 슬픔에 잠겨있다. 나는 그녀의 기분을 나아지게 하기 위해 무슨 말을 해야 좋을지 전혀 알 수가 없었다. 그때, 그녀의 머리가 내 어깨로 기대왔고, 사랑스러운 손이 나의 손을 꼭 쥐었다.

"어떻게 감사를 드려야할지, 마르셀, 이 세상에 누구 한사람, 쟝조차도 당신 만한 우정을 가져주었던 사람은 없었어요."

나는 감동한 나머지 숨이 막히는 것 같았다. 현기증과 극도의 행복감으로 속이 메스꺼울 정도였다. 조용하고 노래하는 듯한 목소리로 그녀는 계속했다.

"당신의 친절한 마음 씀씀이가 이런 엄청난 불행 속에서도 내게 살아갈 용기를 주었어요. 다시 한 번 살아볼까 하는 생각이 든 것도 당신의, 진정으로 당신만의 덕택이에요."

오랜 사이를 띄웠다가, 그녀는 그녀만의 독특한 솔직함으로 말을 이어나갔다.

"전, 죽으려고 생각했었어요, 마르셀. 이제 더 이상 살아갈 수가 없을 것 같아서. 그것도 쟝 때문만은 아니에요. 물론, 쟝을 너무나 사랑하긴 했지만, 그보다는 혼자라는 것이 정말로 무서웠어요. 제겐 아이도 없고, 이 세상에 미련을 남길 만한 아무것도 없잖아요. 앞으로 어떻게 살아갈까 생각하면……."

나는 잠자코 있을 수가 없어서 입을 열었다.

"그럼 전 어떠십니까, 아가트. 마흔 다섯이 되는 지금까지 계속 혼자였습니다. 먹고 마시고 자고 돈을 법니다. 이제 곧 엄청난 부자도 되지요. 그러나 대체 누굴 위해서입니까? 그렇지 않겠습니까? 이 세상에 대체 그 누가 내 생각, 나의 꿈, 나라는 사람에게 관심을 가져 주리라고 생각하십니까."

"갖고있어요, 제가"라고 그녀는 조용히 말했다.

나는 잘못 들은 줄만 알았다. 그럴 리가 없다. 이건 얘기가 지나치게 잘 되어간다. 단 한 번에, 이 정도로 신의 축복을 받다니, 그럴 리가 없다.

그러나 그녀는 다시 한 번, 다짐이라도 하듯이 말했다.

"제가 관심을 갖고있어요. 쟝이 죽은 지 얼마 안되었는데, 이런 말을 하면 안 된다는 건 알지만, 세상사가 우리를 이렇게 미치게 만들었어요. 이번엔 우리 쪽에서 세상의 관습을 혼란스럽게 해도 된다고 생각해요. 저는 당신께 새삼 느끼게 된 이런 커다란 신뢰를 부끄럽다고는 여기지 않아요. 전 당신의 친구가 되었어요. 그건 당신도 알아주시기 바래요. 그리고 당신이 나를 불행에서 구출하는데 온 힘을 다하셨던 것처럼, 저도 당신의 행복을 위해서라면 무슨 일이든 할 생각이에요. 그리고 언젠가, 당신이 결혼을 하신다면……."

"그만두십시오. 당신에게도 돌아가신 분을 모독할 권리는 없습니다."

그녀의 손이 더욱 세게 내 손을 쥐었다.

"아뇨, 언젠가, 당신이 결혼하셔서……."

감격한 나머지 쉰 목소리로 나는 그녀에게 말했다.

"만약 제가 결혼을 생각한다면, 아가트, 당신 이외의 사람과는 생각할 수 없습니다."

이 고백에 뒤이은 침묵은 우리들 사이를 안개처럼 퍼져나갔다.

그녀는 내 말을 듣지 않았던 것일까, 아니면 내게 창피를 주지 않기 위해서 침묵했던 걸까. 나는 나의 뻔뻔스러움과 무례함에 당황했다.

한참 시간이 흐른 다음에야 나는, 그녀의 머리가 변함 없이 어깨에 기대어 있으며, 손이 내 손바닥에 파묻혀 있음을 알았다. 그리고는, "마르셀"이라는 한 마디, 내 이름을 부른 그 분위기로 나는 그녀가 화가 나지 않았음을 알았다.

가슴 밑바닥까지 꿰뚫어보는 하느님께선, 감정이 시간과는 관계가 없다는 것을 알고 계셨으리라. 내 몸 속에선 불꽃이 폭발한 것 같았다. 태어나 처음으로 눈에 눈물이 넘쳐흘렀고, 나는 이 순간에 내가 진정으로 보답을 받았다고 생각했다.

앞으로의 행복이 아무리 강하고, 아무리 길더라도, 이 정도의 충족감에는 두 번 다시 이르지 못할 것이 틀림없다. 나는 그녀의 앞에 무릎을 꿇고 예를 표하고 싶었다. 시계라는 모든 시계를 모조리 멈추게 해놓고, 이 행복의 한 순간을 가둬버리고 싶었다. 그녀에게 어울리는 사람이 되기 위해 당장이라도 뭔가 엄청난 일을 저지르고 싶었다.

그건 도저히 어찌할 수 없을 정도의 행복이었다.

"저는 처음부터 당신을 사랑했습니다, 아가트. 당신을 위해 사랑을 지금껏 간직해왔습니다. 처음 만났을 때 그걸 느꼈습니다. 무엇이든 하겠습니다, 당신을 위해서라면. 당신을 행복하게 하기 위해 일생을 바치겠습니다."

그러나 그녀의 손이 내 입으로 뻗어와 계속하지 못하게 했다.

"말하지 말아요, 마르셀, 아직은 안 돼요, 우리에겐 그럴 권리가 없어요."

나는 혼란스러워서 분명 가련하게 보였으리라. 그녀는 내 가슴에 희망의 말을 새겨주었다.

"제게 주신 이 선물은 이 세상에서 가장 소중한 거예요. 전 그걸 소중하게 간직하겠어요. 제겐 그런 생각을 할 권리는 없지만, 그게 있다는 것만으로도 굉장히 행복해질 거예요."

이렇게, 우리는 은밀한 결혼 약속을 맺은 것이다.

2

아가트

끝이 좋으면 모든 것이 좋다. 앞으로 3주일이면 나는 브랑카르와 결혼한다. 덕택에 신분은 떨어지겠지만, 그 대신에 재산이 손에 들어온다.

일은 아주 잘 되었다. 계속해서 일이 생겨 쉴 틈을 주지 않았다. 쟝이 죽은지 3주만에 브랑카르가 사랑 고백을 하게끔 만들었다. 물론 조금 이르긴 하지만, 그에게 되도록 빨리 분명한 입장을 취하게 할 필요가 있었다. 바보 같은 열등감으로 인해 내게서 영원히 떠나가 버리거나 하면 얘기가 틀려지니까. 그런 위험한 다리는 건너게 할 수 없지.

비극을 치른 뒤에 이렇게나 빨리 은밀한 결혼약속을 맺을 수 있었던 건 나를 안심시켰다. 이제 그 사람이 내게서 도망칠 염려는 없다. 다음은 천천히 여유 있게, 애도 기간을 평온하게 지내면 될 것이었다.

몇 달인가가 지나고, 그 동안에 나의 미래도 차츰 확실해졌다.

마르트가 뒤를 봐주고 있으므로 나쁜 소문도 막을 수 있었다. 게다가 소문 따위는 아무렇지도 않다. 어쨌든 나는 여기서 나가 이제 다시는, 결코 돌아오지 않을 테니까.

내 약혼자는(그렇게 부르지 않을 수가 없지) 성가신 일을 모조리 떠안고는 매우 정직하게 처리해 준다. 중요한 점은 감시하고 있었지만, 그 사람이 신뢰를 배신할 듯한 사람이 아니라는 것은 분명하다.

그는 매우 요령 있게 일을 처리해 주었어. 집도 공장도, 내가 했다면 그 이상 좋은 가격에는 팔지 못했을 거야. 게다가 그 꺼림칙한 수속을 전혀 내색도 않고 끝내다니 정말 고맙지 뭐야.

남매는 친절하게 나를 돌봐준다. 그 마음씀씀이가 조금은 고마우면서도 성가실 때도 있긴 하지만, 성실하고 매우 도움이 되거든.

스물 일곱 살인 나는, 이천만 프랑 가량을 쥐고 있다. 때문에 아무리 의심이 많은 사람이라도 나의 재혼이 돈 때문이라고 여길 리는 없지.

　쟝의 사업은 매우 위험한 지경이어서, 공장과 집을 팔아 간신히 빚을 갚았을 뿐이다. 그런데도 거기서 약간 남은 것과 보험료 덕분에 이런 얼마 안 되는 자본이 만들어졌다. 나머진 약간의 주식과 보석이 있다. 그건 모두 재혼 계약서에도 나 개인의 재산으로 남겨둬야지. 브랑카르는 그런 점에서 매우 훌륭한 의견을 내놓아주었어. 우리는 결혼 뒤의 수입만을 공유재산으로 한다, 는 것은 결혼하면 자동적으로 남편 수입의 반이 내 것이 된다는 얘기다.

　한편, 우리의 나이 차를 감안해 마르셀은 지금부터 유서를 준비하기로 했다. 나를 전체 상속인으로 인정하고, 조건으로는 마르트를 죽을 때까지 부양할 의무를 지는 것이다.

　그건 괜찮은 의견이다. 괜찮을 것 같다는 예감이 들었을 때, 나는 둘 사이에 돈 얘기를 하는 건 싫으며, 모든 것을 맡길 테니까 부디 잘 해달라, 나는 그런 일은 잘 모르기 때문이라고 말해줬더니, 그 사람은 웃으면서 당신은 여성 실업가로는 낙제로군요, 나를 만나길 참 다행이라고 했다. 분명히 만나게 된 건 행운임에 틀림없지.

　그 남매와 함께 살게 된 지도 벌써 두 달이 되어간다. 나는 나의 가정부를 데리고 왔다. 이곳엔 시간제 가정부가 일주일에 세 번 올뿐이다. 이곳 바스티유가의 아파트는 매우 볼품이 없다.

　지금은 살기 익숙해진 표정을 짓고 있지만, 여기저기 소개소에 의뢰해 주택가의 저택을 고르고 있다. 그게 결정 나면 마르셀의 의견을 들을 작정이지만, 그 사람이 내 말대로 하게 될 것임은 자명하다.

　그렇지만 벌써부터 단독 저택이 있다면서 그 사람을 당황하게 하는 것은 별로다. 먼저 미국인과의 사업 얘기를 완전히 끝내게 해야지. 우리의 공통된 미래의 기초를 확고히 하는 건 그 다음 얘기니까.

　간소한 것을 좋아하는 그 사람의 취미도, 때가 되면 내가 고쳐버려야지.

 지금 가장 어려운 일은 유전(油田) 땅에 관한 그 사람의 입장을 바꾸게 하는 거야. 그 얘기를 끄집어내는 게 먼저 해야할 일이다. 세상 돌아가는 일을 아무것도 모르는, 몹시 곤경에 빠진 어린 소녀라는 역할을 너무나도 잘 해냈기 때문에, 사업에 관한 한 그 사람은 내 의견 따위는 귀여운 지껄임으로밖에는 생각지 않는다.

 땅은 5억 프랑의 현금 지불로 팔릴 가능성이 있긴 하지만, 그 사람은 현금 지불을 거부하고 사용료를 받기로 결정해버렸다. 그러는 편이 시간은 걸리지만 결국은 이득이라면서.

 나도 뭐 지금 당장 그 돈을 바라는 건 아니지만, 소중한 젊은 시절을 예탁된 재산을 기다리면서 허비해버리고 싶지는 않아.

 나는 5억 프랑이면 충분해. 황금산을 꿈꾸면서 언제까지나 바스티유의 낡은 아파트에서 살아가는 건 싫어. 그렇지만 그 얘기를 시작하면, 그 사람은 반드시 얼버무린단 말야. 그건 대체 왜일까.

 어떻게 하면 마음을 바꾸게 만들 수 있을까. 삼빡한 생각이 떠오르질 않아. 나는 나의 어린애 같은 점을 무척이나 강조해왔다. 덕분에 어떤 변덕이라도 부릴 수가 있고, 그 사람은 그 사람대로 편안하게 말하게 되었다. 그래, 이 재산에 관해서도, 크리스마스 트리를 의논하기라도 하는 것처럼 얘기해보자. 사랑을 하지 않는 남자라면 누구라도 질려버릴 만한, 멋진 계획을 세우게 해 보이겠어.

 그 사람은 내가 하는 말에 모두 찬성을 하지. 내가 그 사람을 슈퍼맨이라고 단단히 믿고 있으므로, 자신은 그 평가에 부응해야만 한다는 강박관념을 조금씩 그 사람에게 스며들게 하는 거야. 내 말대로 하게 하려면 역시, 이 방법 밖엔 없겠어.

 그런 얘기를 마르트 앞에서 하는 건 곤란해. 마르셀은 나를 어린애라고 여기고 있지만, 그 사람은 속을 꿰뚫어보는 것 같아. 가끔 나를 물끄러미 바라보는 시선에 부딪친단 말야. 내가 그리 욕심이 없다고는 생각지 않는 것 같아.

하지만 곤란하긴 하지만, 걱정할 정도는 아니야. 아무리 이리저리 상상을 해봤댔자 나의 진정한 모습을 알지는 못할 테고, 게다가 또 그 사람의 의견은 마르셀에게 영향을 주지 않게 되어가고 있는걸. 그 사람은 분명히 동생보다 머리가 좋긴 하지만, 언제나 그늘에 머무를 뿐더러, 한참 전부터는 내 앞에서 조심하기 시작했다. 그 사람에게까지 사랑을 받고싶지는 않다. 하지만 가능하다면 반감은 갖지 않게 하는 편이 좋겠어.

물론, 아직 반감까지 갈 이유도 없다. 단지 나를 경계하기 시작했을 뿐이다. 함께 살기로 한 이상, 어떻게 해서든지 전보다 훨씬 적극적인 행동이 필요하다. 그러나 마르셀과 얘기할 때는, 언제나 그녀를 대화에 입회를 한다. 쫓아낼 수도 없는 노릇이어서 나는 결국 마르트의 눈앞에서 마르셀을 끌고 돌아다니게 되고 만다.

결혼만 해버리면, 그 사람과의 관계도 극히 드물어지고, 그 영향도 완전히 사라져버린다. 마르셀은 대나무를 자른 것처럼 단순해서 뉘앙스 따위는 모르는 편이므로, 모든 것을 주거나, 모든 것을 다시 생각하는 것밖엔 할 줄 모른다. 얘기가 잘 되어갈 듯한 지금, 쓸데없는 얼간이 짓을 저질러 마르셀의 태도를 바꿔버리게 해선 곤란해.

결혼식은 극히, 아주 극히 가까운 집안끼리만 해야해. 그것에 대해 두 사람의 의견은 서로 일치했다. 택일은 애도기간이 끝나는 다음날로 정했다. 되도록 이상한 소문은 피하도록 해야만 하니까.

우리는 곧장 마요르카 섬을 향해 출발하고, 포르멘토르에서 한 달 머문다. 그러는 동안에 여름 휴가가 되므로 마르트도 우리가 있는 곳으로 온다. 만약 상대가 브랑카르가 아니라면 누나가 오다니 방해가 된다고 생각했겠지만, 이 경우에는 기분 전환이 될 것이므로 싫을 것도 없지. 기분 전환이라고는 해도, 섬에선 매우 한정되어 있을 터. 마르셀은 내게 물에 잠수해 고기를 잡는 법과, 수상스키를 가르치겠다며 의욕에 차 있다. 그렇게나 스포츠맨이었던 주제에, 쟝은 그 중 어느 것도 하지 않았다. 이상한 일이야.

나는 미망인이므로 교회에서 식을 올릴 수 있다. 마르셀은 반드시 그렇게 하겠다고 하고, 나도 그러는 편이 좋다고 생각한다. 시청에서 하면 매우 형식적이고, 눈 깜짝할 사이에 끝나고 만다. 훌륭한 교회에서 성대한 식을 올리고, 처음으로 장중한 느낌도 갖는 거야.

다만, 유감스럽게도, 이번엔 축복뿐이지, 커다란 미사는 받을 수가 없다고 한다. 쟝과 사별한지 얼마 안 되었기 때문이라면서.

첫 번째 때는, 지금도 생각이 나지만, 정말이지 멋있었다. 우선은 나의 최초의 결혼이며, 두 번째는 내가 아직 처녀였으므로. 하지만 그보다는 무엇보다 순백의 의상 탓이었다. 여자에게 의상이란 건 매우 소중한 거야. 결혼식의 감동도 반은 의상과, 베일과 그리고 뒤를 따라오는 귀여운 들러리 아이들에게서 생겨나는 것인걸.

교회는 꽃으로 가득하고, 내가 입장함과 동시에 파이프 오르간이 울려 퍼지고, 하객들은 모두 격식을 차린 옷을 입고, 몇 백 개나 되는 양초가 사랑스러운 빛을 던지고 있었지. 엄마는 물론 울고 있었어. 그리고 내가 지나가자 모두는 갖가지 다양한 칭찬의 말들을 서로 속삭였지.

비로드 기도대 옆에서 기다리던 쟝은 흥분했고 아름다웠다. 그 눈 속에는 얼마나 쟝이 나를 자랑스러워하는지를 읽을 수 있었지. 그래, 그 무렵의 나는 아름다웠어. 그리고 그렇게 젊었었는걸.

하지만 옛날 일을 말해 뭘 하겠는가. 이번 결혼식은 그 정도로 성대하지 않을 지도 모르지만, 그 가치에는 변함이 없어. 소중한 건 그것뿐이지. 센티멘털한 꿈을 꾸는 건 그저 슬퍼지기만 할 뿐이야. 내가 상복을 흰 걸로 한 것도 그때문인걸.

나는 머리칼이 블론드이므로 검정은 어울리지만, 한참을 계속 입으면 기분이 우울해진다. 흰색이라면 밝다고 할 것까지는 없지만, 뭐 그냥 견딜 만하다. 살쪄 보이는 결점이 있긴 하지만 다행스럽게도 나는 그럴 염려는 하지 않아도 된다. 게다가 검은 보석이나 진주 액세서리를 이용하면, 어디든지 갈 수 있다.

결혼식에는 멋진 옷을 만들게 해야지. 눈에 확 띄고 섹시한 것으로 말야.

머리는 위로 틀어 올려야지. 그러는 게 귀부인답거든. 그리고 마침내 보석을 사용할 수 있는 거야. 지난 몇 달 동안 보석을 달지 않는다고 해서 애도에 복종하는 것이 되는 걸까. 애도란 건 원래 마음 속으로 복종하는 것이지, 검은 옷을 입었다고 해도 마음 속으로 무슨 생각을 하는지는 알 수도 없잖아.

그런 위선적인 태도가 난 정말이지 싫어.

마르셀

나는 결혼했다. 마흔 다섯의, 독신주의자처럼 살았던 이 마르셀 브랑카르는 결혼을 했다. 그리고 이 세상의 그 누구보다도 행복하다.

행복과 불행은 아무런 조짐도 없이 갑자기 닥쳐오는 것인 모양이다.

겨우 1년 동안에 나는, 기나긴 평화로운 청년 시절 전체보다도 훨씬 다양한 경험을 했다. 아가트를 만남으로써 내 인생 자체가 완전히 달라져버렸다. 이렇게 그녀의 남편이 된 지금도 나는 이 행운이 믿어지지가 않는다.

하루 하루가 이곳 포르멘토르만(灣)의 멋진 경치 속에서 조용히 지나간다. 다른 남자들은 부러운 듯 나를 바라보며, 여자들은 잔혹한 시선을 나의 아가트에게 향한다. 아가트는 햇볕에 그을려, 그 어린애 같은 모습은 마치 작은 '타나그라' 인형을 떠올리게 한다. 그녀는 사랑스럽고, 재미있고, 부드럽고, 우아하다. 아니, 남자가 여자에게 바라는 모든 아름다운 점을 어떤 여자보다도 풍부하게 갖추고 있다.

결혼선물 상자에 나는 그녀에게 어울리는 선물을 넣었다. 모로코 땅의 등기서류다. 아가트는 그걸 하고 싶은대로 하겠지. 팔든 사용료를 받든 나는 상관없다. 그건 이미 아가트의 것이다. 나는 그녀에게 어울리는 선물을 할 수 있다는 것만으로도 아주 만족스럽다.

마르트는 반대했다. 누나는 아가트를 사랑하지 않는다. 그렇기는커녕 조금은 질투마저 하고 있다. 나는 그걸로 마르트를 그다지 원망할 생각은 없다. 여자라면 누구든지 나의 아내에게 질투를 한다. 아가트는 결코 뽐내거나 하지 않는다. 오히려 그녀는 관용 그 자체다. 마르트는 나이가 들었으니까 조금 변덕을 부리더라도 오히려 사랑해주고, 잘 보살펴드려야만 한다고까지 말한다. 그녀는 페를라크가 죽었을 때의 마르트의 마음씀씀이에 무척이나 고마워한다. 그러나 그 경우에 마르트는 의무를 다한 것에 지나지 않는다. 어린애나 다름없는 아가트가 그 정도의 시련에 맞부딪친 것이므로 우리가 보살펴주는 것은 당연한 일이었다. 그럼에도 불구하고 아가트는 자신이 행복해져도 자기보다 축복 받지 못한 사람들을 잊지 않는다. 이것은 매우 기쁜 일이다.

마르트는 앞으로도 결혼은 하지 않을 것 같다. 성격이 변해버렸을 뿐만 아니라, 요즘은 화장도 하지 않는다. 외모에 신경 좀 쓰라고 아가트가 친절하게 충고해 주었건만 여자들이란 좀처럼 이해할 수 없다. 뭔가에 기분이 상했는지 마르트는 뜻밖의 반응을 보였다. 아가트가 그런 말을 하는 것도 다 누나를 생각하는 마음에서 비롯된 것이련만.

누나는 이틀 뒤에 이곳으로 온다. 조금 거추장스럽다. 적어도 신혼여행 기간 정도는 둘이서만 조용히 지내고 싶었다. 그러나 나의 사랑스러운 아내가, 그다지 방해가 되지도 않거니와 이곳의 햇볕이 누나의 건강에 좋을지도 모르겠다고 한 것이다. 마르트가 지금까지의 태도를 고쳐줬으면 좋겠는데. 가시가 돋친 의견이나 장소에 어울리지 않는 불쾌한 행동은 이제 충분하다. 내 마음의 중심이 아가트에게 있다는 것을 누나가 잊지 않았으면 좋겠다.

처음에는 마르트도 아가트에게 친절했다. 지금까지 없었던 여동생이 갑자기 생겨난 듯이 끔찍이 여겼다. 마르트의 태도가 변한 것은 내가 결혼 계획을 얘기했을 때부터였다. 그때, 마르트는 심한 말을 했다. 잊으려 해도 이것만큼은 잊을 수가 없다. 넌 나이가 꽤 먹었다고 말했다. 이거야 뭐 홧김에 한 말이라 치고 그냥 넘어가도 된다. 그러나 넌 냉정한 판단력을 완전히 잃어버린 것이냐, 그렇다면 대체 아가트가 무슨 기분으로 너하고 결혼할 마음이 생겼다고 생각하느냐, 고 캐물었던 것이다.

나는 둘이 서로 사랑하기 때문이라고 대답했다.

그러자 마르트는, 넌 이제 멍청한 수준을 지나서 코미디를 하고 있다, 삼면(三面) 거울 앞에서 다시 한 번 생각하는 게 좋겠다고 했다. 아무리 생각해도 이건 친절이라고는 하지 못하겠다. 게다가, "아가트가 네게 달라붙는 건, 네가 5억 프랑을 손에 쥐려하는 통통한 봉제곰 인형이기 때문이야"라고도 했다.

아내에게 그 5억을 준 것은 사실 누나의 이 말 때문이기도 하다. 아가트는 물론 나의 친절에 고마워하긴 했지만, 그것에 대해 특별한 관심을 보이지는 않았다.

따라서 이것은 누나의 완전히 무의미한 심술밖엔 아무것도 아니다.

게다가 아가트는 경제적인 면으론 나를 필요로 하지 않는다.

이미 부자이며, 그 재산을 잘만 투자하면 평생 일하지 않고도 먹고 살 수 있다. 게다가 그녀의 아름다움은, 그녀를 위해 이름과 재산을 바치려는 남자가 얼마든지 있을 정도다. 그것을 거절했다면 그건 순전히 나 때문이다.

우리 둘은 서로가 매우 원만하다. 아내는 완전히 나를 신뢰하고 있다. 나이 차이가 있어서 나는 아내에게 이것저것 충고도 할 수 있다. 선생 노릇도 나쁘진 않다. 특히 나의 가르침을 받고 싶어하는 것은, 은행 문제와 외국 주권의 거래이다. 엄청난 자산가가 된 지금, 그녀는 그 투자를 신중히 하고 싶어한다. 그녀가 이만큼 이성적이 된 건 기쁘다.

나는 물 속에서 고기 잡는 법도 가르친다. 아가트는 수영은 서툴지만 고기 잡는 건 흥미가 있는 것 같고, 또 그만하면 재능도 있다.

머무는 동안에 삼각 돛이 달린 마죠르카 배를 한 척 빌렸다. 보드앵의 투 사이클 모터가 달려 있다. 우리는 과일을 싣고 남프랑스 쪽으로 항해를 하거나, 육지에서는 가지 못하는 만(灣)의 반대편으로 고기를 잡으러 가거나 한다. 그곳 후미는 바위가 움푹 패인 곳으로, 아주 작은 모래사장이 있다. 아가트는 그곳에서 일광욕을 하거나 과일을 먹거나, 휴대용 라디오의 감미로운 음악에 취하거나, 주의 깊게 햇볕에 그을리는 모습을 살피거나 한다.

그러는 동안에 나는 농어를 잡거나 바닷말을 모은다. 나는 아가트에게 성게도 잡아다준다. 그녀는 그걸 놀랄 만큼 많이 먹는다. 이윽고 아가트도 내가 있는 곳으로 온다. 물안경을 건네주고 나란히 수영을 하면서 둘은 함께 바다 속의 멋진 아름다움을 만끽한다. 아주 가끔이긴 하지만 아가트도 고기를 잡는 데 성공한다. 그러면 대번에 의기양양해져 큰소리를 친다. 그러나 그 뒤의 실망이 재미있다. 물 속에선 사물의 크기가 다르게 보이므로 자기가 잡은 커다란 고기가 사실은 요리도 할 수 없을 정도의 피라미이기 때문이다.
게다가 겨냥 방법도 좋지 않다. 벌써 몇 자루나 작살을 망가뜨렸는지 모른다. 고무 발사장치는 단단해서 아가트에겐 매우 힘든 모양이다. 그러나 나는 대신해주지는 않는다. 나는 선생으로서는 엄격하다.

오후엔 또다시 배를 탄다. 아가트와 낚시를 조금 해본다. 그리곤 돛에 맡기고 조용히 돌아온다. 본능적으로 그녀는 돛을 조종하고 바람을 맞아들인다.

나무들 사이로 호텔의 차양이 보이기 시작하면 곧장 우리는 옷을 입는다. 일하는 사람에게 배를 붙들어매게 하고, 우리는 테라스에서 해가 저무는 것을 바라보면서 아페리티프(식사 전에 식욕을 돋구기 위해 마시는 술)를 마신다. 그 다음에 방으로 들어가 샤워를 하고 저녁 식사를 위한 옷으로 갈아입는다. 그곳에서 아가트는 단연 빛나 보인다. 그녀의 자연스러운 우아함에 빛나는 보석이 더해져 나는 황홀해지고 만다.

낮에는 그만큼이나 나하고 가까웠고 어린애처럼 보였는데, 밤이 되면 훌륭한 여자로 변한다. 나는 언제나 그것에 놀란다. 같은 얼굴의 이 두 가지 면이 나를 기쁘게 함과 동시에 혼란스럽게도 한다.

저녁 식사 뒤에 우리는 테라스에서 춤을 춘다. 나는 되도록 그녀의 사랑스러운 발을 밟지 않도록 조심한다. 그래서 특별히 발뒤꿈치에 힘을 주기 때문에 블루스나 차차차가 오베르뉴의 시골 춤이 되어버린다. 그러나 관대한 아가트는 누구보다도 먼저 나의 서툰 솜씨를 놀려댄다.

그런 다음엔 기나긴 산책을 한다. 한 번은 산양을 쫓는 길을 지나서 펠트 드 폴렌자 어귀까지 걸어가고 말았다.

그때는 호텔로 전화를 해서 자동차를 불렀는데, 그걸 기다리는 동안 수상비행기의 격납고 앞 나무 밑에 앉았다. 다리 밑으로는 바다의 물결소리가 들려오고, 머리 위에는 밤하늘의 별이 끝도 없이 펼쳐져 있었다.

그것은 나의 마음 속에 사진처럼 강렬하게 새겨져 있다. 멋진 순간이었다.

아가트는 침묵의 가치를 안다. 그녀는 어떤 때라도, 그 장소에 어울리는 태도를 취할 줄 아는 사람이다.

마르트

나는 중성(中性)이 되고 말았다. 훼방꾼이며 못된 시누이에다가, 초대받지 않은 손님이 되어버렸다. 완전히 손해보는 역할이다. 그 어떤 것도 좋아서 그렇게 된 것은 아니지만, 주위 사정으로 인해 이 역할을 떠맡게 되었다. 선견지명이 없었던 것과 머뭇거리기만 하고 가만히 있었던 것이 지금은 유감천만이다.

처음엔 아가트에게 덤벼들고 싶었던 것이, 나 스스로도 팽개쳤던 노처녀의 질투 때문이라고 여겼다.

내가 최선을 다해 나 자신의 이런 감정과 싸우는 동안에 동생은 바보짓만 했다.

두려운 건 나의 걱정을 정당화할 만한 사실이 전혀 없다는 것이다. 있는 건 오로지 뭐라고 말하기 힘든 그때, 그 장소만의 인상과 전기 충격처럼 울려 퍼지는 본능의 목소리뿐이다.

병이 진전되어 신경이 날카로워진 것도 인정한다. 그러나 나는, 애써 객관적인 입장에 서고자 노력하고 있다. 나는 지금까지 나의 인생에서 적극적인 행동에 나설 기회가 별로 없었다. 연애, 모성애, 재능, 명성, 재산도 결국 주어지지 않았다. 그런 삶에 익숙해져 있었기에, 나도 수동적인 내 역할을 잘 살려 객관적인 연대기 작가가 되어 보려고 노력해 왔다.

반감이나 공감, 겉모습, 또는 달콤한 말에도 결코 영향을 받지 않고 살아온 나는, 이러한 공명정대한 역할이 오히려 마음에 든다. 경쟁에 뛰어들 자격이 없는 대신에, 다른 사람이 자신의 지위에 매달리거나 욕심에 사로잡혀 악착을 떨거나 하는 모습을 바라보는 것이 재미있었다.

그때문에 더욱 더, 새로 생긴 올케에 대한 이유 없는 의혹이 마음에 걸린다.

갱년기 증후군일까. 아니면 지금의 경계경보는 올바른 것인가.

마르셀에게 했던 행동은 좋지 않았다. 매우 구순하게 얘기했는데 언제부터인지 말다툼으로 옮겨갔고, 마침내는 심한 말까지 하게 됐다. 내가 했던 말은 결코 틀린 말은 아니었으나, 말하는 방법이 마치 시장골목의 싸움처럼 심해지고 말았다.

곧 후회하긴 했으나 일단 나와버린 말은 다시 주워담을 수가 없다.

결코 섬세하다할 특징을 가졌다고는 할 수 없는 마르셀은 자신의 사랑이 받아들여진 때문이라면서 어떻게 손도 대지 못하게 했다. 대화를 해보려 해도 결국, 지껄이는 것은 나뿐이다. 내가 나도 모르게 이성을 잃었던 것도 필경은 그때문이었으리라.

아가트에게 푹 빠졌어도 처음엔 그다지 걱정하지 않았다. 여자에 대한 흥미로 문제를 일으켰던 적은 단 한 번도 없었던 동생이다. 요새를 공략하기보다는 광장에서 가볍게 손에 넣을 수 있는, 빨래하고 장 보고 병치레하는 애들을 간호하는 틈틈이 바람 피우기를 일과처럼 하는 서민층의 여자로 만족했기 때문이다.

그러므로 여자의 역할은 마치 '칫솔'처럼 마르셀의 미래를 위태롭게 하는 일없이 오히려 건강에 도움을 주었다.

때문에, 아가트가 동생에게 약간의 희망을 준 것도 사실이었다. 그러나 페를라크가 살아 있는 이상 위험은 없었고, 죽은 뒤에도 곧바로 그럴 염려는 없다고 생각했었다.

아가트가 우리에게 완전히 매달린 것도 당연했고, 우리가 장례가 끝날 때까지 아가트의 뒤치다꺼리를 해준 것도 당연했다. 내가 갈피를 못잡기 시작한 건 그 뒤의 얘기다.

젊은 미망인의 슬픔이 동생의 순박한 가슴을 뒤흔든 건 이해한다. 그러나 미망인은 기댈 만한 우정 이상의 무엇을 동생에게 발견하게 된 것일까.

아가트가 우리에게 우정을 갖고 있는 것 같은 사실은 기뻤으나, 그 우정이 동생을 삼켜버린 건 묘하다는 생각이 든다.

마르셀은 연애소설의 주인공 같은 성격은 아니다. 사람은 좋지만, 젊고 예쁜 여자가 사랑에 빠질 만한 상대는 아닌 것이다. 내겐, 그 여자가 그물을 치는 것이 차츰 눈에 들어왔다. 모든 낚싯줄이 도움이 되고 있다. 시선, 한숨, 슬픔, 의뢰, 숭배, 그 어떤 방법을 시도해도 그녀는 확실하게 과녁을 맞혔다.

동생은 어째서 5억 프랑 얘기를 하고 말았던 것일까. 여자 앞에서 할 얘기는 아닌데. 정작 얘기한 당사자는 잊어버리고 있다. 그러나 그녀는 분명 잊지 않았다. 그 암고양이의 발톱은 길다.

미망인이 된 뒤로 손에 넣은 돈으로 살아가는 데 어려움은 없으리라. 그러나 그것과 5억 프랑의 재산은 비교도 되지 않는다.

바보처럼 순진한 동생은 그것을 알려고도 하지 않았다. 그걸 깨우치게 하려고 노력해도 애초부터 내 말은 들으려고도 않는다. 동생에게는 신성한 여신을 의심하는 따위는 당치도 않은 것이다.

다시 돌이킬 수 없는 일이 일어나려는 것을 깨달았을 때, 나는 애써 동생의 이익이 될 만한 계약 아래 결혼할 것을 울다시피 하며 당부했다. 어떻게든 미녀에게 과자의 몫을 주어야한다면 적어도 그것을 가르는 것은 동생에게 맡기고 싶었다. 동생의 신세를 생각해서 충고를 할 생각이었으나, 동생은 그것을 나의 욕심이라고 여겼는지 아니면 일부러 내게 한방 먹일 심산이었는지, 그것만큼은 절대로 해서는 안 될 일을 하고 말았다. 모로코 땅의 등기서류를 아가트의 손에 건네고 만 것이다. 정말이지 눈앞이 캄캄해지는 것도 정도가 있다.

마르셀은 자신이 한 일에 크게 만족하고, 게다가 행복하다고까지 생각하고 있다. 써보낸 달콤한 편지는 어느 것이나 미녀를 예찬한 경전 밖에 없다.

그 미녀는 좀처럼 빈틈이 없어서 신혼여행만 끝내면, 그때부터 천천히 이혼청구에 나서겠다고 작정하고 있는데.

이런 필연적인 귀결을, 그것을 나는 어떻게든 피하고 싶었다.

재산만 틀어쥐고 있으면, 마르셀도 여자를 붙들 수 있다. 그녀는 신중히 처신하지 않으면 손해라고 여기리라. 비록 상대가 타산적이든, 체면을 따지든 간에 내게 중요한 건 그로 인해 동생이 행복의 환영(幻影)을 계속해서 가지는 것이다.

나는 앞날이 두렵다. 동생 때문에 두렵다. 위협하고 있는 운명의 타격을 동생은 어떻게 맞이할 것인가. 모든 것은 한 번에 일어날 것이다. 여자가 재산을 갖고 도망치고, 그 환멸과 동시에 나도 마지막 숨을 거두려 할 것이다.

그 혐오스런 결혼식이 있은 뒤로 내 머릿속엔 그 생각 밖엔 없다.

두 사람이 입을 모아 포르멘토르에 와달라고 말했을 때 나는 화가 나서 이 초대에는 대답도 하지 않겠다고 다짐했다.

그런데도 내가 가는 것은 아가트를 감시하기 위해서이다. 그 여자가 동생에게 어느 만큼의 유예를 주는지, 그게 알고 싶기 때문이다. 완전히 모순되긴 하지만, 이것이 나의 오해이기를 지금도 바라고 있다. 하지만 비행기에서 내리자마자 곧 나는 어떻게 행동해야만 할지를 깨닫고 말았다.

두 사람은 나를 마중하러 자동차로 팔머까지 왔으므로, 차안에서 내내 두 사람을 관찰할 수가 있었다. 나는 동생을 사랑한다. 그럼에도 불구하고 보란 듯한 두 사람의 애정은 속이 메스꺼울 지경이었다. 아니, 완전히 난잡했다. 마르셀은 갓난아기처럼 혀 짧은 소리를 내면서 우쭐대더니, 유모가 되었다 아기가 되었다 혼자서 바빴다. 둘의 애기는 익숙하지 않으면 알아들을 수 없을 정도다.

동생은 사춘기로 되돌아간 것처럼, 아내의 손을 잡고 아침부터 밤까지 사진을 찍고, 시시덕거린다. 코미디 그 자체다.

아가트는 얼굴에 미소를 띠고 있다. 좋은 조짐은 아니다. 나에 대한 태도에는 일종의 도전마저 보인다. 내가 그녀의 인격을 꿰뚫어보고 있다는 건 알지만, 이제는 거리낄 것이 없다는 태도다.

사우나 같은 열기 속을, 두 사람의 낙원을 향해 우리를 태우고 가는 택시 안에서 나는 두 사람을 번갈아 가며 관찰했다.

마르셀은 폭포처럼 흐르는 땀을 훔치면서도 기분은 어지간히 좋은가보다. 완전히 젖어버린 손수건으로 얼굴을 닦고, 한쪽 손엔 아내의 손을 꼭 쥔 채 놓지 않는다. 웬일인지 그 모습은 중유(重油) 속에서 시합을 하는 캐나다의 레슬러를 연상시켰다.

두 사람 다 땀으로 뒤범벅이다. 답답한 공기 속에 매미 소리가 집요하다. 가끔 호박벌이 날개소리도 엄청나게 창문으로 날아 들어와 두 사람에게 휘감겼으나, 차안의 법석에 이윽고 쫓겨난다.

아가트는 풀을 잘 먹인 장밋빛 옷을 입고 있다. 리본으로 머리를 포니테일로 묶고, 양말을 신지 않은 발에 샌들을 신고 있다.

다섯 시간 전에 파리를 막 떠난 나는, 아직 코르셋을 입고 양말을 신었으며, 옷에는 어울리지만, 아무런 장식도 없는 갈색 구두를 신고 있다. 회색과 검정 꽃무늬가 있는 이 옷도 마죠르카의 강렬한 태양과는 어울리지 않으며, 어깨에 멘 백은 여행에는 무척이나 편리하지만,

이러고 있으니 마치 버스 차장 같다. 회색의 머리칼이 그런 모습에 딱 어울린다는 것도 안다. 그러나 지금은 오직 하나의 희망 밖엔 없다. 호텔에서든, 바다에서라도 좋으니 물을 뒤집어쓰는 것, 그것뿐이다. 수영과 하이킹은 내가 가장 좋아하는 스포츠이므로 기회만 있으면 그것에 푹 빠져든다.

마르셀은 몬테카르디가(家)와, 그곳 조선소에서 만들고 있는 돛이 셋 달린 배 얘기를 하면서, 내일 수영하기 전에 보러 가자고 말을 꺼냈다.

나는 특별히 그게 필요하다고는 생각지 않는다. 지금까지 몬테카르디가 따윈 모르고도 잘 살아왔고 이제 그 집안을 알게된다고 해서 특별히 달라질 것도 없다.

하지만 동생은 그 집안에 대해선 모르는 게 없다는 듯이 이 조선업자가 영국 마가렛 공주와 염문을 뿌린 어느 귀족에게 딸 하나를 시집 보내 귀족이 되었다는 등 미주알고주알 읊어댔다.

나는 그렇게 에둘러 말하는 말솜씨와 섬세한 단어의 사용에 질려서 동생에게 일어난 변화를 바라만 보고 있었다.

불과 몇 달 동안에 아가트는 방해물을 제거하고 광맥을 파낸 것이다.

동생은 그 뒤에, 파리로 돌아간 뒤에 살게 될 레이누아르가(街)의 저택 얘기를 시작했다. 아가트가 독특한 실내장식을 할 것이라고 했다. 그건 얘기를 들을 것까지도 없다. 그러나 동생은 아가트가 실내장식 사업을 좀더 본격적으로 해나갈 것이라고 한다. 물론 돈 때문이 아니라, 예술을 위해서라고 한다. 나는 기분이 나빠지지 않도록 조심하면서 아가트가 미술학교 출신이기라도 한지, 그도 아니면 그런 사업에 자신을 가질 만한 미술적 감각이 있는지를 물어보았다.

미소를 지으면서 아가트는 기술적인 점은 교묘하게 어물쩍 넘어가고, 전부터 그런 재능을 느껴왔다고 말했다. 재능 얘기를 한다면 나라도 예술가가 되겠다.

자동차는 금빛 흙먼지 속을 달리고 있다. 바위가 많고, 빈약한 올리브 나무가 흩어져 있는 헐벗은 경치는 가시가 돋친 지금의 내 심정과 잘 조화되고 있었다.

마르셀은 나의 이런 좋은 기분에 바퀴를 달기라도 하듯, 최근에 몇 명의 환자를 죽였느냐고 물었다. 이런 악취미의 농담은 벌써 몇 번이나 반복했는지 모른다.

나는 간신히 가슴을 치받는 경련을 억눌렀다. 지금 여기서 폭발했댔자 아무런 도움도 되지 않는다.

"물은 따뜻하니?"

그렇게 물으면서 화제를 돌렸다.

"훌륭해." 마르셀이 대답하자 "무척 기분 좋아요"라고 아가트가 반복한다.

"형님은 수영을 굉장히 잘 하신다면서요. 두 사람하고 비교하면 전, 꼴불견이에요."

"하지만 가장 아름다운 건 당신이야."

내게도 이의는 없다. 그러나 굳이 말할 필요는 없는 것이었다. 마르셀은 계속했다.

"이 사람은 아주 좋아졌어. 게다가 이런 젊음이라면 스포츠 따윈 언어하고 똑같아. 자연히 배워버리지."

어머나 세상에! ……

"형님께는 바다를 향한 방을 잡아두었어요."

그러나 마르셀은 대번에 입을 잘못 놀렸다.

"아니, 방은 모두가 다 바다를 향하고 있어. 이곳 사람들은 굉장히 머리가 좋아. 방 하나 하나마다 모두가 바다를 향한 테라스가 나 있거든."

어쨌거나 나는 감사를 표했다. 지하실에서 감자나 고물 자전거와 함께 지내라고 해도 나같은 건 불평할 처지가 못 되니.
"배도 있어요. 끝이 뾰족한 귀여운 배인데, 기다란 안테나가 달려 있어요."
"어째서지. 너희들 텔레비전이라도 싣고 다니니?"
마르셀은 더위에도 전혀 아랑곳 않고 무릎을 꿇어가며 폭소를 터트렸다. 그러더니 땀을 훔쳐가며 웃음을 수습한 다음 설명을 했다.
"안테나라는 건 말야, 삼각 돛을 단 가로목을 말하는 거야."
그러나 동생도 그걸 안 것은 극히 최근의 일일 터였다.

두세 번, 동생은 내게 경치를 보이기 위해 자동차를 세웠다. 그건 친절한 마음씀씀이였으나, 심신이 피곤한 내게는 그 아름다움을 감상할 여유가 없었다. 그런데도 나는 그때마다 택시에서 내려서 고무바닥이 달린 구두로, 타는 듯한 땅위에 섰다. 강렬한 빛에 눈을 깜박이며 걷자, 레이온 옷이 피부에 달라붙었다. 그걸 벗으면 몸 속에 옷의 무늬가 새겨져 있을 게 틀림없었다. 나는 기계적으로 깃 주위의 잔머리를 훑어 올리면서 물보라를 일으키며 바다로 뛰어드는 해수욕하는 사람들을 바라보았다. 모두가 햇볕에 그을려 혼혈인처럼 보였다.

"한 번 뛰어들지 않겠어?"라고 마르셀이 제안했다.
나는 어두운 눈길을 마르셀에게 던졌다. 나의 수영복은 자동차 지붕에 꽁꽁 묶어놓은 커다란 트렁크에 들어 있다. 그것을 꺼내려면 여행도구와 모든 짐을 내려야만 한다.

이런 절벽 위에서 운전수와 가족의 눈앞에서 뱀베르그 속옷 가게를 열고, 약과 추리소설 컬렉션을 펼쳐 보이는 게 어떠냐고 묻는 것인가.

설사 이런 해학적인 일에는 눈감아 줄 수 있다 하더라도 마치 속껍질 같은 피부를 보이면서 수영복으로 갈아입을 수는 없다.

비록 소심한 노처녀라는 소릴 듣더라도 창피를 무릅쓸 수는 없다.

물론 카라 산 빈센테는 꿈을 꾸는 것처럼 아름다웠다. 절해의 고도인 것 같기도 한데, 바다는 터키석 색이고, 종려나무가 산들바람에 흔들리며, 통나무 뗏목이 곶을 돌고 있었다.

한 방갈로에서 심한 마르세유 사투리가 들려왔다.

"어때, 다시 트럼프라도 하지 않겠어."

덕분에 신기루는 사라지고 말았다.

마르셀은 이 사라지지 않는 추억을 필름에 새기고 있다. 둘은 자동차에 기대었고, 나는 신발을 털어서 안에 들어간 잔돌을 털어 내고 있었다.

우리는 예술에 바친 이 막간 연극 뒤에 또다시 차를 타고 저녁때가 다 되어서 포르멘토르에 도착했다.

호텔 정원의 아름다움이 피로와 더위를 물리쳐주었다. 아가트는 내게 쉴 것을 권하면서, 아페리티프를 마실 때쯤 테라스에서 기다리겠다고 했다. 올케는 다행히 그런 사교적인 것은 터득하고 있다. 덕분에 폭발을 나중으로 연장시키는 것도 가능했다.

나는 방으로 들어가자마자 옷을 벗고 목욕탕으로 뛰어들었다.

상쾌한 물 아래 있자 옛날 여름 휴가 때의 흥분이 되살아났다. 나는 피부가 시원해지고 거의 차가워질 때까지 물을 뒤집어썼다. 그리고 샤워를 하고 난 뒤에는 나도 모르게 콧노래를 부르고 있음을 알았다.

트렁크에서 나일론으로 된 에버 플리트 옷을 꺼내, 맨발에 마포(麻布) 운동화를 신고, 산뜻하고 흐르는 듯한 머리칼을 드레시하게 위로 틀어 올렸다.

옅은 화장을 하고 매니큐어도 한 번만 칠하고, 향수 스프레이를 몸에 뿌리고 나서 테라스로 내려갔다.

두 사람은 없었다.

커플 몇 쌍이 데크 의자에 길게 앉아서 이야기를 하거나 책을 읽거나 하고 있다. 나는 곧장 카운터로 가서 의자에 걸터앉았다. 해군대장 같은 몰이 달린 흰옷을 입은 바텐더가 무엇으로 하겠느냐는 말로 맞았다.

"위스키 더블."

그렇게 말한 나는 바텐더의 눈에 희미하게 놀라는 빛이 보였으므로 분명하게 덧붙였다.

"물론, 드라이한 것으로요."

나는 알코올 중독은 아니지만 가끔 독한 술을 각성제 대신에 마시는 건 두려워하지 않는다. 특히 지금은 몸을 대단하게 여겨봤자 아무런 소용이 없다. 나는 담배에 불을 붙이고는 다리를 포갰다. 누가 뭐래도 나는 자유로운 여자다. 그런 입장을 분명하게 하는 건 나쁘지 않은 기분이다.

동생 내외는 빈 잔을 손에 들고, 작은 장밋빛 새라도 찾는 것처럼 미소 띤 얼굴로 허공을 바라보는 나를 물끄러미 쳐다보았다.

마르셀은 진한 청색 알파카를 입은, 전에 본 적 없는 세련된 모습이다. 그의 아내는 변함 없이, 마네킹 인형의 행렬에서 빼내오기라도 한 듯한 차림새였다.

우리는 식당으로 옮겼다. 벽은 돈키호테의 일생에 일어났던 일을 그린 벽걸이로 뒤덮였으며, 은색 브라켓에 양초의 부드러운 빛이 흔들거리고 있었다. 묵직한 주름을 바닥까지 늘어트리고 있는 하얀 테이블보 위에 꽃과 과일을 가득 담은 바구니가 색채를 더하고 있다.

메뉴는 양피지 두루마리에 쓰여 있으며, 스페인을 나타내는 색깔 리본이 납 봉인으로 달려 있다. 중세 무사들의 진지 같은 분위기는 대번에 내 마음에 들었다. 우리 작은 가족은 곧장 바다에 가까운 테이블에 앉았다. 커다란 들창 하나가 밤의 냉기로부터 우리를 지켜주고 있다.

조용히 흐르는 음악과 함께 포타쥬가 날라져왔다.

"이곳에 계시는 동안, 즐겁게 지내셨으면 기쁘겠어요"라고 아가트가 말했다.

"요리는 훌륭해. 마치 집에서처럼"라고 마르셀이 말했다.

하긴 바스티유의 작은 우리 집도, 거창한 호텔의 호화로운 요리에는 손색이 없었을지도……

아가트에게는 나를 초조하게 하는 데가 있다. 교외에 있었던 그녀의 원래의 집에서도, 파리의 내 집에서도, 그리고 이곳 스페인의 호텔에서도 아가트는 언제나 자기 집에 남을 맞아들인 것 같은 표정을 짓는다. 그녀가 어떤 방법을 써서 그런 느낌을 남에게 주는지는 모르지만, 처음 나온 래디시 하나를 먹을 때부터 빚을 진 듯한 느낌이 든다.

이 호텔도 자기가 지은 것 같은 표정을 짓는다. 마르셀은 이미 그렇게 여기고 있다. 아주 자랑스럽게 이 호텔의 실내장식이 자기 아내의 걸작인 것처럼 세세하게 설명해준다.

나는 들러리 역할을 맡아 즐거운 기분에 빠지게끔 생겨나지가 않은 모양이다. 연인들과 마주 대하는 것만큼 어려운 것은 없다. 연인들은 앞에 앉아 있지만, 특별한 세계에 갇혀 있어서 이쪽에선 그 세계의 습관이나, 그들 음성의 의미나, 한도 끝도 없는 웃음을 알 수가 없다.

그런 이유로 우리는 완전히 다른 세계에 틀어박힌 채로 공통의 여름휴가를 시작한 것이었다.

나의 올케가 컨디션 때문에 수영을 할 수가 없어서 도착할 때부터 이야기를 들어왔던 후미에는 당장은 가지 않기로 했다. 그곳엔 며칠쯤 뒤에 안내를 받기로 하고, 내일은 배로 만의 반대편인 아르신디아에 점심 식사를 하러 가고, 그 다음 날은 차를 빌려서 팔머에 투우를 보러 가기로 했다. 상당히 괜찮은 테너가수가 한두 명 있고, 그 외에도 신인이 많이 있는 것 같아서, 어쨌든 이곳 스페인의 영혼 그 자체라고도 할 만한 분위기를 맛보는 것은 나의 의무라고 마르셀은 굳게 말한다. 그 뒤에 우리는 서서 술을 마시는 재미있는 술집에 가서 시큼한 포도주를 마시고, '탬퍼(스페인 과자)'를 먹었다.

동생은 자기가 완전한 탐험대장이라도 된 양, 나의 휴가를 내 의견은 전혀 상관하지 않은 채, 예상하고, 계획하고, 결정하고, 단행해 버린다.

아가트는 전혀 마음이 없는 것처럼 천장을 향해 담배연기를 뿜어대거나, 때로는 한창 이야기하는데 마실 것이 필요하다거나 카디건을 갖다달라는둥 해가면서 방해를 하기만 할 뿐이었다.

즉, 모든 것은 사전에 계획되어 있었던 것이다.

아가트의 컨디션이 비극을 초래한 것일까, 그도 아니면 이런 지연도 연출 속에 들어 있었던 것일까. 그건 끝내 알 수 없을 것이었다. 어쨌든 사건은 차례로 일어났고, 더구나 그 하나 하나가 완전히 조합을 이뤄 마치 퍼즐을 맞추는 것처럼 이루어지고 있었다.

시한폭탄의 준비는 완벽하게 마련되어 있었다. 내가 나타난 것만으로 도화선에 불이 붙은 것이었다.

마르셀

우리는 어제 또다시 아르신디아에 갔다. 마르트와 내가 수영을 하는 동안에 사랑스러운 아가트는 레스토랑 정원의 데크 체어에 누워서 책을 읽고 있었다.

가련하게도 그 전날, 투우를 보러 팔머에 갔던 때의 흥분이 좋지 않았던 모양이다.

그런 구경거리를 본 것은 처음이었으리라. 소의 돌진과, 피카도르의 잔혹함, 그리고 동물이 흘리는 피가 그 사람을 깜짝 놀라게 했다. 내 옆에서 창백해져서는 떠는 모습이 느껴졌다. 나는 소가 죽음을 당하기 전에 나가자고 했으나, 그녀는 쉰 목소리로 떨면서 싫다고 했다. 내 팔을 붙든 손에는 경련하는 것처럼 힘이 들어가 있었다. 눈을 크게 뜬 채로 그녀는 한 마디도 않고 여섯 번에 걸친 마지막까지 계속 지켜봤다.

나는 그녀가 보여준 희생적인 노력에 감사함과 동시에 크게 반성도 했다. 그런 야만스런 것을 보여줌으로써 언제까지나 기분이 개운해지지 않을, 그런 것을 보게 한 것은 정말 나빴다. 하루가 지나서도 아가트는 아직도 괴로운 듯 바닷가에도 함께 가려고 하지 않았다. 나는 곁에 있어주고 싶었으나 누나를 내팽개칠 수도 없었다. 다만 수영 시간을 줄이긴 했다. 누나와 함께 물 속의 고기를 한동안 잡았을 뿐이었다. 마르트는 숭어 두 마리와 넙치를 한 마리 잡았다. 곰치도 잡으려했으나 내가 말렸다. 그 물고기는 매우 잔혹해서 한 번 상처를 입으면 거꾸로 공격적이 되어 끝까지 덤벼들면서 떨어지지 않는다. 마르트가 아무리 고기를 잘 잡는다 해도 사고는 피하고 보는 게 가장 상책이다.

나는 일광욕을 하는 마르트와 헤어져 아내가 있는 곳으로 돌아갔다. 책을 무릎 위에 올려놓고 그녀는 낮잠을 자고 있었다. 자는 모습을 나는 한동안 바라보았다. 잠을 잘 때는 완전히 어린애처럼 되는 그 표정은 언제나 나에게 감동을 주는 것이었다.

아직은 말할 용기가 없지만 오래 전부터 나는 진심으로, 만약 신께서 아이를 내려주신다면, 정말이지 나만큼 행복한 사람은 없으리라고 생각해왔다. 장차 거추장스러운 짐이 될 그런 계획을 짜기에는 내가 너무 나이를 먹은 건지도 모르겠지만 우리들이 그냥 커플이 아닌 가족이 된다면 이 행복이 훨씬 완벽해질 것 같았다. 물론 긴급을 요하는 것은 아니다. 나는 중년이지만, 그러나 신혼초임에는 틀림없으니까.

다만 한 가지, 아가트에게는 말하지 않았지만, 걱정스러운 일이 있다. 그녀는 나를 만나기 전에 7년 동안의 결혼생활을 했다. 그런데도 어째서 아이가 생기지 않았던 것일까.

그건 이상한 일이긴 하지만, 그녀에게 나는 아직도 넘기 힘든 조심스러움 같은 것이 있기 때문에 상처를 입히거나 화나게 하는 거라면, 이런 고통스러운 의문도 나 혼자만 간직하는 편이 낫다고 각오하고 있다.

고통이라고 한다면 페를라크와 그녀의 관계도 내게는 무척이나 괴롭다. 질투 가운데서도 과거에 관한 것이 가장 좋지 않다는 건 알고 있지만, 페를라크가 나보다 훨씬 젊고 멋있었던 것은 떠올리지 않을 수가 없다. 그녀에게 캐묻는다 해도 아무런 도움이 되지 않는다는 것은 알고 있지만, 그런 만큼 괴로운 자문자답으로부터는 벗어날 수가 없다.

여자의 심리란 건 정말이지 신비로워서 말과 생각이 전혀 다르다. 생각이란 것도 그때그때의 기분에 따라 바뀌고, 한편으로는 헤어질 심산이면서도 동시에 구체적인 사랑의 표시를 보이는 것도 가능하다. 그렇다면 심문을 한댔자 아무런 소용도 없다.

그러나 이것도 쓸데없는 걱정인지도 모른다. 아가트는 아직 어린애다. 아니, 정은 깊지만 속된 일에 연연해하지 않는, 품위가 있는 새끼고양이인 것이다. 남에게 줄 것은 많지 않은 지는 모르지만, 남의 호의를 받아들이는 기술은 매우 잘 터득한 선택받은 인종의 하나인 것이다.

몇 번인가 나는 갑자기 그녀의 눈을 보았다. 그리고 그 눈에서, 나에게서 몇 천 킬로미터나 떨어진 곳을 바라보고 있는 듯한 시선을 느꼈다.

그럴 때는 주위의 상황도, 함께 있는 사람도, 하던 얘기도 그녀의 마음에는 이르지 못한다. 다른 사람에게서, 내게서, 훨씬 머나먼 곳의 상아탑에 틀어박혀 내가 알지 못하는 운명을 꿈꾸고 있다. 눈초리는 특별히 슬픈 것 같지는 않지만, 어딘가 다른 데를 향하고 있다. 그런 모습을 보는 건 괴롭다.

그녀가 과거의 생활과 내가 부여한 생활을 비교해보는 건 아닐까, 그것이 걱정이다. 페를라크를 생각하면 고문을 당하는 것 같다. 그의 죽음이 아가트에게 깊은 슬픔을 주었다는 건 안다. 사려가 깊은 그녀가 이렇게 재혼한 지금, 그 얘기를 할 리도 없다. 그러나 마음 저 깊은 곳에선 남모르게 양쪽을 비교하고 있는 게 틀림없다. 그 비교의 결과는 과연 내게 유리할 것인가.

그녀는 나에 대해 그 정도로 친절하고 참을성이 강하기 때문에 이런 쓸데없는 걱정은 하지 말아야하는지도 모른다. 다만 거의 언제나 그녀는 내게서 멀어지고, 그녀 자신으로부터도 빠져나가 버린다. 나의 애정도, 우정도, 그런 때에는 아무런 도움도 되지 않는 것일까.

오늘 아침에도 아가트는 발코니에서 언제나처럼 알지 못할 곳을 응시하고 있었다. 내가 팔에 손을 대어도 모르는 것 같았다. 그래서 나는 살며시 그녀의 목덜미에 키스를 했다.

마치 몽유병 환자를 갑자기 깨운 것 같았다. 무의식적으로 펄쩍 물러나더니, "깜짝 놀랐어요"라고 말했다.

둘 사이에 이런 일이 있어도 괜찮은 것일까. 나는 안심시키기 위해 그녀를 팔로 안으려했다. 그러나 그녀는 몸을 돌렸다. 물론 거칠지는 않게, 반쯤은 사과하는 것처럼 보이기조차 했다. 그리고는 그대로 데크 체어에 누워서는 물끄러미 나를 쳐다봤다. 나는 정말이지 난처한 생각이 들었다.

그녀의 입 주위는 언제나처럼 미소짓고, 두 손은 우아하게 턱 밑에 깍지를 끼고는, 약간 기울인 얼굴에 양쪽으로 벌꿀색의 머리칼이 드리워져있다. 그러나 나를 물끄러미 바라보는 두 눈에는 부드러움도, 달콤함도 없이, 그저 나를 쳐다보고만 있었다. 우리는 갑자기 두 사람의 외국인이 되어버린 것 같았다.

나는 둘 사이에 갑자기 떡 버티고 선 거대한 벽을 때려부술 방법이 생각나지 않았다. 분명히, 약간은 바보처럼 웃으면서 그녀의 이름을 중얼거렸던 것 같다.

그러자 갑자기 모든 것이 원래대로 돌아왔다. 그녀의 눈은 내게서 떨어져 경치로 옮겨갔다.

그녀는 하품을 하면서 기지개를 켜더니 말했다.

"기뻐요. 오늘은 수영을 할 수 있겠어요."

지금은 이렇게 셋에서 나란히 작은 배를 타고 후미를 향해서 가고 있는데도 나는 문득 그 생각이 나서 떨쳐지지가 않는다.

마르트가 키를 잡고, 아가트는 일광욕을 위해 뱃전에 누워 있다.

한 손을 물에 담그고 다른 한 손으로 베개를 짚고 있다. 배가 옆으로 흔들릴 때마다 그녀의 옆얼굴이 보인다.

배가 물결 사이로 나아가면 물방울이 덮쳐오는데도 그녀는 미동도 않는다. 태양 빛을 받아서 호박색으로 빛나는 매끄러운 피부를 커다란 물방울이 천천히 굴러갈 뿐이다.

부릉부릉 하는 모터소리가 물결 소리를 지우고 있다. 돛은 약간 느슨해져 배를 전진시킬 힘은 없지만 옆으로 흔들리는 걸 막아주기는 한다.

바구니 안에는 멜론과 포도, 그리고 복숭아가 들어 있다. 앉는 곳 밑에는 릴낚시와 화살이 달린 수중총, 셋으로 갈라진 작살, 코바늘과

오리발, 그리고 환기구가 달린 물안경이 우리의 대량학살에 도움이 되고자 준비하고 있다.

아가트도 오늘은 고기를 잡겠다고 말했다. 바람은 포난트에서 불고 있으므로 만의 안쪽은 파도가 잠잠하리라.

우리는 수면에 거의 스칠 듯 떠 있는 커다란 해파리와 마주쳤다. 그것은 무리를 지어 이동하는데, 위험스러운 것이며 모양이 독버섯과 매우 닮았다.

벌써 절벽의 바위가 선명하게 보였다. 어느새 눈앞으로 성큼 다가온 바위 절벽을 오른쪽으로 돌아 만의 안쪽으로 향했다. 그 곳은 물이 셀로판처럼 맑아서 바닥에 비치는 물고기 그림자가 물고기와 함께 움직이고, 모래바닥에 게가 남긴 발자국마저 투명하게 들여다보인다.

만으로 들어가면서 나는 돛을 한 쪽으로 밀었다. 조심성 있는 마르트는 바위를 피하기 위해 곶을 크게 돌고 있다. 아가트가 하품을 하면서 일어난다. 햇빛을 너무 많이 쬐어서 조금은 멍하다. 나는 모터를 멈춘다. 배는 관성 힘으로 조용히 미끄러진다. 닻을 내린다. 물이 닻의 낙하에 브레이크를 걸지만, 마침내 모래 구덩이에 걸린다.

바위로 둘러싸인 이 곳은 육지에서는 오지 못한다. 하늘은 절벽 위로 입을 벌리고 있고, 그 곳에 솜 같은 구름이 떠있다. 강한 빛에 색이 옅어지고, 물의 반사에 눈앞이 아찔하다.

나는 비를 피하기 위한 천막을 쳤다. 이것으로 배에서 낚시를 할 때도 얼마간 그늘이 생긴다.

마르트가 물로 뛰어든다. 아가트가 물안경과 스노클을 건네고 있다. 마르트는 오리발을 착용하지 않는다. 맨발로도 비슷할 정도로 빠르게 수영을 하기 때문이다.

아가트는 뱃머리에 앉아서 두 발을 물에 담그고 있다. 아직도 멍해서, 여전히 졸고 있는 것 같다. 그 사이에 먼저 내가 물고기를 쏘아야겠다.

두 사람을 위해 주문한 수중총은 내일 팔머에서 오기로 되어 있다. 그것이 도착하면 다 같이 할 수 있다. 다만 그것은 물고기를 쫓아내는데 가장 좋은 방법이라고 하는 편이 나을 정도이긴 하지만.

나는 배 위에서 준비를 한 다음 오른쪽 뱃전에서 천천히 몸을 담갔다. 아가트가 총을 건네준다.

수중 세계의 아름다움이 아낌없이 펼쳐지고, 이때부터 나는 완전히 다른 세계의 다른 사람이 된다. 나의 의식은 엷어지고 일종의 동물처럼 되어서 마음이 내키는 대로 산책을 겸한 사냥에 나선다. 시간이 존재하지 않는다. 나는 바위 하나하나의 갈라진 틈이나, 샛길도 기억하며, 어디에 커다란 사냥감이 숨어 있으며, 하루 중에 언제가 가장 잘 잡히는 지도 안다.

수중 세계에는 일종의 커다란 북이 있는지, 첫 번째 물고기가 잡히자마자 그것을 울려 급한 소식을 알리는 모양이다. 그러나 그때까지 물고기는 나를 보고도 못 본 체 하며, 그다지 두려워하지도 않는다.

5밀리가 채 되지 않는 감청색 잡어떼가 구름처럼 내 뒤에서 다가온다. 내가 멈추면 그들도 멈추고, 내가 자맥질을 하면 같이 자맥질을 하고, 뒤돌아보면 달아난다. 이들 충성스러운 고기떼는 날마다 행동을 같이 한다.

나는 곶의 뾰족한 끝에 다다른다. 바위에 부서진 파도가 나를 흔들고, 맑은 물이 갑자기 탁해진다. 바위의 움푹 패인 한 곳에 커다란 농어가 숨어 있을 터였다. 벌써 두 번이나 시도했다가 놓친 녀석이다. 난 녀석이 은신처에서 나오는 때가 아니면 쏠 수가 없다. 그렇지 않으면 작살에 찔려도 상처를 입은 채로 바위의 갈라진 틈으로 달아나 그곳에서 죽어버린다.

나는 깊이 자맥질을 해서 모습을 살폈으나 녀석의 집은 비었다. 녀석은 산책을 나간 모양이다. 물고기를 찔렀을 때 바늘이 열리는지 어떤지 나는 작살 끝을 다시 살폈다. 그게 제대로 되어 있지 않으면 배까지 끌어올릴 수가 없다.

  나는 긴장으로 흥분했다. 농어는 거물이다. 멀리 얕은 해안에서 여자를 낚는 것과는 격이 다르다.

  오랫동안 나는 절벽을 따라 헤엄친다. 숭어 떼가 지나갔지만 일을 그르치지 않기 위해 지나가게 내버려두었다. 그때, 갑자기 우리는 우연히 맞닥뜨렸다. 물 속에서 녀석은 엄청나게 크게 보인다.

  놈은 동그란 눈으로 나를 쏘아보고는 그 커다란 입으로 악을 올렸다. 나는 움직이지 않는다. 옆으로 향해주기를 기다린다. 그래야 목표가 커진다. 그러나 녀석도 움직이지 않는다. 희한하다는 듯, 재미있다는 듯, 나를 계속 쳐다보고만 있다. 무서워하는 모습은 없으며, 오히려 훌륭한 기분전환으로 삼을 모양이다. 녀석의 단조로운 생활에서 내 모습은 무척 신기하게 보이겠지. 앞으로 몇 초 뒤에는 나는 숨을 쉬러 수면으로 나가야만 한다. 나는 조용히 옆으로 돈다. 그러나 움직이지 않는 것 같으면서, 상대도 동시에 나를 향한다. 그래서 나는 천천히 떠오르기 시작한다. 물고기는 깜짝 놀라서, 분명 재미있어졌겠지, 나를 따라 오르기 시작했을 거다. 나는 깊이 숨을 들이마시고는 또다시 자맥질을 한다. 그 술렁임에 놀라 녀석은 번개처럼 빠르게 멀리 가버렸다.

  나는 속으로 재수 없다고 생각했으나, 이윽고 검은 그림자가 또다시 다가오는 것을 보았다. 다시 녀석이 동정을 살피러 온 것이다. 나는 몸을 뒤집는다. 이번엔 똑바르게 누웠다. 나는 망설이지 않고 정확히 쏜다.

  물 속에서도 작살이 박혔을 때의 충격음이 들렸다. 물고기는 순식간에 정신 없이 달아났다. 나는 총을 움켜쥐었다. 그러나 잠깐 사이

녀석은 나의 7미터나 되는 나일론 줄을 팽팽하게 잡아당겼다. 상처에서는 많은 양의 피가 뿜어져 나왔고 떨어져 나온 살이 넝마처럼 늘어뜨려져 있다. 맛난 요리가 생겼다며 다른 물고기가 모여들었지만, 조심스럽게, 가까이 다가들지는 않는다. 녀석은 죽지 않았다. 아직 위험하다. 나는 있는 힘껏 저항했다. 물고기는 본능적으로 자기 집으로 나를 끌어당긴다. 그 곳에 숨어서 죽을 작정인 모양이다.

총을 쥔 손에 엄청난 힘이 가해지고, 그때마다 나의 균형이 허물어진다. 어떤 바위에도 기댈 짬이 없다. 녀석은 80킬로그램의 나를 문어처럼 끌고 간다.

1분이 지났을까 그동안에 수중 세계는 모습을 바꾸었다. 포획물은 고통스러워하고 자맥질을 한다. 그 주위에는 뿜어져 나온 피가 반투명의 안개로 솟아오르고, 나일론 줄 끝에 작살의 진동이 나의 손끝에까지 전해진다. 갈라진 바늘 끝이 살을 파고들어가니 그 고통은 어떤 것보다 훨씬 격렬한 것임에 틀림없다. 나는 총을 경사지게 두 손으로 쥔 다음, 무슨 일이 있어도 놓지 않겠다고 다짐했다.

거칠게 몸부림치는 농어는 그로 인해 지쳤다. 나도 지쳐서 수면으로 나가 호흡을 하는 시간이 차츰 길어졌다.

갑자기 나는 내 밑을 검은 반점이 있는 갈색 리본이 떠가는 것을 보았다. 처음엔 바닷말인줄 알았으나, 리본은 물결을 치면서 앞으로 나아간다.

곰치다.

물 속에서는 커다랗게 보인다는 점을 감안하더라도 저건 1미터 반은 충분히 되는 데다가, 내 팔뚝 정도의 굵기는 되었다.

구역증이 내 가슴을 덮쳐왔다. 나는 수면 가까이서 몸을 비틀면서 곰치에게서 눈을 떼지 않고 있었다. 곰치는 눈을 크게 뜨고 나의 농어에게로 향한다.

순식간에 곰치는 포획물에게 뛰어들어, 그 턱으로 상처 가까이서 한 덩이의 살점을 물어뜯었다.

농어의 몸은 그 충격으로 움찔 하고 흔들렸다. 곰치는 또다시 공격한다. 농어의 움직임은 경련을 할 때마다 조금씩 약해졌다. 마침내 곰치가 물어뜯을 때에만 전기충격이 나일론 줄에 전해지게 되었다. 한번 물어뜯을 때마다 곰치는 약간 뒤로 물러섰다가 반동을 가해 한층 세게 달려든다. 반쯤 벌린 그 입에는 날카로운 이빨이 규칙적으로 늘어서 있다. 반점이 있는 얼룩진 몸은 물결치고, 물어뜯고, 또 물결쳤다가는 물어뜯는다.

나의 포획물은 이미 내장까지 물어 뜯겼다. 그러자 그때까지 이 비극 가까이서 물끄러미 바라만 보던 다른 물고기가 일제히 덤벼들었다. 바야흐로 광란의 피투성이 잔치다. 잡어들은 등을 번득이면서, 광란의 잔치의 주인공인 곰치로부터는 적당히 떨어져서 자기들의 몫을 마구 먹어치운다.

갑자기 나의 작살은 자유로워졌고, 힘없이 바다 속으로 가라앉았다.

농어는 이미 피로 범벅된 살덩이에 다름 아니며, 사형집행인들의 공격에 같은 장소를 돌면서 이미 상실한 생명의 여운에 떨고 있다.

속이 언짢아질 정도로 기분이 나빠서 나는 서둘러 작살을 거두었다. 작살 끝에는 피로 검어진 고기 조각이 아직도 달라붙어 있다. 나는 수면으로 떠올라 마스크를 벗었다.

햇빛이 눈부시다. 조용한 바다는 백금처럼 반사하고 있다. 멀리 우리들의 배가 흔들리고, 선체와 비가림 천막이 하얀 두 개의 얼룩 같다.

아가트가 변함 없이 같은 장소에 앉아 있다. 발로 물을 찰박찰박거리는 모습이 어렴풋이 보인다.

그건 아주 짧은 시간에 일어난 일이었던 것이다. 아니, 그 지옥의 그림이 계속되는 동안, 시간은 멈춰 있었던 건지도 모른다.

갑자기 나는 생각난 것처럼 오싹했다. 만약 아가트가 고기를 잡고 있었다면, 앞뒤를 가리지 않고 덤비다가 곰치를 피하지 못했을 지도 모른다. 그래서 그 농어와 똑같은 운명을 밟았을 지도 모른다. 나의 구역증은 한층 심해졌다. 물 속에서 고기를 잡는 일이 갑자기 위험한 일로 여겨지고, 바다 속의 무서운 얘기가 수도 없이 떠올랐다. 물도 갑자기 차갑고, 두 손이 얼어붙는 것 같다. 손가락을 쳐다보니 눈처럼 희고, 대리석 같은 주름이 보인다. 왠지는 모르지만, 온 몸에 진저리가 훑고 지나갔다.

나는 천천히 배로 향한다. 물안경은 이마에 걸쳤다. 이렇게 밝은 햇볕 아래서는 상상도 할 수 없지만, 그런 일은 이제 다시는 보고싶지 않다.

배가 가까워짐에 따라서 재즈 음악이 들려온다. 아가트의 포터블 라디오다. 그 음악에 두 여자의 얘기소리가 섞인다. 모든 것이 밝고 기분 좋게 되어간다. 배로 오르기 전에 나는 불쾌감을 억누르면서 작살을 청소하고, 그곳에 달라붙어 있던 고기 조각을 바늘에서 떼어냈다.

총을 누나에게 건네고 나는 배로 기어오른다.

두 여자는 뱃전에 엎드려 포도를 먹으면서 패션 이야긴가, 뭔가를 하고 있다.

먼저 내 얼굴색의 창백함을 눈치챈 것은 누나였다.

나는 지금 마주쳤던 사건을 얘기하고 조심하라고 주의를 환기했다. 간신히 헤엄을 치는 아가트에게는 특히 다짐을 해두었다.

나는 담배에 불을 붙여서는 아무렇게나 피운다. 그 동안에 햇빛이 나를 따뜻하게 해준다. 매미 소리가 라디오를 이길 정도다. 블론드의 머리칼이 평소보다 한층 더 아름다운 아가트는 유행가를 흥얼거리고 있다. 조금 지나자 내 기분도 가라앉았다. 나는 멜론을 셋으로 나눠 잘랐다.

오후엔 서쪽 곶까지 헤엄쳐가서 성게를 잡기로 했다. 나일론 샌들을 신고 구멍이 뚫린 자루를 들고, 옆구리에는 낡은 나이프를 찼다. 오늘은 오로지 수면에만 있기로 하겠다. 인정하고 싶지는 않지만 곰치의 광란의 잔치가 나를 완전히 겁쟁이로 만들어버렸다.

고기를 잡는 건 아가트가 하기로 했다. 나는 다시 한 번 주의를 주었다. 몇 번이나 반복해서 자세하게 얘기한 뒤이므로 위험한 일은 하지 않겠지. 총에는 삼지창 작살을 달아준다. 커다란 것을 겨냥하지 않는 아가트에겐 그것으로 충분한 데다가 작은 고기는 이것으로 잡힐 확률이 높다.

아침 나절에 한참 물 속을 돌아다닌 마르트는 배 안에선 낮잠을 잔 뒤에 잠깐만 더 물에 들어가겠다고 한다. 그 즈음 우리도 배로 돌아와 가장 오래도록 석양을 바라볼 수 있는 모래사장으로 가기로 했다.

그렇게 결정하자, 우리는 각자 자기 행동으로 들어갔다. 배의 도구 상자 옆에 백포도주를 두 병 넣어왔으므로 나중에 성게를 먹을 때 열어야겠다. 성게는 놀라울 정도로 많이, 바로 가까운 곳에서 잡힌다.

또한 오늘밤도 정중한 웨이터들을 앞에 두고 위스키를 마실 수 있다, 문화적인 생활이 가능하다, 그렇게 생각하면 왠지 안도가 된다. 내일은 포르멘토르에 남아서, 만에서 수상스키를 타야겠다.

물에서 올라와서 나는 바위로 올라간다. 나일론 샌들을 신고 오길 잘했다. 바위는 울퉁불퉁하고 날카로워서 이것 없이는 똑바르게 서지도 못할 것 같다.

성게는 털가죽 같은 가시가 있으며 바위를 물들이고 있다. 물론 검은 것이 대부분이지만 개중엔 밤색도 있다. 나는 처음에 잡은 몇 개를 재빨리 먹는다.

　자루를 바다에 띄워놓고 수면에 닿을락말락한 성게를 한쪽 끝에서부터 벗긴다. 벌이 한 마리 날아와서 달려든다. 나는 자루를 프로펠러처럼 휘둘러 내쫓는다.

　후미 안쪽에서 수영하고 있는 아가트의 흡입기가 보인다. 떠있기만 할 뿐, 전혀 나아가지 않는다. 총을 빗자루처럼 쥐고는 움직이는 것만 있으면 쏜다.

　배 위의 마르트는 뭔가를 하면서 쉴새없이 움직이고 있다. 정리할 것이라도 있는 모양이다. 정리정돈 마니아니까.

　멀리 포렌쟈 쪽에 커다란 배가 항구로 다가가고 있다. 범선인 것은 알겠는데 여기선 돛이 둘 달린 케치 배인지, 야우르 배인지 분간이 가지 않는다.

　바람에 돛이 잔뜩 부풀어오르고, 배의 동체가 햇볕에 빛나면서 거만하고, 조용하게, 그리고 당당하게 나아가고 있다.

　내 자루는 차츰 불룩해져간다. 이제는 성게를 한 번에 벗기는 요령도 완전히 터득했다.

　햇빛이 어깨 주위에 아플 정도로 내리쬐었으나 더 이상 수영을 하고 싶지는 않다. 곶은 바다로 튀어나왔고 기분이 매우 좋다. 조금 지나자 아가트가 오는 것이 보였다. 물고기를 잡는 작살도 잃어버린 모양이다. 그러나 가지고 있다고 해도 도움이 되었을 것 같지도 않다. 아가트는 이미 여기저기를 찔러대서 쓸모 없게 만들어 버렸을 테니까.

　나는 목소리가 들릴 만한 곳까지 오기를 기다린다. 그녀는 물 속에 거의 선 듯한 자세로 헤엄쳐 온다. 만일 바위로 올라올 생각이라면 무척이나 어려운 일이다. 절벽은 깎아지른 데다가 바위엔 붙잡을 곳도 없다. 물에서 올라갈 때는 발 디딜 곳을 찾느라 나도 힘이 들 정도다.

  그런데도 나는 손을 뻗기 위해 절벽 가장자리까지 나갔다. 그녀는 헐떡거리면서 물안경을 벗는다. 뭔가 잡았느냐고 물었으나 대답은 들리지 않는다. 단지 어깨를 움츠리는 것이 보였다.

"나하고 같이 성게를 잡겠어?"

"총을 들고는 수영을 할 수가 없어요. 너무 무거워. 물에 들어가면 꼭 브레이크 같아."

"이리 줘. 그리고 손을 내밀어. 끌어올려 줄게."

그녀는 있는 힘껏 내게로 가까이 다가온다.

"더 이상은 갈 수가 없어요. 물살이 심해서."

"좋아, 그럼, 총을 이리 줘."

그렇게 말하고는 나는 물에 떨어질 뻔하면서 그녀 쪽으로 몸을 수그렸다.

아가트는 기분이 좋지 않았다. 그것은 금세 알 수 있었다. 처음 만났을 때처럼 쏘는 듯한 눈길을 던진다. 사랑스러운 얼굴이 퉁퉁 부었다. 솜씨가 익숙하지 않아서 좀처럼 잘 되지 않았던 모양이다. 간신히 총을 물에서 내밀었다.

"안 돼, 그렇게 잡으면. 위험해."

그녀는 한쪽 팔로 수면에 몸을 지탱하고, 한쪽 팔로 총을 휘두른다. 대체 어쩌려는 것일까.

그녀의 눈이 나를 물끄러미 쳐다봤다. 그때였다. 갑자기 부욱 하는 소리가 나더니 순식간에 하늘이 새카매졌다.

목에 박힌 작살을 나는 손으로 잡았다. 그것은 목에 박혀 있다. 고개가 반쯤 떨어졌다. 죽어 가는 것임을 알았다. 그러나 고통스럽지는 않다. 아직, 지금은……

놀라움과, 이 사고의 어이없음과, 다가오는 죽음이, 내게서 반사능력을 앗아갔다. 갑자기 타는 듯한 고통이 단말마의 시작을 알린다. 끈적끈적하고 뜨거운 액체가 가슴께를 흐르고 있다.

흐릿하고 붉은 안개 속에서 아가트의 눈이 물끄러미 나를 쳐다보고 있다. 몸이 흔들리고 주위의 경치가 넘어지고, 하늘과 바다가 캄캄한 어둠으로 둘러싸였을 때, 내 머릿속에 마지막으로 남은 빛은, 최후의 공포를 읊조렸다. 곰치가 온다. 곰치가……

내가 떨어졌을 때, 물에는 더 이상 저항이 없었다. 솜처럼, 또 안개처럼…… 알고 있다. 그게 나의 수의(壽衣)인 것이다.

마르트

나는 모든 것을 보고 있었다. 그것은 겨우 몇 초 만에 일어난 일이었으나 빠짐없이 보고 있었다. 때마침 물에서 올라와 바닷가를 향하던 참이었으나, 뭔가가 나를 붙들어서 곶에 서 있는 동생을 쳐다보게 했다. 그리고 그대로 물가에 미동도 않고 내내 서 있었다. 발바닥에 있는 자갈 때문에 통증을 느꼈으나, 그보다도 눈앞의 광경이 나를 훨씬 고통스럽게 했다.

아가트는 물 속에서 수중총으로 동생을 겨냥하고 있다.

그 순간에는 장난이라고 여겼다. 연인끼리의 위험한, 그러나 죄가 되지 않는 못된 장난이라고 생각했다.

그러나 머릿속에서는 사이렌이 계속 울려 퍼졌고, 나는 힘껏 동생이 몸을 피해주기를 바랐다.

그러나 동생은 절벽의 가장 뾰족한 끝까지 몸을 내밀었다. 빤히 보면서 아가트가 겨누는 수중총의 부리를 향해 가까이 가고 말았다. 그리고 그렇게, 이런 백주 대낮에 단 한순간에 드라마는 폭발했고, 끝이 났다. 작살은 날아서 마르셀의 목을 관통했다. 동시에 나는 가슴이 찢어지는 듯한 비명을 질렀다. 동생의 목에서 피가 왈칵 뿜어져

나오는 것이 보였다. 한 손에 작살을 붙잡고, 마침내 천천히, 마치 고속 영화처럼 동생은 비틀거리기 시작하더니 그대로 바다로 떨어졌다.

나는 믿어지지가 않았다. 그럴 리가 없다. 나는 아직도 그 바위를 바라보고 있었다. 그러나 이미 그것은 하늘을 가르고 솟아 있는 절벽의 일부에 지나지 않았다.

아가트의 머리가 보였다. 물 위에서 부표처럼 움직이지 않고 있다. 그 표정을 볼 수만 있다면 내가 가진 모든 것을 다 줄 텐데.

절대 논리에는 위배되는 것이지만 나는 아직도 기다리고 있었다. 일이 이것으로 끝나버렸다고는 도저히 믿어지지 않았다. 마르셀은 물에 가라앉았으나 분명히 다시 모습을 드러낼 것이었다. 이런 일로 사람이 죽을 리는 없다. 특히, 내 동생이……

매미 울음소리가 엄청나다. 해변에 부딪는 물결 소리가 고통스러웠다. 비쩍 말라 호리호리한 올리브 나무가 메마른 절벽에 달라붙어 있다. 배는 닻에 매달려 흔들리고, 멜론 껍질 하나가 물 위에 떠다니고 있다. 모든 것은 조금 전과 똑같다. 단지 마르셀만이 이제 없다.

나는 비명을 지르기 시작했다.

아가트는 무엇을 하고 있을까?

난 무엇을 하고 있는 건가. 다리는 납이 매달린 것처럼 무겁고, 화석처럼 꼼짝없이 선 채로 호흡조차도 생각처럼 되지가 않는다. 뭐라고 표현조차 할 수 없는 한기가 머리 꼭대기에서부터 관절 마디마디로 스며들고, 촉각이나 후각, 청각도 흐려지고 오직 한 가지 시각만이 날카롭게 곤두서 있다.

마치 나한테는 눈밖에 없는 것 같았다. 얼굴도, 몸도, 손가락 끝까지 모조리 눈이 되어버린 것 같았다.

그 눈이 본 것, 그것만을 믿어야만 한다는 것은 무의식 가운데서도 감지하고 있었다.

  그러나 모든 것이 단 한순간에 일어난 일이고, 나는 반사적으로 반응할 수가 없었다. 반응은 이성적으로 일어날 수밖에 없었다. 그러나 그 이성도 경직되어버린 것이다. 갑자기 나는 해방되었다. 억누르지 못할 메스꺼움이 입에 가득했고, 나는 피를 토했다.

  의지가 명령하기 전에 본능이 나를 행동하게 했다. 나는 물로 뛰어들어 헤엄치고 있었다. 모든 움직임이 빠른 속도로 이루어졌다. 발은 물을 차고, 호흡은 팔을 저을 때의 흔들림에 맞추어져 내 몸은 차츰 앞으로 나아갔다. 이 정도로 능숙하게 수영을 한 적은 지금까지 없었다.

  단지 심장만은 격렬하게 물결치고 그 고동이 머리에까지 쾅쾅 울려왔다.

  나는 아가트의 옆에 닿았다. 물 속에서 몸을 일으킨 나의 몇 미터 앞에는 한가득 퍼진 피가 바닷물을 물들이고 있었다.

  나는 곧장 자맥질을 했으나 숨이 부족했다. 동생을 구하자면 아무래도 안정을 되찾아야만 하겠다. 나는 올케 쪽을 뒤돌아보고 얼굴은 보지 않은 채 물안경을 건네라고 말했다. 그것을 잡아채듯이 받아들자 오랫동안 잠수할 수 있도록 숨을 깊이 들이마셨다.

  2미터 가량 밑에 작살에 찔린 마르셀이 보였다. 두 팔과 다리를 아래로 향하고 기는 자세로 떠 있다. 머리는 이상한 각도로 휘어져 있다. 이미 돌이킬 수 없는 모습이었으나 그건 생각하지 않기로 했다.

  나의 불쌍한 동생이 위험하다. 나는 동생을 구하고 있다.

  이미 공포나 불안 따위도 없다. 동생은 손이 닿는 곳에 있다. 물 위까지 끌어올려야 한다. 무엇을 사용해서, 어떻게 해야 좋을지 모르겠다. 그러나 어떻게 해서든지 끌어올려야 한다.

  나는 다시 한 번, 아까보다 깊이 잠수해서 동생의 한쪽 팔을 붙잡

앉다. 천천히, 동생의 몸은 한 바퀴를 돌아서 머리 뒤가 보였다. 그에 따라서 작살도 돌았다.

나는 잡아 빼려 했으나 지탱할 만한 것이 없다. 오히려 내가 동생 쪽으로 끌어당겨지고 만다. 이런 상태로는 아무것도 되지 않는다. 물 위로 올라가자 먼저 성게 자루와 그 옆에 있는 칼이 눈에 띄었다. 나는 그리로 다가가 그것을 움켜쥐고는 다시 잠수를 했다. 목에 찔린 작살의 끝에는 나일론 줄이 달려 있고 그 끝에 수중총이 있다. 나는 그 끈으로 동생의 허리 주위를 돌려 이중의 매듭을 지은 다음 수중총을 주워 올렸다. 그것을 꽉 움켜쥐고는 물 위로 나와서 바위를 향해 헤엄쳤다. 물에서 빠져나오는 것이 무척 힘들었다. 발 언저리에서 피가 흘렀다. 그것은 나의 피였다. 무릎과 발바닥에 깊은 상처를 입었다. 바위는 온통 날카로운 모서리뿐인 것 같았으나 이윽고 발 디딜 곳을 찾아냈다. 시간이 나를 적에게로 돌려놓고 있다. 더 이상 우물쭈물할 수는 없었다.

수중총을 바위 모서리에 억지로 올려놓고 개머리판과 총의 몸통에 제각각 발을 하나씩 올려놓고 천천히 나일론 줄을 끌어당기기 시작했다. 줄만 있을 때는 상당히 스무드하게 되었으나, 몸이 올라오기 시작하자 순식간에 그 무게에 눌려 나는 중심을 잃을 뻔했다. 나일론 줄은 내 손바닥을 죄었고 살로 파고들었다. 나는 고통으로 신음 소리가 나오려는 것을 간신히 억눌렀다.

희미한 소용돌이가 일어나면서 동생의 몸이 물 위로 가까이 다가왔음을 알렸다.

아가트의 비명 소리를 듣고 비로소 나는 그녀가 그곳에 있음을 알아차렸다.

"줄 좀 잡아 줘! 목에 닿지 않게 하고!"라고 나는 그녀에게 외쳤다.

그러나 아가트는 극심한 공포로 인해 몸을 움직이지도 못하고, 물 위에서 몸을 가누기 위해 헤엄치는 것이 고작이었다.

드러난 마르셀의 몸에서는 피와 바닷물이 뚝뚝 떨어졌다. 허리에 두른 나일론 끈이 빨갛게 물들었다. 저주스런 작살이 물결 사이로 흔들린다.

"잡아, 잡아! 줄이 느슨해질지도 몰라"라고 나는 또다시 외쳤다. 그런데도 아가트는 움직이지 않았다.

나는 조심스레 마르셀을 내 쪽으로 당겼다. 그러나 만약 절벽에 닿으면 물결은 동생의 몸을 바위에 부딪게 해서 뼈까지 망가뜨릴 것이었다.

나는 성게 자루를 잡고는 서둘러서 속을 비우고 둘로 접어서 조심스럽게 동생의 몸과 바위 사이에 떨어뜨렸다. 그리고 동생의 몸이 가라앉지 않도록 나일론 줄을 가까운 바위 끝에 묶어놓고, 다시 잠수를 했다. 물을 두 번 저으니 곧 마르셀의 바로 가까이에 닿았다. 있는 힘껏 몸을 떠받치자 천을 걸쳐놓은 바위에 거의 수직으로 걸쳐놓을 수가 있었다.

동생을 정면에서 안고 양쪽 무릎에 동생의 허리를 끼워 대강 안정된 상태가 되자 한쪽 팔로 얼굴을 들어올리고, 한쪽 손으로 작살을 잡았다. 작살은 중심까지 찔러 숨통에 구멍을 내고 있었다. 거의 즉사했음이 틀림없다.

나는 되도록 부드럽게, 그러나 확실한 솜씨로 작살을 잡아 뺐다.

뿜어져 나온 피는 내 얼굴의 정면으로 쏟아졌고, 동생의 고개는 내 어깨로 떨어졌다.

이것으로 모든 것은 분명해졌고, 마침내 나는 동생의 죽음을 실감했다.

그로부터 얼마만큼의 시간이 흘렀는지 모른다. 나는 동생을 끌어안고는 밀려드는 파도에 흔들리면서 그렇게 떠 있었다. 동생을 묶고 있는 나일론 줄이 우리 둘을 지탱해 주었으리라. 눈물이 얼굴을 뒤덮고 바닷물로 녹아들었다. 동생의 피가 바위에 부서지는 물보라와 함께 내 눈을 덮쳤다.

나는 동생에게 계속 말했다. 어린 시절의 별명 몇 가지가 차례로 내 입술로 돌아왔다. 동생의 머리가 내 어깨의 패인 곳에서 무게를 더했고, 아무리 두 팔에 힘을 주어도 동생의 몸은 흔들거렸다.

마르셀, 나의 사랑하는 마르셀은 이제 없다. 동생과 함께 이대로 죽어버리고 싶은 욕구와, 동생을 뭍으로 끌어올려야만 한다는 생각이 번갈아 가며 교차되었다.

영원처럼 여겨지던 이 동요가 지나가자 나는 아가트가 어디 있는지를 찾았다. 한쪽 손으로 바위를 움켜쥐고 그녀는 뭐라고 표현조차 하지 못할 모습으로 물살에 떠 있으면서, 어안이 벙벙해서 우리 둘을 쳐다보고 있었다.

동생의 몸을 여기까지 끌어올리기 위해 쓴 힘의 결과가 나타났는지, 나의 힘은 완전히 빠져버렸다. 병 때문에 오는 통증도 다시 나타났다. 그러나 나는 기세가 꺾이지 않도록 무진 애를 썼다.

"배를 가져와."

그렇게 아가트에게 말하고 마르셀의 몸이 미끄러지지 않도록 두 팔에 힘을 주고, 동생의 불쌍한 고개를, 피로 범벅이 된 내 어깨에 단단히 올려놓았다.

아가트는 움직이지 않는다.

동생의 몸이 움직이지 않도록 조심하면서 나는 그녀 쪽을 돌아보았다.

"이쪽으로 와."

나답지 못하게 내 목소리는 갈라졌고, 그러나 거의 중얼거리는 것 같았다.

엄청난 공포로 눈을 크게 뜬 채 아가트는 고개를 흔들었다.

내 자신의 동요를 이제 막 떨쳐냈을 뿐인데, 이번엔 내가 이 어리광 섞인 히스테리를 참아주어야만 한단 말인가. 나는 마르셀에서 떨어져 단숨에 그녀가 있는 곳으로 갔다.

"알았어. 그렇다면 네가 마르셀을 안고 있어. 배는 내가 가지러 가지."

아가트는 자유로운 손으로 물을 때리더니 비명을 질렀다. 나는 물에서 몸을 앞으로 쑥 내밀고는, 마음먹고, 태어나서 처음으로 따귀를 후려갈겼다.

아가트의 얼굴은 좌우로 두 번 흔들렸다.

분노로 뒤덮인 나는 또다시 반복했다.

"안고 있어. 마르셀을 안고 있는 거야. 만약 놓치면 너도 배에 오르지 못해."

아가트는 울면서 뭐라고 계속 지껄였다. 그러나 나는 듣고 있지 않았다. 해야만 할 것이 잔뜩 있다. 그런데도 나의 힘은 점점 빠져나가고 있다. 앞으로 몇 시간이면 나는 병으로 인해 몸을 움직이지도 못하게 된다. 그때까지 할 수 있는 일을 해 두어야만 하는 것이다.

나는 헤엄을 쳐서 배로 향했다. 극심한 피로로 두 팔과 다리가 묶여 있는 것만 같고, 진흙탕 속에서 발버둥치는 것 같았다. 두 다리의 움직임도 수영 리듬에 맞지 않고, 두 팔은 날카로운 통증으로 저려왔다. 아무래도 배까지 2백 미터를 수영해낼 수 없을 것 같았다.

나는 아직 슬픔에 빠져 있지는 않았다. 해야만 하는 일이 남아 있다. 슬퍼하고 있을 여유 따위는 없다. 마음이 급하기만 했다. 그러나 그런 움직임 덕분에 눈물도 멈춘 상태였다.

마르셀은 나일론 줄 한 가닥에 매달려 간신히 수면에 떠 있다. 그러나 그게 끊기기라도 한다면, 아가트는 비명을 지를 뿐 끌어 올리려고는 하지 않으리라. 그렇게 되면, 내게는 다시 한 번 잠수를 해서 마르셀을 찾아낼 힘이 남아 있지 않다. 아무리 동생을 사랑한다 해도, 아무리 기를 써도, 그건 이제 무리다. 점심 식사 전에 동생이 했던 말을 나는 떠올리지 않으려고 했다. 곰치 사건도, 놀랄 만한 본능에 이끌려서 아주 먼 곳에서부터 먹이를 찾아서 모여드는 잔인한 물고기도 생각하지 않으려 했다. 동생이 흘린 피는 이미 바다에 특별한 맛을 부여했고, 피를 좋아하는 육식 물고기들을 끌어 모을 것이 틀림없는데.

마침내 배가 눈앞에 나타났다. 라디오는 아직 괴이한 느낌의 남자 혼자서 부르는 시시껄렁한 유행가의 한 구절을 반복하고 있다. 날카롭게 곤두선 나의 신경으로는 참을 수가 없다. 그러나 여기서 분노나 절망에 몸을 맡겨버려선 안 된다. 아직은 안 된다.

배로 기어오르려 했지만 세 번이나 실패를 했고, 쥐어뜯다시피 하는 바람에 가슴을 비비고 말았다. 그때마다 뱃전에는 핏자국이, 나와 동생의 핏자국이 남았다.

나는 포기해야만 했다. 배에 기어오를 힘이 없었다. 뱃전을 따라 뱃머리로 돌아가 닻줄을 붙들고는 물속 모래땅으로 내려가 잡아당겼다. 닻이 떨어졌다. 숨쉬기 힘든 가운데 발을 휘저어 배로 다가가서는 그것을 배 안으로 굴려 넣었다. 감각이 무뎌진 뻣뻣한 손으로 키를 붙들고 나는 잠시 심호흡을 했다. 피로의 베일이 눈앞에 쳐졌고, 그 길로 잠속으로 떨어져버릴 것 같았다. 그러나 마르셀의 몸에 다가들 곰치를 떠올리고는 채찍으로 얻어맞기라도 한 것처럼 있는 힘을 다했다.

뱃머리를 바닷가를 향해 밀었다. 배는 천천히 미끄러지기 시작했다. 라디오는 여전히 오케스트라 반주와 함께 테너의 새된 목소리를 흘려보내고 있다.

"사랑하는 네가
 어째서 그런,
 이미 끝이라니
 끝이라니!"

 귀를 막을 수 없는 나는 두 눈을 감고 이 엄청난 모독을 견뎠다.
 짧은 충격과 함께 배는 바닷가로 올라갔다. 배 바닥이 모래를 긁는 것이 느껴진다. 나는 물에서 나와서 일어나려고 했다. 온몸이 심하게 떨려서 마치 술에 취한 것처럼 비틀거렸다. 옆구리가 찌르는 것처럼 아프다. 그것을 진정시키기 위해 심호흡을 반복한다. 멀리 아가트가 보인다. 마르셀을 붙잡고 있는지 어떤지는 모르지만 적어도 팽개치고 도망치지는 않았다. 그것만으로도 물고기가 가까이 다가오는 것을 막아내는 덴 도움이 되리라.
 뱃전에 올라타 라디오를 끄고 노를 저어 해변을 떠났다. 엔진 스타터를 찾기 위해 배 바닥으로 수그리자 백포도주 병이 눈에 띄었다. 마개를 열고 병째로 마셨다. 뜨거운 액체가 목의 바깥과 안을 동시에 적셨다. 긴장이 풀려 배 바닥에 넘어졌다가 일어나지 못하는 것을 피하기 위해서는 마시지 않을 수가 없다. 딸꾹질이 나서 멈추질 않는다. 피로 물든 두 발이 아프기 시작했고, 머리가 무거워졌다.
 클러치를 풀고 시동을 켠 다음 스타터를 잡아당겼다.
 평소 같으면 한 번에 시동이 걸렸을 테지만 나의 동작이 굼뜬 탓에 잘 되지가 않는다. 그걸 알면서도 더 이상 빠르게는 되지가 않는다. 걸릴 때까지 반복하는 수밖에 없었다.
 그러고도 몇 번인가 실패를 거듭한 끝에 간신히 모터는 움직이기 시작했다.

나는 배를 곳으로 향하게 했다. 불행하게도 가장 힘든 일이 남아 있다. 그로기 상태가 되어버린 권투 선수처럼 나는 그곳으로 가는 얼마 되지 않는 동안, 몸을 뉘었다.

시동을 끄고 배를 두 사람 쪽으로 향한다.

아가트는 예상했던 대로 동생을 붙들고 있지는 않다. 아까의 그 바위에 달라붙어서 단지 내가 돌아오기만을 기다리고 있다. 달아나지 않았던 것도 내가 아까의 협박을 실행에 옮기지는 않을까 걱정한 때문이리라. 그녀는 배가 가까이 다가오자마자 뱃전을 움켜쥐더니 기어오르려고 했다.

"그곳에 있어. 동생을 끌어올리는 게 먼저야"라고 나는 말했다.

의사인 나는, 아가트가 나보다 심한 허탈상태에 있음을 안다. 그러나 나는 간호사가 아니다. 더구나 이런 마당에 허탈 상태에 빠진 여자 따위에게 볼일은 없다.

"내가 팔을 붙잡고 끌어올릴 테니까 그동안에 총을 떼어내고 줄을 풀어 줘."

"당신이 가는 게 좋겠어요, 수영을 잘 하잖아요"라고 그녀는 말한다.

"아니, 가는 건 당신이야, 아가트. 배가 뒤집어지지 않게 하면서 끌어당기는 게 무척이나 어려울 테니까."

그러나 여전히 하얀 관절의 두 손으로 배를 움켜쥐면서 그녀는 반대했다. 지금 그녀가 구하길 원하는 것은 오직 하나, 자신의 목숨뿐인 것이다.

"난 안 돼요, 마르트, 이제 힘이 없어. 그곳에 태워줘요."

"해봐 좀. 날 좀 도와줘. 혼자선 도저히 끌어올릴 수가 없어."

그러자 그녀의 밝았던 눈이 갑자기 흐려지더니 말을 내뱉었다.

"죽은 한 사람 때문에 살아남은 두 사람까지 희생시킬 생각인가요!"
나는 빈 백포도주 병을 그녀의 머리 위로 번쩍 치켜올렸다.
"빨리 배에서 손을 떼고 내가 시키는 대로 해. 그렇지 않으면 이걸 휘두를 테니까."
그녀는 한쪽 손을 놓았으나 다른 한 손은 여전히 뱃전을 움켜쥐고 있었다.
"하지만 마르트, 알고 있잖아요. 난 수영을 못해요."
"상관없어. 해보면 될 거 아니야. 그리고 다짐해 두겠는데, 마르셀이 배 위로 올라오지 않는 한 우린 절대로 돌아가지 않아."
그녀는 포기한 듯이 배를 떠났다. 나를 엄습했던 몸서리는 그제야 멈추었다. 작살을 잡으려고 바위 모서리를 붙들고 잡아당겼다. 배는 위험스레 상하로 흔들렸다. 그런데도 작살을 사용해서 나는 동생의 몸에 되도록 가까이 다가갔고, 또한 그것에 닿지 않도록 조절했다.
"잘 했어, 아가트. 총을 떼어내. 꼭 쥐고 있어. 놓치면 마르셀은 가라앉아. 가라앉으면 우리도 여기에 남는 거야, 알겠어?"
완전히 겁을 집어먹고 그녀는 더 이상 불평을 하지 않고 시키는 대로 했다. 고통스럽게 바위를 기어오른다. 몸이 가볍고 유연하긴 하지만 아가트는 운동 신경은 영 아니다. 한쪽 발이 미끄러져 피가 흘렀다. 그녀는 악 하고 비명을 지르면서 내 쪽을 돌아보았다.
"마르트, 피가 나왔어요!"
"피는 모두가 흘리고 있어. 그게 어쨌다는 거야. 빨리 총을 잡아."
그녀는 어린애처럼 울상을 지었다. 일이 만약 그녀 때문이 아니었다면 나도 마음이 움직였으리라.
"빨리 서둘러, 아가트. 나도 지쳤으니까."
이곳 바다에서 언제까지나 꾸물대고 있을 수는 없다는 두려움에 아가트는 총을 잡고, 내가 움직이지 않도록 걸쳐놓았던 바위에서 떼어냈다. 나는 외쳤다.

"떼지 말아. 그냥 바닥에 놔두고 그 위에 앉아."

그녀는 망설이는 것처럼 보였다.

"내가 시키는 대로 해. 그래. 이번엔 천천히 줄을 풀어. 안 돼, 느슨해지면. 그래, 그러면 돼. 조금 더. 움직이지 말고, 잘 했어. 마르셀을 잡을 테니까 만일 내가 놓치면 줄을 단단히 잡아당겨야 해. 알겠어?"

그녀는 막연하게 얼굴을 움직였다. 그러나 나는 그 표정의 의미를 탐구할 짬이 없다. 서둘러서 작살 끝을 배의 로프에 잡아맸다.

그리고 동생의 몸의 무게로 인해 떨어지지 않도록 뱃전에 무릎을 꿇고, 작살 끝에 한쪽 손을 지탱하고 몸을 앞으로 내밀었다. 마르셀의 목 줄기와 둥근 어깨만이 보인다. 코 언저리가 물에서 들락날락하면서 양쪽 팔의 무게로 가라앉고 있다. 허리 주위의 나일론 줄만이 그의 몸을 바위에 붙들어놓고 있다. 주위의 물은 빨갛다. 등에, 이렇게나 진한 털이 나 있었던 것은 잊었었다. 짧은 오열에 목이 메인다.

마르셀은 내게 남자가 아니었다. 내 동생, 어린 시절부터의 어린 놀이친구였다. 내 장난감을 빼앗고 돌려달라고 하면 발을 동동 구르며, 어려운 일이 있을 때면 언제든지 내게 와서 울며 호소했다. 그런 귀여운 동생이었다.

나는 팔을 붙드는 데 성공했다. 그걸 따라서 손을 잡아 뱃전에 놓고, 손목에 나일론 낚싯줄을 칭칭 감은 다음 그 끝을 반대편 뱃전의 노 걸이쇠에 동여맸다.

이것으로, 비록 아가트가 서툰 짓을 하더라도 마르셀을 영원히 잃어버리지는 않게 되었다.

나는 같은 방법으로 다시 한쪽 손을 마저 했다.

불쌍하게도 마르셀은, 마치 엄지손가락이 선박용 밧줄에 묶인 반역을 저지른 선원과도 같았다.

그의 불쌍한 얼굴은 내가 아는 마르셀과는 전혀 비슷하지도 않으며, 표정에 뭐라고 표현할 수조차 없는 일종의 장엄함이 있어서, 묘석 위의 석상이 지닌 무표정한 평온함을 띠우고 있었다.

"됐어, 아가트. 총을 이리 줘. 그리고 물로 들어가."

"그런데 언제가 되어야 난 배 위로 올라가나요?"라고 그녀는 외쳤다.

"마르셀이 올라온 다음이야."

"하지만 난 뛰어들지 못해요, 알잖아요."

"좋은 기회야, 연습하기엔."

난 이 바보 같은 여자를 다시 한 번 후려 갈기고 싶었다. 하지만 피로가 생각한 것보다 훨씬 빠르게 나를 엄습했다.

아가트는 고개를 젖혀 위를 향한 채 네 발로 기어서, 그녀에게 이상한 매력을 부여하던 아름다움을 완전히 잃고는 절벽을 엉덩이부터 먼저 내려오기 시작했다. 내게 반항하지 말라고 본능이 권유한 모양이다.

엄청난 물보라와 함께 그녀는 바다로 떨어졌다. 삽살개처럼 물에 잔뜩 젖어서 배를 향해 헤엄쳐 온다.

"올라가도 돼요?"

목소리의 연약함과는 반대로 시선은 날카로웠다.

"아니, 아가트. 반대편으로 돌아서 균형을 잡아줘야겠어."

"균형이라니요?"

"내가 마르셀을 끌어올리는 동안 뱃전으로 기어오르는 거야. 양쪽에서 동시에 하지 않으면 마르셀이 너무 무거우니까."

"하지만, 내 쪽이 훨씬 가벼울 텐데요."

"네가 하지 않으면 배는 뒤집어질 거야. 어쨌거나 해보는 게 어떻겠어."

마지못해 하면서 그녀는 배를 떠났다. 그녀가 발을 버둥대고 있음이 느껴졌다. 수영이 서툰 때문에 피로도 빠른 모양이다.

나일론 낚싯줄은 마르셀의 손목에 단단히 묶여 살을 파고들고 있다. 이렇게나 무거운 몸을 어떻게 끌어올려야 한단 말인가.

"준비 됐어?"

그녀의 두 손이 뱃전을 붙잡음으로써 대답을 대신했다. 나는 몸을 숙이고 동생의 허리께를 수영팬티에 의지해 붙들었다.

"올리고 있어!"

그렇게 외치면서 있는 힘껏 끌어당겼다. 배는 위험스레 기우뚱했고, 동시에 아가트의 비명 소리가 들렸다. 동시에 뱃전에 동생의 머리가 부딪는 둔탁한 소리가 났다. 그리고 또다시 물에 떨어진 아가트가 일으킨 물보라.

몸은 반 이상 배로 올렸다. 다음은 이제 한 고비만 넘기면 다리까지 올라온다.

"잘 했어, 아가트, 다시 한 번 하는 거야."

"이제 안 돼요. 난 온 몸이 아파서."

"나중에 봐주겠어. 자, 끌어올린다."

"아니, 난 지쳤어요."

"또다시, 따귀를 맞고 싶은 거야! 그렇게 하면 힘이 나는 거냐고!"

순간, 사이를 띄웠다가 화를 억누르는 그녀의 목소리가 들렸다.

"알았어요."

"그래, 그럼 올리겠어."

그리고 또다시 있는 힘을 다해, 나는 끌어올렸다. 마르셀은 배 바닥으로 굴러 들어왔고, 아가트는 왼쪽 뱃전에 말을 타듯 걸친 채 위험스레 중심을 잡고 있었다. 나는 그녀의 손을 끌어당겨 배로 올렸다. 그녀는 고맙다는 말 한 마디 없다. 나도 그걸 기대하지는 않았다.

아가트는 타월을 집더니 몸을 닦았다. 온 몸에 소름이 돋았고, 햇볕에 그을렸는데도 핏기가 없다. 이가 딱딱 부딪는 소리가 내게까지 들려왔다.

"백포도주가 한 병 있어, 마셔."

"마시고 싶지 않아."

"괜찮으니까 마셔. 약이야."

아가트가 마셨는지 어쨌는지 모른다. 나는 배 바닥의 마르셀의 몸을 펴고, 죽어서까지 옭아매고 있었던 나일론 줄을 풀어주었다. 허리 주위에는 목을 매 죽은 것처럼 검게 부풀어오른 자국이 나 있다. 목은 보기에도 잔혹했다. 몇 년 동안이나 의사로 일했고, 또 해부에도 익숙해 있는 나였지만, 동생이 이미 실험용 모르모트나 마찬가지가 되어 있다는 건 견딜 수가 없었다.

얼굴을 닦아내고 이마에 흘러내린 머리칼을 쓸어 올린 다음, 번쩍 뜨고 있는 불쌍한 두 눈을 감겨주었다.

"적당히 하세요. 난 아직 살아 있어요. 나까지 연달아 죽는 건 싫어요."

아가트가 말했다. 그 말에 깜짝 놀라서 나는 그녀의 얼굴을 올려다 보았다. 그녀는 계속했다.

"이미 상당히 늦었어요. 돌아가는데 한 시간 반은 족히 걸릴 텐데 연료가 충분할지 어떨지도 몰라요. 당신이나 나나 돛은 쓸 줄 모르잖아요. 어두워지기 전에 돌아가야만 해요."

그녀의 말에 틀린 건 없었다. 그러나 말본새는 뻔뻔스럽기 짝이 없었다.

나는 잠자코 작살을 떼어내 뱃전에 정리를 해놓은 다음 시동을 걸었다.

"비가림 천막을 접어."

"옷 좀 입을 때까지 기다려요. 그리고 내게 명령 따윈 내리지 말아요. 난 남한테서 지시를 받은 경험은 없으니까"라고 그녀는 대답했다.

"빨리 돌아가고 싶으면 도와주는 게 좋지 않겠어?"

무슨 이유인지 그녀가 동생의 바다표범 점퍼를 걸치는 것은 보기가 싫었다. 그러나 그런 바보 같은 감상(感傷), 특히 "이 사람은 어째서 이렇게 타산적인 걸까"라는 생각이 끓어올랐던 것을 후회했다.

그녀는 바지를 입고 머리칼을 네커치프로 묶더니 비가림 천막을 지탱하던 로프를 떼어내고 천을 말았다. 나도 함께 그것을 엑스자 모양의 의자 위에 놓았다.

배는 작아서 안정감이 없었으며 동생의 시신은 거인처럼 보였.

아가트가 움직여 돌아다닐 때마다 동생을 밟고 다니지나 않을까 조마조마했다. 그녀는 동생을 보지 않도록 무척이나 조심하고 있다. 나는 반대로 이미 마르셀 같지가 않은, 그러면서도 완전한 남도 아닌 그 얼굴에서 눈을 뗄 수가 없었다.

추위가 뼛속까지 스며들어왔다. 한참 전부터 그랬을 텐데 그때까지 그것을 느낄 틈이 없었던 것이다. 아가트에게 털스웨터를 갖다달라고 부탁했다. 그녀는 잠자코 건네주었다.

한참 지난 뒤에 그녀가 물었다.

"칸델라가 있었던가요."

"없을 것 같은데, 뭣에 쓰려고?"

"곧 어두워져요. 고장이라도 나면 그걸로 끝장이라구요."

"그건 그리 대단치 않아. 그보다 훨씬 중요한 것이 당신을 기다리고 있을 텐데."
"그녀는 뜻을 모르겠다는 표정으로 나를 쳐다봤다.
"무슨 뜻이에요, 그건?"
"걱정할 필요 없어. 우린 포르멘토르에 가는 거야. 아니, 어떻게 해서든 동생을 그 곳까지 데려갈 거야. 하지만 그 다음에 말야. 당신에게 내 동생의 죽음에 관한 해명을 듣고 싶으니까."

아가트

나는 뜻을 알 수가 없어서 마르트를 쳐다보았다. 도대체 어찌 할 작정인가.

분명 너무 슬퍼서 이상한 말을 한 건지도 몰라. 내가 그 사람을 죽였다고 말하는 것 같았어. 하지만 그건 사고야. 정말로 사고였어. 어떻게 그 밖의 다른 생각을 할 수가 있는 걸까.

엄청난 추위와 공포의 한기가 내 목을 죄어온다.
"설명해 봐요, 마르트. 무슨 뜻이죠?"
"도착한 뒤에 얼마든지 시간이 있어."
"하지만 난 지금 알고 싶어요."
"당신이 말한 그대로야. 지금은 1분 1초라도 빨리 배를 전진시켜야만 해. 바람이 불면 푸에르토 쪽으로 흘러가게 돼."
"이렇게 중대한 문제를 넌지시 흘려놓고 그 뿐이라며 그냥 달아나다니."
"아니, 아가트. 이건 내 성격상 그래. 여기서만 그러는 게 아니라고. 다만. 그렇게 서두를 얘기도 아니지. 그러니까 우선 돌아가는 것만 생각하기로 해. 그 뒤에라면 약속하겠어. 얼마든지 얘기 상대가 되겠어. 그래, 당신만 생각해 주지."

마르트는 묘한 미소를 지었다.

"그게 당연하겠지요, 동생의 추억을 위해서도."

나는 그녀의 동생을 보았다. 살아 있던 때보다 더 크다. 그러나 이미 나하고는 관계가 없다. 전부터 죽은 사람이 무서워서, 그걸 소중히 여기는 사람들의 심정을 몰랐었다. 사람들은 태연하게 묘지에 가서 화초에 물을 주듯이 무덤에 물을 뿌리거나 돌보고, 또 기도를 하거나 평범한 말을 두세 마디 걸거나 하지만, 땅 속의 죽은 사람이 그 때 어떤 상태가 되어 있는가를 깊이 생각하지 않는 게 사람이야. 억지로 잠들어 있는 사람들로 가득한 묘지, 생각하기만 해도 오싹해.

마르셀은 이미 없다. 여기에 누워 있는 건 마르셀이 아니야.

그 사람은 떠들썩하고 큰 소리로 웃으며 목소리가 큰 데다 몸짓도 굉장했었지. 배가 흔들릴 때마다 발만 거들먹거리고 있는 이런 동상이 아니었어.

이 악몽 같은 하루는 아무리 머리에서 떨쳐내려 해도 소용이 없어. 나의 기억 속에 영원히 새겨지고 만 거야. 언제든지 눈앞에, 작살에 목을 관통당하고, 바위에 묶여진 채로 밀려드는 물살에 힘없이 흔들리던 피투성이 마르셀의 모습이 떠오르고 말겠지.

그리고 지금은 저기, 배 바닥에 누워서 배가 흔들릴 때마다 살덩이가 내 피부에 닿는다. 그때마다 비명을 지르고 싶은 것을 나는 애써 참고 있다.

사건과 그 결과는 그다지 관계가 없어. 수중총을 쥐는 방법이 서툴러서, 잡고 있던 손이 어색해서, 물 위에 떠 있는 것에만 신경을 쓰고 있었기 때문이고, 1초의 몇 분의 1인가의 사이에 나도 모르게 내 손가락에 힘이 들어갔기 때문인데, 내가 이런 무자비한 비극의 책임을 앞으로 평생 동안 등에 지고 다녀야만 한단 말인가. 하지만 시누이가 말하려는 것이나, 세상 사람들이 생각하는 것도 그걸 거야. 나의 양심 따윈 문제가 될 게 없지.

빨리 꿈에서 깨어났으면 좋겠어. 이런 일이 모두 사실일 리가 없어. 악몽이 틀림없어. 이런 곳에, 집에서 몇 천 킬로미터나 떨어진 곳에, 이렇게 나하곤 아무런 상관도 없는 여자와, 극히 얼마 되지 않는 시간밖엔 같이 산 적이 없는 사내의 시신 사이에 끼어 있다니, 이건 아무리 생각해봐도 사실이 아니야.

인생에도 최소한도의 논리는 있는 법이야. 그렇지 않다면 미친 사람들이 모여 있는 거나 마찬가지여서 무슨 일이 일어나는지 알 수가 없잖아. 몇 시간 전까지, 불과 두세 시간 전까지 우리는 셋 다 정상적인 세계에 있었어. 그랬는데 단 한 번의 실수, 컵을 깨거나 담뱃불로 자기 손가락을 데이거나, 누군가의 코앞에서 문을 닫거나, 고양이의 꼬리를 밟거나, 그런, 우리가 자주 저지르는 어이없는 실수와 조금도 다를 것이 없는 실수 때문에 셋 다 완전히 뿔뿔이 흩어지고, 비극에 질질 끌려다니고, 그때문에 몸을 망가뜨리고 있어. 알지도 못하는 생판 남이, 사회정의라는 이름을 빌려서 우리를 심판하는 자리에 앉으려 하고 있어. 책임을 지라고 요구하는 거지.

하지만 이런 사치스러운 약속에 얽매이는 건 딱 질색이야. 양심에 맹세코, 나는 마르셀을 죽일 생각이 없었어. 그러니까 저 사람이 죽은 것도, 그에 대한 책임도, 나하고는 상관이 없지.

나는 새 남편을 사랑하지는 않았지만 미워하지도 않았어. 마음에 들지 않는 결점도 많았지만 저 사람만 가진 장점도 있었지. 고독과 나쁜 사람들에 대한 방호벽이 되어준 것만으로도 저 사람하고 사는 건 즐거웠어.

저 사람의 죽음은 나를 절망시키지는 않았지만 슬픈 일임에는 틀림없어. 앞으로 다시는 저렇게 순진하리만큼 진실로 가득 찬, 충실한 상대는 만나지 못할 거야.

어째서 운명은 착한 사람을 이렇게나 괴롭히는 걸까.

어째서 마르트는 나를 불쌍해하진 않고, 스물 일곱이란 나이에 이렇게 비극적으로 남편을 둘이나 잃은 여자를 멀리하려는 걸까. 마르트는 자기의 고통만 생각해. 대체 나의 쓰라린 심정은 어떻게 위로해 줄 심산인 거야.

마르트는 눈물과 피곤으로 엉망이 된 표정으로 동생에게서 눈을 떼지 않는 채로 배를 조종하고 있다. 이 사람한테 이 정도의 힘이 들어가는 일을 할 능력이 있으리라고는 전혀 생각지도 않았다. 만약 마르트가 있어주지 않았더라면 어떻게 되었을까. 난 마르셀의 시신을 갖고 돌아가는 일 따위는 절대로 할 수 없어. 그렇기는커녕 배조차도 조종하지 못해.

정말로 그 바위산에 둘러싸여서 오직 혼자였다면 어떻게 되었을지 생각만 해도 소름이 쫙 끼친다.

햇볕이 옅어지고 어두워졌다고 생각한 건 사실은 비구름이 퍼져 있었기 때문이었다. 검은 구름은 차츰 낮아져서, 주위의 경치는 에칭으로 그린 것처럼 분명히 드러났다. 자연이 숨을 들이쉰 채 참고 있는 것 같다. 바다는 잔잔하고 바람도 없으며, 모터 소리만이 침묵을 깨고 있다. 더울 정도로. 그러다가 갑자기 최초의 한 방울이 내 손에 떨어진다.

거리는 아직 삼분의 이는 남아 있다. 배는 기껏해야 4노트 가량밖엔 속도가 나지 않는다.

방수 망토는 단 하나, 마르셀의 것이 있을 뿐이다. 지중해를 건너는데, 그것도 반쯤 알몸인데 그런 걸 입다니, 해가면서 나는 곧잘 마르셀을 놀렸었다.

마르트는 나의 시선을 쫓고 있었던 모양이다. 그녀의 목소리가 나를 깊은 생각으로부터 불러냈다.

"방수 망토를."

나는 그녀를 보았다. 얼굴은 완전히 무표정했다. 나는 기름을 먹인 천을 내 어깨에 걸치기 시작했다. 그 순간, 마르트의 가혹한 목소리가 내 손을 멈추게 했다.

"대체 언제까지 자신만을 생각할 거야, 아가트."

"당신이야말로 어떻게 된 거 아냐. '망토를' 이라고 말한 건 당신이잖아."

"하지만 당신한테 입으라고는 하지 않았어."

"그래, 그렇다면 당신이 입으려고 그랬군. 아하."

"동생한테 덮어주고 싶었어."

"마르셀한테?……"

"음, 곧 소나기가 내릴 거야. 이렇게 바람을 쐬게 하는 것만도 괴로운데. 상처 부위만이라도 비를 맞지 않게 해주고 싶어서."

나는 대답하지 않았다. 무슨 도움이 된다는 걸까. 마르트와 나는 가치관이 전혀 달라.

마르셀의 죽음은 끔찍했다. 오랫동안 물에 처박혀 있었고, 피가 흘러나옴과 동시에 바닷물이 폐에 잔뜩 들어갔다. 게다가 이번엔 땅속에 묻혀서 눈에 보이지 않는 벌레들이 잔뜩 달라붙겠지. 소나기 한두 방울쯤이야 그리 대수롭지도 않을 텐데.

나는 이기주의자가 아니야. 마르트가 감기에 걸리지 않기 위해서라면 내가 폐렴에 걸린다손 치더라도 상관없어. 하지만 물에 빠져 배 바닥에 누워 있는 시체에게 비를 맞지 않기 위해 살아 있는 우리가 둘 다 폐렴에 걸리는 건 너무나 바보 같은 짓이라고 생각해.

하지만 마르트는 그것을 마지막 동정심이라고 말할 셈이겠지. 그게 비록 의미가 없다 하더라도 그 마음만큼은 존중해주지.

나는 망토를 남편의 몸 위에 덮었다.

"얼굴을 덮어"라고 마르트가 말한다.

나는 명령에 따라서 망토를 잡아당겼다. 무릎 아래쪽만 드러나 있다.

이걸로 다 됐다는 걸까. 죽은 사람에 대한 예의라는 것이, 이걸로 다한 것이 되는 걸까. 이런 건 단순한 관습이 아닌가.

커다란 빗방울이 우리 주위로 떨어진다. 바다는 갑자기 가시가 돋아난 것처럼 되었다. 해파리들이 몽땅 수면으로 떠올랐다. 최초의 번개가 우리를 깜짝 놀라게 한다.

눈 깜짝할 사이에 우리는 흠뻑 젖었다. 다행히 비도 바닷물과 비슷할 정도로 따뜻하다. 입술을 핥으면 찝찔했다가 아무 맛이 없다가 한다.

비의 커튼이 수평선을 가려버렸다. 마르트가 어떻게 곶을 돌 것인가 걱정되었다.

우리는 이제 말이 없다. 비가 두 사람을 벙어리로 만들어버렸다. 나는 마르셀의 위에 덮여 있는 망토를 아깝다는 듯 바라보았다.

결국 펌프를 쥐고 물을 퍼내야만 했다. 이런 하찮은 일이 신경을 가라앉히는데 조금은 도움이 되었다.

시계(視界)는 완전히 막혔다. 아침부터 푸에르토 데 폴렌쟈를 떠난 어선들은 어떻게 된 걸까. 어딘가의 후미에 숨은 걸까, 아니면 뱃사람들은 이런 소나기를 미리 알아서 항구에서 나오지 않았던 것일까.

이제 우리에겐 구조자도 없이, 시체와 함께 파도 사이를 계속 흔들릴 뿐이라는 생각이 들었다.

몸에서 동물적인 열기가 뜨겁게 솟아올랐고, 젖은 피부에 딱 달라붙은 옷이 몸의 움직임에 브레이크를 건다.

내가 처한 이 상황과, 마르셀의 죽음이 불러일으킬 귀찮은 일을 생각하면 공연히 화가 나고 눈물이 솟았다.

펌프는 슉 슉 하는 소리를 내면서 물을 빨아들이지만 배 밖으로 토해내는 건 매우 가는 줄기이고, 그동안에 비는 폭포처럼 질리지도 않고 뱃전을 채운다.

너무나 오랫동안 물에 젖어서 손가락은 퉁퉁 붇고 주름투성이가 되어버렸다. 원래가 품이 너무 좁았던 블라우스가 무용할 때 입는 옷처럼 몸에 죈다. 나는 갑자기 쉬고 싶은, 아니 자고 싶어졌다. 주위에서 일어난 일이 나를 놓아줄 때까지 사라져 없어져버리고 싶었다.

나는 악몽의 클라이맥스에 있으며 아무리 해도 거기서 빠져나올 수가 없다. 단지 시간만이 나를 놓아주며, 그리고 잠만이 그 시간을 벌게 해준다.

내 움직임을 일일이 감시하고 있는 마르트가 없었다면 뱃전에 길게 누워 눈을 감고 자연스런 해결을 기다렸으리라. 그러나 마르트는 의무 하나만 생각하는, 스파르타식 여걸이다. 언제라도 자식을 조국에 바치고 명예의 증거로 혈관을 자르는, 뭔가 바보 같은, 쓸데도 없는, 연극 같은 행위에 영원히 이름을 남기는 부류의 여자다.

한참 지나서야 겨우 비가 멈추고 구름 사이로 해가 비쳤다.

흘러가는 것까지 계산에 넣고 있던 마르트는 빈틈없이 곳을 돌고 있었다.

나는 아직도, 여전히 물을 퍼내야만 한다.

알렌디아의 뾰족하게 솟은 절벽이 차츰 흐릿해지고 그 대신에 포르멘토르 만 안쪽의 모습이 선명하게 드러난다. 몬테카르디가의 돛이 셋 달린 갈레트 배가 조용히, 닻을 내리고 있다. 크랭크에 늘어트려진 구명 보트에는 마포로 짠 비가림 천막이 쳐져 있다. 어느 돛에나, 갑판의 밝은 창에도 덮개가 쳐져 있다.

나무들 사이로 호텔의 줄무늬 차양도 보이기 시작한다.

우리는 드디어 곶을 돌아서 미국인의 집 앞을 지난다. 새하얀 저 집은 절벽의 중허리에 높이 솟아 있고, 거기에는 바위를 파서 만든 담수 풀과 작은 선창이 있다.

다시 희망이 보이기 시작했다. 다시 사람을 볼 수 있는 거야.

뭍에 한 발짝 올라가기만 하면 문명이 또다시 나를 맞아들이며, 사람 살 데가 못되는 만의 어귀 따위는 영원히 잊을 수 있다.

배는 호텔 전용의 기슭으로 다가갔다. 보이가 물이 떨어지는 우산을 받치고 우리를 맞으러 나오고 있다.

그 다음부턴 모든 것이 1900년대 뉴스 영화처럼 움직였다. 마르셀의 시체를 발견하자마자 보이 하나가 호텔로 뛰어간다. 배를 대기도 전에 이미 바위벽에는 몇 겹이나 사람들 무리가 모여든다.

어디서인지도 모르게 들것이 날라져온다. 호텔 직원과 손님들 사이에 프랑스어와 영어, 그리고 스페인어의 떠들썩함이 계속된다. 몇몇 히스테릭한 여자들은 기절을 할까, 울음을 터트릴까 망설이고 있다.

우리는 글자 그대로 안기다시피 들어가서 담요가 둘러쳐졌고, 친절한 팔에 안겼다.

마르트는 동생에게서 떨어지려 하지 않았다. 나는 완전히 그의 반대. 죽은 사람하고 같이 있는 건 이제 지긋지긋하다.

호텔 지배인이 나타났다. 어디 한 군데 트집잡을 데가 없는 그의 담배 피우는 모습을 보자 피우고 싶은 생각이 간절했다. 담요를 뒤집어쓰고, 아직 비에 흠뻑 젖은 모습으로 지배인 앞에 있는 우리의 모습과는 딴판이다. 지배인은 흥분해서 말을 더듬고 있다. 어느 나라 말로 할 건지조차도 몰라 허둥댄다. 밑에서 일하는 사람들에게 지시를 하고 있지만, 그들은 또 이 희귀한 비극을 마지막까지 지켜보고자 좀처럼 말을 듣지 않는다. 내가 지나가자 한 여자가 자기 자식을 세게 끌어안았다. 나를 전염병 환자로 생각하기라도 한 모양이다.

나는 드디어 내 방에 도착했다. 이미 침대 덮개도 제쳐졌고, 다리 쪽에는 뜨거운 물주머니가 들어 있으며, 이불이 폭신하게 부풀어 있다.

여기까지 따라온 낯선 사람들의 질문에는 더 이상 대답할 힘도 없었다. 담당 보이가 눈치를 채고 모두를 방 밖으로 내보내려 하고 있다.

다시 생각난 듯 전율이 나를 휩싼다. 이가 딱딱 부딪쳐 멈추질 않는다. 신경이 흥분되어 나는 울어버리고 말았다.

슬픔에 빠진 모습을 이렇게 보여주자, 구경꾼들은 드디어 물러갔다.

하녀 하나가 자는 걸 도와주고 침대 가장자리에 담요를 끼워 넣어준다.

미지근한 깔개 안으로 차가워진 두 다리를 뻗는다. 마르트의 목소리가 가까워지는 게 들린다. 그게 나한테 하는 말인지 아닌지도 모르고, 나가서 문을 닫은 것도 모른 채 나는 깊은 잠으로 떨어졌다.

3

마르트

테라스에서 보는 경치는 멋지다. 마을은 계단을 이루면서 바다까지 내려간다. 집집마다 벽돌 색이 흙빛과 똑같다. 우리들의 집과 철제 격자를 두른 작고 하얀 교회가 있는 언덕 꼭대기에는 십자가가 서 있다. 그곳에서 골짜기로 내려가는 위험한 길이 지나는, 그냥 절벽을 잘라냈을 뿐인, 방토(防土)조차 없는 모래가 섞인 자갈길이 산허리를 잇고 있다. 곳곳에 대리석 십자가가 서 있다.

자동차가 지나는 길은 거기밖에 없다.

직접 마을로 가려면 교회 앞에서 우물이 있는 광장까지 480개나 되는 계단을 내려가야만 한다. 계단 양 옆에는 삼나무 가로수가 이중의 벽을 이루고 있다.

폴렌쟈 언덕 꼭대기의 사제관 옆, 그곳이 나의 새 집이다.

취할 듯한 꽃향기로 가득한 테라스는 차라리 허공에 떠 있는 정원 같고, 아름다운 경치, 기도시간을 알리는 종소리 따위가 이곳을 발레아레스 섬에서 가장 로맨틱한 낙원으로 만들어준다.

행복을 조용히 음미하기에는 매우 이상적인 곳이다.

그 때문에 우리에게는 어울리지 않는다.

집 한쪽에는 서쪽을 향해 묘지가 이어지며 그 묘지에는 마르셀이 영원히 잠들어 있다.

동생은 어느 날 이 마을을 찾아와, 같이 있던 아가트에게 "봐, 이곳 묘지야말로 행복한 남자가 마지막으로 받은 은총이야"라고 말했다고 한다.

우리가 의논 끝에 마르셀을 이곳에 안장하기로 한 것도 바로 그때문이었다.

그리고 되도록 동생과 가까이에 있고 싶어서 나는 포르멘토르를 떠나 이 집을 빌리기로 했다. 호텔 사람들은 더없이 잘해주었다. 그들의 마음씀씀이는 슬픔 속에서도 커다란 도움이 되었으며, 집을 구해준 것도 그 사람들이었다. 우리는 그냥 이사만 하면 되었다.

경찰도 조사는 최소한도로 끝내주었다. 이번 여름에만도 세 번째의 사고이긴 하지만, 사망자가 난 것은 처음이라는 것이었다. 우리가 외국인이므로 지메네츠라는 경관이 모든 수속을 도와주었고, 마르셀을 국외에 매장하기 위한 프랑스 정부의 허가도 받아주었다.

그리고 만약 어려운 일이 있으면 언제든지 어려워 말고 이야기하라고, 되도록 힘이 되겠다고까지 말해주었다.

원만하고 머리가 좋으며 적극적인 사람으로 나는 지메네츠 경관이 있어주는 것이 기뻤다.

우리는 한 달 계약으로 이 집을 빌렸다. 나는 하루에 몇 시간이나 묘지에서 보냈다. 나도 곧 동생의 뒤를 따르게 되리라. 슬픔으로 인해 병도 진전되어, 요즘은 상태가 하루하루 심해지고 있다.

이 세상과 완전히 이별하기 전에 나는 사건의 흑백을 가려둘 작정이다.

끝이 보이는 건 이상한 느낌이다.

아가트의 반응은 전혀 다르다. 낡은 렌터카 프리모스를 타고는 날마다 바닷가로 내려간다.

하루 종일 수상 스키를 타고는 이곳엔 저녁 식사와 잠을 자기 위해서만 돌아온다.

장례식 날 이래로 묘지에 발을 들여놓은 적도 없다. 우선은 무엇 때문에 묘지 따위에 갈 일이 있겠는가. 그런 위선은 그 사람의 성격이 아니다. 동생을 죽여놓고 그 무덤에 눈물을 떨구러 갈 이유는 없을 터이다.

경찰의 조사로는 사고인 것으로 되었다. 나의 증언이 신뢰를 얻긴 했지만 아가트는 내가 속고 있지 않다는 것을 안다.

나는 외국 경찰의 판단에 따라서 흑백을 가릴 생각은 없다. 맞대응으로 일을 시끄럽게 만들 생각도 없다. 나 혼자서 이 일의 결말을 지어내 보일 자신이 있다.

지금 둘은 서로 빈틈을 겨냥해 쏘아보고 있다. 어느 쪽이 유리한지 계산하고 있다. 아가트는 사고라는 주장을 굽히지 않는다. 나는 죽였다는 건 알고 있지만 그 이유를 아직 알 수가 없다.

이 의문을 풀려면 사건의 모든 요소를 알 필요가 있다. 내게 남겨진 시간과 머리를 쓰는 길은 이 해결 이외에는 없다.

내게 약간 유리한 점은 내가 쫓는 쪽이라는 점이다. 자연히 아가트는 사냥감의 역할을 맡았다. 이렇게 승부의 룰은 처음부터 정해지고 말았다. 토끼가 총을 이겨낼 방도는 없다. 그렇다면 사냥할 시간의 길이는 문제가 되지 않는다. 중요한 건 사냥감의 크기이다.

아가트

이렇게 즐거운 일이 있었던 스페인에서 한시라도 빨리 떠나고 싶었다. 그러나 묘지 옆에 살고 싶다는 마르트의 소원을 딱 잘라 반대할 이유도 없었다. 그 사람한텐 죽은 사람을 숭배하는 종교가 있는 거니까 무슨 말을 해도 소용이 없다. 이 집도 음산하다. 사정이 다르다면 즐거운 곳인지도 모르지만, 마르트가 있으면 순식간에 비극적인 분위기가 퍼지고 만다. 나에 대한 태도도 완전히 변해버렸다. 말도 하지 않고 눈을 치뜨고 사람을 관찰한다. 그 얼굴을 보고 있으면 마치 내가 방울뱀이 된 것 같다.

내게 양심의 가책이 될 것이 없다는 것을 몇 번이나 설명하려 했지만 좀처럼 들으려 하질 않는다. 무슨 생각을 하는 건지 모르지만 몇 시간이나 깊이 생각을 하며, 테라스에 나가서 허공을 바라보거나 아니면 반드시 묘지로 간다.

처음엔 기분을 바꿔주려고 이것저것 해보았다. 마르셀은 이미 돌이킬 수가 없으며, 우리는 앞으로 몇 년이나 계속해서 살아간다. 그동안 끙끙대고만 있어봤자 아무런 도움도 되지 않는다면서.

그의 죽음을 받아들이든가, 체념을 하든가, 어느 쪽이든 그것 외에 다른 방도는 없어. 괴로움을 떨쳐내지 못한다면 자살하는 도리밖엔 없지. 그렇게 하지 않을 거라면 마음을 돌려야지. 슬픔은 시간으로 잴 수 있는 게 아니잖아.

마르셀은 나의 기억에 평생 남을 거야. 하지만 나는 살아가는 쪽을 택했으니까 가능하다면 빨리 마음을 돌리는 게 좋다고 생각해. 그리고 지금은 스페인의 바다 가까이에 있는 거니까 되도록 수영을 하거나 태양을 듬뿍 받는 것보다 나은 건 없지 않겠어.

아침부터 밤까지 한방에 틀어박혀서 차양을 닫아 내리곤 울기만 하는 건 내 성격엔 맞지 않아. 나한텐 나가서 돌아다니는 것이 마시거나 먹고, 잠을 자거나 호흡하거나 하는 것하고 똑같아. 결코 빼놓을 수가 없는걸.

그런 태도가 마르트의 마음엔 들지 않겠지. 하지만 안 됐지만, 그건 어쩔 수가 없어. 그 사람의 슬픔엔 동정하지만, 그 사람의 의견에는 관심이 없으니까.

사건이 일어난 뒤에 나는 마르트에게 다가가려고 했었지. 하지만 그 사람은 곧장 둘 사이에 담을 쳐놓고 뭔가 정돈된 이야기는 조금도 하고 싶어하질 않아.

더 이상 내가 뭘 할 수 있겠어. 내 기분을 살피고 시선을 훔쳐보는 게 무슨 위안이 되는 걸까.

저쪽이 동정도 애정도 필요로 하지 않는 이상 나도 그걸 강요할 생각은 없어. 그 사람이 결정한 이상 꼬박 한 달은 곁에 있어주는 게 의무라고 생각해. 하지만 그 뒤로는 파리로 돌아가서 각자 다른 길을 가면 되는 거야.

상복을 입고 애도를 표하면서 병적인 만족감을 느끼기에는 아직 너무 젊은걸. 나는 살고 싶어. 젊음은 그리 오래 지속되지 않아. 내겐 "아둔하고 평범한 여자" 같은 곳은 조금도 없어. 그런 기쁨에는 손톱만큼의 야심도 없지. 여행을 하고, 재미있는 사람들과 서로 알고 지내고, 자유의 즐거움을 만끽하고 싶을 뿐이야.

사람들 각자가 생각하는 방식이 있는 거니까 나는 내 기분을 굽혀가면서까지 마르트에게 박자를 맞출 생각은 없어.

바다가 멀기 때문에 나는 자동차를 빌렸다. 그걸로 컬러 쌩 빈센테로 가서 하루 하루를 보낸다. 그곳에는 나를 아는 사람은 한 명도 없을뿐더러 분위기도 포르멘토르와는 달라서, 기분 전환 하는데는 그만이다. 태양이 떠 있는 동안 바닷가에 있으면서 덕분에 그날의 무시무시한 기억을 조금씩 잊어가고 있다.

저녁에는 어쩔 수 없이 폴렌쟈로 올라가야만 한다. 그리고 마르트의 얼굴을 보면 순식간에 비극 속으로 끌려 들어가고 만다.

우린 단 둘이서 테라스에서 저녁 식사를 한다. 촛불 주위에 모기떼가 날아다닌다. 스페인인 가정부가 식사를 돌봐준다. 우리는 식사중에 두세 마디 이야기할 뿐이다.

폭풍의 조짐이 느껴지고 언젠가 그것이 거칠게 불어오리란 것은 알지만 그것도 어쩔 수가 없지. 서로 상처를 주는 말을 주고받는다. 그런 건 아무런 도움도 되지 않을 텐데. 돌이킬 수도 없는 일을, 아무리 얘기해도 소용이 없을 텐데.

이 정도로 통속적인 태도를 취해야만 한다니 마르트도 정말이지 불쌍하군.

마르트

열흘 전부터 우리는 각각 테이블 끝에 마주앉아서 책이 넘어지지 말라고 꽂아두는 책꽂이처럼 뻣뻣한 상태로 저녁 식사를 한다.

나의 태도가 아가트를 혼란시켜 마침내 입을 벌리고, 단박에 고름을 짜낼 마음이 생길까 기다리고 있었지만 그건 잘못이었다. 아가트는 그런 나의 태도에 태연해져버렸다.

자기에게는 이미 문제는 결말이 났다고 생각하는 모양이다. 하지만 그렇게 생각하는 건 그녀뿐이다.

시간이 지나면 어려운 문제가 자연히 풀리리라고 생각한다. 단순한 것이다.

하지만 저쪽에서 나오지 않는다면 내 쪽에서 한 발짝 내디딜 수밖에.

오늘밤에도 언제나처럼 맛없는 식사를 함께 마쳤다.

그녀는 변함없이 예의바르게 자리에서 일어날 적당한 때를 기다리고 있다.

이윽고 그녀가 일어섰다.

이제 남은 말은 뻔했다.

"마르트, 좀 피곤해서 먼저 올라갈게요."

"아니, 아가트, 하고 싶은 말이 있어."

이, 평소에 없던 사태가 그녀를 의자에 묶어놓았다. 좀 놀란 듯 나를 보았다. 그 얼굴엔 성가시다는 표정과 그걸 감추려는 미소가 서로 엉켜 있다. 그런데도 예의 바르게 물었다.

"무슨 일인가요."

"무슨 일은 아니고, 이쯤해서 진지하게 서로 이야기를 할 시기라고 생각하는데."

그녀는 촛불로 담배에 불을 붙이더니 다시 의자에 앉았다. 둘은 오랫동안 아무 말도 하지 않고 서로 쳐다보았다.

나는 멜로 드라마를 연출하고 싶은 생각은 없지만, 그렇다고 해서 이렇게나 중대한 문제를 아무렇지도 않은 것처럼 말하기는 힘들었다.

"아가트, 어째서 넌 마르셀을 죽였지?"

그녀는 깊은 한숨을 쉬더니 한참 지나서 말을 했다.

"당신의 슬픔은 이해해요. 하지만 마르트, 그건 사고였어요. 정말로 사고였다구요. 몇 번이나 말해야 아시겠어요?"

그 대답도 예상했던 것이다. 우리는 둘 다 어둠 속에서 이야기하는 귀머거리나 마찬가지였다.

"믿을 수가 없어."

그녀는 그 자리에서 일어났다.
"믿어주지 않는 건 유감이지만, 그런 전제 아래선 더 이상 얘기를 계속해도 소용이 없겠지요."
"앉아!"
나는 내 목소리의 격함을 금세 후회했다.
"설마, 이대로, 일이 원만하게 끝나리라고는 생각하지 않겠지?"
"모르겠어요, 당신이 무슨 말을 하는 건지."
"난 형사가 아니니까 부정하든 자백을 하든 상황은 달라지지 않아. 난 알고 있어. 괜찮아, 아가트, 당신이 마르셀을 죽였다는 걸 알아. 당신은 냉혹하게 그걸 해냈어. 그렇게 결심하고서였겠지. 그것도, 사고라는 얘기를 증언하게 하기 위해 내 눈앞에서 그랬어. 경찰 조사 때는 나도 당신에게 유리한 증언을 했어. 불필요한 법석을 피우고 싶지가 않아서였지. 하지만 아직은 모든 게 끝난 것이 아니고, 증언의 번복도 불가능한 것은 아니야.

 단지 법정의 판결 따윈 난 흥미가 없어. 내게 중요한 것은 마르셀에게 관계된 것뿐이야. 그 아이를 위해 우리 둘이서 승부를 겨루었으면 해."
"별달리 아무것도 할 말이 없어요."
"어째서 죽였지? 애인이 있었나?"
"당신의 실례는 용서하겠어요. 너무나도 고통스럽기 때문이라는 구실이 있으니까요. 하지만 그 이상은 단 1분이라도 얘기를 계속할 수가 없어요."
"앉아. 그리고 예쁜 당신의 진짜 얼굴을 보여주기 바래. 이미 몇 달이나, 그래, 몇 달이나 난 당신을 관찰해 왔어. 틀림없이 표면에 칠해진 건 아름답지만, 그리 두껍지는 않은 것 같더군."
"이제 그만!"

"어린애를 속이는 건 끝났어, 아가트. 그걸 알아야만 해. 난 마르셀과는 달라. 당신의 웃는 얼굴이나 애교도 나한텐 아무 소용이 없어. 난 당신이 마르셀을 푹 빠지게 만드는 걸 모조리 봤어. 당신은 마르셀을 손에 넣었지. 동생과 그리고 그의 재산을 송두리째. 그거야 아무래도 상관없어. 만약 그 대가로 동생이 행복해지기만 한다면. 하지만 그리 오래가지 않을 것임은 나도 알고 있었어. 당신 같은 사람이 마르셀 같은 남자와 결혼하는 게 이상하지. 사람 좋은 그 아이도 당신에겐 성가셨지. 저급하고 소란스러운 데다가 예쁜 여자한텐 그리 자랑스럽게 내놓을 만한 상대가 아니었을 거야. 그런데도 신혼여행은 오래도록 계속되었어. 그래서 사고로 가장해 동생을 없애버린 거야."

"어떻게 되었군요, 마르트. 만약 내가 마르셀을 싫어했다면 이혼하면 되지 않았겠어요?"

"무슨 소릴 하는 거야? 결혼한 지 한 달도 채 되지 않았는데 헤어질 수 있으리라고 생각해. 적어도 상당한 시간에 걸쳐서 그런 놀라운 솜씨의 여자라는 생각이 들지 않게 해야만 했지."

"내가 그런 여자라고 생각하는 건 정말로 유감이군요."

"내가 잘못 안 것이라면 그렇다고 말해봐."

그러자 아가트는 미소를 지으면서 내 쪽으로 몸을 향하더니 내뱉었다.

"한 마디 하겠는데 마르트, 당신이 어떻게 생각하든 난 아무 상관없어요."

나는 너그럽게 이 공격을 받아들였다. 감정을 억누르는 표정을 짓기는 했지만 상대는 생각했던 것보다 만만치 않았다.

"당신은 운명의 심판을 믿나, 아가트?"

대답은 너무나도 분명했다.

"심판 같은 건 믿지 않아요."
가냘픈 여자의 모습을 하고 있지만 신념은 꽤나 굳건하다.
"모세의 율법은?"
그녀는 질린 표정을 지었으나 말을 바꾸는 건 단념한 모양이다.
"난 율법같은 것, 잘 몰라요."
"어머, 율법이라고는 해도 그건 굉장히 오래 된 거야, 아가트. 또 코란에도 나와 있어. 탈리오 율법이라는 이름으로 알려져 있는 건데."
그녀는 물끄러미 나를 쳐다본 채 낮은 목소리로 말했다.
"그게 어쨌다는 거죠?"
"그 율법은 복수를 허용하고 있어. 격언 쪽이 훨씬 유명하니까 그건 분명 알 거야. 눈에는 눈, 이에는 이라고 말야."
아가트의 호흡이 거칠어지는 것이 느껴졌다. 마침내 상대방의 약점을 잡았다.
"어째서 그런 말을 꺼내는 거죠."
"어째서라니, 난 운명의 심판을 믿기 때문이야. 다만, 일을 끝내는데 우연의 도움을 빌릴 생각은 없지만."
"그건, 날 협박하는 건가요?"
이번엔 내가 미소를 지을 차례다.
"어떻게 생각하는데, 아가트는?"
"그렇지만 난 마르셀을 죽이지 않았어요."
"당신은 그렇게 말하지. 하지만 내 생각은 달라."
"마르트, 당신, 미친 거 아니에요? 그래요, 틀림없이 머리가 어떻게 된 거예요."
"기묘한 딜레마라고 생각하지 않아? 당신은 사고라고 하고, 난 범죄라고 하지. 어느 쪽이 상대를 설득할 수 있을까."

"상관없어요. 좋으실 대로 생각하세요. 나하곤 관계없으니까."
"아니, 아가트. 난 진실을 알고 싶어. 행동으로 옮기기 전에 나 자신이 정당하다는 걸 알고 싶으니까."
"대체 어떻게 할 생각이죠?"
"마르셀의 피살을 그대로 내버려두리라고 생각해?"
"나를 죽일 건가요?"
"솔직히 말해서 그건 나도 아직 몰라. 하지만 선수를 쳐야만 하겠지. 만약 당신을 죽이지 않으면 내가 살해당할지도 모르니까."
그녀는 분노로 창백해지더니 두 손을 테이블에 짚고 일어섰다.
"미쳤어, 당신은. 확실히 알았어. 마르셀이 죽은 게 원인인지 노처녀인 탓인지는 모르겠지만, 어쨌든 미친 것만은 분명해."
나는 매우 부드럽게 미소를 지었다.
"그런 걸로 해두는 것도 괜찮겠지. 하지만 그렇다고 해서 당신에게 닥친 위험이 달라지지는 않아."
나는 잠깐 사이를 두었다가 침착하게 덧붙였다.
"협박이라고 하면 오히려 더 무섭겠지. 미쳤다는 편이 마음이 편할지도 모르겠군."
아가트는 자세를 고쳐 앉더니 새로운 불안에 사로잡혀 나를 쳐다봤다.
나는 천천히 이야기를 계속했다.
"내 동생을 죽인 지금, 당신은 성가신 증인도 죽여버리는 게 좋겠지. 당신을 위해 난 내 역할을 연기했지만, 그것도 이젠 끝났어. 사고였다고 증언했으니까. 그렇지 않았다는 걸 아는 사람은 우리 둘뿐이야. 그러니까 여기서 내가 마법처럼 사라져주기만 하면, 당신에겐 두려운 것이 하나도 없게 되지. 그래서 난 경계하고 있어."
그녀는 드디어 확신을 잃기 시작했다.

"내 입장이 당신보다 유리해. 당신에게서 복수의 칼날을 받기 전에, 내가 먼저 행동으로 옮기면 내 목숨도 구하고 동생의 복수도 할 수 있으니까 말야."
"정말로 어떻게 된 거예요."
"그렇게 여러 번 말하지 않아도 알고 있어. 하지만 생각해 봐. 설령 내가 미쳤다고 하더라도 그렇게 믿고 있는 건 당신 혼자뿐이겠지. 주위 사람들은 아무도 나의 정신상태가 위험하다고는 조금도 생각하지 않으니까. 아까도 말했던 것처럼 우리 둘 사이엔 진검승부가 펼쳐지고 있는 거야. 서로가 각오를 단단히 해야 할 거야. 난 결코 당신을 놓치지 않아, 아가트. 무슨 수를 쓰더라도 상관없어."
"하지만, 그건 사고였어요. 대체 어떻게 하면 당신이 그걸 알까요?"
"그 점에선 내 생각 따윈 전혀 안중에도 없던 것 아닌가?"
"말꼬리 잡지 말아요. 알았어요. 내일, 폴렌쟈를 떠나겠어요. 더이상은 히스테리를 부리는 사람하고는 같은 지붕 아래서 살 수가 없어요."
"내일?…… 조금 늦었다고 생각되지 않아?"
"뭐라구요?"
"우린 지금, 막 식사를 끝낸 참이야. 조금 아까 먹은 피자 맛이 좀 이상하다는 생각이 들지 않았어? 난 먹지 않았으니까 모르지만."
아가트는 새파래져서 입을 벌렸지만 말이 되어 나오질 않았다.
"난 의사야, 알고 있겠지만. 어떤 약이든 손에 넣을 수 있지. 강한 극약이라도 말야."
짧은 숨을 두세 번 쉬고 나서 아가트는 찡그린 표정을 내게로 향했다.
"저에게 독을 먹였나요?"

"글쎄, 어떨까? 이제 곧 알게 되겠지."

"대답해주세요."

"이미 대답했어."

둘 사이에 침묵이 내려와서 그곳 전체를 눌렀다. 일은 잘 되었다. 저항이 무너지고, 곧 자제력을 잃은 그녀는 당황하여 부산을 떠는 여자애나 다를 것이 없었다.

이번엔 내가 담배에 불을 붙이는 사치를 맛보았다.

"방금 말했던 것처럼 난 의사이기 때문에 독을 많이 알고 있지만, 해독제도 갖고 있지."

희망의 빛이 비추자 그녀는 내게 친근한 눈길을 보냈다.

"그럼 그걸 주세요. 빨리, 마르트, 빨리!"

"당신이 나의 몇몇 질문에 정직하게 대답해준다면, 그 다음에 어떻게 할지를 결정하겠어."

열에 들뜬 것처럼 아가트는 두 손을 깍지를 꼈다가 풀었다가 하면서도 눈만큼은 내게서 떠나지 않는다.

"뭐가 알고 싶어요?"

"어째서 마르셀과 결혼을 했지?"

"물론 돈 때문이에요."

그러리라고 예상은 했지만 그 말은 역시 내겐 충격이었다.

"약을 주세요. 빨리 먹지 않으면."

"진정해. 독에도 종류는 많아. 모든 독이 빠르게 효과를 나타내는 건 아냐. 이야기를 할 여유는 충분히 염두에 두었어. 그럼 마르셀과 결혼한 건 돈 때문이었단 말이지."

"달리 무슨 이유가 있었겠어요?"

"그런 친절한 고백을 듣지 않고 생을 마쳤으니 마르셀도 행복했을 거야."

"하지만 정직하게 대답하라고 한 건 당신이잖아요?"
"굉장해, 엄청나, 아가트."
"그런데 돈이 손에 들어왔는데 어째서 죽이고 싶었느냐는 거죠?"
"그래, 가능하다면 그것도 듣고 싶은 부분이야."
"바로 그렇기 때문에 사고라는 거에요."
"그건 차차 얘기하기로 하고, 그보다 결혼하기로 결정할 무렵엔 아직 토지 등기서류를 얻을 수 있을지 어떨지 몰랐겠지?"
"그런 건 문제가 아니었어요. 결혼 계약은 내게 유리했고 비록 등기서류를 받지 않는다 해도 그걸 이용할 수는 있었으니까 마찬가지였어요."
"자, 그럼 그 계산기 같은 머리로 결혼을 결심한 건 언제였을까 말해 봐."
"그 사람을 만났을 때에요."
"처음 만났을 그때?"
"네, 땅 얘기가 나왔을 때."
"하지만 그 무렵엔 당신은 결혼한 상태가 아니었나?"
"그거야 그렇긴 했지만."
아가트는 내게서 눈을 돌렸다. 두 사람을 둘러싼 분위기는 뭔가에 짓눌려 답답했으며 전기(電氣)가 가득 차 있는 것 같았다. 나는 광맥을 찾아냈음을 느끼고 그쪽으로 나아갔다.
"전 남편은 때마침 좋은 때에 돌아가셨군 그래."
"이혼이라도 할 수 있었어요."
아가트는 재빨리 말을 돌렸다. 나의 느낌으로는 그건 너무 성급했다. 나는 이때다 싶어 기세를 올렸다.
"페를라크에게 무슨 일이 일어났는지는 별개의 문제이긴 하지만 어쨌든 사실은 알고 싶어. 그 얘기를 해준다면 해독제를 줄 수도 있어."
"주세요, 제발. 마르트, 주세요."
"우물쭈물 하고 있으면 그만큼 위험이 커져만 갈 텐데."
갑자기 아가트는 외쳤다.
"뭐라구요, 당신이 정말 싫어. 노처녀에다가 못생겼고, 게다가 나쁜 사람이야."
나는 말없이, 그러나 어두운 미소로 예를 표했다.
"용서하세요, 이런 말은 할 생각이 아니었는데."
이내 해독제 생각이 났는지 아가트는 신중해졌다.
"페를라크가 죽었을 때의 일도 얘기했으면 하는데."
그녀는 움직이지 않는다.
"미망인이 되는 데 아주 능숙하군 그래."
"그건…… 사고예요!"
"호오, 그것도?"
"당신도 알잖아요? 나하고 함께 있었으면서."
"그 사고 원인의 아주 조금은 당신한테 있는 게 아닐까?"
왜인지는 모르지만 그렇게 말하는 동안에 나는 지금까지 암시해 왔으니 이제는 분명하고 솔직하게 말하는 편이 낫겠다고 느꼈다.
"됐어, 내가 알고 싶은 건 사실뿐이야, 아가트. 그걸로 당신을 심판하거나 할 마음은 없어. 다만 사실을 알고 싶을 따름이야."
우리는 상대의 눈을 찌를 것처럼 노려보았다. 그녀의 눈빛이 달라졌다.
순간 그녀는 차가운 미소를 띤 얼굴을 마치 살무사처럼 쳐들고 나를 향해 바짝 다가들더니, 조용한 목소리로 한 마디 한 마디를 또박또박 말했다.
"죽, 였, 어, 요, 마르트. 알고 싶은 건 그뿐인가요?"

생각지도 않았었다. 아니, 그런 일이 가능할 리가 없다고 여겼었다. 나는 놀라움을 감추느라 무진 애를 써야 했다. 그러나 그녀는 이미 그런 건 전혀 신경 쓰지 않았다. 이 순간 아가트는 내게서 한참 먼 곳으로 멀어져버리고 말았다.

"난 완전범죄를 했어요. 하지만 자랑을 하는 건 아니에요. 내가 말한 건 순전히 당신의 해독제가 필요하기 때문이에요."

그러더니 내 쪽으로 얼굴을 바짝 들이대더니 빙글빙글 웃으면서 계속했다.

"게다가 당신한텐 결코 증거가 잡히지 않을 테니까."

"어떻게 했지, 아가트?"

최면상태에 빠진 듯한 그녀를 깨우기 위해 나는 조용히, 소리를 높이지 않고 물었다.

"간단해요. 배의 뚜껑을 바꿨을 뿐. 뚜껑이라고 말해도 뭔지도 모르겠지만."

나도 미소를 지을 정도가 되어, 모른다며 고개를 저었다.

"배를 뭍에 올려놓을 때 물을 빼는 데 쓰는 작은 나무 쐐기 같은 거예요. 그걸 막대사탕으로 바꾸었죠. 그 뿐이에요."

나는 이해가 되지 않았다.

"그뿐이라니?"

그다지 머리가 좋지 않은 어린아이에게 농담을 설명해주기라도 하는 듯한 미소를 띄우면서 그녀는 말을 이었다.

"배가 호수로 나간 뒤 한참 지나면 막대사탕은 녹겠지요. 물이 들어와서 배는 가라앉은 거예요."

"그래서, 전남편은 물에 빠져서?"

"그래요. 장은 물에 빠져죽었어요."

나는 그녀를 쳐다봤다. 등줄기에 서늘한 것이 타고 지나갔다.

눈에는 눈

"마르셀과 결혼하기 위해 죽인 거로군."

"바로 그거예요."

이번엔 내가 안정을 잃었다. 이 정도의 고백은 생각지도 않았었다. 나는 이리저리 흩어져버린 생각들을 주워 모아 짜 맞추느라 애를 써야 했다.

"하지만 만약 마르셀이 결혼을 원치 않는다면?"

그녀는 수수께끼 같은 미소를 보였다.

"하지만 결혼했어요."

"어째서 그럴 자신이 있었지."

"난 그 사람의 마음에 들었거든요."

"페를라크와 결혼한 지 몇 년이 지났지?"

"7년."

"7년! 그런데 남편보다 부자가 나타났다는 것만으로 태연히 죽여버렸다?"

너무나도 엉뚱해서 도저히 믿겨지지가 않았다.

"그렇다 하더라도 아가트, 어째서 이혼을 하지 않았지?"

그녀는 어깨를 으쓱 하더니 초조한 모습으로 어린애처럼 뾰로통한 표정을 지었다.

"시간이 너무 많이 걸려서, 쟝도 분명히 전혀 몰랐을 거예요."

이 주옥 같은 한 마디는 두 번째 남편에 대해서도 마찬가지였을 테고, 그러는 편이 보다 그럴 듯하다. 마르셀은 페를라크에 비하면 훨씬 볼품이 없었을 테니까.

나의 생각은 급격히 앞으로 전진했다. 그 대신, 이 고백에 놀라는 동안에 나의 유리한 입장은 상실되고 말았다. 아가트는 나의 질린 얼굴을 재미있어하기조차 했다.

"사실을 알고 싶었다고 했죠? 하지만 이 정도의 비밀이 있으리라고는 생각지도 못했을 거예요. 앞으론 둘이서 이 비밀을 지켜야겠네요. 남한텐 말하지 않는 게 좋을 거예요. 아무도 믿어주지 않을 테니까."

"시효에는 아직 걸리지 않았겠지?"

"물론이에요. 하지만 말예요. 당신의 동생이 죽은 지 얼마 되지도 않았는데, 갑자기 1년 전의 범죄를 조사해 달라고 말을 꺼내봤자 환영받지는 못할 것 같은데. 미친 사람이라고 여길 게 분명할 걸요."

그 말대로였다.

아름다운 드 페를라크 부인은 마음도 차갑지만 머리도 상당히 냉정하다.

그녀는 낮고 건조한 웃음소리를 냈다.

"지금은 이미 아무리 배의 나뭇조각을 핥아봤댔자 사탕 맛이 남아있을 리도 없고, 배는 부숴 버린 데다가 쟝은 땅에 묻혔으니 모든 건 지난 얘기가 되었어요."

그녀는 또다시 내게로 바짝 얼굴을 향했다. 그 목소리는 증오로 떨리고 있었다.

"어때요, 아줌마? 내 입을 열어서 도움이 되셨나요? 당신은 앞으로 매일 밤마다 이 비밀의 꿈을 꿀 거예요. 그래봤자 어떻게도 할 수 없겠죠. 당신처럼 오로지 정의만 아는 사람이, 이런 엄청난 내막을 알고 있으면서 잠자코 침묵을 지켜야만 하다니, 꽤나 얄궂은 일이로군요. 그렇지 않아요? 자, 그 해독제를 주세요. 이제 와서 나를 죽였다는 양심의 가책마저 등에 질 필요는 없지 않겠어요?"

나는 기계적으로 발치의 핸드백을 집어서, 그 안에서 아스피린 한 봉지를 꺼내 건넸다. 속였다는 것을 설명하느니 차라리 그러는 편이 나았다. 상대의 살인 취미로 볼 때, 이것이 독살 미수가 아니라 자백을 시키기 위한 위협에 지나지 않았다는 걸 결코 인정하지 않을 테니까.

그녀는 부랴부랴 내겐 눈길조차 주지 않고 봉지의 약을 먹었다. 그리곤 물에서 나와 몸을 흔들고 날개를 펼쳐 깃털을 다시 세우는 작은 새처럼 순식간에 자신감을 되찾았다. 그 변화는 무척이나 볼 만했다.

꺼져 들어가는 촛불로 담배에 불을 붙이더니 벌떡 일어나 사교적인 어조로 말했다.

"이번에야말로 마르트, 잘 자요. 난 무척 피곤해요."

그러더니 뒤도 돌아보지 않고 안마당으로 향했다. 하이힐이 돌계단에 또각또각 울리는 소리가 들렸고, 아가트의 향수가 남긴 향이 한동안 내 주위를 감돌았으나 이내 그것도 사라졌다. 그것 뿐 이제 아무것도 남아 있지 않았다. 단지 그녀가 내뱉은 비밀의 무게만이 나의 가슴을 짓누르고 있을 뿐이다.

나는 한참을 혼자 서 있었다. 촛불이 꺼지고 밤하늘의 별이 비추는 어슴푸레한 빛이 테라스를 감쌌다. 1층의 아가트의 방에서 불이 켜졌다. 그녀에게 밤은 잠자기 위한 시간밖엔 아무것도 아니다. 하지만 내게는 치욕과 비탄을 감춰주는 시간이다. 그것도 완전하게 지워주지는 못한다.

내일 해가 떠오르면 나는 행동에 나선다. 더 이상 수동적인 구경꾼으로 만족하고 있을 수는 없다. 마르셀은 여기서 몇 미터 떨어진 곳에서, 오직 혼자서 묘지에 잠들어 있다.

그 아이의 죽음을 헛되이 할 수는 없다. 정의야말로 인간의 특권인 것이다. 그것을 올바르게 세우지 않는다면, 세상은 순식간에 약육강식의 정글이 되고 만다.

아가트를 자유의 몸으로 놔두는 건 너무나도 위험하다. 사회의 법률이 그녀를 지키는 바에야, 나는 다른 법률을 찾아내야만 한다. 주님도 말씀하셨다. "복수는 나의 것이니, 그것을 네게 주노라"고. 왠지는 모르지만 그렇게 생각하니 용기가 솟아났다.

나는 일어나서 천천히 내 방으로 돌아갔다. 일종의 안식이 내 안으로 내려오고 있다. 나를 움직이게 하는 건 증오도 아닐뿐더러 앙갚음 때문도 아니다. 정의를 위해서다.

무엇을 해야 할지는 아직 모르지만 내게 그럴 권리가 있다는 것만은 분명하다.

나는 마음을 놓고 잠자리에 들었다.

아가트의 목숨은 이제 끝이 보이고 있다.

아가트

쟝의 일을 마르트에게 말한 건 오히려 잘된 일이다. 그 비밀이 어떻게도 할 수 없는 것임을 깨닫게 되면 마르트는 제 스스로 멀어지겠지. 내가 위험 인물이란 걸 조금은 알려 줄 필요가 있어. 모처럼 어렵사리 재산이 생겼고, 또 자유로운 몸이 된 이 마당에 그런 성가신 노처녀를 떠맡고 있는 건 도저히 참을 수가 없어.

만일 바보 같은 짓을 하려 한다면, 그 때가 되어, 언제든지 입을 다물게 할 수가 있지. 다만 앙갚음을 하겠다고 나선 건 곤혹스럽군. 정의를 주장하는 광신자들만큼 위험한 건 없으니까.

그렇다고 해서 마르셀이 죽은 지 얼마 되지도 않았는데, 또다시 사고로 죽게 만들면 의심을 받을 게 분명해. 이 일은 신중하게 해야만 하겠어.

하지만 스페인에 있는 동안은 유리한 점도 있지. 여기선 나의 첫 번째 남편이 어떻게 죽었는지를 아무도 모르거든. 경찰도 이번 사고의 경우, 올해 처음의 사망자였던 탓도 있긴 하지만 무척이나 이해가 빨랐어. 며칠 전 영국인 하나가 작살에 팔을 찔렸다고 하던데, 나도 그 사람이 팔을 매달고 호텔 테라스를 지나가는 걸 보았지. 마르고키가 큰 젊은 사람인데, 두세 마디 얘기도 나누어보았다.

모든 사람들이 무척 친절하고 또 쉽사리 내 말을 믿어주었다. 그런데 단 한 명의 목격자인 마르트만이 그걸 믿어주지 않는데 어떻게 된 게 분명하다.

어째서 내가 마르셀을 죽였다고 확신을 해버린 것일까. 마르셀은 방해가 되기는커녕 재미있었다. 굉장히 견실해서 난 그 사람이 필요하다고까지 생각했을 정도였지. 게다가 난 재주가 너무 없어서 수영이나 작살 던지는 법도 이만저만 서투른 게 아닌데, 만약 마르트가 말하는 것처럼 처음부터 죽일 작정이었다면 그렇게 부정확한 수단을 선택했을 리가 없지.

단지 마르트는 그 자리에 함께 있었고 자기 눈으로 현장을 지켜봤다고 여기고 있다. 그리곤 성 토마스처럼 자기 눈을 의심하는 법없이 착각했다고는 결코 생각지 않았다.

그렇지만 결국 난 아무런 상관이 없어.

마르트는 어차피 내가 가는 길에서 사라져갈 사람이기도 한 데다가 또 내 쪽에서 멀어질 방도를 생각해도 돼. 조금 성가시긴 하지만 위험하진 않아.

마르트는 오늘 아침 자동차를 타고 푸에르토 데 폴렌쟈까지 외출을 했다. 뭘 하러 가는지는 모르지만 특별히 묻지도 않았다.

나는 침대에 누워 있다. 마르트가 없으면 이 집도 괜찮은 곳이다. 혼자 있고 싶다. 앞으로 여행을 할까 생각한다. 새로운 나라들을 차례로 찾아갔다가 또 차례로 떠나고, 그 어디에도 정착하지 않는, 그런다면 정말로 멋있을 거야.

세상은 무척이나 넓고 또 매력적이지 않은가.

마르트 (의 독백)

 오르막길의 모퉁이에선 때때로 차를 세웠다가 낮은 기어로 다시 시작해야만 한다. 타이어가 자갈길을 미끄러지고, 모터가 타기 시작한다. 축제 때의 십자가 행렬이 지나는 길과 자동차 길이 서로 같기 때문에 내려갈 때는 브레이크를 계속 밟아대야 하고, 올라갈 때는 꼭 운전면허 시험을 보는 것 같다. 이 프리모스는 낡았고 엄청나게 연료를 먹어치운다. 나도 마찬가지지만 이 자동차도 앞날이 그리 길 것 같지는 않다. 내게는 마지막 시기라는 조짐이 느껴진다. 하지만 두렵지는 않다. 미련도 슬픔도 없다. 다만 죽기 전에 몇 통인가의 중요한 편지를 써두어야만 한다. 그 가운데 한 통은 마르셀의 곁에 묻어달라는 것도 있다.
 파리에서 비행기를 탈 때만 해도 이런 드라마를 연출하게 될 줄은 꿈에도 생각지 않았다.
 내 기분은 평화롭다. 어떻게 마무리를 지을 것인가를 결정하느라 며칠 밤이나 잠을 자지 않고 생각했다. 잘못된 결정을 하지 않기 위해 불안한 점을 모조리 해결해야만 했다. 그 결심이 선 지금은 전투 전날 밤 같은 고요함 속에서 지내고 있다.
 나는 내 일생의 총 결산을 하려한다. 그러자니 아무리 생각을 해도 나의 일생에 무슨 의미가 있었는지 알 수가 없다. 그렇다 하더라도 주어진 생애를 나는 받아들이려 한다. 그 의미도, 분명 우주의 조화 속에 녹아들어 있는 것인지도 모르니까.
 그 판단을 하는 건 내가 아니리라. 이런 중대한 때가 되어서 갑작스레 종교적인 냄새를 풍기고 싶지는 않지만, 신을 생각하는 것이 나를 안심시키고 또 힘을 실어준다.
 요즘은 날마다 마르셀의 묘지 곁에서 오랜 시간을 보낸 다음 자그마한 교회로 가서 명상에 잠긴다. 사원이라기보다는 사당 같은 이곳 교회는 하얀 석회가 벽에 칠해져 있으며, 장식이라고 해봤자 소박한 벽화와 석고상 몇 개가 있을 뿐이긴 하지만, 그곳엔 현대 세계에서 사라져버린 고요함과 순수함이 감돌고 있다.

 기도를 한 다음에 나는 오랫동안 내가 묻히게 될 이 땅을 둘러본다.

 아침엔 일찍 일어나고 밤엔 늦게 잔다. 나는 생명을 최대한으로 즐기고 싶다. 인생은 인간 속에만 있지만 생명은 자연과 함께 시작된다. 그리고 그것은 경치와 빛과 하늘, 그리고 나무들과 온갖 소리 속에서 조화와 희열로 숨쉰다.

 나는 색에도, 열에도, 공기에도, 향기에도, 느낄 수 있는 모든 것에 몸을 푹 담그고 있다.

 그런 모든 것은 내가 태어나기 전에도 존재하며 내가 죽은 뒤에도 계속되어 갈 것이다.

 기억들이 고리처럼 둥글게 이어지면서, 내가 어린 시절에 찾아낸 후 줄곧 잊고 있던 것들이 이렇게 죽음에 이르러 한꺼번에 생생하게 되살아났다.

 내게는 남길 만한 것이 아무것도 없다. 자식도, 애정도, 우정도. 그렇지만 슬프다는 생각은 들지 않는다. 비로소 우주의 평안 속으로 녹아들어 간다고 여길 따름이다.

 왠지는 모르지만 가장 중요한 건 행복하게 사는 게 아니라 행복하게 죽는 것이라는 생각이 든다. 내가 아가트를 진정으로 용서할 수 없다고 생각하는 건 이 때문이다. 전남편에게서도, 또 마르셀에게서도, 이들 두 사람이 각자의 죽음을 받아들일 것인지, 두려할 것인지, 그것을 스스로 결정할 자유를 박탈해버렸다.

 죽음을 앞둔 결정적인 순간에 있어서 인간에게 남겨진 자유는 그것뿐이다. 나는 나의 죽음을 받아들이겠다. 나는 그것을 불안해하거나 흥분하지 않고 조용히 결정할 수 있음을 행복하게 여긴다.

나는 집 앞에 자동차를 세우고는 타는 듯한 광장으로 내려갔다.

오후 낮잠 시간이어서 사람이나 가축, 초목까지도 잠에 빠져들어 태초의 순수함으로 돌아가 있다. 아가트조차도, 그 말간 눈동자를 뱃속이 시커먼 몸 위에서 감고 조용히 잠들어 있을 게 분명하다.

집 안으로 들어가니 선뜩하다. 나는 차양을 내려놓은 내 방으로 돌아간다. 햇빛이 돌을 깔아놓은 바닥에 줄무늬를 그리며 비쳐들고 있다. 거울에 비친 내 얼굴은 무척이나 지쳐 있다. 다시 통증에 시달리지 않기 위해 진정제를 먹고 책상에 앉아 편지를 쓰기 시작한다.

나는 오후 시간의 대부분을 편지를 쓰는데 썼다. 몇 번이나 초안을 썼다가 다시 정서를 한다. 아무리 사소한 일이라도 소홀히 할 수 없으며, 그러면서도 흥미를 가지고 읽게 하려면 되도록 간결하게 써야만 한다.

초안으로 썼던 것은 잘게 찢어서 난로 속에서 태웠다. 완전히 재가 되었을 때 그것을 손바닥에 모아 창 밖으로 버렸다. 그것은 검은 안개가 되어 순식간에 흩어졌고 흔적도 없이 사라졌다.

편지를 봉투에 넣고 겉봉투를 쓴 다음 우체통에 넣기 위해 다시 자동차에 탔다.

저녁 노을이 지기 시작한다. 이 온화한 시간이, 어슴푸레한 향수의 시간이, 무엇보다도 나의 가슴을 푹 젖어들게 한다. 아무리 나쁜 사람이라도 상처받기 쉬워지고, 향수병으로 가장 고통스러워하는 시간이다. 특히 나는 그것에 휘둘리지 않기 위한 엄청난 노력이 필요하다. 때문에 지금까지도 이 위험한 시간에는 반드시 누군가와 함께 있도록 상황을 조절해 왔는데……. 어디서 태어났는지도 모를 고양이 한 마리가, 프리모스의 보닛 위에 올라와 있다. 나는 한참을 쓰다듬어준다. 고양이는 만족감에 목을 가르랑대다가 마침내는 식상했는지 내게는 눈길도 주지 않은 채 멀어져갔다.

나는 차에 타고 다시 마을길로 들어섰다. 광장에서 편지를 넣고 자동차 수리점에 가서 브레이크를 손보았다.

수리공은 공손하게 브레이크를 조정해주었다. 그는 무척이나 정직하고 성실하다. 그동안 나는 그의 곁에서 세상 얘기를 하고, 그러고 나서는 함께 광장 반대편으로 압생트를 마시러 가자고 했다. 그는 브레이크는 완전히 손을 보았으므로 조금도 걱정할 필요가 없다고 했다. 나는 단지 교회에서 나오는 길은 급한 내리막 모퉁이가 많기 때문에 그냥 한 번 점검을 해달라고 했을 뿐이라고 대답했다.

우리는 미국 자동차의 이해득실에 관해 서로 의견을 주고받았다. 그 뒤에 나는 집으로 돌아왔다.

아가트는 일어나서 위스키를 앞에 두고 담배를 피우고 있다. 내가 다가가도 고개도 들지 않은 채 소설 읽기에 몰두하고 있다. 그녀는 보통 사람이 평생에 걸쳐서도 생각할 수 없을 그런 모험을, 여주인공이 몇 페이지 안에서 살아가는 그런 바보 같은 연애 이야기를 매우 좋아한다.

아가트의 방에는 그런 괴상한 문학 책이 넘친다.

"내일은 어떻게 할 거야, 아가트?"

"……글쎄……."

여전히 고개도 들지 않는다.

"괜찮다면 자동차를 쓰도록 해. 난 나가지 않으니까."

예의를 지키기 위해 노력하고 그러면서도 유감스럽다는 듯 읽고 있던 책의 가장자리를 접더니 내게 무심한 눈길을 주었다.

"산책은 어땠어요?"

그것은 순전히 인사치레였다. 나의 대답도 마찬가지다.

"즐거웠어. 고마워."

그것으로 하루의 중요한 대화는 끝났다고 할 수 있다. 앞으로 날씨에 관한 두세 마디가 남아 있긴 하지만 그게 끝나면 서로 할 말이 없다. 하지만 아가트도 습관에는 따르는 편이다.

첫 번째 남편의 죽음에 관해 진실을 말했던, 테라스에서 있었던 그 사건 이래로 묵계처럼 침묵이 둘 사이에 생겨났고, 둘 다 굳이 그것을 깰 생각은 없었다.

아가트는 집 계약 기간이 끝나 파리로 돌아갈 날이 오기를 기다리고 있다. 그 후론 그녀의 소식을 내게 전하는 건 공증인뿐이라는 것도 알고 있다.

아가트는 피하기 힘든 악처럼 나를 참아내고 있을 따름이다. 나를 특별히 싫어한다기보다 잊어버리고 있는 것 같다. 그녀의 머리 속에서 나를 지워 버린 것 같다. 불필요한 짐에 관한 건 생각해도 별수가 없다는 것이리라.

하지만 나는 관찰을 그만두지 않았다. 이해할 수 없었던 이 여자가 지금은 불쾌하고 두렵게만 여겨진다.

아가트는 식물 같은 생활을 계속해 왔으며 그것으로 충분히 만족하고 있다. 괴로움이라는 것에 빠져든 적이 없으며 지능 정도도 극히 평범하기 때문에 불완전한 교양을 마음에 두지도 않았다. 진지한 문제로 고민하는 일도 없다. 그런데 외적인 곤란에 대해서는 수단을 가리지 않고 그것을 뛰어넘는 힘을 가지고 있다.

이 능력에 힘을 입어 그녀는 자기 자신이 패배를 모른다고 여기고 있다. 언제나 양심의 가책을 입는 날카로운 신경의 소유자인 나 같은 여자는 그녀의 좋은 먹이가 된다. 그녀는 그것을 짓밟아 뭉개고 나아간다. 단지 아무리 해도 내가 알 수 없는 것은 그렇게 해서 결국 그녀가 어떻게 하려는 것인가 하는 것이다. 아무리 나의 개성을 팽개치고 그녀의 입장이 되어보아도 나의 논리나 감각은 전혀 도움이 되지 않았다.

아가트는 악마 같은 여자다. 그건 부정할 수 없다. 그러나 어째서 그녀가 그런 것인지, 어떤 경험을 거쳐 그리 된 것인지, 그것은 전혀 알 수가 없었다.

마르셀의 죽음 이후로 나는 내내 이 생각에 매달려왔다. 그것이 갑자기 그 때, 테라스에서 마주 앉아 있었던 때에 분명해졌다.

아가트는 정열을 느끼지 않는 여자인 것이다.

행동의 바탕이 되는 모터가 전혀 없는 것이다.

아가트는 불이나 번개나 마찬가지로 파괴력 그 자체와 다름이 없다. 타고난 악을 몸에 품고 있으면서 스스로도 그것을 느끼지 못한 채 그 무도덕성에 의해 어떤 상황이든 헤쳐나갈 수 있으며, 자신이 생각한 쪽으로 사태를 바꿀 수 있는 것이다.

그녀는 목적을 쫓는 것이 아니라 단지 그때 그때를 능숙하게 이용하고 있을 따름이다. 페를라크를 죽인 것도 마르셀이 때맞춰 나타났기 때문이며, 그런 마르셀을 죽인 것도 마침 좋은 기회가 찾아왔기 때문이다.

분명히 젊고 부자이며 미망인인 편이, 부자이며 나이든 남자의 아내인 것보다 나으리라고 여겼던 것뿐임에 틀림없다.

그녀의 생각은 그 이상으로는 나아가지 않았으리라. 앞일도 그리 깊게 생각지 않으며 용의주도하게 계획을 미리 가다듬는 것도 아니다. 낮에 먹다 남은 음식을 저녁 식사에 다시 이용하는 듯한 기분으로, 자기의 손에 닿는 수단을 그때 그때 이용하는 것에 지나지 않는다.

이것은 어떤 정열보다도 위험하다. 이런 일을 거듭할 기회는 앞으로도 그녀의 가는 길에 얼마든지 펼쳐질 테니까.

아가트는 아직 채 서른도 되지 않았어!

나는 그녀를 지켜보면서 그런 생각을 계속했다. 악마의 개념을 곧 묵시록에 그려져 있는 모습과 결부시켜버릴 게 틀림없는 것이다. 나의 올케는 타고난 미모의 힘으로 봉인을 뜯고 나타난 악마다. 금발을 지닌 사랑스러운 어린아이 같은 얼굴을 하고 있지만, 그런 순진한 표정이야말로 겨냥한 먹이를 움츠러들게 하는 무기인 것이다.

  다행스럽게도 나는 남자가 아니며 그래서인지 속임을 당하지도 않았다.

  그 날 밤도 우리는 각자 자기의 은신처에 숨어든 채로, 서로가 조금도 통하지 않는 각자 자기만의 세계에 틀어박혀서 저녁 식사를 마쳤다.

  다음 날 아침, 아가트는 일찍부터 자동차를 타고 나가서 하루 종일 돌아오지 않았다.

  나는 오랫동안 산책을 하면서 그 지역 사람들과 이야기를 하거나 좋아하는 책의 중요한 부분을 다시 음미하거나 하면서 보냈다.

  아가트는 해가 질 무렵에 돌아와서는, 여행안내소에 가서 돌아가는 여행에 관해 상담을 하고 왔다고 했다. 9월 초순까지는 기차나 비행기의 자리가 모두 찼으며, 자리가 나는 대로 알려주기로 했다고 한다. 8월도 끝나가고 있다. 그녀는 달이 바뀌기를 무척이나 기다리는 눈치다.

  이곳 경치와 사람들과 너무나도 친숙해져버린 나는 이곳에서 살기 시작한 지 얼마나 지났는지도 모르겠다.

  다음 날 나는 기운차게 일을 정리했고 눈 깜짝할 사이에 아침나절이 지나갔다.

  점심 식사 때 아가트는 자동차를 타고 팔머까지 가서 상점을 돌아다니겠다고 했다. 함께 가지 않겠느냐며 권하기까지 해주었다. 나는 그것을 거절한 다음 나중에 차를 쓸 일이 있으니 가능하다면 너무 늦지 않게 돌아와 달라고 덧붙였다. 그녀는 그다지 싫은 표정도 짓지 않고 시내에 나가는 것도 어차피 심심풀이라서 가지 않아도 된다고 했다.

우리의 사이는 변함 없이 무관심을 가장한 예의바름, 그것이었다.

시내에 가지 않으면 무엇을 할 생각이냐고 물었으나 그건 그녀도 몰랐다. 틀림없이 언제나처럼 오후의 대부분을 낮잠을 자면서 보내리라.

나는 저녁 식사 시간엔 돌아올 테니 가정부에게 식사 준비 얘기를 해달라고 부탁을 했다.

아가트는 고개를 끄덕이며 요리 이름을 몇 가지 말했으나 나는 듣지도 않고 승낙을 했다. 그리고는 언제나처럼 안녕이란 말을 했고 그녀도 언제나처럼 다녀오라고 대답을 했다.

우리에겐 하루 하루의 구별이 없어진 것 같았으며, 모든 것이 똑같은 리듬으로 반복되어 완전한 단조로움 그 자체였던 것이다.

나는 프리모스에 탄 다음 시동을 걸었다. 모터 소리가 매우 조용하기 때문에 언제나 두세 번 액셀러레이터를 밟아보아 시동이 걸렸는지 여부를 확인한다. 핸드 브레이크를 풀고 조용히 경사진 길을 내려가기 시작한다.

한 번, 집을 돌아본다. 아가트는 이미 테라스에 없다. 교회의 종이 울리고 있다. 타이어 밑에서 자갈이 부딪는 소리만이 침묵을 깬다. 십자로의 첫 번째 모퉁이를 지난다.

단번에 부채처럼 멋진 풍경이 눈 아래에 펼쳐진다. 황량한 산허리를 길이 구불구불 돌고, 교회 주변의 집들이 급한 벼랑에 달라붙어 있다.

프리모스는 속력을 높인다. 기어를 상단으로 넣은 채로 나는 자동차를 몬다. 길은 100미터 가량 매우 급한 내리막이다가 그 끝에 가장 위험한 모퉁이가 버티고 있다. 나는 그곳에서 속력을 강하게 냈고 핸들도 충분히 꺾지 않았다. 타이어가 찌익 하며 긁혔고 자갈 파편이 타닥타닥 자동차 바닥에 와 닿는다.

그리곤 완성된 퍼즐을 허공에 내던지는 것처럼 경치가 산산조각이 나면서 흩어졌다. 정면의 산은 이미 경치 속의 극히 일부에 지나지 않으며, 반대로 길 아래쪽의 작은 십자가가 눈에 가득 펼쳐졌다.

자동차는 이미 미친 듯이 허공을 날고 나는 놀이공원의 목마를 탄 것처럼 흔들린다.

나는 충격을 기다린다. 그 때 난생 처음이자 마지막인 공포에 휩싸였다.

맨 처음 땅에 부딪쳤을 때 범퍼가 튕겨져 날아갔고 자동차는 한 바퀴 돌았으며, 이제 멈추지도 않고 회전 낙하를 계속했다.

나는 생각하려고 했다. 그러나 머릿속에선 오직 하나의 단어가, 낙인처럼 커져만 가고 있다. "끝이다…… 끝이다……."

충격의 한 순간에 모든 것이 산산조각 나고 뿔뿔이 흩어질 것임을 안다. 나의 육체가, 있는 힘껏 반항을 외치고 있는 이 영원의 순간에도 이성은 손톱만큼도 움직이지 않는다.

종말이 다가왔음을 처음으로 깨달은 것은 영혼보다도 나의 육체였다.

경치가 완전히 지워지고 바로 그 순간 파국의 소리가 났다. 몸이 차체에 강하게 부딪는다. 그리고 어둠이 온다. 이제…… 아무것도 없다.

아가트

나는 잠이 들었던 것 같다. 짓눌린 소리에 잠이 깼다. 귀를 기울였지만, 침묵이 권태의 실을 끌어당기고 있을 뿐이다. 분명히 또 악몽을 꾸고 있었던 모양이다.

이곳 스페인 요리가 좋지 않았어.

갑작스레 잠을 빼앗겨, 이젠 기분 좋은 낮잠의 뒷맛은 기대할 수도 없다. 유감스럽지만 일어나 버렸다. 오늘도 무엇을 하면서 하루가 끝나기를 기다려야 좋을지 모르겠다. 셔츠와 바지를 입고 테라스에서 멍하니 있기로 했다.

타는 듯한 햇빛. 나는 협죽도 아래의 해먹에 누워 한쪽 다리만 땅에 내려놓고 몸을 흔들거렸다.

해먹은 규칙적으로 양달에서 응달로, 양달에서 응달로 흔들린다……. 천천히…… 규칙적으로…… 꿈처럼…….

그렇게 한참이 지났을 때 길을 올라오는 발소리가 나의 호기심을 자극했다. 관광객은 아닌 것 같다. 걸어오는 것은 한 사람뿐이며 성급한 발걸음으로 보아 서두르고 있음이 분명했다.

교회에 오는데 어째서 십자가 길을 올라오는 걸까. 마을에서 오는 거라면 계단이 있는데. 조금은 따분해하던 참이었으므로 이런 별것 아닌 이상한 일에 흥미가 끌렸다.

이윽고 발소리에 한 마디 말이 추가되었다. 무슨 말인지는 모르겠다. 다만 숨을 헐떡이면서, 그러면서도 열심히 외치고 있다.

그 뒤로 몇 초 지나지 않아서 그 사람의 모습이 보이기 시작한다. 100미터쯤 떨어진 곳으로 왔을 땐 얼굴이 보여서, 그나마 아무 것도 하는 일이 없는 나를 위로해준다.

나는 모퉁이의 벽을 쳐다보고 있었다. 나타난 사람은 가정부인데, 팔에 바구니를 걸고 들어 올린 머리가 흐트러져 있어 깜짝 놀랐다. 갑작스러운 일에 혼란스러워하고 있음이 분명했다.

집으로 오는 건 분명한데 이런 시간에 대체 무슨 일인 걸까.

그녀는 담장을 돌아 안쪽 계단을 오르더니 서둘러 테라스로 달려왔다. 눈으로 나를 찾으면서 뛰어오더니 곧장 스페인 말로 마구 지껄여 대기 시작했다.

대낮의 더위에 반쯤은 몽롱한 상태였던 나는 그녀의 연극이 재미있었으므로 아무런 제지도 않고 이야기를 계속하게 했다. 그러다가 숨이 차서 간신히 틈이 생겼을 때, 나는 알아듣지 못하는데 어째서 스페인 말로 하느냐고 물어보았다.

그녀는 거친 사투리로 흥분한 나머지 그걸 깜박 잊었노라고 대답했다. 이런 서론은 전혀 소용이 없는데, 그런데도 속이 개운치가 않은지 다음에는 청산유수처럼 마리아, 예수님, 아버지 하느님에 대한 기도가 번갈아 가며 튀어나오기 시작했다. 그 가운데서도 라 마들레가 특별히 마음에 드는 모양이다. 그리곤 드디어 마지막에 가서야 마르트가 사고가 났음을 알았다.

이 사건이 어째서 가정부를 이렇게나 혼란스럽게 했는지 나는 도통 모르겠다. 3주일 전만 해도 우리는 전혀 모르는 사이였고 또 앞으로 며칠만 지나면 두 번 다시 만날 일도 없는 사이인데, 어떻게 우리의 사생활에 이렇게나 적극적이 될 수 있는 걸까.

나는 서민의 후덕한 인정을 이해하는 것은 포기하고, 오로지 그런 흥분을 이용해 마르트에게 일어난 일을 정확하게 듣기로 했다. 말에 눈물이 뒤섞이고 얘기는 점점 앞뒤가 맞지 않았으며 심한 사투리와 오열이 내용을 한참 과장하긴 했지만, 마르트가 죽었다는 것만은 알 수 있었다.

나는 그저 놀랐을 뿐이었다. 마르트가 죽었다. 하지만 대체 어째서? 그거야 뭐 사람이 죽는 데 구실 같은 건 없지. 무릇 사람은 뭔가를 위해서 죽는 게 아니라, 어떤 까닭으로 인해 죽는 거야. 사고 때문이거나, 병 때문이거나, 인간은 알 수가 없는 원인 때문에. 하지만 마르트가 죽을 까닭 같은 건 전혀 떠오르지가 않는군. 그래서 난 그저 어이가 없기만 할 뿐이다. 마르트는 자동차 사고로 어딘가의 골짜기 바닥 깊은 곳에 잠들어 있다고 한다.

이것으로 성가시고 음산한 사람이 없어져준 것이므로 나는 조금도 슬프지 않아. 오히려 안도의 한숨을 내쉬었지. 언제까지나 젖은 옷을 걸친 것처럼 책임을 추궁당하는 건 좋은 기분은 아니거든.

나는 가정부한테서 좀더 자세한 얘기를 듣고 싶었지만 산허리를 손가락으로 가리키기만 할 뿐, 가정부의 얘기는 끝이 났는지 같은 얘기를 반복하기만 할 뿐이었다.

다만 한 가지, 프리모스가 첫 번째 길모퉁이를 꺾지 못해서 20미터 가량 떨어져 바위에 부딪쳤다고 했다. 그곳은 위험한 길이어서 나도 항상 조심하고 있었다. 이상한 것은 그렇게나 운전에 능숙한 마르트가 뻔한 위험을 피하지 못했다는 것이다.

바로 그 때 전화벨이 울렸다. 나는 수화기를 집으러 갔다. 경찰관이 불행을 알렸다. 나는 이렇게 짧은 동안에 잇따라 일어난 비극에 그저 어찌할 바를 모를 뿐이라고 대답했다. 경찰관은 스페인 사람이어서 여자에겐 매우 예의가 바르다. 내게 동정과 애도의 말을 하더니 사고 확인과 시신 수습을 책임지고 할 테니까 집에서 떠나지 말아달라고 했다.

나는 고맙다는 말을 하고 나서 내 방으로 돌아갔다.

장례식 뒤의 그 지긋지긋한 기간을 떠올리자 오싹했다.

매장만 끝나면 그 길로 발레아레스를 떠나야지.

함께 살기 시작한 초기에 마르트를 나쁘게 생각했던 게 후회가 된다. 그 사람은 착실한 사람이었다. 마르셀은 그 사람에게는 가진 적이 없었던 자식 대신이었던 모양이던데.

나는 마르트의 방으로 가보았다. 그녀의 냄새가 아직도 생생하게 남아 있는 이 방에 들어서자 묘한 기분이 들었다. 침대에는 마르트가 누웠던 자리에 생긴 움푹한 곳이 아직도 그대로 남아 있다. 테이블 위에는 책갈피에 서표를 끼워둔 채로 책이, 아직도 그녀의 귀가를 기다리고 있는 것 같다. 나는 저자의 이름을 보았다. 토마스 만, 제임스, 피츠제럴드, 이런 사람들 얘기는 들어본 적도 없다. 마르트에겐 분명히 내가 알지 못하는 면이 있었어. 갑자기 나는 마르트가 그리워졌다. 혹 어쩌면 우린 친구가 될 수 있었을지도 몰랐다. 하지만 마르셀이, 우리들 사이를 막아서고 말았다. 때문에 마르트는 함부로 정의를 부르짖고, 공격적이며 집요해졌고, 아무런 연고가 없는 척 둘 사이에 우정이 생겨나는 걸 방해했다. 정말로 유감이었다. 욕실에는 욕조 위에 속옷이 걸려 있다. 난 이해할 수 없지만 그녀는 뭔가를 꺼리는 때문인지 속치마나 브래지어는 가정부에게 세탁하게 하지 않았던 모양이다. 세면대 위에는 화장품 병 몇 개와 치약 튜브가 나란히 놓여 있다. 닳아빠진 낡은 슬리퍼가 욕조 옆을 뒹굴고 있다. 그것이 마르트가 남긴 전부였다. 나는 그녀의 방을 나와 내 방으로 돌아갔다.

침대에 드러눕자 곧장 마르트 생각이 머릿속을 후비기 시작한다. 하지만 이 비극은 결국 마르트가 위로하기 힘든 슬픔에서 마침내 벗어나게 된 거라고 할 수 있어. 마르셀이 죽었을 때의 모습이 떠오르는군. 변사라고 하는 건 무척이나 인상적이어서 그 기억은 언제까지나 계속되고, 슬픔을 불러일으키는가봐.

나는 비극과, 그 모호하고 흐리터분한 분위기가 딱 질색이다. 거기서 도망쳐 나오기 위해 눈을 감아보았다. 어느새 가물가물해지다가 나는 천천히 잠으로 빠져들어갔다.

다시금 눈을 떴을 때는 주위는 이미 어슴푸레 어두웠고 여행용 벽걸이 시계는 7시 15분을 가리키고 있었다. 잠을 자고 난 뒤에서인지 흐리멍덩한 기분에 입 안이 끈적끈적하다. 뭔가를 좀 마시기 위해 나는 일어났다.

부엌은 정돈되어 있고 가정부는 사라지고 없다. 냉장고에서 청량음료를 한 병 꺼내 그것을 따르면서 나는 테라스로 나갔다.

모든 것이 괜히 울적하고 따분한 데다가 막연한 슬픔이 내 주위를 감돌고 있다.

기나긴 밤을 어떻게 보낼 것인가. 독수공방의 밤도 이젠 지긋지긋해.

그 때 경찰관 양반이 찾아오겠다고 했던 말이 떠올랐다. 나는 욕실로 돌아가 머리를 고쳐 묶고 빳빳하게 다림질을 한 옷으로 갈아입었다. 경찰 양반과의 수속도 극적인 긴장 속에서보단 온화한 분위기에서 했으면 싶다.

나는 등을 켤 용기가 없었다. 집 주위엔 사제가 살고 있다. 스페인 사람인 가정부는 집을 나서서 곧장 폴렌쟈 전체에 소문을 퍼트리고 돌아다녔을 게 틀림없어. 사제는 차양 뒤에서 분명 이쪽의 상황을 살피고는, 자기의 종교적인 힘으로 나를 도울 때가 언제인가를 생각하고 있겠지.

사제는 멍청한 사람으로 시시한 비유 얘기만 잔뜩 늘어놓고는 자기의 천직이 얼마나 옳은가를 주장한다. 난 도저히 그 사람을 봐줄 수가 없다. 설마 집에 등이 들어오지 않는데도 찾아오지는 않겠지.

내일이면 사제의 방문은 피할 수가 없겠지만 내일은 내일이니까. 그런 따분한 의무는 조금이라도 뒤로 미루고 싶다.

담배에 불을 붙이고 나는 테라스를 천천히 걷는다. 나무들에도 집집마다에도 어둠이 지배해서 낮 동안의 색채가 검정 일색으로 뒤덮였다. 차도도 어딘지 모르겠다. 단지 대리석 십자가만이 유령처럼 떠올라 있다. 멀리에 최초의 별이 빛나기 시작한다. 차 한 대가 화염방사기처럼 헤드라이트에서 두 줄기 빛을 뿜으며 달려온다. 어딘가의 라디오에서 스페인 어로 뉴스를 지껄이고, 어딘가의 테라스에서 격자문을 삐걱대는 소리가 들렸다. 월계수와 목련 향기가 집요하리만큼 풍겨온다.

잊을 때쯤 되어서 마침내 길에서 엔진 소리가 들려왔다. 꽤나 낡은 자동차인지 천식에 걸린 듯한 소리를 내면서 길모퉁이를 돌 때마다 클러치가 하단으로 바뀌면서 톱니가 심하게 울어대고 있다.

나는 난간에 팔꿈치를 대고 차가 도착하는 것을 보고 있었다. 자동차는 마지막 비탈길에서 집을 향해, 장수풍뎅이처럼 엉덩이를 흔들면서 올라온다. 검은 등껍질이 어둠 속에서 빛나다가 발코니 아래를 지나 문 앞에서 멈췄다. 이로써 나는 마침내 고독으로부터 벗어날 수 있었다.

문이 열리고 장화가 자갈길을 자그락대다가 초인종을 대신한 방울이 울렸다. 내 손님임에 틀림없어. 나는 안도의 한숨을 쉰 다음 서둘러 문을 열러 갔다. 경찰관 지메네츠가 동료 한 명과 현관에 서 있다. 나는 이 사람을 만날 수 있게 된 것이 만족스러웠다. 마르셀이 죽었을 때에도 이것저것 보살펴주었었다.

햇볕에 검게 그을린 얼굴과 검은 머리칼을 가진 아름다운 청년으로 여자처럼 기다란 속눈썹과 빛나는 이가 거짓말처럼 가지런했다.

이 사람은 경찰 나부랭이를 하느니보다 영화판에라도 뛰어드는 게 나을 텐데. 어째서 그런 실수를 깨닫지 못하는 것일까. 그의 시선이 내 눈을 쏘았다. 그 때 문득 이 늑대에게 거칠게 잡아먹히는 것도 기분이 괜찮은 심심풀이가 되겠다고 생각했다.

그렇게 서둘러서 이곳 폴렌쟈를 떠날 필요는 없을지도 모르겠다.

나는 두 남자의 앞에 서서 거실로 안내해 앉으라고 권했다. 두 번째의 경찰관은 못생긴 붉은 얼굴에 숫기 없는 시골뜨기였다. 하지만 그 사람이 있다는 사실을 금세 잊어버리고 말았네. 경찰관 지메네츠와의 가벼운 유희를 마련하기로 결심한 나는, 의미 있는 눈짓을 계속해서 보내보았다.

만약 세상 여자들이 시선(視線)이 지닌 생각지도 못할 힘을 좀더 소중하게 쓴다면 불행한 연애 따위로 고민하는 일 따위는 결코 없을 텐데. 게다가 이렇게 쉬운 일도 없지. 겨냥한 상대를 한동안 쇼트케이크라고 여기고 자신의 어린 시절로 돌아가기만 하면 되는데 뭐. 남자들이란 순진무구한 허기를 나타내는 눈길에는 사족을 못쓰는 법이거든. 사내들의 홈그라운드는 정욕과 음탕이야. 그런 세계로 무리하게 들어가 밀렵을 한댔자 아무런 소용이 없지. 우리들 여자의 세계는 훨씬, 훨씬 미묘하거든.

나의 눈길에 경찰관 지메네츠에게서도 응답이 있었다. 각자 상대의 마음을 읽는 짧은 시간이 지났다. 그런데도 지메네츠는 의무감이 강한 사내이기 때문에 그런 유희는 나중에 해야만 한다고 여긴 모양이다.

"당신 남편의 누이는 자동차 사고로 돌아가셨습니다."

"알고 있어요……."

나는 그렇게 대답만 하고 나머진 침묵으로 말을 대신했다.

"좀더 일찍 오고 싶었습니다만, 팔머에 연락하고 또 시신을 수습하고 견인차를 부르고 하느라."

"불쌍한 마르트!"

두 남자는 나의 슬픔에 경의를 표했다.

"자동차는 완전히 엉망이 되어서 골짜기에 떨어졌습니다."

"그랬겠지요."

"부인, 당신도 자동차 운전을 하셨었습니까."

"네, 물론."

"운전을 하신 건 마지막으로 언제입니까?"

"어제, 네, 어제 탔었어요. 컬러 생 빈센테에 수영하러 갔었죠."

"그 때는 괜찮았습니까?"

"네, 아무렇지도 않았어요. 그런데, 어째서?"

"죄송합니다만 부인, 이것은······."

그렇게 말하면서 지메네츠는 가슴 포켓의 단추를 풀더니 종이를 한 장 꺼냈다.

"죄송합니다만 부인, 이것은 누구의 글씨인지 아십니까."

그건 마르트의 필적이었다. 분명 그 사람이 가지고 있던 것이 발견된 것이리라. 불쌍하게도 얼굴이 형체도 없이 망가져서 시신 확인을 위해 이런 수단까지 써야만 했던 거야.

"네, 틀림없이 이 편지는 마르트가 쓴 거예요. 마지막 가는 길이 고통스럽지 않았으면 좋았을 텐데."

"고통스럽지 않았을 겁니다. 충격은 매우 강했고, 자동차가 부딪쳤을 때 머리를 부딪친 것 같으니까."

"십자가를 하나 넘어트렸지요"라고 다른 한 명의 경관이 덧붙였다. 아무래도 그게 마음에 들지 않는다는 눈치였다.

나도 그것에 장단을 맞춰 고개를 끄덕였다.

바로 그 때 미남인 경찰관이 내게 전혀 까닭을 알 수 없는 말을 꺼냈다.

"부인, 유감입니다만 조용히 함께 가주셔야겠습니다."

나는 그가 프랑스 어를 잘못 말한 줄 알고 미소를 지었다.

"함께 하는 건 좋아요. 물론, 얌전하게요."

말하면서 나는 그에게서 눈을 떼지 않고 그 말 뒤의 의미를 말로는 이해하지 못하더라도 나의 시선으로 느끼게끔 했다.

그는 난처하다는 듯 동료를 뒤돌아보았다. 분명 용기를 되찾을 속셈인 것이리라.

"아니, 사실은, 저와 이 경찰관은 당신을 체포하라는 명령을 받았습니다."

침묵이 찾아와 방안 가득 퍼져나갔다. 내 속의 사이렌이 울려 퍼진다. 하지만 도대체 사정을 알 수가 없다. 일이 전개될 방향도 모르겠다. 장화를 질질 끌고, 가죽 벨트를 두르고 내 앞에 서 있는 두 남자도 어떤 태도를 취해야 할지 모르겠다는 모습이다. 나는 조용한 목소리로 입을 열었다.

"말씀하시는 방법이 틀린 것 아닌가요. 함께 와 달라는 것이지, 체포하라는 건 아니겠지요."

"아니, 체포입니다. 체포해서 감옥으로 데려갈 겁니다."

굳어진 자세로 경찰관은 대답했다.

"하지만 어째서죠? 대체 무슨 얘길 하는 거냐구요. 어떻게 되신 게 아니에요?"

나는 두 사람 사이에 서 있었다. 붉은 얼굴의 목각인형 같은 경찰이 한 걸음 앞으로 나서서 내가 뭔가 무모한 행동에 나설 것에 대비하고 있다. 그러는 동안 다른 한 명이 말했다.

"팔머의 경찰서로부터 받은 명령입니다. 아마도 내일, 형사가 올 겁니다."

"그렇지만, 내가 뭘 어쨌다는 거예요. 뭔가 잘못된 일이 있었나요?"

"당신은 남편의 누이를 죽였습니다."

이 다이너마이트 같은 한 마디에 충격을 받고 나는 긴 의자에 무너지듯 앉았다. 공기가 희박해졌는지 숨쉬기가 힘들다.

눈앞의 사람 그림자가 이중으로 흔들리기 시작했다. 눈을 감고 한참을 있으니 얼마간 기분이 나아진다. 있는 힘을 다해 목소리를 가다듬어, 어떻게 해서든 이 벽창호들에게, 그런 가정은 어처구니가 없는 것임을 알게 하려고 했다.

"그런 일이 설마, 사실이라고 생각하시는 건 아니겠지요. 시누이는 혼자서 자동차를 타고 나갔어요. 나는 오후 내내 계속 이곳을 떠나지 않았다구요. 어떻게 내가 죽일 수 있다는 거죠?"
"펜치로 유압식 브레이크 파이프를 떼어냈습니다. 길에 흘러나온 액체가 발견되었습니다."
"무슨 얘기예요, 대체?"
"자동차 수리공의 얘기지, 저는 직접 보지는 않았습니다."
"어째서 그 자동차 수리공의 얘기로 내가 죽였다는 게 되나요."
"엊그제 남편의 누이께서 그 사람의 가게로 브레이크 점검을 하러 왔다고 합니다. 그 때는 모든 것이 완전했습니다. 자동차는 고의로 손을 댄 상태였으므로, 그 상태로는 누구라도 타지 못합니다."
"하지만 난 탔어요. 어제는 컬러 생 빈센테까지 수영하러 갔다왔는걸요."
"그겁니다. 만약 파이프를 빼내 브레이크를 없앤 것이 시누이였다면 죽은 건 당신이었을 테지요. 길모퉁이에서 스피드를 떨어트리려 해도 브레이크가 듣지 않습니다. 자동차는 오늘 아침, 돌아가신 부인께서 타기 전에 손을 댔던 것입니다."
"하지만 난 그런 거 할 줄 몰라요. 난 운전은 할 줄 알지만 자동차 밑에 뭐가 있는지 그런 건 전혀 모른다구요. 기계에 관해 아무것도 모르는 내가 어떻게 그런 조작을 할 수 있겠어요?"
"팔머의 형사님은 그렇더라도 범인은 당신이라고 합니다."
"형사 따위 아무래도 상관없어요. 나는 스페인 사람이 아니에요. 당신네들 법률로 날 구속하지는 못해요. 대사관에 알려주세요."
"그 사람들도 내일은 올 겁니다. 우리들은 그저 당신을 감옥으로 데려가라는 명령을 받고 왔을 따름입니다."
"아니, 가지 않겠어요."

"가는 편이 좋을 것입니다, 부인. 이해해주시지 않으면 그 사람들의 심사가 좋지 않아집니다. 내일, 그 사람들이 잘 설명해드릴 겁니다. 편지도 가지고 올 테고……."
"편지?…… 무슨 편지 말인가요?"
"귀국의 대사님이 받은 편지입니다. 제가 받은 것과 똑같습니다만."
"무슨 말씀인지 이해를 못하겠군요."
"남편의 누님께서 이틀 전에 제게 편지를 쓰셨습니다. 그 때, 같은 내용으로 다른 한 통의 편지를 대사관에, 또 한 통은 귀국의 경찰에 보냈습니다."
"대체 뭐가 쓰여 있는데요?"
두 경찰관은 서로 얼굴을 마주보고 망설이는 것 같았으나, 이윽고 지메네츠는 결심을 한 듯 주머니에서 아까 내게 보였던 편지를 꺼냈다.
"자, 읽어보십시오. 다만 파손하지 않겠다고 약속해주시지 않으면 곤란합니다. 그런다 해도 아무런 도움도 되지 않을 테니까요. 다른 사람들도 그분의 서명이 있는 똑같은 편지를 가지고 있으니까요."
"어디 좀 봐요!"
편지를 잡아든 내 손의 떨림은 멈추지 않았다. 그것은 아주 가벼운 한 장의 백지에 비스듬하게 기울어진 글자가 가득 쓰여 있을 뿐이었다.
베일을 쓴 것처럼 희미해진 눈을 크게 뜨고, 간신히 목 언저리에 괴어 있던 침을 삼킨 다음, 나는 기계적으로 등불 가까이 다가갔다. 주위의 것들이 완전히 사라지고, 오직 나 혼자서 쫓겨 달아날 데가 없는 탑에 갇힌 것만 같았다. 그리고 그곳에는 손을 대는 순간, 그 자리에서 폭발하는 폭약이 장치되어 있었던 것이다.

지메네츠 경관님께.

같은 편으로, 이것과 완전히 똑같은 문장의 편지를 제 고국의 당국, 즉 경찰과 대사관에 보냈습니다.

스페인에서 누구에게, 이렇게나 중대한 사건을 알려야 좋을지 몰라서 동생 마르셀 브랑카르의 갑작스러운 죽음 당시 친절하게 대해 주셨던 것을 떠올리고 당신께 편지를 올립니다. 또한 당신은 개인적인 의견보다는 의무를 중요하게 여기시는 분이므로 마음놓고 올바른 법의 심판을 바랄 수 있으리라고 판단했기 때문입니다.

동생은 사고로 죽은 것이 아닙니다. 아내에게 살해당한 것입니다. 저는 그 장소에 함께 있었습니다. 그 때, 그것을 말하지 않았던 것은 동생에 대한 기억이 범죄 사건과 결부되어서 있지도 않은 일이 소문거리가 되는 것이 싫었기 때문입니다. 하지만 그 뒤의 결과는 긴급을 요했으며, 만약 이 다음에 사건이 일어난다면 그것은 제 입을 영원히 막기 위한 것임에 틀림없습니다.

저의 올케는 첫 번째 남편인 쟝 드 페를라크도 한창 오리 사냥을 하던 중에 살해를 당했습니다. 배의 바닥 마개를 막대사탕으로 바꾸고, 남편의 배가 물로 나가면 차츰 녹도록 조작했던 것입니다. 수영을 할 줄 모르는 쟝 드 페를라크는 물에 빠져서 죽었습니다.

그 무렵, 페를라크의 사업은 파산 직전이었습니다. 이러한 완전범죄 덕택에 올케는 18년 연상의 제 동생과 결혼할 수가 있었던 것입니다. 결혼 선물로 동생은 프랑스 프랑으로 5억에 달하는 유전의 등기권리증을 건넸습니다.

재산을 쥐고 나니 남편이 성가셔졌고, 그러자 올케는 사고를 가장하여 수중총 작살을 목전에서 날려 동생을 죽였던 것입니다.

이곳에 적힌 사건은 틀림없는 사실입니다. 완전범죄라는 자신이 있는 올케가 직접 제게 이야기한 것입니다.

그 때 저는 비록 어떤 일을 당하더라도 동생의 살인범을 이대로 묵인하지는 않겠다고 했습니다만, 올케는 만약 폭로를 한다면 그것이 마지막이며 제 목숨을 빼앗겠다고 선언했던 것입니다.

저는 이 위험을 무릅쓰기로 결심했습니다. 올케는 절대로 실패하지 않는 솜씨를 증명하고 있습니다. 자신에게 혐의가 될 만한 방법은 절대로 쓰지 않겠지만, 제가 사고를 가장한 변사를 당하도록 완수해낼 것임에는 거의 틀림이 없습니다. 그러므로 만일 저의 갑작스런 죽음이 스페인에서 일어난다면, 부디 정의의 이름을 내세워, 사고의 앞뒤 사정을 충분히 조사해주십시오. 그것이 어떤 형태로 일어날지 알 수 없으므로, 저는 조심할 방도도 없습니다. 언제 올케가 행동에 나설지 모릅니다. 오늘 시험삼아 도전해 보았습니다. 당신을 만나서 모든 것을 이야기하겠다고 말했던 것입니다. 올케에게 행동으로 옮길 시간이 있는지 여부는 모르겠습니다만, 저는 충분히 각오하고 있습니다. 그래서 돌이킬 수 없게 되기 전에 이 편지를 보내두는 편이 좋겠다고 생각했습니다.

저는 자필로 서명하고, 하느님 앞에서 이곳에 쓰인 것이 절대로 진실임을 맹세합니다.

제가 바라는 것은 정의가 실현되는 것뿐입니다. 이 사건에 관해서는 목숨을 잃는 한이 있더라도 책임을 지겠습니다.

팔머에서, 8월 23일
마르트 브랑카르 씀

내 손에서 편지가 떨어졌다. 놀라움이 너무나도 커서, 나는 그저 멍하니 있을 뿐이다.

경찰관 하나가 몸을 숙여 편지를 주워 소중하게 접더니 지갑에 넣었다. 다른 한 사람은 주머니에서 수갑을 꺼낸다.

나는 무엇을 하는 걸까. 아무것도 모르겠다. 그저 두 사람을 바라보고만 있다.

나를 죄인으로 만들기 위해 마르트는 자살까지 했다……

나는 쟝을 죽였다. 하지만 마르셀이나 마르트는 죽이지 않았다. 그런데도 이 마지막 운명의 일격으로 나는 심판을 받으며, 누구 한 사람 변호나 증언도 해주지 않는다.

자살이라고 아무리 주장해도 그것이 무슨 소용이겠는가. 마르트에겐 그런 절망적인 이유는 하나도 없다. 마르트는 단지, 마르셀의 죽음에 복수했던 것뿐이다.

이 편지와 조작된 프리모스가 합쳐지면, 어떤 배심원도 나의 무죄 따위 믿어주지 않는다.

이것으로 나의 일생도, 이 젊음으로 끝이 난다. 나의 미래에는 재판과 감옥밖에 없다. 울 수도 없다. 온몸이 돌이 된 것 같다.

수갑의 차가운 금속이 손목에 닿는 것을 느낀다. 사슬이 펼쳐지고 나는 지메네즈 경관의 뒤를 따라 걷기 시작했다.

두 사람이 이야기하는 것이 들리지만 무슨 말인지는 모르겠다. 하얗고 커다란 불꽃이 나를 불태워버리고 말았다. 나의 정신은 바이스(기계 공작에서, 작은 공작물을 꽉 죄어 고정시키는 기계)로 비틀려 부서져버리고 말았다. 이제 머릿속이 산산조각이 나서 생각도 정돈되지가 않는다. 나는 함정에 빠졌다. 자유를 잃은 동물처럼 억누르지 못할 공포로 인해 나는 당장이라도 미칠 것 같다.

어느 사이엔가 나는 자동차 뒷좌석에 앉아 있다. 경찰관의 모자가 덮쳐온다. 시야를 확보하려고 손을 올렸으나 수갑의 방해를 받아 힘이 빠진다.

다른 한 명의 경찰관은 내 옆에 있고, 시선을 피하고 있다. 본능이라는 벌레가 그 바구니 안에서 미친 듯이 날뛰고 있다. 그러나 이미 도망칠 길은 모조리 막혔고 손톱 만한 틈새도 없다.

그 때, 이런 파국 속에서 하나의 광경이 눈앞에 떠올랐다.

테라스에 앉아서 촛불을 켜고 저녁 식사를 하고 있다. 앞에는 마르트가 있다. 그녀의 조용한 목소리가 다시 들려온다.

"당신은 운명의 심판을 믿는지, 아가트? 모세의 율법을 알고 있어? 상당히 오래된 법이지만, 탈리오라는 이름으로 알려져 있지. 복수를 허용하는 율법이야. 즉, '눈에는 눈을, 이에는 이를, 목숨에는 목숨을'이라는 건데."

자동차는 내리막길로 접어들어 흔들리기 시작한다. 마르트는 탈리오 율법을 실행하기 위해 자진해서 죽음을 선택했다. 그녀를 태운 프리모스가 완전히 찌그러져 구른 것은 이 근처이리라. 자동차 바퀴의 리듬을 타고 내 머릿속에서는 탈리오 율법의 짧은 글귀가 거듭 거듭 흔들리고 있었다.

　　눈에는 눈을
　　이에는 이를
　　목숨에는 목숨을
　　눈에는 눈을
　　이에는 이를
　　……

악마적 속성은 여자의 매력인가

까뜨리느 아를레이(Catherine Arley)는 1953년에 첫작품 《죽음의 냄새》로 등장한 프랑스의 여성 작가로 첫 작품을 내놓은 지 3년 뒤에 발표한 《지푸라기 여자》로 그 이름이 온 세계에 알려지게 되었다. 그 내용은 함부르크 태생의 중년 인텔리 여성이 여주인공으로서 그녀가 억만장자의 구혼 광고에 응모하여 완전 범죄 계획에 희생되어 파멸한다는 줄거리인데, 미스터리소설로 주목할 만한 점은 여주인공의 타산과 허영과 자의식을 잔인할 정도로 적나라하게 폭로한 사디스틱한 성격 묘사와 완전 범죄의 성공이라는 두 가지이다. 권선징악이라는 미스터리소설의 불문율을 깨뜨리고 완전 범죄의 성공을 묘사하는 반사회적 구상은 미스터리 작가에게는 영원한 매력을 지닌 테마인데, 보란 듯이 이 여성 작가가 아주 완벽한 형태로 실현시킨 것이다.

다음해인 57년에, 콜린즈 사 클라임 클럽에서 영국 미스터리 문단의 장로인 프랜시스 아일즈가 쓴 절찬의 말과 함께 《지푸라기 여자》의 영역본이 간행되었고, 이어서 〈리더스다이제스트〉지에 의해 26개 나라말로 번역될 정도로 굉장한 반향을 불러일으켰으며, 미국에서는 TV 드라마화 하여 미스터리소설의 혁명이라고 떠들어 대기까지 했다.

 그러나 혜성처럼 등장한 까뜨리느 아를레이는 많은 독자들의 기대에도 불구하고 2년 동안이나 전혀 후속작품을 내놓지 못하다가, 마침내 59년 《죽은 자의 여울목》과 60년 《눈에는 눈》을 연달아 발표했다.
 세 번째 작품인 《죽은 자의 여울목》은 볼다뉴의 쓸쓸하고 가파른 해안가의 한 별장을 무대로, '아다'라고 하는 신경과민증으로 퇴원한 지 얼마 안 되는 젊고 아름다운 아내가 주인공으로 등장한다. 남편이 없는 하루 밤 하루 낮을 혼자서 보내던 아다의 소름끼치는 공포를 그리고 있는데 미스터리소설이라기 보다는 포의 〈검은 고양이〉처럼 공포소설에 속한다고 할 수 있다.
 그러다가 네 번째 작품인 《눈에는 눈》에서 아를레이는 다시 미스터리작품으로 되돌아와서 여주인공에 '아가트'라는 현대적인 악녀를 등장시키고 있다. '히르데갈데'에서 '아다', 그리고 '아가트'라는 여주인공들은 어떤 의미에서 아를레이의 작품에 공통적으로 등장하는 여성상이기도 한데, 작품은 횟수를 거듭할수록 기교를 더해가는 경향이 있다.
 《지푸라기 여자》를 읽어보면 작가가 트릭의 하나로 기묘한 결말을 떠올린 뒤 그런 구상을 뒷받침하기 위해 마치 여주인공을 만들어낸 듯한 느낌이 들기도 하지만, 그녀의 다음 작품들을 읽다보면 그러한 추측이 잘못이라는 것을 알게 된다.
 말하자면 까뜨리느 아를레이라는 작가는 본질적으로 악녀를, 그것도 사디스트한 악녀를 즐겨 다룬다는 것을 깨닫게 된다.
 그녀가 그리는 세계는 악과 악이 상극되는 선이 없는 세상이며, 완전 범죄를 수행하여 법의 심판을 받지 않는 악몽의 세계이다. 아를레이의 등장 인물들은 숙명적인 운명의 실에 조종되어 어떤 사람은 파멸하고, 어떤 사람은 발광하고, 또 어떤 자는 살아남지만, 운명의 실을 조종하고 있는 소설의 주인공은 사실 완전 범죄 그 자체라고 할 수 있다. 게다가 그 완전 범죄는 일단 나사를 틀어두면 그 뒤로는 인간의 힘을 가하지 않아도 저절로 진행되어 나아가는 시계와 같은 정교함과, 그리스 신화의 복수의 여신과 같은 독기서린 불쾌함을 감추고 있다. 흉악한 범죄와 극악무도한 인물을 묘사하면서도 마지막에 가선 판에 박은 듯한 그리스도교적 윤리관에 머물고 마는 영미 미스터리 작가에 비하면, 아를레이의 사상에는 어딘가 모르게 오리엔탈리즘의 냄새가 짙으며 그 특이성이 바로 그녀의 매력이다.

《지푸라기 여자》는 한마디로 말해 미스터리소설로서 이른바 베스트텐 급이라는 최대의 형용사를 붙일 수 있는 명작이다. 앞으로 해외 미스터리소설을 고르게 될 때는 가장 유력한 후보가 될 작품임에 틀림없다. 《지푸라기 여자》는 이미 영화화되어 공개되었다. 영화에서는 이 작자의 특색인 완전 범죄의 성공적인 결말을 상식적인 권선징악과 바꿨기 때문에 원작과는 오히려 다른 것으로 보인다. 《지푸라기 여자》란 프랑스어 Homme de paille(지푸라기 남자)을 본딴 것으로 로봇이니 멍청이니 하는 관용어이다. 이 경우는 '희생물이 된 여자'라는 뜻이다.

이것으로 작가와 작품 소개가 대강 끝났는데, 작자 자신의 일신상의 이야기에 대해서는 아직까지도 구체적인 것은 하나도 알려져 있지 않다. 아를레이가 자기 경력에 대해서는 입을 다물고 있기 때문인데, 그녀가 보낸 한 장의 사진만으로는 '재색을 겸비한 여성 작가'라는 추측의 영역을 벗어날 수 없었다. 그런데 스위스의 유명한 부인잡지 〈Schweizer Illustrierte Zeitung〉에 《눈에는 눈》이 《양심없는 여자》라는 제목으로 연재되었고, 아를레이와의 인터뷰 기사가 실려 있으므로 그녀의 말에서 참고가 될 만한 내용을 들어보기로 한다. (이 잡지의 표지에는 아를레이의 칼라사진이 실려 있다. 프랑스인 작가답게 펜으로 원고를 쓰고 있는 사진인데, 미인임에는 틀림없다. 태어난 해는 1920년대쯤으로 추정한다.)

경력에 대하여――어렸을 때부터 부모와 함께 중국과 동양의 여러 나라, 그리고 미국에서 지냈다. 영화와 연극 배우를 하다 결혼 생활로 들어갔으나 남편과 별거했다. 아마 남편은 나와 같은 악마적인 환상의 소유자하고는 함께 살 수 없었던 모양이다.

완전 범죄(왜 악인을 묘사하는가)에 관한 물음에 대하여――우리는 다 남을 죽이는 욕망과 능력을 가지고 있다. 이런 정신의 암흑면을 밝혀 내는 데 나는 흥미가 있다. 특히 완전 범죄자라는데 이끌린다.

취미와 작품의 모델에 대하여――요리, 여행, 특히 산책. 길에서 만나는 사람들을 보고 작중 인물을 구상한다. 팬에게 받은 편지를 읽고 그 인물을 추찰하여 다음 작품의 모델로 삼는 수도 있다. 몇 달 전 미국에 있는 여성에게서 편지가 왔는데, 자기는 《지푸라기 여자》의 여주인공과 같은 일을 실행해 보기로 결심했다면서, 그럴 경우 자기가 잡힐 것 같으냐고 물어왔다. 거기에 대해서 나(아를레이)는 간단히 한 마디로 대답했다. "Versuchen Sie's!"라고.

대강 이상과 같은 기사였다. 끝머리의 미국 독자와 작자의 에피소드는 상당히 재미있다. (아를레이의 대답은 그대로 놓아두는 것이 좋을 것이다. 궁금한 사람은 《독한사전》을 뒤져보라!)